それはどっちだったか

Which Was It?
and "Indiantown"

マーク・トウェイン
里内克巳 訳

彩流社

目次

◉凡例

一．原作にある注は＊で示した。

一．本文中の固有名詞等で比較的長い説明を必要とする訳注は、見開き左の❖で示した。

一．本文中の〔　〕は翻訳者による訳注を示す。また、本文中でのインチ・フィートなどの単位で表記された数字については、その数字が物語を理解するうえで重要な意味を持つ場合のみ、日本で使われている単位で換算した数字を同様に〔　〕内に示した。

一．原文中のイタリック体による強調箇所には傍点を付した。ただし、それを付すことで日本語文として不自然になる場合はその限りではない。

一．原文中の大文字による強調箇所はゴシック体で示した。

それはどっちだったか

Which Was It?

◉主要な登場人物

ジョージ・（ルイジアナ・パーチェス・）ハリソン　主人公。インディアンタウンの名士
アンドリュー・（インディペンデンス・）ハリソン　ジョージの父
アリソン・ハリソン　ジョージの妻
トマス〔トム〕・ハリソン　ジョージの息子
ウォルター〔〈旦那《スクワイア》〉〕・フェアファクス　インディアンタウンの名士
ヘレン・フェアファクス　〈旦那〉の娘
ジェイク・ブリーカー　ドイツ人の製粉工
ブリジット・ブリーカー　アイルランド人でジェイクの妻
ダグ・ハプグッド　耳の聴こえない孤児
デスヘッド〔シドニー〕・フィリップス　狂人。死の予言者
フランシス・オズグッド　ジョージの女友達
アレン・オズグッド　フランシスの息子
スウィントン・ベイリー　牧師
ソル〔ハムファット〕・ベイリー　ベイリー氏の弟。〈低能哲学者〉
アン・ベイリー　ソルの妻
マーサ　ハリソン家の黒人召使い
ジャスパー　フェアファクス家の庭師。元奴隷
テンプルトン・ガニング　アイスクリーム・パーラーの若い店主
シャーロット　テンプルトンの母親
サイモン・バンカー　メンフィスの元郵便局員
フロイド・パーカー　バンカーの相棒
ギルバート　弁護士
バート・ヒギンズ　鍛冶屋
ボウルズ　宿屋の主人

第一部
妻の物語

一

約束に従い、同じことを彼にやってもらうために、わたしから書き始めなければならない。彼の名前はジョージ・ルイジアナ・パーチェス・ハリソン。* わたしは妻のアリソンだ。わたしは十八で結婚し、今は二十六歳。彼は三十三歳。わたしたちは、ささやかながら自分たちがたどってきた歩みを書き記そうと思う。子供たちが大きくなった時に読めるようにと考えてのことだ。わたしが長い間切望してきたことが、今やっと現実のものとなるのだ。子供たちのために書かれてほしいと思うのだが、わたしにはそれを望むもう一つの理由がある。夫には文学的な文章を書く素質があると思う。本当にそれを確信しているのだ。わたしたちが婚約していた頃、彼が書いてくれた手紙と言ったら――あんな見事な手紙はなかった！　だが彼は生活のために働く必要などなかったから、いたって気楽でものぐさだ。自分の中に眠っている文学の火をかきたて、桎梏《しっこく》を吹き飛ばして表現を与えてくれる、困難や悲しみや災厄《さいやく》を経験したこともない。そんな衝動に欠けているから、どれほど夫をしつこく責めて、自分の才能を試してごらんなさいよと説得しても、その気にならないのだ。彼は笑って、「自分で災難を経験してごらんよ。そうしたら存分に書いてみせるよ」と言うばかりだ。わたしはきっとなって、それなら自分に災厄を呼び寄せることにするわ、と返す。すると彼はわたしの耳をつねるか、キスをするかして、君はお馬鹿さんだね、と言う。女は夫を過度に崇《あが》めるものだから、ありもしない夫の才能を見つけようとするのだから、と。

だが彼はついに約束してくれた。もし誕生パーティを失礼させてくれるならば、今晩から書き始めてみようと約束してくれたのだ。だからわたしは満足だし幸せだ。ああ、言い表わす言葉を見つけることができないくらい嬉しいのだ。二人で交わした取り決めでは、わたしは自分の文章を今日書き始めなければならない。そして書き終えるまで毎日何とかこつこつ書いていかなければならない。わたしにとっては大変な仕事だ。普通の書き方しか知らないのだから。夫はというと、速記を知っており、平気で一時間に八千語を書き上げることができる。

わたしのこの書き出しは、執筆の真似《まね》ごとと言い表わすのがいちばんぴったりしている。約束を守るためにとりあえず書いているのだ。書き進めていくコツを身につけるという意味合いもある――夫が遠足と呼んだこの企《くわだ》てに備えて、手を差し入れ、流れに入り、手足をちょっと動かしているわけだ。誕生日の準備で一日中とても忙しかった。頭も手も、今から真夜中までの間にやらなければならないことでいっぱいになっている。だが明日になれば腰を据えて自分の話を書くことができるだろう。

子供たちのためのパーティ――アリソンの誕生日なのだ。金髪の子供――六歳の愛すべき小さな妖精！　可愛らしく、日光と愛情にあふれ、その小さな心は深く賢い。絶えず何かを考え、あれやこれやをつなぎ合わせている。人生の神秘という恐るべき深みに小さな桁網《けたあみ》を落とし、驚くべき収穫を引き上げてくる！　マージェリーは濃い褐色《かっしょく》の髪をした五歳児だ。姉と同じくらい素晴らしく、可愛く、情愛深い。だが、ああ、この子は蒸気エンジンか休みなく噴火している火山のように、いつも明るく跳びはね、ふざけまわっている！　こんな二人がいてくれて我が家がどれほど幸せであるか、言葉ではまったく表わせない！　それに二人はわたしの役に立ってくれるのだ！　自分がジョージを説得できない時、ちびっこさんを代わりに行かせるのだ——夫は子供たちの奴隷《どれい》も同然だから。ものを書くようにと夫にこの一年お願いし続けたが、子供たちを使えばいいとひらめいた——今朝のことだ。これで決着した。さて、我が家の子供たちが話題であるうちに、次に書いておきたいのは——

＊奇妙な名だが、ある意味で愛国的な名前だ。夫はルイジアナ割譲《パーチェス》条約の署名の日に生まれた。最初の名前はジョージだけだったのだが、やがて割譲の報《しら》せが届いた時、別の名前も付け足されたのだ。まだわたしたちと暮らしており、六十になっても矍鑠《かくしゃく》としている彼の父親も、愛国的な名前をもっている——アンドリュー・インディペンデンス・ハリソンという。彼は独立戦争の最中に生まれたのだ。　A・H

二

パーティはもうじき終わる。すべてうまくいった。こっそり休憩《きゅうけい》している間に、覚え書きを作っておかなければ。この豪壮《ごうそう》な家がこれほど美しかったことはない。光と色、贅沢《ぜいたく》さと魅力でこれほど輝いたことはなかった。少女時代に住んでいた植民地時代のヴァージニアのお屋敷を、この遠く離れたみすぼらしいインディアンタウンにそっくりそのまま再現した家だ。お金持ちのおうちの子も、貧乏なおうちの子も合わせて、子供たちは三十人来ている。みないい子で、礼儀正しく、しつけがよく、このうえなく幸せだ。なんて嬉しそうにゲームをし、はしゃぎまわり、大騒ぎをし、笑うことだろう！眺めていてこれほど愛らしいものはない。人生とはまったく神様からの賜物《たまもの》でありお恵みだ！何という歓びだろう！　年とった人たちもここには来ている。幸せだった若い頃をもう一度生き直しているのだ。そして若い大人もここにはいる。なかんずくシドニー・フィリップス――ハンサムな若者で、思いやりがあり、人の心をひきつけ、礼儀正しい紳士だ。彼はあの美しいアグネス・バーレーにまいっている。彼女の方だってそうだ。はっきりと分かるのだ。わたしもそれが嬉しい。二人が一緒になったらお似合いだろうし、本当にそうなるだろう。そしてフランシス・オズグッドとその夫もここにいる。町いちばんの素敵な夫婦――私たち夫婦の親友でもある。二人の間に生まれた、心を奪うほど美形の双子も一緒に来ている――チャーミングな男の子たち！　我が家の奴隷たちが――それにほとんどすべての家庭から奴隷たちが来てくれていると思う――お手伝いをしてくれている。ほとんどは自分から進んでやってくれている。楽しみごとやちょっとした食事の分け前にあずかるチャンスがあるから。もちろん彼らはとても楽しんでいる。楽しむのがあの者たちの性質なのだ。

八時になってわたしは、自分が書いた最初の小さな章をジョージのところに持って行き、書斎にいた彼に渡し、ペンをとって約束を守りなさい！と詰め寄った。可哀そうに、夫はものぐさで眠気がさして、やる気がなかったのだが、立派な男の人らしく気を取り直し、紙を用意して机に向かった。

わたしは濡らしたタオルで彼の頭にねじり鉢巻きをしてやった。ものを書くと頭が熱くなるよ、と言うからだ。それからわたしの原稿を前にうつらうつらしている彼を残して部屋を出た。ドアに隙間《すきま》を開け、本当に書き始めるかどうか窺《うかが》いながら一、二分ばかり外で待っていた。だが鼻が机にくっついたかと思うと、彼はぐっすりと寝てしまった！　起こしに行こうかとも考えたが、そうする気持ちにはなれなかった。だが少しばかり経つと、十分に元気を回復した人のように、夫はさっと頭を起こした。わたしの拙《つたな》い原稿を唇《くちびる》に寄せ、それにキスした――わたしはとても嬉しく得意な気持ちになったので、目から涙があふれた――それからペンをとって勢いよく仕事に取り掛かった。

十一時半。楽しく賑やかなパーティもうお開きだ。さよならの挨拶《あいさつ》をしに行かなければならない。半時間のうちにみんな帰ってしまう。そうすればわたしたち家族は跳びはねながら書斎に上がっていき、パパが仕事をしているところに飛び込んで、どんなパーティだったか話して聞かせてやろう。

夫の物語

十五年の歳月の後

私は妻の締めくくりの言葉にまた目を落としている――彼女がこの世で書いた最後の言葉だ。

「ものを書くようにと夫にこの一年お願いし続けたが、子供たちを使えばいいとひらめいた――今朝のことだ。これで決着した。さて、我が家の子供たちが話題であるうちに、次に書いておきたいのは――」
私たちの子供のトムだ。トムのことを語ろうとしていたのだ。だがそれは叶わなかった。あのときから十五年以上の暗黒の歳月が頭上をゆっくりと行き過ぎていった。私は今も当時の妻の様子を思い描くことができる。文章を書くということへの期待と興奮できらきら輝いた、彼女の若々しい優美さ、そして愛らしさ。自分の書いたものを私に手渡し、頭にタオルを巻いてくれた――あの愛らしい手の感触を知るのはそれが最後になった――そして死んでしまったのだ！

その悲惨な出来事が起きたのが何時かは分からない。私は自分の約束に従って書き始めるつもりだった。そして実際に書き始めたのだと思う。だがひどい眠気が差し、寝入ってしまったのだ。はっと目が覚めると、火と煙のただなかにいた。さまざまな恐ろしい音がごちゃごちゃになって聞こえた。何かがぶつかる音、炎があげるうなり、絶望の叫び、慌《あわ》てふためく足音。妻の大事な原稿をひっつかみ、愛《いと》しい家族の名を叫びながら、よろよろと真っ暗な階段を降りていった。煙で窒息《ちっそく》して、私は意識を失った。発見され、戸外に運び出された。気がついたとき、屋敷は大波のような炎に包まれており、私は家族を喪《うしな》い悲嘆にくれた。幼いトムだけが唯一の生き残りだった。妻と小さな娘たちにはこの世で二度と会うことはない。他にも死人が出たと聞かされたが、二人を超えることがなかったのは幸いだった。その一人が幼いハリー・オズグッドだった。可哀そうなフランシス。歳月がたっても打撃からまだほとんど立ち直れない。まだ嘆き悲しんでいる。慰《なぐさ》めようがないのだ。私もこの長い年月、彼女と共に嘆き悲しんできた。気持ちが分かるのだ。彼女の場合はとりわけ過酷だろう。双子のうち一人が死んでしまったことだけでも十分に重い試練だが、もう一人が生き残っていることは、ひょっとするとさらに重い試練であるかもしれないのだ。

この災厄が降りかかる前の私の人生は、幸福そのものだった。平穏で起伏《きふく》のない人生で、書き記すべきことなどあまりなかった。だがもし妻が生きていたならば、何がしか書いただろう。それが彼女の望みだったから。だがあの出来事が起こってからは、書く気持ちになれないし、もう書くことはないだろう。しかし、過去十五年のことは無視してしまって、自分の人生でごく最近に起きた数か月の出来事について書く気持ちはある。それをやってみるつもりだ。自分の顔をまともに見据え、自分がどちらの方向に流されていったのか、どのようなものに成り果ててしまったのか告白すれば、苦痛が和《やわ》らぐと思えるからだ！

だが一人称を使ってそれはできない。そのような屈辱《くつじょく》は何としても避けなければならない。それは絶対に御免《ごめん》だ。たとえ努力したとしても、言うべきことを一人称を使って言うことなどできない。「私はかくかくしかじかのことをしました」など言えるはずがない。気分が悪くなるし、ペンも動かないだろう。いや、私はこれをまるで物語や歴史やロマンスであるかのように書いてみることにしよう。その物語では、自分とはまったく関係のない他人について語るのだ。その男の弱く気まぐれな性格を、私は自由に開陳《かいちん》し暴露《ばくろ》することができる。本人が腑分《ふわ》けされていることなど思い及ぼすこともなく。私は自分自身を赤の他人に作り変え、「ジョージ・ハリソンはかくかくしかじかのことをした」と言うことにしよう。

このような工夫で守られることによって、起きたことを洗いざらい語ることができるだろうと期待し確信しつつ、話を始めることにしたい。

ジョージ・ルイジアナ・パーチェス・ハリソン

第二部

一

インディアンタウンは人口が千二百から千五百人程度の村だった。世にも辺鄙《へんぴ》な、眠ったように平穏な場所で、新聞などなく、気楽で満ち足りていた。気候は快適だった。冬が訪れることはたまにあったが、毎年来るわけではなかった。トウモロコシが育つ土地柄で、村の端から広大な畑が、何マイルも南北に延びる丘陵に広がっている。そこには大きな庭付きの民家が建っている。家の周囲とそのさらに向こう側には、小屋や果樹園や庭園やメロン畑がある。インディアンタウンのキリスト教は——メソジスト、長老派《プレスビテリアン》、洗礼派《バプテスト》といった——南部によく見られる類《たぐい》のものである。それぞれの宗派には教会があるが、多くの人が入れても建築としてはあまり立派ではない。ここは郡庁所在地だったから、庁舎があり監獄もあった。外国人は二人いた。ドイツの男とアイルランドの女で、二人は夫婦だった。人々は順番をさかさまにして、〈婦夫《ふうふ》〉と呼んでいた。二人に男女の役柄が分け与えられたときに間違いが起きたのだ、と人々は言うのだった。

インディアン川が町のそばを流れていた。大きな流れではなかったが、清く澄んで輝いていた。土手は夏になると美しかった。柳がしなだれ、弧を描く草地に緑のクッションが敷かれ、ピンクの花が咲くと火をつけた炭を撒《ま》き散らしたように見えた。川に沿って駅馬車の走る路があった。このような川沿いの緑の広がりが村の北端には見られた。中央の川岸の土手に水車小屋が建てられていた。その南側にある住居には、製粉工が雇われて住みついていた――例のドイツ人、ジェイク・ブリーカーである。水車小屋の北側には、持ち主である老アンドリュー・インディペンデンス・ハリソンの家が建っており、その背後には庭と果樹園があった。ハリソンは男やもめだった。共に住んでいるその息子ジョージ・ルイジアナ・パーチェス・ハリソン（現在四十八歳）も同じく妻を亡くしていた。ジョージの息子トマスもそこに家庭を構えていたが、ちょうど今は不在にしていた。彼は二十二歳、将来を嘱望《しょくぼう》された駆け出しの弁護士で、村いちばんの弁護士であるギルバートのもとで長い間――給料なしで――見習いをしていた。退屈だが重要なある用件で、ギルバートがトマスをニューオーリンズへと送り出したため、彼は三か月以上も留守にしていたのだ。

ずっと昔、衆目《しゅうもく》の見るところ、富と高潔な人格という点でハリソン家はフェアファクス家と肩を並べんばかりだった。フェアファクス家が貴族出身（いわゆる「上流《クオリティ》」）で、ハリソン家はそうではない、という事実がなければ、ハリソンはフェアファクスと格は同じと見なされただろう。だがハリソン家の財産はもうなくなってしまった。アンドリュー・インディペンデンス・ハリソンの財産は水車小屋だけで、彼はかれこれ十年ばかり貧しかった。この長い間、彼は貧しく、じたばたあがき、悩み、借金を負い、誇りを傷つけられ、その苦味が日中の彼の平安を乱し夜には眠りを妨げた。財産を失った時、（それは豪壮なハリソンの屋敷が焼けてしまってから五年後のことだったが）、彼は親友も喪った――自分と同世代のフェアファクス〈旦那《スクワイア》〉のことだ。少年時代から気のおけない仲間どうしだった。〈旦那〉の称号を引き継いだ息子のことは、彼も息子ジョージもほとんど知らなかった。息子のフェアファクスは小さい頃からずっと引きこもりがちだった――「上流だから生意気でお高くとまっているのさ」というのが世の評判だった。ヴァージニアの大学で四年間学んで帰ってきたとき、飲酒の習慣と喧嘩《けんか》っ早さが身についていた。そういうわけで彼は好きなだけ――ひょっとすると否応《いやおう》なしに――自分の中に閉じこもった。ヴァージニアに戻ったが、まもなく花嫁を連れてまた帰ってきた。その日から彼は酒をやめ、自分の気性に鉄の枷《かせ》をはめた。子供が一人生まれた――女の子だった――それ以来、妻は病気がちになり、家から一歩も出なくなった。若い夫は懸命になって献身し、奴隷のように仕《つか》え、彼女の好意を得るよう模範的な生活をした。二人とも本が好きだった。その種の仲間は二人ともたくさん持っていた。その他の仲間についてはほとんどいなかったが、それで二人は満足そうだった。娘のヘレンが成長すると、自分たちで教育を行なった。ヘレンはこの家を寂しいとは思わなかった。黒人の使用人はたくさんおり、彼らは白人の子供にとっては、世界で最も素敵で愛すべき連れ添いだった。(死んでしまうまでの話だが)溺愛《できあい》してくれる祖父もいたし、歳月が経つうちに、ヘレンは村の中で友だちを多く集め、人生をさらに豊かなものにしていった。

この物語が幕を開ける時、フェアファクスの家庭は一年以上、再び悲しみに沈んでいた。二十年にわたって、うるわしい心と献身的な愛によって家庭生活を美しいものにしてきた女性が、安らかな眠りに就《つ》いたのだ。娘の場合、あの強大な魔術師である〈若さ〉がその魔力を発揮し、暗雲《あんうん》は徐々に晴れようとしていた。だが父親には、この助けが不足していた。妻を喪った痛みは時と共に減るどころか、増していった。

フェアファクスの家は、広々とした古めかしい屋敷で、川沿いの路から五、六十ヤード離れた日よけ用の木立のなかに建っており、人目につかなかった。その背後には家の所有する土地が一マイルほど丘にまで広がっており、そのちょうど真ん中に、「黒人居住区」と呼ばれる、水漆喰《みずしっくい》を塗った丸太小屋の集落がある。集落は水車小屋から北に一マイル程度の距離だ。その間には、川の土手に建つ村の鍛冶屋《かじや》があった。大きく枝を広げた古い樫《かし》の木の下に鍛冶屋は建ち、北側に広がる農地で働く人々の情報交換の場となっていた。十五から二十ある農場のために、馬に蹄鉄《ていてつ》をはめたり荷馬車を直したりした。夏には木の下で、冬には店の中で、用が済むのを待っている人々がかたまって噂話をしているのがいつも見られた。

フェアファクスの屋敷に話を戻そう。中に入ると広間の右手に部屋がいくつか並んでいる。同じ側の三番目――それが〈旦那〉の仕事部屋だ。この部屋に私たちは用事がある。物語を始める用意がいよいよ整ったから。寒い天候で荒れ模様の日なので、広々とした暖炉《だんろ》で薪《まき》が勢いよく燃えている。日付は十一月三日、土曜日。

二

二人の男がその部屋に座っていた。一人はアンドリュー・インディペンデンス・ハリソン。彼は七十五歳で見かけはもっと老けていた。やせて、顔は黄ばみ、しなびた体がひょろりと伸びている。

骨ばった長い指は猛禽《もうきん》の鉤爪《かぎづめ》のように見えた。病弱な様子で、咳《せ》き込んでばかりいた。粗末《そまつ》なリンネルのシャツを着ていたが、首もとがだらりと開き、ごつごつした喉《のど》が剥《む》き出しになり、胸も少し見えていた。牛革のブーツは最近手入れをしていなかった。つばの広いソフト帽は、くしゃくしゃだった。古いブルージーンズのスーツを身にまとっていたが、着古されて縫《ぬ》い目が白っぽく見えた。もう一人の男はたぶん四十五歳くらいだった。服は無地で簡素だったが、上質の素材で完璧に着こなしていた。彼は重々しく知的な顔立ちをしており、身のこなしは紳士のそれだった。これが〈旦那〉だった。ちょうどこの時、彼は話していた――

「ハリソンさん、私があなたを呼んだ理由はお分かりでしょうね？」

老人はひるんだが、目は上げなかった。彼は不機嫌そうに言った――

「言いたいことを言いたまえ――わしは我慢できるだろう。我慢しなくちゃならんのだ」

「四千ドルと利子の証書――借金の唯一の証拠ですが――それをあなたにつき返しました」

「そうだな」――いらだち。

「あなたが支払いに使った金がまがいものだったのはご承知ですね？」

ハリソンはもじもじしながら椅子に座っていた。帽子を手に取り神経質そうにいじくった。顔がひきつった。だが言うべき言葉を見つけることができず、諦《あきら》めた。

「まがいものだとご承知だったのですね？」

再び悪戦苦闘したあげく――しぶとく――

「わしは苦しい立場に置かれていたんだ――分かっておるだろう」

「恩をいんちきで返すほど苦しい立場にはなかったでしょう。どんな点で苦しい立場だったというのですか？」

　これは説明が難しいとハリソンがその時に感じたのは明らかだった。だが彼は釈明しようとした。

「君はその気になればわしに支払い要求をして水車小屋を差し押さえることもできたのだ。そして――いや、これですべてだ。わしは他に何も持っておらん」

「よく考えられた言いわけではありませんね。私はあの水車小屋を守るためにお金を貸したのですよ。債権者たちから守るためです。貸す期間は二年半――返せと頼んだことがありましたか？」

「ああ――うむ――その気になれば君にはできたろう。それがいつもわしを苛《さいな》んでいたのだ。苦しい立場とはそういうことだ」

「ハリソンさん、あなたはまったく情けない」

「言え、言え――嵩《かさ》にかかって言うがよい。わしは倒れ伏している。尻に敷け。どっちみち、親愛のために金を貸したわけではないのじゃろう」

「親愛のため――いえ、そうではありません。学校友だちだった息子さんのジョージのためでもありません。彼は私の内気な性格を〈上流〉気取りだと勘違いして――みんなそうだった――私を好きになってくれなかった。もっとも、彼が根本のところで思い違いをしていることは分かっていたので、彼を恨んだりはしませんでしたけれど。いえ、私が金を貸したのは、父とあなたが、父の死ぬ十年前までずっと親友だったからです。父のためだったんです――ただそれだけです。父はあなたを尊敬し、信頼していました。それ以来あなたは身を落とされました――いくつかの点で。そしてとうとう、正直さもなくなってしまった。ジョージはかつての立派だったあなた自身と生き写しですよ――あなたには昔の自分を下手くそになぞったもの以外、たいしたものは残っていない。今のあなたを目の前にして、あの頃のあなたを思い出すと愕然《がくぜん》としますよ！」

「その調子で言うがいい！」老人は鼻息を荒げた。そして、やや的外れな方向に話題をそらして、「あの頃か！　もしずっと昔に遡《さかのぼ》ってみれば、君自身、模範的ではなかったのだぞ。飲んだくれて喧嘩をして、悪魔のような癇癪《かんしゃく》持ちだった――そんなこと言えた柄《がら》かね、フェアファクスの旦那」

「そうかもしれない、そうかもしれない」と〈旦那〉は言った。一瞬、目が怒りで光を放った。「かつてはそんな人間だった。二十年前のことです。大昔の話なので興味はありません。別の話題に戻りましょう」

「よかろう」とハリソンは横柄《おうへい》な態度で言った。「君はわしを呼び寄せた――それでここにいる――さあ、何がお望みだ？」

「四千ドルと利息の証文《しょうもん》をもう一度。通告した日付の翌日に支払うことにし、水車小屋が抵当です」

「ああ、そうかね？　で、それが受け取れなかったら？」

「あなたを二十年懲役《ちょうえき》で刑務所送りにします！」

老人は突然、くずおれんばかりになり、激しく体をよじらせた。一分以上の間、蒼白《そうはく》になって震えながら座っていた。哀れな姿だった。それからへりくだり、恐怖と苦悶《くもん》で震えた声で言った――

「神様、そんなこととは考えてもいなかった。いや、やる――君のいうことなら何でもやる。二十年だって！　わしの年なら終身刑と同じじゃないか！　名誉にかけてやるよ。だがこの件は口外しないでほしい、お願いだ！　わしは哀れな老いぼれで、落ちぶれている。口外しないでくださるな？」

半ばは憐《あわれ》み、半ばは嫌悪《けんお》から生じる表情が〈旦那〉の顔をさっとよぎった。彼は言った――

「やめてください。私はそんな人間ではありません。まあ、あなたにはこの金を返すことはできない。

びた一文だって返せない——そのことはよく分かっていますし、そんな要求はしません。でもジョージはあなたよりましな人間です。だからいつか返せる時が来れば返してくれるでしょう。返せないうちは彼に求めたりはしません。私は困っている人たちを締め上げたりはしないのです。私の財産は何であれ、娘の財産です。もし貸した金が戻ってこないうちに私が死んでしまったら、抵当が資産になります。娘はそれを好きなように処理するでしょう——それは彼女の問題です」

こうして話し合いは終わり、ハリソンは帰っていった。

フェアファクス〈旦那〉はしばらく座って考えごとをした。「あの爺《じい》さん、頭はしっかりしてるんだろうか」、彼は考え込んだ。「ずっと正直で名誉を重んじる人だったのに、それが突然……ふむ……とても奇妙だ——自然じゃない……それにあの怯《おび》えたような目つき……心配ごともトラブルもある……そのうえ、噂が正しいとすれば、デスヘッド・フィリップスから何回か訪問を受けたらしい。心を苛まれた迷信深い人間の頭を狂わせてしまうのを、狙い定めたような訪問だな……」。彼はポケットから贋金《にせがね》を取り出した。厚い札束だった。それを暖炉に投げ入れようと手を伸ばしたが、途中で止めた……。「いや、だめだ——こんな証拠品は焼いて処分しましたと、ただ告げるだけでは——いつまでも疑い続けるだろう——あやふやなことから生まれる恐怖は、あのぽんこつ爺さんには耐えられないくらい怖いものだろう……。証文を持ってきたときに返すことにしよう」。彼は札束をテーブルに置き、考えごとを続けた。やがて、部屋に独りでいるのではないことに気がついた。彼は顔を上げて言った——

「ああ、お前だったか、ブリジット」。彼は札束をテーブルの引き出しに放り込み、それを閉めた。「いったい何だね?」

「失礼ですが、ご主人様、縫いものが終わりました。ヘレン様はもうわたくしを必要としておりません。それに夫は、わたくしがここにこれ以上いることを望んでおりません。暇《いとま》を取らせていただきたくて参りました」

「望んでいないだと？　どうしてなのだ？」

「あの、ご主人様は夫を酷い言葉で罵《ののし》られたことをご記憶でしょう。夫はそれから立ち直っていないのです。噂が広まりまして、皆がしつこくつきまとって夫にその罵《ののし》り言葉のことで冗談を言います。その言葉は本当のことだと言うのです――まったく最―悪です」

「私があれを罵った？　ありえない。どんな言葉を使ったのだ？」

「ご主人様は、お前は行儀が悪く、ぼんやり頭で、おセンチすぎるドイツのまぬけだ、と言われたのです」

「ああ、あのことか。すっかり忘れていたよ」

「いえ、夫は忘れておりません。それにどっちみち、忘れないように皆が仕向けるのです。だから彼は本当に怒っているのでございます」

　彼女の眼がぎらりと光った。今にも激さんばかりなのは明らかだった。だが〈旦那〉は彼女をさえぎった。彼は重々しく――思いに耽《ふけ》るように――言った。

「それは残念。褒《ほ》め言葉だと考える人も多いだろうに」

　若い女は愕然となって、口をぽかんと開けた。彼女は立ちつくし、今言われた言葉をどのように受け取ればいいのか推《お》し量ろうとするかのように、〈旦那〉をじっと見つめていた。だが何の情報も得られなかった――彼の顔つきは厳粛《げんしゅく》なままだった。彼女は困惑した。今にも奔流《ほんりゅう》のようにあふれ出しそうだった言葉は、明らかにその水源でせき止められたのだ。彼女は話し始めようとむなしく試みた。それから諦め、これだけ言った――

「四ドルでございます」

〈旦那〉は金を与えた。彼女がひざを曲げてお辞儀すると、彼は頷《うなず》き返した。帰りながら彼女はぶつぶつ呟《つぶや》いた。「褒め言葉だって？　もし自分自身がそんな風にほめられたら、神様に感謝するつもりなのかい？」

彼女はいい気分になれなかった。酷いことを言ったことへの前向きな謝罪を〈旦那〉がしてくれると期待していたし、娘のために裁縫を続けてほしいと自分に言ってくれることも期待していたのだ。それで彼女はいたく失望した。あの「褒め言葉」については、本当のところはどうでもよかった。自分自身が折にふれ夫に対して投げかける言葉に比べれば、まだ手ぬるくパンチが弱い。こんなことなら何も言わずにおけばよかった。余計なお世話さ、あたしの稼ぎのことはあたしが考えるから、と夫に言い放っておけばよかった。だがもう手遅れだ。企《たくら》みごとを実行してしまった。一週間につき三日の、お手軽で実入りのいい裁縫《さいほう》のレッスンを失ってしまったし、そのうえ、親しくなった〈旦那〉のところの黒人たちと噂話をしたりして楽しい時間を過ごすこともできなくなった。他の誰でもない、自分がやってしまったことなのだ。そういうわけで、当然ながら、彼女は〈旦那〉に責任をなすりつけ、憎み、うちのひとがあいつを嫌うのも当然さと考え始めた。そして、いつか仕返ししてやる、と呟いた。だがまた同時に、彼女は責任を夫にもひっかぶせてやりたくなった――機会を無駄にして、神様が与えてくれた才能を捨て置くのはもったいない。その晩、夫が夕食の席に着くやいなや彼女はなじり始めた。

「あいつ、あたしを引き止めなかったよ――ひと言もなしさ――辞めさせたのと同じだ！　誰が悪いのかって？　あんたさ、オランダの海賊《かいぞく》野郎！」

「ちょっと待て、プリジット、そんな風に言うなよ。めしがまた台無しになっちまうじゃないか。そんな言い方をするといつもめしが台無しになっちまう。お前が職を失くすなんて、俺の方は知らなかったぞ」

「知らなかったって！　あそこの仕事を辞めろって、あたしに言わなかったっていうのかい？　言わなかった？」

「ああ、だけど、お前が本当に辞めるなんて思ってもいなかったんだ。だから――」

「辞めちまったのさ、あたしも馬鹿だよ。そしてあいつには、あんたをどんな風に呼んだのか、言ってやったんだ――あんたにはそんな肝《きも》っ玉ないからね――そしたら、あいつ、それは褒め言葉だと言うんだ。ほんとうに褒め言葉さ」

「ホメコトバだって？　イヤハヤ《ドゥ・リー》、ナンテコッタ《バー・ゴット》！」

「その汚い汁のようなオランダの言葉をあたしにひっかけないでおくれ、ジェイク・ブリーカー。その響きが嫌いなんだよ。それでもし、あんたのなかに男らしさが切れ端でもあったら――だけど、あんたには何にもできない。こんなデカイことするつもりだって、いつも言ってるけど、あんたが何か一つでもデカイことをやるのを見たことない。喋《しゃべ》るだけなら簡単だからね。あんたになら、誰でも好き放題に悪口言えるわけだよ」

「なあ、おい、プリジット、見てろよ。俺がチャンスをつかむまで待ってろ――そうすりゃ！」そして彼はテーブルにこぶしを叩きつけ、皿がはねあがった。

「もう、お黙りよ、気分が悪くなる。ねえ、あんたの給料を上げてもらうこと、ハリソンの爺さんに話したかい？〈旦那〉から借りた金を返したら爺さんはそうするって話だったね」

「それはな、実はこんな話なんだ。爺さんは——」

「それじゃまだ上げてもらってないんだね。何が理由なんだい？ どうして上げてくれないんだい？」

「実はな、イッサクジッツ《フォーゲシュテルン》——」

「キリスト教徒の言葉で喋りなよ、この珍粉漢《ちんぷんかん》！」

「あのな、一昨日、爺さんは明日になったら上げてやろうと言ったんだ。だが今日になって——うむ、今日になって、もしそうしたければ他の働き口を探せばいい、賃上げはしないから、って言うんだ」

「他の働き口だって？ 他の口なんてありゃしない。ジェイク・ブリーカー！ あいつの言い分を承知したなんて言わないだろうね？ あんたらしいよ、こんなまぬけは見たことない。これからあたしたち、どうやっていけばいいんだい？」

「でもブリジット、お前はせっかちだよ。俺に言わせてくれないんだから。俺は爺さんの言い分を承知してないんだ」

「ああ、それならいいわよ。でもそれはたまたまでしょ。爺さんにたてつくなんて、考えなかったからできたんでしょ」

「でもブリジット、考えたとしたって——」

「まあ心配しないで。そんな可能性なんかないもの。あんたが考えるなんて！ まったくもう、どうやったらあんたが考えることができるっていうの？」

「どうやったらだって、ブリジット？ そりゃ、俺は——」

「やめてよ。説明しないで。あんたの説明には我慢できない、頭がごちゃごちゃになっちまうから。それじゃあたしたちは、またこれまでと同じように、ひと月十六ドルでどうにかやっていかなきゃならないんだ。あたしも裁縫の仕事を失くしちゃったし！　ああ、やっと食事終わったの？　じゃあ、出て行ってちょうだい――お皿洗いしたいから」

この会話は水車のそばの小屋《キャビン》でのことだった。ほぼ同じ頃、あるいはその少し後で、水車の持ち主が住んでいる、水車とは反対側にある近くの家で別の会話が交わされていた。老ハリソン氏と息子のジョージとの会話だった。居間のヒッコリー❖が燃える暖炉の前で二人は座っていた。居間は小ぎれいな居心地のよい部屋で、床にはラグカーペットが敷かれ、座面が小割り板を組んで作ってある椅子があり、書棚やマントルピースやテーブルに本が置かれ、磨《みが》き上げた真鍮《しんちゅう》の燭台《しょくだい》には獣脂《じゅうし》ロウソクがつけられている。テーブルには林檎《りんご》酒を入れた水差しとグラス、リンゴを盛った皿、割れ目の入ったヒッコリーの実を盛った皿が置かれている。かなり素朴な絵が数枚と、ワシントンを描いた粗末な木版画が壁に掛かっている。

すでに述べたように、ジョージは四十八歳だった。背が高く、がっしりとして、均整のとれた体つきだった。着衣は平凡なブルージーンズだったが、品よくすっきりとして魅力的で、体にうまく合っていた。顔立ちは洗練され知的だった。いくばくかの決断力と、十分な情け深さがその顔にはあった。誰もがこれは信頼できると認めるような顔だった。

「父さん、今日ジェイクに言ったことは本当ですか、気が変わって――」

「給料を上げないってことか？　そうだ」

息子は父が言葉を続けるのを待った。だが父はそれ以上言わなかった。

「でもどうしてなんです？　約束をしたのに」

「そのとおりだ。だが一つ条件があった」

「条件ですって？　そんなこと知りませんでしたよ」

「知っていたはずだと思うが」

「何も思い出せません。僕の理解ではこんな取り決めだったでしょう、〈旦那〉にお金を返したらすぐに――」

「いい、それが条件なんじゃ」

息子は戸惑《とまど》った表情をした。そして――

「じゃあ、その条件が満たされたのですから――」

「満たされておらんのだ！」

ジョージは愕然とした。

「だって父さん、借金は返し、証文も返してもらったって言ったでしょう」

「あの金はまがいものだったのじゃ！」と言って老人は立ち上がり、せかせかと部屋を歩き回った。

息子は驚き魅入《みい》られて、父の様子を目で追った。偽装された金だって？　これはどういうことだ？　どう説明できるんだ？　しばらくして――

「でも父さん、どうして――」

「何も訊《き》くな！」


❖クルミ科の落葉高木。材は薪や家具などに使用。果実は食用。

「だって――」

「何も訊くなと言っておるだろう――そうした方がずっと気が楽じゃぞ」

それは告白に等しかった！　息子は沈黙した。これはただ恥じ入るばかりの用件で、話すべき用件ではなかった。彼はうなだれた。父はこの態度に気づき、息子に近づいて立ち止まり見下ろした。

「どうじゃ、泣きごとでも言ってみろ――言うがいい！　わしは気にしない、もう一度やってやるさ！　お前自身が一敗地《いっぱいち》にまみれ、厄介《やっかい》ごとや借金や悪運、そんなものを抱え込んでみろ、そうしたら誘惑が必ず近づいてくるはずじゃ！　その時を楽しみにしているがいい――それに尽きる。お高くとまって、わたしは純粋です善人です、なんて顔をする奴らもいるだろうが、それも邪魔するものが何もないうちのこと。待つがいい――それに尽きる。その時になったら、どれくらい善人ぶりができるかどうか確かめてみるがいい！」

「ああ、でも父さん――」

「わしに話しかけるな――耳など貸さんぞ。あいつめ、まがいものの金のことは大目に見ることもできたのに。別にあいつの損になるものじゃなし、そうすりゃわしは救われたというのに。そうしてくれなかった。わしがこんなに年取って文無しなのに。ああ、いつかこの借りは返してやる、覚えていろ。あいつは新しい証文をつくらせたのじゃ。指定した日付の次の日に必ず返すことにして、念の入ったことに水車小屋を抵当に――」

「それはたいへん――」

「黙れ、話をさせろ！　それができなきゃ、わしを牢屋に一生つないでやると、あいつは言い放ったのじゃ。だからわしはその証文をあいつに送った。あの猟犬め、わしがそうすると踏んでおったのじゃろう——そう、あいつが出した苦い薬をまた飲みくだし、泥をおかわりして食うだろうと！　あいつはわしのことを世間に言いふらしたりしないと約束したし、証文と抵当を手にしたらすぐに贋金は燃やそうとも言った。だが、へっ！——」

「それは素晴らしく寛大な行ないですよ、父さん！　言葉にできないくらい有難《ありがた》いですよ。もっと手ごわい相手だったら、手元にその贋金をとっておいて、いつかもし——」

「あいつを信じるとでもいうのか？」

「もちろん信じますよ、彼の言葉は万金《まんきん》に値しますからね」

「いいだろう。わしもあいつのことをそんな風に思えればな。もしわしが事を荒立てなければ——」

「そうされなくて、よかったですね。彼が新しい証文と抵当を手に入れて嬉しいです。僕の代になったら、うまくやってみますよ——」

「あいつに金が返せるようにか？　ああ、もちろん——ああ、もちろんな。お前だったらあいつに金を払って負債も帳消しにできるだろうな——わしからはびた一文取り立てられんぞ、そうあいつには言ってやった。あいつ、急きたてることはしません、などと言いおったが、わしは地獄に失せろ、と言ってやったんじゃ——」

「そんな——」

「息子さんを急きたてることもしません、ともほざいたな。それでまた、地獄に失せろと言ってやった——」

「あの、僕の考えでは——」

「勝手に考えろ——好きなようにな！」

「明日彼のところに礼を言いに行きますよ、それから――」

「ああ、そうかい？　あいつはお前のことを憎んでいるぞ！　そう言ったのじゃ。もしお前が話しかけるようなことがあったら、たとえ神様の祝福あれという言葉であっても、その場で抵当でもってわしらを破滅させてやるとさ。ああそうさ、何としてでもあいつに礼を言いに行きたいのはわしの方じゃ――こりゃのんびりしておれんわ――そうさ、お前の老いぼれ親父が暗くならんうちに家から追い立てられるのは、さぞや結構な見ものじゃろうよ。よいか！」

「何ですか？」

「借金を返し終える日まで、あいつにひと言も話しかけないと約束しろ」

「だって分からないな、どうして僕が――」

「約束するのじゃ！」

「だけどそれが何の役に――」

「あいつはお前には絶対に話しかけん――わしにそう言ったのじゃ。そしてもしお前の方から話しかけたら、あいつはお前を侮辱《ぶじょく》するだろう――それもわしに言ったのだ。約束しろと言っているのじゃ！」

「分かりましたよ、それ以外に父さんの気が済まなければ」

「それでいい。お前もたまには物分かりがよくなるのだな――普段はそうではないが」

老人は帽子をぐいと引っかぶり、口角泡《こうかくあわ》を飛ばしながら立ち去った。息子は立ち上がって、みじめに悩みながら部屋を歩きまわった。苦い思いが湧き上がり、それをぼそぼそと口にした。

「親父は財産を失くしてこのかた、下り坂だ。一週間とたたないうちに口汚い言葉を突然言うようになった。だが、詐欺《さぎ》をやらかすまで落ちぶれるだろうとは、というより、そこまで落ちぶれることができるとは、思いもよらなかった！……嘘をつくことも思いもよらなかったな。金を失くすということには、人格をおそろしく崩壊させてしまう何かがあるにちがいない。人は他の種類の別れなら、それを経験しても何とか持ちこたえる。だが金を手放してしまうやいなや、俺たちが人格と呼び、とても誇りにし、全幅《ぜんぷく》の信頼を置き、みかげ石のように堅牢《けんろう》だと考えている建造物は、崩れ衰え始める。それから……かつて砂だったみかげ石はまた砂に帰っていく！　親父は――なんてことだ、この自分に警告したんだ！……借金、災難、人の敬意を失うこと――そこから生まれる屈辱感――そして、差し迫る困窮《こんきゅう》、欠乏――またしてもそこから生まれる屈辱感――そういったことを経験すれば、俺も誘惑に駆られて不名誉なことをしでかすというのか――ありえない！　いや、いや、荒唐《こうとう》無稽《むけい》な話だ――グロテスクなくらい荒唐無稽だ……だが、かつての親父を考えてみろ」

歩きまわっていた彼は、ここではたと立ち止まった。何かが心に浮かんだのだ――ある記憶。

「あれはもう十四年も前のことだったはずだ」と彼は呟いた。「だがはっきりと憶えている。もっとも、その時のことを後で考えたことがあるかどうかは分からないが。親父は神父のベイリーさんと誘惑について議論をして、こう言ったんだ。誘惑にさらされ、誘惑と闘うことで強くなり、そしてその闘いに敗れ去る、という経験を持たない人格は、軟弱で情けない代物《しろもの》だし、急場の際の役に立たない、と。誘惑に見事に抵抗できたならよい、だが負けて堕落《だらく》するのはもっとよい、とも言った。自分の子供の行く手に誘惑を差し出すことまではしないけれど、誘惑がやってくるのを見たいといつも思ってきた、とも言った。そして、試され堕落するまで人は安全になることなどないのだ、とも。ベイリーさんは驚いた。嘆きもした。こんな風に言ったな。どんな国、どんな時代でも賢人たちはこう教えてきましたよ、人生の唯一の安全な道は、誘惑から逃げ、避け、近寄らないことです、その教えは正しかったのです、と。ああ、親父がその教えを胸に刻んでおいてくれたらなあ！　そうすりゃ、こんな情けない一件は起こらなかっただろうに」

彼の考えは別の細かな点に向けられていった。顔がかっと赤くなった。「それじゃ、ウォルター・フェアファクスは俺を憎んでいるわけか。それを口に出したか。口に出すとは驚きだな。体面を大事にする彼らしくない。だが、昔は血気盛んだったんだし、親父が彼を刺激して言わせたっていうのはありうる――親父は様子が変になった最近じゃ、相手につっかかって怒らせることが得意になっているからな……。まあ、友愛の情はそれほど失われちゃいない。ずっとウォルターを好きになりたかったけれど、好きになれなかったし好いたことはない。学校にいる時でも、自分の家族が〈上流〉だってことが頭から離れないようだったし。そして今――ああ、今はもう、ハリソン家のような輩《やから》を侮辱するのも気位が高くてできないわけか！……どうぞ入って！　この厄介な時に、あの我慢ならない詮索屋《ポール・プライ》❖を思慮深い神様が遣わしたようだ。入りなさい！　もちろん、俺がドアを開けなきゃならない。さもないと自分に聞こえるくらい激しくノックするだろうから」

ダグ・ハプグッドが入ってきた。彼は二十五歳だったが、あごひげは生やしていなかった――少なくとも文字どおりのあごひげはなく、その幽霊とでも言えるものしかなかった。どのように光を当てても見えない、柔らかで細く黄色っぽい産毛《うぶげ》しかなかったのだ。顔色は生き生きとしてバラ色だった。身長は五フィート十インチ〔約一七八センチ〕、がっしりと引き締まった体型だった。小さく明るい目は、親しみや、好奇心や、陽気な熱意にあふれていた。頭と耳はすっぽりと、はげかけた犬革の帽子に包まれていた。首には赤い編み糸でつくった厚い襟巻《えりまき》が巻かれ、その房飾りのついた両端が背中に垂れていた。両手には赤い編み糸のミトンをはめていた。長靴の脛《すね》の部分にまでくるオーバーコートを着ていたが、そこには大きな骨のボタンがつけてある。きめが粗く白い毛布用生地からつくったコートで、とても幅広い目立つ緑のストライプが、下のすその部分をぐるりと取り囲むように入っている。

彼は少年だった時に猩紅熱《しょうこうねつ》にかかり、耳の機能を損ねてしまった。この欠陥は年を追うごとにひどくなり、最後には自分自身の話し声が聞こえなくなった。そして、他のみんなも聞こえていないと考えるようになった。身内の者はすべて死んでしまった。片手間仕事にありついて生活していたが、仕事がしょっちゅうあるわけではない。だがそのことを残念に思ってはいなかった。彼は気さくな人間で、〈黒人ども〉も含めて誰とでも面識を持ったし、誰もが彼のことを知っていた。

彼は手足をばたばた動かしながら部屋に入ってきた。ミトンを脱ぎ、襟巻をはずし、ぐいと帽子をとった――犬釘《いぬくぎ》のような髪の毛はぴんと直立し、足を思い切り伸ばして悦《よろこ》んでいるような様子――そして、仰天《ぎょうてん》するほど声を張り上げて叫んだ――

「めちゃくちゃに雪が降ってるねえ!」家の主人のところに一歩近づいて、大きな両手でラッパの形をつくり、雷がとどろくような声で言った。「めちゃくちゃに降ってるねえって、言ったんだよ!」

「ああ、聞こえたよ。そんなに叫ぶなよ」

「ええっ?」

「聞こえたって」

「ああ、そうなの!」彼は腰かけて足と手を暖炉にかざした。「ここはすごく快適だね」。それからま

❖ポール・プライは、イギリスの劇作家ジョン・プール作の喜劇『ポール・プライ』(一八五三年)の表題人物名にちなむ。

た声を高めて――「ここはとても快適だねって言ったんだよ――ええっ?」

「何も言ってないよ」

「もっと大きい声で言ってくれよ、ジョージ。最近耳がちょっと遠くなってるんだ」

「何も、言って、ないって、言ったんだよ」

ダグは出ている食べ物を勝手に食べ始めた。林檎酒をすすり、リンゴをむしゃむしゃ食べながら、楽しげに歓声をあげ、叫び続けた。

「ねえ！　親方《ガヴァナー》さんはどこなんだい?」

「部屋を出たばかりだよ。寝に行ったんだと思う。この頃あまり具合が良くないんだ」

この言葉は繰り返された。ダグは了解した。

「ねえ！　どうしたんだい、ジョージ？　おいら、ジェイク・ブリーカーのところに行ってきたばかりなんだ。ちょっとだけ立ち寄って、どんな様子か見てみようって思ったのさ」

「ええっ?」

「それはご親切さま。いつもと変わらんな」

「ご親切さま！」

「そうかい――大丈夫さ。負担にならないよ、こんなことするの、好きなんだ。時間はたっぷりあるから。ねえ！　親方さんはジェイクの給料を上げなかったんだね。〈旦那〉から借りた金が返せたら上げてやるって約束だったのに。もう旦那は返してもらったでしょ。上げるのにどんな妨げがあるっていうの?」

ジョージは声を張り上げ、冷淡に――

「そんなことは親父の勝手だ」（繰り返し。）

「ああ――そうだね。〈旦那〉は新しい証文をもらったね――今日のことだけど。それから抵当も。どうしてなんだい？」

「お前に何の関係がある？　それにいったい何でお前がそのことを知ってるんだ？」ジョージは激昂《げっこう》して悲鳴に近い声で叫んだ。

ダグは親しみを込め、なだめ落ち着かせようとする口調で叫んだ――

「はいはい、分かりましたよ、ジョージ。親方さんと弁護士が、品物を〈旦那〉に届けるために、競売で手に入れた年寄りの黒人を使いに出したのさ。二十五セント銀貨を握らせてね。おいら、そいつに出くわしたんだ。たまただけど〈旦那〉の家はおいらの歩いてく先にある。だから無料《ただ》でその配達を代わってやったのさ。でもそいつ、赤いテープで何が包まれてるのかってことは言えなかった。だから歩いている最中で思ったんだ、急ぐことないって。それで鍛冶屋に入って一服して、テープをほどいた――」

「このおせっかいな卑劣漢《ひれつかん》め！」

「誰が？　おいらが？　ねえ、ジョージ、害になるようなこと、何かあるかい――おいらだったら、絶対に安全なんだから」

「お前だったら安全――何考えてるんだ！　百人に喋ってるのと同じじゃないか、そのことは分かってるくせに」

「ねえ、ジョージ、そんなことしちゃいないよ。それに、孤児《みなしご》にそんな口をきいちゃだめだね。頼れる者は自分だけ。身寄りはもうこの世界には誰一人としていない。ちょっとでも血がつながっている人もいないんだ。それに――」

「ああ、黙れ！　愚かな災いを引き起こすたびに、自分は孤児だから十分に大目に見てもらえると思ってるな。なんてこった！　お前はまったく人の気を狂わ――おい、実際、何人に話したんだ？」

「ジョージ、胸に手を当てて、誓って言えるよ。喋ったのはたったこれだけ。ループ・ハスキンズ、ベン・サーロウ、ブリーカーの夫婦、それからバート・ヒギンズ、それから――」

「鍛冶屋の主人か！　バート・ヒギンズか！　ああ、なんともはや、どうしていちばん初めにあいつに喋らなかったんだい？　そうすりゃ世の人間すべてに触れまわる手間が省けただろうに」

「何の手間でもなかったよ、ジョージ。おいらがそれをやったわけは――」

「ああ、もういい、黙ってろ――みんなどうしようもない世界に生きてるんだし、それを我慢しなくちゃならないんだ。なあ、しばらく前に〈旦那〉がお前に言ったと思うんだが。もし自分の家のあたりでまた噂を大声で触れまわるようなことをしたら、お前の背骨をへし折ってやるぞって。どうしてこんな無謀なことをまたやらかしたんだ？」

　ダグは胸を張って大声で言った。

「義務だったんだよ、ジョージ。おいらはあの書類を旦那に届けなきゃならなかった、そうでしょ？もちろんそうだよ。何の徳義心もない人間だったら危険を冒《おか》さないだろうけどね。だけど持ち合わせてる人間は、やらなきゃならない。避けられないし、〈すべてお見通しの目〉が自分をじっと見てることは心得てる。それにね――」彼は立ち聞きしている者がいないかどうか確かめるかのように、そっと部屋の周囲を見まわした。それから身を乗り出して、ジョージに大声で耳打ちした。「ねえ、彼はまた酒を飲んでいるんだよ！」

「まさか！」

「ああ、本当さ！」

「ああ、それは哀れだ――あまりにも哀れだ。そうでなければいいんだが」

「ええっ？」

「そうで、なければ、いいんだがって、言ったんだ！」

「ああ！　うん、だけど本当だよ。大した量じゃないけど、少しずつ――定期的にね」。彼はまた用心して部屋を見まわした。それから身をかがめて叫んだ。「誰にも言わないでほしいんだけど、本当のことなんだ。おいらは知ってる。旦那の息の匂いを嗅いだんだ。それからね、いらいらしてた――それに気がついたんだ。旦那が何か言ったんで、おいらはええっ？て訊いた、そしたらまた何か言ったんで、ええっ？て返した、そしたら向こうはまた何か言って、おいらはえっ？て言った。そしたら旦那は口をきっと結んで、つま先立ちして言ったんだ。『もう一度ええっ？て言ったら、お前を絞め殺してやる』って。そのとおりに言ったんだよ。そうなんだ、旦那は酒を飲んでたんだ。それがいつもの落ち着きを崩しちゃったんだよ。分かるよね。おいらは腰を下ろそうとした。そしたら旦那はあんな凄《すご》い目つきでおいらの方を見て、もう行っていいぞって伝える時に黒人にするように、頭をちょっと振ってみせた。それでおいらは、今は腰かけずにいよう、相手の気が変わるまで待とうと考えた。それから旦那に訊き始めたんだ。おとつい金を返してもらったのに、この新しい証文がここにあるのはどうしてなのって――あの、旦那が持ってるあの大きな杖《つえ》のこと、知ってる？――杖って言ってるけど、おいらは棍棒《こんぼう》って呼んでる――それで雄牛なんか殴り倒せるからね――それでね、それが椅子の上に置いてあったんだ――机を置いてる一階奥の間のところさ――で、旦那はそちらにゆっくりと近づき始めた、指もぴくぴく動かし始めた、それでおいらは、また来ますよって約束だけして、すぐおいとましました。ああ、そうだよ、酒を飲んでるんだよ、ジョージ、他の証拠もあるんだ。旦那は――それをもう――三週間も――続けてるんだ。聞こえてるかい?」

「でも、そんなことありえない!」

「聞いてよ。帰ろうとすると、たまたま偶然、黒人どもの一人が畑の方に戻ろうとし始めてた。それでおいらはそいつの後を追いかけて行ったんだ。四分の一マイルほど歩かせたところで、近づいた。若造のベンだった――下男としてはそれほど小利口な奴じゃない――みんなをあっと言わせるような奴じゃないってことさ――それでおいらは事情を聞き出そうとした。あいつは話したくなかったんだけど、食い下がった。それでとうとう聞き出すことができたんだ。ジョージ!」

「なんだい?」

「旦那は年中ずっと嘆き悲しんでた。だけどヘレンのためにできる限りうわべを取り繕《つくろ》って、なるたけ明るく振る舞ってたんだ。母親のように娘のそばに寄り添ってあげて、自分の時間の大半を使って彼女の気を紛《まぎ》らせて、元気を出させるために励ましてたんだ――ああ、彼はたいした男だよ、ジョージ、ここいらの人間は彼のことを知らない。だけどおいらには分かってる。だって旦那のところの黒人たちと通じてるから――だけどこの頃になって突然、ずっとやってきたことの甲斐があって、彼女は小鳥のようにとても朗《ほが》らかだ。そして今じゃ事情は反対。彼女の方が自分の時間をほとんどすっかり使って、父親の方を励まそうとしてる。でもね、娘が幸せになって手がかからなくなったとたん、旦那の方がまた憂鬱《ゆううつ》になりだして、それからますます鬱になっていった。それでとうとう、ほんの一滴くらい試してみるかって気になったんだと思う――危険だよ、二十年も禁酒してたんだから、ジョージ——それで、彼はお陀仏さ！　もう三週間になるんだ、ジョージ。深酒じゃないけど、定期的に飲んでる——回数が増えてるんだ、これは最悪だよね。ところで、このことをどうやってみんなから秘密にしてるって思う？　晩の十時を過ぎてから飲んでるんだ——ヘレンも黒人どもも寝入ってるときに、家の離れにある自分の部屋に上がって。次の日は、クローブとかコーヒー豆とかを口に入れて息の匂いを消そうとしてる」

「哀れだ、とにかく哀れに過ぎる」

「もし奥さんを亡くさなかったら——」

「ああ、分かっている。奥さんを崇拝していたんだ。それに値する人だったよ。奥さんがやってほしいと望んだことなら何でも、彼は嫌な顔一つ見せずに、嬉々としてやってあげた。ギルバートと医者からそのことは聞いたよ。話によると、二人が結婚した日に奥さんが頼んだそうだ、酒を飲むのをやめて癇癪を抑え込むようにしてね、って。そのひと言限りで、もう奥さんは二度とそのことを亭主に対して口にする必要はなかった。あの人は旦那の道徳心をしっかりと支えてたって話だった」

「旦那を大変革したからねえ、ジョージ！　だって彼はほんとに喧嘩っ早かったそうじゃないか！　トディ❖をあげて、機嫌を悪くさせて、何か話題を差し出してみたら、ほら、たちどころに湯気を上げて喚《わめ》きだす！　そんな噂だよ。まったく可哀そうだね、ジョージ」

「ああ、そうだな。言い表わせないくらい哀れだな。可哀そうなヘレン！」

「彼女は知らないんだよ、ジョージ、幸いなことにね！　事情を知ってるのは黒人たちだけで、みん

❖ウイスキー・ラム・ブランデーなどに湯と砂糖とレモンなど香料を加えた飲み物。

なこのことでは嘘をついてる――ベンがおいらに嘘を言ったのと同じさ。そうじゃないよって断言して、できる限り長くしらを切ろうとした。ところで、ジョージ、あんた、最後に外出してからもう四日も家にこもってるって聞いたけど。だけど大丈夫そうだね。具合は悪くない？」

「いや」、ジョージは少しうろたえた。「気分が悪いってほどのものじゃなかった。ここしばらくずっと休暇を取っていなかったんだ。今は休みを取るには格好の天気だろう。もう二、三日は家に居て、煙草《たばこ》を吸ったり本を読んだりしてのんびり休息するつもりだ」

「そうするのがいちばんだよ、ジョージ。広まってる噂を耳にしても、いいことなんかないから。おいらもたいていは耳を貸さない。目立たないようにして気楽に構えてればいいよ、噂は自然におさまるよ――それがおいらのアドバイス。おいらはあんたの友だちだって、分かってるだろ。さあ、もう行かなきゃ。けど、時々は様子を見に来るからね」。彼はもう身支度を整えた。それから少しの間平穏が続いた。というのは、ダグは最後のリンゴにがぶりと囓《かじ》り付いていて、大声を出すことができなかったからだ。彼は戸口の方に歩き始めたが、振り向いて叫んだ。「ねえ――トムが帰ってきたよ！」ハリソンははっとした。「あんたは知らなかったんだよね。でも帰ってきたんだ。午後遅くに帰ってきて、ギルバートの爺さんに報告するつもりなんだ。ギルバートの黒人どものうちの一人が教えてくれたよ。それじゃあ――さよなら――おいらが必要になったら、いつでも呼んでくれよ、ジョージ」

　彼は立ち去り、吹きすさぶ嵐の中へと姿を消した。心かき乱された男が一人残された。

　ハリソンは火に薪をくべ、疲れて意気消沈した様子で腰かけた。

「哀れなダグ、あいつには悪気なんか何もない、だから一日中あんなことをし続けているんだ。あいつには何が迷惑なのか分かっていない。それでも起きてる時間はずっと、迷惑をまわりに撒き散らしている。おいらが必要になったら呼んでくれか！　これには笑ってしまうな。あいつが喋り続けるのを聞くのが楽しみだった時もある。だが今では、あいつの言うひと言ひと言が牙のように噛《か》みつき、毒を吐き散らすように思える。やれやれ、どうして〈旦那〉は思い立った時に棍棒であいつを黙らせなかったんだろう？……また酒を飲んでいるのか！　あの可哀そうな女が死んでしまったのは残念なことだ。酒のことはもう誰もが知るようになるだろう。ダグの秘密は――つまるところ世間の秘密というわけだ」

しばらく後で。「それでは倅《せがれ》のトムが帰ってきたか。あいつの顔を何よりも見たい。だがそれは辛《つら》くもある。今頃はもう、借金のことで俺が伝えた素晴らしいニュースが間違いだったことを知っているわけだから――ダグがせっせと立ち働いたおかげで、それが確実になった。喜びに沸く家庭、頭をまた高く上げた家庭、誇りに満ちた家庭、そんな家に帰るんだと考えていただろう――それがすべて、完全に、台無しになってしまった！　ああ、辛く苦いことだ！　もちろん息子自身も天にも昇るような気分で戻ってきたのだろう、可哀そうに。そして今は、また我が家が地にまみれていることを知り、町中が噂話をしているというわけか！　トムの顔をまともに見ることはできそうにない。少しでも慰めになるような言葉、少しでも希望を与えるような言葉を口にすることはできそうにない――我が家は万策尽きてしまったのだ！　いったいどういう事情なのか、息子は知りたがるだろう。あいつには知る権利がある、だが何と言えばいいのだ？　俺には説明できない――息子には何も知らせないでおかなければ――あの犯罪のことを知るくらいなら、死んでくれたほうがましだ！　息子に会うのが嬉しくてたまらない気持ちになるべきだな。実際、そんな気持ちだ。それでも、あいつが真夜中までにギルバートとの用事を果たすことができなかったら、苦しみに耐えて待てるかどうか分からない！　ああ、あいつに何と言えばいいのだろう！」

　彼はトムのことでこんなに思い悩む必要はなかったのだが、そのことが分からなかった。彼に秘密があるならば、トムにも秘密があった。それは悦ばしい秘密だった。これは私たちにとっては重要度の低い事柄で、長々と説明する必要はない。大まかなところを述べるだけで用は足りるだろう。前の年にヘレン・フェアファクスはトムと婚約していたのだが、ある誤解が生じてこの縁組は破談になった。責任の所在はトムにあったが、彼はそのことを認める気持ちにはなれなかった――実際のところ、自分が悪いのだと考えなかった。彼のように若い時分には、酷いことをされたと勝手に想像して、そのことで口を尖らせることに一種の鬱屈した悦びを覚えるものなのだ。それで長い間、彼はこのロマンチックな苦痛に浸っていた。だがそれも、酷いことをした相手を目にしている間のこと。ギルバート氏の用事でニューオーリンズに行き、三か月不在にしている間に、トムのプライドもかき消えた。彼は告白の手紙を書いて許しを求めた。ヘレンは相手を大いに満足させるような返事をすぐさま書いた。彼女の手紙は、帰郷の準備をしている彼のもとに届いたのだった。

第二章

　十一月三日には次のようなことが起こった。老ハリソン氏が〈旦那〉の書斎で、詐欺をしたことで詰め寄られ、新たな証文を出すよう求められた。同じ部屋で、〈旦那〉とブリジット・ブリーカーとの会話が行なわれた。そしてその後、ダグが〈旦那〉のもとにハリソンの新しい証文を届けた。さらに同じ日、ブリジットとその夫のジェイクが、〈旦那〉の「褒め言葉」について議論をした。老ハリソン氏は遠まわしに自らの犯罪的な行為をジョージに告白した。〈旦那〉がまた酒を飲んでいるとダグはジョージに明かした。トムが帰ってきたことも明かした。一日の出来事としては相当に盛りだくさんだが、リストはまだ終わっていない。

晩の八時頃、ヘレンの混血の女中のエムリイが感に堪《た》えない様子で台所に現われて、こう告げた。自分の思い出す限り、これほどまでに若い女主人の髪を梳《す》いたり、ブラシをかけたり、着飾らせたり、おしゃれさせたのは初めてだ。これはいったいどういう了見なんだろう。

「リザ、もしあの娘《こ》がガウンを着てみようとしたら、十四着も試してみるんだよ。それなのにただの一着もお気に召さない。何かあるんだよ、絶対に何かあるんだよ。あんな振る舞いをしたことは今までなかったからね。いつもあたしはこう言ってきた、『ヘレン様、今日は何をお召しになりますか?』そしたらいつもこう答えたもんだ、『何でもいいわ、どれでも同じよ』って。『装身具はどれにいたしましょうか』っていつも言うけど、たいてい返事は『何もいらないわ』だった。いつも服の着方について尋ねてみるけど、あの娘はたいていは、『じゃあ、あなたの好きなように着付けてよ』って答えてきた。ところが今晩は、驚いたよ! だってどうしても満足できないんだもの。こちらは赤すぎる、あちらは青すぎる、もう一つのほうは黄色すぎる、どれもわたしの顔色には合ってくれないって。女王様が着るのに似合うような絹やサテンやビロードやなんやかやを試してみるけど、驚いたことにどれひとつとして十分に素晴らしいものじゃない。おかしなくらい突然に変わってしまわれたのさ――お手上げだよ、リザ」

「まあ、怖いことだね、エムリイ。あの娘のお父様にこのことを知らせなきゃ。手遅れにならないうちに医者を呼んだ方がいい。あんたはどうしてこんな風になったと思うんだい?」

「あたしには分からないよ——ちっとも。着付けをするときは、九回くらいはやらなきゃならない。そしてそのたび、あたしが最後のヘアピンを差すまであの娘はじっとしていられない。跳びはねながら姿見のところに行って、首をこんな風に傾けたり——こんな風に回したり、また逆向きに回してみたりさ——で、その間中ずっと、頬《ほ》っぺたが燃えるように真っ赤になって目がきらきら輝いてるんだ。ほんと、かわいいよ! それからあの娘《こ》、バラの花を全部引っこ抜いて、髪に差して、鏡をもう一度見てみる。それからまた全部引っこ抜いて捨ててしまって、別の花を選ぶのさ——」

「そうさ」と庭師のジャスパーが口を挟んだ。「あの娘は温室の花をごっそり、まるで暴風《サイクロン》みたいに獲っていったぞ——」

——「それからしばらくして戻ってきて、ガウンをぐいと引っ張ってみて、そそくさと姿見から離れて、肩ごしに振り返って、どんな様子に見えるか確かめてみるのさ。するとすぐ、最初の時と同じように満足できなくなる。そうなるとあたしはまたあの娘の服を脱がせて、違った風に着飾ってあげなきゃならない。これもまた、とても面倒なんだよ。だって何か熱い物の上に乗っかってるみたいに、じっとしていてくれないんだから。でももちろん、あたしは気にしない。なぜって着替えをするたびにあの娘はどんどん綺麗《きれい》になるんだもの。とにかくそのことは認めなくちゃならない。それから——」

「エムリイ」、と老いたリザが口を挟んだ。口調に不安がこもり、声が少し震えている。「わたしはあの子が生まれた日からずっと子守してきたんだ。みんながわたしの腕のなかにあの子を預けると、母親がこう言ったんだ、『リザ、もし万一私の身に何かが起こったら——』」リザはくずおれ、すすり泣いた。すると居合わせた黒人たちもみな同じようにすすり泣き始めた。この愛らしい人種は、すぐに他人の気持ちに同情を寄せてくれるから。それからリザは立ち上がって、チェックのエプロンで目を拭《ふ》き、戸口へと向かいながら言った。「あの子のところに行ってみるよ。慰めに行ってやるよ。あの子の母親がちょうど今、天国から私を見下ろしてる。リザ婆《ばあ》やはあの子を見捨てるようなことはしないって、ご存じなのさ。あの子の心に何かが起きたんだ。そうに違いない、振る舞いを見りゃ分かる。あの子に頼んでみるよ。医者を呼びに行かせてください、医者に直せないものはありませんって――」

皆一斉《いっせい》に、「そうさ！　それがいちばん！」

「そうさ、そうさせてくれるよう頼んでみるよ。医者はあの子の気持ちを静めて、病気の元《もと》――それが何かは知らないけど――を取り除くような薬をあげるだろう。それで朝になったら病気は消える。何か具合が悪かったのかどうか本人も憶えていないだろうよ」

彼女がヘレンの化粧室に辿《たど》りつくと、そこには誰もいなかった。以前はいつもきちんと整理整頓されていたこの部屋がひどく乱れすさんでいる様子をリザはひと目見て、ショックを受けた。老いぼれた足がぶるぶる震えた。自分が抱いていた不安がこれで確かなものになった。やはりこの娘はどうかしている。心が乱れ気も急《せ》いた彼女は寝室を通り、開いた戸口のところで突然立ちつくした。目が据わり、心臓の鼓動が止まった。目の前に若い女主人が座り込み、顔を両手に埋《うず》めてすすり泣いていたからだ。黒人の老婆はよろめくように進み出て、彼女をしっかりと胸に抱きとめ、乱れた胸の内を吐き出し始めた。

「まあなんてこと、お嬢様、どうしたんですか、わたしの愛しいお嬢様に何があったというんですか？リザ婆やにおっしゃってください。婆やの胸はもう張り裂けそうです。医者を呼びに行かせてください。そうすりゃ良くなります、すぐに良くなりますから」

彼女の腕に抱かれながら少女は満足そうにじっとしていた。目はうるんでいたが微笑がのぞいていた。そしてこう言った――

「どうしたのですって？　ああ、わたし、とっても幸せだから、堪《こら》えきれないの！」

リザはびっくりした。

「何ですって――それで泣いていらしたんですか？」

「そうよ――嬉し涙なの。婆や、わたし、この二日間は日中も夜もずっと気が昂《たか》ぶっていたの。喜びを表わす他のやり方はやりつくしちゃった。泣くより他には残っていなかったの」

「それはまったく、おかしな喜び方ですね。でももし、何の間違いもなくて、自分は幸せだって絶対信じていらっしゃるなら――」

「幸せ？　わたしの顔をご覧なさいよ！」

その笑顔こそ、説得力のある証人だった。その証言を疑いうる者は誰もいなかった。

「お嬢様、確かにお幸せでいらっしゃいますね――わたしには分かります。なんて有難いこと。これで満足です。これ以上の良い報せは望めません。それなのにわたし、お嬢様を慰めるために抱きしめたりして！」

「だけど今は――」

「そう、抱きしめてるのは、わたしがとても嬉しいから。ほんとうに長い間、お幸せそうな様子じゃなかったんですよ。それに今しがた、エムリイがやって来て、あんな風に言うものだから、わたしたちすっかり怖くなって。それでわたしは、どういう事情なのか確かめに行って医者を呼ぼうって言ったんです」

「でもどういう事情があるのか尋ねてくれないのね、本当に腹の立つ婆やだこと！　どうして尋ねてくれないの？　尋ねてって、何回もお願いしてるのも同然じゃないの？　説明したくてたまらないってこと、分からないの？」

「これはまあ、お嬢様、知りませんでした。どうやったらわたしに分かったっていうんです？　いいですか——」

「尋ねなさいよ！」

「それじゃあ、どんなご事情なんですか、もし——」

少女は老婆の頭を引き寄せ、囁《ささや》いた。

「こりゃほんとうにたいへんなことですよ、ヘレン様！」

「本当のことよ、婆や。もう医者は必要じゃないって、考えるでしょ？」

「医者ですって！」それから彼女は、アフリカ風の屈託のない大笑いをした。「まったくもう、その、その手の病《やまい》を治せる医者なんかいやしません！」

「忘れないで、今のところは秘密だから。しばらくしたら召使いたちに言ってもいいけれど——まあ、いつになるかはまた教えてあげる」

「ヘレン様、たとえこの身がハレツしても秘密はぐっと堪《こら》えてみせます」

「簡単なことじゃないって分かっているけど」

「確かにそうですね、お嬢様。生まれてこのかた、こんなに大きな秘密を抱え込んだことはございませんよ。それに他に類を見ない秘密です——昔のご主人様の代に遡っても。でもわたしを信頼してください、お嬢様。ハレツしてでも口はつぐみます」

「階下《した》ではみんな何か勘ぐってるんじゃないの？」

「ええ、確かに、そうですよ！　みんなが想像してるのは……みんなが想像してるのは……」

自然と笑いがこみあげてきた。彼女は話を止め、これ以上笑えなくなるまで笑い尽くした。それから、お嬢様の気がふれたと召使いたちが思っていること、だからとても案じていることを明かした。

「階下《した》に降りていって、それはすっかり間違いで、心配はいらないって召使いたちに知らせなさい。何か納得がいくようなことをでっちあげるのよ。それから……しっ！　足音が聞こえる――行きなさい！」

ニューオーリンズで仕立てた服でぱりっとめかしこんだトムが入ってきて、後ろ手にドアを閉めて立ちつくした。眼前に見えるものにうっとりとなって。だがそれも束の間のことだった。たちどころにヘレンは彼の腕の中に抱きとめられ、キスが何度も交わされた。

プライベートな場面になってきたので、半時間後に話を進めよう。いまカップルは、暖炉の前に置かれた短いソファに腰かけている。カップルの一人の頭は、もう一人の胸にあずけられており、会話が続いている。熱狂の段階はすでにつつがなく過ぎ去り、これからの計画を立てる段階にさしかかっている。

「ヘレン、どう思う！　僕がビジネスを始めるまで、待つ必要なんかないんだよ」

「どうしてなの、トム？」

「だってもうビジネスを始めちゃったから」

「まあ、事情をみんな話してよ！」

「僕はギルバートさんのパートナーだ――今日そうなったんだよ。おおかたは、僕がニューオーリンズで成功したことへのご褒美《ほうび》みたいなものさ。そうなればいいなとは思っていたけど、期待はしてなかった――嬉しい驚きだったよ。これで自分の家族を救うことができる。家族が抱えてきた厄介ごとはもうおしまいだ」

「ほんとうに素晴らしいことだわ、トム。もっと話して――聴いてるから」

「まだ秘密だよ。このことを知ってるのは君とギルバートさんだけ。あの人には黙っているようにお願いしたんだ。明後日になったら僕は法廷に姿を現わして、威風堂々、ギルバート・アンド・ハリソン法律相談事務所の代表者として初めて弁論を行なうのさ。ねえ君、どう思う?」

「まあ、詩のような名前ね、トム! もう一度言って」

「ギルバート・アンド・ハリソン法律相談事務所。で、ギルバートさんは何かうまい口実を使って、僕の父と祖父が法廷に来るようにお膳立《ぜんだ》てをするつもりなんだ。係員が事務所の名前を告げて僕が立ち上がったら、あの二人は身動きできなくなるくらい驚くだろうな」

「ああ、わたしも立ち会えるといいのに!」

「僕もそう思うよ、愛しいヘレン。父も祖父も、喜びと誇りで叫びたくなるだろうな。もうすぐ家に帰らなきゃならないけど、秘密にしておくのに骨が折れるな。だけど死んでも口はつぐんでおかなきゃ。どうして笑っているの?」

「だってリザが言ったこととよく似てるんですもの。でも死んじゃだめよ。リザが秘密を守るように、あなたも秘密を守らなくちゃならない」

「どう言ったの?」

「ハレッですって。もし堪えられなかったらハレッするんですって。そんな風に言ったの」

そしてその時のやり取りが説明された。カップルははしゃいだ笑い声を立て、軽薄で屈託なく魅力的な会話が弾んだ。二人はとても若かった。若さはとてもうるわしいもので、自分たちの身のうえに何らかのトラブルがのしかかってくることなど、二人には考えも及ばなかった。それをどうして信じればいいのか分からなかっただろう。二人のような人生の若い時期には、それは無理なことなのだ。

それからトムは、別の驚かせ方を考えついた。自分がまたあらためて婚約したことを今晩父親に告げるのはやめ、やはり明後日まで取っておこう。最初の不意打ちのすぐ後に二番目の不意打ちを持ちだしてくる、それで反響は大きなものになるだろう。これはいい思いつきだと二人は意見が一致した。

「いいかい、ヘレン」とトムは言った。「ちょうど格好のタイミングで驚かせることになるよ。どこかに謎があるんだ。何かおかしなことが起こっている、うまく説明できないけど。僕の祖父が君の父さんに借りた昔の負債があるよね。それは先日支払われた。でも何らかの理由でその取引は完全なものじゃなかった。町の噂で知ったんだけど、新しい証文が今日つくられて、水車小屋も抵当に入ったそうじゃないか。もちろん僕の家族はいま困っている――そう、我が家の天気は今は曇り空だ、承知している――でも、僕が明後日まで秘密を持ち続けることができたら！　ヘレン、これはロマンチックな物語だよ！　生身で物語の世界に入るってすごいよ。家族が悩みごとを打ち明けるのを、僕は腰を落ち着けてただ聴いていよう。そうしたらみんな、どうして僕がこんなに平静でいられるのか――」

「トム、そんなことできっこないわ」

「いや、やれるよ。明後日のことはずっと心に留めておく。心配ごとが多いほど日が差した時の喜びも大きいというものさ。君のお父さんは、婚約のやり直しについて触れまわらないだろうね？」

「ええ、そんなの父のやり方じゃない。前と同じように、私たちと一緒に喜んでくれるでしょう。でも他の人たちと喜びを分かち合うことはしない――それについては前の時も私たちに任せっきりだったわね」

さてこの会話の最中に、医師のスティーヴンスが階下の部屋に立ち寄り、暖をとっていた。〈旦那〉が悩みごとがあるような様子でいるのに彼は気づいた。何に悩んでいるのか〈旦那〉には訊かなかった――そんな時はいつも訊かなかったから――そして〈旦那〉の方も進んで説明しなかった。進んでものを言わないのが彼の常だったから。二つのことが彼の平安をかき乱していた。アンドリュー・ハリソンは新しい証文を自分で持って来ずに、使いを出して届けさせた――したがって自分は、贋金をアンドリューに返すことができないでいる。そしてまた、あの時ハリソンの眼に妖しい光が宿っているのに気づいたが、それもまだ気になっている。やがて彼は話題をハリソン家へと向け、さしさわりのない範囲で話を交わした。医師が言った――

「旦那、ハリソン家といえば、ここだけの話だけれど、あの爺さんは悩みごとを抱えてきたせいで気がおかしくなってるよ」。彼はパイプに火をつけようとして、赤くおこった炭火に手を伸ばしかけていた。それで、〈旦那〉がぎくっとしたことには気づかなかった。「誰も知らないよ、ジョージですら。だが本当なんだ、自分には分かってる。私の考えでは、あの爺さんはこのところ自分の行ないに責任がとれなくなっているんだ。それに今日――そう、今日だよ、ハリソン家の人間としてはまったく新しいことをやらかしたんだ――嘘をついたんだ」

「嘘？」

「そうだ。もちろん私はこのことを大っぴらには言わないけれど、本当なんだって分かっている。悩みごとが原因なんだよ、あの可哀そうな爺さん。もしその悩みごとが取り除かれなかったら、やがてはもっと悪くなるよ」

〈旦那〉は椅子に座ったまま居心地悪そうに身じろぎした。そして話題を変えた。医師はやがて、話し相手がぼんやりとして会話に注意を向けていないことに気がついた。それで彼はその場を立ち去った。〈旦那〉は腰かけたまま悩み、物思いに沈んでいた。それでは、まがいものの金を使ったいんちきは、自分に責任のとれない男のしでかしたことで、犯罪的な行ないではなかったということか。もしこのことをもっと早くに知っていたら！「抱えた悩みがあれの人格を壊しているのか——うむ、俺にもその悩みの責任の一端はあるな。新しい証文はすぐにでも返してやらねば。それに贋金も。俺が自分で持って行こう——それも今すぐ」。さらに少し考えてから、「いや——誰にも邪魔されずに二人きりで話をしなければならない。爺さんの信頼を取り戻して、この件に関する自分の役割を帳消しにしよう——あなたの味方です、ずっと見守ります、と約束するんだ。爺さんはこの家に来なければならない。取り消しにした証文と抵当を送って、あなたに用事がありますと告げることにしよう——贋金の件だと分かるだろうから、やって来るさ」

彼は証文と抵当を取り消しにした。それからその書類を手に、部屋を行ったり来たりしながら考えに耽った。ノックの音がして思考は中断された。リザが入ってきた。喜ばしい秘密を持っていること、主人のために用意された嬉しい不意打ちを知っていることで、顔は満面の笑みを浮かべていた。そして、お嬢様がおやすみのキスをしたいと待っておられます、と告げた。

「ほう、もうそんなに遅い時間なのか」

「そうです、ウォルター様。十時でございます」

「そうか。それでは熱くした酒《やつ》を持ってきてくれ」

ヘレンのいる応接間に着いたとき、彼が目にしたのは、カップルが部屋の真ん中で手を握りながら立っている姿だった。その態度には、何かを期待しているような気配があった。

「これはこれは！」と驚いて〈旦那〉は言った。「君なのか、トム？ いったい何なんだい？」

「あててみて」とヘレンが上機嫌で言った。

「その必要はないな。おのずと推測がつくというものさ」

「満足してる、パパ？」

「私の祝福を受けなさい——二人とも！ お前にはキスを、トムには握手をしよう」。それから独り言。「このおかげで、例の件に関する自分の役割は帳消しになる——事実上ゼロになる！ 都合のいい時に起こったものだ」

彼はしばらくその場に留まっていた。若い二人と一緒に話をすることがとても快かったから。それから手に持った書類に気づき、娘に言った——

「これはお前の財産だよ。どのようにしようか？」

ヘレンは書類を手に取り、それが取り消しになっているのを見た。そして言った——

「とてもいいことをしたわね、パパ。わたしのものは、今じゃトムのものだから」。そして書類をトムにまわした。

「水曜日の嬉しい驚きがまたひとつ増えたぞ」とトム。「素晴らしい日になるだろう。とびきりの見ものだろうな！」

〈旦那〉は二人に問いただし、不意打ちの段取りを知った。彼はがっかりした。〈あの件〉を帳消しにするための自分の仕事を、今夜にも始めたかったのだ。だが彼は何も言わなかった。若者たちのお芝居がかった企みごとを台無しにしたくはなかった。だが今はとにかく、アンドリューを呼び寄せて、あの贋金を返すべき時だ。それで、彼は別れ際にトムに言った——

「君のお爺さんに、私に会いに来てほしいと言ってくれ——そして、私からあの人に渡したいものがあると伝えてほしいんだ」

だがトムは、あまりにも昂ぶった精神状態にあり、フェアファクス家に好意を示したくてたまらなかったこともあり、相手の言葉をじっくりとすべて聞かず、途中で口を挟んで「喜んで」と勢いよく言った。そんなわけで彼は、〈旦那〉の重要で意味深長な残り半分の台詞《せりふ》を聞いていなかった。それは不運なことだった。

トムは立ち去りがたくしていたが、最後にはヘレンが彼を帰らせた——十一時かそれを少しまわった頃だった。

第三章

体は凍《こご》えながらも燃えるように熱い心持ちで彼が家に辿りつくと、父親が待っていた。トムは例の不意打ちの件を忘れていなかった。その方面でとても大きな収穫をあげてきたばかりだった。だがそれは、鋭い心の痛みを伴う不意打ちだった。このげっそりした男が自分の父親であるなんて！　頑丈でいつも上機嫌だった男が、こんなに短い期間のうちに引きずりおろされ、こんなにまで悲しみにくれるようになるなんて、ありうるのだろうか？ それに、お金の心配だけでこんな風になるのだろうか？ ありえないように思えた。だがそのとき彼は、父が心の底に隠していた秘密を知らなかった。恥辱《ちじょく》がこの一家に覆いかぶさろうとしていることを知らなかった。

トムは手紙で、ニューオーリンズでおさめつつある成功を自慢に思っていること、征服者が抱くような昂揚《こうよう》した気分を感じながら家路につこうとしていることを明かしていた。だから、こうしたことすべてを台無しにしてしまわなければならないことが、父親を深く悲しませていた。精いっぱいほがらかな顔をして、若い息子の帰郷を出鼻《でばな》からくじかないように努めた。悲壮な努力をして、陽気に優しく接し、トムが故郷から離れた土地で成し遂げたささやかな成功を熱心にほめたたえた――そして、それをやりすぎてしまった。途中で気持ちがくじけ、テーブルに載せた両腕に頭を埋めてすすり泣いた。

それを目にしてトムの心は痛んだ。手を父親の肩に置いてさするようにし、そんなに悲しまないでと懇願《こんがん》した（かろうじて、口から出かかっている秘密を胸の内に収めることができた）。それからこう付け加えた――

「僕を悲しませまいとしているね、父さん。そんなことしちゃ駄目だよ。そんな必要ないんだから――僕はすっかり知ってるんだ」

ハリソンは仰天して、蒼白になった顔を上げた。

「すっかり？」彼は喘《あえ》いだ。「いったい何を知っているのだ？」

トムはびっくりした。そして不審そうに言った――

「あの、どこかで支障があって、まだあの昔の借金が片付いていないってことですよ」

「おお」と父親は息をどっと吐き出すように言った。安心したことを雄弁に物語るような声の調子だった。その調子にトムは気づき、戸惑った。だが、当惑の程度はまださほどではなかったので、彼は軽い気持ちで尋ねた――

「ねえ、父さん、まだ他にあるの？」

それに対する反応が、また彼を驚かせた。

「他に？」父は叫んだ。その場には不釣り合いであるとトムには思えるような強い力と感情がこもっていた。「他にだって？ いや！ もちろんない！ どうして他になければならないんだ？ なぜそんなことを考えるんだ？ 他にだって？ どうして他になければならないんだ？」

トムは途方に暮れた。どう言えばいいのかほとんど分からなかった。ほとんど何を言っても安全ではないように思えた。何の悪気もないことを二言三言言っただけでこんなにすごい爆発を引き起こすのだから、父さんには地雷が蜂の巣のようにあちこちに埋められているに違いない。どこから近寄っても危険だ。彼はやがて、なだめるようにして、言葉をかけてみることにした。

「父さん、具合が悪いようだね。いつもの父さんじゃないよ。お金のトラブルがいろいろあって困ったから、こんなことになったんだね。でもあまり心配しちゃだめだよ――万事うまくいく、そう信じてる」。そして彼は父親の手を取り、撫《な》でさすり始めた。「僕は心配していない。だから父さんも心配しちゃだめだ。僕はまた父さんのそばにいる。僕はまだ若いし、スタートを切ったばかりだし、助けになるつもりだ――今に分かるよ」

ハリソンは感謝の面持ちで息子の顔を見上げた。そして言った――

「お前の言葉を聞くと気が軽くなる――その気持ちを忘れずにずっと私のそばにいてくれ、トム。このところ毎日が暗かったんだ――酷い毎日だ――」

「元気を出して。黒い雲もすぐに晴れるよ、父さん」。それから心の中で。「僕の知っていることを父さんが知りさえすれば！」

「いや、トム、暗雲は簡単には晴れてくれない。そんな望みはないんだ。いいかい、私たちが今日置かれた立場は、昨日、そしてそのずっと前からの立場とは違うんだ。この新しい証文は、通告してから一日で集金できるようになっている――ではどうしてそんな形にしたのか？ それは〈旦那〉が私たちに敵意を向けて、痛めつけようとしているからだよ、トム。いつなんどき打撃が加えられるか知れない。そうなったら破滅だ。あいつは私を憎んでいる――そのことは気がつかなかった。本当に気づかなかったんだ」

「父さんを憎んでる？ そんな馬鹿な！」

「本当のことだ。お前のお爺さんに今日そう言ったんだ」

「お爺さんにそう言った？ 確かなの？ 自分の気持ちを口にするなんてあの人らしくないな。いつもは何か感情を持っても表に出さないんだけど」

「ああ、分かっている。だが今回は口に出したんだ」

トムは頭の中で明かりがぽっと灯ったような気がした。自分がヘレンと婚約のやり直しをしたことで〈旦那〉の感情も和らいだのだろう。だからあの人は、アンドリュー・ハリソンに会って、あのきつい言葉を撤回しようと考えたのだ。

「父さん」と彼は言った。「そのことで思い出したことがあるよ。今日仕事を終えた後――」。ここで彼は顔を赤らめて、少し言葉を変えた。「つまり、やらなければならないことを済ませてしまった後、たまたま〈旦那〉に会ったんだ。お目にかかりたいと思っているのでどうか立ち寄ってくださいとお爺さんに伝えてほしい、そう言われたよ」

「何だって！」

「そうなんだ。お爺さんが起きる前に僕は勤めに出なきゃならない。僕の代わりに父さんから伝えてくれるね？」

「どういう用件で会いたがっているんだ？」

「何も言わなかったよ」

「ふむ」。ハリソンの心に恐怖がじわりと浮かんだ。彼はそれを胸の内でこのように言葉にした。「いったい何の用事で会いたいというんだ？　嫌な予感がする。ただちに証文のとおりに金を返せという通告を出す気なんだ！」そう考えて彼は震えあがった。ため息をついて彼は言った――

「お爺さんには私から伝えよう」

「どうしてため息をつくの、父さん？」

「いや、まあ、私たちは困ったところにいるからさ。どうして〈旦那〉がお爺さんに会いたがっているかは分かっている。二十四時間のうちにあの証文のとおりに支払わなければならないと、言い渡すつもりなんだ。そうならなければ担保権《たんぽ》を行使して水車小屋を売り払ってしまうだろう。どうしたって私たちは救われないよ、トム。あの証文はほんの小さな紙切れだが、途方もなく重く心にのしかかってくる」

その証文が自分のポケットを焼け焦《こ》がすようにトムは感じた。それを取り出したくて指がむずむずした。取り消された書類を見せて、それから――

「トム?」

考えを中断されて、彼は我に返った。それで証文はポケットに入れたままになった。それは残念なことだった。

「はい?」

「息子よ、何ごとが起ころうと私たちの名誉は清く保っておこう。そうしよう、トム――な?」彼は懇願するように、気づかわしそうに言った。

「はい、確かに」

「いかなる誘惑が騙《だま》しに来ても、私たちを正しい道から外れさせることはないぞ、トム。そのことはお互いよく分かっているな?」

「ええ確かに、父さん。どんな誘惑だったらそんなことができるっていうの? どうしてこんな妙なことを考える気分になったの?」

父親はしばらく黙って考えていた。それから言った――

「ああ、うむ、分からない――分からないよ。金策に困ったときに強い立派な人たちが行なったことをあれこれ考えていたんだ。それでこう思ったんだ――」彼は言葉を切り、どんよりとした目を息子に向けた。「トム、もしもお前が知るなかでいちばん高潔で、自分の道徳規範をいちばんしっかり頑固に守ってきた男が、いんちき行為をしているのを発見されたら、どんな風に言うかい? お前だったらどう言う?」

トムはまた困惑した。いったいどうして父さんはこんな変な脇道に逸《そ》れていくのだろう?

「ちょっと、僕には分からないよ。そんなこと起こりそうにないって思えるんだけど」

「トム、それは現に起こったのだ！　私はその一例を――いや、いろいろな例を知っているんだ。そうなると、物事の底が抜け落ちるような心持ちになる。だがトム、そういう者らは教育を受けた男たちではなかった！　だから、しでかした過ちもある程度は大目に見られる。大目に見てもよいな？　その過ちを見て見ぬふりすらしてもよい――そうだな？　そう思わんか？」

彼の燃えるような目は激しく、切望するように、トムの顔にひたと据えられていた。ほとんどまるで返事に生死がかかっているかのように。トムは混乱して、こう答えた――

「僕は――ええ、はい――思うんだけど、つまり――」

「だが私たちにはそのような言い訳は許されないぞ、トム――忘れるな――忘れてはならん！　私の父は私を教育した。私はお前を教育した。私たちは訓練、指導、訓戒《くんかい》といったものに支えられている――可哀そうに、そんな強力な防衛手段を持ち合わせていない者もいるのだ。いかなる言い訳も許されないぞ、トム。ああ、そのとおり――いかなるものもだ。私自身については心配していないぞ、トム、何でも来いだ。そしてお前は――トム、受けた訓練を辱《はずかし》めるようなことは決してしないな？――口に出して言うんだ、トム」

「だって、父さん、そんなことがありうるなんて思ったことなんか――そんなこと想像もできないよ」

「それは有難い。それだけが私の望みだ。満足したよ。決して道から外れないように。今は恐ろしい時代だ。気をつけなさい――気をつけるんだ。私はいろんなことを見てきた――人がお金の問題で苦しむと――こんなことに――こんな――」彼は立ち上がって、目がくらんだ人のようにたどたどしい足取りで戸口に進んでいった。それから振り向き、手を差し出しておやすみの挨拶をした。「さあ、どんなものであれ私たちを誘惑させてはならないぞ、トム。お互いに気をつけていよう――そう、何時でも、何分でもな！」

彼は手にロウソクを持って部屋を出て行った。そしてトムは、頭をくらくらさせて椅子にすとんと腰を下ろした。

「皆目わけがわからない」、彼は独り言を言った。「僕には理解できない。誰かが強い誘惑のために犯罪を犯したんだ――その人の破滅が身に迫っていたからだ――その人がそんなことをしでかすなんて誰も思いもよらなかった――そのことが父さんを怖がらせた。次は誰が堕落するのか分からなくて。父さんはこの一件を一般化して、いろんな人がそんなことをしてきたって言ったけれど、たぶんそれは誰か特定の個人だ。そして最近起きたことだ。父さんはその男を個人的に知っているのだろうか？いや、そうではない――さもなきゃその男の名前を挙げただろう。父さんはそれについて読むか聞くかしたのだろう。そして自分も悩みを抱えているものだから、それが神経にこたえたんだろう。それにしてもなんて馬鹿げた恐怖心なんだろう――この僕が堕落するなんて考えるんだから！　まったく、もしこの一件が続いたら、次に父さんは、用心しなくちゃ自分自身が堕落するかもしれない、って心配するようになるぞ！」

彼はなおも思案しながらベッドに入ったが、寝付けなかった。微《かす》かな足音がずっと耳に聞こえていて、誰が歩いているのか分かっていたから。父親の惨《みじ》めな境遇を思い、それがトムにとりつき、非難して、気持ちを静めてくれなかった。ヘレンのことを考えることすらできなかった。頭の中の想いは繰り返し何度も嘆願し叱責《しっせき》した。どうしてお前はそんなに残酷になれるのだ？　どうしてそんなに利己的になれるのだ？　父さんが一日で一年分の苦痛を耐え忍んでいるというのに。お前はそれをすぐに止めてやることができる。それをすぐに止めてやることができるのに、馬鹿げた芝居じみた虚栄心を満足させるために、お前は卑劣にも父さんを惨めな気持ちにさせたままでいる！　お前が大事に抱え込んでいる虚栄を一つでも投げ出してみれば、父さんの心も癒《いや》されて歌いだすことができる。それをするのをお前は欲深にも渋っている。取り消しになった書類を渡してやれ！

人間の性質はあらゆることに耐えられるわけではない。トムはついに屈服した。朝の三時になっていた。彼は耳を澄ました——床を歩く音はやんでいた。残念！　どうしてもう少し早く回心できなかったんだろう！　深く後悔しつつ彼は書類を取り出し、父親の部屋の戸口まで行き、耳を傾けた——希望を持って。だが何も音はしなかった。あの思いやりのある眠りが訪れたのだ。トムは心穏やかになって引き返した。自分の良心を静めるための計画があったからだ。朝になって朝食の席に着いたとき、それを実行する用意ができていた。食事が終わると彼は、父親の食器の脇に書類を置き、そのままにして立ち去った。だが書類は留まってくれなかった。老いた黒人の料理人のマーサがほどなくして入ってきて、もう二人分の朝食の準備を始めた時、書類を取り上げて、しげしげと眺め、言った——

「いったい何なのかしら？」

彼女は光がよく当たる窓辺に書類を持っていこうとした。だが邪魔が入った。暖炉の中の薪が一本転がり落ち、赤く燃えている炭を撒き散らした。彼女はそれを元どおりにするために、いちばん手近な所にあったマントルピースに書類を置き、走り寄った。それでもう書類のことは彼女の頭から離れてしまい、思い出さないままになった。

十時頃にマーサ婆やは、ジョージ・ハリソンが下りてきて朝食の席につくのを待つことを諦めた——何か問題があるに違いない、そう彼女は考えた——それで階上《うえ》にあがって主人を呼んだ。朝食はいらない、それに起きたくない、と彼は言った。疲れているし具合が良くないんだ。

「ほんとうにお具合が悪そうですね、ジョージ様。こんなにひどいご様子、お見かけしたことありません。医者は必要でしょうか？」

「いや、マーサ、休息が必要なだけだ――休息――休息。こんな風に感じたことはあるだろ、マーサ？」

「ええ、もちろんですとも、ジョージ様――何度もですよ。でも黒人は、白人の方々よりもこんなことには慣れてるんです。何かおつくりしてお持ちした方がよろしそうですね、ジョージ様。お具合がよくなるかもしれません」

「いや、それには及ばないよ、マーサ。こちらに来るように親父に言ってくれ。伝言があるんだ」

「あら、あの方ならとっくに町まで出かけられましたよ、ジョージ様」

「なんと――もうそんなに遅い時分なのか？」

「十時です、ジョージ様。今朝は相当に寝過ごされましたね」

「うむ、もし親父に会っていたら――だがまあいい。戻ってきたら親父に伝えてくれ」

「かしこまりました」

彼女が行ってしまうと、彼は独り言を言った。「たぶんこれでもう一日分の猶予《ゆうよ》ができる。だがもう一日が何だというのだ。たぶん、すっかり決着がついてしまった方がましだ。あの言葉を親父に早く伝えられたらと思うくらいだ」

午後の二時。噂話に興じる人々のグループが鍛冶屋の店に集まっていた。荷車の輪金一対《わがねいっつい》を地面に置き、木の切りくずや削りくずを山と積んで燃やすことで、赤く熱する作業が行なわれていた。それをぐるりと取り囲むようにして彼らは集まっていた。両手を差し出して有難く暖をとっている間、これらの男たちはジェイク・ブリーカーをからかい苛立《いらだ》たせることに興じていた。フェアファクス〈旦那〉が彼のことをおセンチすぎるドイツのまぬけと呼んだあの一件である。前日、妻が同じ件で突っかかり嫌味を言ったが、まだ彼はそれに手ひどく傷ついていた。そして今、新たにまたこうして責められたために、彼は発作的に分別を失くしてしまった。我を忘れて、〈旦那〉の姿を見かけたらその場で片をつけてやる、ときっぱり誓ったのだ。この言葉に皆がどっと笑ってはやしたてた。その時ちょうど折悪しく、馬車で町から帰ってくる〈旦那〉の姿が目に入った。哀れなブリーカーは青ざめたが、あの言葉はもう口に出してしまった——苦境から逃れるすべはない。嘲《あざけ》りが周囲で沸き起こった。

「さあ、あいつがやってくるぞ、ブリーカー！」

「お前が片をつけるのを見ようじゃないか！」

「ジェイキー、お前、デカイことを言うなあ。だけど、どんなことをするんだい！」

「あいつを侮辱してやる——それが俺のすることさ！」

これを聞いて一同は大笑いした。

〈旦那〉はゆっくりと近づいてきた。

「へえ、そんなつもりなのかい？　それならさっさとおっぱじめればいいんだ——邪魔する奴はいないだろ？」

「俺が何をするのか、ちゃんと言ったよな？」

ジェイクは道に向かって歩き始めた。人々はびっくりして、笑うのをやめた。ジェイクはすたすたと歩いて行った。

「みんな、あいつ本当にやると思うかい？」

「どうもそのようだな」

「うむ、そうなると」と鍛冶屋のバート・ヒギンズが言った。「言えるのはただひとつ。俺たちはこいつをやりすぎてしまったたってことだ」

「確かにそのとおり」とパーク・ロビンソン。「だが俺には分からなかったんだよ、ほんとにあいつが――」

「だって、あいつが本当にやるなんて、誰にも信じられなかったよ」という声が一斉に上がった。

男たちは後悔した。ここまで悪乗りするつもりはなかったのだ――少なくとも、そのつもりはなかったのだと今になって考えた。

「見ろ――あいつが手を挙げた」

「ああ。〈旦那〉が停まったぞ」

彼らはドイツ人が近づいていくのを見た。話しかけたようだ。それに返事があったようだ。それから、ドイツ人が一歩進み出て、〈旦那〉の顔を見上げ、どうやらまた何か言ったのが見えた。その直後、〈旦那〉が手を伸ばして相手の襟首《えりくび》をつかまえ、頭や肩に牛革の鞭《むち》を猛烈に振りおろし始めるのを彼らは見た。打ちすえる音が六つ響いた。それからドイツ人は離れ、目撃者たちのところに急いで戻ってきた。〈旦那〉は家を目指してゆるゆると馬車を走らせた。

男たちは哀れなブリーカーのまわりに集まった。彼はしくしく泣き、袖で目をぬぐい、ドイツ語の言葉が入り混じる英語で盛んに〈旦那〉への脅し文句を吐き散らしていた。

「何をしたんだ、ジェイク？　何を言ったんだ？」

「構わないでくれ。あいつ、あいつには俺の言ったことが分かってるから。こいつの仕返しをしてやる。あいつにもそう言ってやった——今にみろ」

「だがどうしてあの男はお前に打ちかかったんだ？　どんなことを言ったんだ？　人に言えないようなことを言ったのか？」

「構うなって言ってるだろ——あいつには分かってるし、忘れっこないだろう。絶対にこの仕返しはしてやるぞ！　そう言ってやったんだ。待っていな——今に分かるから」

「何をするつもりなんだ、ジェイク？」

「あいつに悪さをしてやる、それさ！」

　悪さ！　英雄的な高みに立っていたジェイクがかくも悲しく品性を貶《おとし》めてしまったので、一同は爆笑した。そして芽生えかけていたジェイクへの男たちの尊敬心は萎《な》えしぼみ、嫌悪へと変わった。やがて牛革鞭のニュースは村中に知れ渡り、大きな騒ぎを引き起こした。半時間後、アンドリュー・ハリソン老人がその報せをたずさえて帰宅し、息子の部屋に上がっていって話をした。それから彼の病的になった想像力が働き始めた。興奮がおさまり、態度が重々しくなった。ベッド脇に椅子を引き寄せ、腰をかけ、明らかに何か言いたげな様子で一度二度喋ろうとしてうまくいかず、それからとても物柔らかな調子で言った——

「ジョージ、悪い報せがあるんだが、耐えられるか？」

　その態度と言葉が合わさって、ジョージは気分が悪くなるほど心が沈み込んだ。彼はほとんど聴き取れないくらいの声で答えた——

「何の話か分かりますよ。父さんは会ったんですね——彼に」

「そうだ」

「そうなるんじゃないかと思っていました。父さんへの伝言を預かっていたんですが、もう出かけられていました。あの男は父さんに会いたがっていたんです」

これは老人にとっては新しい報せだったが、彼にはそのことが分からなかった。自分の想像で作りあげた話に平然とそれを付け加え、先を続けた——ゆっくりと重々しく。

「そのとおり。あいつはそう話した。村をほんの少しばかり離れたところでわしに追いついて、こう言いおった。今朝訪ねてくださると思っていました、あなたにお話したい用件があるものですから、でも今ここで申し上げましょう、とな。そうしたら、ジョージ——お前、耐えられるか？」

「続けてください、父さん——神様、お助けを！」

「あいつは一日で金を返せと通告したんじゃ」

ジョージは両手で顔を覆って、うめき声をあげた。彼は言った——

「ああ、分かっていた！　あの証文——指定の日付から一日で返済——それが何を意味するのか、十分すぎるくらい分かっていた！　だけど人がどうしてこれほど残酷になれるのか、どうにも分からない！」

老人は深いため息をついた。そして言った——

「わしが悪いんだよ、ジョージ。あいつはまがいものの金のことを根に持っているんじゃ」

それに対してジョージは何も言えなかった。

「そう、あいつは根に持っている、ジョージ。そのことを水に流せず、許せないのじゃ。それにジョージよ、ジェイク・ブリーカーのことがあいつの気に障《さわ》っている。それでますます手に負えなくなっているのじゃ。あいつを見つけ出して鞭をくれてやる、と言ったぞ」

「それはどうしてですか？」

「なぜかは言わなかった。だがひどく気が昂ぶっておったぞ——あいつがそんな風になったのは見たことがない——少なくともこの二十年の間にはな」。彼は声を一段低く落として付け加えた。「ジョージ、いちばん悪い報せをまだ言っておらんかった。耐えられるか？」

ジョージは体を起して、喘ぎながら座る姿勢をとった。

「お願いですから、続けてください——そんなに苦しめないで！」

「ジョージ、もし明日の午後三時までに金があいつの手に渡らなければ、あいつは担保権を行使するばかりでなく——」

「ばかりでなく何ですか！」

「まがいものの金について言い触らす！」

まるで殴られて打ち倒されたかのようにジョージはのけぞった。

「ああ、破廉恥《はれんち》な！　父さん、そんなことはしないってあの男は父さんに言ったんでしょう」

「そうさ」と老人は蔑《さげす》んだように言った。「それで、あいつの言葉は万金に値すると誰が言ったのかな？ほら？　誰が言った？　わしじゃないぞ！」

「ああ、恥だ、恥だ！　そうでなくても十分に酷いのに——でもこれに比べりゃたいしたことはなかった。父さん、お分かりですか？　僕たちは後ろ指をさされるんですよ、この地方で——この州で！ああ、だめだ！　耐えられない！　何か逃げ道があるにちがいない。お願いです、独りにさせてください。独りにさせて。考えさせて。それから、僕が呼ぶまで誰もこちらに立ち寄らせないでください」

疲れて消耗《しょうもう》するほど三時間考えつめた——身の毛のよだつ度合いの階梯《かいてい》を計画は早くから降りはじめたが、なおもどんどん下降していった——その果てに彼は絶望して独りごちた。「だめだ、何の逃げ道もない——一つ以外を除いては。それはまた犯罪を犯すことだ！　ああ、こんなに短い間になんと遠いところに来てしまったのか、考えると驚きだ。昨日俺は、親父を心の奥底で軽蔑《けいべつ》した。その道義心に限界があったからだ。なのにこんなにも早く、俺は自分の道義心にも限界があることに気がついている。親父は貧しさからこの家を救うために犯罪を行なおうとした。俺は恥辱を隠そうとして犯罪を今にも行なおうとしている。なんて取るに足らない違いなんだろう——もし違いがあるとすればの話だが！　そのうえ昨晩は、用心しろと息子に懇願した——自分の身を守れと！」彼はぞっとするような笑いをあげた。「もう、降参だよ。俺は自分の独りよがりを泥の中で引きずって唾《つば》を吐きかけてやる。俺は自分の決して打ち負かされない高潔さを誇りにしてきた——この俺が！　ずっと魂《たましい》まで腐りきっていたのに。そしてそのことに気がつくためには、自分の限界をちょっと試してみるだけでよかった。自分が見かけ倒しの人間だということが明るみに出た。俺は自分自身を発見したんだ」。長い沈黙が続いた後。「やってみよう。こんなに評判の高いこの俺を誰も疑うことはないだろう」。彼はまた笑った——自らを軽蔑して。そしてロウソクを持って鏡に向かった。「これまで数えきれないくらい鏡を覗き込んできた——そしてこの男のことはよく分かっていると考えてきた」。彼はよい気分になって腰を下ろした——さっぱりし、ほとんど満足していた。長い間騙されて不正直な悪漢とつきあってきたけれど、今、正直な悪漢と向かい合うことができて満足だ、と彼は言った。それから、企てている犯罪を情状酌量《じょうじょうしゃくりょう》するための理屈を探し始めた。一つ見つけた。父親は一世代以上もの間、水車小屋に保険をかけてきた。今、水車小屋が焼け落ちても、会社にはまだ儲《もう》けが残る。下りた保険金で父親の借金は返せるし、立派な人間だという評判にも傷はつかない。それに、いつかは保険会社に金は返してやる——そんな風に取り計らうつもりだ。トムはうまくやっている。トムは稼《かせ》いでくれるだろう。トムなら自分に時々は金をくれるだろう。そして、その金をどのように使うのか訊《き》かないだろうし、気にもしないだろう。そいつを一セント残らず貯め込むのだ、それで会社にはすべて返済できる——利子もつけて。感傷ではなく理性のレンズを通して見れば、いったいこれのどこが犯罪なのだ？ もう、これはローンでしかないではないか！

彼はかなり元気が出てきた。実際のところ、ほとんど幸せな気持ちになった。とても嬉しくなった。それで、この問題についてさらに検討してみようと彼は考えた。だが、それが間違いだった。理屈の氷が薄くなり始めたのだ。こんな考えが頭をもたげてきたからだ。持ち主に十分に知らせることなく金を借りることは——

いや、この問題についてはあまり深く追求しないのがいちばんいい。核心からは十分な距離をとっておくのが最も賢明だ。彼は考えの対象を変えた。

さて、この計画を実行するために、どんな方策が採られるべきだろう？ 九時過ぎになるまで待ってから、不埒《ふらち》な用件で出かけることにしよう。九時というのは、ブリーカーが寝る前にすべて大丈夫かどうか確かめるために水車小屋を検分する時刻だった。それはまた老アンドリューが通常寝つく時刻でもあった。トムはまだ外で仕事をしているだろうし、マーサはキッチンに落ち着いているだろう。十分に暗い時分になっているだろう。気づかれずに外出し、水車小屋に放火し、部屋に戻ってベットに入ろう。二十分以内ですべて完了できる。自分が家を出たことは誰にも知られないし疑われることもないだろう。

第四章

　九時十五分すぎ。彼は厚い冬用の外衣を身に付け、明かりを吹き消し、手にブーツを持ち、ドアを後ろ手にそっと閉め、暗闇のなかを階段の降り際まで忍び足で進み、耳を澄ました。家の中では何も音は聞こえなかった。戸外では冬場の風が物悲しい音を立てているだけだった。彼は激しく息をしないよう努めながら階段をゆっくりと降りていった。何度も立ち止まらなければならなかった。乾いた古い木製の階段は、しんとした中で恐ろしく軋《きし》んだからだ。階段を降りきるとブーツを履《は》き、しばし立ちつくした。呼吸が浅くなり、渇いた喉を湿らせるため、繰り返して喉をごくりとさせた。それから裏玄関までそろそろと進み、手探りで掛け金を見つけ、慎重にそれを持ち上げ、同じくらい慎重にドアを開いた。寒風がほてった顔に吹きつけ、生気を与えた。それから外に足を踏み出しドアを閉めた。望んでいたとおり、予期していたとおりの真っ暗闇の中に彼はいた。

　水車小屋に着くと、彼はマスターキーを使って開錠《かいじょう》し、中に足を踏み入れ、ドアを閉めた。震える手にマッチを持ちながらしゃがみ込み、床に擦《こす》って火をつけようとした。待て！　外で音が聞こえる――自分が上がってきたばかりの階段を歩く音だ！　彼は食べ物の入った樽《たる》の後ろに慌てて身を隠し、床に身を投げ出して、震えながら横たわった。鍵が錠に入って耳障りな音を出した。ガリガリという足音が近づいてきた。そして旧式のブリキの角灯《ランタン》に開けた穴から差した輝く光の斑点《はんてん》が、梁《はり》や支柱の上で踊りまわった。今やジョージは、早く来すぎてしまったこと、水車小屋の検分に先んじてしまったことに気がついた。ブリジット・ブリーカーの声が言った――

「さあ、それじゃ、腰をかけて最後まで話をしなよ。そしたらあたしも、言うべきことを言わせてもらうからね」

するとブリーカーの声――

「まずこの小屋を調べてみて、それから――」

「それは後だよ。今日は午後の中頃からいろんな奴らがうろつきまわって尋ねてくるから、イラついてるんだ。あたしはこの一件について話をよくつかんで、片を付けたくってならないのさ――二人でじっくり相談させてくれないような騒ぎだったからね。座りな――あそこに箱があるから。それからここにもある。ねえいいかい、あたしは耳は遠くないからね。話を続けな」

ジェイクは低い声で話し始めた――

「あいつは俺をまるで犬みたいに鞭で打ったんだ。ああ、忌々《ドンナーヴェッター》しい！　俺はしばらく口から言葉が出せなかったが――」

「それはいいよ！　そのことは午後中ずっと聞かされてきたから。あたしも腸《はらわた》が煮えくり返ってるよ――もう、絶対あいつをやっつけてやる！　あんたはどういうことをする気なの？」

「俺は今夜、あいつの家を燃やしてやる！　あいつめ、鞭で打ちやがって、まるで俺が――」

「それはもういい！　続きを話しなよ」

「それだけだよ、ブリジット。真夜中になったらあいつの家の裏玄関に行って――おっと、駄目だ！　それじゃたぶん上手くいかないな」

「どうして?」

「鍵がかかっているかもしれないからな」

「あんたは馬鹿だね。ドイツにいるのじゃあるまいし。ここじゃ住む家には鍵をかけないんだよ」

「それなら大丈夫だ、ブリジット。時計が十二時を打ったらあいつのところに行って、家を燃やしてしまうつもりだ。何が起こっても知るか」

「それで話は終わりかい?」

「そうだ。これでおしまいだ」

「いいかい——よく聞きな。それの何倍も値打ちのある仕事をくれてやるから。仕返しがあたしのしたいことだから、仕返しはするよ。だけど、それと一緒に儲けもいただくよ。ジェイク、あんたは家を燃やすんじゃなくて、盗みをするんだ」

「盗みをする?」

「そうさ。それに何か反対でも?」

「俺が? とんでもない、ブリジット、喜んでやるよ」

「じゃあいいわね——ちょっとあたしに考えさせて」

気味の悪い沈黙が続いた。それが与える強い印象は、時が経つにつれて厳粛さへと深まった。そして、やがて自分のポケットの中で時計がチクタクと音を立てるのを耳にした時、ジョージ・ハリソンは沈黙が終わってほしいと思った。さもなければ、あの二人にこの時計の音を聞かれてしまいそうだから。戸外では風が立ち、うめき声をあげた。それからネズミが床をかさこそと音を立てて走り、居合わせた者すべてをぎくっとさせた。ブリジットがついに話をまた始めた。

「そう、やるべきことはそれだよ。他のことよりずっといい。あんた、〈旦那〉が仕事をしてる部屋のことは知ってるかい？」

「一階の奥にある部屋だろ？」

「そうさ。そこにテーブルがある」

「二つあるよ、プリジット」

「あたしが言ってるのは、あいつが書き物をする時に使ってる方だよ。部屋に入ったら、ドアの左側にぐっと寄せて置いてあるやつさ」

「分かるよ」

「ジェイク、あいつはその引き出しの中に金をしまってるんだ！」

「まさか――そうなのか？」

「そうなんだよ。しかも鍵はかけていない」

「だけど、プリジット、あいつならそんなにたくさんの金はそこに置かないだろうに――」

「おや、そう思うかい？　手づかみできるくらいしまっているのさ！　あたしは見たんだ――自分の目で見たんだよ。あいつはとんでもなく不注意な男だよ！」

再び沈黙、風のうめき、時計のチクタク。考えるのが遅く聡明《そうめい》でない――だが死に絶えてはいない――あのドイツ人の頭脳は、この状況に難点を見出しているのだろうか？　ほどなくして男の考えが舌に辿りつき、言葉となって表われた――

「プリジット、人がそんな風に大金を扱うなんて、ちょっと納得いかねえよ。時々、少額ならそんなことをするかもしれないけど、たとえば――」

「手づかみできるくらいって言わなかったかい？　手づかみだよ、分かんないかい？　それがあれば、あたしたちのような貧しいクズ同然の人間だって金持ちになれるんだよ！」

　彼女の声には、熱心さが力強く込められていた。それは、この計画に彼女がすっかり入れあげていること、そして喉から手が出るほど金が欲しい気持ちが復讐心を上回りつつあることを示していた――もっともおそらくは、そもそもの最初から金銭欲が真の動機であって、良心が体面を慮《おもんぱか》って激しく抗議してくるために、口実をつけてそれを宥《なだ》めすかすという役目を復讐心が果たしていたにすぎないのだろう。

「そうなのか？……手づかみか……。でもな、プリジット、あいつは一回くらいはそんなことをするかもしれない。うわの空でいる時とか――」

「ジェイク、誓って言うけど、あいつがそれをするのを何度も見たんだ――何度もだよ」。彼女の声は興奮でしゃがれていた。「それにあいつは何日も何日もそこに金を置いたままにしている。あたしは何度もそれに触ったことがあるよ――何千ドルものかたまりさ！」

　これは本当のことではなかった。夫を説得したいという気持ちが昂《こう》じて、ブリジットは我知らず話をふくらませたのだ。だが彼女の努力は効果があった。

「いや、もちろん、もし事情がそういうことなら――」

「ほんとにそうなんだって、ジェイク。それでね、もしあんたがちょっとやってみたら――」

「俺がすることを教えてやろう、プリジット。金を盗《と》りに行くよ。もし金が手に入ったら申し分なし。もし手に入れられなかったら、あの家をすっかり燃やしてやる」

　生涯で初めて、ブリーカーは妻の惜しみない賞賛を浴びた――

「まあ、ジェイク、よく考えてくれたわね。あんたは他の誰が考えるより賢いおつむを持ってるよ。あんたを見下してる奴らはいっぱいいるけど、こんな風に弓を上手に操るだけの知恵はないのさ」。彼女は立ち上がった。「さあ、行こう、すっかり凍えちまった。もしこの件で何か他にお膳立てしなきゃならないことを思いついたら、水車小屋を見て回りながら話せばいい」

「腐った世の中だ！」ジョージは心の中で呟いた。「俺たちはみんな腐りきってるが、ほとんどはそれに気がついていない。あの女について人が言うことはせいぜい、癇癪持ちで意地が悪くて、カトリックの信仰に眉毛《まゆげ》まで浸かりきってるってことくらいだ。誰もあの女の正直さに疑義を呈したことはない。もちろんあの女も自身に疑義を呈したことはないし、そんなことは思いもよらなかった。貧乏ながらも、あの不注意な男のため込んだ金を時々いじくっても、自分の廉直《れんちょく》さが危険にさらされるかもしれないとは、これっぽっちも考えていなかった——だが今や、見ろ！うってつけの口実があれの徳義心に裏口からこっそりと入り込むと、たちまち徳義心は崩壊する。あの女は自分では仕返しを求めていると思っている。そして俺は——うむ、俺はローンを求めている。俺たち二人は同類だ。他の奴らは——世間の残りの人間は——まだ自分自身を見つけ出していない。奴らにとっての口実がまだやって来ないからだ——それは万に一つくらいしか現われないけれど、世の人間は誰でも自分の順番が来たらその口実に抵抗することなどできはしない。その時が来れば——そう、その時が来れば奴らも俺たちの仲間入りだ。鏡におのれの姿を映して、新しく知るようになった本当の自分に頭を下げることになるだろうよ」

一方、男女のペアは、低い声で熱心に語り合いながら巡回を始めていた。二人が遠ざかるにつれて、梁や垂木《たるき》で光の点が踊り揺れた。部屋の反対側で明滅する光が消えて真っ暗になった。点検者たちが階上に向かい始めたのだ。次の瞬間、ハリソンは水車小屋から外に出た。五分後には自分の部屋にいた。途中では何も見なかったし、何も聞かなかった。家は暗く静かだった。

第五章

彼は明かりをつけなかった。ただ考えるだけだったし、自分が頭を使おうとしている類《たぐい》の考えというのは、光の助けを特段に必要としないものだったから。暖炉の薪の周りでちらちらと動く小さな炎の舌が投げかける光で、十分に用は足りた。炎は上がったり下がったりし、突然巻き起こる風に気まぐれにウィンクしてみせたりした。風は時々、虚ろなゴロゴロという音を立てながら煙突を通ってくる。すると炉床《ろしょう》にある灰がふっと舞い散り、近くにある物のうえで不気味な光と影が動きまわる。だがそれでも、部屋のいちばん奥まったところは常に暗がりに包まれている。彼が考えることは、そのような薄気味悪い状況とよく調和してくれる。

彼は座って低い炉格子に足をかけた。階下《した》でちょろまかして持ってきた〈冷えたスナック〉を、味わいながらもぐもぐ食べた。それから自分の考えごとに没頭した――およそ次のようなものである。

「そいつをしなくちゃならない。他に術《すべ》はない……。それに、もう一つのやり方よりましだし、申し訳もたつ。実際のところ、はるかに申し訳がたつ。保険会社は俺に悪いことはしていない。敵《かたき》ではないし、俺に含むところなど何もない。だがこの男は俺を憎んでいるし、そのことを口に出した。理由などないのに憎んでいる。俺はどんなやり方であろうとあいつに害を与えたことなどないのだ。もしもさまざまな事情のために──自分にはまったく過失はないのに──そのことをよく憶えておこう、自分にはまったく過失はない──他人を犠牲にしてでも自分自身を救わなければならないような立場に追い込まれたとしたら、悪さをする理由など見あたらない者よりは敵のような人間を犠牲に選ぶのが正解だ。明白なことだ。そのことがますますはっきりと分かってきた……。それに金はそのうち返してやる。一セントも残さずに。利子も払ってやる──そう、利子もだ──誓ってもいい。たとえ敵であってもずっと俺に苦しめられるわけじゃないんだ」。そう考えて彼は徳の高いことをしている気分になった──立派とも言えるような気分になった。「そう、利子も払ってやる──最後の一銭までけちらずに利子を返してやろう。支払われるべき額より少なめにではなく、むしろ多めに返してやっていい。そして十二パーセントで──俺は十二で返してやるから──この投資なら、今のご時勢にあいつがどんなところに金を預けたって、二パーセントはお得になるってものさ」。彼はここに到って、さらにいい気分になった。相手の男に恩を施《ほどこ》しているような思いを抱き始めた。「これがもう一つのやり方よりずっといいのは明らかだ。もう一つの方法だと、本当の犯罪になる可能性がある。火がブリーカーの住まいに燃え移って人命が失われるかもしれないからな。そうなったら大変だ！　幸運にもすんでのところで思いとどまることができた。今の計画なら、誰にも危害を加えることはない。水車小屋の検分が遅れてとても運がよかった。……ブリーカーは真夜中になったら出かけるか……。十一時ではどうだ？……十一時なら大丈夫……。そうだ──そう、十一時に行けば……」

彼はマスクを作った。目が見えるようハンカチに穴を開けて。するとハンカチに自分のイニシャルがついているのに気づいた。それでもう一つマスクを作った──今度は印のついていないハンカチで。

しばらくすると物音がして彼はぎくっとした。マスクの一つをポケットに突っ込み、もう一つは敷布団の下に隠した。

一方、トムは〈旦那〉の家で楽しい時を過ごしていた。着いたのは八時だった。そこで彼は、自分が目の当たりにした父親の苦悶や、父の惨めな気持ちをたちどころに歓びと感謝に変えることのできる報せをひた隠しにしたことで自らも被《こうむ》った苦悶を、ヘレンに語ってきかせた。すると、水曜日に計画していた不意打ちに期待をふくらませていた彼女の喜びは突然消えた。彼女の唇は震え、涙が浮かんだ。「ああ、トム」と彼女は言った。「お父様に何も知らせないで別れたんじゃないでしょ？　ああ、あなたにそんなことできたはずないわ。そんなふりをしてるだけよ。誰もそんなに残酷になれるはずないから。しなかったたって言ってよ、トム」

彼女の苦悩をもう少し、もう少しとかきたててみたい誘惑に彼は抗《あらが》うことができなかった。そうすることが、自分が最後に差し出そうとしている嬉しいクライマックスのための効果的な準備となるから。それで彼は、自分がひと晩中父親に知らせずにいたと彼女がついに理解するまで、残酷な事の委《い》細《さい》を次々と告白し続けた。すると涙を流しながら彼女は愕然として顔を上げ、言った――

「ああ、トム！　それじゃ、あなたは早くに仕事に出かけてしまって、お父様はまだご存じないのね！」

クライマックスの時だった。

「あれっ、僕はどうしちゃったのかな？――ひとつ言い忘れていたよ、ヘレン。本当に恐ろしいことなんだ。今そのことを考えると凍りついちゃうよ」

「まあ、トム、言わないで！　でも何だったの？」

「取り消しにした書類を、父さんの食器のそばに置いていったんだ。もし父さんがそれを見て、歓びで飛び上がらなかったら――」

だが言い終わらないうちに、彼はヘレンの両腕で抱きしめられ、唇はふさがれた。

九時半頃、〈旦那〉がおやすみを言うために上がってきた。十五分ばかり部屋にいて、立ち去り際にトムに言った――

「君のお爺さんが今日来るかと思っていたんだが。メッセージを伝えてくれたかね?」

「はい。父に言付《ことづ》けました」

「それで申し分ない。君のお父さんはやるべきことは必ずやってくれると、当てにできる――たとえ些細《ささい》なことであったとしてもね。それが並はずれた美徳だということは私たちの誰もが知っている」

トムは嬉しくなって頬を赤らめた。そして、今言われた言葉を父に伝え、父さんはこの言葉に憎しみを示すようなものを見つけることができるとお思いですか、と問いただそうと考えた。

「君のお爺さんは来なかったよ」と〈旦那〉はさらに言った。「私から渡すべきものがあることを思い出してくれるといいんだが」

この言葉自体にトムは強い印象を受けなかったが、それを言ったときの〈旦那〉の口ぶりに何か彼の注意を引くものがあった。ひょっとしてこれは大事なメッセージだったのだろうか?

「そのことは僕におっしゃられなかったと思うのですが。あなたがお爺さんに会いたがっていることは話しました」

「それでいいよ、トム――君はメッセージの半分だけを伝えたんだ。もう半分はこれから伝えに行けばいい」

トムはうろたえて言った。

「そのようにします。僕は——あの、細かいことでは父さんほど立派じゃないんです」

〈旦那〉は身振りで自分の娘を指して、言った——

「気をそらす要素があったからね。公正なテストじゃなかったよ、君。それではおやすみ」。そして彼は立ち去った。

「父さんって素晴らしいでしょ！」とヘレンが言った。「素晴らしいって思わない？」

「素晴らしい？　どんなに素晴らしい人なのか、今まで分かっていなかったよ！　それにこのあたりの住人たちはあの人のことを知らない。僕の父さんやお爺さんも分かっていない。でも僕がベッドに入る前には、みんなに分からせてやるよ」
二、三分後、〈旦那〉は湯気を立てるトディに砂糖を入れてかき回しながら、独りで呟いていた。「ハリソンがメッセージの大事なところを受け取らなかったのは残念だな。受け取っていたら、ちゃんと理解しただろうし、こちらにやって来て、今頃は安らかな気分になっていただろう」。彼はため息をついた。「それに、あの責任のとれない老人を傷つけたことで俺自身の気持ちにも痛みがあるが、それも癒されただろうに。だが彼は明日は来るはずだ」
十一時にトムは表玄関から意気揚々《ようよう》と出ていき、入れ違いに父親が裏口からこっそり入ってきた。足にはゴム靴をはいて、忍び足でこそこそと歩き、白いカーテンのようにマスクを帽子の下から垂らして顔を隠していた。彼は両手で壁を伝《つた》いながら、暗闇の中で慎重に進んでいた。〈旦那〉の仕事部屋に通じるドアを見つけ、試してみた。ドアは開いた。彼は中に入って、そっと後ろ手に閉めた。マッチを擦り、それを掲《かか》げた。左側の壁の向こうあたりに例のテーブルがあった。彼はそれに向かって進んだ。そこに辿りついたとたん、マッチの火が消えた。もう一本点けようと壁に手を伸ばした時、〈旦那〉の椅子から何かを叩き落としてしまった。その物体は、重いどさっという音を立てて床に当たったので、心臓が恐怖で止まった。彼はしばらく足をへなへなさせて震えながら立ちつくし、何か音がしないかと耳をそばだてた。それから何ごとも起きなかったので、感謝の気持ちと共に深く息を吸い、また壁に手を伸ばした。硫黄《いおう》マッチが薄青く燃え、火花を飛ばし悪臭を放ち、それから明るくしっかりした炎となった。先ほど落ちた物は〈旦那〉のどっしりしたオーク材の杖だった。正確さを期してダグ・ハプグッドが「棍棒」と呼んだ代物だ。彼はそれに気づいたが、興味は持たなかった。心が引き出しに向いていたから。それは鍵がかけられておらず、簡単に開いた。

「あの女は本当のことを言っていたのだ」と彼は呟いた。そこには確かに札束が入っていたからだ。彼はそれをポケットにねじ込んだ。ちょうどその時、持っていたマッチが消えた。

待て！——音がしただろうか？　心臓がまた止まった。誰かがドアを手で探っていた。

「ジェイクだ——予定していたより一時間早く来たんだ。ああ、神様、どうしよう！　あいつには太刀《たち》打ちできない。もしあいつに捕まったら逃げようがない。家中に大声で知らせて、俺を普通のコソ泥だと思ってここまでつけてきたのだと言うだろう」。彼はかがみ込んで、手探りして棍棒を見つけ、震える指でしっかりと握った。「一撃だけ食らわせてやろう。もし命中しなかったり、気絶させられなかったら——」。彼は耳を澄まし——さらに澄ました。静けさは完璧だった。「あいつが部屋にいるなんてありうるんだろうか？　ドアが開く音は聞こえなかったが……。そら——ため息が聞こえた！……またた——それも近い！……何かがこのあたりで動いている！」この瞬間、マッチを壁に擦る音がした！　しかもドアのそばではなくごく近く、六フィート〔約一八〇センチ〕も離れていない――というのも、ジェイクもゴム靴をはいていたのだ。マッチがぽっと輝くと、二人の男はお互いに向き合って立ちつくしていた。ジェイクは白いマスクと振り上げた棍棒を見た。そして「なんてこった！《ウム・ゴッツ・ヴィレン》」と悲痛な大声をあげて、亡霊のような姿に飛びかかった。だがハリソンは信じがたいほどの打撃を加えた。打ち据えられて、ブリーカーはつんざくような悲鳴をあげた。それからよたよたとドアに向かい、無力な塊《かたまり》のように前で倒れた。ハリソンは棍棒を放り出し、素早く手探りで壁を伝ってドアに進んだ。ドアは開いていた。数秒後、彼は家を飛び出して、その背後に広がる凍《い》てついた野原を南の方向に一目散に駆けていた。「やらなきゃならなかったんだ」、そう彼は後悔しつつ自らに言い聞かせた。「だがブリーカーが不利にならないようにするよ――俺がそう取り計らうから」

一方、トムは威勢よく道を歩いていたが、一、二分ばかり父親と一緒にいたのに気づかなかった――二人の間には少しの空間ととても濃い闇があったから。だが父親の方がスピードが速く、息子を抜かして自宅に着こうとしていた。

彼らが去った後のフェアファクス屋敷は、いまや大騒ぎになっていた。インディアンタウンの三人の男たちがこのあたりを通りかかり、ジェイクのつんざくような悲鳴を聞いて、敷地を通って駆けつけ、家の中に入った。二つの部屋に飛び込んだが誰も見つからず、それから三番目の部屋に入った――そこで彼らは、角灯《ランタン》の光に照らされて、フェアファクス〈旦那〉が血まみれになって、横たわった男のそばに立ちつくしているのを見つけた。男は何か訳の分からないことをもぐもぐと呟き、それからことされて静かになった。死体は血の海に浸かっていた。その傍《かたわ》らにはオークの杖が転がっており、男たちにはそれが誰のものか分かった。

第六章

ジョージ・ハリソンは裏口から自分の家に入った。食堂で火をおこし、ロウソクをつけ、外衣を脱ぎ捨てて腰をおろした。長い間走り続けてきたので喘いでいたが、この何か月もの間の自分の境遇と比べれば、幸せといえる状態にかなり近かった。彼は心の中で言った——

「この一件の好ましい面に目を向けないでいるのは健全じゃない。愚かなことだ。愚かよりまだ悪い。自分の心から危険な代物を洗い流して、健全健康に保つんだ。好ましい一面、健全な一面、正しく最良な一面だけを考えることにしよう。誉《ほま》れ高き我が一家が、恐ろしい危険に見舞われた。そして俺はそれを救った——救ったんだ！——そのことを有難く思おうじゃないか。我が家はまた頭を高く上げることができる——この言葉がなんと快く響くことか！　何かをしなければならなかった、そしてそれをやってのけたんだ。誰もそれで損をすることはない。ジェイク・ブリーカーは特にそうだ。あいつの給金を上げてやる。上げるだって？　それだけでは済ませないぞ。あいつに払う額を二倍にしてやる——いや、三倍だ！」

彼は紙幣《しへい》の束を取り出し、表の面を下に向けて、愛撫《あいぶ》するように膝《ひざ》の上でしわを伸ばした。そして隅をめくり上げて枚数をかぞえた。

「五千ドル——俺たちの、救済の、名誉のための大事な命綱だ！」

彼は札束をひっくり返した。すさまじい恐怖の感情が、炎が燃え上がるように目に表われた。まるで石に変えられた人のように、彼は目をかっと見開き身じろぎせず座っていた。いちばん上にある紙幣の表には、太い字でこのような言葉が書いてあった。「まがいもの。W・フェアファクス」

ほどなくして、彼は震える指先でその紙幣をつまみあげ、手を放した。それはひらひらと床に舞い落ちた。次の紙幣にも同じ言葉が書かれていた。その紙幣も最初のそれと同じ道をたどった。めくるたびに同じ致命的な言葉が現われ、他の紙幣も次から次へと床に舞い落ちた。身体的な痛苦を感じている人のように、彼は苦悩してうめき声をあげた。そして言った――

「ああ、神様、どうして死ねないんだろう！」

彼は立ちあがって部屋を歩きまわった。両手を揉《も》み絞り、吠えるような絶望の叫びをあげながら。やがて、マントルピースにのせてある例の書類に彼は気づいた。マーサがそこに置いてから、そのままになっていたのだ。彼は自分が何をしているのか意識しないまま、うわの空で書類を取り上げ、また悶々《もんもん》と歩きまわり始めた。時々、苦い考えを身振りで強調しながら。そんな身振りをしているうちに、書類が何かにぶつかった。それで彼は立ち止って、言った。「これは何だ？　どこで手に入れたんだろう？」彼はそれをちらと見て、致死的な打撃を受けた人のように、椅子に沈み込んだ。「取り消し――神よ憐《あわれ》みを！　おお、おお、おお！　どうしてこんなことに人が耐えられるだろう！……俺は盗人《ぬすっと》だ――親父の贋金を盗んだ――意味のない盗みをした――一家の名誉を救うために盗みをした、すでに救われていたというのに――どんな不可思議な経緯で救われたか、誰の同情心によって折よく救われたのか、突き止めることはできないが！　ああ、もしも――」

足音が近づいてくるのが聞こえた。彼は紙幣をかき集めて火に投げ入れた。それから必死に意志を奮《ふる》い起こして、境遇が新たに好転し満足な様子で時には笑みさえ浮かべる男であるかのような態度を、できる限り取ろうとした。そもそも、我が家の名誉は実際に救われたのだから。その事実はほどなく知られるようになる。一家がそれを誇りにし歓んでいることを、来る者すべてに分からせなければ。トムが入ってきた。父は元気よく歩み寄り、両手を差し出して息子を迎えた。トムは心を込めてそれを強く握った。それに対する反応もまた力強いものだった。

「おやっ！」トムは言った。「暗雲は晴れたって訳だね？　うん、そうなると思ってたよ」。それから外衣を脱ぎ捨て、くつろげるように暖炉の前に椅子をうまく並べた。そして言った。「さあ、腰をおろして。僕は告白して洗いざらい喋ってしまうよ。それで許しをもらいたいんだ。あのね、たまたまだけど〈旦那〉に出会ったんだ。そしたら取り消しにした書類を渡した――」

「あの男がか？」

「そうだよ。それで、父さんに渡してほしいって僕に頼んだんだ」

「何時《いっ》だ？」

「昨日の――えっと――遅くに――」

父親は息を詰まらせた――

「水を――水をくれ！」

トムは飛び上がって従った。そして父が息を吹き返すと、どうしたのと訊こうとした。だがそうする必要はなかった――

「さあ、トム――私はもう大丈夫だ。自分を憎んでいる男からこんなに寛大なことをされたので、ちょっと動転してしまったよ。そちらの方面からの好意は期待していなかった」

「父さん、それは大間違いだよ！」とトムは大喜びで言った。「完全に誤解だよ。僕には分かってるんだ。あの人が僕に書類を渡した時」（トムは時間を実際より少し前にずらせた）、「あの人は父さんのことでとても良いことを言っていた。それに、とても好意的な口ぶりだったよ。こう言ってた、父さんは何かをやると約束したら、必ずやると信じられるって。大事なことだけじゃなくて、小さなことについてもそうだって。そして、そこに値打ちがあるって言ってた――なぜって、小さなことをきちんとするのはとてもまれな美質だから。ああ、あの人は立派な男性だ！　ここいらの人たちはあの人のことを分かっていない。その彼があんなことを言うのを聞いたら――ああ、僕にはこんな素晴らしい父親がいるってことが自慢になったよ！」

彼はこのように喋りながら、いつもしているように父親を撫でさすった。その仕草は父の心を焼き焦がしたが、息子は気づかなかった。父親は心の中でうなり声をあげ、独りごちた。「俺はかつてはそんな人間だった。だが今では、自分の息子の褒め言葉が針のように突き刺してくる」

「それでまあ、昨晩、用事を終えてから僕は書類を持って帰った。でも父さんのために楽しい不意打ちをするちょっとした計画があった。だから一日だけ書類を手元に置いておこうと考えたんだ――」

「ああ、残念無念！」父親は心の中でうめいた。

「――でも夜中になって、父さんが部屋を歩きまわっている音が聞こえてきて、我慢できなくなった。それでしばらくして、やろうと思っていたことは諦めて、起きて書類を手に取って、父さんの部屋に行った――」

「それからどうしたのだ――どうしたのだ！」父親が興奮して割って入った。

「でも父さんは眠ってたよ。それで邪魔しようという気持ちにはなれなかったんだ」

父は、心に感じている悲嘆が自分の顔に現われているに違いないと思い、息子から顔をそむけた。

「でも僕は今朝、父さんのお皿のそばに書類を置いて、有頂天になって出かけて行ったよ。だって、小さな不意打ちがやっとできたんだから。一日中とてもうきうきしていた。父さんが朝食に下りてきて、気にかかる暗雲がなくなったことを知ったらどんな顔するだろうって、あれこれ思い巡らして。それに、まだ他の驚きもあるんだ──僕は事務所のパートナーになったんだよ！　もう一つある。いちばん素敵なことさ──ヘレンと僕は婚約し直したんだ！」

ジョージ・ハリソンは、よろめきながら立ち上がった。そして眩暈《めまい》を感じている人のように両腕を前に泳がせた──ちょうどその時、家中を揺るがすような大声が戸口に響いた。それからダグ・ハプグッドが顔だけ出して叫んだ──

「たいへんだ！　誰かがフェアファクス〈旦那〉の家でジェイク・ブリーカーを殺《や》っちまったぞ！」

ジョージ・ハリソンは、よたよたと戸口に向かった。そして言った──

「死んではいないな？　死んだと言わないでくれ！」

「間違いなく死んでしまったさ！　おや、あんたの顔色、あいつの幽霊になってもおかしくないよ！　魚の腹みたいに白くて、漆喰みたいに白い──ねえ、人があんたを見たら、デスヘッド・フィリップスがここにやって来て、それから──」。彼は言い終えないうちに姿を消し、報せを他の者に伝えに行った。

ハリソンはよろめきながら火に近づき、マントルピースに手をのせて体を支えた。自分の顔に刻まれている苦悩を隠すために、トムにはずっと背中を向けていた。だがトムは彼のことを気に留めなかった。彼の思いはヘレンと共にあった。彼女のところに駆けつけなければ。彼は一着また一着と冬の防寒用の衣類を無造作に身につけていった。ボタンやバックルを留めることなどお構いなしに。そしてドアをめがけて駆け出したとたん、ドアが勢いよく開かれ、ヘレンが彼の胸に飛び込んできた。

「ああ、あなた、私たちが楽しみにしていた明日の不意打ちがみんな駄目になったわ。私たちの婚約、あなたが事務所の新しいメンバーになったこと、私たちのあの計画――ねえ、一緒に来て、父さんが人殺しの罪で捕まってしまったの！」

一瞬の後、ハリソンは独りになった。うなだれ、げっそりとなり、蒼白で、無駄に自分を責め苦しめ、無駄に後悔して嘆き悲しんでいた。

「考えてもみろ――こんな苦しみは受けずに済んだのに！　もし待ってさえいれば――一日待ってさえいれば！――一日だけ！　ああ、通告が突きつけられたと、もし親父が俺に伝えなかったら……。だって、本当のことじゃなかったんだ！　どうして親父はそのことを伝えに来たんだ？……そうだ、それが謎だ――合点がいかない……。この一日、俺たちは金には困らず悠々としていられた。それなのに俺は知らなかった！　証文は取り消しになった。トムは事務所のパートナーになった。あの二人は婚約した――我が一家の名声は救われたし、財産もつくれた――ああ、トム、ほんのひと言いってくれたら俺は救われたのに。今や俺は盗人で人殺しだ。それに、ああ、神様、俺がしでかした犯罪で、無実の男が捕らえられた――その男は俺たちの名前も何もかもを破滅させることもできたのに、親切にも手を差し伸べてくれて、俺たちを無傷で救おうとしてくれたんだ！……もし俺が男なら、これから彼に代わって罪を引き受けに行くだろう。俺はやる、神に誓ってやるぞ！」彼は立ち上がり、つかつかと部屋を横切り、オーバーコートをさっとひっかけ、ボタンを留め始めた。三番目のボタンになって彼の熱意は少し揺らぎ始めた。ためらいながら四番目のボタンを留めた。五番目をいじくっている時に動きが止まり、考え始めた。彼はしばらくの間そうして立ちつくしていた。それからため息をつき、ゆっくりとボタンを外し始めた。この動作が終わると、彼は立ったままもう一度考え込んだ。やがてボタン留めをまた始めた。だが今度は機敏さがなかった。それはひと苦労だったし、熱意がほとんど込められていなかった。三番目のボタンから先には進まなかった。それからまた全部元どおりにしてしまった。少したってから、気を取り直してもう一度だけ奮闘した。だが今度は最初のボタンで終わってしまった。彼はコートを脱ぎ、疲れ切って暖炉の前の自分の席に戻り、腰をおろして、穀物をすり潰すように苦い思いをまた巡らせた。「俺は男じゃない」と彼は言った。

ドアが開き、痩《や》せ衰えた姿の父親が入ってきた。寝間着を着ている。

「やあ、お前、少し夜更かししてはおらんか？」と老人は愛想よく言った。

答える代わりに、息子は取り消しにされた書類を彼に突きつけた。とがめるような顔つきをして、「父さんはあんなことを言ったけど、これをどう説明するつもりなんだ」と言わんばかりに。

老人は平然と書類をあらためた。そして当たり前であるかのような口ぶりで言った――

「取り消された。そう、これは結構なことじゃ。わしは今晩夕食のあとであいつに会いに行った。そこで、その書類をただちに取り消せ、さもなきゃ殺してやる、と言ったのさ。事あらば本当に殺してしまったろうな。それからまがいものの金を返させた。それは安全な所にしまい込んである」。息子の顔に恐怖と驚愕の表情が浮かんでいるのに気づいて、彼は訴えかけるように付け加えた。「そんな風に見るなよ、ジョージ。しなければならなかったのじゃ。あいつは明日にでもわしらを破滅させただろうし、我が家の名声も台無しにしただろうから。だがもう大丈夫じゃ、ジョージ。それにすべての責任はわしがひっかぶる――もし何かの責任があればの話じゃが」

息子は心の中で呟いた。「これですべて分かった。これが加わることで災難は完璧になった——親父は気が狂ってるんだ！」それから物柔らかに、「もう遅いし寒いよ、父さん、休息が必要だよ。ベッドに入っていた方がいい」

彼は老人を連れて行った。二人とも弱々しく歩き、どちらももう何も言わなかった。ほどなくしてジョージは戻り、腰かけてトムが帰ってくるのを待った。ベッドで寝る気持ちはなかった。眠りは問題外だった。

過去二週間に起きたさまざまな出来事を彼は思い返し始めた。そして今や、これまで理解できなかった出来事のいくつかに父親の狂気は光を投げかけた。たとえば、〈旦那〉が借金を返せと詰め寄ったと父親は報告したけれど、それはただの想像にすぎなかった。父親は、メンフィスに住んでいる裕福な独身の兄に経済的な援助を頼んでみようと言った——奇妙な考えだ、とその時のジョージには思えた。それは以前にも数回試みたけれど、何の反応もなかったから。びた一文《いちもん》たりとも伯父さんは貸したり与えたりしなかった。だがまあいいか、もう一度試してみればいい。するとジョージが驚いたことに、今度の試みはうまくいった。父親の報告によると、兄は金を送ってくれた——しぶりながら、ぞんざいにではあったけれど——そして、十月二十七日にフェアファクス〈旦那〉にそれを払い込んで借金の片をつけたという。今やそれも、狂った想像力の産物だったことは明らかだ。疑いなく、父親はまがいものの金をどこかで買って、それを使って借金を穴埋めしたのだ。

誰にも話せない！　生まれてこのかた自分は、悩みを誰か親しい人に打ち明けて何らかの慰めを得たり苦しみを和らげてもらったりすることが、できなくなった時はなかった。だが、こんな助けが今ほど必要とされる時はないというのに、胸が張り裂けんばかりなのに、自分自身の口を封じなければならない。自分が持っている類の秘密は、誰とも分かち合えないのだ。

なんと多くの災厄が雪崩《なだれ》のように襲いかかってきたことだろう！——どうしてそれは起きたのか？　何が原因だったのか？　彼は暖炉から炭になった木切れを取り上げ、白塗りの壁に向かい、そこに雑な絵を描き始めた。その間ずっと独りで呟いていた。

「過《あやま》ちの系統樹。誘惑からできた果実。種は——源《みなもと》は——災難の木が生えてきた根っこは何だろう？　偽りのプライドだ」。彼は根と樹幹《じゅかん》を描き、そこに名前をつけた。枝に果実をぶらさげて、それぞれに番号を振った。それをしながら彼は独り言を言っていた。「偽りのプライドから生まれる偽りの羞恥心《しゅうちしん》のために、貧乏になったり周囲の輩《やから》の尊敬を失ったりすることを俺は恐れるようになる。こんな圧力がかかって、俺の徳義心は大袈裟《おおげさ》な見せかけだということが明らかになる。初めて訪れたまことしやかな誘惑に屈して、水車小屋に放火する。現実にはその犯罪は行なわなかったが、精神や意図のうえでは犯している、同じことだ。

「その犯罪が、一番目の果実だ。

「次に、強盗の罪を犯す。二番目の果実。

「それから殺人の罪。三番目の果実。

「罪のない男の頭上に、この犯罪が降りかかる。四番目の果実。

「同じ犯罪によって、未亡人を一人増やした。そしてその女の拠りどころを奪った。五番目の果実。

「同じ犯罪によって、罪のない男の娘を悲嘆のどん底に突き落とした。六番目の果実。

「同じ犯罪によって、自分自身の息子をその娘の恥と悲しみの共有者にした。七番目の果実」

彼は描いた絵を陰鬱に眺めた。

「何の咎《とが》めも受けない暮らしをしてきたのに、たった一つの過ちを犯して、そこから生まれた恐ろしいことがこんなにずらりと並ぶとは――ほとんど一時間につき災厄が一つのペースじゃないか！　信じられそうにない――それにとても不公平だ。最初に犯した罪の小ささには不釣り合いなほどの災厄の多さだ。ああ、〈道徳律〉よ、お前は厳しい高利貸しだ。数あるシャイロック❖たちのなかでもとびきりのシャイロックだ。お前は胸の肉を百倍も多く取り立てようとする！」

夜の風が吹いてきて、彼のもとに音が遠くから運ばれてきた。それが何なのか彼には分かった。それで慌てて、「偽りのプライド」と「災難」という言葉を、描いた木の根と幹からこすり落とした。そして胸をどきどきさせながら近づいてくる音を待ち受けた。やがてダグ・ハプグッドがひどく興奮して飛び込んできた。

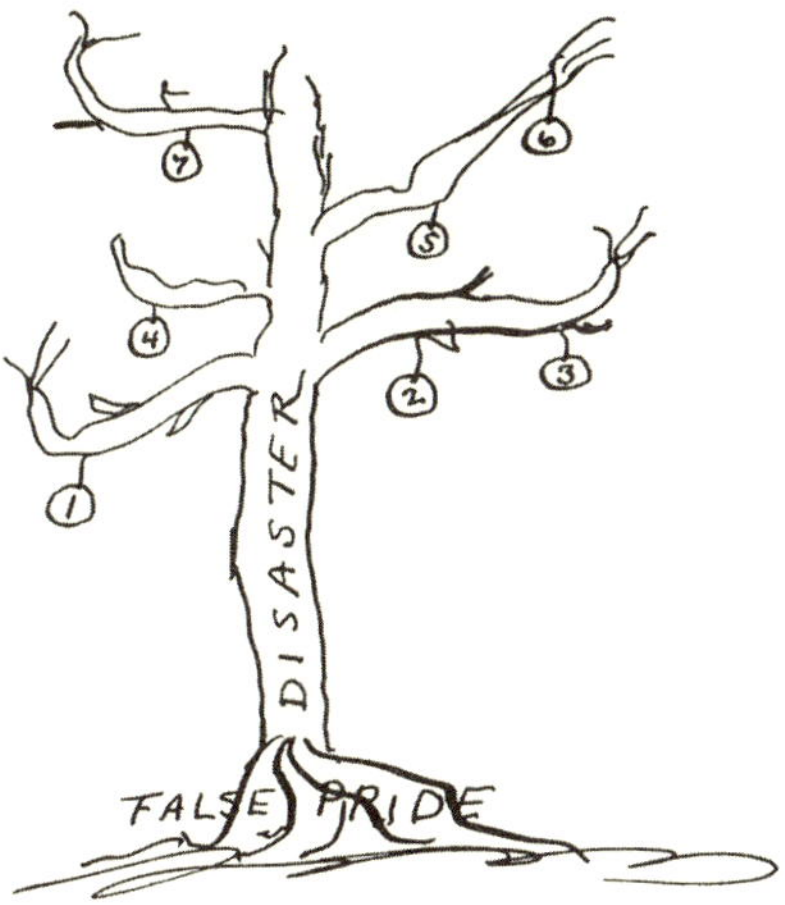

「ねえ、ジョージ、暴動が起きたんだよ。暴動が起きたって言ってるんだよ――聞こえてるかい？――暴動だって！」

❖ウィリアム・シェイクスピアの劇『ヴェニスの商人』（一五九六―九七年）に登場するユダヤ人の高利貸し。相手方の肉一ポンドを担保として金を貸す。

「うん、うん、聞こえている——そんなに叫ぶな。何ごとなんだ?」

「何とね、奴らがあの人をリンチしようとしたんだ!」

「誰をリンチするんだって?」

「〈旦那〉をだよ」

そのとたん、ジョージはよろめいた。ダグは赤くなった両手を暖炉にかざして温めながら、生ける瓦版《かわらばん》さながら立て続けに喋り続けた。

「そうなんだよ。奴らはあの人をうまく留置場まで連れて行って中に入れた。でもその頃までにニュースが伝わって村じゅうの人間がこぞって押しかけてきたんだ。男も女も子供も、あるだけの服を着込みながらやって来た。わあわあ騒ぎながら。みんなもう怒り狂ってた。それから保安官が急いで駆けつけてきた。二連発式の銃を持ってた。ぎりぎりで間に合ったんだよ。だってブリジット・ブリーカーもやって来たから。あの女、独立記念日みたいに松明《たいまつ》を持って、叫び始めたよ、『あいつをリンチしろ、血に汚れた人殺しをリンチしろ!』って。そしたらみんな、大声あげて留置場めがけて殺到した。でもね、保安官がそこにちゃんといた、背中を扉につけてね。それで、彼がみんなに話しかけてる間に、カトリン治安官がこっそりと裏口から〈旦那〉を連れ出して、裏通りをまわって郡の監獄まで連れてった。その頃にはトムもヘレンも駆けつけてたよ。ヘレンはお父さんに付き添って、トムは外に残って保安官を助けようとした。でも一分も経たないうちに暴徒が襲いかかってきた。ブリジットは荷車の上に立って、松明を振りまわして叫んだんだ、『リンチしろ、リンチしろ』って。それで保安官は、善良な市民ならみんなこっちに来て味方しろって、呼びかけた。そしたらたくさん集まったよ。でも奴らは留置場のそばにあった煉瓦《れんが》のかけらを積み上げているところに行って、雨あられと投げつけ始めた。トムは保安官の隣にいたんだけど、煉瓦が当たって――」

「ああ、神様！」

「座って、座って！ どこに行くんだよ？」

「トムのところだ、もちろん！」

「あんたも馬鹿だな――さあ、腰かけなって。あんたにゃ何にもできないよ。彼は大丈夫さ。当たり方は悪かったけど、大丈夫なんだよ。どうしてかは、すぐに言うから。パイプに火をつけさせて」。その間、ジョージは黙って悩みながら両手を揉み絞っていた。そして呟いた。「八番目の果実を付け加えねば」。それからダグが続けた。「奴らは保安官とその味方の人たちと激しくやり合った。でも保安官は銃を棍棒代わりにして何人かを叩きのめした。だから奴らがまた暴動を起こす気遣いは今週のところはないよ――」

「九番目の果実」とジョージは呟いた。

「――それからお医者のスティーヴンス先生が保安官のそばにいて、腕白坊主《わんぱく》みたいに小枝で暴徒どもに打ちかかってた。その時に、あることが起こって暴動が終わったんだ」

「ああ、有難い――何だったんだ？」

「誰かが一発ぶっぱなして、それがスティーヴンス先生の胸に命中したんだ。それで彼は一巻の終わりさ」

ジョージは両手で髪をかきむしった。そしてうめいた。「十番目の果実だ――善良な男が死んで、その責任はすべて俺にある――どうすればこんなことに耐えられるというんだ？」

その男の死はジョージ・ハリソンにとって、最初考えていたよりも恐るべきものだった。

「でね、それが起きるとすぐに、暴徒どもは騒ぐのをやめた。墓場みたいにしんとなった。みんな帽子を脱いで、死体のまわりに集まってきた。ピンが一本落ちるのも聞こえそうなくらいだったよ。そして、みんながそうして立っていると、激しくて甲高い叫び声が聞こえてきた。それからスティーヴンスの未亡人がやって来た――」

「おお、神様、憐みを！」

「未亡人の二人の娘もだよ。みんな死体に飛びついた――」

「俺は気が狂ってしまう――分かってるんだ！」

「そしてぐっと抱きしめて、キスして、泣きわめいて――」

「十一番目の果実――ああ、恐ろしい！」

「で、本当に見るも哀れだったんで、みんな耐えられなくなって、立ち去ったんだ。散り散りになって、二人組になって小さな声でぼそぼそ話しながら帰って行ったよ。トムは意識を失ってそこに横たわってた――」

「神様、神様、私を死なせてください！――」

「――それで彼をみんなで抱き起こしている時に、監獄からヘレンが髪を振り乱して駆けつけてきた。トムに飛びついて、両腕で抱きかかえて。泣いてたよ。こう言ってた。『ああ、死んじゃったの？死んだって言わないで――この人はわたしのもの、わたしのもの、わたしのもの！』そんな風に言ったよ。それでみんな不思議に思って、こう言った。『おやおや、二人は仲直りしていたんだ――よかったな』、そう言ったよ。そしたらトムが気がついた。あの娘《こ》はとても喜んだよ、可哀そうに、今まで見たことのないくらいのはしゃぎっぷりだった。それからこう言ったな。わたしがこの人をウィルキンソン未亡人のところに連れて行けるように、みんな手助けして。この人が良くなるまでわたしが自分で面倒見るからって。それでみんなはあの娘を手伝った。そんなわけで二人は一緒にいるから、あんたは必要じゃないんだよ。あの娘は婆やのリザとエムリイに来て欲しがってる。だからおいらはこれから二人を呼びに行くし、ニュースを伝えて回るんだ。おやっ、あの時計は合ってる？――朝の三時か！――もう行かなきゃ。親方はどうしてる？」

「あまり良くない。しばらく前にここに下りてきたけれど、不用意に薄着をしていて寒がってたよ」

「そいつは駄目だ。駄目だって言ったんだよ――あれくらい年を取った人なんだからね。ねえ、おいらが呼んでくるよ、お医者のスティ――あ、忘れてた」

「ああ、なんともはや、恐ろしい時代だ！」

「検死陪審《けんしばいしん》は朝の八時半だよ――今からあとほんの五時間で始まる。あんたのところに寄るよ、ジョージ――一緒に行こう」

ジョージはまるで悪寒《おかん》に襲われたかのように身を震わせた。しばらく口がきけなかったが、身振りで行きたくないと伝えた。

「何だって！　行かないって言うんじゃないだろうね？　あらら、あんた、いったいどうしちゃったんだい？　ジョージ、正気じゃないよ。こんなこと聞いたことがないよ」

「具合が悪いんだ、ダグ。分かってるだろう、このところとても具合が悪いんだ――家に閉じこもっているんだ」

「そうか、忘れてた。そう、そうだったね。でもねえ！　気苦労してるだけだよ、本当の病気じゃない。トムとヘレンは仲直りしたし――ということは、彼はもう金持ちなんだよ！　あんたは今じゃいろんなトラブルから抜け出してる――そうじゃないかい？」

「そう――だな」

「まったく、あんたは誰よりいちばん陽気でなくっちゃ。そう思わないかい？」

そう思うとジョージは言おうとしたが、言葉が喉につかえてしまった。

「何だよ、ジョージ、ちっとも楽しそうじゃないな――ちぇっ、おいらには理解できないや。まだ気にかかっていることがあるのかい？」

「ああ、こいつは俺を拷問《ごうもん》にかけて罪深い魂を引きずり出そうとしている――どうして帰ってくれないんだ！」とジョージは心の中でわめいた。

「ねえ、ジョージ、元気出してよ。検死陪審に行こうよ。そうすりゃ明るい気持ちになれるって。あんた、別人みたいになれるよ。場所を変えるだけでいいんだ。面白い見ものになるだろうね。みんなやって来るよ。あの可哀そうな害のないジェイクが血だまりの中でのびてるのも見られるんじゃない――」

「おお、お願いだから――やめてくれ！」

「ちょっと、いったいどうしたんだよ、ジョージ？　こんなに変な振る舞いする人、見たことないよ。ねえ、いいかい、あんたのことを心配してるんだ。これは普通の病気じゃないよ。これからすぐ呼びに行くよ、お医者のスティ――また忘れてた、お気の毒な先生――ああ、これでもうあの人に会うことはないのか、この町にとって大きな損失だよ、絶対そう言える。あの人が死んだ原因になった男が絞首刑になるのを心から願ってるよ。そうだろ、ジョージ？」

「ああ、そいつはそうなるべきだな――ああ、そう、そうなるべきだ」

「きっとそうなるって、信じてるよ。握手しよう――がっちり！」

ジョージは手を差し出し、ダグが力強く握った。

「あんた、なんだか弱々しいね、ジョージ。ベッドに入って、ちょっと寝たら元気になるよ。じゃあ明日の八時きっかりにここに来るから、そして――」

「馬鹿、検死陪審など行かんぞ!」

ダグはとてもびっくりしたので、口がぽかんと開いて、パイプが床に落ちた。

「ありゃまあ、ジョージ、驚かせてくれるもんだね! じゃあいいよ、行きたくなければ行かなくていい。でもまたおいらがやって来てその話をしたら、行っておけばよかったなあって思うだろうよ。その時はもう手遅れなんだよ。おやっ! これは何だい? 家系図かい?」

「そ、そうだ」

「ふむ。トムが上流の娘と結婚するからかい――そうだろ? ご先祖様をさがしまわって、かき集めてるんだろ? とってもいい考えだよね。一番目って誰?――アダム?」

「ああ――好きなように名前をつけろ」

「それからモーセとシンメイキ❖が来る。いや、アベルとカイン❖だ。カインが三番目ってことだろ? 弟を棍棒で殴り殺して――〈旦那〉が今夜、可哀そうなジェイキーにやったのと同じだ。ほんとにぴったりの偶然の一致じゃないか、ジョージ? ねえ、これってすごいと思わない?」


❖モーセは旧約聖書の『出エジプト記』に登場するヘブライの預言者。シンメイキは人名ではなく、旧約聖書中のモーセ五書の一つである『申命記《しんめいき》』から。

❖旧約聖書の『創世記』においてアダムとイヴの長男であるカインは、弟であるアベルを殺害する。

「ああ、そうだ、そうだ、そうだ、そうだ、そうだ！――もうお終《しま》いか？」

「でもこの系図は〈旦那〉にくれてやるといいよ、ジョージ。あんたは別のをこしらえな。こいつは〈旦那〉の一件にぴったりと符合してる。でもあんたは――あんたは別の系図をこしらえて、棍棒と人殺しは除いておきな。さあ、もう行かなきゃ。あの召使いたちを連れ出さなきゃ。ヘレンがしびれを切らすだろうな――すぐに召使いたちに来てほしいのって言ってたから」。彼はドアのところまで歩いていき、ジョージは心配しながら後ろをついていった。それから彼はふと止まって、同情のこもった目でジョージをつくづくと眺めた。「でもあんたは寂しそうだし、元気づける人もいないね、ジョージ。だからもしお望みだったら、おいらが残ってあげても――」

「駄目だ、駄目だ、駄目だ！」とジョージは驚愕して叫んだ。「召使いたちの所に行け――急がせろ――あの娘が必要としているのだから――それに私は少し睡眠を取らねばならない」。そしてダグは抗議する暇もなく外に丁重に押し出され、ドアがぴしゃりと閉められた。

「あいつは半時間しかここにいなかった」とジョージは嘆きながら言った。「それなのに、その短い時間でこの木の憂鬱なお荷物に、俺のつくりだした災難を四つも付け加えた」――そして彼は炭になった木切れをまた拾い上げ、四つの果実を描き加えてそれらに番号を振った。

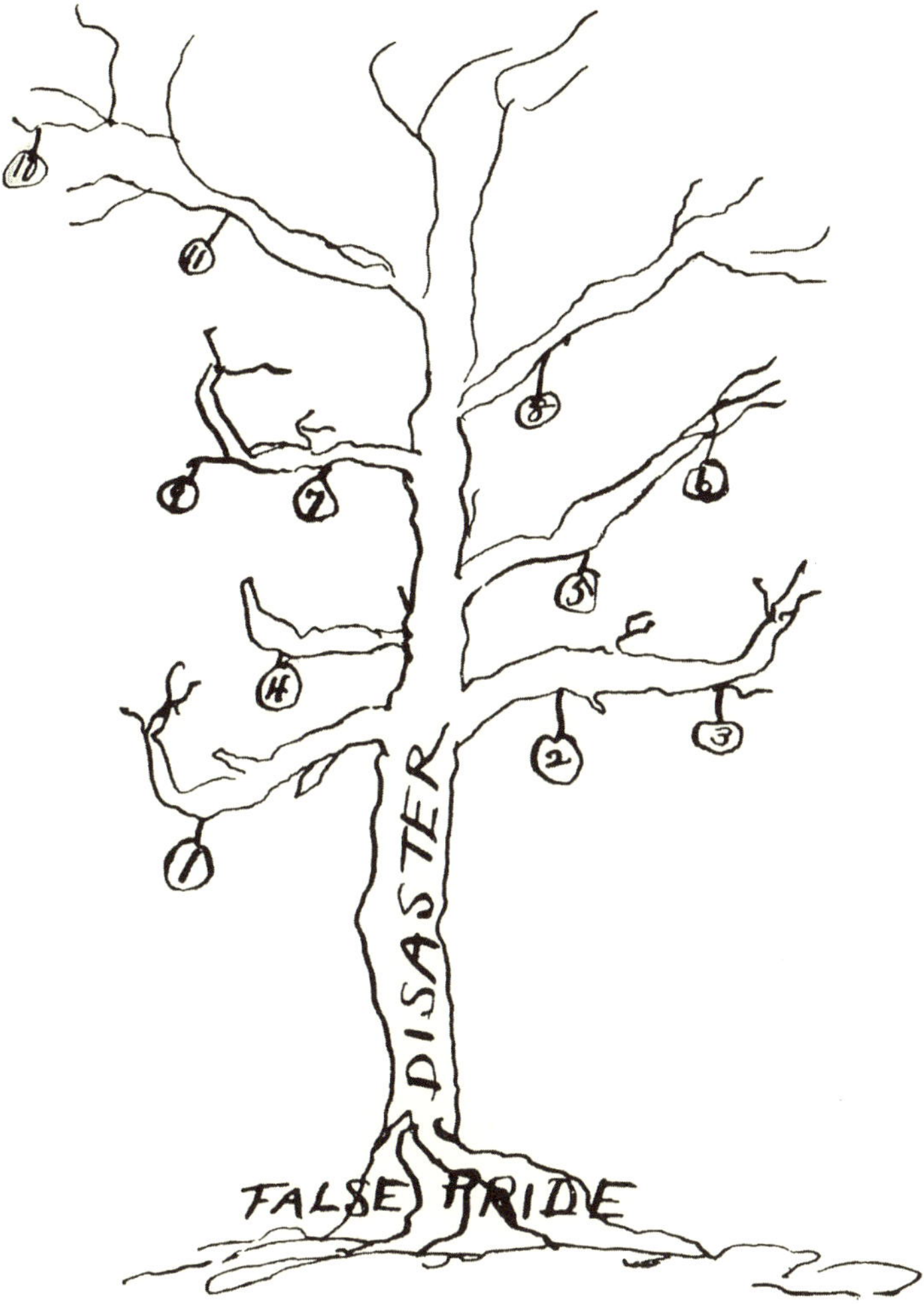
10
11
8
9
7
6
5
4
1
2
3
DISASTER
FALSE PRIDE

第七章

ジョージは身を引きずるようにしてベッドに入った。そして数時間、心悩める者に特有の眠りをとった。目覚めの過程が始まると、だんだん意識がはっきりしてきて、幸せで感謝の気持ちを抱いている自分に気づいた――荒涼とした夢をくぐり抜けてきた、そんな漠然とした気持ちを抱いている自分という男。その夢は溶けてなくなり、雲のように過ぎ去っていった――

　その次に、夢だと思っていた恐怖が夢ではなく現実なのだと悟った時に来る、あのぞっとするような心の沈み込みがあった。圧倒的な瞬間だった。人間の悲惨の極致だった。生きながらの死だった。そんなとき私たちは、どうしたら人生の重荷をまた担《かつ》ぎ上げることができるのか途方に暮れる。世界が空虚に思え、この世に生存しようという強い気持ちもなくなってしまう。暗い時間がじりじりと過ぎていった。自分の心は暗黒と憂鬱からもう二度と脱することはないのではないか、とハリソンには思えた。それから、ある考えが彼の意識に運ばれてきた。そのおかげで、人生と世間にまつわる実際的な関心事への束の間の興味が、くっきりと浮かび上がった。つけていたマスクをどのようにしたのだったろう？　もちろんポケットの中に突っ込んだのに違いない。だがいつそれをしたのかも、どこでしたのかも思い出せない。彼は立ち上がって自分のポケットを検《あらた》めた。マスクがない。まあいい、あの惨劇と逃亡で興奮して、気がつかないうちに落としてしまったのに違いない。問題はない――それが自分のものだと分かるはずがない。重大な証拠品となるはずがない。持ち主が自分だと明かされるはずがない。そこに安心があった。そして彼は、この悩ましい日々に、自分が見つけられるような安心なら、ほんのわずかでも必要としていた。彼はもう一つのマスクを隠し場所から取り出した。そして今それを処分してしまおうとした。それが自然な衝動だったから。彼はそれを目の前に掲げ、何気なく見た。その瞬間、寝台の柱に慌ててつかまろうとして、うまくいかず、床にへたり込んでしまった。間違ったマスクだった――印がついていないのだ！

恐るべき懸念《けねん》が彼を襲った。津波のような絶望が彼を押し流した。巨大な惨事が自分の身に降りかかったことを彼は悟った。何をしているのか自分でもほとんど意識しないまま、彼は座ったまま考えに考え、マスクを細かく破り裂いた。身体が震え、冷たい汗が額《ひたい》に浮かんだ。

何をしなければならないのか？　そう、やるべきことはたった一つしかない。検死陪審に行かなければならないのだ。自分の運命を知らなければならない、それも即刻に。一時間でもこんな不安な心持ちでいれば死んでしまう。彼は力を振り絞って立ち上がり、そそくさと服を着始めた。ノックの音がした。マーサが大慌てで入ってきて、ニュースをわめき散らした。

「ジョージ様、何か起きるといつもあの大声《イエル》で叫んでニュースを触れまわるので〈イエルオー・プレス〉と呼ばれているダグ・ハプグッドが、こちらにやって来ました。フェアファクス〈旦那〉がわたくしどものジェイクを殺したというんです。それから誰かがスティーヴンス先生を殺して、それから、

❖イエロー・プレスは扇情《せんじょう》的で排外的な新聞の意。『ニューヨーク・ワールド』紙に掲載された漫画『イエロー・キッド』（一八九五年）が黄色で印刷したことにちなむ。

ああなんてことでしょう、トム様が――」

「気にするな！　すっかり知っている。急げ――朝食の用意をしろ！」

「もうすっかり用意できておりますよ。それで、どうぞ急いでトム様に会いに行って――」

「トムは大丈夫だ――トムのことは気にするな。私は検死陪審に行くことにする。父さんはどうだ？」

「戸口のところで番をしておりますが、まだお目覚めではありません」

「それなら戻れ。コーヒーを入れろ。急げ！」

七分後、ジョージはコーヒーをぐいぐい飲み、その数分後には、凍てつくような朝の空気のなか、川沿いの道を大股で歩いていた。遅れてきた町の住人――宿屋の主人のボウルズだ――が、屋根なしの荷車に乗って猛スピードでやって来て、彼も乗せてくれた。こんなに重要で影響力のある人物に親切にできたのでボウルズは喜んだ。そして道中はずっと、殺人や暴動やスティーヴンス殺しやトムの負傷といったことを喋りつづけて彼を悩ませた。お祝いの言葉も言った。というのも、村中の人々は今ではもう、トムが婚約し直したことを知っていたし、これでハリソンの家計が大いに持ち直すことになるという事実に、つつましくも好意的な理解を示していたから。だがジョージは、相手の男の言うことにほとんど耳を傾けていなかった――彼の心は別のところにあり、恐怖心でいっぱいになっていた。

死の部屋に入った彼は、人ですし詰めになっている室内を前に進もうとした。人々はそれが誰か分かるやいなや道を空け、彼が通れるようにした。エヴァンス検死官はとても丁重に、どうぞ前にお進みください、ぜひ私の傍《そば》に座ってくださいと頼んだ。そして椅子を持ってこさせ、自分のコートの後ろ裾《すそ》できれいに拭き、ジョージを座らせながら囁いた。「これで彼がよく見えますし、話もみんな聴き取れますよ」

ジョージはこうした余計なお世話を受け入れざるを得なかった。また、床に横たわっている恐ろしい物体を見ざるを得なかった――自らの手によってそこに横たえられたのだ。その思いと悲惨な光景が合わさって、彼は気分が悪くなった。自分の顔から血の気が失せていくのが感じられた。

「お顔色が悪くなられるのも不思議ではありません」と検死官は声を落として言った。「実に恐ろしい眺めですね？　史上最も汚らわしき犯罪です――ですがもちろん、誰がやったのかは私には言えないわけですがね。もちろん分かりません。分かっているのは、それをした男の良心を私の身の内には入れたくないということです」

すると、屋根を揺るがさんばかりに大声が轟《とどろ》いた。ダグ・ハプグッドが指さしながら友人に耳打ちしていた。

「ねえ！　死体から血が出てきたよ――殺した奴がこの家にいるんだ。昔の言い伝えにあるだろ！」

そして彼は笑い声をあげた。

ダグの言葉は、ジョージに身の毛のよだつようなショックを与えた。居合わせた人々も不思議がり、囁き合った。

目撃者が次々と証言を行なった。そしてジョージは固唾《かたず》をのんで彼らの言葉を聞き漏《も》らさないようにした。耳を澄ませて、誰かがマスクのことを口にし、それが取り出されるのを待ち受けた。その恐ろしい暴露がなされた場合、まことしやかで言い逃れのできそうな話を何とかでっちあげようと必死になっていた。一時間が経ち、厳粛な静けさのなかで、検死官が審問の結果を告げた。

「調べの結果、故人はウォルター・フェアファクスの手によって殺害されたことが判明した。いかなる状況においてなされたのか、審査者には特定することはできなかった。検死審問は終了した――これにて閉廷とする」

結局、マスクについてはひと言もなかった！　ジョージは心が凍りつくような思いだった。これには耐えられないと思えた。マスクが取り出されるのを目にし、最悪の結果を知り、事をおしまいにする方がましだった。マスクは確かに存在している。誰かが持っているのだ。どうして隠しているのだ？　どうして証言しないのだ？　それが謎だ！　どうして証言しなかったのか？　この責めさいなむ疑問を頭の中で叩きつけるように繰り返しながら、彼は夢の中を彷徨《さまよ》う人のようにその場を立ち去った。

ボウルズが待ち構えていた。他の誰かが自分の車に乗せて帰る名誉を得ようと声をかけるのに先んじて、ジョージをつかまえた。町への旅が始まり、この太って気さくな宿屋の主人はまた喋りだした。

「凄かったですな、まったく！　似たようなことは今まで起きたことないですよ。冷血なる殺人。暴動。最も親しい友だった医者が殺され、息子さんのトムをはじめとして怪我人が出た。検死審問が昼前に二回開かれ、二つ大きな葬式が出される予定。そのうえ、町の主要なメンバーである住人で、由緒正しき名門の家長が、平民の監獄に閉じ込められているとは！　いやはや、わしの宿屋はこれからの三日間で四週間分の仕事をすることになりますな。もう注文したんですよ――何樽分のウイスキーをわしが注文したと思います？――たった三日間でですよ。樽にしていくつだと思います？」そしてこの面白くない話ばかりする男は、うるんだ青い目を和ませ、嬉々として答えを待ち受けた。

彼の傍らにいる青ざめた人物は、もどかしげに身をよじらせた。それから、うんざりしたような口調で返答がなされた。

「分からない。そんなこと、考えたことなどない」

「でも当てずっぽうでいいんですよ。ほんの当てずっぽうで」と主人は懇願するように言った。「樽でいくつだと思いますか？」

心は遠く離れ、その役目を自動的に、無意識のうちに果たすだけ。何の興味もなく、ただ礼儀を果たさなければならないということ以外の目的もなく、彼は夢の中にいるような受け答えをした――

「私は――うむ――ひょっとして――百五十万くらいかな？」

ボウルズのぽっちゃりした顔が紅潮《こうちょう》して紫色になった。彼は怒りの眼差しを客に投げかけた。だが客はそれに気づかなかった。客はすでに返事を忘れてしまっており、それを言った時の事の重大さにまったく無頓着《むとんちゃく》だったのだ。彼の半ば閉じられた目の上には、苦痛のしわが刻まれていた。自分の心は厳粛かつ真面目な意味合いを持った事柄に没頭しており、村の宿屋の卑しき些事《さじ》にかかずらっている余裕はない、そう彼の目は語っていた。ボウルズはそんな状況を感じ取り、悪い冗談を言うつもりは相手になかったことを悟った。彼の憤《ふん》怒《ぬ》は溶けてなくなり、折の悪い時につまらない話題をこの立派な人に押しつけてしまった、という見上げた後悔の念が取って代わった。彼は軌道《きどう》を修正し、ふさわしいと思える方向に話題を切り替えた。

「ええと、ぶっちゃけて言いますが、今わしらは、みんな悲しまなきゃならないですな。このようなことが起こったら、わしらみんなが泥をかぶることになる――誰も逃げられない。住民全体の値打ちが一等下がってしまう。しかし、〈旦那〉のようなお高くとまった男がねえ――考えてもみてください！」自分の言葉に感嘆符をつけようとするかのように、彼は鞭の先で馬を軽くぴしゃりと叩いた。「〈旦那〉が殺《や》ったことに疑いはないと思うんですがね？」彼はおざなりの返答を期待して相手の方を向いた。だが返事はもらえなかった。ジョージはほとんど聞いていなかった――なくなったマスクのことを考えていたのだ。「疑いの余地は何もありませんよね？」

「私は——疑いの言葉は何も聞かなかったな」。それから心の中で、「俺の人生はもうすでに惨めなのに、どういう理由で、こんな忌々《いまいま》しい、意識せずに告発するような質問でもっと惨めにさせられなきゃならないんだ！　こいつが俺を見る目つきは、まるで半ば疑っているようだ——何かを。もしかして——いやいや、そんなはずはない。そんなことは不可能だ。どうしてこいつは違うところを見てくれないんだろう？　どうしていつも俺を見なければならないんだろう？——しかもあのほじくりかえすような、探るような態度で！」

罪悪感のために彼は主人を不当に誤解していた。主人は探り出そうとしているのではなく、ただ自然なことをしていたのだ。客に話しかける時には、当然ながら客の方を向くわけだから。

「いやはや！　しかし人格というのはすごいものですな——評判と言いましょうか！　ほら、〈旦那〉はいつも、ちょっとみんなに冷たい態度を取ってたじゃないですか。上流の人間がそんなことをするのは賢くない——評判悪くなっちまいます。そんな奴に何か悪いことが降りかかったら、みんな心の中でざまみろと思うし、好《い》い面じゃなくていちばん悪い面を見たがりますから。でもハリソン家の人間はそうじゃない——評判いいですよ。だって、立場を代えて考えてみましょう！　もし仮にあなたが、あの殺された男の傍に立って、あんな風に血まみれでいるのを見られたとしたら——」

「ああ、この忌々しい、情け容赦《ようしゃ》のない馬鹿者め！」と苦しむ男は呟いた。

「仮にそうしましょうよ。そしたらみんなどう言います？　そう、こんな風に言うでしょう、『いや！　あの人が彼を殺したはずはない。誰か下劣な悪漢が殺したんだ。そして死んだ男があんな叫びをあげた時に、恐れをなして逃げ出したんだ』って。そうですよ、断言します。もしあなたがあんな形で見つかったなら――」

　ここで、近づいてきた話の山場を迎えるために、いつもするように鼻をかもうと思い立って、主人はハンカチを取り出して振りまわした。そこに穴が二つ開いているのがちらりと見えた。力がぬけ半ば命を失った塊のように、ジョージは主人に倒れかかった。

「なんてこった！　どうされたんですか？」と主人が叫んだ。ハンカチをポケットに突っ込み、ジョージに腕をまわして支え、きちんと座らせた。

「ああ、私は具合が良くない――とても良くない――」

「分かりますとも。魚のようにパクパク喘いでおられる」

「幾日も部屋にこもっていなければならなかった――」

「そのことは伺っていますよ――」

「それでこんなに無理して外出したのが、こたえたんだ。それで――」

「有難い、もうご自宅に着きました――」

「いや、まだ乗せてくれ。私はすぐに良くなるから。ウィルキンソン未亡人の家で降ろしてくれ――」

「はい、ただちに。羊がしっぽを三回振るうちにって、言い回しもあったかな。さあ行け、頑張れ、メグ！　息子さんのトムがそちらにいらっしゃいましたな――それに、とてもチャーミングな方に介抱されてるそうで！　あなたにお会いしたいでしょうよ――お二人ともね！」

　彼らはやがてウィルキンソン家の門に着いた。そしてボウルズは丁重に手を差し伸べてジョージを降ろし、走り去った。嬉しそうに声をかけて。

「もう一つの検死審問をお忘れなきように！」その日のうちに彼は大勢の友人に、自分の冒険を話して聞かせた。そのたびにいつもこんな風に言って締めくくった。「まあ、立派な男がいるもんだ。気高い気持ちがいっぱい詰まってる――さっき言ったように、こんな恐ろしいことが起こってほとんど気絶しかけたんだ。そうだよ、あの人は男だよ、頭からつま先まで。あの人は〈旦那〉みたいな奴じゃない。もしもあの人がジェイクを殺したら、すぐ名乗り出てそう言うだろう。結果がどうなるか、気にしゃしないだろう。どうしてかって？　あの人がハリソン家の人間だから――それが理由さ。あの家の者はどうやったら逃げ出すのか知らないのさ」

　もしハリソンが彼の言うことを聞いていたならば、密《ひそ》かにこう見解を述べただろう。「こいつはかつて存在した男のことについて言っているんだ」と。中庭を横切りながら彼はこう独りごちた。「あのことで死ぬほど驚いて、俺は弱っている。だが俺のマスクではなかった。もしそうだったら、あいつはもちろん、審問でそれを取り出しただろう。あのマスクはいったいどうなったんだ！　俺はこんなことをずっと続けるつもりか――穴のあいたハンカチを見るたびに、いつもぎょっとして動けなくなってしまうのか？」彼は応接間に入り、来訪が告げられている間、腰かけて待った。彼の心は、あの時の現場を一歩一歩辿り直していた。その果てに、まるで尻に火をつけられたように椅子から飛び上がった。そして激しく興奮しながら部屋を歩きまわり始めた。両手で髪の毛をつかみ、悩んでこう呟きながら。「ああ、ああ、ああ、やっと思い出した。神様お助けを！　恐怖で気が狂いそうになって裏口から外に出ようとしている時だった。くしゃみが出そうになったんで、それを止めようとしてぐっと鼻をつかんだ――すると邪魔になるはずのマスクがなかったんだ！　恐ろしい――恐ろしい！　ということは、マスクは建物の中で落としたはずだ――広間のあたりか――例の部屋だろうか？　誰か他の人間があの金を盗むためにそこに隠れていたんだろうか？　その誰かがマスクを見つけたんだろうか？　それならどうしてそいつは、検死審問の時にそれを取り出して自分の身を嫌疑から守らなかったんだろうか？……いや、それはまずいだろう。みんなこう訊くだろうから。『どういう理由でお前はそこにいたんだい？　それにお前自身があの男を殺さなかったと断言できるかい？』」

彼はある結論に飛びつきやすい性質《たち》だった。たちどころに元気が湧きあがった。これですべてはっきりした。悪《あ》しき用向きで来た誰かがそこにいたのだ。たぶん、問題の部屋に。家具の後ろに隠れて。あの悲劇を目撃したことに疑いない。「だがそいつを恐れる理由など何もない。たとえ俺の顔を見たとしても、恐れる理由などない。ああ、そうだ、マスクは持っているがいい――害を与えようのない者の手にあるのだから」。彼は今や、とても安心した気持ちになっていた。それからある考えが浮かんで、思い巡らしてきたことがすべて駄目になってしまった。どうしてその男は、持っていれば犯人だと思われてしまうマスクを持ち去らなければならないのだ？　「ああ、そうだ、そうだ、もちろんそんなことはしないだろう。当然そいつはマスクをそこに残しておくだろう。マスクが殺人について語るがままにするだろう」。彼はまた奈落《ならく》に突き落とされた。「だが誰かが確かにそれを持ち去ったのだ――それは絶対に確実なことだ。検死審問であれを取り出さなかった。なぜだ？　この謎はいったいどういうことだ？……味方になってくれる者の掌中《しょうちゅう》にマスクがあるとは思えない。さもなければ、ここまでずっと俺を惨めな状態にさせておかなかったろうから。穴のあいたハンカチ！――ことあるごとにそれを目にすることになるだろう。悪い夢の中で、無数のハンカチがひらひら翻《ひるがえ》りながら延々と行進を繰り広げることになるだろう」。そのことを考えて、彼はうめき声をあげた。

ドアが勢いよく開かれた。ヘレンが軽やかな足取りで入ってきて、愛情いっぱいの抱擁で彼を迎えた。

「トムはとても具合が良くなってるの。会ってやって――パパ。わたしの新しいパパ、愛しいパパ」。そして彼女は彼の両頬にキスした。酷い目にあっている彼女の父親の代わりとなることが、彼を恥じ入らせた。だがすっかり恥じ入ったわけではなかった。彼は自分の胸に抱かれている彼女が見上げる顔に微笑みかけ、こう言った――

「君は素晴らしく美しい人だ！　君の若々しい人生から陽《ひ》の光がすっかり消えてしまってはいないのが、とても嬉しいよ。それから可哀そうなお父さんのことではとても胸を痛めて――」

「ああ、どんな評決が出たの？　悪い結果じゃないでしょ？　悪くないって言って。だって――」

一、二ブロック離れた所から、〈イェルオー・プレス〉の喇叭《クラリオン》のような大声が四方に響きわたった――

「満場一致の評決！――〈旦那〉に有罪宣告！」

ジョージは慌ててヘレンを支えようとしたが、彼女は気丈だった。「嘘よ、そんなの！」と彼女は言った。背筋をぴんと伸ばした。怒りで顔に血が上った。「分別のない間抜けばっかりだわ。あなたをこんなことで告発するのと同じくらい馬鹿げてる」。そう言われてジョージはひるんだ。「でもわたしは心配してない。心配するのは恥ずかしい――誉れ高い家柄なんだから。大陪審の評決を聞くのはまだこれからだわ。それにその前に、武器も持たない可哀そうな人をあんな卑劣なやり方で殺《あや》めた罪人は見つかることでしょう。わたしには分かってるの――そう感じるの！」彼女の口調と態度には、自信、確信、信念がこもっていて、ハリソンは思わず鳥肌が立った。「殺した奴を突き止めて！　神聖な任務よ――それを全幅の信頼を置いてあなたの手に委《ゆだ》ねます。わたしの二番目の父さんの手に。わたしの素敵で立派な二番目の父さん！　これから毎日、あなたに感謝します、誇りに思います。あなただったらあの下劣な者を逃げるままにはさせないでしょう。そう信じています。でも忘れないで！

そいつに面と向かって責め立てるのはしちゃ駄目――わたしの特権だし楽しみなの。そいつは私たち一家に恥をかかせたんですもの。わたしはこんな風に、そいつの前に立つ――それからこんな風に、そいつの顔をぐっと見据えて、それからこう言うわ、『わたしは今、人殺しの目を見ている。わたしは』――ちょっと、わたしの方を見て、顔をそむけないで――」

「でも君が――君が――とても怖いんだ！」

「そうなの？　それは嬉しいわ。うまくやれているのも当然よ、だって自分でもそう感じるから。でも、本物の人殺しの目を睨《にら》みつけるときは、こんなものじゃすまないわよ。その時はあなたに居合わせてほしいの。あなたが立ち会うまではしないつもり。そんな風にしたら嬉しいでしょ？」

「まあ――そうだ――このうえなく」

「とても嬉しいわ。これから練習しなくちゃ。あなたも練習したくない？」

「うむ――ああ――ああ――私もそう思うよ」

「愛しいパパ。わたし、あなたを相手に練習するわ――毎日ね」

「それは――うむ――嬉しいことだ」

「これでわたしも元気が出るし、楽しくなるし、希望も自信も持てる。それを考えるだけでね。さあ、行きましょう。トムにこのことをみんな話してあげましょう。トムも元気が出るわ」

彼女は彼の腰に腕をまわした。彼も腕を相手の背中にまわして抱えるようにした。二人は部屋を出て用事を果たしに行った。

ほぼ同じ頃、マーサは非常に重要な用件で家を後にしていた。彼女は地方検事に会うことができた。

そして彼にメモを渡した。そこにはこう書いてあった――「来てくれ。できる限り早く。公証人を連れてこい。アンドリュー・ハリソン」

彼は相手の方を向いた。「何で――お前の主人の爺さんは病気なのか?」と思わず問いかけそうになったが、思い直して代わりにこう言った。「了解したと伝えてくれ」。それでマーサは帰っていった。それから彼は助手に声をかけて、共にハリソン家へと出かけた――歩いて十二分から十五分くらいの距離である。

彼らは老紳士に会うことができた。安静にし、落ち着いていたが、重病人の顔色だった。「椅子をこちらに寄せてくれ、ランダル」と彼は弱々しい声で言った。「それからわしに質問してはならぬし、話を遮《さえぎ》っても駄目だ。わしは死にそうなんだし、残された時間が短いからじゃ。頭にまだ一点の曇りもないうちに、言わねばならないことを言っておきたいのじゃ。厳粛なる義務を果たさねばならぬ。わしは死ねない。その義務が果たされ正義がなされるまでは、死んではならないのだ。マーサが先ほど検死審問のことを伝えてくれた。わしはこの件について証拠を出すつもりはなかった。知っていることは自分の胸の内に隠しておくつもりだった。だがこんな悪事のために立腹された神様は、正当ですみやかな罰をわしに与えられたのじゃ。書き取れ!」

ランダルと助手が半時間後に部屋を後にしたとき、二人はとても青ざめていた。一人が相手に言った。「こんな恐ろしい秘密を、大陪審が開かれる日まで隠し持っていなければならないのか❖」。彼らは階下でマーサを見つけ、近所にいる女を一人、二人呼んで病人の看護を手伝ってもらうよう助言した。そして彼らは、医者を呼び寄せよう、それからジョージ・ハリソンも、と言った。

第八章

ジョージは、トムが頭をターバンのように包帯で巻かれているけれども、快適な環境にいるのを見て取った。というのも、ヘレンが傍《かたわ》らにいることはもちろん、ウィルキンソン未亡人やその隣人が数名、彼を親身に介抱していたからだ。しかしそれはジョージにとっては居心地の良い場所ではなかった。実際、その場を立ち去らざるを得なかった。なぜなら、これらの人々は殺人者についてとても酷いことをあれこれ口にしただけでなく、検死審問の詳細について教えてほしいと彼にせがんだりもしたから。それは自分たちをもてなすために、火が燃えさかるなかを歩いてくださいと彼にお願いするのと同じことだった。彼にはこの訪問を短くするための良い口実が二つあった。それでその口実を使い、手元に用意しておいてよかったと思った。彼はこう言った。検死審問のことを考えることすら私には苦痛なのだから、それについて話すことなど到底できないよ――ヘレンもトムも分かってくれるだろうし、他の人たちも分かってくれると思う。こんな感情の繊細《せんさい》さを示すことで、彼は周囲の人々

❖トウェインが遺《のこ》した断片的な原稿「死に際の宣誓供述」では、ウォルター・フェアファクス〈旦那〉がジェイク・ブリーカーを撲殺《ぼくさつ》するのを目撃したとアンドリューは供述する。しかしこの原稿は破棄《はき》され、アンドリューの死に際の告白は、以降の物語のなかで生かされることはない。

からの評価点を上げた。心の細やかさは、彼の性格の特徴と皆が認めるものだったから、それが本物であることは疑い得なかった。そんな事実があるがために、彼への評価は弱められるのではなくかえって強められた。彼のもう一つの口実は、次のようなものだった。フェアファクス〈旦那〉の真の友人ならば、この悲しい時に急いで彼のもとに駆けつけるべきだし、彼の傍にいてやることで、自分が誰に共感を示しているのかを世間に知ってもらうべきだろう。この心遣いによって彼はまた評価の点を稼ぎ、称賛された。ヘレンは胸を衝《つ》かれたし、他の者も皆そうだった。彼女は彼を急き立て、この善意の訪問へと向かわせた。父親への愛情のこもったメッセージを数多く彼に託した。彼女が父親と別れてもう二時間経っていて、さらにこれから数時間は会うことができそうになかったから。

〈旦那〉は監獄の見張り人の部屋にいた。囚人としてはこのうえなく快適に過ごしていた。というのは、その部屋にはきちんと家具が置かれ、暖炉もあったからだ。彼とハリソンは見張り人のはからいで二人きりになった。二人は握手して腰をおろした。丁重に〈旦那〉はハリソンにこう言った。来てくれて感謝するよ、私たちが学校で机を並べた時以来、あまり会うことがなく、お互いによく知り合うことがなかったのが残念だが。ジョージは言った。あなたが私を好いていないとずっと思っていたのです、だから進んで近づきになることをためらっていました。それは誤解だ、と〈旦那〉は言った。残念なことでもあるな、だって疑いなく、双方にとってこのことで多くのものが失われたのだから。私について言うと、とてもすまないと感じている。これからは良き友人同士になれればいいと思う――それから、弱々しい笑みを浮かべてこう付け加えた。「つまり、私のような立場にいる男の友情をもし君が望むなら、ということだが」

もちろん望みますとも、とジョージは彼に請《う》け合った。これで二人は打ち解けた。男たちはお互いを理解するようになった。そこからは無用な遠慮もなく二人の話は弾んだ。だがジョージはやがて再び煩悶《はんもん》するようになった。というのも、検死審問のことについていよいよ話さなければならなくなったから——逃げようがなかった。一つ一つの証拠が、実際に殴るのに近いような打撃を無実の聴き手に与えた。そして話が終わった時、フェアファクスは暗然として言った——

「そうなるかもしれないと思っていた——実際のところ、そうなるのは分かっていたよ。逃げ道はない。この証拠では、出口になるドアも、抜け穴もない。私は州刑務所で殺人者のための刑期をつとめることになるだろう——少なくとも十年だ。私の誇りは壊れてしまう——我が子の心もな」

ジョージは心の中で独白した。「彼がこんな姿でいるのを見るのが、身を切られるようにつらい。しかも俺が原因なのだから。もし俺が男だったら、俺は……だが俺は男じゃない——男と言えるだけの品性を備えていない」。それから彼は、お粗末なまがいものだと自分で感じるような自信たっぷりの態度で言った。「君はそんな気持ちでいては駄目だ。私たちは君の潔白を証明しなくてはならない。解決策を見つけなくては」

「潔白を証明するだって？」とフェアファクスは非難するように顔を上げて言った。「そのことはヘレンに話すがいい。ずっとそう話してやればいい。そんな言葉を娘に言ってくれるなら、本当に恩に着るよ。だが私たちは男だ。君も私も。そんな言葉は無しで済ませられるし、そうでないといけないんだ——もっと分別があるのだから。私は、あの男に指一本触れなかったと自分では知っている。だがそれは何の値打ちもない——何の証拠にもならない。だが私がやったのだという強力な証拠はたっぷりある。あくせくと潔白を証明することを議論しても仕方がない。何が起こるかは分かっているのだ」。それから突然、彼は新しい友の方を向いて、力を込めてこう言った。「そんなことを言ってくれる君の心は立派だし、尊敬もするよ。だが私は男だよ、ハリソン。今どういう現状なのかはよく分かっているし、君もそうだろう。君は自分でも私が潔白だと信じてはいない。このような証拠を前にして、私が潔白だなどと考える権利は君にはまったくない。君を責めているわけでは全然ないよ。君を責めるなんてとんでもない。もし君が私のことをよく知っていたなら責めただろう。だが君は私を知る機会などなかったのだ。こんな事情で、もし君が心から、あるいは半信半疑でも、私の無罪を信じていると口にすることができたならば、君の知能を低く評価することになるだろうな」。逃げ口上《こうじょう》を言ったりごまかしたりすることを阻《はば》むかのように、彼はハリソンの目をまっすぐに見据えた。そして続けた。「君が賢いことは分かっている。そして私たちは友人同士なのだから、君には友人の役割を果たしてもらいたい。つまり、私には率直ではっきりした態度でいてほしいのだ。女々《めめ》しいのはだめだ、お互いに雄々《おお》しくあろう。そしてどうか、率直さと真実を犠牲にして、私の感情を傷つけまいと配慮を見せるような間違いはしないでほしい。君は私が有罪だと必然的に信じざるを得ないのだ。それならそうと口にしてくれ。そうしたら、私は君に全幅の信頼を置くし、今現在とりわけ必要としていて強く望んでいるものを、その時から手に入れることができるのだから——それはつまり、気兼ねなく話のできる、男らしくて理性的な友人だ。軟弱な言葉やメッキをかけた文句で私の威厳《いげん》を侮辱しない友人だ。どんな時もきっぱりと真実を口にすることで、会話を爽快《そうかい》にして値打ちあるものにしてくれる友人なのだ」

ハリソンは、ためらった。顔にほんのりと赤みがさした。難しい立場に置かれた。虚心坦懐《きょしんたんかい》に真実を口にするという評判を確立しようとするために、真っ先に嘘をつくことには、どうにも矛盾《むじゅん》したものがあると思えた。

「言ってくれ！」

逃れられないことは明らかだった。それで、率直な真実を言葉に込めているという態度をできる限り装って、ハリソンは言った――

「本当に――本当にこんなことを言うのは心苦しいのだけど、証拠を見る限り、君が有罪だと信じるしかないよ」

フェアファクスは腕を伸ばして彼の手をつかみ、しっかりと握った。そして言った――

「まともで正しい言葉だ。私は弱虫が嫌いで、男らしい奴が好きなんだ。これで一緒に仲良くやれる。この悲劇についての私自身の言い分について話し合うことができる。話し合ったからといって状況が変わるわけではない。変わりようなどないのだから。それでも、話し合うことは私にとっては値打ちのあるものになるだろう。なぜって、私が無実なのだと一人の善良な男に信じさせたいからさ。そのことを大切にしたい――何よりも大切にしたい――それが自然な気持ちだよ。私たちは皆そんな具合にできているのだ。もし善良な男が一人でも自分のことを信じてくれていると知っていたら、私たちはそれを慰めや支えにして平静な気持ちでいることができる。他の愚劣な奴らは好きなように考えるがいい。私があの男には指一本触れなかったと君にすぐ信じさせることはできないだろうけれど、やがて君は分かってくれる。そのうち私のことを知ってくれるようになるし、そうしたらもう疑わなくなるだろう」

そして彼は、自分の目から見たこの悲劇の状況を一つ一つ語ってきかせた。まず叫び声があがって彼を驚かせたこと。続いて苦悶の悲鳴と、何かがどさっと倒れる音が聞こえたこと。そして最後に、三人の村人に見つかり捕えられたこと。その話の間ずっと、ハリソンは耳を傾けていたが、興味をかきたてられながらも苦しみ、良心の呵責《かしゃく》を感じていた。

「さて、そこで」とフェアファクスは言った。「私は奇妙な謎にぶつかった——このことをくたびれ果てるまで考えたんだが、無駄に終わった。理解できないんだ」

「何なんだい？」ハリソンは漠然と心配しながら尋ねた。

「私を驚かせた叫び声だよ。その言い回しさ」

その文句がハリソンの記憶に瞬時によみがえった。「なんてこった！《ウム・ゴッツ・ヴィレン》」彼の心はここしばらく、稼働中の工場よろしく、非現実的で非合理な恐怖を絶え間なく生み出していた。だからその時、彼は警戒した。だがほんの少しの間だった。彼はジェイク・ブリーカーからドイツ語の言葉を数多く学んでいて、この一帯ではジェイクを除いて自分だけがドイツ語を理解できる人間だと思ってきたが、どうやらここにもう一人いるようだ。しかしすぐに、不安を和らげる考えが彼の心を落ち着かせた。あの状況では、これはジェイクが発して当然の叫び声だった——法廷もそのことは分かるだろう。それから彼は尋ねた——

「どんな文句だったんだい？」

「こうだったよ。『この神をも恐れぬ悪漢《ユー・ゴッドレス・ヴィラン》めが！』」

ハリソンは心の中で思った。「こいつは結局、ドイツ語を知らないな」。そしてそう考えることで、彼は気分が楽になった。どうしてなのか説明することは、自分自身に対してもできなかっただろうけれど。

「ジェイクの声だと私は思った。だがその時は少し酒を飲んでいて、頭がいつものようにはっきりしていなかった。今思い直してみると、別人の声だった」

「じゃあそれなら、これのどこが謎なんだい？」

「どこがだって？　その言い回しに決まってるじゃないか」

「言い回し？」とハリソンは不審そうに言った。「君の考えがよく分からないんだが」

「だっていいかい、この言い方はとても文学的で、格式ばって、ものものしくて、芝居がかってて、本を読みあげてるみたいじゃないか！　小説かお芝居から出てきたような言い回しだよ」

「本当だね。今まで気がつかなかったけれど、分かったよ。確かにとても普通じゃない言い方だな」

「この地域でだよ？　本当に変わってるじゃないか！　この町の住民のなかで誰がこんな大袈裟《おおげさ》なスタイルで喋ることができるか、名前を挙げられるかい？」

知り合いを数え上げるふりを装ってから、ハリソンは相手の言い分を認めた。

「いや」と彼は言った。「じっくり考えてみても、誰も思いつくことはできないよ。こんな風に——」

フェアファクスは鷹揚《おうよう》な笑みを浮かべ、身振りで相手の言葉を遮った。そしてこう無邪気に言った——「ねえ、ハリソン、この町のなかでこんな話し方ができるのは君だけだよ！　どうしてそんなにびくっとするんだい！」

「びくっとしたかな？」とハリソンは言った。顔からすっかり血の気が失せたと彼は感じ、それを隠すためにハンカチで額を拭いた。「この頃はとても神経質になっているんだ、それで——」

「少しウイスキーを飲みたまえ。さあ——これで大丈夫。もういい気分になってないかい？　これが最上の直し方さ。失敬——私も少しいただこう。だって自分までびくっとさせられたのだから。お前が殺人者だと私がほのめかしてる、そう君が考えたんじゃないかと思ったんだよ——正直言って、そう思ったよ。でも悪く思わないでくれ」。そして彼は、椅子の肘掛《ひじかけ》に置かれたハリソンの手を撫でた。「君を褒めようとしたんだよ。いい褒め方になるし、それに値するって。君が言った素敵な言葉がたくさん町に伝わって、私の耳にも届いているんだよ。さてと、あのものものしい文句からどんな結論が引き出せると思うかい？　まず第一に、私のことをよく知るようになったら、あの叫びはでっちあげでも空想でもなく、本当に私が聞いたことだって君は信じるようになるだろう。そして、あの場に別の男がいたんだって確信するようになるだろう。だってジェイクがあの文句を考えつけたはずはないから。そんな結論に達したら、あの棍棒を使ったのはその別の男で私じゃないと、だんだん考えるようになるだろう。それがあの文句から私が引き出す推論の一つだ」

「他には？」

「それを言った男はこのあたりでは見ず知らずの人物だ、ということさ」

「いい推論だ！——間違いないよ」とハリソンは言った。事態がこのような新しい方角を指し示してきたことに、胸をなでおろしながら。

「その男は見ず知らずの人間だったはずだ。おそらく教養があり、本をたくさん読んでいる。社会的な地位が高かったが、今では落ちぶれかけている男。自分の受けている教育がいつだって誘惑に抗うための鉄壁の防御になるだろうと、落ち着き払って確信しながら成長したんだと思う。だけど今そいつはとても切羽《せっぱ》詰《つ》まっている」

ハリソンは疑うような一瞥《いちべつ》をフェアファクスに投げかけた——フェアファクスは俺の心を読んでいるのか？　だがフェアファクスは相手の視線には気づかず、淡々と話し続けた——

「そしておそらく、私の家に押し込み強盗同然に忍び込んだことが、そいつの初めての犯罪行為だった。可哀そうな奴だ——確たる事情は分からないが。もしそのような事情だったら、憐《あわ》れむべき男だ。

君も憐れに思わないかい？」

「ああ、心から憐れに思うよ」とハリソンは言った。彼が今回は偽りないことを口にしていることは、相手が目の見えない人間であったとしても、声の調子という証拠だけで分かっただろう。

しばしの沈黙が流れ、二人の男は考えごとをしながら座っていた。やがてフェアファクスが身を乗り出して言った――

「ハリソン、その男を見つけることができるかもしれないぞ！　くせのある言葉遣いですぐに突き止められる。こんなに分かりやすい手掛かりは他にないよ。昨晩この村に、あんな見ず知らずの男が二人もいたはずはない。そうじゃないかい？」

「そういうことになるね。二人もいたはずないな」

〈旦那〉の顔にむなしくも希望が輝いているのを見て、ハリソンの心は痛んだ。そんな顔は見ずに済ませたかったのに、と思った。〈旦那〉は立ち上がり、熟考しながら部屋のなかを歩きまわった。弾むような歩き方で、頭上にかかった暗雲が晴れようとしているのが分かった。彼はしばらくすると立ち止まり、ハリソンの肩に手を置き、愛情を込めているかのような優しい口ぶりで言った――

「運命の神様が君を私のところに寄こしてくれたことが有難いよ！　これまでもいつでも友だちになれたかもしれないって思えばなおさらさ！　希望が見えるよ、ハリソン、本当だよ――そう思わないかい？」

「私は――うむ、私は――そう信じるよ」

「分かってるんだ、ハリソン！　これで私が救われるってことはないだろう――それは望むべくもない。だが、私がジェイクと二人きりではなかったのか、という疑問を世間の人たちの心に投げかけられるチャンスだ――この疑問は金鉱と同じくらい値打ちがあるぞ。だってこれで、私ではなくその三番目の人物がジェイクを打ち据えたのかもしれないって、世間に強く思わせることになるかもしれないから。ハリソン！　もしその見ず知らずの男を見つけることができるなら、そいつが私の家の近くにいるか、そちらの方に向かっているかしているのを皆が目撃していたかもしれない。そうだったら陪審に大きく影響を与えるだろう、考えてみろよ！」彼は興奮し、目が輝いた。「これで私が救われることはないだろうが、受けた恥辱の半分はそそがれることになる。不確かなことで私が州刑務所に入れられると、誰もが言うだろう。そうなったらヘレンと私の重荷がどれだけ軽くなるか、考えてみろよ！」

一条の喜びの光がハリソンの曇った魂に差した。そのような見ず知らずの男などいないことを彼は忘れてしまって、熱烈にこう叫んだ――

「素晴らしい――州知事は二十四時間以内に君に特赦《とくしゃ》を与えるだろうな！」

〈旦那〉はたちどころに身をこわばらせた。七代にわたるフェアファクス家の誇りが彼の顔を真っ赤に染めた。

「特赦だって――私は無実なのに？　そんなことは受け入れないぞ！」

ハリソンは自分の過ちに恥じ入った。そしてどもりながら言った――

「私はただ――こう言いたいだけだったんだ――うむ、いや、もちろん君には受け入れられないよね」

フェアファクスは目をぎらつかせていた。

「一世紀の間、監獄でゆっくり朽ち果てていく方がましだ！」それからハリソンが身を低くして悩み恥じ入っているのを見て、彼は表情を和らげた。態度をすぐに改めて、こう言った。「ああ、許してくれたまえ、ハリソン。私は乱暴だった。君が頭で考えたことじゃなくて、善良な心から出た言葉だったんだから——それも私のためを思って。それなのにその返礼として傲慢《ごうまん》な態度を取ってしまった。悪く思わないでくれ」

「何も言うな、フェアファクス、耐えられない！」とハリソンは本心から言った。「君が非難するのは我慢できる。だが寛大にしてくれると死んでしまう。悪く思うだって？　悪いと思うところなんか、これっぽっちもないよ」

〈旦那〉は胸を衝かれて、こう言った。これは正しき友情で、ぜひともお祝いしなければならない——そんな儀礼を行なう値打ちがある。彼らは祝いの乾杯をした。

「さてと」とグラスを脇にどけながら〈旦那〉が言った。「あの見ず知らずの男を見つけるんだ、ハリソン。シェイクスピアのような男を見つけるんだ。そうしたら、またここで祝うことにしよう」

一瞬の間、ハリソンにとって見知らぬ男がふたたび現実の存在となった。それで彼は熱を込めて言った——

「そうするよ！」それから、そんな人物などいないことを思い出して、ため息をついた。

「難しいことじゃないよ。こんな男は二人もいないんだし、そいつが話すのを聞いたら誰でも憶えているはずだ。疑いなくボウルズの宿に泊まっただろうから、ボウルズがそいつについて話してくれるだろう。ところで、君のお父上がお元気にしているかどうか、訊いていなかったな。あの人は——うむ、あの人には一、二日前にお会いしたけれど、あまり具合が良くなさそうだなと思ったよ」

フェアファクスは心を痛めながら思い出していた。あの会見のとき、自分が老人にきつく当たったこと。老人の頭がいかれていて、犯してしまった奇妙な詐欺行為の責任が取れないことに気づかなかったこと。相手の言葉でジョージもあの悲しむべき出来事を思い出した。心が沈んだ。〈旦那〉がいよいよまがいものの金について切り出すつもりだと恐れたからだ——そうしたら、自分はどう返事をすればよいのだろう？　自分は関わっていなかったのだ、と言えばいいか？　だが父親の行動をどう説明するのか——父は狂っているのですと言うのか？　どうしてそんなことが口にできるだろう？　そんなことはするまいと彼は心に決めた。そんな必要はないだろう。その秘密は近いうちに明るみに出るだろうし、そうしたら〈旦那〉も分かってくれるし許してくれる。

「父は最近、あまり具合が良くないんだ」とハリソンは言った。そしてフェアファクスが返事をするのを待ち受けた。フェアファクスは返事がしにくいなと思った。彼はジョージの顔を見つめながら、ためらいがちにこう言った——

「使いを出して、私に会いに来てくれとお願いしたんだ。すると——だが——お父上は来なかった」

彼は言葉を切った。この件については気にかけていないかのような素振りでジョージは言った——

「父は行くべきだったのに。もう一度言ってみるよ、そうしたらこちらにやって来るはずだ」

なおもジョージの顔を見つめながら、〈旦那〉は相手を試すように言った——

「私は——うむ、私がお父上に伝えたかったことは、ある物を渡したいということだったんだよ」

「ああ」と声に感謝の気持ちを込めてジョージは言った。「取り消しにしてくれた証文だね！　受け取ったよ。まだひと言も言っていなかったね、どれほど私たちが有難く思っているか、どれほど——」

〈旦那〉が片手をあげたので、ジョージは言葉を切った。フェアファクスは安堵《あんど》の思いと共に心の中で思った。「彼はこれについて何も知らない。それなら話は進めやすくなる」。それから声に出して——

「いや、それは大したことではない——気にしないでくれ。それとは違う物だ」

ジョージは身を堅くした。「さあ、来るぞ」と彼は心の中で自分に言い聞かせた。

「別の件だよ、ハリソン。それに」――ハリソンが何か言いかけたのを見て取って、彼はまた片手をあげた。そして無関心を装って付け加えた――「たいして重要なことではないし、君にはあずかり知らないことさ」。その言葉は有難い驚きだった。それはハリソンの悩める心をよみがえらせる息吹《いぶき》のようなものだった。間違いなく聞いたのだろうかと彼は思った。本当のことと思えないくらいその報せは素晴らしく思えた。「この一件は、お父上と私との間のごく内密なものだ。お父上を呼びつけたのは、君にしろ他の誰にしろこの件について知る必要がないからだ。それで、もしお父上がここにいる私に会いに来てくれるなら――」

すると見張り人が扉から首を突き出して、言った――

「ハリソンさん、伝言があります。お父様の容態が悪くて、お医者のブラッドショー先生も見つからないとのことです」

扉が閉められた。ハリソンはオーバーを身につけ始めた。フェアファクスは一瞬ためらい、それから言った――

「こうなると計画の変更が必要だ。お父上は来ることができない。だが私としては今日のうちにこの件に片がつくと気分が晴れる。だから、仕事を君の手に委ねなければならない。医者を見つけたらすぐ、私の家に行ってくれ。そしてある引き出しを覗いてほしいんだ」――彼はそれを説明した――「そうすれば、そこに紙幣の束があるのが見つかるだろう。それはお父上のものだ。こうなる前に受け取るべきものだったんだ。だがわざと遅らせたのではないとお父上には伝えてくれ。そうしたら満足されるだろう」

「そう許らうよ——」そして、苦労してオーバーを着ようとしている間、彼は別のことを言おうと考えた。だが何も思い浮かばなかった。なぜなら新しい問題に直面していたから。あのまがいものの金には印がついていた——それで秘密が明らかになっていた——フェアファクスはそのことを忘れているのだろうか？　彼はしばらく黙り込み、フェアファクスが自分をこの難局から助け出してくれるのを待ち受けた。たちまち疑惑に火がついた。ある考えが浮かんで気分が悪くなった。「たぶんこいつは俺を助けるつもりはない——たぶん俺の鼻先にこの一件を突きつけようとしているんだ！」自分にとって明々白々でない言葉や行ないなら何でも、穴のあいた白いハンカチと同じくらい怖い、という精神状態に彼は陥《おちい》っていた。沈黙はぎこちなかった。フェアファクスは何か言いたげだったが、それを口にするのは難しいと感じたようだった。やがて彼は思いきって口を開いた。ハリソンの腕に片手を置いてこう言った——

「気にしないでくれたまえ——だがこの一件は——うむ、これはほんの少しデリケートでね。君にお願いしたいんだが、その金に目を向けずにそのままポケットに入れて、お父上に渡してほしいんだ。誓って言うけれど、このことに何も不穏当なところはない——お父上自身、そう君に話してくれるだろう」。彼は戸惑ったような笑い声をあげ、そして言った。「君はいい年をした大人がつまらないことでこんなに秘密めかしてるんで、口がきけなくなっているな。でも気にしないでくれ、人の性格はどうしたって変えようがないんだし、私はもともとこんな性質《たち》なんだ」

ハリソンは心の中で言った。「俺が口がきけなくなっているのは、君のような男が、俺と同様、相手に疑惑の目を向けるような醜悪な人間ではないかと疑ってしまったことで、俺自身を責めているからだ。感謝の気持ちで口がきけなくなっていることもある。だって君は寛大にも、息子が父の恥辱を知るのを免《まぬが》れさせてあげようと努めてくれているのだから」。それから彼は口に出して、本心から言った。「君の指示したことを一つの誤りなくやってみるよ。でも――」

「それはいい。続けたまえ。何だい？」

「あの、思い出してみると、その金はあそこにはないんだよ」

「あそこにない？　どうしてだ？」〈旦那〉の態度に心配が表われた。

「なぜって、あの部屋にあった物品の目録がつくられて、部屋には鍵がかけられ見張りも置かれた。その目録が検死審問のときに取り出されたよ。でも金については何も読みあげられなかった」

「あの忌々しい人殺しが盗《と》っていったんだ！」その考えに〈旦那〉は愕然としているようだった。「ハリソン、誓って言うが、金はそこにあったのだ。ジェイク・ブリーカーを殺した男以外にその金を奪えたはずはない。そう思わないかい？」答えを待たずに彼は興奮して言葉を続けた。「君はあの見ず知らずの男を見つけなければならない。その金が君のお父上の手に渡ることが、何よりも大切なんだよ」

「全力を尽くすよ、〈旦那〉。でもこのことで思い悩んじゃだめだ。君がさっき言ったことで、金額はそうたいしたことがないのが分かった。だから確信してるんだ、もし父が知って――」

「ああ、問題は金額じゃない――お父上はその金を受け取らなければならないんだ。他の金じゃ駄目だ」

「でも絶対に父は気にしないよ。どんな種類の金でだっていいから、父に返したらいい――」

「ハリソン、駄目だ――駄目だ――駄目だ！　君は事情が分かっていない。このことについて何も知ってないんだ。どうして私は間に合うように彼に返すことができなかったんだろう！　ひょっとすると、今のように具合が悪くならなかったかもしれないのに。父上が受け取らなければならないのはその金で、他の金じゃ駄目だって言ってるだろう。あの見ず知らずの男を見つけろ、探し出せ！　私は自分をずっと責め続けることになるだろう、もしも――」

扉がわずかに開かれ、〈イェルオー・プレス〉の内緒の大声が〈旦那〉の残りの言葉を台無しにしてしまった――

「ねえ、ジョージ、帰りなよ！　親方さんが死にかけてるって、みんな思ってるよ。十時からずっと口がきけなくなって寝ているんだ。それにあの医者の野郎を見つけることができないんだ。みんな鬱血性《うっけつ》の悪寒だって思ってるよ。みんな鬱血性の悪寒だと思ってるって、言ったんだよ！」

「もう手遅れだ」と〈旦那〉は惨めな様子で言った。「遅すぎる――あの人を救えたかもしれないのに。行くんだ、ハリソン。私は獣《けだもの》だった。だが神かけて誓うが、私は知らなかったし、そのつもりはまったくなかったんだ」

ハリソンは心を痛め、独りごちながら立ち去った。「ああ、先は見えている。もう仕方がない。正しい道からほんの一回だけ逸れただけで、それからずっと、汚辱《おじょく》と悲しみに顎《あご》まで浸かって泳ぐことになるとは。もし俺が親父と立場を交換して、死ぬことができれば――あるいは、あそこにいる清らかな男の苦難を代わって引き受けようと、ごくありきたりの勇気を持つことができれば！」

第九章

ハリソンが家に帰り着くと、戸口に見張り番がいた。婆やのマーサだった――彼に最悪の報せを告げるためにそこで待っていたのだ。お父様が「ほんの少しばかり前に」三度目の悪寒に襲われました、と彼女は言った。もちろんもう回復される望みはありません。

「今は夢うつつでいらっしゃいます、ジョージ様。口はきかれません。この世ではもう口をきかれることはありません。こんなに静かにそこに横たわって、誰の顔も分からないでいらっしゃるのを見ると、胸が張り裂けてしまいます。お医者様はさっき来られたばかりです」

病室では、医者が瀕死《ひんし》の男の手首をつかんで座っていた。近所の女たちが二人一組になって低い声で囁き合いながら、周りに座っていた。一人の老女はすでに薬やスプーンを動かして、見えない所に片づけようとしていた。別の老女は、お湯の入ったボトルとからし軟膏《なんこう》を同じく片づけていた。女たちは皆つま先立ってジョージのところに来て、優しさと同情にあふれる言葉を述べた。そして彼女らは彼と一緒にベッドの傍らに立ち、彼が老いた父の白い顔を見つめている間、声もなく泣いた。そして彼の涙が頬をつたい、唇が震え始めると、女たちの眼前に、自分たち自身がかつて親に先立たれた時の光景がありありとよみがえった。この方のお気持ちがとてもよく分かる、そう彼女らは心の中で思った。それから女たちは、悲しみと苦難をこうして分かち合っていることに強く心を揺すぶられ、憐れみの言葉を低く呟き、声を立ててすすり泣いた。

　彼の感じていることはすっかり分かっていると、女たちは本当に考えた。だがそうではなかった。女たちの推測の埒外《らちがい》にある惨めさや心痛や自責の念で彼の心はいっぱいだった。お父様をこれっぽっちも嘆かせたり残念がらせたりしなかった立派な息子さんですこと、と彼女らが誉めそやしている間、彼は心の中で、自分が犯した犯罪の木に苦い「果実」をもう一個付け加え、それに「父親殺し」という名前をつけていた。残念なことに、女たちには知りようがなかった。それで彼女らは、相手には致命的な打撃を与える褒め言葉を無邪気にも投げかけ続けた――言葉の一つ一つが彼の心にナイフとなって突き刺さった――そして最後に、「お父様は不名誉なことのできない方でした。そして後に遺《のこ》されたあなたは、そんなことを考えることすらできない息子さんです」と言われた時、彼はナイフが傷口を抉《えぐ》るのを感じた。


　二日後。葬儀はすべてこの日に行なう段取りだった。インディアンタウンの歴史の中でいちばん盛大な日になるぞ、とボウルズは言った。「いちどきに葬式が三つだぞ」と彼は満足げに言った。「それに全部エースときてる。このあたり一帯の町村で、こんなのに張り合えるような札《ふだ》を出せる所なんてないさ。なあ、アレンよ、デスヘッド・フィリップスは力を弱めたって、思わないかい？――予言はやめちまったって、な？」

「どうして？」

「だって、死人がいちどきに出たっていうのに、あいつは誰の前にも現われて警告しなかったじゃないか。少なくともスティーヴンス先生とジェイク・ブリーカーの場合はそうだ」

この言葉をかけた相手である自堕落そうな若い男――アレン・オズグッドという名だ――は、黒い噛煙草《かみたばこ》の板の隅っこを囓りながら、しばらく考えていた。そして言った――

「こうしたことについちゃ、白人より黒人どもの方がよく知ってる。そいつは認めるよな？」

「ああ、そうだな。それがどうした？」

「それならばだ、〈いかれフィリップス〉が誰かの前に現われたら、死ぬことをいつも予言してるわけじゃないって、フェアファクスのところのジャスパーが言ってるんだよ。もっと悪い運命を意味することもあるんだって」

「死ぬより悪い運命かい？」

「そういう言葉だった」

「やれやれ、なんて考えだ！　だって、死ぬより悪くなんてなりっこないよ。馬鹿げてる。いいか――あいつはマハリー・ロビンソンのところに現われなかったかい？――彼女は一週間のうちに死んじまった。それからベン・チャップマンは？　十日で死んじまった。それからサリー・ファーニスは？――一か月で死んだ。それからビル・フレッチャーもいるし、思い出そうとしたら、他にももっといるだろう。どうしてジャスパーはそんなことを言ってるんだい？」

「分からない。だけどそう言ってるんだよ。秘密の事実をつかんだら分かるって、あいつは言ってたよ。デスヘッドが現われるのは、場合によっては、死ぬより悪い運を警告するためだって。同じ人間の前に何度も現われるときは、特にそうなんだってさ」

「まったく、そんな風に言うのは簡単だが、どうやったら証明できるんだ？　馬鹿げてるんだよ。なあ、いいかい、奴はこの二、三週間の間にハリソンの爺さんのところに三回姿を現わした。そのことは知ってるだろ。誰でも知ってることさ。まあ、それで爺さん、気がおかしくなりそうになるくらい怖がったよ。でも、今から見りゃどうだ。あの一家に何があったか考えりゃ、爺さんが何か特に悪い運に見舞われたってことは、お前も言わないだろう。いいや、普通に死んじまった——そういう警告だったのさ。そんな風に爺さんは受け取ったし、ジョージ・ハリソンもそうだ。あの人自身がそう言ったし、バック・トンプソンもそばにいて、あの人がそう言うのを聞いていたよ」

「それじゃ、ジョージは自分の前からの考えを変えたっていうのが、俺の意見だな。だって、二年ばかり前にはまったく反対のことを喋《しゃべ》っていたからさ。ハンク・フリスビーが四か月で四回も警告を受けて、それから彼が十年も帳簿をごまかして郡の公庫から金を着服していたのが発覚した時のことだよ。ジョージはこう言ってたよ。もしデスヘッド・フィリップスが自分の前に現われるなら、一回きりでおしまいにして、葬式の準備をさせてほしい——四回も現われて、もっと悪い運命に備えよだなんて報せをくれるのはまっぴらだって。ジョージの言葉のとおりだよ。俺の母親が、彼が言ってるのを聞いたんだ。それを言った時のジョージは笑ってたけど、母親に言わせれば、それは誰かが迷信深くて、それをちょっと恥ずかしく思っていて、でも単なる冗談だよってふりをしたいときの笑い方なんだって。母親はジョージのことをよく知ってる。子供の時から一緒だったし、大の仲良しだ。ずっと前にあの火事があって二人とも大きな痛手を受けてから、前にもまして仲が良くなったよ」

ボウルズはぼんやりと考えごとをしていて、アレンの話を聞いていなかった。彼は藁《わら》をせわしなく噛みながら、今日という大いなる日が自分の宿屋にもたらしてくれる収益を心の中で計算していたのだ。しばし沈黙が流れた。それで彼ははっと気がつき、素っ気なく言った——

「葬式の行列がもうじき出発する。それじゃまたな——商売に精出さにゃいかんから。シドニー・フィリップスの行ないについては、また別の機会に話してくれよ」

誰もが参列した。秘密結社は正装で参加した。フリーメイソンが会葬者の後に続いた。オッドフェローが次に続いた。次に〈禁酒の息子たち〉と、〈禁酒の徒弟たち〉。次に安息日学校《あんそくび》❖が三つ。次に制服を着た在郷軍人会が続いた――これらの団体はみな、喪を示す黒いクレープで旗を包んでいた――そしていちばん最後に一般の人々が続いた。それはこの十五年の間に村の墓地に向けて行進した葬列のなかで最も長いものだった――その考えが多くの人の頭に浮かんだ。そして、ハリソン家と他の二、三の家庭に大きな悲嘆をもたらしたあの遠く過ぎ去った日の記憶を人々はよみがえらせた。

葬列が家に向けてまた動きだした時、ジョージ・ハリソンが列から離れているのが分かった。彼は父親の墓のそばに留まっていた。無帽の頭を垂れ、身じろぎもせずに立ちつくしていた。遠ざかっていく葬列がゆっくりと視界から消え、彼は墓地の中で独りきりになった。わびしい一日だった。だから人々は、孝行息子が故人に敬意を捧げているぞと言い、褒めそやした。こんな息子は他にはちょっといないな、そう多くの者が言った。

だが、ハリソンは独りきりになりたいと願っていただけだった。彼の思いは故人となった父親にではなく、昔に死んだ妻と子供たちに向けられていた。彼は今、妻子の墓に向かい、そこにひざまずき、

❖フリーメイソンは、十八世紀前半にイギリスで設立された友愛と相互扶助《ふじょ》を目的とする団体。オッドフェローは、フリーメイソンに倣《なら》ってイギリスで創立された秘密共済組合。〈禁酒の息子たち〉・〈禁酒の徒弟たち〉は、飲酒とそれに由来する問題に取り組むために十九世紀前半にアメリカで設立された組織で、マーク・トウェイン作品のなかでは『トム・ソーヤーの冒険』（一八七六年）や『まぬけのウィルソン』（一八九四年）などでも言及されている。安息日学校は、セブンスデー・アドベンチスト派が安息日とする土曜日に開く学校。

涙でかすむ目で墓石に刻まれている不明瞭な名前を読んだ。そして、この場所ではかつて何度も経験したことのある、心が張り裂けるような感情に再び襲われた。黒服を着た年配の女が現われた。女は彼に挨拶をし、彼も挨拶を返した。女は泣いていた。彼は立ち上がった。共に経験した悲しみについて二人は語り合った。揺りかごの中にいる時からそうしてきたように、親しい仲間内の言葉を使い、お互いをファーストネームで呼び合った。女は言った――

「ジョージ、あの火事が起こってあなたもわたしも不幸になってから、もう十五年も経つのね。わたし、まだ慣れないの。慣れようがないもの。時間は経ったけど、あなたの方はどう?」

「駄目だよ。フランシス・オズグッド、もし君が慣れることができないなら、どうして僕に慣れることができるっていうんだい? 君が亡くした家族は一人で、僕は三人なんだから」

「神様があなたを憐れんでくださいますように――わたしも憐れんであげる! でも私が喪ったものは……ジョージ、あなたのより重いのよ」

「僕のより重いって?」

「そう、百倍、百倍も重いのよ」と女は苦々しく言った。「他の人たちから見れば、わたしの双子の息子たちには優劣なんて何もなかった。どちらかがもう一方より魅力があるとか、優秀だとか、そんなのはなかった――でも他の人に何が分かるっていうの! 死がわたしのハリーを奪っていった。賢くて、とても素晴らしい心の持ち主だったわたしのハリー――生きていたらとても有難く思ったでしょうし、誇りにしたでしょうね。でも、わたしに遺されたのは哀れなアレンの方。可哀そうな、軟弱で誘惑に弱くて、矯正《きょうせい》しようのない迷える羊。あの子の人生もわたしの人生も、恥ずべき重荷になった! まったく、わたしの喪ったものと比べれば、あなたの喪ったものなんて何なのよ、ジョージ?

あなたが知ってるのは悲しみだけ。ああ、恥を知るまで待ってごらんなさい――そうしたら、死の辛さより辛いものがあるって、あなたにも分かるでしょう」

ジョージは居心地悪くなって彼女の方をちらりと見た――この頃は絶えず警戒し、絶えず疑り深くなっていた――だが、彼女の放った嫌みは偶然だということが分かった。それから、返事の言葉を苦労してひねり出した。何か言わなければならなかったから。

「でもアレンはそんなに悪くはないよ、フランシス。もちろん彼は酒を度を越して飲むし、怠《なま》け者だし、多くの人の考えじゃ――なんて言えばいいかな――あんまり模範的な――」

「それでもう十分じゃないの！　後は犯罪以外に何が残ってるっていうの？　大きな説教壇に恭《うやうや》しく身を屈めるようにして、息子がまだそこまでは堕落してないことで神様に感謝しなけりゃならない？ええ、もちろん彼は本当の冷血漢じゃないわよ――そこまでは主張しない。家に火をつけたりはしないし、詐欺も働かないいし、盗みもしないし、人殺しもしない――ジェイク・ブリーカーみたいな哀れな人間であっても殺さないわ。でもそれがいったい何になるの？　何もない。息子は犬じゃないってこと以外にはね。そう、彼が犬だなんて言ったことは絶対にないわ」

ハリソンはうめき声をほとんど抑えることができなかった。彼女の言葉は鋸《のこぎり》のように彼をずたずたにした。彼は一瞬の間、パニックに襲われ、彼女が自分の恐るべき秘密をすっかり承知していて、自分を罠《わな》にかけて正体を暴露させようとしている、と信じ込んだ。放火、詐欺、盗み――自分の犯歴のこうした最初の段階を、この女はたまたま偶然に見つけだしたのだろうか？　どうやってそんなことができたのだろう？　俺以外の誰にも知りようがないのに。こいつは千里眼か？　あるいは――と考えて彼は震えあがった――俺は寝言を言っていたのか？　彼は血の気がなくなり蒼白になるのを感じた！

彼は女にちらと探るような視線を向けた。だがすでに彼女の考えは遠いところにあった――彼にはそのことが分かり、大きく安堵した。やがて彼女は優しく言った――

「子供たちを埋葬した日から、何回くらいわたしたちはここで会ってきたか知ってる、ジョージ?」

「いや、でも何度も会ってるね」

「そう、毎年三、四回よ。それでいつもわたしたちは、もしあの子たちが生きていたら、今頃は何歳になってるかって、話し合ってきたわね――ああ、神様、そんな話をしたらうっとりもするし、苦しくもなる! ジョージ、わたしたちは、言ってみればこんな風にして家族が成長するのを眺めてきたのよ。まるで家族がお墓の中にいるのじゃなくて、わたしたちと一緒にいるかのようにして。あの小さなかわいい子供たち――今だともう立派な若者になってる頃よ!……可哀そうに、あなたうめいてるわね、無理もないわ。あの愛しい小さな女の子たち。金髪のアリソン――」

「あの子は母親に生き写しだったよ、フランシス、憶えているだろう。朝日のように美しかった。もし生きていたら、今じゃ二十一歳だ。それから一歳下のうるさいおちびさん。褐色の髪の子らしく、気が強くって活力にあふれてた――この長い年月、なんてひっそりとしていたんだろう! あの子たちはなんて愛くるしかったんだろう――それにあの子たちの母親も!」

「それに死んでしまったわたしの息子! ああ、神様、もしあの子たちがこの世に戻ってきてくれさえしたら!」

以前ならばとても快くとても有難かったその言葉は、今、男の胸に恐怖を打ち込んだ。そうした言葉は冒瀆《ぼうとく》的な祈りだと思えた。叶えられる可能性を持った恐ろしい祈りだと思えた。

「とんでもない!」と彼は低く声を震わせて言った。

ショックを受け、戸惑いながら、女は彼を見つめた。

「本気で言ってるの？」

「そうだ――確かにそうだ」

「わたし――わたし――ジョージ、わたし理解できないわ。これまでずっと言ってきたじゃない、もしも死んでしまった家族が自分たちのもとに帰ってくれさえすれば――」

「その時は、僕はまだ若かった」

「まあ、つい昨年のことよ――」

「その時も若かったんだ。そして馬鹿だった」

女は呆然《ぼうぜん》としたようだった。しばらくの間、彼女は自分の思いを表わす言葉を見つけられないでいた。それから、感情を込めて言った。

「よこしまだわ。そうよ――よこしまだわ。こんな酷い言葉は今まで聞いたことがない――男のなかでも選《よ》りに選ってあなたの口からこんな言葉が飛び出したかと思うと、なおさらよ！　あなたは尊敬されている、羨《うらや》ましがられている、運命に可愛がられているし、高く評価されて愛されてもいる。何の苦労も知らない人じゃないの、もしこのお墓が死者を手放してくれたらね。奥さんと子供たち――あなたはご家族が途中で人生を絶たれたことを、悲しく思わないの？」

　ハリソンは夢を見ているように答えた。ほとんど自分自身に言い聞かせているかのように。

「妻は美しく善良だった。言葉にならないくらい大事な存在だった。それに子供たち――彼女らは、僕の人生の光で、喜びだった。家族はみんな若かった。人生の中で生きるに値する部分はすっかり体験した。無邪気にも彼女らは、それが恵みであり現実だと考えた。人生の実態が欺瞞《ぎまん》でありごまかしだとは、思いもよらなかった。彼女らは幸せな時期に死んだんだ。そんな恩寵《おんちょう》を受けるにふさわしい人格だった。だから僕の心は、家族に会いたいという気持ちで張り裂けそうになるけれど、それでも力を込めてこうお祈りするよ。どうか彼女らがお墓という有難い避難所からもう二度と出てくることがありませんようにって！」

男女は黙って考え込みながら離れていった。さよならを言って別れた。長い間、女は沈思《ちんし》し続けた。それから言った――

「わたしが苦しんできたことに照らすと、彼の言ったことが正しいのが分かる。でも苦しんだことのない人にどうしてこんな洞察《どうさつ》が得られるのかしら？」

第十章

その晩、ジョージ・ハリソンは独りきりの自宅で思いに耽りながら腰かけ、冬の風がうたう哀歌に耳を傾けつつ、自分の悩みごとの数々を再検討した。悩みごとに点検済みの印をつけ、ひとつひとつ背後に押しやった。もし可能ならば、これで〈取引終了〉としたいと願いながら。そして、新しい基盤から人生をやり直したいと願いながら。もしその新しい基盤が見つかるならばの話だが。

結果はかんばしくなかった。悩みごとは背後に留まってくれなかった。追いやられるたびに、悩みは大挙して前に進み出た。戻ってくるたびに悩みはよみがえり力を増して、彼の良心をちくちくと責め立てた。責め立てる能力がさらに研ぎ澄まされていくようだった。

彼のぞっとするような秘密は守られている――それだけだ、それがすべてだ！　守られている――どんな点で？　世間に知られていないということだ！　彼は気分が悪くなった。自、分、自、身、か、ら、その秘密を取り去ることができなかった。それがいちばん惨めなことだった。秘めごとは彼の心と魂に壊疽《えそ》を生じさせた。そしてあの男らしいフェアファクスの邪気のない信頼、友情、感謝――それを考えると、火で焼け焦がされている思いだ！　どうしてこんなことに耐え続けることができるだろう？　彼は立ち上がり、惨めさでうめき声をあげながら部屋のなかを歩きまわった。

やがて、なおも歩きまわり、呟き、叫びをあげながら、彼は自分の置かれた状況を取り上げて、あらゆる角度から検分し、それを改善するための計画を立てることができるかどうか考えた。だが一時間経った後、彼は疲れ果て打ち負かされて椅子にへたり込んだ。出口はなかった――事態は前と同じ状況であり続けるに違いない。

それなら、どんな態度を取ればいいのか？　まともなやり方は一つしかなかった。恐ろしい秘密は持ち続けろ、その考えは自分の心から追い払え、気を強くして男になれ！――今回だけは。時間が経てば、秘めごとはその悪鬼《あっき》のような力を失っていくだろう。刺し針は責め立てることを止めるだろう。あの悲劇は人々の記憶から消えていき、自分の記憶のなかでだけ、ぼんやりとした疑わしい夢として留まることになるだろう、たぶん。そうすれば魂は安らぎを得ることになる。また頭を高く上げることができるようになる……。ああ、これは健全な考えだ、また自分をよみがえらせてくれる考えだ！　どうしてもっと早く考えられなかったんだろう？　彼はすでに気分が良くなっていた。結局のところ、人生はそれほど真っ暗闇じゃない。さあ、ウイスキーを楽しくちょっとひと口――

正面のドアを軽く叩く音がして、彼はぎくっとした。瓶《びん》とグラスを置いた。

「入りなさい」と彼は言った。

ドアが大きく開かれ、ぞっとするような姿がそこに現われた。ハリソンは身が縮まり、金縛りにあった。一つの名前が唇にのぼったが、声を発する力を欠いていたので、そこで死に絶えた——

「デスヘッド・フィリップス！」

その人物は背が高くほっそりとしていた。そして頭蓋帽《ずがいぼう》からストッキングまで光沢《こうたく》のない真っ黒の服を着ていた。両手も黒く包まれていた。それは身じろぎせず立っていた——いわば木炭でできた彫像のように。着衣の裁断の仕方は現代らしくなく、古代風で、メフィストフェレス❖のようだった。肩からかかった短いケープを除いて、着衣は長い身体の輪郭《りんかく》にぴったりと皮膚《ひふ》のように張り付いていた。それは光を吸収して消し去り、何も反射しなかった。その暗い表面のどこにも輝きはまったくなかった。

言葉もなく、足音もなく、その暗鬱な亡霊はゆっくりとこの家の主《あるじ》のそばを通り過ぎ、椅子に腰かけた。だらしない動きではなく、まるで彫像のように、まっすぐに固まった姿勢のままで。そして今、光がその顔にまともに当たった。ハリソンは身震いして顔をそむけた。それは幽霊の顔だった。凄《すさ》まじい白さ、ぞっとする白さで、生気も艶《つや》もなかった。粉にした白墨《はくぼく》か何かで人工的に作り出した白塗りが、分厚く顔を覆っていた。微かなしわが口のある場所を示していた。両目は紙に焼き穴をあけたようだった。それはじっとハリソンを見つめ続けていた。時折、ほんの一瞬だが両目が閉じた。すると仮面は完全に白くなり恐るべきものと化した。目が開いている時でも十分に恐ろしかったが、閉じるとなおのこと恐ろしく思えた。

ゆっくりと時が流れていった。陰鬱な客は身じろぎもせず黙って座っていた。犬の悲しげな遠吠えがかなたから聞こえてきた。風が吹いて煙突の中でごろごろと音を立てた。ネズミが現われて床の上で駆けまわった。そこに誰もいないとネズミは考えていたのだろう、それほどその場は静まりかえっていた。これが一世紀ばかり続いた。ぞっとする、心臓を締め付けるような一世紀――だが時計で計ると半時間が経っただけだった。

すると、ダグ・ハプグッドが飛び込んできた。とても興奮しており、明らかに重大な報せを携えていたが――部屋をひと目見るなり言った――

「神様!」そしてまた出て行った。

亡霊は何の素振りも示さず、ひと言も発さず、固まった身体の筋肉を一本も緩めず、先ほどと同じように腰かけて、不吉な眼差しを注いでいた。ハリソンは心の中でうなり声をあげた。疲れ切った頭が垂れ、胸へと沈んだ。また頭を上げた時、彼は独りきりだった。

「有難い、もしこれが死ぬことを意味しているなら!」と彼は言った。「もう俺には生きる目的がない……。家族はあの世で安らかにしている。ああ、若いうちに死ねるのは、なんて幸運なことだろう!……確かに俺は十分に苦しんだから、死ぬことを意味しているに違いない」

彼は機械的に立ち上がってドアを開けた。明らかにドアには強い力がかけられていた。普通より勢いよく開いたからだ――すると、ダグ・ハプグッドが甲高い叫びをあげて彼の腕のなかに倒れ込んできた。それから彼は慌てて身を振りほどき、しばらくの間、震え、喘ぎ、目を瞠《みは》りながら立ちつくしていた。

❖メフィストフェレスはドイツ伝説の悪魔の名前。一般には、ゲーテ『ファウスト』(一八〇八、一八三二年)のなかでファウストが自分の魂を売り渡した悪魔として知られる。

「なんだ！」と彼は我に返って言った。「あいつかと思ったよ！」

彼は外衣を脱ぎ捨て、ウイスキーをぐいと飲み干し、満足げに舌鼓《したつづみ》を打ち、腰をおろし暖炉に向かって足を伸ばした。そして叫んだ――

「ねえ、ジョージ、座ってくつろごうよ――あんたにニュースがあるんだ。分かったかい？　あんたにニュースがあるって言ったんだよ」

「ああ、聞こえたよ――そんなに怒鳴《どな》るなよ」

「誰が？　おいらが？」――傷ついた口調で。「おいらは他のみんなより臭《くさ》いって思わないんだけど、普通はね」

ジョージは大声で叫んだ――

「臭い《スメル》だなんて言わなかったぞ。そんなに怒鳴る《イェル》なよって言ったんだ」

「そう、そんならいいよ。分からなかったんだ。おやおや――九時近いのかい！　ねえ、あの古時計はいかれてるんじゃないかな。どうなんだい？　大丈夫だと思うかい？　まあ、どっちみち構わないや――急ぐ理由はない、たっぷり時間はあるから。ねえ、ジョージ、あいつの面《つら》をひと目見て、びっくり仰天しちゃったよ。ああ、道を五十ヤードも一目散に駆けていったよ、それくらい怖かったんだ。それから時間がかかったけど、勇気を何とか奮い起こして戻ってきて、聞き耳を立てた。そしたら、有難いことに、あいつはいなくなってたじゃないか。あいつ、あんたにどんなことを言ったんだい？」

「何も」

「まったく何も？」

「そうだ」

「何だって？　口を開くこともしなかったのかい？」

「そうだ」

「なんてこった！　そうしたら、誰が死ぬことになるのか、あんたにどうやって分かるの？」

「私には分かってないさ」

「そいつは驚きだ、こりゃまったくとんでもないことじゃないか！　死ぬのはあんたかもしれない、マーサかもしれない、トムかもしれない。ああ、あいつはろくでもないよ——たった一人だけしか狙ってないのに、そんな風に一族全員を怖がらせたりして。家族のなかの誰になると思う、ジョージ？」

「馬鹿、どうして私に分かる！」

「ねえ、いずれにしても、むきになることないじゃないか。何か手前勝手な理由があって訊いてるわけじゃない——あんたなら分かってくれるだろ、ジョージ——ただ同情心から訊いてるんだよ」

「ああ、うむ、そのことは否定しないよ。だがこの話題は気に障るんだ」

「じゃあ分かったよ、話を変えるよ。でもこの話題の何が気に障るのか、わけが分かんないんだけど。ところで、ジョージ、あいつがどうして気がおかしくなったのか知ってるよね？　ある夜遅くに、あの男はシーツと仮面をつけて、幽霊か死体になりすました。そして恋人が独りきりになってロウソクの光で本を読んでるところに、後ろからこっそり忍び寄った。それからさっと首を突き出して彼女の顔を覗き込んだ。そしたら彼女は悲鳴をあげた。何度も何度も。完全に正気を失ってばたっと倒れた。その次の週、二人は結婚することになってたけど、彼女は精神病院送りで、それからずっと——もう十四年になるけど——うめいたり、低い声で何かぶつぶつ言ったり、泣いたりしてる。突然物音がすると決まってひきつけを起こす。彼の方も、彼女が病院送りになって一か月も経たないうちに気が狂っちまった——本人にとっては運のいいことだったたって、おいらは思うよ。だってこんなことをずっと抱え込んで心が火あぶりになるくらい苦しい思いをするよりは、狂って忘れてしまった方がましなんだから。可哀そうな奴だな。とても人望が厚くって、お金持ちで陽気で快活で、周りでやってることには何でも積極的に関わって——不眠不休の生活って言うじゃないか、それさ——それから、恋人が歩く地面にひざまずかんばかりだった。みんな言ってたよ、あの娘《こ》はとびきり綺麗で優しい顔をしてるって。二人はとても幸せになれただろうね、ジョージ、もしあの間違いがなかったら——あのつまらない、たった二分間の間違いがなかったら！　そんなわけで、過ちの代価を払って埋め合わせ、帳消しにし、〈自然〉を満足させるために十四年もの歳月が費やされたってわけさ。〈自然〉ってのは、借りをつくったら貪欲《どんよく》な豚野郎になるのさ。そう、きわめつきの豚野郎、それが〈自然〉の正体さ。そいつから二セント借りたら、返す金は一万四千ドルは下らない。おいらに豚野郎をうまく飼いならすことができたらなあ、一回だけでも——もし豚野郎を痛い目にあわすことができなきゃ、おいら——ねえ、ジョージ、あいつが戦いの出で立ちでいるのを、おいら今まで見たことなかった。でもひと目見て度肝《どぎも》を抜かれちゃったよ！　そんな姿でいるのを見たのは多くはいないそうだけど、見た奴は、自慢して回るほど長くは生きられなかったんだ。何か変な感じはしないかい、ジョージ？——いつもとちょっと違うって感じさ——どうも力が入らないなとか——」

「ああ、噴火口みたいな口に枕でも詰め込むがいい！　苦しんでいるのだから少しは楽にさせてくれ。何の遠慮も節度もないのか？　そんな残酷な質問をする気持ちにどうしてなれるのか分からない」

ダグは深く傷ついた。そして、感情で角《かど》のとれた雷鳴《らいめい》のような大声で言った——

「そんなことをあんたから言われるとは思ってなかったよ、ジョージ。おいらは孤児《みなしご》で肺病もちで、この世では長く生きられないって思われてる。そのおいらみたいな哀れで見捨てられて偉くない友だちが、あんたみたいに困ってて本当の友だちからの同情や慰めを必要としている人に、友だちらしい関心や同情を寄せるってことが、もし犯罪だとするんだったら――」

彼の目には涙がたまり、唇が震え、声がひび割れた。それでジョージは慌てて言った――

「さあ、さあ――やめろ、君、本気で言ったんじゃなかったんだ。さあ、もう一杯飲むんだ。そして過ぎたことは水に流そう。昔の話を続けたまえ。だが感情的になるのは駄目だ、それには耐えられないから」

「そう言ってくれるなんて、あんたらしいよ、ジョージ」、片方の袖で涙を拭き、もう片方で唇をぬぐいながら、心優しく、簡単になだめられてしまう孤児は叫んだ。「あんたらしいって言ったんだよ。あんたの心は正しいところにある――おいらには分かってる――でもあの死体顔野郎のおかげであんたの神経はぴりぴりしてる。無理もないよ。もしあいつがおいらの前に姿を現わしたら、驚いて飛び上がっちゃうだろうな。その勢いで体の皮が全部すぽんと抜けちゃって、ゼリーみたいに床でぶるぶる震えちゃうとか……。いやはや！　もうちょっと前にここに来なくて運が良かったよ――そしたらあいつ、おいらとあんたの前に姿を見せることになったろうから、二人そろって同じ棺桶《かんおけ》に入って墓場行きさ。でもあいつはおいらの前に姿を現わしたんじゃない。おいらがあいつの前に姿を現わしたのさ。おいらは何にも心配する理由がない、そう思わないかい、ジョージ？」そう彼は少し心配そうに付け加えた。

心配する必要はないと思う、とジョージは答えた。するとダグの顔はぱっと明るくなり、たちどころにまたいつもの陽気さを取り戻した。

「おいらが思ったとおりだ。じゃあ思い煩《わずら》わないようにするよ。探し回らなくてもこの世には心配の種はたっぷりある。それがおいらの持論だよ。さて思うんだけど――ねえ、ジョージ、あいつがあの身なりになるのは、用向きのあるときだけさ。誰かの前に姿を見せて、この世とおさらばして棺《ひつぎ》に収まる時に着る服を準備せよって告げ知らせるのさ。それにあいつはそうしてない間は、高く壁を巡らせた家の中にずっと閉じこもってるってわけじゃない。いや、誰もと同じような格好をして外に出てくることもあるよ。そんな時は優しくて悲しそうな顔をしてる。老けてるようには見えないよ――だって、まだ四十になってないんだから。口数は少ない。ふらふら歩きまわってるだけさ。夢見てるみたいに、両手をゆっくり動かして、ぶつぶつ独り言を言ってる。ああ、とびきり哀れな姿だ――あいつを見たことがあるんだよ、ジョージ。あんたも見たかい？　そう、もちろん見たことあるんだね。でもおいらは、彼女の方も見たんだだよ！」

「何だって、ダグ！――なあ、夢でも見てるんだな。確かなのか？　いつだったんだ？　どこで？　話してくれ。可哀そうに――まだかわいい娘だった頃の彼女を知ってるんだよ。髪を編んで背中に垂らしてた」

「そうさ、おいら彼女を見たんだ。去年の夏だった。病院から逃げ出したんだよ。あの二人はまだ学校に行ってた頃に、よく一緒に向こうの川縁《かわべり》で遊んでた。その同じ場所で二人は偶然に思いがけなく出くわしたのさ。二人はぴたりと立ち止まって、じっと動かなくなった。こんな風にお互いを見つめながら――首を突き出して前かがみになって、上目づかいにじっと目を凝らして。怖がり、不思議がってたけど嬉しそうだったよ。どちらも相手がもう死んで幽霊になってるって思ってるようだった――そんな具合に一分ばかりじっと立ってた。いや、二分かな。ひと言も話はしなかったけど、二人の顔に涙がいっぱい流れてた。それから彼女はくるりと向きを変えて、うなだれて泣きながら立ち去った。あいつの方は、相手の姿が見えなくなるまでずっと見つめてた。あいつの顔は、神様の栄光と永遠に続く天国を見たみたいだったよ」

深い沈黙が降りた。二人の男はじっと考え込んでいた。時が過ぎるのを忘れて、思い出や夢想に耽った。やっと家の主《あるじ》が顔をあげると、彼は客が二人いることに気づいた。雪のように白い顔をしたあの黒い彫像と目が合った。それはもう一人の客の背後に立っていた。ハリソンは惨めな気持ちになって低く呟いた。「ああ、死ぬ予告ではなかった——その慈悲《じひ》は自分には与えられないのだ」。その間に、それは音もなく後ろのドアへと動き、出て行った。

かちりとドアを閉める掛け金の音が微かにした。ダグの夢想が乱された。彼は顔を上げた。

「あれは何なんだったんだい、ジョージ?」

「ただの風だよ」。その言葉はうめき声のように響いた。

「ねえ、そんなに悲しむ必要ないじゃないか! そんな悲しい顔する必要もないよ。どうしてかって教えてあげるよ、ジョージ。あんたにニュースを持ってきたって言わなかったかい? さあ、今それを言ってやるよ。よく聞いてね。もしそれであんたが喜びで飛び上がらなかったら、おいら——準備はいいかい?」

「言ってくれ」。それはため息のような響きだった。

「さっき最初にここにやって来た時は、ギルバートのところから直行してきたのさ。あんたに知らせてやろうと思ってね。ギルバートは、とても大事な報せの書かれた手紙を受け取ったばかりだった——メンフィスから。あんたの年とった伯父さんがとうとうくたばってしまった。それで何とあんたは、この郡と住人すべてを買い取れるくらい金持ちになったんだよ！　握手しよう！」

ハリソンは目に狂おしい怒りの炎を燃やして激しい勢いで立ち上がり、ハプグッドに食ってかかった――

「取り消せ！　取り消せって言ってるんだ！　嘘だと言ってくれ！」

「ああ、ジョージ、離れて、離れて！――そんな風に見るなよ！　おいらが何をしたっていうんだ？　神かけて本当のことだよ。ここに立ってるのと同じくらい確かなことさ――ギルバートに訊いて確かめてみるといいよ」

ハリソンは、自分の言葉と行為が、うまく取り繕う説明もなしに伝わったら世間にどんな印象を与えるかを考え、戦慄《せんりつ》した。それで彼はすぐさま態度を変え、悲しげに言った――

「ああ、君、気にしないでくれ。考えて気が動転したんだよ。年とって死んだ可哀そうな父さんが、この素晴らしい喜びを分かち合うことができなかったのは、とても残酷な運命だなと思ったんだ。父さんはとても貧しくて、とても意気消沈して、とても長い間せっぱつまっていたから。今日のこの日にお墓に入った！　そこにこんな嬉しい便りが届けられるとは――届くのが遅すぎるよ、遅すぎる！　今はその通知を喜べない――そう、まだね。とても辛いよ。許してくれ、ダグ。ついかっとなってしまった。我を忘れてしまったよ」

感じやすい孤児の目に涙が浮かんだ。彼は熱烈にハリソンの手を握って、言った――

「ジョージ・ハリソン、あんたは歴史上でいちばん立派な白人だとおいらは思うな――それに神に誓って、いちばん私利私欲がないよ！　自分のことを考えない奴なんて、この町には一人もいない。でもあんたは――あんたは幸運が飛び込んできても他人のことだけを考えるんだね。もう一度握手してよ、神様があんたに祝福を与えてくださいますように。嬉しくなっちゃったな。それじゃ、帰るよ」

彼は立ち去った。そしてハリソンは憂鬱な気分で、部屋のなかを行ったり来たりして歩きまわった。それは、捕えられた熊と責め立てられ絶望した人間が、惨めな自分のために見つけられる唯一の息抜きだった。彼はただ一つの考えを心の中でいじくりまわしていた——何度も何度も、繰り返して。その考えで、疲れ切った頭には深い溝ができそうだった。

「もし俺が知ってさえいれば！——もし知ってさえいれば！——ほんの少しばかり前に！ ああ、まったく、我が家は救われたはずなのに！ 救われたはずなのに」

第十一章

次の朝、訪問客がどっと詰めかけた。町の重要人物たちが来た——一人残らず。彼らはまず、故人となった父親のことでお悔やみの言葉を述べた。次に、莫大な遺産を受け継いだことについてお祝いを述べた。どちらもまずまず簡単な仕事だったので、彼らは上手にこなした。だが、訪問者たちがそれに次いで重要で興味深い話題——デスヘッド・フィリップスの警告——に話を向けようとした時、それができる者はほとんどいなかった。ほとんどの人々は、揺りかごに入っている時分から黒人の乳母に迷信をたたきこまれて育ってきた。こうした人々にとって、幽霊や夢のお告げといったものは当然実在するはずのものだった。フィリップスの評判は十分に確立していた。だから、恐るべき役割を果たす際にいつもする例の扮装で彼がある人物の前に姿を現わした時、その行動は臨終の際の喉《のど》鳴《な》りと同じくらい確実な死の報せであることを、ほとんど誰も――というより一人たりとも――疑おうとはしなかった。訪問客は、お悔やみとお祝いの言葉を述べている間は上手に振る舞えていた。だが三番目の話題にぶつかると、話は途切れ、支離滅裂《しりめつれつ》になった。知らず知らずのうちに、畏《おそ》れで魅入られたかのように、死ぬことを運命づけられた男に視線が釘付けになった。そして一つの考えが客の想像をがっしりと捉え、離さなかった。「考えてもみろ！ 彼はまだ生きて座っている。だがやがて経帷子《きょうかたびら》を着ることになるのか、可哀そうに」。この身震いするような考えの対象になっている男が、この瞬間、肺病もちのチャーリー・アクステルを羨ましく思っていることを、これらの客たちは知る由《よし》もなかった。チャーリーは押し黙り、暗い考えに耽りながら離れたところに座っていた。頬はこけ、目は突き出ていた。コートとズボンはあちこちがへこみ、何も入っていないようだった――まさに死ぬ運命にある男だったが、肺病患者にはよくあるように、そのことを自分では信じていなかった。

訪問した重要人物のなかには、ランドリー将軍、ギルバート氏、牧師のベイリー氏、そしてその弟のソル・ベイリーがいた――ソルは世間の人々から密かに、〈低能哲学者のハムファット❖・ベイリー〉と呼ばれていた。ランドリー将軍は立派で偉い人物だった。七十三歳で、人当たりが良く、背筋をぴんと伸ばし、健康このうえなく、忘れられた過去の装いに身を包んでいた。袖口と胸の部分にはひだべりがついていた。長い胴着、幅広の裾のついた黒いビロードのコート、黒いビロードの半ズボン、銀のバックルがついたかかとの低い靴――大きく慈悲深い顔から何から何までベンジャミン・フランクリン❖そっくりだった――金の握りのついた杖もフランクリンを想わせた。先代のフェアファクス〈旦那〉が十年前にこの世を去って以来、こんな服装をしているのはこの地域ではこの人物だけだった。

この在りし日の軍隊の遺物のようなランドリーは、中尉としてランディーズ・レーン❖で戦った。そして彼は、その後の四十年でゆっくりとあらゆる階級を上っていき、最後には将軍となった——彼に人気があったことの明白な証拠だ。なぜなら、こうした昇進がひとつひとつなされるたびに、それに値するかどうかの検討がなされたから。しかもそうした昇進は陸軍省によってなされたのではない。インディアンタウンの住人たちが自発的な思いつきと共通の合意により、相談も共謀《きょうぼう》もなく昇進させたのである。彼こそは正統だった。

ギルバート氏は五十歳。髭《ひげ》をきれいに剃《そ》り、短く硬い灰色の髪の毛は、まるでアンドリュー・ジャクソン❖のようにぴんと直立していた。厳格なまでに着こなしにうるさく、彼の服には埃《ほこり》くず一つついていなかった。堂々たる身ごなしだった。厳粛で、笑わず、誰もが認める弁護士の筆頭——そのギルバートが将軍の次に重要な住人だった。彼は一度も教会に行ったことがなかった。もし何か信仰を持っていたとしても、それは秘密にしていた。そのことについて人々は一度尋ねてみたことがあるが、また尋ねようとは思わなかった。メンフィスからのニュースを報告しに来たのですが、それはまた機会をあらためて二人きりで話せる時にしましょう、と彼は言った。

「いつでもいい」とハリソンは悲しげに言った。「もし父がまだ生きていたら興味をそそられる報せ

❖ハムファットはアメリカの俗語で、俳優などが下手な演技をすること。ハムファッターは、下手なくせに誇示癖のある演技者・講演者の意。役者が化粧落としに使ったハムの脂身《あぶらみ》にちなむ。

❖ベンジャミン・フランクリンは十八世紀アメリカの政治家・外交家・著述家・科学者。独立宣言の起草委員。

❖ランディーズ・レーンはカナダのオンタリオ州、ナイアガラの滝近くの道路。一八一四年に英軍と米軍とが戦った。

❖アンドリュー・ジャクソンはアメリカ合衆国の将軍。第七代大統領（一八二九—三七年）。

だけれど、今では嘲笑《あざわら》いのように感じられる。細かいことを一つだけ教えてほしい――他はどうでもいい。遺産は現金ではいくらになるのだろう?」

弁護士は一瞬、ためらいを見せた。皆のいるところでプライバシーに関わる仕事の話をするのは気乗りしなかった。それは手続きとしてとても異例のことだから。だが彼は答えた――

「四万五千ドルです」

信じられない金額だった。聞いたことのないような金額だった。ハリソンを除いた皆の胸は高鳴った。だがそれはハリソンに心痛を与えた。彼は心のなかで悲しみ嘆いた。「情けない、皮肉なことだ! 大金があったのだ、俺たちのものとして――言ってみれば、自分のポケットに入っていたんだ――それなのに親父も俺も、この金の九分の一くらいのしみったれた額のために、詐欺をし、放火し、盗みをし、殺人もした。そんな残酷な罠を仕掛けた意地の悪い運命は永遠に呪われろ! 〈自然〉とその残酷な振る舞いは呪われろ!」

魅惑的な金額を耳にして、ハムファットの口によだれが湧きあがった。自分のお粗末な服に視線を彷徨わせながら、彼はため息をついた。ハムファットは揺りかごにいた時分から失敗者だったから。この世に生まれ落ちたのは神の計らいではなく偶然なのだと思いたくなるような、哀れな人間たちの一人だった。落ち着きがないこと、水のごとし。何にでも挑戦してみるけれども――他人を犠牲にしてであるが――何に対しても適性がないし、一度たりとも成功したことはない。そうした人間であっても、せめて希望なく生まれてくれていたら! そうしたら、腰を落ち着けてじっとして、お恵みのパンを心安らかに食べたりする、我慢できるお荷物のような存在になれただろう。だが違う。じっとしていたら、こうした人間の悪魔のような使命は果たされないのだ。したがってこの手の人間は、ただひたすら希望ではちきれんばかりになっている。他に持っているものはない――気まぐれと、移り気と、自らへの信頼と、壮大な理想と、膨《ふく》れあがった熱情と、羞恥心の欠如以外には。そして――ひと口で言うならば――こうした人間は、名前を付けることのできるあらゆる無価値な特質（間違った使われ方をすると無価値になる特質）で、はちきれんばかりになっている。言い換えると、こうした人間は空虚をめいっぱい抱えている。そして本人はそのことに気づかないのだ。

ハムファットは五十三歳だったが、これまで実際に得た収入はすべて、自分の胴着のポケットに収めることができただろう。彼は大工仕事について少々かじったことがあるが、それで働こうとはしなかった。なぜならそれは、彼にとって十分に格調高い仕事ではなかったから。彼はこれまでの生涯でずっと、兄に頼って生活してきた。兄は、情にもろく頼んだらすぐ折れてくれる長老派教会の牧師であったし、兄が結婚した女性にはある程度の資産があった。ハムファットが兄に頼って生活する方途《ほうと》は、彼自身の言葉を使えば「金を借りる」ことだった。もっとも、これまでずっと一度たりとも返さないできたのに、どうして「借りる」などという言葉を使うのかは、彼自身の秘密だった。しかし、彼に対して公正な見方をすれば、「借りる」という言葉を正当化できるそれなりのもっともらしい理由は実際にあった。なぜなら、金を借りる時に彼はいつもすぐ、その三か月分の利子を払えるだけの金額を差し引いて、それを送り返し、受取証にサインしてもらったから。そして彼はずっと利子を払い続け、最終的には元金を返済するつもりでいた。だがいつも、神様のご意志が逆にはたらいていることに気づき、彼なりに断腸《だんちょう》の思いで諦めてきたのだった。彼はこれまでの人生で妻を一人二人と使いつぶし、兄のポケットに近い場所ならどこにでも子供をばらまいた。自分は一方、三つの州を転々と流れ歩いた。顧客のいない弁護士で、会衆のいない説教師で、聴衆のいない講演者で、指名や取り巻きのない立候補者で、購読者のいない新聞のオーナー兼編集者で、たちどころに破産してしまう投機の推進者だった。何であれ熱狂的な〈主義〉に出くわすと、その熱心な門下となり唱道者となった。絶えずお粗末な家を購入し、何重にもローンを組んで兄に払わせた。その間ずっと彼は、モルモン教や無信仰やブードゥー教など、歴史上に知られるあらゆる宗教の旗印のもとに、いざこざを起こした。ハムファットはこれから「無神論者になって、自分のセイシンセカイをまた大改革する予定」なのだと、ダグ・ハプグッドは言った。

彼はこうした馬鹿げた行ないを、自身の言葉を使うなら、「経験という大建造物」を築くための煉瓦と見なしていた。自分はインディアンタウンの他の誰よりも多く旅をしてきたし、インディアンタウンの他のどの住人よりも多様な種類の生活を実地に経験してきた。こうした理由で自分は、道徳、宗教、政治、ビジネス、哲学といった高尚な難問について論じ、それを解決するのに最もふさわしい資質を持った住人なのだ、と彼は本気で信じていた。この取り澄ました過大なうぬぼれは、嘲り、軽蔑、嫌み、さらには歯に衣着《きぬ》せない罵りや侮辱を受けても、びくともしなかった。彼はこれらの言葉に落ち着き払って超然とした態度で応じ、言った者たちを憐れみ見下ろした。可哀そうで無知で無責任な人たち、あなたがたはどこにも行ったことがなく、何もご存じではない、だから責めたりしませんよ、といった具合に。彼は批判者たちを憎むことができなかった。それどころか彼は、ダグ・ハプグッドの言葉を借りるならば、「とてもお高くとまったやり方で」彼らを愛していたのだ。この孤児の言葉は正しかった。孤児自身に対する場合を除いては。「ハムファット」と「低能哲学者」はダグがつけた綽名《あだな》だった。このような大きなお世話を焼いたため、ダグは綽名をつけられた男の好意を得ることができなかった。実際のところ、ハムファットは彼を目にするのが我慢できず、しばしばそれを口にしてもいた。ハムファットがここに来たのは、他の者と同じようにお悔やみとお祝いを言うためだった。そしてまた、新たな資本家となったジョージを撫でさすり、惑わせ、説得して、好機が到来すれば何か良い行ないをさせるつもりでもあった。というのも、資本金さえあれば完璧で実りあるものとなる魅力的な計画を、一つ二つ心に描いていたから。もしそれらの計画が「はずれ」であっても、大丈夫。このあたりの地域では必ず歓迎されるはずの非常時の奥の手を彼は持っていた。それは〈長老派教会東方伝道事業〉だった。さまざまな宗教が彼のもとにやって来ては去っていった。だが、どのような宗教の旗竿《はたざお》を振りまわしていても、この慈善事業にだけは彼は忠実に献身していた。経済的な空模様がどうであれ、その事業はいつも収益をもたらした。かれこれ十三年ばかり、彼はトルコのために粉骨砕身《ふんこつさいしん》していた。ちょうど最近、一人のトルコ人を救い、もう一人も救いかけているところだった。彼はアメリカン・ボード❖にとても可愛がられており、けばけばしい感謝状を額に入れて飾っていた。彼は時に怪しげなことをした。他の人間の場合だったら罪になっただろうが、彼の場合はそうならなかった。なぜなら彼の〈道徳感覚〉は薄弱で、疑わしく、移ろいやすく、やぶにらみで、どのような形にせよ確信を持って善悪を判断することがめったにできなかったからだ。彼は冴《さ》えた知性を持っていた。だがそれはほとんど役に立たなかった。というのも、知性は何によっても統制されておらず、あらゆるところへと跳ね回るため、たいてい大したことはできずに終わってしまうのだ。彼は自分に噛みつくことのできる良心を持ち合わせていたし、実際に良心の呵責を感じることもあった。

❖アメリカン・ボードは、一八一〇年にマサチューセッツ州およびコネティカット州の会衆派教会によって設立された、米国初の超教派的な海外宣教団体。米国海外宣教委員会。

だが彼は、自分自身で編み出した即興の治療法で、良心をなだめすかすことができた。他の人間だったら、そんなことをすれば船酔いを起こしたようになるだろうが。

さて、お悔やみが続いていた。ランドリー将軍は感情を込めて、この世を去った退役軍人のことを語った。そして優雅でもってまわった言い回しで——サミュエル・ジョンソン❖流に、というのも彼はかの偉大なる人物とその堂々たる言葉遣いの崇拝者であったから——こう言った——

「幸運にも私は、惜しまれて世を去られたあなたのお父上とは四十年もの間、信頼し尊敬し合う間柄でありました。亡くなられて残念、実に残念でなりません。お父上の人格にはいっさい汚点がなく、見事なまでに清廉潔白《せいれんけっぱく》な方でありました。ひと口に言うと、お父上はジブラルタルの巌《いわお》❖のごとく堅忍《けんにん》不抜《ふばつ》な道徳心の体現者であられた。あなたがお父上のご人格をそっくりそのまま受け継がれていることは、とても有難いことです。お父上と同じ性格の高貴さや、純粋さや、揺るぎなき誠実さや、高邁《こうまい》なる徳義心への献身といったものが、あなたのなかには宿っている。ひと口に言うと、ジブラルタルの巌のごとき道徳心の持ち主がまだ一人健在であることは、この地域にとってたいへん有難き恵みです。弱き者のための灯火《ともしび》となり、お導きを続けられますように！　あなたが出会うすべての人が、あなたのような人間になれますように！」

「神様、お願いいたします！」と数人が熱情を込めて言った。ジョージは返事をしたが、それを心の中で反芻《はんすう》して、挟み切られるような心痛を感じた。赤面もしたが、それは慎《つつし》み深さの表われと受け取られ、彼への信頼は増した。

「息子さんと同じように」と声に愛情を滲《にじ》ませながら、老いた牧師のベイリー氏が言った。「あの人は卑しさとは何かをご存じなかった。自分勝手な衝動についてもそうです。彼は澄んだ精神と健全な判断力を持っておられた。そして、自画自賛している印象を与えるかもしれないけれど、彼の意見と私の意見は、大事な話題についてはことごとく一致していた。いや、一つだけ例外がありましたな。そこだけ意見が食い違いました。人格というものは、単なる口伝えでの教えや誘惑を避けることだけでは、堅固で安全なものにならない、そう彼は信じていました。彼はこう言いました。火で試されたとき、人格は最上で安全なものになる。それは誘惑に直面しなければならない、そして屈しなければならない！　そうなれば後は安全だ。人格は盤石《ばんじゃく》の状態を築き、誘惑が風や波となって襲いかかって来ても安泰《あんたい》だ、と。私は何度もそんな彼の議論に反対しましたよ。ですが、彼はいつも持論に固執《こしつ》していました」

「彼の意見は正しいですよ」と〈低能哲学者〉が遠慮を示さず言った。「私は世間と人生については経験を積んでいますから、彼が正しいって分かるんです。若い頃に、私も誘惑されました。そして屈しました。そのことを悔やんではいません。そのおかげで今の自分があるんですから。本当に感謝していますよ」

彼に讃辞を寄せる機会はあったが、代わりにぎこちない沈黙が降りた。どのようにして話を再開すればいいのか、誰も見当がつかないようだった。ぎこちなさは増した。しかし〈哲学者〉は意に介さず、ひたすら重々しい思索に耽っていた。そのうち彼は我に返り、自分から話を切り出した。

❖サミュエル・ジョンソンは英国の詩人・辞書編集者・批評家で、十八世紀後半のイギリス文壇の中心人物。
❖ジブラルタルはスペイン南端近くの狭い半島にある、要塞《ようさい》化された港市。イギリスの海外領土。その地の険しい岩山は、不動の状況や堅忍不抜の人物を指し示す喩《たと》えとして用いられる。

「たとえば、こんな事実を考えてみましょう——お互いに関係しているいくつかの事実です。世界のほとんどすべての人が、癇癪を持っています。したがって、世界のほとんどすべての人は人殺しだということになります。私の意見、正しいでしょうか?」(彼はこちらの、あちらの、そしてまた別の訪問客に頷《うなず》いてみせた。)「あなたは人殺しですか? それからあなたは、あなたは?」客たちは問いかけられるたびに目を剥き、面白がった。「あなたは人殺しじゃないんですか、ハリソンさん、ご承知じゃありませんか?」

ハリソンは息を呑《の》み、蒼白になった。彼の繊細な性質がこの侮辱に反発したのだ、と皆は思った。それで、彼の感じやすい性格は訪問客たちから無言の賞賛を受けた。〈哲学者〉は平然とした様子で続けた。

「雄々しい気質と腕力を持ってる男なら誰でも、かっとなって、人殺しになったことがあります——ただ心の中で、ということですよ。でも手元に武器がなかったので、相手の男は殺されなかった——ただ、それだけの理由です、他には何もありません。あるいは、武器は持ち合わせていたけれども、怒りの原因になった男はそこにいなかった——その場合は、それだけの理由で殺すのを免れたのです。もし武器と、怒りを招いた男と、怒りが頂点に達する瞬間とが一度に集まったりしたら、確実に殺人が起きます。心の中で人殺しになったら、たまたまの状況でそれを実行することを免れたとしても、それが何だというんです? それも人殺しだということに変わりない、そうじゃないですか? もちろんです。その行為を行なわなかったからといって、何も褒められません。ここにいるあなたがたは、一人残らず人殺しです。ここから墓場に至るまでに実際に殺人を犯す危険から免れている人は、皆さんの中で一人としていません。もし三つの状況が重なり合うようなことがあったら、あなたがたは絶対確実に殺人を犯します。でももし、ここにいるあなたがたのうち誰かがそんな経験をして、男を一人殺してしまったら、その教訓はずっとくっついて離れないでしょう。あなたが憎しみの激情に不意打ちされることは、もう決してないでしょう。悔悟《かいご》の念があなたを守ってくれます。もう二度と血を流すことはないでしょう」

ハリソンは惨めに苦悶して、心の中でため息をついた。「確かにこいつの言っていることは真実だ」

〈哲学者〉は平然として続けた。

「ごくごく小さな例を取ってみましょう。昔、私はある宗派の説教師をしていて、カラーをつけなければならなかった時がありました。何度も洗って縮んでしまったので、うまくボタンをつけられない。カラーと格闘し、口角泡を飛ばしてカラーを発明した男を罵るうち、そいつがここにいて自分が斧《おの》を持っていれば、と心の底から願いましたよ。なんてちっぽけなことだとお思いでしょう――でも憎しみと怒りはちっぽけではなかったのです。それだけで十分でした、それだけで私はそいつを殺してしまったはずです。殺してしまって、次の瞬間、後悔の気持ちでいっぱいになったでしょう。皆さん、信じられないですか？　信じられないですか、ジョージ・ハリソンさん？　かつて男を一人殺してしまったかもしれないような時があったと考えませんか？　自分の罪のない妻や子供たちの心を引き裂いて、悲しみや嘆きや――ひょっとすると飢えや貧窮《ひんきゅう》までも――味わわせるかもしれないと考えても、自分の手を止められないとか――あるいはひょっとして、そんな考えを思い浮かべることすらできなかった時が？」

ハリソンははっきりしない「ええ」という返答を呟き、心の中で思った。「ああ、どうしてこいつは俺をこんなに苦しめるんだろう？　他に喋る話題はないのか？」

そんな風に見てみれば確かに人殺しには事欠きませんな、と幾人かの客が認めた――だがそこで話は途切れてしまった。一同皆、頷《うなず》いたり額にしわを寄せたりして、黙って考え込んだ。そして、それぞれの人生のなかで、新しい様相や新しい重大な意味を突如として帯びるようになった出来事を思い出している様子だった。それから老牧師が口を開いて言った。

「なるほど、実にこれは面白い。惜しまれて世を去ったばかりの私たちの友人が、私と論争した時に幾度か言った言葉を思い出しましたよ。彼はとても奇妙な妄想《もうそう》を抱えていたのです。とても単純で明々白々たる妄想でした、そうなんです、そして私は彼にそう言って笑い飛ばしたことがあります。でもあの人はその妄想をとても長く抱えていたので、最後にはそれを信じ込むようになりました。そしてそれが現実なのだと真面目に考えるようになりました。彼はこう言いました、自分が正気でいる限りは、犯罪をしでかす心配はない、なぜなら――なぜだか理由が分かりますか？　彼が言った理由は何だとお思いですか？」

誰も言い当てることはできなかった。

「なぜなら自分はすでに犯罪をしでかしているからだ、というのです！」ベイリー氏は笑い、他の人々もつられて笑った。

「考えてもごらんなさい！」と愉快そうに牧師は言った。「あの親愛なる魂の持ち主が、あの美しい特質の持ち主が、あの優美な精神の持ち主が――そんなことを考えようとするなんて！　でもそうなんです。彼は信じ込んでしまったのです。そんな事情があって、私はそれ以来、こんなことを言ってきたし信じてもきました。つまり、もし妄想があのように頑健《がんけん》で健全な心を奴隷にしてしまうことができるならば、より虚弱な人々が妄想を抱いてしまうことをどうして私たちは正当に批判できるでしょうか？」

これでもうこの話題は尽きてしまったと彼は判断したので、別の話題に移ろうとした。だがハムファットが割り込んできて、その妄想とは何だったのか言ってくださいと彼に頼んだ。他の訪問客たちも興味深そうな表情をした。というのも、好奇心というものは人間普遍の特質であり、特定の性別に限られるものではないからだ。ベイリー氏は失望した。新しい話題に気持ちが移っていたから。だが――

「うむ」と彼は言った。「もし夢のような話にご興味が持てるなら、お話しましょう。だが私が話せば面白味はなくなってしまうでしょう。なぜなら、彼がそれを話してくれた時には、それが真実で自分はそれを心の底から確信しているという気持ちを込めて語ってくれたので、とても心揺さぶられる印象的な話になりました。そんな気持ちは私には込められませんからね。そして当然ながら、そのような気持ちこそが、この話の生命《いのち》なのです。初めて彼が話してくれた時のことを憶えています。私の書斎で、二人きりで話しました。このような感じの議論をしていましたね。当然のことながら私はこんな主張をしていました。人はその徳義心が誘惑に抗える状態になるまで、注意深く誘惑から遠ざけられるべきだ、と。そして彼の方は、私の立場が不健全で危ういものだと説得しようとしていました。それは目新しく、とても変わったショッキングな見解だと、私は以前から繰り返し言ってきたので、その場でもそう言いました。でも彼は、自分の側に分《ぶ》があると言い張りました。そして私に何歳かと尋ねました。四十六歳だと答えました。すると彼はこう尋ねました――

「『あなたはこれまで、とても強い誘惑にさらされたことはないかな？』

「『いえ、ありません』と私は言いました。『両親が早いうちから私を誘惑から守ってくれました。その後はずっと、私は自分の意志で誘惑に近づかないようにしていました』
「『それではあなたは安全ではないな。もし百歳まで生きたとしても、ずっと危うい状態のままだろう。よいかな、千回の誘惑を受けても大丈夫だったとする――誰でも大丈夫だろう――だがそれでも、自分の徳義心が絶対的に、一点の疑念の余地なく確立されたかどうかは確信できないのだ』
「『どうしてですか？』
「『なぜなら――うむ、誘惑を乗り越えることは良いこと、素晴らしいことだ。だが一万回の誘惑に抗っても、一回堕落するほどの値打ちはないのだ』
「『堕落ですって！　そんなことに値打ちがあるっておっしゃるんですか？』
「『値打ちがあるどころじゃない――値がつけられないくらい貴重なんだよ。堕落ほど人を教えてくれるものはない。堕落の経験をする人間は物事を悟るのさ』」（ハリソンの目はどんよりとしていた。呼吸が浅くなり、神経質そうに舌で乾いた唇を湿らせていた。）「『そやつは以前には理屈の上でだけ、自分が道徳的だと考えていた。そんな凄まじい経験をした後は、実際に道徳的になることだろう。そやつはそれまで金言《きんげん》と情緒の上を歩いていた――これからはどっしりした大地の上を歩くようになるだろう。あなたは安全ではありませんな。からかってるんじゃないんです。人は一回二回と堕落するまで安全ではない、本当に！　そやつの美徳は火のなかで試されたことはなかった。火のなかで鍛え上げられなければ、美徳を頼りにはできないのです』。彼はしばし沈黙しました。それから、非常に熱心で印象的な口調と態度でこう続けました。『ベイリーさん、わしの名前には何か汚点がついていますかな？』
「『いいえ』

「『わしは誘惑の魔の手から完全に免れている男だ、そう思われていますかな?』

「『はい、そうです』

「『ベイリーさん、わしは自分でも誘惑の及ばないところにいると思っているよ。そうだと分かっているといってもいい。なぜなら、わしは火をかいくぐってきたからだ』

「『あなたがですって?』

「『二十五歳になる前にわしは犯罪をしでかした――重大な犯罪だ』

「『そんなことありえない!』

「『もし応分の罰を受けたなら、監獄で十年くらい過ごしたはずだ』

「『だって、どう考えても絶対――』

「『わしは見つからなかった。疑われることすらなかった。それでもわしは三年間、地獄のなかで生きたのだ』

「『疑われるのではないかと恐れてですか?』

「『いや、他の男が疑われたので、密かに悩み苦しんだのだ。四回もその男は逮捕される寸前までいった。そしてそのたびに、わしはそれを阻んだ。必死に努力をして、わが一族の家名と地位に物を言わせてな。二年間、血の汗を流した! もしその男が法廷に立つようなことがあったなら、状況証拠で有罪になっただろう』」(ジョージ・ハリソンは首元のカラーを引っ張った。息苦しくて喘いだ。)「『わしは彼を監獄行きからは救った。だがそれだけだった。彼は人格も財産も台無しになった。彼の哀れな顔を見るに忍びなかった。それでわしはその地方を立ち去り、二度と戻らなかったのだ』。涙があの人の目に浮かびました。次にこう付け足した時、彼の声はひび割れていました。『あの男が死ぬまで――惨めさで死ぬまで――彼のことがわしの良心にのしかかっていた。わしは火をかいくぐってきたのです、ベイリーさん。わしのような経験をした者が、また犯罪をしでかすことはない。その者が、理性を保っている間は、ということだが』。一瞬の間、その言葉は絶対的な真実だと思えました――とても本当らしくて現実感があったので、私は真剣になって言いました――

「『ハリソンさん、あなたには明白な義務がありました。その人が疑われたとき、あなたは進み出て告白するべきだったのです』。彼はしばらく私をじっと見つめました。そしてこう尋ねました――

「『あなたがわしの立場なら、そうされましたかな？』

「ためらいなく、私は答えました――

「『はい、そうしたでしょう』。なんともはや、とても奇妙で滑稽なことでした！ それ以来何度も、そのことを考えると――」

「おや大変だ！ この人はどうされたのだ？」これは将軍の言葉だった。彼はハリソンを見つめていた。ハリソンはぐったりして死人のようになり、椅子からずり落ちて床に倒れてしまったのだ。半ダースばかりの人々が叫んだ。「助けを！ 水を持ってこい！――彼が気絶した！」二、三分の間、上を下への大騒ぎだった。その後、ハリソンは弱々しく蒼白の状態でベッドに横たわっていた。憐れに思う女たちが周りで彼を看病していた――そのなかの一人に、粗末な寡婦《かふ》の喪章《もしょう》をつけたブリジット・ブリーカーがいた。客たちは帰っていった。彼らは歩きながら内輪でこんな話をしていた。ジョージ・ハリソンは感じやすく繊細このうえない性質だし、お父上を亡くして身を削るほど悲しんでおられる。だから、あんな風に劇的に真に迫って語られた気味の悪い奇怪な話を聞いて気絶してしまうなんて、いかにもジョージらしいな。

第十二章

しばしの間、ハリソンは目を閉じて横たわっていた。ガウンがさらさらと微かに音を立てたり、女たちが囁き声で相談したりするのには、おそらく気がつかなかった。それに、病室のわびしい静けさの中にお定まりのごとく幽霊のように彷徨い込んできて、静寂をかき乱すよりむしろ深めるような、曖昧《あいまい》で遠くから聞こえていると思える他の物音にも、彼は気がつかなかった。それから瞼《まぶた》を開けると、ブリジットの同情に満ちたアイルランド風の顔が上から覗き込んでいるのが見えた。その顔は親しさでぱっと明るくなった。彼は感謝の眼差しを向けて応えた。それから相手が話したがっているのを見て取って、彼女は顔を寄せてきた。そして彼は弱々しい声で言った——

「良い娘《こ》だ！——それに優しい。私は病人だ。傍にいてくれ、ブリジット」

「確かに承知いたしました。あなた様はいつもわたしたちの味方でした。わたしはそれを忘れるような人間ではありません」

「ありがとう、ブリジット。この親切な近所の人たちに、私に代わって礼を言いに行ってくれ。そしてもう帰ってもらうように。もう私は具合が良くなったし、これから眠ることにする、と言ってくれ」

「かしこまりました」

「フランシス・オズグッド夫人には特に感謝を伝えてほしい」

「かしこまりました」

彼女はメッセージを伝えに行き、主人の指示を受けるためまた戻ってきた。だが心に重荷がのしかかっていた彼は、なんとかしてその重荷から解放されたいと願っていた。

「指示するのは後だ、ブリジット。ある用件について話したいことがある。私の父は亡くなる直前、とても大きな悩みを抱えていた――」

「そうでしたね、神様、あの方の魂に安らぎを！　今ではそのことを知らない人はいません。ダグ・ハプグッドが明かしたあの証拠で――」

「――それで窮地に陥って困り果てて、父は――うむ、父にしては不似合いなことを一つ二つしてしまった――それは、つまり――つまり――ブリジット、そんな風に人が悩み苦しんでいるとどんなことになるか、お前には分かっているかい？」

「ああ、だってわたしたち、みんなそうじゃありませんか！　あなたのおっしゃることは本当です。もし――」

「父も皆と同じだ……。ブリジット、もし父が今ここにいるならば、給金についての約束を果たそうとするだろう。それはお前も分かっているな」

「そうですね、確かにそうされるでしょう。わたし自身が追い込まれて、あの人のことを悪く思ったこともあります。それでもわたしはあの人のことを分かっています。他の誰よりもよく――」

「ブリジット、もし父が生き返ったなら、約束を果たそうとするだろう。給金を上げようとするだろう。そうすると言ったんだよ。悪いことをしてしまった償いに、金額を二倍にするだろう。いや、もっとだ。三倍にするだろう。だから今から――お前のために――死ぬまで給金は三倍だ。父自身が私の口を借りて墓の中から喋っているんだよ。父を許してやってくれ、ブリジット」

彼女は返す言葉を見つけることができなかった。だがその目からは涙が流れ、表情は雄弁にすべてを語っていた。困窮から自立へ――なんとひと息に！　彼女は身をかがめてひざまずき、自分の守護聖人たちに心からの感謝を捧げた――聖人たちはおそらくこの件にはいっさい関与していなかっただろうが。ハリソンの血の気の失せた魂に、癒しをもたらしてくれる安らぎと心地よさと慰めがそっと入り込んだ。自分の魂がこうした安らぎを味わうのは本当に久方ぶりだ、と彼には思えた。

ブラッドショー医師を呼びに使いが出されていた。彼はやっと到着し、患者を手の込んだやり方で診察し、数えきれないくらいの問診を行なった。彼の診療の仕方は、数世代前の医学常識に基づいていた。この西方の地域では、科学も流行もそれだけ時代に取り残されていたのだった。彼はハリソンに、天然痘《てんねんとう》にかかっていないかと尋ねた。はしか、肺結核、肝臓病、百日咳《ひゃくにちぜき》、急性胃腸炎、ひきつけ、黄疸《おうだん》、腹痛、嘔吐《おうと》、腺病、眩暈症、尿砂《にょうさ》病、恐水病はどうだと尋ねた――実際のところ、書物に書かれたありとあらゆる病気を挙げた――だがどれも該当する症状がなかった。彼は困惑した。とても具合の悪い男がここにいる。そのことは分かる。だが彼は何の病気にもかかっていない、自分の理解する限りではただの一つも。ではよろしい、そのような場合にはやるべきことはただ一つ。そういうわけで彼は、患者に発疹《ほっしん》のための治療をした。

ブリジットがお椀《わん》をかかえ、医師は患者の足と腕から血を抜き取った。背中に吸角《きゅうかく》を当てた。こめかみに吸血用の蛭《ひる》を垂らした。体中にからし軟膏を塗りつけることを命じた。一時《いちどき》に出るように時間を計って下剤と吐剤を与えた。それから鎮静《ちんせい》のための水薬《みずぐすり》を考案した。処方に従ってブリジットがそれをこしらえなければならない。ぐつぐつ煮詰め、蒸留し、濃縮して、ダグ・ハプグッドが後に使った表現を借りると「地獄の業火《ごうか》と仲良くできる」くらいの代物にする。それから患者を起こして、快方に向かうまで、あるいは死ぬまで、四十五分ごとにシャベル一杯分の薬を飲ませる。医師は鎮静剤の処方を書いた。

それを書くのに十五分かかった。処方にはよりどりみどりの成分がたっぷりと含まれていた。近所の森に生えている雑草や薬草の類があった。他には丁子《クローブ》、硝酸銀棒《しょうさんぎんぼう》、ひまし油、シナモン、馬糞《ばふん》、硝酸、砂糖、トカゲの干物、テレビン油、硫酸《りゅうさん》銅、糖蜜、などなど。そして彼はもう一つ付け加えようとしていた――たぶん紙一枚に敷きつめた鋲《びょう》を――だがちょうどその時、彼は自分の肩越しに誰かが覗き込んでいることに気がついた。ダグ・ハプグッドだった。ダグは嬉しそうに叫んだ――

「おさらばだね、ジョージ。おさらばだねって言ったんだよ――分かったかい？　デスヘッドよりお医者の方がいいよ――ねえ？　こっちの方が手っ取り早いよね――もっと確実だし。もっと確実だって言ったんだよ――分かったかい？」

「お前、どうやって入り込んできたんだ？」と荒々しく医師は叫んだ。「マーサには誰も入れるなと言ったのに。この男は安静を必要としている。静かに――聞こえたか？」

「やあ、そいつはいいご挨拶だね」、深く傷ついてダグが返した。「おいらがこの人の邪魔をする、そう考えてるのかい？」

「お前が――当然だ！　お前だったら死んでる人間にも迷惑だ」

「へっ！　そいつはあんたがジョージをお陀仏《だぶつ》にしてからの台詞だぜ」

居残って侮辱を受けるのはまっぴらだとぶつぶつ言いながら、医師は殺しの道具類を片づけ、そそくさと退散した。ブリジットはダグに帰るよう説得したが、彼は椅子に腰かけ、相手を安心させようと雷鳴のような大声で言った――

「おいらのことは心配しないで、ブリジット。ジョージのことも心配しないでよ。この人が墓場に行ける準備をしに行きな――あんたが毒を混ぜ終えるまで、おいらはこの人の面倒を見るよ、まるであんた自身の赤ん坊を可愛がるようにね。おいらはちっとも忙しくないし、時間はいっぱいあるから」

それでブリジットは諦め、処方箋を持って台所に行った。ダグは言葉を続けた。

「もちろんあんたはおいらのことは気にしないよね、ジョージ。おいらが友だちだって、あんたには分かっているから。寂しくって、独りぼっちで、友だちからの最後の慰めが必要なあんたを、おいらが見捨てて死なせるって考えるかい？　おいらがそんな性格じゃないって、あんたには分かってるよね、ジョージ。あんたがデスヘッドのお膳立てで死神にがっちり捕えられてしまったって聞いた時、おいらはすぐさますべてをほったらかしにして、一目散に駆けつけてきたんだ。おいらはそんな性質《たち》でね、ジョージ。そのことで褒美をもらいたいとは別に思っちゃいない。いつも友だちのそばにいろ――それがおいらのモットー。おいらがそのモットーに従って生きてるかどうかは、あんたにはちゃんと分かってるよね。マーサはおいらを家の中に入れたくなかったんだけど、それは他の奴らのための建前だって分かってる。あんたの邪魔をしようとする困った奴らを閉め出すために言ってるんだって。あんたの邪魔をしようとする奴らって言ったんだよ――分かるかい？　でもおいらは邪魔になったりはしないよ――そんなことについては、いつも用心深くしてる。生まれつき慎み深いんだ、おいらは。「ねえ、ジョージ、あんたには二人も要らないよ。二人も要らないって言ったんだよ。分かるかい？デスヘッドと医者のことさ。どっちか一人でいい。でももちろん、どっちかってことで賭《か》けなきゃいけないんだったら、医者の方に金を賭けるね。デスヘッドは悪くないよ――デスヘッドの悪口を言うつもりはないよ、ジョージ――でもあいつは所詮《しょせん》、まだアマチュアだからな。それにひきかえ、ブラッドショーの爺さんは、たぶん天地開闢《かいびゃく》以来、医者の仕事をしてる。それにあいつには科学の後ろ盾《だて》がついてる。こいつは大きな違いだよ、ジョージ、分からないかい」

ダグは自分でも知らないうちに、病人に良いことをしていた。病人から反応が出始めていたのだ。彼の甲高い叫び声で、ハリソンの頭は割れそうになっていた。それで、彼の癇癪はぐつぐつと煮えていき、ほどよい刺激を与えれば沸騰《ふっとう》しそうになっていた。ダグはその刺激を提供しようとしていた。彼にはこんな風に思えた。死にそうになっている男に手助けをする最善の方法は、その心を取り巻いている不吉で憂鬱な暗闇をぱっと明るく照らしてやることだ。人生に夜のとばりが下りてきて、消えていく意識には、岸辺のない暗い海原《うなばら》の砕《くだ》け波が微かに聞こえるばかり。そんな海図のない大海原を、男の魂はほどなく彷徨っていかなければならない。そう、そんな男を助けるには、暗鬱な気持ちを上手に晴らしてあげることだ。旅路を照らし出し、希望と有望さで晴れ晴れとしたものにすることだ。というわけで、まったくの善意から彼はこの博愛的な企てに取りかかった。

「ねえ、ジョージ、よくよく考えてみると結局、死ぬってのはそんなに悪いものじゃないよ。いいかい、誰でもどのみちいつかは、あの世に行かなきゃならない。だから、用意を整えているんだったら、今行こうが別の機会に行こうがどんな違いがあるっていうんだい？　用意しておく――それが肝心な点さ。肝心っていうか、まあ、それに尽きちゃうんだよね。そしてあんたは、どんな男よりも用意ができてる、あんた自身だってそれは分かってると思うけど。みんな分かっているよ、みんなそんな風に言うだろうね。おいらは、あんたの半分でも用意ができればいいなと願うばかりさ――正直な話。あんただったらそこそこって言いそうな程度にしか、おいらには用意できない、せいぜいね。でも本当にその程度なんだよ。言ってみりゃ、伸びしろってものがないんだね。でもなんとかあの世に行けるようにがんばってみるよ——それくらいしか言えないね。でもあんたは！　まあ、本当に驚きだよね！　精神的なレベルでは、おいらはあんたにまったくかなわない。もしも思い切ってあの処方された薬を飲んで、あんたと連れだってなんとかあの世に行くとかしなけりゃ、おいら——いてっ！　この椅子にはピンがあるな。いや、これだ、鋲だ。うん、そうさ、あんたと一緒に切り抜けるよ、絶対に。用意しておく！　それが大事なんだよ、ジョージ、それに尽きるんだ。あんたは用意できてる。ジョージ、それってすごいよ。どんな風にあの世でお迎えされるか分かるよね。一人残らずやって来るよ——一時《いちどき》に繰り出して。イサクとかエクソダス❖とか、そんな奴らがね。それから松明掲げて行列してさ——目に見えるようだな。それも結局、あんたに用意ができてるからだよ、ジョージ。用意こそすべてさ。あんたはまっとうな人生を送ってきた。誰もが尊敬してるし、誰もが愛してる。あんたは卑劣なことなんて一つもしてこなかった。悪いことだって、下劣なことだって、裏切りだって、それに——」

　慰問者があたりに響かせる大声をつんざくようにして、ほとんど悲鳴に近い苦悩のうめき声があがった。目をぎらぎらさせながら病人は、がばと身を起こして座る姿勢をとった。そして叫んだ——

「馬鹿者、静かにしてくれ！」

　完璧な反応だった。死にかけていた男は救われたのだ。

　ダグは身をこわばらせ、困惑した。両足を墓穴に突っ込んでいる人が、こんな風に爆発するなんて

❖イサクは旧約聖書中の人物でヘブライの族長。エクソダスは人名ではなく、モーセに率いられたイスラエル人のエジプト脱出、あるいはその出来事を語る旧約聖書の『出エジプト記』を示す。

――だが本当だ。本当に起きたのだ。自分はそれを目撃したのだ。何の間違いもない。だがそれでも、明らかに不可能であるように思える。彼は不思議に思いながら、座って相手を見つめていた。やがて明るい嬉しそうな表情が彼の顔に浮かんだ。彼は立ち上がり、ハリソンの頭を軽く叩いて言った――

「横になりな、ジョージ。大丈夫だよ。今日は行列は延期だよ、きっと。有難いことにね」

「延期だって！ 馬鹿、そもそも予定などなかったんだ」

「ジョージ・ハリソン！」

「予定などなかったと言ってるだろう。信じられないのか？」

ダグは非難するように言った――

「ジョージ、いいかい、おいらは自分でもあいつを見たんだよ」

「それがどうした、このまぬけ？ 奴は二回現われたんだ！」

ダグの顔はぱっと明るくなり、わくわくする歓びと驚きで引きつった。言葉が銃から発射されるように飛び出した――

「ああ、ジョージ、そいつは出来すぎなくらい素晴らしいじゃないか。もう一度言ってよ――間違いなくね！」

「二度だ。間違いない」

「抱きしめさせてくれよ、ジョージ、抱きしめさせて。さあ、もう横になって。万事大丈夫だよ、絶対に。毛布はもう一枚要《い》るかい？ 要らない？ これで十分あったかい？ それじゃ結構、良くなる兆《きざ》しだしね。また活動再開できるよ。まったく、その機会を逃したくなかったのに――二回も姿を現わしたって！ 良《い》いことじゃないか――本当に素晴らしいことじゃないか！」

「どうして?」

「なぜって、幸運を意味してるから」

「誰がそんなことを言った?」

「だって——誰でも知ってるよ。みんなそう言ってるよ」

「皆じゃないぞ、ダグ」

「うん、まあね、違うこと言ってる奴らは少しはいるけど、ほとんどいないよね。他のみんなは幸運の徴《しるし》だって言ってるよ」

ハリソンはそれを信じたかった——信じたいと願った。彼の迷信にとらわれやすい心理がたちどころに働き始めた。そのとたん、希望が持てそうになった。彼は言った——思い焦がれて、ためらいがちに——

「ダグ、あいつは——あいつは父のところに三回も姿を見せたんだ」

言葉で白状するのが恥ずかしくてできないくらいの切望感を抱いて、彼は返事を待ち受けた。ダグは勝ち誇ったように答えた——

「知ってるさ——それで何が起こったか見てみようよ。一番目。耄碌《もうろく》してしまわないうちに、親方さんは長生きして尊敬されながらあの世に行った。二番目。大の親友の息子が血みどろの人殺しの罪で監獄に入れられて家名にも泥がついたのを見ることなしに、親方さんはあの世に行った。三番目。すごい遺産がころがり込んできて、それをあんたが受け取る巡りあわせになった。幸運? うん、やっぱりそうなんだろうね! それからデスヘッドの奴はあんた自身のために二度現われた。これも幸運かな? 元気出せよ、ねえ、これからもっと現われるよ。驚いた、こいつはすごいな——生まれつき運がいいんだよ、ジョージ！」

よみがえりそうになっていた希望が崩れ、ハリソンは気落ちした――こうした証拠には説得力がなかったのだ。彼はため息をつき、何も言わなかった。ダグは気に留めなかった。彼は前日の晩に――偶然にあの亡霊を目にしてから――自宅で苦労して描いた下手な図面を破り捨てるのに忙しかった。お墓のデザインだった。

それから彼は階下《した》に降りて、リンゴがないか探し回った。やがて、むしゃむしゃ食べながら戻ってくると、ブリジットが枕元でハリソンにあの薬を飲ませようとしていた。彼は猛烈な勢いで「ちょっと――やめなよ！」と言いながら突進して、水薬をひったくった。彼は患者をとがめるように見つめて、こう言った――

「ジョージ・ハリソン、おいらには分かんないよ、いったい何だってあんたは――間に合ったからよかったけど、二分ばかりで地獄に行ってたかもしれないんだよ」

ハリソンは、苛立たしげに言い返した――

「さっきお前は言ったじゃないか、私が――」

「あのね、ジョージ――神様があんたを困った状況から救い出そうと全力を尽くしていらっしゃるのに、こんな風にして神様にたてつくなんて馬鹿げてるよ。あんたはあの世行きの予定を免れたばかり。なのに人がちょっと目を離したら――いいかい、ブリジット、今はこのドロドロした代物には何の用もないんだ。あんたがさっきここにいた時から、全然違う話になっているからね」

彼はジョージの反応のことを言っているのだとブリジットは考えた。それで彼女は言った。素晴らしい変化が現われたのが、わたしにも分かります。だから、たぶん薬は要らないでしょう。でもお医者様はどうしましょう？　誰が危険を冒すことができるでしょうか？　もし仮に病気が再発したら——そうなったらどうしましょう。お医者様の指示は絶対的なものでした。薬を飲まなければならないと、お医者様は言っていました。ダグはこの状況についてしばらく思案した。それから言った——

「誰が飲むかという名前は挙がらなかった。誰かが飲めばいいだけだ。よし分かった、じゃあ」

彼は自分で薬を飲んだ。

「ジョージ、おいらが薬を飲んだのを見たよね。おいらが友だちなんだって、これで分かってくれるよね。友だちのために自分の命を顧《かえり》みない奴って、たくさんはいないよ。でもおいらがそれをするのを、あんたは見た——それにブリジットも。おいらは若い。頑丈だ。だから希望はある——これっぽっちも諦めちゃいない。でももし万一、何かが起こったら、おいらの望みはただ一つ。可哀そうなダグを忘れずにいてくれて、時々は思い出してくれるってことだけ……。さあ——効いてきたぞ……。ジョージ、体の中が船乗り結びみたいによじれて、ぴんと引っ張られてきたぞ——ありゃ！　こっちの方にごろごろくねくね転がっていいかい——どいて、どいて！　ジョージ、サヴォナローラ❖は昔——うひゃー！　彼はただ焼かれただけだ。ああ、ぐしゃぐしゃ噛み砕かれるってすげえや」

想像力の手助けを借りて、孤児が頭の中で描いた痛みはたちどころに現実のものになった。現実になっただけではなく、その程度は激しく、拷問にかけられているようで、耐えがたかった。彼があげるうなり声や悲鳴や嘔吐は刻々とその激しさを増し、ますます見るも恐ろしいものになっていった。

❖ジロラモ・サヴォナローラは十五世紀イタリアのドミニコ会修道士。宗教改革を企てたが、異端者として火刑に処せられた。

やがて彼は、苦悩と恐怖で床の上をごろごろとのたうちまわった。そして今や、説教師さんを呼んできてくださいと頼み、懇願し、嘆願し始めた。ブリジットとハリソンは、これはいけないと本気で思った。ハリソンは自身の病気のことを忘れてベッドを離れた。彼とブリジットは若きヘラクレス❖が振りまわす四肢《しし》へと身を投げ出し、体重をかけて押さえつけようとしたが、跳ねのけられて床に這《は》いつくばった。だが勇敢にも何度も何度も突撃し、最後には勝利を勝ち取って相手をベッドに放り投げ、よじ登って馬乗りになり押さえつけた。二人とも荒い息をして、汗をたっぷりかいていた。ダグは二人の体の下でなおももがき、這い出そうとしていた。すすり泣き、泣き、うめき声をあげ、げーげーと吐く音を立てながら、なおも説教師を待ち受けていた。

　すると例の医者が入ってきて、目を瞠《みは》り、驚き、戸惑いながら立ちつくした。彼の後ろにはマーサ婆やがいた。肝をつぶして灰のような顔色になっていた。ダグは医師を見た。とてつもない恐怖が襲いかかった。彼はものが言えなくなり、身動き一つできずにそこに横たわっていた。医師はとげとげしい口調で言った――

「これはいったいどういうことだ？　そこから降りなさい！」

　勝利者の二人は恥じ入りながら従った。医師はハリソンをしばらく見つめ、喜びを露《あら》わにした――そしてたぶん心中で驚いていた。

「奇跡に近い！」と彼は言った。「素晴らしい薬だ――素晴らしい！　だがこれ以上飲まなくてもいいよ、ハリソン、君はもう大丈夫だ。こいつはいったいどうしたんだ？」彼はダグに近づいた。

「出て行ってくれよ！　おいらに手をかけないでくれよ！」ダグは身を起こした。恐怖と敵意が混じったような表情だった。「もしおいらに触ったら、きっと――」

「黙れ――いいか！」医師は歩みを止めて立ちつくした。「お前はどうしたんだ？」

「別に何も。だから助けて！」

「それならそのベッドで何をしてるんだ？」

「おいらは――痛みがあったんだ。でももうなくなったよ」

「舌を出せ」

ダグは従った。

「うむ――うむ。牝牛《めうし》のように健康このうえない」

彼は他の二人に、ダグの症歴について問い合わせた。二人はダグのサーカスそこのけの振る舞いについて説明した。細大漏らさず話したが、一点だけは省いた――あの薬が果たした役割である。

「素晴らしい、とても素晴らしい。舌を診る限り、奴は正常だ。完璧に正常だ――どう見てもな」。それから、黙ってしばし考え込んでから、「ふむ。とても奇妙だ、奇妙きわまりない。また発疹が現われたか――この同じ家で。これはまた発見だ。注目すべき発見だ。伝染性の発疹だということが分かった。報告したら医学界が騒然とするぞ――今に分かるさ」。体の毛穴という毛穴から満足と歓びを滲みださせながら、彼は立ち去ろうとした。戸口で立ち止まってこう言った――

「こいつにもう一回分、薬を与えてやってくれ。それでもし痛みがぶりかえしたら、私を呼びに来てくれ」

ダグは聞いていなかったが、ハリソンが薬を差し出して医者の言ったことを伝えてやった。ダグは悲しそうに薬を押しやった。そして雷鳴のような大声で遠回しの非難の言葉を吐いた――


❖ギリシア神話に出てくる怪力で知られる英雄。

「ジョージ、おいらは自分の命を危険にさらしてあんたの命を救おうとした——そしてそれをやってのけた。おいら自身のためだったら、そこまでしなかったって、分かってるよね。それなのに、どうしてそんなに卑劣で冷酷になれるんだい。自分自身の手でこの地獄の業火を差し出して、さっきみたいにおいらが苦しむのを見物しようとするなんて——見物したくてたまらないんだろ、ジョージ。おいらがまるで体の中に猫をたくさん入れてるみたいな具合になったのを、あんた自身さっき見て分かってるのにね——」

言葉が途切れ、彼はべそをかきながら顔をそむけ、袖口で目を拭いた。それでハリソンは愉快な気分ではなくなった。台無しになり乾ききり荒廃した自分の人格に、ユーモアの新鮮な息吹が神様のお恵みのように流れ込んできたばかりだというのに。以前経験したのはいつだったか思い出せないくらい久しぶりだったのに。彼は心揺さぶられ、恥じ入ったし、そう口にも出した。そしてこう言った。自分は無思慮《むしりょ》で不親切だった。申し訳ない。すまなく思うし、ダグが友だちとして献身してくれたのを有難く思っている。他にも友だちはいるけれど誰よりもダグを傷つけたくないんだよ。こうした甘美な言葉が至近距離から孤児の耳になだれ込んでくると、彼の顔からは傷ついた表情が消え去り、満足で幸せな表情がみるみるうちに取って代わった。彼は朝日のように満面の笑みを浮かべた。なんと素晴らしい言葉だろう！　しかもこの人の口から出た言葉だぞ！　その言葉で謙虚な孤児はうっとりとなった。主人を崇拝する犬が、撫でられたり褒められたりして、うっとりとなるように。彼はハリソンの手を強く握り、こう言った——

「ジョージ、薬を飲むのを断ったけど、正気じゃなかったよ。ドロドロ薬、渡してよ。言ってくれたら、全部飲み干してやろう——本気だよ」

マーサが顔を見せて、言った――

「説教師様がお見えです。これでもできる限り早く来ていただいたんです」

「そいつに失《う》せろって伝えて――」

ダグは言い終わらなかった。ブリジットは彼の口を手で押さえて、言った――

「恥知らず！ 礼儀ってものがないの？」

その牧師はハムファットだった。もう日没が近づいていたが、彼は午後の間は長老派教会の信者たちのところに行っていたのだった。一年前、神学に関わる仕事に従事していたときに着ていた聖職者用のコートを、また身につけていた。自分に用はないと知って彼はがっかりした。だが、帰らずに夕食を食べていってくださいとハリソンが頼むと機嫌を直した。ダグもまた招待を受けた。

第十三章

夕食の時間は楽しく過ごせた。ハムファットがご神託《しんたく》よろしく哲学を吹聴《ふいちょう》すると、ダグ・ハプグッドが歯に衣着せずそれを嘲った。その結果、ハリソンは自分の惨めさについて憂鬱に考え込むことからひと休みできたし、この丁々発止《ちょうちょうはっし》のやり取りに良い刺激を受けて、彼の気持ちは健全な方へと上向いた。疲れていた魂がよみがえり、彼はまた幸せな人間になりかけていた。やがてヘレン・フェアファクスが飛び込んできた。ハリソンが死にかけているという町の噂を耳にして取り乱していたが、その様子には魅力があった。その取り乱しようは彼をとても喜ばせた。彼が大丈夫だということを知って彼女は驚きつつ胸をなでおろしたが、それも彼には嬉しかった。そして、彼女が衝動的に彼にキスをし、有難い気持ちを愛撫や優しい言葉で表わし、それに加えて、トムの傷が癒《い》えつつあるという報せを告げた時、彼はほとんど申し分のない満足を感じた。ブリジットは最初、やや冷ややかな態度で彼女に接していたが、ヘレンは気がつかない様子だったし、ブリジットが自分に少しでも敵対的な感情を抱く理由があるとはまったく考えていなかった――実際、ブリジットもほんの少し考えてから、そんな理由などないのだと思い至った――そういうわけで、ブリジットとその境遇にこの若い女性が温かい思いやりを示してくれたおかげで、冷ややかな雰囲気は雲散霧消《うんさんむしょう》した。ハリソンはそのことに気づいた。それで、次第に増えてきた満足の蓄えに、さらにもう一つの材料が加わった。

二人の若い女性たちはそれぞれの家へと帰っていった。だが他の面々がほどなく到着し始めた。ハリソンの様子を窺い、驚き、再びお祝いを言うためだ。というのも、自分の執《と》り行なった医学上の奇跡の報せをブラッドショー医師が触れまわったので、おめでたいことが奇妙にも続いて起こるこの一家の友人知人は、自らの目で確かめに行こうという気を起こしたのだった。友人たちが次々とやって来たが、そのつど繰り返してハリソンは事情を説明し直し、強力このうえない薬の処方を読みあげ、間接的にその処方に栄光を与えて褒めたたえた。そのたびに牧師のベイリー氏は、栄光は「他のところ」にあるのですよと、厳《おごそ》かに注意した。自分が直った原因が「別のところ」にあるのは事実だった。そのことをハリソンはよく承知していたが、彼もダグも秘密を守っていた。ほどなくして、態度と口調にいらだちを滲ませながらハムファットが言った――

「さあさあ、兄さん、そんな細かい話はおいときましょうよ。私たちはみんな、栄光は神様のものだって分かっています。でもどうしてそれを言い募《つの》るのです？　時の始まりから、物事は起こるべくして起こる定めなのです。なるほど、そこに栄光があるわけですが、特別なことじゃない。少なくともあなたが見出されたような、この類《たぐい》の栄光はそうです。神様は薬がなくてもこの人を直すことができたでしょう。実際、正気な人間なら誰でも分かるでしょうが、真の奇跡は神様がこの薬で彼を殺さなかったことです——そこにこそ栄光があります」

「そうかい、だが——」

「いいから——黙っていてください。神様による予定が、いっさいを覆い尽くしています。この人がその療法で自殺を企て、それでも生き延びることは、時の始まりから定められていたのです」

「予定予定と言い出したな。つい先週は違うことを言っていたくせに。予定なんてものがあるなんてとんでもないって——」

「先週は長老派教会の人間じゃなかったのです」

　それで議論が進まなくなってしまった。局面を打開する方法はなかったので、話題を変えなければならなかった。それから話は賑やかに進行し、九時になってやっとお開きになった。とても楽しい晩でしたよ、と別れのグラスを傾けながら皆が言った。それでハリソンも本心からこう返すことができた。私も同感です。父を亡くした悲しみがこうして和らげられたので、有難かったですよ。

　ハムファットは他の人々と一緒に立ち去らず、しばらく残っていた。漠然とした物言いでこんな話をしていた。善い人が大きな資産を手にするのは、まったくめでたいことです。世界には苦痛が満ち満ちているのですから。そしてその苦痛を和らげようとすることで真の幸福が手に入りますよ。何か特定の方向に話を進めず、またそのようなつもりなどないような様子で、彼はしばらくとりとめなく喋っていた。それからやっとオーバーコートを着て、別れの挨拶をした。だが、戸口で立ち止まり、こう言った――

「ところで――あなたはメンフィスの伯父さんとは直接の面識はありましたか?」

「いいえ」

「あの人にはご家族がいらっしゃいましたか?」

「いいえ」

「確かですか?」

「そうですね、いなかったと思います。聞いたことがありません。どうしてですか?」

「何でもありません。ふと考えが浮かんだだけです。彼とは少し面識があったんです」

「そうなんですか?」

「そうです、会ったことがあります。何年も前ですが――十五年くらいだと思います。あの人はメンフィスから六マイル離れた所に農園を持っていて、そこに暮らしていました――少なくとも夜の間は、ということですが。私は二、三週間、そこと境を接する農園で医者をしていました。それで数回、彼の屋敷に行ったことがあるのです。一度は、二、三日続けて診療をしたことがあります。手ごわい患者でした。屋敷には女の人が一人いました――小さな子供と一緒に――男の子でした」

「そう、家政婦です。伯父と一緒に数年間暮らしていたと思いますが、かなり以前に出て行きました。ミリケン夫人のことをお考えなのでしょう」

「ええ、そうです――ええ、いま思い出しました。そんな名前で呼ばれていました――やっと記憶が戻ってきました。品があって人好きのするような人物でした――三十歳くらいだったでしょうか。ええ、そう、彼は手ごわい患者でしたね。ご存じですか、彼はかつてジャスパーの所有者でした」

「フェアファクス大佐のところのジャスパーですか?」

「そうです」

「それは知りませんでした」

「ええ、ジャスパーは昔、奴隷だったんです。そして役に立つ黒人でした——混血《ムラート》ということですけれど。二十歳で、体が丈夫で、仕事の鬼でした。頭もよかった。十六歳になったとき、あなたの伯父さんから自分自身を買い戻すことがうまくできました。すぐに大工の仕事を学んで、三年間は自由の身でした」

「十九歳まで? それで二十歳になってまた奴隷に? どういうわけなんですか?」

だがハムファットは物思いに耽って、答えなかった。

「ふむ……むむ」、夢を見ているように頭を上下に動かしながら、「そう、彼はとても手ごわい男だった。おっと、これはすみません。少しの間、心が昔の時代に飛んでいたので——私が酒場の主人をしていた時期です——思い出しながらの独り言で、あなたに向けて言ったんじゃないんです。おやすみなさい——さようなら、愉快な晩を過ごすことができましたよ。どうもありがとう」

彼は行ってしまった。どうしてなのか分からないが、今、ハリソンは不安な心持ちになっていた。ハムファットの行き当たりばったりでとりとめのない話が、そんな気持ちをつくりだしたのか? いやいや、そんな可能性はまずない。奴の話には何の中身もなかったから。それでは奴の態度か? ひょっとすると。断言はできない。だがそれでも、総じて言えば——

まあとにかく、自分は不安な気持ちになっている。そのことは分かっている。楽しかった晩のひと時がどういうものか損なわれてしまった。彼はベッドに入りながら、苛立たしく独りごちた――

「まったくもう、人は気落ちして思い悩んでいる時にかぎって想像力がはたらいて、手近にあるあらゆる些細な事柄から、くよくよ考えるための材料を見つけ出そうとする。ああ、こんなことにはうんざりした！」

ほどなくして彼は、太古の時代からあらゆる悩める魂がしてきたことを試みた。最大限の努力をして、自分の心から心配ごとを追い払い、それが戻ってこないように見張り番を立てたのだ。このような企てをした場合のお定まりの結果が得られた。有難いことに少しずつ、彼の保護された脳みそは深く、次第に深く、柔らかで甘美で至福に満ちた無意識の中に沈んでいった。そして彼はうとうとし始めた。だがそうなるともちろん、見張り番も居眠りしてしまうので、もう一つのお定まりの結果が生じた。門が開け放たれ、新たな敵が飛び込んできた。ハリソンはうなり声をあげ、たちどころにしっかりと目を覚まし、こう言った――

「ベイリーはそれを〈妄想〉と呼んだ。だが、ああ、ああ、本当に妄想だったんだろうか？　事実だったかもしれないんだ。事実で、しかも予言的な。もし気丈な性格だった親父でも心の平安が得られなかったとすると、俺の見込みはどうなることだろう？」

今夜はもう眠れない、そう彼は悟った。


ハムファットは沈思黙考《ちんしもっこう》しながら、村を目指して歩いていた。数時間前、たまたま過去の記憶がよみがえったおかげで、あるアイディアが生まれた。それをいじくりまわすほどに、彼はますますその秀逸さに感心し、嬉しい気持ちになった。最初は自分にとって何でもないアイディアだと思えたので、ほとんど顧みることはなかった。だがそれは自分の傍らに留まり、考慮してくれるよう主張し続けた。その結果、彼はそのことで頭がいっぱいという状態になっていた。村はずれまで来た時、彼はパーク・ロビンソンに会った。そして、アレン・オズグッドに出会ったかと彼に尋ねた。

「いや。あいつに何の用だい？」

「特に何も。ちょっと考えがあって——」

「あいつがどこにいるのか知らないよ。だって、酒を飲みたがってるかどうかが分からないからさ。もし奴の喉が渇いてるなら、ボウルズのところに行ってる。もしそうでなかったら、アイスクリーム・パーラーに行ってるだろうな。なぜって、半時間前にアスフィクシア〔窒息〕・ペリーが他の若い女や男らと一緒にそっちの方に向かっているのを見たからな」

「ありがとう。さよなら」

「じゃあな」

この若い娘の妙ちきりんな名前は、母親がつけた。母親は無知でロマンチックで、本を読んでいる時にたまたま美しい響きのある言葉を見つけたら、その出自や姻戚関係について調べる手間を取ることなく、自分の子供たちの名前にしてしまうのである。彼女にはソーラープレクサス〔太陽神経叢《そう》〕❖という名前の息子がいたし、他の子供たちにも同じような常軌を逸した名前がついていた。だがこれは、この物語の本筋とは何の関係もない。

❖太陽神経叢は、人間の腹部にある交感神経の集まりを示す解剖学上の用語。太陽の光のように神経が放射状に広がる形を持つ。

そのアイスクリーム・パーラーはひと部屋だけの店で、安っぽく調和の取れない派手さがあり、陽気な雰囲気だった。それは村の自慢の種だった。切れ込みを入れ、穴をあけたピンクの紙レース（薄紙）、青い紙レース、真紅の紙レース、黄色の紙レースが、飾るに耐える物すべてを飾っていた。鏡の額《がく》。棚の縁《ふち》。壁をくぼませて作ったロウソク台。シャンデリアのランプ。そして、薪ストーブの胴体の上で、ねじれた針金で串刺しにされたボール紙の男も。男は立ち昇ってくる熱に苦悶し、昼も夜もそこで惨めに、狂ったようにぐるぐる回転しながら、紙製の旗を永遠に振っていた。こうした安っぽい飾り物にはすべて蠅《はえ》の糞の染みがついていた。だがそれはインディアンタウンでは当たり前のことだったので、誰も異議を唱えなかった。窓の日よけにはステンシルでスイスの風景が描かれていた。雪をかぶったアルプスが背景にあり、軒《のき》が広く突き出た背の低い小屋《シャレー》や乳しぼりの女たちや堂々たる体躯《たいく》の乳牛が前面に描かれていた。壁紙のなかでは、槍《やり》を構え、まびさしを下ろし、拍車を激しくかける騎士たちの一団が、中世の城の威圧するような門扉《もんぴ》から出撃しつつあった。この同じ絵柄が、壁紙全体で六インチの間隔を置いてせわしなく反復されていた。もしこの軍勢が束になってかかったら、聖地を奪取《だっしゅ》できたかもしれない。それも簡単に。額に飾られた絵のいくつかは昔からの定番だった――アメリカの古典だった。たとえば、デラウェア川を渡ろうと突き進んでいるワシントン❖。テームズの戦いでのテクムゼ❖。独立宣言の署名。バンカーヒルで倒れるウォレン❖など。その他の絵の素材は最近のものだった。コシュート❖。ジェニー・リンド❖。ミシシッピ川を記録的なスピードで航行するJ・M・ホワイト号❖、といった絵である。いちばん最近のものでいちばん人気のある絵は、その時代の西部でもてはやされたリトグラフだった。丁寧に手で色が塗られている。その絵では可愛い若い女性が哀愁の漂う風情で大きな本を広げ、うつむき加減に読んでいる。その本はおそらく聖書だろう。彼女は指にバラの花を挟んでいる。優美なバラと優美な片手が神聖な頁《ページ》の上に置かれている。それは流行《はや》りの絵で、ニューオーリンズで交易を行なう船ならば、バーテンダーの背後と並べた酒瓶の上方に傾けて飾ってあるのがいつも見られた。その船がどこから来たのかは問題ではない。アイスクリームを食べるための小さなテーブルには、絵柄の入った油紙のカバーが広げてあった——アメリカを象徴する鷲《わし》が、旗と大砲を束のようにして鉤爪でつかみ、〈多数からできた一つ《エー・プルーリブス・ウーヌム》〉のモットーが記された巻物を嘴《くちばし》にくわえている。鷲は火のように燃える目をしていた。それぞれのテーブルには薬味瓶が置かれていた。中には酢や蠅といった調味料が入っていた。というのも、そのパーラーでは牡蠣《かき》のシチュー

❖アメリカ独立戦争中の一七七六年十二月二十五日、ジョージ・ワシントンは大陸軍を率いてデラウェア川を渡った。この渡河《とか》の翌日、大陸軍はニュージャージー州のトレントンで、主としてドイツ人傭兵《ようへい》部隊から成るイギリス軍を急襲し、勝利を収めた。

❖一八一三年のテームズの戦いで、アメリカ合衆国はイギリスに対して決定的な勝利を収めた。この戦いで、アメリカ・インディアンのショーニー族の首長テクムゼが死亡した。

❖一七七五年のバンカーヒルの戦いは、アメリカ独立戦争最初の大激戦だった。アメリカ側のジョゼフ・ウォレン将軍はこの戦いで戦死した。

❖ラヨシュ・コシュートは十九世紀ハンガリーの政治家、愛国者。

❖ジェニー・リンドは、本名ヨハンナ・マリア・リンド。スウェーデンのオペラ歌手。一八五〇年、興行師のP・T・バーナムの招きに応じて渡米し、ツアーを行なった。

❖蒸気船のJ・M・ホワイト号は、一八四四年にルイジアナ州ニューオーリンズとイリノイ州ケアロ間を三日と六時間四十四分で航行するという記録を作った。蒸気船のスピード競争については、マーク・トウェイン『ミシシッピ川の生活』（一八八三年）の第十六章を参照のこと。

を出したからだ——これは最近のメニューで、ファッションの担い手たちの言葉によると、大流行《おおはやり》だったのだ。牡蠣は小さくて、喉の病気を治療するために摘出した扁桃腺《へんとうせん》と見まがうくらいだった。つまり、シチューにする前は、ということだが。火にかける前には牡蠣はやわらかく、丸みを帯びて、つるつるしていた。だがシチューにした後、牡蠣は干しブドウのように皺《しわ》くちゃになって、頑固になった。争うと死ぬまで抵抗した。牡蠣はボルチモアから缶に入って届けられた。汁のなかに丁子《クローブ》を浮かせてあり、漬物にした牡蠣と呼ばれていた。あらゆる点で胸くそが悪くなる代物だった。客はシチューを飲み干してしまうと、満足した様子で後ろにもたれて、牡蠣を噛み始めた。そんな時には客は喋らずにやるべきことに集中した。頭を一方に傾《かし》げ、それからもう一方に傾げて、一生懸命やるべきことに取り組もうとした。疲れた顎から休んでいた顎へと牡蠣を時々移し替えることで、新たに力を入れ直そうとした。左右の顎が傷んでしまって、仕事を投げ出してしまうと、客は牡蠣を犬にあげた。犬は一時間ばかりそれに取り組んでから、仲間たちに譲り渡した。時々、変わり者の客が牡蠣を土のなかに植え込んだ。インド産のゴムの木とそれがもたらす富を夢見ていたのだろう。だが土壌も気候も適しておらず、そこからは何も生えなかった。

このパーラーの店主は小ぎれいで粋《いき》な若者で、町の伊達男《だておとこ》だった——テンプルトン・ガニングという名前である。ハンサムで、きびきびしていて、愛想がよく、エレガントで、色男だった。村でいちばんきついブーツを履き、いちばん長いカラーをつけていた。自分の名前の最初の部分を自慢にしていた。それはどこか貴族的な出自に由来しているのだと彼は信じていた。彼は受けの良いあけっぴろげな態度で、とても羨ましがられていた。そして、やって来る客たちに対して、陽気で小粋で気さくな調子で声をかけることもできた——実際、こんな風に挨拶したのだ——「これはこれは、紳士淑女の皆さん方――あっ、一度に喋らないでくださいね！――今日は何にいたしましょうか？」店に出ている時、彼は冬でも夏でもコートを着なかった。胴着を身につけ、腕まくりをしてピンクのゴムバンドできちんと留めた格好で、テーブルからテーブルへと愛想よく動きまわった――弾けるような足取りで動きまわり、途切れかけている会話を活気づかせたり、恥ずかしそうにしている人々に声をかけてくつろがせたりした。お客が恋人同士で、一方が悪態をつきそうになってもう一方が泣きそうになっているような場合には、二人にジョークを投げてやった。カップルが体裁《ていさい》を取り繕うために笑い声をあげるよう仕向けるのだ。彼はいつも忙しく立ち働いていた。愛嬌《あいきょう》を振りまき、黒人のウェイターたちを監督し、自分自身の目であらゆるものに気を配った。テンプルトン・ガニングは景気のいい若者で、とても人気があり高く尊敬されていた。こまめな女好きでもあった。優しい声で歌をうたい、ギターを弾き、セレナーデを奏でる者たちの指揮をした。

今夜は、ほとんどのテーブルが埋まっていた。おしゃれな若い職人・職工や反物屋《たんものや》の店員が皆、若い恋人を連れてやって来ていた。からかい、冗談、そして馬鹿笑いが響き、店内は耳を聾《ろう》さんばかりだった。話題は冷ややかで高尚な次元のものではなく、あくまでも軽薄で個人的なものだった。会話の一部がどこにいても聞き取れた。たとえばこんな具合に。

「触らないでよ、ジム・ゲイトウッド。もしまたあたしの髪の毛をくしゃくしゃにしたら、何かあんたの赤毛の頭にぶつけて壊してやるわよ」

「へえ、そう、そんなことするのかい？」（それから激しい格闘の音。それに合わせて、息を弾ませる音や、テーブルに座っている仲間たちから陽気にはやしたてる笑い声も。娘もまた笑いに加わる。）

「さあ、もうこれでおわりだ――何か壊してみたらどうだい？　そうするって言ったろう」

「あんたが言ったんじゃないのよ、まったくもう、あたしが言ったんだから」

「あれ、でも俺じゃなかったっけ？」

「ちがう、あんたじゃないわ」

「俺だよ」

「あんたじゃない」

「そうだよ」

「そうじゃない」

男は娘に跳びかかる。彼女は身をよじって彼の手から逃れ、相手にしかめっ面をしてみせる。それに一同は大笑いをする。彼女も他の者たちと同じく陽気に笑う。

実例は一つで足りるだろう。店内のいたる所で同じようなことが起こっていた。何の害もなかった。彼らは邪気のない若者たちだった。彼らの振る舞いや言葉は軽薄で下品だったが、心情には邪悪なものはなく不純なものもなかった。

グループのすべてが騒がしくしていたのではなかった。隅っこの離れたテーブルに、アレン・オズグッドとアスフィクシア・ペリーが座っていた。この二人はひそひそと、だが熱心に話し合っていた。二人は婚約して数年になる。だが、最初この縁組を気に入っていたアスフィクシアの両親が、早くから気持ちを変え、それからずっと反対していたのだった。この心変わりは、アレンが反物屋の店員の仕事を辞めさせられた時に起きた。怠け癖があることと、誓いを破って〈禁酒の息子たち〉の会員権を失ってしまったことが原因だった。しばらくの間、彼は別の職を得ようと試みた。だがやがてその種の努力をするのはやめてしまい、ものぐさと放蕩《ほうとう》にあけくれるようになった——出費は彼の母親が負担したが、彼女には余裕がなかった。アスフィクシアは何度も彼に言い聞かせようとしたし、今も言い聞かせている最中だった。

「でも、あんたって努力しないのよ、アレン。もしあんたが根性出して男になったら――」

「ちぇっ、いつも同じこと言うんだな――お前もみんなも――俺はうんざりするよ」

娘はうろたえた。それから居ずまいを正して言った――

「あたしたちは、何よりもあんたのためを思って言ってるのよ、アレン」

「おっと、いけない、また気を悪くさせたかな。俺には君の気持ちを傷つけるつもりはなかったんだよ、だからごめん。でもまったく、君には想像つかないことさ――何がってつまり――アスフィクシア、みんなが俺を避けてる――そのことが分かるんだ――みんなが俺を軽蔑してる。もし俺が――」

「アレン、あんたが大好きなのよ。あたしは避けちゃいないし、軽蔑しようなんて思ってない、そのことは分かってるでしょ――」

「だけど軽蔑せざるを得ないよな。もう、そう言いなよ――言ってもいいから」

「そんなに大きな声で喋らないでよ。アレン、あんたを助けるためなら、あたしこの世のどんなことでもやってみせるわ。あんたをすくい上げて、それから――」

「ああ、人生はつらい、とてもつらいんだ！」

「気分転換に牡蠣でも試してみたらどうだい」とテーブル巡りで通りかかった温厚な店主が言った。

「なんて言い草だ」とアレンが低い声でうなった。「あれが、みんな俺を軽蔑してる見本さ。俺はあいつに金を借りていて返せない。だから怒ることができないんだ」

「ああ、アレン、本当に可哀そう。あんたのための働き口を考えられたらいいのに。あの騒ぎを聴きなさいよ――あんたとあたし以外はみんな楽しそうね。もし働き口があったら、あんた、しっかり働いてくれるでしょ、そうよね、アレン？」

「ああ、働くよ、名誉にかけて働くよ。お前のために。お前は俺にはとても優しいし許してくれる。お前を困らせるようなことを何かとしたり言ったりしてるってのにな。明日、仕事を探してみるよ――きっとそうする」

娘の顔にかかっていた暗雲が晴れた。そして温かく熱心な言葉で彼女は満足を表わした。それから彼女は秘密を明かした。

「これで幸せな気分で家に帰れるわ、アレン。約束してくれたから。父が言ってたのよ、その報せを持ち帰らなかったら、婚約は解消しなくちゃならないって」

若者は叫ぶようにこう言った。「約束は守るよ、名誉にかけて守る！　お父さんにそう伝えてくれ――俺のためにお願いしてくれ――解消なんてさせちゃだめだよ――俺にはもうお前しかいないんだから――お前は俺の命だ――お前なしでは生きられないんだよ！」

彼女は嬉しくなった。そして彼女の心が眼差しに表われた。

五分後、カップルは立ち上がって戸口に向かった。外に出ようとすると、テンプルトン・ガニングがアレンの耳に囁いた。「今日もまた、つけで許してやるよ。ねえ――お前はあのボール紙の男にさえ太刀打ちできないよ。奴は自分で生活費を稼ぐし、ちゃんと支払って生きてるんだから」

ハムファットは通路の奥まった暗がりの中で寒さに震えていた。そして自分の落ち着かない心と相談していた。「それが褒められることだと良いのだが。それがやらねばならないことだと良いのだが……。仮に俺が彼女の立場に置かれたとしよう――それがなされるべきだと俺は考えないか？　そのことを悟るのではないか?……どっちみち、これは犯罪じゃない。そのことは分かっている。俺はこれまで馬鹿なこと、怪しげなことをいろいろしてきた。だが犯罪をしでかしたことはなかった。俺はとても貧しい。そしてこれは——これは——うむ、この誘惑はとても強力だ。今までこんな程度にまで誘惑されたことはなかった。だから今まで持ちこたえてこられたのか? 俺たちは皆、限界を持っている——皆そのことは分かっている。こんな風に祈るべきだな、我々の限界を超えて誘惑に引き入れないでくださいって。これが俺の限界なんだろうか?……神様、動機が良いものでありますように!」

「スイート・エレン・ベイン❖」と哀しげに歌いながら、若者たちが二列になって通路を横切った。そして一分後、アレンとアスフィクシアが現われた。ハムファットは二人にこんばんはと挨拶し、アレンにはまた戻って来てくれと頼んだ——自分は待っているからと。

待ちながら、ハムファットは自分の考えを整理し続けた——新しい状況に合うように考えを整えるのだ。彼はこのような練習はたくさんしてきたし、うまく思考を切り回すのには自信があった。少し考えてから、彼は牧師職からは足を洗った。さらに考えた後、自分の以前の状態に逆戻りして、無神論者になった。今や行動準備が整ったので、彼はもう一つの厄介なもの、つまり「動機」について考え始めた。するとやがて彼は、自分のかつてのもう一つの立場にしっかりと両脚を据えることができた——あらゆる動機は利己的である、という立場だ。あらゆる動機は利己的なので、人はただ高尚な利己的動機か、低劣な利己的動機かどちらかを選べばいいわけだ。今現在の動機の性質はどのようなものだろう? 「彼女」に影響を与えるわけだから、それは正義を約束するし、高尚であるというこ

❖スティーヴン・フォスターが一八五四年に作詞作曲した歌「エレン・ベイン」の一節。

とになる。もちろん利己的でもある。なぜなら必ず彼自身にも利益が入ってくるから。それがどうだというのだ？　可哀そうなミリケン夫人を傷心のまま見捨てるのか？　彼自身を利することなしに彼女への不正をただすことができないという理由で？　そっちの方がよっぽど犯罪だろう！　いや、動機はまったく大丈夫――片方は十分に高尚なんだし、それでもう一方とバランスがとれる。全体的な平均は良好だ。このような推論を進めるのに少々こんぐらかったとしても、彼はそれに気づかなかった。そして思考から抜け出した時には、陽気に仕事にかかれる用意ができていた。アレンが戻ってくると、ハムファットは言った――

「大事な相談をしたいんだ。お前にいい話を持ってきた」

若者の顔は喜びでぱっと輝いた。

「本気かい？」と彼は尋ねた。

「そう、本気だ。こっちに来るんだ。一緒に話をして、シチューでも食べよう」

明るくなったばかりの顔に、さっと陰《かげ》りが差した。

「いや――そいつは勘弁してくれ。あそこの店に借金してるんだ。胸を張って店に入れるようになるまで、あそこには近づかないよ」

ハムファットはほくそ笑んだ。そして心の中で独りごちた。「状況は申し分ないな」。それから州紙幣の束を取り出して、声に出して言った。「それで結構、今それができるぞ。これは慈善事業のために集めたものだが、構わん、必要なだけ取るんだ。埋め合わせは私がする。行こう」

アレンは貪欲に片手を伸ばしたが、それから渋々と引っ込めた。

「だめだ」と彼は言った。「俺は一からやり直そうとしている。借金はいい出だしじゃないよ」

「借金だって？　借金じゃないぞ。これは内金《うちきん》だ」

「どういう意味だ？」

「二、三週間でお前は大金を手にすることになる。心配するな――今に分かる」

アレンはなおも、ためらっていた。ため息をつき、こう言った――

「いい報せを聞いても昔ほどわくわくしないな。でもたぶん、運が変わったんだろう。分からないけど。五ドルいただくことにしよう」

彼らはパーラーに入り、店にまだ残っていた小さなグループから離れたところに腰をおろした。冬の嵐が吹き起こりそうになっていた。そのためにパーラーは閑散《かんさん》としていた。テンプルトンが快活な様子で近づいてきて、いつもの挨拶を口にした。「これはこれは、紳士の皆さん――一度に喋ら――」「シチューと釣りを持ってきてくれ。勘定をすっかり清算しろ――分かったかい？」と言いながらアレンは紙幣を差し出した。

テンプルトンはゆっくりと眺めながら言った。「雪が舞ってるってお客が言ってたけれど、金が舞い込んでくるとは思ってなかったよ」。それから彼は、注文を持ってのんびりと離れていった。

ハムファットは本題に取りかかった。

「アレン、お前は私と同じくらい貧乏だ。そして貧乏にあきあきしている――そうじゃないかな？」

「もっと元気の出ることを話してくれよ、ベイリー」とアレンは憂鬱げに言った。

「元気の出る話を言おうとしているんだ。たとえばだ、これから一、二か月で十万ドルを獲得できるってのはどうだい？」

ものぐさな若者にとって、これは電気ショックをかけられたように目の覚める話だった。

「げっ、どういう意味なんだ、ベイリー！　冗談言うな――冗談には我慢ならない――ちょっとでも真剣なのか？　何を言いたいのか話してくれよ」

「それでは話してやろう。メンフィスにいたジョージ・ハリソンの伯父貴には、隠し妻と隠し子がいて、二人はどこかで暮らしている。それを信じるに足る十分な理由があるのだ。母子は行方《ゆくえ》をくらました、いいかな――かれこれ十五年ばかり前にな」

「それで？」

「もしも二人を探し出して見つけることができたらどうなる？」

「さて――そしたらどうなるんだい？」

「私たちが二人を見つけるとしたらどうだ――お前と私とで？」

「ということは――」

「分からないかい？　母子はひと財産を手に入れることになる。四十万ドル以上の値打ちがある遺産だ。見つけてやった返礼として、二人に財産の半分を請求する。私たちは二人組になる必要がある。お前はあちらに出向いて捜索《そうさく》を行ない、二人の足取りを追う。私はこちらに留まって、週ごとにお前が使う調査費用のための金を捻出《ねんしゅつ》する」

しばらくの間、若きオズグッドは素敵な夢に目がくらみ――当惑し――陶酔《とうすい》した。それから懸念を持ち始めた。思い悩みながらこう言った――

「でもジョージ・ハリソンは――破滅しちゃうよ」

「そう――だな」とためらいがちの答え。「だがな、いいか、私たちは正義のためにひと肌脱ぐことになるんだ――あの貧しく、不当な仕打ちを受けている女のための正義だ。その正義が私たちの行動を貴《たっと》いものにする。どんな権利があってハリソンは、彼女の財産で贅沢な暮らしができるというのだ？　彼女の方は疑いなくパンを食うにもこと欠いているというのに？　そいつを訊きたいね。これのどこが公正だというんだ？　それから別のことも訊きたい。彼女がおそらく遺産の正当な所有者で貧困と欠乏に苦しんでいることを、もうお前は知っている。ではお前の義務は何か？　お前には名誉を重んじる男としての義務がある。お前は名誉を重んじる男だと、誰もが認めることだろうよ、アレン。今のところは、皆に軽薄なろくでなしと呼ばれているがな。素晴らしいだろう。名誉を重んじる男であるならば、卑劣にも行動を起こさず彼女が苦しみ続けるのを放置しておくつもりなのか――あの可哀そうなお方は、お前に何の悪いこともしてこなかったというのに？　お前が知らなかったら話は別だ。お前は好き勝手にやればいいのだし、何もする必要はない。だがもう違うのだ。お前は今、知ってしまったから、彼女が財産を奪われるのを座視しているならば、必然的に、その悪事の自他ともに認める共犯者になってしまう。お前は良心の底の底までやましい気持ちになるぞ！」

　若者は事案のこの側面から逃れようとした。だがベイリーは彼をそこから離さず、無慈悲に目の前に突きつけた。アレンはとうとう、こう認めざるを得なくなった。正しい感情を持った人間ならば、非道な仕打ちを受けている女性を助け救うことが可能でありながら見捨ててしまうことは、公正という観点から見ればしないだろうしできるはずもない。そして確かに、目下《もっか》の難しい事例においては、そのような人間の義務は女性を助けようと少なくとも試みること、そしてできる限りのことを尽くすこと、ということになるだろう。

　説得の大事な段階は乗り切れた。ベイリーは満足して揉み手をした。それからすぐに、獲得したポジションの守備固めをしようとした。彼は言った――

「ここに三十ドルある——三、四週間は間に合うだろう。お前がどこにいるのか、私に分かるようにしておいてくれ。そうすれば必要に応じて額を上げて送金してやるから」

　オズグッドはしばらくの間、夢を見ているように金を眺め、それからポケットにしまい込んだ。ベイリーの目が油断なく自分に注がれている間も、なお夢想し、なお考え込んでいた。とうとうこんな言葉が口をついて出た。

「ベイリー、俺たちはその女に良いことをしてあげるつもりだ。それは結構なことだ。だから俺たちはさっぱりした良い気分になるはずなんだけど、どういうものか俺はそんな気になれない。事を台無しにする何かがあるのさ。俺たちの本当のところの動機がもっぱら利己的なんだって、分からないのかい？」

　説得の第二の段階がやって来た。だがハムファットは用意ができていた。彼は平然と答えた——

「それは大丈夫だ。利己的でない動機なんて存在しないのだから」

「ベイリー！　なんてひどい意見なんだ！」

「それでも真実だよ」

「そんな、よせよ、あんた真面目に言ってるんじゃないんだろう」

「いや、真面目だよ、本当に」

　若きオズグッドは途方にくれて手探りするような風情で、このとてつもない説を自分の心の中で数回あらためてみた。それから叫ぶように言った——

「利己的でない動機が存在しないなんて！」

「アレン、私は自分の人生で、大小にかかわらずそれ以外の種類の動機に出くわしたことはない。お前は動機を一つ一つ分解して、とっくりと調べてみたことはあるかな？」

「ふむ、いや、そんなことやったことないと思うけど」

「やったことがないと私には分かっている」

「どうして分かるんだい？」

「なぜならお前はこの村の他の住人と同じだからだ——どう考えるのかが分かっていない」

「ああ、たいした言い草だな！」

「誰もが自分は考えていると思っている。だがそれができるのは百万に二人もいないんだ。人は自力である疑問を考え抜くことが絶対にできない。他の誰かの考えを受け売りしているんだ。そしてその誰かさんもまた、別の誰かさんの考えを受け売りしている——といった具合さ。天地創造の時からずっと、世界中の人々は、利己的でない動機が存在すると信じ込んできた。これこそ、何十億人という人間たちが考えるということを決してしてこなかった証拠だよ。自力で考えずに、名案——迷案と呼んだほうがいいけれど——を他人から拝借してきたんだよ、ろくろく調べもせずにね。人類が産み出してきた最高の知性でさえ、ほとんどまったく考えてこなかったのさ」

「最高の知性でさえって？　そんな馬鹿な！　証拠を見せてくれよ」

「お安いご用さ。たとえばこうだ。何千年もの間、世界中の賢人たちが魔女はいると信じ込んできた——シェイクスピアとか、トマス・ブラウン卿❖とか、マシュー・ヘイル卿❖とか、ルター、カルヴィン

❖トマス・ブラウン卿はイギリスの医師。信仰告白書『医師の宗教』（一六四三年）で知られる散文スタイリスト。

❖マシュー・ヘイル卿は十七世紀イギリスの法律家、王座裁判所判事。

といった輩《やから》だ。いいかい、彼らは誰かの意見を拝借して自分のものにした。そして考えたり調べたりしなかったんだ。だが、ひと握りの人たちが――それもたいして賢くない人たちがだよ――腰を落ち着け、冷静沈着に、偏見を交えずに証拠を取り上げて、知性的に検分してみたら、たちまちのうちに魔女のたわごとは一巻の終わりになってしまった。いやはや、アレン、そんな証拠がすべて――細かい部分に至るまで――どんな時代でも変わることなく、世界の偉大なる知性の目の前に投げ出されてあったんだ。その間じゅうずっと、そんな証拠を冷静無私な態度であらためてみようという気が、そうした才能はあっても保守的な人たちには起こらなかった。今でもこの長年にわたる怠慢《たいまん》きわまりない習性のおかげで、派手な金文字で書かれた〈真実〉がたくさん、紳士のような格好をして大手を振ってのし歩いている。捕まって厳しく問い詰められたら、自由に振る舞える権利なんてなくなってしまうのにな」

彼は言葉を切った。そしてこの論の立場が攻撃されるのを待ち受けた。だがそれは短い間だった――実際のところ、儀礼上の沈黙にすぎなかった――それから彼は沈黙を破り、話を自分の目的へと進めた。

「やれやれ、自分たちが思い込んでいるような考え方じゃなくて、本当に考えることをもし人々がしたならば、とうの昔に誰かが動機をばらばらに分解して、見つけ出したことだろうに。利己心をどこであれ基盤に置かない動機など一つもないのだということをな」

「だって、ベイリー、確かにいくつかは動機があるよ――」

「利己的でない動機がかい？　アレン、例を見つけるのに苦労するぞ」

「そんなことないよ。あそこにあるセント・ルイスの新聞のなかから例を見つけてやるよ――しかもいい例だ。今晩、待ち合わせをしている時に読んだのさ――さあ、これだ。ニューヨークで最新流行の車に関係した出来事だよ――鉄道馬車だ」

彼は読みあげた。その間、ハムファットは細かい点まで注意深く耳を傾けていた。オズグッドは新聞を置いて言った。

「お聞きのとおりさ――しごく単純な話で、とやかく言うべき点などない。まとめると、こんなことになるかな。その男は町から三マイル離れたところに住んでいる。厳しい寒さで、風は強く吹くし雪もたくさん降っている。時は真夜中だ。彼がその馬車に乗ろうとすると、白髪でぼろをまとって、悲惨さを絵に描いたような胸を衝かれる姿の老婆が、やせた手を突き出して、飢え死にしそうなので助けてくだされと頼み込む。男は自分のポケットには二十五セント銀貨しか入っていないことを知るが、ためらうことはない。その金を老婆に渡し、吹雪《ふぶき》のなかを家までとぼとぼ歩いて帰る。さあ――うるわしい、美しい話じゃないか。この話の美質はほんの一点たりとも我が身かわいさの気持ちで汚されていないよ」

「どうしてそう考えるんだね、アレン?」

勝利はたやすく完璧なものだと若者には思えていた。だからその質問は驚きだった。当惑の混じった驚きだった。

「他にどんなことが考えられるというんだい、ベイリー? この出来事を眺める他のやり方があると思っているのか?」

「ああ、思っているよ。その男の立場に身を置いて、彼が何を感じたか、何を考えたかを言ってくれるかな?」

「簡単だよ。苦しんでいる老婆の顔を見て、彼の寛大な心に刺すような鋭い痛みが走った。彼はそれに耐えられなかった。嵐の中を三マイル歩くことは我慢できたけれども、背を向けてあの可哀そうな死にかけの老婆を見捨てたならば、自分の良心は責め立てられて苦しむことになるだろう。その苦しみには我慢できなかった。それにもし彼女を見捨てたら、そのことを思い出してしまって、眠ることもできなかっただろう」

「家に帰る途中の彼の心の状態はどのようなものだっただろう、アレン？」

「無私な心の持ち主だけが知ってるような喜びを感じていた。心は高らかに歌い、彼は嵐のことを気にも留めなかった」

「彼はよく眠れただろうか？」

「それは疑いない」

アレンは自信を取り戻していた。また意気軒昂《けんこう》になった。彼が挙げた事例は非の打ちどころがないように思えた。彼は自分の手際《てぎわ》の良さに喜び、結果を心配していなかった。彼はこう独りごちた。「こいつにはしばらくの間、例の牡蠣を食うように状況を噛みしめてもらおう。そこからどんなことが主張できるかお手並み拝見だ」

ハムファットは状況をしばらく考えて、それから言った。

「さあ、それでは、この状況を腑分けしてじっくり検討してみよう――さっきも言ったように、そうしたことを人は決してやろうとしない。だから真実にではなく間違いに辿りつくんだ。私たちは冷静な目で細かい要素を検討して、この男が二十五セントと引き換えにどれくらい得をしたかを考えてみよう。彼がそんな投資をする本当の理由を見つけてみることにしよう。まず第一点。苦しんでいる老婆の顔を見て覚えた痛みに、彼は耐えられなかった。いいかい、この男が耐えられなかったんだよ。

だから彼は自分自身の痛みのことを考えていた――この私心のない男がだ。彼はその痛みを和らげるものを金で買わなければならない。第二点。もし老婆を救わなかったら、帰宅の道中ずっと彼は自分の良心に責め立てられただろう。いいかい、自分自身が責められて苦しむんだよ。ここでも自分の痛みのことを考えている。彼はその痛みから逃れるために金を出さなければならない。第三点。もし老婆を助けなかったら、彼は眠ることができなかっただろう。いいかい、自分が眠れなくなるんだよ。彼はいくらか眠れるようになるために、金を出さなければならない。ここでもやはり自分自身のことを考えているわけだ。ということで、まとめてみよう。彼は心に感じる鋭い痛みから自分自身が解放されるために金を出した。彼は待ち構えている良心の拷問から自分自身が解放されるために金を出した。彼はたった二十五セントでひと晩の眠りを買った。川で黒人奴隷の売り買いをしている、とびきり抜け目ない商人だって恥ずかしくなってしまうくらいのぼろ儲けだよ。家に帰る途中、彼はうきうきしていた。心はこんな風に歌っていた――儲け、儲け、ぼろ儲け！　アレン、この男が老婆を救おうとした時に感じた衝動は、すっかり完全に利己的なものだったんだ。だがそこには何も卑しいものなどないし、あさましいものなどないよ。お前は利己的な動機はすべからく卑しいと考えている。だがこの事例については、お前が考える原理原則から外れる。そのことは認めるだろうな」

若きオズグッドは反論しようと数回試みた。だが彼は議論のやり方に慣れていなかったし、試みるたびにハムファットが先回りして彼の言い分を制してしまった。オズグッドは例を次々と挙げて自分の立場を守ろうとした。だがハムファットはそれらの例を冷徹に一つ一つ分解して、検分するごとにこんな決め台詞を放つのだった――

「いつだってこんな具合さ――どんな場合でも種子となる衝動は利己的なんだ。人間にとって必要なことは、自分を訓練して下等な利己心ではなく上等な利己心を選ぶようにすることだ。まあ、アレン、あの神聖なる母性愛を考えてごらん――これ以上にないほど利己的な代物だよ。子供が何か食べられるようにするためには、母親は飢え死にしてもいいとすら思う。なぜか？　それは子供が苦しむのを見るのに母親自身が耐えられないからだ。他の子供だったらなんとか耐えられるだろう、だが――」

「そんな哲学は糞《くそ》くらえ！」

「哲学じゃない、事実だ」

「どう呼ぼうと構わないけど、胸がむかつくよ」

「むかつかないとは言ってない」

「やれやれ、じゃあ、どうしてあんたは、そんなことについて考えたり議論をぶったり過大に解釈したりするんだい？　そんなことをして何の役に立つんだい？　もし世間の人たちがあんたの考えるような信念を持ったりしたら、みんな心を失っちゃうよ。自分自身を恥じるだろうし、立派な良い行ないなんて絶対にしなくなるだろう。だって、その立派な行ないの裏にある衝動は利己的なものだっていうんだから――利己的で、下劣なものだって」

ハムファットはその言葉を待ち構えていたのだった。

「なあ、アレン」と彼は考え深げに言った。「私が大間違いをしているのかもしれないし、お前が正しいのかもしれない。だが実際のところ私は、こんな考えを持っているから自分がより悪い人間になったとは感じていないんだ。あの男は老婆に二十五セント銀貨をあげた。その行為は彼が考えたことの結果ではなく、彼が感じたことの結果だ。感じることは生まれつき備わったもので、ずっと変わらない。考えることは変わる。その男に存分に考えさせてやれ。それでも、困っている老婆を助けようとすることには変わりはない。そう思わないかい？」

「ああ、たぶんそうかもしれないね。そう、もちろんその男はそうするだろう」

「お前だってそうするだろう。そうじゃないかい？」

「そう思うよ」

「分からないかい？」

「分かるよ」

「たとえ自分の衝動は利己的だと思っていたとしても、お前は彼女を苦難から救おうとするだろう――そうせざるを得ないのだ」

「なんでそんなにしつこく絡《から》むんだよ！　俺は彼女が苦しむのを見るのが嫌だ。だから俺がやりたくないことは――俺はできれば彼女を救おうとするだろうな」

語気を強めず――そして言ってみれば、ふと漏らしたかのような様子で――ベイリーは言った。

「もう一人、年のいった可哀そうな女が苦しんでいる――不当な扱いを受けてな。私たちは彼女を助けることができる」

彼はそんな種子《たね》を落とした。ほっておけば、それは成長して効力を発揮してくれるはずだ。彼はすぐに話題を変えた。次から次へと愛想よくお喋りをし続けた。話を途中で止めて相手の反応を確かめることはしなかった。反応を気にする様子はなかったし、自分自身が喋るのを楽しみたいという以上の気持ちもない様子だった。だが彼はずっと横目でアレンを注視していた。そして満足していた。なぜならアレンは考え込んでいたから。というより、考えていると考えていた。そしてベイリーは、満足のいく結果になるだろうと信じて疑わなかった。彼は機嫌よく話題をあちこちに彷徨わせ、独りで楽しんでいた。そして最後に、彼は例のボール紙でできた小さな男を話のネタにしてみようと心に決めた。

「こいつがぐるぐる回るのを見てみろ」と彼は言った。「こいつは考えていると考えている。皆そうなんだ。あんな風に回転するのは自分のアイディアだと考えている。自分の意志で回転してるんだと考えている。ところが奴は、外からの影響で動かされている人形にすぎない——外からの影響というのは、あのストーブの熱だ。つまり、自分の周囲をぐるりと取り巻いて思考を押しつぶすような世論のことだ。奴は世論の奴隷になっていて、自分ではそのことに気づかない。奴はだんだんすり減っていく。すると別の奴にすげかえられる。そして同じことが次々と——百回くらい繰り返されていく。どいつも皆、自分は考えていると考えている。この店には絶対不可欠な知恵を自分は紡《つむ》ぎ出しているんだと考えている。だがやがて春がやって来る。最後の奴がぐるぐる回っているうちにストーブの火が消える。すると真実の冷たい風が吹きつけてきて、そいつは悟るのさ、自分の仕事はまったくの——」

「ベイリー！」

「なんだい？」

「正しいと思うよ。やってもいいよ」

「それはいい。分かっていたよ——」

「だけどまず、確かめておかなきゃならないことが一つあるんだ。俺は母親が与えるミルクで子供をぐつぐつ煮るようなまねはしたくない」

「どういう意味だ？」

「あんたが金を借りてるあの慈善事業に、誰が献金してるんだい？ ジョージ・ハリソン？」

「彼は一セントも出していないよ」

これは間違いだった。おそらくは嘘だった。

「じゃあ、結構だ。行こう。もう真夜中だ」

彼らは吹雪のなかへと立ち去り、パーラーには客が一人もいなくなった。犬が一匹、床の上で寝ていた。テンプルトン・ガニングは椅子に座ったまま居眠りしていた。騎士たちは壁紙を駆け巡っていた。J・M・ホワイト号は川を疾駆《しっく》していた。リトグラフの少女は読書に夢中になっていた。ボール紙の男は自分が理解している真実を喧伝《けんでん》していた。

ジョージ・ハリソンの家には客が一人来ていた——実のところ、寝室に来ていたのだ。曖昧模糊《もこ》としてほとんど見ることのできない人影が寝室用のロウソクから離れたところに座っていた。暗がりと影に包まれていたが、その上方には顔があり、もしハリソンがそちらの方向を見たとしたら目にすることができただろう——その顔は青白い輝きを放ち、支えられることなく漆黒《しっこく》の空間に浮かんでいるように見えた。

第十四章

二人の慈愛あふれる陰謀《いんぼう》家たちが、夜の暗闇と吹きすさぶ雪の中に足を踏み出し、アイスクリーム・パーラーのドアを後ろ手に閉めたとき、縁のたれたソフト帽をまぶかにかぶって顔を隠した背の高い屈強な体つきの男が、二人のそばを通り過ぎた。今、通りで見えている明かりといえば、店のショーウィンドーしかなかったが、彼はその光が届かない所で立ち止まった。そして二人組が吹雪の中に姿を消すのを待った。それから彼は、通行人がいるかどうか油断なく目を配りながら戻ってきた。そしてテンプルトンの店のドアを強くノックした――音高く三つ叩き、少し間をおいてもう二つ――その後、彼はまた暗闇へと退《しりぞ》いた。一、二分の間は反応がなかったが、やがて一つ一つ店の明かりが消えていった。残された唯一の照明は、皆が見えるところでウェイターが台所とのやり取りを行なう配膳口を隠すために使われている高い衝立《ついたて》の後ろで灯っている明かりだけになった。お粗末な獣脂ロウソク一本だけで、光線は仕切られた一隅《いちぐう》を照らす程度にしか役に立たなかった。衝立の向こうにまで光は届かなかった。

今や忍び歩く男は中に入り、背後のドアの錠をかけた。店内の暗がりに戸惑ったりはしなかった。まっすぐ衝立に向かい、テーブルにぶつかったりせずにその後ろへと歩いていった。彼は以前にも同じような状況でそんな風に歩いたのだと察せられた。テンプルトンが衝立の後ろで気楽な姿勢で立っているのを彼は見た。喜んでいる様子はなく、喜んでいたとしてもごく素っ気ない程度のものだった。客はたっぷりと身についた雪を振り払い、床に帽子を投げ出し、腰をおろした。彼は色黒の混血《ムラート》の男だった。

「お前の召使いたちはどこにいる？」と彼は尋ねた。

「ベッドに入ったよ」

「どれくらい経った？」

「もう半時間」

「よし、それなら座れ」。テンプルトンは座った。「フェアファクスの黒人たちがいろいろ話してるニュースの真偽《しんぎ》を確かめに来たんだ。ジョージ・ハリソンがメンフィスにいる伯父の遺産を手に入れたって件さ」。彼はとうもろこしパイプを取り出し、煙草の残りを指でぐいと押し込み、手振りでロウソクの方を指した。テンプルトンはロウソクを渡してやった。男はそれで火をつけて、また返した。白人の若者は恥をかかされたといった顔つきをしたが、何も言わなかった。「なあ――本当なんだろ、ええ？」

「ああ、もちろん。他に跡取りはいなかったよ、ジャスパー」

「土地と黒人奴隷の他にたんまりと現金があるって聞いたぞ――五万ドル近いってな。それも本当なのか？」

「そう――四万五千だよ」

満足そうな光が混血の男の目に閃《ひらめ》いた。テンプルトンはそれに気づき、いつもの軽い態度をとろうとおずおずと試み、言った――

「興味を持ったようだね。どうして？」

目の光が変わった――不快なぎらつきに変わった。それから不機嫌なうなり声。

「お前の知ったことじゃないと思うぜ」。しばらくの間、熟考の沈黙が続いた。外で嵐のために突風がぶんと吹いたり、遠くでシャッターがばんと音を立てたりする以外は、しんと静まりかえっていた。それから、「ひと口くれ」

テンプルトンはラムウイスキーとグラスを差し出した。客は四本の指幅まで注いで、ぐいと呑み干した。彼は舌鼓を打って言った――

「あったまるし、美味《うめ》えな！　なあ――彼女はどこにいる？」

「階上《うえ》だよ――眠ってる」

「健康かい？　元気溌剌《はつらつ》かい？」

「健康？――そう。残りは、まあまあだね」

再び短い沈黙。それから――

「監獄に行ってきた奴らとは話をしたかい？」

「ああ、数人ね」

「旦那はどんな様子でいる？」

「落ち着き払ってるって話だよ」

「奴がジェイクを殺したって思うんだが、どうだい？」

「僕もそう思うよ。もちろん彼がやったんだ。皆そう言ってるし、ハリソンも言ってるってことだ。トムはフェアファクス家の一員も同然だから言わないけど。ハリソンは、有罪であるかどうか確信がないなら犬でも非難しない人だよ」

「ヘレンさんは彼がやったとは思っていない。だがもちろん、どう思っていようがそんなことを言うだろう」

「彼女に会ったのかい、ジャスパー？」

「会った。ほんの少しの間だが」

「トムはどうしてる？」

「彼女の話では、なんとか無難に過ごしている」

「フェアファクス大佐がまた酒を飲んでるって、みんな話してるよ」

「ごく最近だ。俺たちがこちらにやって来てからずっと俺はあの屋敷に住みついている。だからよく分かっている。なあ――この町では結構羽振り良くやってきたんだろ」

テンプルトンは思わず片手をポケットに突っ込んだ。その言葉には後に続きがなかった。彼は手をポケットに入れたまま、それと分かるような熱心さは込めずに言った――

「まあ――こんなちっぽけな場所で二年間やってきたにしては、まずまずの出来かな」

「まだ二年も経ってないぜ。今度の一月で俺たちがここに来てから二年になるんだ。お前は上々の出来だよ」

「そう、こんな町にしてはね。でももし僕がニューオーリンズに行くことができれば、自分の経験で――」

「いいか、こら」と混血の男は荒々しく遮った。「お前がそれを口にしたのは二度目だ。俺はいつも自分の段取りが整ったらこの家族を動かしてるだろ？　だから、待て。お前がどこに留まるかは俺しだいだ。それで一件落着。分かったか？」

若者の白い顔に深い赤みが差した。だが言葉はなかった。

「聞こえたか？」

「別に何かを提案したわけじゃない。ただ単に言ってみただけだよ」

ジャスパーはしばしの間、黙り込んだ。そして眉間《みけん》にしわを寄せている様子で、彼がおそらく特別入念に心の中で何かの算段をしているのだろうということが察せられた。企みごとだ、そうテンプルトンは考えて心穏やかではなかった。ジャスパーの企みごとは普通、彼を小さな歯車のひとつとして組み込むのだ。しかも、好ましいやり方で組み込まれることはめったにない。

「あの夜、ジェイクが殺された時分にはお前はどこにいた?」

テンプルトンは安堵した。

「真夜中かい? バタソン夫人のパーティの仕出しを指図するのから帰る最中だったよ」

「それじゃ、お前はジェイクが叫び声をあげた時分には、フェアファクス大佐の家の裏を通りかかっていたんだ」

「ちがう、そのあたりの時間じゃなかったよ。それに、家の裏を通り過ぎたんじゃない。家の前だよ」

混血の男は重々しい目つきで彼を見て、言った——

「裏だと俺が言ったんだ。お前は家の裏を通りかかっていた——いいか?」

テンプルトンの安堵感は、いくぶんその落ち着きを失っていた。このような問い詰めはどのようなところに行き着くのだろう? 彼は諦め気味に答えた——

「そう、裏だ。僕は家の裏を通りかかっていた」

「それでいい。それを心に留めておけ。そして忘れるな。さて、それじゃ。まず、お前は叫び声を聞いた——」

「いや、だって、ジャスパー、僕は——」

「俺の言うことに耳を傾けろ、いいか! まず、お前は叫び声を聞いた——」

返事を待ち受ける沈黙がしばしの間続いた。それからテンプルトンは視線を落とし、教えられたことを口にした。

「まず、僕は叫び声を聞いた——」

「すると男が裏の扉から駆け出してきて、お前のそばを駆け去っていった——」

「すると男が裏の扉から飛び出してきて、僕のそばを走り去っていった――」

「ボクはその男が誰だか分かり、彼もボクが誰だか分かった――」

犠牲者は、拷問を加える者の顔を懇願するように仰《あお》ぎ見た。そしてためらった。病気にかかったかのような蒼白さが彼の頬にじわじわと広がっていく――

「言え！」

「僕は――僕はその男が誰だか分かり、彼も僕が誰だか分かった――」

「するとジャスパーが裏の扉から飛び出してきて、ボクに気づき、ジェイク・ブリーカーが殺されたと告げた。そして、あの男を捕まえてくださいとボクにお願いした。それでボクはその男を走って追いかけた。すると男は許してくださいと頼み、黙っていたらたんまりお金をあげますからと言った。さあ、今のをもう一度繰り返して言うんだ。一語も省いたら駄目だぞ」

教えた言葉が復唱された。

「さてと、お前が証人になることはないだろうが、その男が俺にたてつくようなことをしたら話は別だ。まあ、そんなことは起こりそうにないが。だがそれでも、さっきの事実を頭に叩き込んでおけ。それが起きた場合に準備できるようにな」

強い不安にかられた若者は、無邪気な態度を装って尋ねた――

「それはどんな男なんだい、ジャスパー？」

色黒の男は彼を鋭く見つめて答えた――

「お前には関係ないことだ。お前が法廷で宣誓する時が来たら教えてやる」

しばらくしてから、テンプルトンはもう一度探りを入れてみた。

「証人は一人だけで足りるのかい？　証言したことを裏づける人間が誰もいないのに」

「俺がやるつもりだ」

テンプルトンは戸惑った。そしてややおずおずとした様子で言った――

「でも、いいかい――ねえ、法廷はあんたの証言を受け付けないってこと、忘れてるよ」

ジャスパーは呪いの言葉を吐き、言い返した――

「誰が受け付けるなどと言った？　俺を馬鹿だと思っているのか？」

これでテンプルトンは煙《けむ》に巻かれた。この件を理解する手掛かりをさらに求めるのは気が引けたが、しばし間をおいた後、違った角度から探りを入れようとして、こんなことを言ってみた――

「今までひと言も喋らなかったのに、どうしてこんなに遅くなってから証言しに来たんだって、みんな僕に言うだろう。分かってるだろうけど」

歯に衣着せない客は、じれったそうにこう返した――

「こんな低能な奴には今まで出会ったことがないって、俺は思うな。いいか、それはお前がもう眠ることができなくなったからだ。神様がそんな風にしてお前を引っ張ってこられたからだ」。それから彼はすっくと立ち上がり、大口を開けてあくびをして、伸びをした――大きく、なおも大きく、思うさま、めいっぱいまで。もう一杯酒を飲み、パイプに煙草を詰め直し、火をつけ、顎をしゃくって帽子を指した。そして、テンプルトンが帽子を拾い上げて彼に渡すと、ごつごつした手を開き、手のひらを上にして突き出したまま立ち続けた。テンプルトンはその手のひらに五ドルを載せた。先ほどまではアレン・オズグッド、ハムファット、ふんだくられた慈善事業、そしてジョージ・ハリソンの所有物だった金だ。客はそれをポケットに入れて立ち去ろうとした。テンプルトンが後に続いた。二人はおやすみを言わずに別れた。そしてパーラーの店主は歯ぎしりし、こう呟きながら扉の鍵をしめた――「朝食までにあいつが地獄行きになればいいのに！　もちろん、あいつは外出の許可証を持っていない。だから、カトリンがあいつを捕まえて、留置場に放り込んで、三十九回打ち据えてやるといいのに」

彼の最初の祈りは、何らかの理由で不発に終わった。だが二番目の祈りのなかで具体的に挙げられた三つの細目については、すべてが成就《じょうじゅ》することになった。ジャスパーが二ブロックも歩かないうちに、インディアンタウンの警察の役割を一身に担っている治安官のカトリンが彼を捕えた。彼はその夜の残りを寒くわびしい留置場で過ごした。そして夜明け近くに着衣をはがされ、〈四十引く一〉の回数、凄まじい力で打ち据えられた。それから空が白みかけてきた頃、膨れあがった背中から血が吹き出し、固まりかけた血で着衣が体にべったりと張り付くなか、彼はよろめきながら羊毛のような雪の吹き溜まりを突っ切って家路に向かっていた。復讐を思い巡らし、心の底の底から何の遠慮もなしに白人種全体への呪いの言葉を吐いた。そして、この十五年の間、安全に手を出すことができる場合には一人の例外もなく白人に苦痛や恥辱を与えてきたことを喜んだ。そして最後に――

「俺はこの二年間、あの二人をしぼりあげてきた。だからあいつらは口を開くことはしないだろう。それからついさっき、別の奴への下準備をした。きっとそいつに苦汁を舐《な》めさせてやる。今に見ていろ。そいつもまた自分の口を開こうとはしないだろう。また俺がうまく事を進めることができるようになるまで待っていろ――絶対に、そいつを縮み上がらせてやる！」

第十五章

翌朝の八時になっても、テンプルトンはまだベッドに入っていた。とても奇妙なことだった。朝日と共に起きるのが彼の習慣だったから。朝食が脇のテーブルに置かれていたが、彼はそれに手をつけなかったし関心もなかった。彼は蒼白で活気を失くし、深く気分を落ち込ませていた。部屋の調度は気持ちを明るく陽気にさせるものが揃っていた。ストーブからはもてなし良く火が音立てて燃えるのが聞こえたし、格子を通して炎が元気に踊りまわっているのも見えた。しかし窓の外に見える眺めは寂寥《せきりょう》としていて悲しい気持ちを起こさせた。風のない朝だった。家や通りには雪が厚く積もっていた。往来は途絶えていた。荷車の音も人が歩く音もしなかった。あたり一面に白い荒廃が広がっていた。静けさは薄気味悪く、気を重くさせ、深い悲しみを誘った。テンプルトンは日よけを下ろした。彼は自分に取りついて離れない今の心持ちでこの光景を見ることに耐えられなかった。

ドアが開き、また閉まった。すると母親が彼のそばにいた。二人の関係はひと目で分かっただろう。彼女は四十五歳くらいで、哀れなくらい苦労でやつれていたとはいえ、まだ器量がよかった。若い頃にはとても綺麗だったことを示す徴《しるし》があった。彼女は知的な顔立ちで、通常は落ち着いて黙想に耽るタイプだった。目を見れば彼女が豊かな情感や想像力を持っていることが確信できた。服装は端正で小ぎれいにしており、穏やかな威厳を保って上手に振る舞うことができた。生まれつき彼女は善良で心根の優しい人物だった——そのことは見れば分かった——だが彼女はあまり強い人格は持っていなかった。そのことも見れば分かった。彼女は息子の上に身を屈《かが》め、額と髪をしばらく愛しそうに撫でた。それから彼のそばに腰をおろして手を取ってしっかりと握り、もう片方の手でさすったり軽く叩いたりしたし、優しく思いやりのある言葉を彼に言ってやったりもした。疑いなく彼女は、できれば息子にキスしたいという気持ちになっただろうが、それは南部での中流とそれ以下の母親たちが普通しないことだった。テンプルトンは母に感謝の眼差しを向け、握ってくれる手をぐっと握り返すことでも母への気持ちを伝えた。しばらくすると昨夜の記憶が心にぱっと鮮やかによみがえり、彼は苦々しく言った——

「母さん、またあいつがここに来たんだ」

「ああ、可哀そうな子、分かっているわ。彼の合図が聞こえたから、こっそり降りていってあなたの近くで一緒に苦しんでいたの」

「じゃあ、あいつの言葉を聞いたんだね」

「すべて聞いたわよ、衝立の後ろで」

「嬉しいよ。だって母さんだってもう分かるだろ、何とかしなくちゃならないって。僕たちもうこれ以上我慢できないよ」

母親は心配を露わにした。そして言った。

「ああ、早まった考えはしないで、私の大事な子！　わたしのために、そしてあなた自身のためにも早まらないで。我慢して待つ以外に、わたしたちにできることはこの世にはないのよ」

「待つだって！　もう何年も待ってばかりじゃないか。もう疲れたよ。それに母さん、待っても何にもならないよ。まったく、あの黒い野郎にあんな風に話しかけられるなんて、そのうえそれに耐えなくちゃならないなんて！」その思いが彼を責め立てた。彼は身もだえした。「それで今は――ああ、これまでよりも百倍も酷《ひど》いよ！」彼は突然、横たえていた上半身を起こした。息をはあはあさせて喘いだ。「考えてみてよ！　そのことが頭をかすめるたびに、怖さで凍りつくんだ。誰か罪のない男の命を奪い取るために証言しに行かなきゃならないって――それが誰なのかは神様だけがご存じだけれど。僕にはできない。絶対にしないぞ――そんなこと僕にどうやったらできるんだよ！」彼はまた枕に身を投げ出し、言葉もなく苦悶しながら両手をばたつかせてのたうちまわった。

母親は彼に懇願した。彼のことを思って泣いた。全霊を傾けて説得にあたった。彼女が説得に使った論理の主旨は、ジャスパーがそんなことを一度でも要求することはないだろうし、実際そんな風に言ったではないか、というものだった――「待って成り行きを見るのよ、待って成り行きを見るのよ。ああ、我慢して待つのよ！」彼女はそれを相手に叩き込んだ。彼女の説得が功を奏してきた。言葉はそれなりの働きをしたが、涙がいちばん役に立ってくれた。息子はやっと気持ちを落ち着かせた。だが納得はしていなかった。彼は言った――

「愛しているよ、母さん。理由も分からないままにこんな生き地獄に耐え続けることで、僕はそのことを証明してきたよ。でも僕はもう子供じゃない。軽はずみに何でも喋ってしまう年頃は過ぎたよ。二十一歳なんだから、知る権利がある。僕はずっとお願いしてきたけど、母さんはもう少し待ってと言ってきた。それで僕は待って、待って、待ち続けてここまで来た。だけどもう僕は知らなきゃならない」

「ああ、わたしの大事な子、要求しないで――どうか！　あなたがわたしのことを恥じるようになるのに耐えられないの」

息子は驚いたような顔つきをした。

「恥じるだって？」と彼は言った。「何か恐ろしいことに違いないって思ってたけど、そのことは考えなかったよ。この悪魔が母さんを何かずるいやり方で踏みにじっているんだって考えてきた。それからこうも考えてきたよ。もし僕たちが我慢して待っていれば、すべてが明らかになって、それで——」

女は涙をどっと流して身も世もあらぬようにむせび泣いた。若者は憐れさに胸を衝かれ、そして言った——

「顔を上げてよ、母さん、元気を出して。僕のことは心配しないで。母さんが何をしたって味方でいるから」

「恥ずかしいことをしてもかい！」そして彼女は泣きぬれながらも驚いて顔を上げた。

「そうだよ、何があっても。母さんのことを恥ずかしく思うだなんて、僕を誰だと思ってるの？」

彼女は息子を胸にかき抱いて、言った——

「あなたを見直したわ！　だって、あなたに話したくてたまらなかったの——とっても！　でも怖かった。喜んで、喜んで話してあげるわ。わたしは——」。彼女はためらった。そしてうつむいた。それから懇願するように付け加えた。「いいこと、わたしに約束してくれたわね——」

「母さんの味方でいるってことだね——約束するよ。それに母さんの恥を分かち合うってことも——それも約束するよ、それがどんなことであってもね。あなたは僕の母さんだろ、僕が一度でも——」

「いいえ、あなたは一度もわたしが傷つくようなことはしなかった！　あなたは母親にとってこれ以上にないくらい立派な息子でいてくれた。だから私の今の願いは——つまり——でもいい、もういっさいの事情を知ってもらうから」

彼女は自分の歩んできた人生を語り始め、一つ一つ丁寧に説明していった。話はやがて結婚に至り、三年間の幸福な家庭生活、そして突然未亡人となり困窮したことへと続いた。

「あなたは二歳だった。わたしを受け入れて支えてくれる友だちも親戚もいなかった。だからわたしは偽名で正体を隠して、いろんな所を渡り歩いてありあわせの仕事を手に入れた――たいていは召使いの仕事だけど――それで自活したのよ。これが二年間続いた。二年の間つらい仕事をして、こき使われ、お給金は雀《すずめ》の涙で、よくおなかを空《す》かせてた――もう、しょっちゅうよ！――おながが減って寒くって、ずっと友だちがいなくて寂しかった。酷い生活、おぞましい生活。恨みつらみと不面目な気持ちでいっぱいになって、あっぷあっぷしていた――まだ夢に出てくるのよ。そんな生活を夢のなかで生き直して、呪いの言葉を吐いたりする。

「こんな風に二年が過ぎたわ。テンプルトン、そんな場合には、人はお金を望むようになるの――なぜって、安楽とか平穏とか世間の尊敬とか自尊心とか、言葉で名前をつけられるあらゆる大事なことがそれにかかってくるから。それがわたしの考えたこと。貧しくて惨めな人間はお金を崇拝する。わたしは崇拝した。お金を手に入れること――それがわたしの夢だった、寝ても覚めても。結局わたしはメンフィスに流れ着いた。持ちあわせの貴重品なんてまったくなかった。大事なのはあなた以外になかった。あなたはわたしを和ませてくれて、慰めてくれて、わたしの心を繋《つな》ぎとめて支えてくれた。わたしはあらゆるやり方で生計を稼いだ。どんなことでもやれた。家政婦の仕事を得て、有能にこなした。その男の名前はハリソンだった。この頃このあたりでは、彼のことでいろいろ噂を聞くわね」

「驚いた！　彼のことを知ってたの？」

「知っていたし、仕えもした。二年間ね。彼は独り者で金持ちだった——そしてまったく悪魔のような性悪だった。ジョージ・ハリソンの伯父にあたって、先日死んだときには六十になっていた。奇妙な巡り合わせで、わたしたちはまたあの一族と毎日のように顔を合わせる羽目《はめ》になったのね」

「巡り合わせ——そう、そんな風にも呼べるよね、母さん、でも偶然じゃなかったんだ。あの混血の悪魔が命令したんだ——あの腹黒い悪漢が、あの鬼の——」

「ねえ、話を続けさせてよ——わたしの話の腰を折ってるわよ。ハリソンはあらゆる点で厳しい男だった。従えている者たちに厳しくて、けちん坊で不公平だった。誰であれ自分と交渉する者に対してがめつい態度に出て、どれほど卑劣な手段でも、喜び勇んで使って優位に立とうとした。そして貸し売りの相手が自分をがっかりさせたら容赦しなかった。それに彼は、黒人奴隷の所有者のなかでとびきり残酷な主人だった。彼はジャスパーを所有していた——」

「心からそのことに感謝するよ！　それでもし彼が——」

「ほらまた話を遮ってるわよ。彼は本当に残酷だった！　昔のジャスパーは今みたいな人間じゃなかった。怠惰で無能じゃなかったし、気難しくて復讐心があって粗野な人間でもなかった——いいえ、まったく逆だった。他人《ひと》のためには何でもできる限りのことをしようとした。やってみるのに勇気が要るときでも、わたしのためにたくさん親切なことをしてくれた。そして、他の者なら尻込みしたような時でも、わたしが必要としている慰めをたくさん与えてくれた」

「母さんが言おうとしていることは、この——この——」

「わたしはれっきとした真実を話しているの。当時、ジャスパーはまた奴隷の身分に戻っていた。その数年前、彼は自分の身体《からだ》と時間を掛け《クレジット》でハリソンから買い取った。そして、並はずれてたゆまない精力で勤勉に働いて借金を返済しようとした――才覚も使ってね、だって彼は才能をたっぷり持っていたから――そしてやっと自由の身になって、しばらく経つと羽振りもよくなった。彼はメンフィスから少し離れたところにあるハリソン家の大農場で働いていて、ハリソンが使っていた者たちのなかではいちばんの働き手だった。彼は商売も学んでいて、誰にも負けないくらいそれに秀でていた。今や彼は園芸の勉強を始めていて、それに情熱を傾けていた。ある晩、彼の小屋が火事で燃え落ちてしまった。一緒に彼の売渡証も燃えてしまった。何も考えずに彼はハリソンのところに出かけて行って、新しく証書を作ってくれと頼んだ。するとハリソンは冷ややかに取引のことを否認したの」

「そりゃ、ちょっとないくらいに卑劣な――」

「取引を否認したのよ。彼はジャスパーに、仕事に戻れと命令した。それから、またこんなたわごとを耳にしたら、お前を川下に売ってやるぞ❖と言ったの」

「ジャスパーは告訴しなかったの?」

「告訴? 白人の開く法廷で、書かれた証拠もなくて、彼の側に立って証言してくれる白人が一人もいないのに? そんなことをして何の役に立つの?」

「そうだな――分かるよ」

「ジャスパーはもっと賢いことをした。彼は掛けで自分の身体と時間をまた買った。そして金を稼ごうと一心不乱に働いた」

「母さん、それって立派だね」と若者は胸を衝かれて言った。

「わたしがやって来たとき、彼は自分が背負い込んだ仕事に取り組み始めたばかりだった。今度はとてもつらい仕事になった。以前は、商売を持たない状態から出発していたけれども、今や二つも抱えていて、両方のために冬だろうが夏だろうが自分の時間のすべてを使っていたから。彼の値打ちは四倍になった。彼は二千ドルの価値になった――その額をハリソンは請求したのよ」

テンプルトンは口を開いて、大きな声をあげそうになった。母親は手でその口をふさぎ、話を続けた。

「ジャスパーはあの土地ではいちばん屈託がなくて陽気な人だったし、いちばんねばり強く働く人だった。それに彼は、自分の精力や持ち前の上機嫌さをある限り必要としていた。なぜって目の前につらくて長い仕事が待ち構えていたんだもの。彼がハリソン以外の誰かを憎んでいるっていう徴《しるし》は見たことがない。だけどそれを埋め合わせるくらいハリソンのことはひどく憎んでいたの。彼はこの思いを他の誰からも隠していたけれど、わたしに対しては隠さなかった。わたしにはそのことを憚《はばか》りなく話してくれたし、わたしもそれを歓迎したの。

「ハリソンは他の召使いたちと同じようにわたしをこき使った。彼らはみんな奴隷だった。主人の罵詈《ばり》雑言《ぞうごん》や、不公平な扱いや、仕事についての情け容赦のない要求を彼らは我慢することができた――つまり、わたしよりはこんなことに我慢できたってことよ。わたしはうわべはおとなしく従っているふりをして我慢しなければならなかった。実際そうしたのよ。でもそこで過ごさなければならなかった生活は、とてもつらくて自尊心を失わせるものだった。だからわたしは投げ出して立ち去りたいと願った。だけどそんなことをしてわたしの置かれた状況は上向くかしら？　いいえ。お金がなければ、わ

❖奴隷制度が行なわれていた十九世紀のアメリカ南部の中でも、ミシシッピ川の下流域であるルイジアナ州などにおいて、黒人奴隷たちへの扱いはとりわけて苛烈《かれつ》なものとなった。マーク・トウェインは、より残酷な運命の待ち受ける「川下」に売られることへの奴隷たちの恐怖を、『まぬけのウィルソン』（一八九四年）で大きく取り上げている。

たしはどこにいてもこのような状況であることに変わりなかった。

「二年目の後半、もう降参して出て行かなければならないと思った。わたしは身を粉《こ》にしてまで働かされた。その間じゅうずっと、わたしは恥辱と憤懣《ふんまん》にとらわれ通しで、激しい怒りが心の中にくすぶっていた。そんな感情が寝ている最中にも忍び寄って、眠りを台無しにした。そんな条件では人生は生きるに値しない。だから錨《いかり》を上げてまた気ままに漂流しようと心に決めたの。

「屋敷には古い本が数冊あった。それで時々、今日は特につらい晩を過ごすことになりそうだとあらかじめ分かっている場合には、一冊をベッドに持って行って、それを読むことでできる限り気を紛らわせようとした。ある晩わたしは、奇妙な小話《こばなし》が集められた本を選んだ。そこに書かれている話はつくりごとですよ、とはっきり述べられていたけれど、とても巧《たく》みに語られていたので本当に起きたことであるように思えた。そんな物語のひとつがわたしを不意に強くとらえた。わたしは貪《むさぼ》るような熱心さでそれを読み耽ったの。その物語ではフランスにいる一人の男が――」

ノックも前触れの言葉もなくドアが少し開き、ターバンを巻いた若い黒人女が頭を突き出して叫んだ――

「シャーロット様、ホプキンズ婆さまが洗濯板をちょっとお借りできないかと訊いています。そいつを使ってちょっと――」

「失せろ!」とテンプルトンが遮って言った。「彼女にそれを貸してやれ。こちらから呼びつけるまで二度とここに来るんじゃない」

黒人の女中は頭をひょいと下げて、言いつけを理解したことを示した。それから声を落として内緒話をするような口調で言った――

「テンプ様、階下《した》に農夫が一人来てます。上等のヒッコリーをたくさん持って来ていて、それを安く売りたがってるんです。なぜかって、雪が残っている間、もしそれを売れるあてがあったら橇《そり》で運んで簡単に取ってくることができますから。あなたのお母様にお話してもいいですか？」

「駄目だ。母さんはそれをもらうとそいつには伝えてくれ。さあ、失せろっていうのに！――それからドアを閉めろ」

「値段を訊くべきだったわね、テンプルトン」

それ以外に口は挟まず、彼女は自分の話をまた始めた。

「その物語ではフランスにいる一人の男が、二千フランを元手にして一、二か月のうちにひと財産をこしらえたの。彼は広告を出して、毎週十パーセントの利益をお返しすることを保証しますから投資してくださいって皆に呼びかけたの」

「なんともね！　その書き手はそのちゃちなたわごとを、もっともらしく思えるようにしてみせたのかい、母さん？　母さんは困った状況に置かれていたから、そいつの手管《てくだ》を信じるようになったんだって、僕は思うな。そう考えないの？」

「もしかしたらね。でもそれを信じるようになったいちばんの原因は、簡単に手に入る大金が何としてもほしいって思いながら悩み苦しんでいる貧乏な人たちと、四年間わたしが親密につきあってきたことなの。ある階層にいる人間たちについては、自分は底の底まで知り抜いてるってわたしは信じてるの。男の出した広告が引用されていた。わたしはそれを書き写して、アメリカの状況に合うようにつくり変えた。

「その晩の残りは、熱に浮かされたように空中に楼閣《ろうかく》を築くことに費やした。自分の得た収益をわたしは数え上げた。それがどんどん高く高く積み重なっていって、最後には、わたしは札束のなかに埋もれてしまうような具合になった。でも時折、犯罪を計画してるんだぞっていう冷たい考えが、炉のように熱くなったわたしの頭に忍び入った。わたしは猛烈な勢いでその考えを追い出した。考えがやって来るたび、その影響が良心をとらえる機会を持つ前に、わたしはそれを決然としてはねつけて追い払った。そいつの試みは次第に力を弱めて回数も減っていき、やがては完全に絶えて、それでわたしは永遠に自由になった。わたしはそれまでずっと正直者だった。すっかり完全に正直だった。だからわたしは自分自身に驚いた。だけど今はもう驚いていない。わたしももう年を取ったからよく分かるの。わたしには限界があった、ということよ。わたしたちは皆それぞれの限界を持っている。わたしは自分自身の限界を超えて誘惑された。それはいつだって致命的よ。そのことに今は気づいてる」

「それは〈低能哲学者〉が四千回くらい喋ってきたことだ」

「一万回喋っても真実でしょうね」と母親は静かに言った。「わたしは心を決めた。その詐欺をやってみようと思った。それからこんな考えが浮かんだ。わたしはお金を持っていない。元手はどこにあるのか？　答えはおのずと出た。ジャスパーは自分の自由を買うためにお金を貯めている。彼は数百ドルをどこかに隠している。それでわたしは彼に言ったの。わたしがここを立ち去るっていうことと、もしいくらかお金を持たせてくれるなら、三か月のうちにそれを返済するっていうことを。良い事業の計画があって、メンフィスに腰を据えなければならないの、と言った。それから、わたしがやり上手な女だと思われていることを彼に思い出させた。彼は快く承諾してくれた。わたしはこんな具合に言った。男の人だけがして女の人はしないような事業に関わるので、その仕事をしていることを知られたくない。だから自分の正体を偽って、自分の名前——当時はミリケン夫人だったけど——をルーシー・ウォレス嬢に変えることにする。そして、子供を一人かかえた男やもめの兄をでっちあげて、その兄の名前の下《もと》に隠れて事を進めることにするって。

「ジャスパーは持ち金全部をわたしにくれた。三百ドルだった。わたしの秘密は守ると言ってくれたわ。段取りが整うと、わたしはハリソン氏への事前の報せなしに出て行った。家の召使いにはこんな風に言っておいた。彼が万一問いただすようなことをしたら、わたしが仕事に飽きてしまって遠いところに行ったと言ってもいいわよって。二、三日のうちに私はメンフィスに腰を落ち着けた。断崖の上に建っていて北端に川を見渡せる安い小さな家《コテージ》を借りて、自分の仕事を始めた。近すぎるところに住んでいる隣人はいなかった。正面のドアにわたしはごく目立たない表札をつけた。〈ジョゼフ・B・ウォレス、通信教育による東洋諸語の教師〉って。わたしは配偶者を亡くしたことを表わす喪章の代わりに色物の服を身につけた。でもとっておきの変装手段は、そんな時期にいつも被るような緑のヴェールだった。わたしは郵便局の私書箱三十七号を契約した。それは兄である〈通信教育による東洋諸語の教師〉ジョゼフ・B・ウォレスのためのものだと説明した。小生意気な若い局員は微笑んでこう言ったわ。ウォレス氏はおそらく自分の郵便を——そんな類の郵便を！——受け取るためにわざわざ局に取りに行くようなことはしたくないんじゃないですか、メンフィスのように小さな町ではね。わたしはこう言ってやった。兄さんは連邦全土を対象にして顧客を募集するの。北部で成功を収めてきたけど、気候が病弱な人には合わなくて。それからわたしは非難がましくこう付け加えた。兄さんの郵便物が小さかろうが大きかろうが、すでに無理している以上に自分の身体に無理を強いる必要はないわ、だってそれを代わりに取りに行ってあげる妹がいるんですもの。それを聞いてその無思慮な若造は、偽りのない心からのお詫びを言った。赤面もしたわね。

「わたしはアルファベットのゴム判を買って、私製のちらしを印刷した。ちらしは粗野で、粋なものではなかったけど、わたしは自分が追い求めている顧客のことをよく知っていた。わたしは手紙を（ジョゼフ、職業は教師、云々《うんぬん》の名前で）書き、シンシナティとインディアナとハリスバーグの郵便局長にそれぞれの州で発行している新聞のリストを送ってくださいと依頼して、そのリストを手に入れた。それからわたしは、三つの州それぞれでお互いに遠く離れた場所で発行されている新聞を一ダース選んで、そこに広告文を送った――みんな田舎の新聞で、都市の新聞は一つも選ばなかった。広告はこんなものよ。

一週間で十パーセントの利益

私を通してご投資いただければこのことを保証します。利益は七日ごとに現金でお返しします。十ドルなら一週間で一ドルの利益、五ドルなら五十セント。ちらしをご請求ください。請求先はテネシー州メンフィスのジョゼフ・B・ウォレス。

「広告を出すのは一回きりと指示しておいた。あまり注目を集めたくなかったの。もう三週間があっという間に過ぎてしまった。わたしは自分の小さな部屋を使ってごく私的な仕事をした。部屋から出る時にはいつも鍵をかけてそれをポケットに入れる習慣を苦労して身につけた。あなたが入ることも許さなかったのよ。当時のあなたは四歳で、やんちゃざかりの出しゃばり屋さんだったもの。
「もうわたしは百ドルを使ってしまっていた。罠の用意はしたたし、腰を落ち着けて待つ以外にすることはなかった。段取りにかかっている間は、わくわくして楽しかった。でも、この何もしないでいる虚《むな》しさといったら！　ああ、なんて退屈に、ゆっくりと時が過ぎていったことでしょう！　四日――五日――六日、でも手紙は一通も来なかった。それでは自分の企みは失敗だったか！　わたしは慌てふためいた。眠れなくなった。ジャスパーにはどのように言ったらいいだろう？　彼はわたしの居所を知っているし、何日《いっ》であれ夜になったら様子を見に来るかもしれない。そしてその次の夜、彼は本当にやって来たのよ。でも怖がったり取り乱したりはせず、わたしを慰めて励まそうとするだけだった。わたしはとても有難く思ったので、もし成功したらあなたの自由を買い戻す手助けをするわと言ってあげた。それからわたしの企みがどういうものか彼に教えてやった」

「教えたの？」

「まあともかく、企みの一つを教えたわ。それから、これは郵便を手段とするもので、手紙が来るようになったらそれでお金が入ってくるだろうって言ったの。それで彼は上機嫌になって、手紙はきっと来るよって言った。そして、ちょうど今もすごい勢いで自由が俺めがけて近づいてくるのが見えるよ、とも言った！　それでね、テンプルトン、希望を持つ根拠があんなに薄弱なのに、彼は喜びでほとんど我を忘れてしまったの。わたしに感謝するのに十分な言葉を見つけることができない様子だったわ、可哀そうに。

「彼は二週間に一度訪ねてきて事の進み具合を確かめたかったんだけど、それはちょっと危険だとわたしは考えたから、二人でこんな取り決めをした。この事業が相変わらずぱっとしなかった場合も考えて、彼はそれよりもう少し長い期間待つことにする。でも、もしその間にお金がどっさり入ってきたり、逆に失敗して諦めなければならなくなったりした場合には、わたしの方から使いを出して彼を呼ぶことにする――使いは〈キューバ葉巻〉の包みを差し出すだけ――それで彼には分かる。

「期待していたとおり、手紙が翌日から到着し始めた――十通――ちらしを請求してきた。わたしはちらしを送った。その次の日はもっと来た。それからは手紙が毎日来るようになって、しかも数が増えていった。十日間でわたしは二百枚のちらしを郵送した。

「それからよ、悲劇が始まったのは！　お粗末で少額で端が破けて汚くなったお札がたくさん投資のために流れ込んできた。そんなお金を送ってきたのは、たとえば文無しになった未亡人だったりした。大きな所帯を抱えて必死になっている貧しい牧師さんだったりした。寝たきりの母親とお腹を空かせた小さな弟や妹のいる裁縫婦《おはりこ》だったりした。みんな神様がお創りになったけれど見捨てられて孤独になった人たちよ。そんな人たちがわたしに対して嘆願しながら手を差し出してきた。そして感謝に満ちた心から思わず零《こぼ》れ落ちた胸衝かれる言葉で、わたしのことを恩人と呼んだ、そして祝福したのよ！」

「ああ、母さん――」

「黙って！　わたしの立場に身を置くことができる？　わたしが経験してきたことをあ、な、た、が経験したことはある？　ないでしょ。じゃあ、あなたに批判する資格はないわ――あなたや居心地いい所でぬくぬくしているプロの道徳家の皆さんにはね。わたしはこんな手紙を何通も読んで、胸の張り裂ける思いをした。もう少しで最初の決心をひるがえして、自分の企みを捨て去るところだった。それから、手紙の文面はもう読まないようにした――しばらくの間はね。署名と住所を確認して、それだけでおしまいにした。

「わたしは一覧表に名前と住所を書き写して、それぞれの名前のところにはお金を受け取った日付と金額を記入した。ゴム判のアルファベットを使ってわたしは空欄付きの証書をたくさん印刷した――

二種類セットになっていて、こんな風に書かれているの。

投資金として（日付）に（名前）様より合計（……ドル）をお預かりしました。

ジョゼフ・B・ウォレス

同封致しましたように、（日付）に投資のためお預かりした（……ドル）の七日分の配当金が（金額）であることをお確かめください。

ジョゼフ・B・ウォレス

「名前をスタンプで押したので、ペンで書き入れるのはそれぞれの証書について三つの空欄だけだった。普通は三つより少なくなった。なぜって投資金はたいていの場合、五ドルか十ドルで、その数字と対応する利金の空欄にはスタンプを使ったから。まったく、私の仕事はとても軽いものだったわ。とにかく最初のうちはね。

「いちばん初めに手紙からお札が舞い落ちた時は……」。彼女は言葉を切った。胸が上がり下がりし始めた。目に恍惚《こうこつ》としたような感情が浮かんで燃え上がった。それから彼女は感情を爆発させて言った。「それは何という瞬間だったんでしょう！　神様、もう一度それを体験することができたら！　贖《あがな》い！――解放！――地獄に落ちた人間のために大きく開かれた天国の門！――わたしにとってあの瞬間は、まさにそのようなものだった。あのお金――一万ものきたない指についた汚《よご》れや汗でぼやけて薄れてしまった、あの擦り切れて、不潔で、疥癬《かいせん》だらけのお札――それはなんて美しかったことでしょう、なんて神々《こうごう》しくて崇拝すべきものだったことでしょう、なんて眩《まばゆ》い希望の後光がさしていたことでしょう。それは大挙してやって来た天使たちの最初の一人だった。天使が担った役目は——わたしは知っていた、それを感じ取った！——貧乏の地獄からわたしを解放すること。その地獄と比べたら、死んでから行くもう一つの地獄の業火なんて、子鬼程度の見せかけの代物にすぎない。本物の業火を体験して、そこでのたうちまわって、傷や火ぶくれで体じゅう筋《すじ》や斑点だらけになってる人にとってはね。そのお札は犯罪を表わしていた。でもそんなこと、わたしがどうして気にする必要があったの？　看守は殺されるけど代わりに自分自身は解放されるのだったら、一生監獄に閉じ込められている人間は、銃で撃ったりナイフで刺したりすることを気にかけるかしら？　ずっとつらい思いをして待ち続けたあげくにやっと機会がやって来たら、金銭欲は昂じて狂気になる。そういうわけで——」

前触れもなく例の黒人女中がまた顔を見せて、叫んだ——

「シャーロット様、犬が一頭入ってきて、用意しておいた牡蠣をほとんど呑み込んで出て行ってしまいました。犬の持ち主は——」

テンプルトンは彼女のお喋りに割って入った。

「そいつに請求しろ、この馬鹿！　それから——」

「犬に請求ですか、テンプ様？」

「そうじゃない、持ち主にだ——まぬけ！　ドアを閉めろ。もしまた開けたらお前の背骨をへし折ってやる」

「承知しました、ご主人様」と女中は落ち着いて答え、それから立ち去った。

「もし殺すのが必要な奴がいるとすれば、それはあいつだ！」

母親は優しく言った——

郵　便　は　が　き

料金受取人払

麹町局承認

9227

差出有効期間
平成27年2月
28日まで
（切手不要）

1 0 2 - 8 7 9 0

108

（受取人）
東京都千代田区富士見 2-2-2
東京三和ビル

彩流社　行

●ご購入、誠に有難うございました。今後の出版の参考とさせていただきますので、裏面のアンケートと合わせご記入のうえ、ご投函ください。なおご記入いただいた個人情報は、商品出版案内の送付以外に許可なく使用することはいたしません。

◎お名前《フリガナ》　　性別　男 女　　生年　年

◎ご住所　都道府県　市区町村

〒　TEL　FAX

◎ E-mail

◎ご職業　1. 学生（小・中・高・大・専）2. 教職員（小・中・高・大・専）
3. マスコミ 4. 会社員（営業・技術・事務）5. 会社経営 6. 公務員
7. 研究職・自由業 8. 自営業 9. 農林漁業 10. 主婦
11. その他（　　　　　　）

◎ご購読の新聞・雑誌等

◎ご購入書店　　書店　都道府県　市区町村

愛　読　者　カ　ー　ド

●お求めの本のタイトル

●お求めの動機　1. 新聞・雑誌などの広告を見て（掲載紙誌名→　　　　　　　　）
2. 書評を読んで（掲載紙誌名→　　　　　　　　）3. 書店で実物を見て　4. 人に薦められて
5. ダイレクト・メールを読んで　6. ホームページなどを見て（サイト名ほか情報源→
　　　　　　　　）7. その他（　　　　　　　　）

●本書についてのご感想　内容・造本ほか、弊社書籍へのご意見・ご要望など、ご自由にお書きください。（弊社ホームページからはご意見・ご要望のほか、検索・ご注文も可能ですのでぜひご覧ください→　http://www.sairyusha.co.jp.）

●ご記入いただいたご感想は「読者の意見」として、匿名で紹介することがあります

●書籍をご注文の際はお近くの書店よりご注文ください。
お近くに便利な書店がない場合は、直接弊社ウェブサイト・連絡先からご注文頂いても結構です。
弊社にご注文を頂いた場合には、郵便振替用紙を同封いたしますので商品到着後、郵便局にて代金を一週間以内にお支払いください。その際 400 円の送料を申し受けております。
000 円以上お買い上げ頂いた場合は、弊社にて送料負担いたします。
また、代金引換を希望される方には送料とは別に手数料300円を申し受けております。

ＵＲＬ：www.sairyusha.co.jp
電話番号：03-3234-5931　ＦＡＸ番号：03-3234-5932
メールアドレス：sairyusha@sairyusha.co.jp

「あの者たちはつらい目に遭ってきたのよ、可哀そうに。それに彼女らはものを知らない。大目に見てあげなければ」

　若者はしびれを切らせて言った。

「いつもそんなことを言ってるんだね、母さん。そんな言い方って、もう古いよ。もし母さんが時々はあの娘に罰を与えてやれば、彼女の勉強になるのに」

　その言葉の皮肉めいた部分に反応して、母親の頬にかすかな赤みがさした。だがそれについては、こんな無言の返答しかなかった。彼女の心は主として締めくくりの部分に向けられていた。口調に柔らかな非難を込めて彼女は言った――

「どうしたら彼女を罰することができるというの？　自分の故郷から千二百マイルも離れたところに売られてしまったのに。ここには友だちは一人もいなくて、あの娘はとても孤《こ》独なのよ。お母さんが一人いるけど、もう二度と会えないでしょうね。わたしも母親よ。そのわたしがどうやって彼女を罰することができるっていうの？」

　このようにして投げつけられた言葉にしばし虚を突かれた若者は、それに対抗する方法はないかとあれこれ考えた。彼はしばらくもじもじしていたが、当座の状況でできる最善のことをした――

「うん、でもとにかく、あいつには歌をうたわないでもらいたいもんだね！　一週間に二回か三回、あの娘は声張り上げて大騒ぎをする。そしたら気が散って仕方なくなる。『家に帰れる！　家に帰れる！　あたしは涙とも悲しみともお別れだ！』って。それなのに母さんはひと言だって文句を言ったことがない。まったく、どうしてこれに我慢できるのか分かんないよ」

「我慢するですって？　もしあの可哀そうな独りぼっちの娘の重荷が取り除かれて、心の底から喜びの鐘の音《ね》を鳴り響かせるようなことがあったら、わたし本当に有難い気持ちになって、ぎゅっと抱きしめることでしょうね。我慢するですって？　あの友だちのいない子を？　神様、もしあの娘《こ》が歌うことができるなら、絶対にわたしは――」

ちょうどこの瞬間、その歌が階下から讃歌のように響きわたって、彼女の言葉を途切れさせた。二人は耳を澄ませて最後まで聴き入った。それから間を置いて、明らかに胸を衝かれたテンプルトンはこう言った――

「分かったよ。僕は今までそんな見方で考えたことがなかった……。話を続けてよ、母さん」

第十六章

「ええ、いいわよ。さてと。わたしの仕事のことを話していたわね。お金がどっと流れ込んできた。平均は手紙一通についてなんと十ドル。それよりかなり少ない額のものもあったけど、たいていは十五ドルから二十ドルあたりを同封していたから。最初のお札を手にしてから一週間も経たないうちに、わたしは一千ドルを手に入れていた」

「びっくりだね！」

「わたしはその一千ドルからジャスパーのために最初の三百ドルを取り分けておいた――それが彼から借りた総額だったから――そしてそれに二百ドルを付け足してやった、驚かせて喜ばせようと思って。それから彼にはパートナーになってもらって、入ってくる利益はみんな折半しようと考えたの」

テンプルトンは彼女の手を強く握った。そして言った――

「母さんならそういうことをするだろうと思っていたよ。誰にでも察しがつくことだよ」

女は彼の手をそっと払いのけた。そして懇願するように言った――

「やめて――ああ、やめて、わたしの大事な子。そんなこと言ってくれたら死んでしまう！」

「死んでしまうって？」と戸惑いながら若者は言った。「どうして？」

「それはこれから話すことよ。今は勘弁して。後で判断してくれたらいいの。憐れんでくれたらっていうことだけど」

「ああ、母さん、こんな風に言いたいわけじゃないんだろ、つまり……。でもまあいい。先を続けて」

「わたし――わたし――とても恥ずかしいわ！ それにあなたに分かってもらえるはずがない――絶望的に貧しくなった者にしか分からない。一時間と経たないうちにわたしは少し思い直した。彼に本来の持ち分以上のものをあげようとしているのだと反省した。分配金は追加の二百ドルから捻出しなければならない――二十ドルということよね。どうしてそれを私の持ち金から出さなきゃならないの？ 彼が払うべきじゃないの？ 二度わたしは二百ドルを取り返し、二度与え直した。そして、その追加のお金をそのままにしておいてもう忘れてしまおうと必死で努めてみた。でもわたしは十分に強くはなかった。わたしはそれを三度《みたび》取り戻して、もう返さなかった」

彼女はしばし沈黙した――嘆願に等しい沈黙だった――だが相手からはひと言もなかった。なぜなら、彼女の話を聞いて息子の頭に無意識のうちにひとつらなりの驚くべき考えが浮かんできたから。そして彼はその考えをじっくりと検討し驚嘆して眺めるのに夢中だった。それで彼女はため息をつき、悲痛な様子で話を再開した。

「わたしは出かけて行って例のキューバ葉巻を手に入れた。それからしばらくの間は、使いの者を見つけ出して、嬉しい報せを告げるこのサインを送らなければと考えていた。でもその気持ちは、みるみるうちに消えていった。どうしてそんなに早く送らなきゃならないの？　急ぐことないでしょ。もう少し待ってみてはどうなの——ええと、つまりお金が要らなくなるもっと良い時機が来るまで？　それでわたしは葉巻を送らなかった。考えに考え続けて、その間ずっと金銭欲がわたしを責め続けた。とうとう、平穏を得るために、当座の間は彼に支払うことをすっかり先延ばしにした。そして札束を自分のすべての蓄《たくわ》えに戻してしまった」

突然、テンプルトンの困惑した顔がぱっと明るくなった。そして彼はアメリカを発見した者であるかのような驚いた様子で言った——

「ああ、僕もそんな経験をしたことがあるよ！　これは異常なことで他の人間には起こらないことだって、その時は思った。僕は自分が恥ずかしくなったから、そのことを隠した。でもたぶん、それは人間の性質っていうものなんだ。そうだと思うだろ、母さん？　まったくもう、とてつもなく不思議で——それに面白かったよ！　スレーターヴィルで集会が開かれて、可哀そうなホジソン一家のために募金が呼びかけられた時のことだった。あの一家は火事ですべてを失くして、ひと切れの布も一ペニーの金もなくなってしまった。そして最初に呼びかけた人の話にとても心を動かされたから、僕は十四ドルを取り出した。それが手持ちの金のすべてだった。それから——それから——でも話を続けて、母さん。そのことを考えるとまだちょっと気分が悪くなってしまうから。続けてよ——僕が話を邪魔しなかったって思っておいて」

「ええ、いいわ」と母親は言った。そして彼女の口調や態度には、自分のなかの痛みを感じる箇所が和らげられたことを示す何かがあった。「あなたが感じたのと同じことをわたしも感じてる。わたしの話ではその部分について詳しく説明するのはやめて、端折《はしょ》っておくことにするわ。明白でおぞましい真実はこういうこと。お金が入れば入るほど、わたしはそれを少しでも手放すという考えに耐えられなくなってしまったの。そういうわけでしばらく経つと、ジャスパーをパートナーにするという考えも完全に捨ててしまっていた――」

「起こるべきことが起こったんだと思うよ！ 僕たちは皆、そんな風にできてるんじゃないかな？――もし先延ばしにする機会を手に入れたらね。あの〈低能哲学者〉はこんなことを言ってるよ。もし右手が何をしているのか左手が知りたがっていたら、右手は頑張らなきゃならない、さもなきゃ左手が見つけられることは何もないだろうからって。以前は馬鹿げた考えだって思ってたけど、今はもうそう思えない。続けてよ、母さん」

「やがてわたしは、ジャスパーに使いを出すのを、期限を切らずに先延ばしにした。次にはこんな結論を出した。彼に使いを出すのはよそう、待ちくたびれてしまったら自分で来ればいい――そうしたら取り分の三百ドルを渡してやることにしよう。その間にそのお金を大事に保管して眺めることができるのは、自分にとって慰めになるし癒しになる。お金はわたしにとって愛《いと》しくて美しい瀕死の子供のような存在になった。やがて死に際になったらその子を優しく愛撫してやって、それでもうお別れしなければならなくなる。わたしはそのお金をとっておきの場所に隠しておいた。そして悲しみと心配の入り混じった気持ちでそれを見守った」

「よかった！」と若者は言った。そしてほっとひと安心したというおどけた素振りをしてみせながら、こう付け加えた。「ほんとにもう、母さんがその金も独り占めしてしまうんじゃないかって心配したよ!」

母親は赤面した。だが彼は見ていなかった。しばらく考え込んだ後、彼女の生真面目な顔は楽しい思い出で明るくなり始めた。そして彼女はうきうきした様子で話をまた始めた。

「投資金が到着して七日が経ったら、わたしは十パーセントの分配金をただちに郵送した。そんな具合に毎週が慌ただしく過ぎていった。そしてほどなく、毎日の郵便物を受け取るためにバスケットがひと籠《かご》必要になった。郵便局の若い局員のサイモン・バンカーは驚いたわ。そして、お兄さんは一レッスンでどれくらいもらっていらっしゃるんですかと尋ねてきた。わたしはこの危うい質問を予期していた。そしてそれに対する備えをしていた。それがよかったのよ、だって彼の目を見て、ある提案をしようと目論《もくろ》んでいるのが読み取れたから。わたしにはそのことが分かった。三か月で二ドルよ、と返事をした。半分はその期間の中途で払って、残りの半分は終了した時に払えばいいの。ほとんどの生徒は牧師職を目指して勉強している貧しい若者たちで、ヘブライ語のレッスンを受けてるの。払えなくなることもよくあるわ。生徒によっては一か月で飽きてしまって脱落して、お金を送るのを忘れてしまう場合もある。でも良い生徒も悪い生徒もひとまとめにしてみると、兄さんはいつも安定した高額の現金収入を見込むことができる——一年で千五百ドルを絶対に下まわることはないし、一度は二千ドル近くまで上向いたことがあるの。わたしはこれ見よがしにそう言って、大袈裟《おおげさ》に頷《うなず》いてみせた。彼の目から提案しようという気持ちが消えていった。そのことをわたしはそれとなく観察して知ったの。それ以降の彼は、相変わらずいつも親切にしてくれたけれど、わたしの用事については関心を払わなくなったわね。わたしの気の毒な兄の健康状態について訊くことも、もうしなくなった。わたしたちはお互いを綽名で呼び合うような友人の間柄になった。そして、そんな快適で害のない足場に立った関係が続いたの」

「お互いを綽名で呼び合うような友だち関係だって、母さん？　まあね、言いたいことは分かるよ。でもこれって友だちどうしの関係とは限らないよね。だってソル・ベイリーのことをダグはいつもあんな呼び名で――」

「分かるわ。でもサイモン・バンカーとわたしとは友人どうしだったの」

「どんな綽名だったの？」

「それは大事なことじゃないわ。それにわたしの話の方がもっと面白いから。続けさせて。二週目になって、わたしは二千ドル以上を受け取った――すぐにそこから分配金を払ってやった。三週目は五千ドルを受け取って、四週目は一万五千ドル。そしたら、三回の分配金をもらった客たちからの歓びにあふれた手紙が到着し始めた！　客たちの感謝の念は深くて、偽りなくて、率直で、数ある言葉の中でもいちばん雄弁な言葉で述べられていた。それは貧しい人たちが使う、奇妙で風変わりでまともじゃないけど、人の心の真ん中を射抜くような言葉だった――あの驚くべき言葉遣いはどんな芸術もしのいでいるし、どんな芸術だって手を届かせることはできないし、相手の心に直接伝わってくる――そして心を裂いてしまうこともある！

「とてもはっきり見て取れたことが一つある。といっても、そうだろうなと思ってきたことだけど。わたしは貧乏な人のことをよく知っているから。それはこういうこと。二十ドルを送ってきた客はこの実入りのいい〈お宝発見〉のことを自分だけの秘密にしていた。でもとても貧しい人たちは自分の幸運のことを隣人たちに教えてやったので、わたしに新しい客を寄こしてくれたの。貧しかったり惨めだったりすると人の心は優しくなる。犠牲者どうしで親切を与え合うのよ。どんな時代でも未亡人が差し出すなけなしのお金は、一年で積もり積もってコインの山になる。❖ 貧しい者がいなかったら、貧しい者はどうなるっていうの？

「それでね、五週目には一万五千ドルが入ってきた。新しい客を登録したり、投資金の受取証を書いたり、分配金を郵送したりで、わたしは一日に三千語も、ひょっとして四千語くらい書く作業をしていた。仕事の量はうなぎのぼりに増えていった。きつい労働を毎日六時間。あと一週間すればどうなるだろう？　十八時間！　助手を雇わなければならなくなるだろう。大胆だけどできるだろうか？　じっくり考えなければならない時だった。

「夜の半分がたは、ベッドで何度も寝返りを打ち続けた——思いを巡らせながら。諦めて逃げなければならないだろうか？　そうしなければならないだろうか？　あと二、三週間すれば十万ドルを持って出て行くことができるというのに？　わたしはそれを手に入れようと無我夢中だった。人は貧しさや恥辱や屈従といった酷い惨めさを経験すると、金銭欲が無慈悲な支配者になる。わたしはその財産を失うという考えに耐えられなかった。それで結局、最悪の事態を覚悟して留まることを決心したの。たぶん信頼できる助手を見つけることができるだろう——そう、絶対にできる。絶対に何とかして切り抜けてみせる。これで決着。そしてわたしは眠りに落ちた。

「でもなんてこと！　よりにもよってその次の日、郵便物を入れたわたしのバスケットには、五千ドル以上の紙幣と一緒に小切手も二枚入っていた。これはいけない！　小切手を扱うなんて——ああ、それは火をいじくりまわすようなもの。告げ口屋の小切手を銀行で処理してもらう？　ああ、絶対にだめ。そんなことをするほど頭はおかしくなっていなかった。実際のところ、わたしは今ではとても冷静になっていた。よく分かったわ、わたしは出て行かなきゃならない。しかも明日ではなく今日のうちに。もしいいスタートを切りたいなら。小切手の一枚はこちらに届くのに四日かかっていた。もう一枚は一日余分にかかっていた。それらの小切手をわたしはそれぞれの封筒に戻し、脇に押しやって、受取証は送らなかった。四日かかった男はこれから四日か五日で受取り確認の書類が届くと考えるだろう。それを過ぎたら不安になって問い合わせようとするだろう。それが起こる頃までに遠い所に行っていなければならない。

「用意は整えていた。わたしは変装から何から何まで準備していた。逃亡する時が来たら時間の遅れは破滅を招きかねないって、あらかじめ分かっていたから。わたしは古い小舟を一艘《いっそう》買っておいた。そして断崖の真下に鎖《くさり》で繋いでおいた。天候のいい晩にはあなたをそれに乗せて遠出に繰り出した。わたしも運動になったし、それを操ることができるよう自分を訓練しなければならなかったから。毎晩、就寝時間になってわたしがいちばん最後にすることは、その日に受け取ったお金を使い古しのカーペット地の大袋に入れることだった。袋は上に古いマルセイユ織のジャケットを数着かけて隠して、鍵もかけておいた。夜逃げする準備はいつでもできていた。わたしは同じような袋に、あなたと自分用の下着の替えや、石鹸《せっけん》や安い化粧品の類や、クラッカーやチーズといったちょっとした食料を入れておいた。それだけだった。それもいつも準備できていた。あなたと自分自身それぞれのために、貧乏な人しか着ないような、古ぼけて雑なつくりの服を用意していた。いつでもそれを簡単に手に取ることができるような場所に保管していた。その家からはこんな古着とカーペット袋しか持ち出さない

❖金持ちが寄付する高額の金よりも、未亡人が差し出す少額の金の方が貴いとイエスが弟子たちに説く、『マルコによる福音書』十二章四十一―四十四節の記述に基づく。

つもりだったの。物置には鉋屑《かんなくず》をひと山用意していた。わたしがいつも着るガウンを数着、その上に無造作に重ねて隠しておいた。ちょっとした火事を起こして時間を稼ぐ。そしてすべてが自ずと露見する前に川を下って十分に遠い所に行ってしまう。それがわたしのアイディアだった。

「その最後の日は長くて、残酷なくらい気が昂ぶる一日だったけど、それもとうとう終わろうとしていた。わたしたちは変装を身につけた。九時になって、家に鍵をかけた。それからほどなくして、あなたとわたしといろんな物を入れた袋は崖の下に落ち着いていた——バッグはボートの舳先《へさき》にある物置に隠して、あなたとわたしは海岸線がくぼんだ所にある涼しい避難所で居心地良くしていた。そこはあなたにとって馴染《なじ》みがあってくつろげる遊び場だった。あなたが寝る時間を選んでいたから、期待していたように、あなたはしばらくすると、うとうとして眠りに落ちていった。それからわたしは家の方に取って返した。習慣からわたしは、その日に受け取った分をお金の袋の中に入れて兄弟たちと一緒にしてあげるのを、いちばん最後に残しておいたの。泥棒のように震えていたし、物音がしたら何でもびくっとなった。でもわたしはお金を袋に突っ込み、マッチを擦って鉋屑に火をつけ、そそくさと家を後にした。あなたの所に帰ってきて、あなたが無事でまだ安らかに眠っているのを見て、とても嬉しかったわ！　それで気持ちが切り替わった。わたしは自分を取り戻した、冷静ないつもの自分をね。そうしたら、もちろん！　わたしの最初の思いは——ジャスパーの三百ドルだった。それからもちろん、わたしはそれについて理屈をこね始めた。それが無駄になってしまうなんて、何とも残念！　そう、そう、なんて残念なことだろう。こんな出発点だから、次の段階の考えは必然的にこんなものだった。それが無駄になっていいものだろうか？　それを捨ててしまうのは道義的に言って正しいことだろうか？　燃えてなくなってしまうくらいなら自分がもらった方が絶対にいい。灰になったら彼にとっても誰にとっても役に立たなくなってしまう。わたしは彼のために忠実にそれを保管してきた。彼はその気になればこちらに来て受け取ることもできたはず。どうしてしなかったの？　わたしに少しでも責任があるっていうの？　まあ——確かに、取り決めに従って彼に報せを送ってやることもできたかもしれないけど、わたしにそんな時間はあった？　ねえ、実際のところ、あった？　こんなに気持ちが昂ぶって、たいていは自分が何をしようとしているのか分かってもいないような日に、あらゆることを考えるのがどうしてわたしにできるっていうの？　この頃までに、わたしはこんな夢想に浸りながら家にまた駆けつけていた。そこに辿りつく前に、わたしはすべての責任をジャスパーに押しつけていた。そしてこう言い聞かせていた。彼が金を失うことは彼のためになるだろう——たぶん彼の将来の成功に役立つことになるだろう——だってこれが教訓になって、もっと注意深い人間になるだろうからって。わたしがそのお金を手にした頃には、わたしは彼に恩義を施しているような気になっていた」

「なんてことだ！　母さん、もしあのホジソン家の一件のことを考えていなかったら、僕は信じられなかったと思うよ」

「金銭欲は無慈悲な支配者なの！　わたしはそれにかしずく奴隷だった。ぼろ布が焦げて煙を出しているような嫌な臭いが家中にたちこめていた。わたしはドアに鍵をかけて、それから走った。良心がわたしを苦しめようとしていたけれど、簡単になだめることができた。どうやって？　寛大な行ないをした記憶のおかげよ。きっとあの小切手は貧しい未亡人や孤児の管財人たちが送ってきたものに違いない。彼らは自分たちが預かっている信託金でギャンブルをして、その儲けを自分たちのものにしようと考えたんだわ——銀行小切手を使って取引をするのに慣れてる者だったら誰でも、信任されていない見知らない人間が持ちかけた一週間につき十パーセントなんていういかれたギャンブルに、自分自身のお金を出す危険は冒さないはず。わたしは未亡人や孤児の管財人たちについてはよく知っていた。ああいう種族の特徴は分かっていた。だからあの小切手を換金しないことで彼らの犠牲者たちの一団を救ったことになるのだって分かったの。そう考えると嬉しくなって、気分が浮き立って、自分が立派になったような気がした。うつむき加減だった頭を高く上げて、そんな善良な衝動を持ち合わせていてそれに従ったことに感謝したの」

　息子は母親の話を遮るような不作法なことはしなかった。だがこんな考えが彼の頭をよぎった。「ああ、自分が小切手を換金しなかった理由はそうする勇気がなかったからだって、母さんは分かってる。そのことを忘れてしまったんだろうか? こんな思い違いは『事実を濫用《らんよう》する習慣』から生じるんだって、ソル・ベイリーは言ってたな。『他人を欺《あざむ》くために事実から贋金をつくり、それからその贋金を自分自身にもつかませてしまうこと』だって。母さんは孤児たちを救ったりはしなかった。孤児たちの方が母さんを救ったんだ」

「それでわたしは満足していい気分で走り続けた。断崖の下に着いた時、あなたが隠れ家の外に出て目を覚ましているのを見た。怖くなって息が止まった。この可哀そうな小さな子、間違って川に入って溺《おぼ》れ死んだかもしれないわ。言葉にできないくらい感謝して、あなたをぐっと胸に抱きしめた――すると近づいてくる人の声が聞こえた。次の瞬間、わたしは出航していた。袋を小舟に投げ入れて、その後からあなたを連れて慌てて乗り込み、それで逃げ出したの。音を立てないようにして四分の一マイルばかり逃げて、それから漕ぐのをやめた。ここまで来たら川の流れがわたしの仕事を代わってしてくれる。もう安全だわ！　嵐が来そうだったけど、大丈夫、もう安全だわ。嵐になってもわたしたちの姿が隠れるだけで、かえってもっと安全になる。ぱらぱら雨が降り出した。雷がごろごろ鳴り始めた。あなたは不安がったけど、わたしは平気だった。あなたを胸に抱きしめて、満足していた。安全が大事なこと、いちばん大切なことだった。そしてわたしたちは安全だった。

「濃くなっていく暗闇の中で大きくどっしりと浮かび上がっていた断崖が遠ざかっていく様子に、わたしは目を凝らしていた。そして、火事が起こって自分がしたことを明かす証拠の品々を燃やして、自分自身と自分の危険をしょいこんだ経歴を消し去ってしまうのを、わたしは落ち着き払って待っていた。五分間、そんな風に待っていた。それから、落ち着いた気分が漏れ始めた。さらに五分が経って、落ち着きの残りが消えてしまった。本格的に雨が降り出してきた。断崖の輪郭を見分けることがほとんどできなくなった。忌々しい火事め！　いったいどうしたんだろう？　絶え間のない降雨が始まった。そしてほどなくして、南部ではお馴染みの夏の大雨に襲われて、何も見えなくなった。これで起こした火事も消えてしまって、自分にとって致命的な証拠品が残ることになるんだろうか？　その疑問に答えることはできなかった。わたしはしばらく強い不安を抱き続けた。それからこう考えた。『それが何だっていうの？　わたしたちは安全だし、自由だし、遠い所で身を隠して絶対に捕まらないのよ』。一時間後、嵐はやんで星たちが顔を見せた。ずぶ濡れだったけれど、暑い夜だったし、わたしたちは気にしなかった──お粗末な衣類も。あなたはだいたいずっと眠っていた。目を覚ますと、あなたにわたしの新しい名前──〈サラ・リンチ夫人〉──とあなた自身の名前──〈ジョニー・リンチ〉──を教え込んだ。それからあなたが〈フランキー・ウォレス〉だったことを忘れなさいと言った。数週間前に、わたしを〈ルーシー・ウォレス叔母さん〉と呼んで、自分が〈トニー・ミリケン〉だったことは忘れなさい、そう教えたのとちょうど同じように。

「頭の上に星がまたたいて、平和で楽しかった。あなたは教えられたことを上手に学んで、やがて疲れてお腹をすかせ始めた。あの夜のことを憶えてる？」

「嵐のことはちょっと憶えてる――ぼんやりした記憶だけど。他には何も」

「考えてごらんなさい」

「うん、どうかな。むむ……。どういうものか母さんはどうも……。むむ……。いや、確かに……。何かが母さんを怖がらせたんじゃないかな、それから悲鳴をあげたり、倒れたり、それに――」

「そう、どちらもよ。あなたはお腹をすかせた。だからわたしは前に這っていって、物置から袋を取り出そうとした。それはなくなっていた！　その時よ、悲鳴をあげたのは――気絶して倒れてしまったのも。意識が戻ると、あなたはわたしの顔を撫でながら泣いていた、可哀そうに。カーペット地の袋はお互いによく似ていた。あの夜のわたしは心配して興奮してしっかりものが考えられなかったから、間違った袋を持ち出して、舳先の物置にしまい込んだのよ。袋の中には二万ドルともう少し入っていたけれど、消えてしまった。手元に今あるのは、ジャスパーの三百ドルを勘定に入れると、六千ドルに少し足りなかった。

「とてもつらい時間だった、恐ろしい時間だった！　それからもちろん、人のなかに潜んでいて機会が来たら責め立てようとする悪魔たちが、総出で反旗をひるがえして、わたしを嘲り笑い、罵り、非難で火あぶりにした。わたしは何という馬鹿だったんだろう、自分にとって計り知れないくらいの富をとうに手にしていたというのに、あの三百ドルのはした金を取りに引き返すなんて。もし引き返すことを止《や》めておきさえすれば、もしこれだけで満足しさえすれば、災厄は起こらなかっただろうに。そして今頃わたしは、半ば乞食になって言葉で言い表わせないくらい惨めになる代わりに、金持ちになっていたはずなのに。あれからかなり歳月が経ったけれど、偽りなくこんな風に言うことができる。あの惨めな時間をまた経験するくらいなら、普通に五回死んでその上に火あぶりで一回死んだ方がましだって」

「どうしてあの袋は消えてしまったの、母さん？」

「あなたから事情を聞き出したのよ。たわいのない子供らしい英語で話してくれたわ。包み隠しのない話を、愛らしくてたどたどしい言葉遣いで夢中になって話してくれた——あなたには知りようがなかったことだけど、ひと言ひと言が刃《やいば》になってわたしの心に突き刺さった。犬が一匹、わたしたちの跡をつけて隠れ場所に入ってきた。そしてあなたを嗅ぎまわって目を覚まさせた。男が犬を追ってやって来て、あなたに声をかけ、迷子になったのかい、お母さんはどこにいるんだいと尋ねた。母さんはもうじき来るよ、そんなに遠くに行ってないよ、とあなたは答えた。彼はこう言った。じゃあ待つことにしよう。とても腹が減ってるんだ。悪いけど何かくれないかな、とても、とても腹が減ってるから。それはとても恐ろしいことのように思えた。だからあなたは、僕たちの食べ物がどこにあるか知ってるよって言ったの。それから男と一緒に外に出て、物置のことを彼に話した。それからあなたは犬と一緒に遊びに行った。とても人なつっこい動物だった。それで男のことはもう考えなかった。それからしばらく経つと遠くから口笛が聞こえた。それで犬は跳びはねながら去って行った」

　長い沈黙が続いた。それからテンプルトンが言った。

「あの家は燃え落ちてしまったの、母さん？　聞いたことあるかい？」

「一年かもう少しくらいは何も聞かなかった。やっと分かったのは、わたしたちが南部を何百マイルも放浪して、最後にベイカーズ・ミルズの町に腰を落ち着けて、商売を繁盛させて、尊敬されるようになってからのことよ。そこで偶然わたしは知った――その町じゃもう昔の話で、ほとんど忘れられていたけど――あの家は燃えなかったんだってことを。話によると、わたしたちが逃亡して三、四日経つうちに、郵便物が山ほどたまってしまったから、みんな驚いて、それから調べ始めたの。どうしたのか確かめるために、あの局員が家に赴《おもむ》いた。するとわたしのしたことを明かす証拠の品々がすべて残されていた。記録のノートとか、ちらしとか、わたしを告発するための証拠として思いつくことのできるありとあらゆる物が揃っていた。もちろん苦労なく、ハリソンはわたしの筆跡を確認できた。それで法治機関が腰を上げた。〈ミリケン夫人〉と彼女が連れていた男の子〈トニー〉の人相書き、それから〈ルーシー・ウォレス嬢〉とその甥《おい》の〈フランキー〉の人相書きが公開され、高い賞金がかけられた。あの三、四日間の郵便物の中には、合計すると紙幣で六万ドル、小切手で七千ドルが入っていた――小切手は管財人たちが出したのでしょうね、疑いないわ」

彼女は深くため息をついた。少し経って、彼女は言った――

「もう一つ知ったことがある。わたしには懲役十年の宣告が下されたたっていうことよ」

「何だって！」

「まだ時効になってないのよ。これでもう、どうしてわたしが自分の過去をあなたにひと言も話したくなかったか分かったわね。わたしを許せる？　許してくれる？」

たちどころに力のこもった答えが返ってきた。

「僕はこの長い年月、そんな事実を知って引き起こしたはずの心配や恐ろしさの重荷に耐えられるくらい強くはなかった。その間ずっと、母さんは僕を幸せで楽な気持ちにさせてくれた。それを許すってどういうこと？　母さんは賢い選択をしたんだよ。自分自身にこんなに重い負担をかけてまで、僕を守ってくれて感謝している。今だったら、母さんが重荷をしょいこむのを助けてやれるし、そうするつもりだよ。母さんは犯罪者だけど、僕は息子だ。だから何があろうとも僕のいるべき場所は母さんの傍なんだ。母親は息子が罪を犯しても見捨てるようなことはしない。世界を敵にまわしても息子の味方をする。母親が息子にするのと同じことを、どうして息子が母親にしちゃいけないんだ、もし——」

「ああ、あなたはとびきり素晴らしい、最愛の息子だわ——」

「いや、喋っちゃだめだよ、ひと言も言わないで。何が来ようと僕たちは一緒に立ち向かうんだ。今の僕は朝に起きた時よりも年を取ってる——何年もね。だから僕が助けになるって今に分かるよ——本当の助けにね、母さん。今に分かるよ。さあ、元気を出して、新しいスタートを切ろうよ。終わったことは仕方がない。僕たちはまっとうな生活を送って、それを続けていくことにしよう。母さんが堕落したような状況では、たいていの人がやっぱり堕落したと思う——善良で本来は心の正しい人たちが。酷い貧乏と惨めさ、それにびっくり仰天するような誘惑と機会があれば——ああ、もしソル・ベイリーの話が正しければ、堕落は事実上確実なことだったんだ。彼の話によると、〈状況〉、〈誘惑〉、それに〈機会〉——こいつは恐るべき三位《さんみ》一体だ——それこそが犯罪者をつくりあげる。生まれつきの邪悪さがつくるんじゃない。僕たちはみんな限界を持っている、そう彼は言ってる。彼だったらジョージ・ハリソンのような人でも信用ならないだろうね、もし状況と誘惑と機会が勢揃いしてあの人を捕まえて限界を超えさせようとしたなら」

「まあね、わたしには分からないわ。たぶんそうかもしれないけれど、そんなこと上手く想像できないわね、テンプルトン」

「うん、分かってる。ソルの突拍子もない考えの一つさ。でも人間をひと括りにしてみると、この法則はよく当てはまると僕は思うよ。母さん、最初にジャスパーが僕たちを訪ねてきた時のことを憶えているよ。ブラクストンにいた時分だよ。そのとき僕は十四か十五だった。僕たちがした今の話をあらためて手掛かりにすると、その時あいつは僕たちを追いかけてやって来たって思うんだけど。そうなのかい？」

「そうよ。三、四年のあいだ跡を追ってたの。復讐を目的にして。自分の三百ドルを失って、彼の運は傾き始めた。わたしが二年間家政婦をしていた頃、彼はわたしの友人になってくれていた。他の人たちがそうしたがらないときでもね。そのことが彼にとって不利に働いたの。彼は問い詰められて、わたしが姿を消したことに内々に関与していたとか、わたしの家を訪問したとか、そんな事実が明るみに出た。自分たちは一緒にお金を動かしたわけではないって彼は言ったけれど、その言葉は疑われた。それで嫌疑をかけられて監獄に放り込まれた。わたしの共犯者だったことを示す証拠が現われるのをそこで待つことになった。彼は一年近く閉じ込められていた。それから解放されたけれど、強烈な復讐心が仕事への興味におおかたは取って代わった。憎悪の気持ちを抱いて、じっと考え込んでいた。結局は働くことで自分の身を自由にして、それを証明する書類も手に入れた。でもそれは監獄を出てから六年も後のことだった。それから彼はわたしを探し始めた。ブラクストンでわたしたちを見つけたとき、彼は三、四年間も辛抱強くわたしたちの足取りを追っていた。

「彼は二度、町から出なければ売り飛ばして奴隷にするぞという〈六か月法〉に基づく通告を受けた。このこととそれ以前の苦難が合わさって、彼はすべての白人種に恨みを抱くようになった。それ以来、その憎しみの執念《しゅうねん》深さは、年を重ねるごとに増してきている。

「ブラクストンでとうとうわたしたちを見つけたとき、彼はわたしにこう言った。自分が生きている間ずっとお前の世話になって暮らすことにする。そんな生活がお前にとって呪わしいものになるように、できる限りのことをするつもりだって。彼はその言葉のとおりにしてきた。わたしたちの持っている秘密は危険なものだって彼は言って、そんな秘密をあなたには知らせないでおけと警告した——もちろんどのみち、わたしはできる限り長い間それをやるつもりだったんだけれど。ブラクストンで暮らし始めた最初から、わたしたちの間に何かおかしなものがあって、彼がわたしの苦しみの原因になっていることを、あなたは感じ取っていた——そのことでもちろん、あなたは怒って惨めな気持ちになった——でもわたしが、おとなしくしていなさい、この件はそっとしておきなさいって命じたの。ジャスパーはこう言った。年頃になったら、お前と同じように息子にも喰らいついてやろう、それで俺の責め立ても満足も二倍にしてやるって。それで彼は、とうとうここで、この村で、それに取りかかったわけよ。わたしは彼のすることや言うことに全部耐えた。なぜって自分の自由がそれにかかっているから。でもあなたは特に理由もないのに彼のことを我慢してくれたわね。理由といってはただ、わたしの祈りとか嘆願とか、もし彼の心の中にいる鬼を揺さぶり起こすことがあったら、大きな災いがわたしに降りかかるのよってずばり言ったことなんかがあるだけ。わたしがどれほど有難く思っているか、言葉では言い表わせないわ」

「母さんはこんな地獄を六年も耐えてきたんだね、僕は六週間だ。でも自分の忠実さや我慢強さで褒めてもらう気はないよ。だってその間ずっと心の中では全然我慢強くなかったんだから。まったく逆だよ。これからはもっと賢く振る舞うことにする——もうすべてを知ってしまったから。もしあいつが母さんをずっとほったらかしにして、注意をみんな僕に向けてくれるんだったら、自分の誇りをぐっと抑えてあいつを満足させてやることにするよ。いつも不思議に思ってきたんだ。この六年の間、繁盛している商売を捨てて、名前を変えて遠い所に引っ越すことが時々起こるのはどういうわけなんだろうって。でも今やっと分かり始めたよ」

「そう、いちばん最初はわたしが逃げ出したの。ジャスパーから逃げ出すためだった。彼はそのことを後悔させた。それ以外の逃亡は彼の指図によるものなの。二度、彼は奴隷にするぞと脅かされた。その理由でわたしたちは別の所に行った。その他の場合はわたし自身が不安になったから。見つかって身元が割れるおそれがあるって考えたから。でも身を隠すための新しい場所を選ぶのは彼の方だった。わたしが時々する変装を考え出すのは彼の方だった。彼の指図でわたしは、ある場所では目の見えない女のふりをしたり、別の場所では手足のきかない人のふりをしたりした。ここでわたしが毒蛇みたいに耳が聞こえないことになってるのは、彼の考えなの」

「一つ母さんには褒め言葉をあげられるよ。自分の役柄を上手に演じてきたね」

「彼がわたしを練習させたの。彼は利口な奴よ。それにいい生徒がいたことだし。わたしをだまして、聞きたくない音を聞くように仕向けるなんて誰にもできないわよ。そんな計画、どれほど注意深く仕組んだって無駄なんだから」

「自慢しすぎだよ、母さんったら！　でもまあいい、本当のことを言ったんだし、自画自賛する権利はあるからね。びっくりするくらい見事になりきっちゃうから。それを身につけられる人はほとんどいないだろうな。教えてよ、母さん——だって、僕も自分なりのちょっとした自慢の種があるから。ガニングが嘘の名前だってことはよく分かってる。それにフランキーもトニーもその他いろいろある名前も。でもテンプルトンはどうなんだい？」

「その名前をつけるのは二度目よ、大事な息子。一度目はあなたが生まれてから、父さんが死んで、わたしと二人で放浪して貧乏暮らしをしながら白人召使いの仕事をしなければならなかった時期。それから、二年ばかり前にこの地域に逃げてこなければならなくなったときに、その名前をあなたにつけ直したの」

「じゃあ、偽名じゃなくて本名なんだ！」

「そうよ」

「有難いよ――本当に！　フランキーとかミリケンとかリンチとかガニングとかって名前は平民的だ。でもテンプルトンはそうじゃない。テンプルトンは貴族っぽい。その名の響きを聞くだけで、お城とか広い地所とか高貴な血筋や称号なんかを思い出しちゃうから」

「あなたの父さんの名前なのよ」

「母さん、素晴らしいよ！　父さんの名字は何だったの？」

彼女はためらい、顔を赤くした。それから小声でぼそっと名前を言った。

「アッシエズよ」

「ア、ア、ア、アッシエズ？」

「アッシエズ」

「テン――プルトン――ア、ア、ア、アッシェズ〔灰〕！……」。それから、息をひそめて、「こん――ちくしょう！」

第十七章

小さな町では十日がゆっくりと過ぎた。寒さが早く緩んで、雪はさっと消え去った。そして村の生活は、通常の状況での軌道にまた乗り始めた。若いトム・ハリソンは自宅で一日、床を離れて動きまわっていたが、反動でまた臥《ふ》せってしまい、前と同じようにヘレンが看病をした。だがまったく危険はなかったので、二人とも幸せだった。ジョージ・ハリソンは毎日少しの間、二人がいるところに顔を見せ、それから監獄にいるフェアファクスをやはり少しの間見舞った。いずれの場合もくつろいで快活な態度を取ろうとしたが、訪問が終わると喜んだ。というのも、ヘレンが無邪気に彼にべたべたして、父親のために変わらず尽くしてくれている立派さを褒めたたえたので、彼は恥ずかしさと自己軽蔑の気持ちでいっぱいになったのだ。それにフェアファクスは、あのとらえどころのない見ず知らずの男を見つける努力を我慢強く献身的にしてくれていると彼を称賛したし、彼の方ではずっと、そうした精魂《せいこん》を傾けた努力をしていることについて、危なっかしく苦痛に満ちた嘘を考え出さなければならなかった。おかげで彼の頭はくたくたになり、心は汚れ、自尊心は傷ついた。そればかりかフェアファクスは雄弁な眼差しと真心のこもった声で、とても温かく、とても有難い気持ちを表わして彼を歓迎した。そして彼のことを、「見捨てられ忌《い》み嫌われている不運な人間が、この臆病者だらけの世界のなかで見つけることができる最良の友であり、かつ最も勇気があり誠実でもある人！」と呼んだ。この残酷な褒め言葉は、耐えられないくらいに彼を切り刻み、ずたずたにしてしまった！　そしてフェアファクスはよくこう言った。「君は今、私が有罪だと言わなければならない――この状況ではそうせざるを得ないのだから、そう言ったからといって君に敬意など表さない。だがそうしたら見返りがあるよ。なぜなら、やがて時が来れば君は私のことを分かるようになるし、そうなれば何の偽りもなく君は私の手を握ってこう言うだろうから。『まったく血塗られていない。僕の手と同じくらい綺麗だ』って」。ハリソンはいつも自分がろくでもない雑種犬になったような気持ちになり、その場から退散するのだった。

だが自分の家にいると、萎えてしまった元気がある程度よみがえった――少なくとも一時《いちどき》に少しの間は。というのも、友人たちが夜になるとやって来て、彼と一緒に腰かけて、煙草をふかしたり熱いウイスキーを飲んだり、政治や宗教や農業やゴシップなどについて話したりしてくれたのだ――このような形で相手に敬意を払う場合、我らが人種の大多数は、相手の金や持続して途切れない幸運に対して敬意を捧げているのであって、高潔で染みひとつない人格に敬意を捧げるのは残りのひと握りの人々だけである。時には話の間、彼が痛みを感じる部分に硫酸のしずくが一滴も落ちないで一、二時間ばかり経過することがある。そういう場合には彼はとても有難い気持ちになり、漠然とした鈍い感じ方だが幸せになった――眠っている時に足が感じるような感じ方である。それから硫酸のしずくがいきなり落ち、それに反応して彼は縮み上がった。でたらめでとりとめのない言葉が決まって硫酸を投与し、それでハリソンはぎくっとなって怯えることになった。だがそうなる時に挟まれた中休みは甘美だった。皮下注射をしてから到来するあの天にも昇るような無感覚と同じくらい甘美だった。そして彼は、そんな時間が与えてくれる苦痛からの一時的な解放に心から感謝するのだった。

このところ彼には新たな心配ごとがあった。そして働き者で半ば狂乱した想像力が、その心配を最大限に拡大した。あのミリケンの女——ソル・ベイリーがあの女のことを奇妙にも口にしたのは、どんな意味があったのだろう？　もしかして彼女は、ハリソン伯父とこっそり結婚していたのではないか？——そうなのか？　そして、彼女とその息子がまだどこかで生きていて、お節介な誰かが見つけ出して世間に披露することがありうるのではないか？　彼はその思いつきをとことん考え詰め、やがてそれはほとんど確実なことになった。ああ、そうだ、もう二度と俺に幸運が訪れることなどありえない。あの相続人たちが見つかって、俺はまたしても貧乏の身を切るような恥辱と惨めさを味わうのだ——そうなる代わりに、神様、死なせてください！

彼は〈低能哲学者〉のことを自分の運命を左右する人物だと見なし始めた——その沈黙が自分を救ってくれ、その喋る言葉が自分の口からパンを取り上げ、頭上から屋根を取り上げかねない人物だと。この男を懐柔《かいじゅう》しよう。憐みの心を刺激して自分に親切にするよう仕向けよう——そうすればベイリーは恐ろしい秘密を自分の胸にしまっておいてくれるだろう。この希望、この夢に奮い立って、彼はこの〈哲学者〉を何度もハリソン家に招き、熱烈に歓迎し、何重にも丁重な扱いをすることで彼を驚かせた。ベイリーは驚いたが満足もした。そのうえ、彼はこのように良い方向に雰囲気が変わったことに早くも勇気づけられて、また少し宣教活動に献金してくださいよと持ちかけてみた。二十五ドル？　ハリソンは抗弁することなくそれを二倍にした。そして、とても熱心な態度を示したので、人がこの様子を見たら、この機会を自分に対する好意だと考えているのだと受け取ったかもしれない。彼はベイリーが自分の友だちになってほしいと考え、それを口にした。しょっちゅう来てほしいと考え、それも口にした。それから、宣教団が助けを必要としている時はいつでも教えてほしい——そうしたら有難いことこのうえないので、などと言ったりもした。貧しさと窮乏の子であり生まれてこのかた悪運にもてあそばれてきたベイリーは、この奇妙で甘美で奇跡的な音楽にうっとりとなって耳を傾け、感謝の念を抱いた。風に翻弄《ほんろう》されて風雨でいたんだ難破船が、ついに安息の港を見出した。そして彼は、このような有難いことが起こり、錆《さ》びついた錨が船首からも船尾からも下ろされて、頑丈な海底をがっしりと摑《つか》んだ時にあらゆる難破船が感じるような気分になった——もし難破船が何かを感じるならばの話だが。

ベイリーを知っている者ならば誰でも、受け取った五十ドルをどうするのかあなたに教えてくれただろう。ベイリーのような類の人間——それはあまねく存在している種族であり、平凡な家庭にしばしば見出すことができるし、その成員のなかでの非凡な人物を引き立て役として数えるような家庭ではいつも見出すことができるのだが——そんなベイリーのような人間を知っている者なら誰でも、あなたに教えてくれただろう。ソル・ベイリーのような人間は生まれついての正直者だ——うぬぼれるほどに、涙がこぼれるほどに、うわごとを言うほどに正直だ。彼らは世界でいちばん良心に忠実な輩《やから》たちだ。彼らの良心は錨を下ろしておらず、ふらふらと漂流する。だが良心を見出すのがどんな状況であろうと、彼らはそれに忠実に従うのである。もし良心が具合の悪い場所にあるならば、彼らはそれをより都合のいい場所に移動させる——だが情け容赦なく動かしたりいい加減に動かしたりはしない。彼らは良心にこんこんと理を説き、正しい場所を示して、納得させるのだ。良心が納得するまで彼らは行動を起こさない。良心の認可が下りるまで、彼らは良心の望まぬ道筋をほんのわずかでも逸れるようなことはしない。彼らの精神は座りが悪く、彼らの理の立て方は奇妙でしばしば突拍子もないが、それでもいつも真摯《しんし》に考えているのである。しばしば彼らの推論の筋道は現実的な人にとっては馬鹿げて見えるし、そんな人を欺けるチャンスなどまったくないだろう。だがそれでもそんな理屈は、ベイリーのような人々やベイリー的良心を欺いてしまうのだ——しかも見事に、徹底的に。

そう、ベイリーのようなタイプの人間に馴染んでいる者なら誰でも、ハリソンが〈長老派教会東方伝道基金〉への献金として差し出した五十ドルをソル・ベイリーがどうするのかを、あなたに教えてくれただろう。彼はそこから二十二ドルを取ってその基金に支払った——アレンの支度金として以前そこから借りた額だ——五日分の利息として五セントを加えた——そして、正当な理由で借りた金を返済して、頭を高く上げ、手も汚れなく自らの良心の前に立つことができる時に、名誉を重んじる人間がいつも抱くような嬉しい高揚《こうよう》感や温かい幸福感を抱いた。

この公明正大な行為によって信用や信頼が確立されたので、彼は五十ドルのうち残りの金を当面の用途のために借用した。こうすることで彼はまたあっぱれな幸福感を抱くことになった。なぜなら彼は、この基金にとって本当にためになることをしたのだから。法で定められているより三十八パーセント多い利金を払ってくれる、資金の安全な投資先を見つけてあげたのだ——この利率はどれほど厄介であっても引き続いて維持《いじ》しようと彼は心に決めていた。

本で読む限りでは、こうしたことは妙でありえないことだと思える。そして、それらが本当のことであり、本当であるばかりかありふれたことだという事実があっても、そのような印象を拭《ぬぐ》い去ることはできない。ソル・ベイリーのような人間は風変わりで興味深い種族だ。通常の基準で判断すると、彼らは毎日、軽重さまざまな犯罪をしでかしている。それでも彼らのなかで意識して犯罪をしでかす者はめったにいないし、意識して意図しての悪人はめったにいない。彼らには信条、行動原理、信念がある。それらを持っている間は、彼らはそうした信条のために進んで苦労をしようと思う。だがそうした信条には何ら恒久的なものはない。信条というものは、持ち主たちのその時々の考えに応じて変化する。その場その場で気まぐれに外から吹きつけてくる世論の風に応じて変わるのだ。次のようなことを断言し主張するのは奇妙で驚くべきことであるとお思いになるかもしれないが、自信を持って断言できるし、確かな事実だと主張できる。それは、これらの人々には一つの大きく特別で堂々たる美徳――すなわち誠実さ――があるということだ。彼らがある行動原理を持ち続けるのは、たった一週間か一か月――たぶん一日だけ――くらいだろう。だが持っている間はそれに対する信念は心からのものだし、それを擁護する態度は熱狂的なものだ。しばしば彼らは愛すべき人間であるが、親族や友人にとって悲しみや苛立ちの種にならない者はいなかった。どんな所に彼らがいるのか誰にも分からないし、次に何をするのかもまったく分からない。新しい信念を仕入れるたびに、彼らは危険な存在になる。自分自身にとって、そして彼らを愛してやまないすべての人たちにとって危険になるというのも、彼らは腕力の点では臆病者であるかもしれないし、ひょっとすると総じてそうかもしれないが、精神的な勇敢さという点では彼らは恐れ知らずの無鉄砲なのだ。どのような結果が待っているかはお構いなしに、彼らはその新しい信念を声を張り上げて主張するのだ。

かつて、ソル・ベイリーが一時的に牧師職に就いていたとき、彼の人生がしばらく本当にうまくいっていたことがある。日曜日が四回続く間、友人たちは不安なく落ち着くことができた。彼は〈神の愛〉について長々と説教をした。この主題に精魂を傾けた。敬虔《けいけん》でうるわしい言葉で、自らの感嘆と崇拝の気持ちを吐露《とろ》した。だが次の日曜になるまでに、霊的直観は新しい焦点と新しい光を見出し、彼はそれを口にもした。そして落ち着き払った物腰で、過去四回の説教で言ったことすべての主旨を殴り殺してしまった。束の間の勝利がまわりに残骸となって横たわり、彼はまた放浪者となった。

選挙運動がたけなわで彼がしばらくのあいだ執念深く妥協を知らない民主党員であった頃のある朝、委員たちがその晩の松明行進で使うつもりの透かし絵に入れる標語や文句を彼に求めた。彼はたちどころにそれを提供し、とても派手派手しいものにした。午後の盛りになる前に、彼は半ダースばかりの有能で教育を受けたホイッグ党員❖と話をした。そして晩になり、彼の書いた悪口雑言の標語を派手にはためかせながら民主党員の男たちが気勢をあげてホイッグ党の大衆集会のそばを行進したとき、彼はその集会の演壇に立ち、ホイッグ党を支持する痛烈で中傷的で熱狂的な演説をして割れんばかりの拍手を浴びていた。

〈伝道基金〉に清算をして、その五十ドルの残りを自分自身に貸し与え、法の定めより三十八パーセント高い利息をつけた後、ソル・ベイリーは良心の重荷を軽くして満足した気分になって腰をおろし、ハリソンの自分に対する態度が豹変《ひょうへん》したことについて考え始めた。その理由は、原因は、何なのか。あまり多くの時間は要しなかった。あのミリケンの女についての会話が原因なのは、ほとんど疑い得なかった。

もしそうなら、ハリソンは警戒心を起こしたのだ！　絶対にそうだ。そんなわずかばかりの燃料で、ベイリーの機械のごとき想像力が今や稼働し始めた。めざましい働きをするだろうと予期できた。もしハリソンが警戒したとすれば、どうして警戒したのか？　ミリケンの女が本当にあの伯父貴の妻であり、それをハリソンが知っていたからだ！　明白なことではないのか？　これほど明白なことはないぞ。

そういうわけで決着した。あの女は実際に伯父の妻だったのだ。ベイリーは今、そのことをすっかり確信した。十五分と経たないうちに、彼は自分を欺いて、この確信を十五年間も抱き続けてきたのだと信じるようになっていた。ハリソンと前に話をした時にその考えが初めてふと浮かんだのだということなど、すっかり忘れてしまっていた。そんなでたらめな考えがたまたまの思いつきで取り上げられ、すばしこい想像力によって即座にうっすらとした疑念へとふくらんだ。それから一時間と経たないうちに、ありえたかもしれないことへと拡張され、半時間後には、虐《しいた》げられた女への大いに慈悲心に富んだ義務感へと変わった。その結果は我々の知るところ。不当な扱いを受けた相続人たちを探し出すためにアレンが派遣されたのだ。

ベイリーは今や態度をひるがえしてハリソンと密談した。話し合いの最初のうち、ハリソンの方は遠慮や恥ずかしさやちょっとした警戒を示したが、結局は双方ともに、言い逃れたり隠し立てしたりといった態度をかなぐり捨て、胸襟《きょうきん》を開いて忌憚《きたん》なく話し合った。終わり頃には、哀れなハリソンは何度か泣きくずれた。もしあの相続人たちが見つかって、無慈悲にも自分を無一文のまま叩きだし、わびしくパンを乞う境遇に追いやったなら、どれほどの窮乏と悲惨が襲いかかるかと考えたからだ。結果は、ソル・ベイリーのような類の人間を知る者なら誰もがすでに予見したことだった。ベイリーはすぐに立場をくるりと旋回《せんかい》させ、この可哀そうな男の誠意あふれる盾となり擁護者となった――この新しい役柄に、軽はずみな誠心を奉じつくした。それから相手の手をぐいと握りしめ、寛大で偽りのない共感と同情の涙で頬を濡らしながら、こう誓った。窮地に立ったお友だちの味方をとことんまでしとげます。そして持てる時間と精力の限りを尽くしてその方を助けます。もし人の及ぶ限りの知恵と広く世を熟知した体験が成しうることならば、こうした楽しき仕事、そして神聖なる義務は、必ずや

❖ホイッグ党は、一八三四年にアンドリュー・ジャクソンの民主党に反対して結成され、一八五五年まで存続した政党。

見事な結果をもたらすことになるでしょう、と。なんといってもソル・ベイリーのような人間は、ゼリーのように柔らかい心を持っていた。悩める者の痛みや悲しみは、ベイリーの心にすぐに避難することができたし、どこまでも歓迎された。そしてもしすでにそこで慰めてもらっている者がいるならば、彼は何も考えずに座を譲り、新しい者のための居場所をこしらえてやった！

ハリソンは自分の気持ちを盛り上げてくれる友に両腕をまわして抱きしめた――そうしたくてたまらなかったのだ。そして目に感謝の涙をためて、相手のことを恩人と呼んだ。それから両手を相手の肩に置いて、親愛のこもった眼差しでその顔を見つめて付け加えた――

「神様の祝福がありますように、ベイリー、神様の祝福がありますように！　だって私では十分に祝福することができないから。あなたは私を新しい人間にしてくれた。絶望から救い出してくれた。希望や歓びをたくさん与えてくれた。なんて善良な人なんだろう！」

「いや、私は善良じゃないよ、ハリソン、正義を重んじているのさ。そっちの方が大事だよ。あの妻は失踪した――どうしてか？　いい加減な気まぐれでか？　いや、決して、決してそんなはずはない。それならどうして？　理由があるからだ。どんな理由か？　彼女が不正なことをしたという理由だ。明々白々だよ。立てた論理につけ入る隙はない。どうして彼女はずっと姿を見せなかったのか？　それはあの嫌な目に遭った男が生きているうちは戻る勇気がなかったからで、自分でもそのことは分かっていた。議論には争う余地がない。彼女は今や上品ぶってちょこまかと戻ってくるだろう、嘘を口にして――」

「ああ、そうだ、彼女がそうするだろうと分かっていた、分かっていたよ！」

「だが彼女はそこで私に出くわすことになるだろう――準備のできてる私にね！」

「分かっているし、そう感じるよ、ベイリー。私と害悪の間にあなたが立ちはだかってくれているのに、こんな馬鹿げた恐怖心に屈するなんて、私は子供だな。あなたはなんて勇気があるんだろう、なんて気高いんだろう——私は今まであなたのことをまったく分かっていなかったし、ここいらの人間はあなたのことを分かっていない」

「でもこれから分かってもらえるから、どうぞご心配なく」

「本当にそうだな、そう確信してるよ。女が来たら、どうやって事を進めるつもりなんだい？」

「まずは、彼女を絶対に来させない！」

「ああ、それが最良の策だな！　道理もあるし知恵もある。どうやって実行するんだい、ベイリー？」

今やソル・ベイリーの想像力は白熱し、一分に二百五十回転した。あの不忠な女を戸惑わせ妨げるために必要なあらゆる方途を、たった三十秒で提供することができた。想像の中でアレン・オズグッドはあっという間に水増しされた。

「簡単さ。世界でいちばん優秀で経験を積んだプロの探偵を二人雇って、もう彼女を追跡させているよ！」

「何だって！　私が礼を言う機会を見つけるのも待たずに、親切な仕事をもう始めてくれたのか？」

「私の足元に草は生えないんだよ！　私は心の中でこの件についていろいろ考えた。十分で、彼女がどういう女か、どんな女だったかが分かった。次の十分で、彼女がどんなことを目論んでいるかが分かったし、さらに十分後には、探偵たちに電報を送って荷造りして出発せよと指示していたよ」

ハリソンは感嘆のあまり言葉を失った。彼が何とか言えたのは——

「私たちはあなたのことがちっとも分かっていなかったよ、ベイリー、ちっとも分かっていなかった。

この驚くべき直観力――この驚嘆すべき洞察力――この機敏さ、このすみやかさ、この精力！　生まれてこのかた、私はこれに及ぶものに出会ったことがないよ」

「うむ、これが私のやり方なんだ。生まれつきなんだと思う。何かを成し遂げなければならない場合、一時間単位で計算して満足する人たちがいる。私はそうじゃない。秒単位で時間を召使いのようにこき使うのさ」

「なるほど、これで分かった。能率と半能率の違いだな。こんなことを言うのを許してくれるといいけど、今現在の場合にあてはめるなら、郵便と電信の違いだし、蛍《ほたる》と電光の違いだな」

「自惚《うぬぼ》れてるんじゃないからね、ハリソン。もしかするとあなたは過大に――」

「いや、公正に言ってるだけだ――ただそれだけだよ。それに、あなたが自分自身の懐《ふところ》から金を率先して出して、私のためのこの寛大な仕事にただちに取りかかってくれたと考えるともう――」

ベイリーは親愛を込めて片手をハリソンの肩に置き、鷹揚《おうよう》な笑みを浮かべて言った――

「いや、まあ、友だちの身に危険が迫っているときには、私の懐は友だちのもので、私のものではないから」

「ああ、握手させてくれ、あなたは最良の友で最も高潔な人だ。そして、ちょっとだけでもあなたを見習わせてほしい。あなたが太っ腹にしてくれたところは、せめてなりともけじめをつけておきたいんだ。あなたの懐を痛めさせてまで助けられたくはないんだ。この件はとても高くつくだろう。それにあなた自身の時間と才能は、値がつけられないくらいに貴重なんだし――自由に私の金を使ってほしい、どんな用途にせよ私の金を使ってほしい。今すぐ少しばかり出させてくれ」

「いや、今は駄目だ。確かにこの件は難しいいし、進めていくにつれて出費がかさむだろう。だが、まだ金は必要じゃない。私にはまだ少し残っている。必要ができたら私の方から言うから」

「でも少しは受け取らなければならないよ。どうしたって」

ベイリーを説得するのは難しいことが分かった。彼は〈基金〉に六十ドルから八十ドルの借りがあったが、そのことを理解できていなかった――少なくとも借金のすべてを把握できていなかった。最初の献金から二十二ドル拝借したことは分かっていたが、二番目の献金を使ってそれを返済して、借金はすっかり片付いたと思われたのだ。残りの金については、良い所に投資されたし高い利金も払うから、借金だとはほとんど思えなかった。彼はこれよりずっと厳しい境遇に置かれるのに慣れていた。今はとても快適に暮らしていた。だから経費の金は、それが発生して具体的な事実になるまで受け取る気持ちになれなかった。彼のような類の人間には常のことだが、ミリケン家の相続人たちを救って正義をまっとうするという企ての一部に、遺産の半分に相当する手数料を、救い手である自分自身とオズグッドのためにせしめることがあったのを、彼はすっかり忘れてしまっていた。ソル・ベイリー族の一員は、新しい企てが古い企てを敷地から立ち退かせてしまったら、古い方の詳細を頭に留めておくことがめったにできないのだ。

だが、ハリソンは百ドルを彼に無理やりに押しつけて、こう言った。これはローンではないし特別経費の一部でもない――いや、これは給料だ、最初の二週間の給料だよ。生まれてこのかた、ベイリーはこんな巨額の金を稼いだことがなかった。期間を三倍にして勘定したとしても。彼は目がくらむ思いをし、困惑し、圧倒され、ほとんど息もつけない状態になった。これはひと財産であり、彼は感謝の気持ちを言葉で表わすことができなかった。そしてそう口にもした。ハリソンは嬉しくなって、こう言った――

「良き友よ、最良の友よ、何でもないことさ。あなたはこれから私を救ってくれる。そのことが分かるし感じられるんだ。あなたはあの者たちを見つけ出して、その権利を半分かそれ以下の値で買い取ってくれる。それに対して私はこう言うよ。残りについては半分をあなたがたのものにすればいい」

つつましいベイリーはまた言葉に窮した。感謝の気持ちで陶酔し、恩人への愛情と尊敬の念に浸り、誠心誠意、全霊を込めてこの人のために働くぞと揺るぎない決意を固めつつ、彼はその場を後にした。そして、彼のような種族の人間に特有な、ほとばしらんばかりの情熱で、この立派で純粋で徳の高い仕事に粛々《しゅくしゅく》と打ち込んだ。

真のソル・ベイリー族が良きにつけ悪しきにつけ何か事を起こしたとき、次の行動はいつも決まって最初の行動を悔やむこととなる。穏やかに、程よく悔やむのではなく、深く悲しみに沈みつつ悔やむのだ。真のソル・ベイリー族はとびきり影響を受けやすい人間だ。そしていくつかの点でとびきり繊細だ。彼を造っている主たる材料は感情である——勢いよく噴出《ふんしゅつ》し、衝動的で、乱雑で体系だっていない感情なのだ。喜びの感情が起こると彼は雲の上にのぼったような具合になる。だが何ものも彼をそこに留めておくことはできない。反動が必ずやって来て、九日間の地獄行きの体験をしたサタンのように、彼は決まって絶望に突き落とされることになる。彼は火山であり、いつも噴火している。ある日は炎と明るい光を発したかと思うと、次の日には泥と灰を噴出させる。あるいは彼は、一方が他方の中に収まった結合双子だとも言える。二人のうち一方が目を覚ましている間は、歓びにすべてが満ちあふれる。もう一方の番になると、憂鬱と惨めな気持ちですっかり黒く塗りつぶされてしまう。我らが〈低能哲学者〉の格言に、「今日は義務を果たして、明日は後悔せよ」というのがある。これが我らが種族の法則だと彼は考えていた。人間という種族はどれほど立派で優れたことをしても、ほとんどいつも決まって、それをしたすぐ後に自分自身の馬鹿げた良心によって厳しく罰せられることになる、そう彼は考えていた。彼は凄まじい憂鬱の発作によく見舞われた。発作が起きている間、彼は地獄に堕《お》ちた魂のように苦しみ、命と苦痛に自らの手で止《とど》めを刺すのを阻んでいる勇猛さの欠如を嘆いた。ほとんどの人間はある事をしようと決めて実行すると、そのことを気にしなくなり、ほったらかしにしておくことができる。「もしそれが誤りだったとしても、もういいや——騒ぎ立てても元には戻らないことだし」などと言って。だが、ソル・ベイリー族にはそんなことはできないのだ。何か事を起こすと、彼らはその行動をばらばらに分解して検分する。自分たちの判断を正当化して結果として生じる物の見方を強化するという目的で検分するのではない。その行動に含まれているかもしれないあらゆる疑わしい材料をほじくり返し、想像ででっちあげた材料をふんだんに提供するためだ。

そういうわけで、ソル・ベイリーは家路につく間、一時は雲の上にいるような気分だったが、残りの時間は泥にまみれるような心持ちだった。窓越しに妻が彼の姿を目にして、いらいらと辛辣《しんらつ》な調子で言った——

「あの人がしょげて帰ってきた。今、あんなに後悔してるなんて、どんな良いことがあったんだろう?」

彼女は十人並みの器量の持ち主で飾らない人だった。常識はあったが、それ以上のものは持ち合わせなかった。自分でもそれが分かっていたが、決して嘆かなかった。彼のことを素晴らしい才能の持ち主だと考え、誇りに思い崇拝した。そして、もし彼が身の丈に合った場所——ロンドンとか、才能を持つ者たちが寄り集まってその優れた洞察力でお互いを見出し宣伝し合うような他の場所など——を得たならば、彼は有名人になっただろうと信じていた。彼を際限なく褒めたたえた。だが、彼はその気まぐれと奇行で、そして気分の空模様が突然に驚くほど変化することで、彼女をいたく悩ませていた。可能な場合には、彼の状態を和らげてあげた。そうできない場合には、自分の及ぶ限りで彼を慰めた。状況に応じて、彼を愛したり叱りつけたりして憂鬱から逃れさせた。そのお返しに、彼はこうした助けを有難く思って彼女を愛した。そして何か他のものを所有している場合でも、いつもそれ以上に彼女の方を大事にした。さて今、彼女は彼が身につけていた帽子やオーバーコートを受け取り、ブーツも脱がせた。スリッパを持って来てあげて、ストーブのそばの揺り椅子に腰かけさせ、楽にさせた。彼のそばに腰をおろし、相手の膝に手を置き、その顔に書かれている論考や特別記事に注意深く目を落とした。そこには彼の喋る言葉とは食い違う表現がいつも待ち伏せしていて彼の秘密を明かしてくれるのだ。彼は彼女に対して何の秘密も抱いていなかった。自分は抱いているのだと時々は想像したけれど、しばらくするとそれは間違いだと分かった。彼女は彼のことを本のように読んでしまうのだ。今、彼女の最初の言葉は、ソルのハリソンに関する計画がもう彼女に伝えられ、そのことを二人で話し合っていたことを示していた。

「おや、まあ、ソル、またふさぎ込んでいるのね、もちろん何の根拠も、何の理由もないのに。あなた、身内がみんな死んでしまったみたいな様子をしてるわよ。その徴《しるし》が分かるの。素晴らしい幸運にぶつかったのに、その幸運の頭を殴りつけるための何か馬鹿げた言い訳を探しまわってる、っていう意味なの。さあ、すぐに――わたしに洗いざらい話してごらんなさい」

ソルは話を始めた。少し話したところで、彼女は遮った。「待って。ミリケン夫人が彼の伯父さんとこっそり結婚して法的な妻になっていたのを、ずっと前から確信していた、そう言ったわね？　でもあなた、この家を出た時には、ふっとそんな疑いを持っただけで――それ以上のものではなかったわよ」

ソルはうろたえた。

「ううむ――そうだな。そう、今思い出した、そうだった。忘れていたよ」

「それで結構――どうして考えが変わったの？　どうしてそれは確かなことだって考えるようになったの？」

ソルは自信を取り戻した。

「完全に自然なことさ、アン。徹底的に推論することで確信ができたんだ。そして――」

「誰がその推論をしたのよ？」

ソルの活気はそのきらめきを少しばかり失った。そして彼は気後《おく》れしつつ言った――

「私がした」

「やれやれ！　話を続けて」

「私は――うむ、私はあれやこれやを合わせて一緒にした――あの女についてもう知っている、いろいろな細かい点をだよ、いいかい――それで驚くべき光が投げかけられた。そうしたいろいろな部分が要所要所で繫ぎ合わされた。どの繫ぎ目も抜けていない、完璧な鎖になった。まっすぐで、明快で、論理的で、説得力があった。すると彼女の本当の姿が現われた。法的な妻で、不忠な妻で、面と向き合う勇気を持てなかったあの正義から逃げ出した女として！　アン、私は驚いたよ、自分でも」

アンは素っ気なく言った――

「そうでしょうね。順序立てて話して。もう一度要所をくっつけてみてよ」

ソルは勢い込んで話した。自慢したい気持ちを隠しもせずに。それから妻が静かに同情に満ちた眼差しを彼の顔に向けると、ほどなく彼は視線を下に落とした。

「ソル・ベイリー」と彼女は言った。沈着に、ほとんど嘆き悲しむような口調で。「もしわたしに雄猫がいて、うろつきまわって意味のないことをわめき散らして、どこかの雌猫に悪い疑いをかけようとしたら、その雄猫をつかまえて溺れさせてやるわよ。あなたはこう言いたいの？ ジョージ・ハリソンが説得されたって、あの――あの――ソルに！」

「そうだが？」

「彼は飲んでたの？」

「い、いや、私は――」

「つまり、彼は酔っぱらっていたの？」

「いや、そんな――絶対にそんなことないさ」

「しらふで――なのに信じ込んだの？」

「うむ――ああ、信じたよ、アン。私はよく分かってるよ」

「それなら彼は低能だわ。低能なのか、さもなきゃどうかしちゃったんだわ。何があの人の身に起こったか、あなた知ってる？ 何かがあの人を悩ませてるの？ お父さんが亡くなったことを言ってるんじゃない――それでこんな風にはならないはずだから。あの人が何か秘密の悩みごとを抱えてるって、あなた思う？」

「いや、私の知る限りでは。ああ、そうだ――デスヘッド・フィリップスが彼の前に現われたって話だったたな」

「馬鹿なことを！ わたしはあの人が赤ん坊なのかって訊いたんじゃない。大の大人を苦しめるような悩みごとを何か抱えてると思うかって、訊いてるのよ。だって、きっとそうだと思えるもの。あの信じられないしありえない隠し妻の話が、こんな風にあの人の理性をひっくり返してしまうなんてことは絶対にないはずだから。馬鹿げてる！」

ベイリーにとってきまりの悪い時間が流れた。だが彼は気を取り直して、こう言った——

「ねえ、アン、もしある観点から見てくれれば、他の理由をあら探ししなくても、この隠し妻の話だけで彼の頭を抱えさせるには十分だって、君も分かってくれるだろうよ」

「それってどんな観点？」

「彼があの妻のことを信じてるってことさ。それが彼にとってどれほどのことを意味するのか、話してあげるよ。そうしたら君だって、他の人間から見て馬鹿げていてもいなくても、彼を悩ませるには十分に有力な話だって分かるだろうよ」

この女の存在と発見によって引き起こされかねない貧乏への恐れ。それがハリソンを絶望のどん底へと突き落としたことを、彼は彼女に語った。するとアンは言った——

「そうなの、分かった。あの人の恐れは幻みたいに確かな根拠がなくて馬鹿げてるけど、それでもわたし、彼を憐れに思うわ。惨めさはどんなものでも惨めなものよ。神様がそれを送られたのか、人間が自分自身の想像から掘り出したものなのかっていうことは関係ないから。ねえ、あなたあの人を安心させようとした？　女の居所をつきとめて黙らせて、妥協の取引を取り結ぶために、手下にしたあのまぬけを送り込んだこと、あなた彼に言った？」

ソルは少し赤面した。そして言った——

「具体的な名前は言わなかったけど、彼には話したよ」

「有難いことにその時は分別があったわけね！　アレン・オズグッドねえ——よりにもよって！」

ベイリーは少々居ずまいを正した。そして言った——

「あいつを見くびるなんて君らしくないよ、アン。あいつは私の経験したなかでいちばん優秀な探偵の一人で——」

妻は笑い飛ばした。

「探偵ですって！　まあ、あきれた、この人、なんてこと言うんでしょう。ねえ、ソル、電線をたどって会社を見つけることも彼にはできないって、あ、な、た、に、も分かってるでしょう。彼はもう今頃——あぁ、もう何日も何日も前から！——迷子になってるはず。それであなたはまた捜索隊を送り出さなきゃならなくなる。北極点を見つけようとして皆で出かけて遭難しちゃったときみたいに。ソル！」

「うん？」

「誰がお荷物の運送料を支払うの？」

「経費っていうことかな？」

「そうよ」

「ハリソンだ」

「それで結構——これで彼にも取り組む仕事ができて、まだ残ってる正気もそれで救われるでしょう。準備はできたの？」

「うん」

「そう、それは嬉しいわ。あなたは才能があるけど、真剣なビジネスの才覚はないから。あなたったら、あの宣教のための基金からお金を借りて、例の経費を差し出すんだから。何にも考えずにやっちゃうのね、あなたが——ソル！」

「はいっ、アン！」

「わたしに約束したわね、寄り道せずにただちにあの借金を返済するって。わたしの目を見て。返済した？」

「したよ」

彼女は彼をじっと見据え続けた。

「確か？」

「うん、確かだよ」

彼女は疑い深そうに眼差しをじりじりと外していった——突然ぴたっと止まり、それからゆっくりと視線を彼に向け直し、ひたと見据えた。ほどなく男は元気を失い始めた。

「ほら——わたしの思ってたとおり。そのお金はどこで手に入れたの？」

「か、借りたんだよ」

「それは分かってる。でもどこで借りたの？」

「き、〈基金〉からだ」

「〈基金〉から借りたお金で〈基金〉に返済した——まあ、何から何までソル・ベイリーらしいやり方だわ！　まったくもう、こんな男《ひと》って見たことないわ！」

「そんな風に突き放すなよ、アン——落ち着いて考えろ。借金はすべてきれいに返すよ——そうするって約束するよ」

「ああ、もう！　わたし、あなたのこと分かってるのよ。〈基金〉に返済するために〈基金〉からお金を借りていったら、最後には〈基金〉がなくなっちゃうから、残りの分を返済するための余地なんて残らなくなるのよ、でしょ？　そうなんだってあなたも承知のとおり。結果が目に見えるようだわ――私の目を見て！　そうなんじゃない？」

「うむ、ええ、とにかく私は――」

「まったく、やれやれだわ――移り気な変人と一緒に暮らさなきゃならないなんて――ソル！」

「ああ、何だよ！」

「今すぐに歩きまわって、この家にある売り払えるものなら、こけら板から何から何まで集めて、一セントも残さずにすっかり借金を返してしまいなさい――一セントも残さずによ、いいこと、たとえそれでわたしたちの着ている服を手放さなければならなくなったとしたって――それに、もう二度とそんな風に何だよなんて言わないでね、さもなきゃきつい小言《こごと》をくれてやるから――」

「アン、お願いだからちょっと口を挟むチャンスをくれないかな？　今日のこの日に、きっちり一セントまですべて返済してやるよ、何も売り払うことなしに――そう、今すぐ！」

アンの目がぎらっと嘲りの光を放った。

「あなたがね！　おやまあ！　どこでお金を手に入れるの？」

ソルは自分の札束を取り出してそれを彼女の手に載せた――上《うわ》っ面《つら》は無感動を装い、心の中では燃え立つような歓喜にあふれていた。妻は言葉を失った。彼女は紙幣を一枚一枚、膝に置いていった。呆然として呟き、数えながら。「五――十五――二十――四十――四十五」――などと。やがて彼女は積まれた紙幣の最後の一枚を置き、しわを伸ばして撫でさすった。それから感じ入ったような深いため息をつき、畏れ敬う態度でこう言った――

「まるまる百ドルあるわ。今までこれだけのお金を一度に手にしたことはなかった」。彼女は数え直し、そして言った。「信じられない――だけどここにある。どこで手に入れたの？」

無関心の仮面をかぶりつつ、さらなる歓びをほとんど隠しきれない様子で、ベイリーは答えた――その間は、わざとあくびをして体を伸ばしていた。まるで象を捕まえた猫が、これはほんの些細な出来事で、それ以上のものではないですよといったふりをしてみせるように――

「これは私の給料だ」

「給料ですって！」その口調には失望が滲んでいた。

「給料だよ」――もう一度あくび。

「何よ！どうせ一年分なんでしょう」

「二週間分だ」

「ソル・ベイリー！」妻の目が踊った――火花を放った――燃え上がった――それから彼女は震える手で彼の腕をつかんだ。「ああ、なんて素晴らしいんでしょう！給料！こんなにたくさん！でも何の給料なの？」

「ハリソンの探偵仕事を指揮して、あの女を見つけ出して、彼女と示談して、貧乏から彼を救うためのものさ」

「ああ、ソル、素敵だわ。それにわたしたち、とてもお金が必要だから。余裕のあるお金は一セントも遊ばせずにきちんと貯めましょうね。ああ、わたしたち、とっても貧しかった。でももう――」。目に涙があふれた。しばらく声が出なくなった。それから彼女は言葉を続けた。「いつも信じてたの。あなたがとても偉くて有能なんだと誰かが気がつくだろうって。その時が今やっと来たのよ、有難いことに。わたしの誇りも取り戻せたし――もうずっと前から愛していたのよ、わたしが若い時分からずっと崇拝して大事に思ってきたの！　ああ、あなたはわたしにとってどれほど大切な存在なんでしょう、ソル――あなたもわたしが大切でしょ？」

「分かってるだろう、君。分からないかい？」

年をとっても衰えない情熱と共に、彼女は彼にキスした。そして、そうだと分かっているわと言った。それは本当だった。なにしろ彼は三十三年の間、毎日そのように快く誠実にそう言い続けることで、彼女の求めに応じてきたのだから。というのも、彼女はいつもこう説明してきたのだ。わたしはそのことは分かっているし疑ったことはない。でもあなたにはそんな風に言ってほしいの。それも毎日言ってほしい。その言葉の響きが好きだし、それを聞かないと一日が終わった気がしないから、と。

二人はしばし手を握り合い、愛を交わした。お互いのためを思って苦しい時期を我慢して耐えたことを思い出しながら。そして、そうした時期を、たっぷりと給料をもらった今この時と比べ対照させながら。それから妻はこう言った――

「続いている間は、貯められるだけしっかり貯めましょうよ。どれくらい続くことになるの、ソル？」

「給料がかい？　数週間――あるいは数か月。はっきりとは分からない」

「それなら念のために、数週間ということにしておきましょう。それでもしあなたが成功したとすれば――きっと成功するって分かってるけど――あなたは名を知られることになるし、仕事もたくさん入ってくる。そうすればわたしたち、酷い貧乏も惨めさも、みんなから同情されることも――それがいちばん辛いことよ！――もう二度と経験しなくなる」

ベイリーは彼女の頬を軽く撫で、こう言った――

「ちょっとした秘密を教えてあげましょうかね、奥様？」

彼女は興味をかきたてられて、彼にすり寄った。

「ええ、ぜひ、ソル！　何なの？　早く言って——何なの？」

「アン、給料のことは、話の半分にも満たないんだ！」

「何ですって、ソル——他にもあるの？」

「まだたっぷりあるんだよ！」

彼女は知りたがった。彼はすっかり話してあげた。そして最後に——

「そういう状況に私たちはいるのさ。給料が簡単にもらえる。経費も簡単にもらえる。欲しくなったらいつでも彼に頼めばいい。それに相続人たちとの示談が成立したら、財産のうち残ったものの半分が私のものになる——つまりアレンと私の、ということだが」

一瞬、女は息を呑んだ。それから彼女は言った——

「すごい資産じゃないの、ソル？　村じゅうその話でもちきりよ、値打ちは——」

「アン、値打ちは四十万ドルを上まわっているよ。少なくともその四分の一くらい多いだろう、そう私は信じている」

「まあ、ソル——でもぴんとこないわ、あんまり大きな額だから——ひと財産を受け取ることになるわけね」。彼女は熱に浮かされたように夢想し始めた。神経質に、そして無意識のうちに両手をがっちりと組み合わせたりほどいたりした。時折、こんな具合に呟きながら。「そんなにたくさん受け取るのが正しいことだといいんだけど……。そうだといいんだけど……。そうなのかしら？」やがて彼女が我に返って夫に眼差しを向けると、彼は座ってうなだれ、頭が胸にくっつかんばかりだった。回復させることができない絶望を絵に描いたような姿だった。彼女は目から荒々しい光を放ち、怒気も露わに一喝するように、「今度はどうしちゃったのよ！」と言った。

家に帰る道すがら、彼の上に垂れ込めていた暗雲が、妻の独り言がきっかけになって、今また覆いかぶさってきたのだ。そのとき彼を待ち伏せし、責め立てたさまざまな考えがすべて戻ってきて、爪を立てて襲いかかり、またしても彼を引き裂いた。それらの考えが彼を非難する論拠は相変わらず心揺さぶるものであり、相変わらず反論の余地がなかった。彼の良心は彼のことを恩知らずだ、吸血鬼だ、不利な立場に追い込まれて無力になった寛大な友人を無情にも喰いものにする男だ、などと呼んだ。良心のふるう鞭に堪らなくなり、やがて彼は口を開いた。底深い心の泉が今や決壊した。そして彼は苦々しく、猛烈に、手加減せず、自責の感情を噴出させた。それは奔流となり、もし何か障害物があったとしてもそれをものともしない勢いで滔々《とうとう》と流れた。妻は金縛りにあった人のように座って耳を傾けていた。最初は怒りながら。それから好奇心がわき、興味津々で。それから感心。それから讃嘆。それから畏敬。それから崇敬。そして今、衝動的に無条件降伏した彼女は彼に飛びついて抱きしめ、自分の感情を口にした——

「ああ、あなたって、黄金の舌ととびきり素敵な心を持った素晴らしい人なのね！　あなたの言ったことは本当に正しいわ、ソル——これでは強請《ゆす》ってお金を奪い取ることになっちゃうわ。あの人はあんなに善良で心が広いのに。お好きなようにしなさい。わたし自身、受取金はもっと少なくしたいと考えたけど、わがままだったから、そんな思いは口にせず押し殺してしまおうとしたの。あなたとアレンが受け取るのにふさわしい額はいくらくらいだと思うの、ソル？」

これで彼の良心は満足して、喉をごろごろと鳴らした。そして彼は、夢のような幸福を湛《たた》えた穏やかな海に浮かんでいた。両目は閉じ、感情の嵐がおさまっていくにつれ胸がゆっくりと上下した。何分も経つと、興奮が完全に消え去り、彼はまたいつもの自分に戻っていた。そして世俗的な物事を考え、そうした物事に関する意見や判断を表明できる状態になっていた。アンは質問を繰り返した。彼はしばらくそれについて熟考し、それからこう言った――

「アン、ハリソンが試練を乗り越えた後で手にすることになる遺産の五分の一でも、大金だと思うよ。公正に見積もって考えると、そのくらいは彼に請求してもいいし受け取ってもいいんじゃないかな」

彼女はこの見方を喜んだ。

「わたしもそう思うわ、ソル。実際のところ、そうだって分かる。だって、もし残された遺産が莫大なものなら、その五分の一はひと財産だわ。そしてもし遺産の額が少ないなら、五分の一削っても彼は我慢することができる――それ以上ちょっとでも削ると困ってしまうかもしれないけど。あなた、アレンに手紙を書いて、五分の一以上にはしないつもりだって伝えてくれる?」

「すぐにそうするよ。それで、もしそんな条件に満足いかないなら、彼は手を引いてもいいんだ」

「彼が手を引くですって! 彼のやってることが目に浮かぶようだわ! 経費は払ってもらうし、ウイスキーにビリヤードとか――あんなに哀れで下等な男が、あんな情けない生焼けのドーナツが? 棍棒を使ってもあんな男は追い払えないわよ」

「五十ドルを抜いて彼への手紙に同封しよう。それから経費についての自分の計らいを説明することにしよう。その二点が揃えば彼も納得すると思うよ」

「疑いないわ。五十ドルより少ない額でもいい。いいこと、ソル、あの男を監督する誰かを送り込む必要があるわ――それが節約になる。そうしなければ、彼は遊び歩いてお金を使って、何の役にも立たなくなるから」

ベイリーを納得させるのは難しかった。だが妻は主張を取り下げず、結局、彼は納得した。それから彼は尋ねた——

「今やっていることをやめてこの任務に就くよう、有能な人間を説得することができるかな?」

「もしわたしたちの取り分の資産から少し分け与えてあげるって約束すれば、説得できるわよ。そのことは疑いないわ」

「本当だ——もちろん。でもアン、私たちはその人物に事情を打ち明けなければならないよ。洗いざらい喋った後で、そいつが断ったらどうする?——断ったうえによそに話したりしたら。そうしたらどうする?」

アンはこのことを考えた。それからこう言った——

「ソル、安全で大丈夫になるように取り計らうことができるわよ。わたし、その男に仮説的な話をしてみる——」

「それを言うなら仮定的な、だろ」

「そんな違いどうでもいいじゃない!——じゃあ仮定的でいいわ。で、こう言ってみる。これは仮の話ですけど、イリノイにこれこれこんな地所がありまして、なにがしさんがいなくなった相続人たちをもし見つけたりしたら、その分け前を得るかくかくしかじかのチャンスがある、とします。あなたはかくかくしかじかの分け前のうちこれこれこれだけの取り分を得るためになにがしさんに協力するつもりはありませんか? そしてどのくらいの金額をあなたなら請求しますか?——実はわたしたちの地方駐在員がふさわしい人を探してほしいって頼んできましたもので、とかそんな風に言うの」

「それはいい——それが最高、申し分がないよ。頭がいいんだな、アン」

彼女は平然と答えた――

「あなたより前にそんなことは分かっていたわよ、ソル」

事の当然の成り行きとしてその次の問題が自然と浮かんだ。

「どこでその適切な人物を見つけるんだい、アン?」

それが本当に難しいところだった。十分の間、ベイリーは指で髪をかき乱しながら床を歩きまわり、アンの方は顎を両手で包み、両肘を膝に乗せて座っていた。その間、何の収穫もなかった。すると、どこか一マイルばかり離れたところから、ダグ・ハプグッドが通り過ぎる友人にこっそり呼びかける言葉が聞こえてきた――

「ねえ、ビリー、今夜は交霊会に行くかい? 十一時きっかりだよ!」

同時にベイリーと妻は、壁に貼ってある印刷されたちらしを見上げた。それから互いに顔を見合わせ、頷《うなず》き、微笑んだ。まるでこんな風に言っている人のように。「これで決まり。名案だ!」

その小さな広告が配られて二年近くが経っていた。そこにはこう書かれていた――

シャーロット・ガニング、霊媒《れいばい》。フォックス姉妹❖の職業上の元アシスタント。あの世に行ったお友だちの霊との交信。彼女を通して、聖人の孔子《こうし》様が話す中国語で伝えられます。そして、トランス状態になった息子が霊感によって翻訳します。通常の状態ではその言語をひと言も理解できないため。過去が詳しく語られ、未来が予知されます。助言が与えられ、問題が解決し、不安が取り除かれます。公開交霊会はアイスクリーム・パーラーにて開かれ、予約が必要――入場料二十五セント。個別の交

❖ニューヨーク出身のレア、マーガレット、ケイトのフォックス三姉妹は、一八五〇年代に霊媒として人気を博した。

霊は二ドル。

四秒後、ベイリーは再び心霊主義に転向していた。彼はほぼ二年前、シャーロット・ガニングがやって来たときに最初の回心者になったのだった。だがやがてそこから離れていった。自分自身を救済したり地獄に落としたりする、ほんの短い間だけ魅力的な他の方法に惹《ひ》きつけられたからだ。

「彼女は素晴らしいよ、アン、素晴らしいよ！　あの死んだ中国人が彼女を通して、いろんなことを明かしてくれるんだ――」

「まあ、わたしだって分かってるわよ！　彼は未来に明るくって、人の過去については本当に驚くくらい知っている。彼ならわたしたちにふさわしい人物を見つけてくれる。疑いないから。ソル、ここに来てもらいましょうよ、ねえ――」

「今夜だ、アン、今夜だ――早いに越したことはない。九時ではどうかな――公開交霊会が始まるまでたっぷり二時間はあるし、中国人も元気で疲れていないだろうし」

「それがいいわ！　それでわたしたち、彼に説明してみるの、想――想定――」

「――仮定――」

「――仮定的な話をして――」

「そしてお伺いを立てる！」

「素晴らしいわ、ソル。さあ、借金を返して、手紙を書いて、中国人とのビジネスの予約をしてよ」

こんな具合にその件は落着した。トムやディックやハリーといったごくごく平凡な人たちの過去に関する知識を、その中国人が驚くほど持っているというアンの話は本当だった。過去の洞察についての彼の評判は村中に知れ渡り、確固としたものになっていた。ガニング夫人はしばしばかなりの程度、彼の手助けをしてあげることができた。というのも、アイスクリーム・パーラーでは、小声で私的な話がやり取りされているテーブルのあたりを、彼女はいつもふらふらと歩きまわることができたから。他の人々が近くにいたら、その種の会話は途切れただろう。だが彼女が近くにいるときは、会話は遠慮なしに続いた。なぜなら彼女が口がきけないという評判は、過去をよく洞察できるという中国人の洞察と同じくらい確固としたものだったからだ。

ベイリーは〈基金〉に返済し、アレン・オズグッドに手紙を書き、心霊主義者たちを雇い、手紙を投函した。郵便局でアレンからの手紙を一通受け取り、わくわくと期待しながら家路についた。

水入らずの居心地よい雰囲気のなか、ベイリーは熱心に聴き入る妻に向けてアレンの手紙を読みあげた。

> メンフィスの安くつく宿に落ち着いてからできる限り早く、俺は虐げられたあの妻、「ミリケン夫人」という偽名を使っていたあの女についての調査を注意深く開始した。その結果は物悲しく、またロマンチックなものだった。どうやら彼女は名前をルーシー・ウォレスと変えて、しばらくの間だが有名人になったようだ――

「ル――ルーシー・ウォレスだって！」とベイリーは叫んだ。「おい、アン、そ、そ、そういえば彼女はミリケンの女だった――すっかり忘れていたよ。憶えてないかい？」

「うう――ん、いいえ、まったく憶えていないわ。彼女がお金を騙し取ったことで大騒ぎになったのは憶えてる――たいていの人は憶えてると思うけど――だから彼女の名前はよく憶えてる。でももし彼女がミリケンの女だって知ってたら——」

「ああ、確かにそうだったんだ！　憶えていないかい——」

「いえ、わたし、知らないわ！　もう十五年くらい前のことよ。どっちみちたいした意味はないわ。手紙の続きを読んで」

——しばらくの間だが有名人になったようだ。そして莫大な額の金を持ち逃げして、その後ずっと消息不明になっている。しばらく詳しく調べてまわった後、たぶん他の誰よりも俺たちにとって役に立ちそうな男がメンフィスに一人いることが分かった。もし彼が志願すればの話だが——名前はサイモン・バンカーといって、彼女が詐欺をやってたときには郵便局員をしていて、この十年ばかりは郡裁判所の書記をしている。こいつに志願してもらおうと俺は心に決めた。そしてうまくいった。

「ねえ、おい、アン、どんなもんだい！　あの探偵のこと、君はあまり高く買ってなかったけど、ほらね」

「そう、わたしまだ高く買ってないわよ」——ふんと鼻を鳴らしながら。「彼のたわ言を続けてよ」

俺は彼と知り合いになり、この男が失望していることを発見した——自分は不当な扱いを受けている、郡の判事になるべきなのにと思っている。そのうえ彼は貧乏だ。そして、いつか昔に失恋したんじゃないかと俺は疑っている。彼は内気で気難しい四十歳の独り者だ。女を嫌っている——特にルーシー・ウォレスを嫌っているようだ。そのことは言わないけれど、見え見えだと思う。いいかい、彼女が扱っていた山のような郵便物にネズミがいるんじゃないかと疑いをかけて、ネズミを捕まえるくらいの機転を彼は利かせるべきだった、皆はそう思った。そんな風に言われたんだと彼は言っている。だから彼は、彼女に腹を立てているんだと俺は思う。もっと理詰めで考えれば、自分自身に腹を立ててしかるべきなのに――こんな気持ちの混乱は、女にありがちなことで――

「ほんと、アレンは馬鹿だわ――あなたにはいつもそう言ってるでしょ、ソル。ほぼ間違いなしでその男はその女に惚れ込んでいたのよ。でも彼女は彼をふってしまった。女も不正利得もものにできなかったから、彼は彼女のことを嫌ってるのよ。彼の無駄話を続けて」

――男には珍しい。俺はゆっくりと彼に取り入り、友だちになり、信頼を勝ち得た。それから俺たちの計画すべてを披露した。仕事のために使う金はあんたが出すということも話した。それから、もし俺たちが成功したら、遺産のうちあんたの半分の取り分の十六分の一と俺の取り分の十六分の一をあげようと申し出た。すると彼は、半時間ばかり考えさせてくれと言った――彼は用心深くて慎重に事を進める男だから――


「ソル！」彼女の口調には不安が込められていた。

「何だい、アン？」

「あの手紙はもう投函した？」

「したよ。どうして？」

「もう取り返すことはできないと思う？」

「駄目だね、もう郵便を出してしまった。どうして？」

「まあ、なぜだか分からないの？」

「う、うん――そう、分からない」

彼女は陰気に言った――

「じゃあ、まあ、もう出しちゃったんだから、どうしようもないか。話を続けて」

「おい、いったい何――」

「続けてって言ってるでしょ！」


――それから彼は承諾した。だから俺たち大丈夫だよ、ベイリー。事は順調に運んでいる。少し金を送ってくれ。


「さあ、奥方様、これで君もはっきり言ってくれると思う。私たちの案件は見通しが明るいって。それからあの可哀そうなアレンは結局のところ、生焼けのドーナツみたいな奴じゃないって」

返事はなかった。アンはゆっくりと台所に歩いて行った。深く考え込み、背中にまわした両手の指を神経質そうに絡め合わせたりはずしたりしながら。ソルは嬉々として薪小屋に行った。彼女のために木切れを集め、たきつけにする薪を割るためだ。

台所に辿りつくと、アンはしばらく物思いに沈んで立ちつくしていた。うわのそらで指の関節をぽきぽき鳴らして、こう呟きながら。「あの手紙は出してしまった……。あの男は五分の一の八分の一を受け取るはず……。アレンが彼に、手紙のなかのあれを示したら……。計画をすっかり打ち明けた後で、あの男に半分の八分の一を申し出るなんて、ぼんくらもいいところ。彼は仲間のなかで一番役に立つ人間だけど。でもそれが五分の一の八分の一だって分かったら！……。ああ、もう」――ためう息をついて――「終わったことだから仕方がない。ほっておこう。あのドーナツったら！」

この企てが立脚している論理を先ほどからかったこと、そしてそんな論理に手もなく乗せられてしまう輩《やから》を自分は尊敬しなかっただろうことを、彼女はすっかり忘れてしまっていた。彼女は貧しかった。貧乏の盃《さかずき》を最後のかすまで飲み干した、この可哀そうなご婦人。そして彼女のような人間にとって、どんなに荒唐無稽でありえないような差し迫った金でも、何度も何度も考え詰めて夢想し続けると、やがて実質を持ち達成することができるように見えてくるのである。

それではメンフィスに行くことにしよう。

サイモン・バンカーはアレンが持ちかけた案を受け入れた後、二人で腹を割って話し合おうじゃないかと提案した。ヒッコリーで火をおこし、暖炉に据えつけた台にやかんを載せて湯を沸かし、葉巻を取り出し、ブラインドを下ろし、余分にロウソクを一、二本灯し、湯気をあげるポンチをこしらえた。こうすると、うら寂しい小さな応接間はかなり居心地良く、快適なものになった。彼はそのことを口にした――言いかけた途中で言葉を切り、町の時計が十一時を告げる音が遠くから突風のために途切れ途切れに聞こえてくるのに耳を澄ませた――それから腰をかけ、ポンチをアレンに手渡し、グラスを触れあわせ、葉巻を差し出し、ロウソクを手にして火をつけた。それから彼は、相手の顔に鋭くぬかりない眼差しを注いだ。そしてこう言った――

「さあ、それじゃ俺たち、関係者たちのことを知っておく必要があるな。ベイリー氏について知ってることを全部話してくれ」

話が終わると、バンカーは言った――

「どうも彼は移り気な人物のようだな」

「そうだな。そう、そんな風にも言える。でも頭はいいんだ」

「あらゆる種類の宗教や主義なんてものに、取りとめなく浮気心を起こしているようじゃないか」

「そうだ。そう、正直言って彼はそんな感じだな」

「彼は今現在、何者なんだい――宗教的にってことだけど?」

「まあ、神様だけがご存じだ!」

「確かかい?」

「何が確かかって?」

「ああ、いや、たいしたことじゃない」。彼は心の中で自分にこう言い聞かせた。「こいつに冗談を言うのは無駄だ」。それから声に出して、「彼はちょっと意志が弱いんじゃないかな?」

「弱いって? ああ、いや、そうは言えないよ。いや、弱いなんて絶対に言えないよ」

心の中で、「判断力がまだ大人になってないな――こいつの判断力のことだが」。声に出して、「彼は俺たちに必要な金を送り続けることができるんだろうな?」

「ああ、うん、そう思うよ」

「どうやって彼は金を手に入れるんだ?」

「チャリティで集めるのさ」とアレンが無邪気に言った。

「チャリティ?」

「そう、宣教活動とか、そういった類のものさ。〈基金〉から借りるんだ。とにかく、今回はそうした。彼が自分で言ったんだよ」

「でもどうやって借りるのを許されるようになったんだ？　誰が〈基金〉を管理してるんだ？」

「彼だよ」

「なるほど、分かった」。心の中で、「こいつはひでえアイディアだな！」。声に出して、「さあ、それじゃ今度はハリソンだ」

アレンは自分が知っていることはすべて話した。バンカーはしばらく黙って細かい点について考えを巡らせた。それから言った――

「ハリソンは生前の伯父に会ったことはないと？　確かか？」

「確かだよ。彼が自分でベイリーにそう言ったんだ」

「伯父とは手紙のやり取りだけでしか知らなかったと言ったな？」

「そうだ。時たま、弟、つまりハリソンのお父さんに手紙を書いて送っていた」

心の中で、「それは貴重だ」。声に出して、「たぶんミリケンの女が伯父とこっそり結婚して奥さんになってたんじゃないかってベイリーがほのめかした時、ハリソンが気にする素振りを見せた、そう言ったな。ベイリーはそのことを確信したのかい？」

「ああ、はっきりとね。それで俺がここに来てしばらく経ってから、手紙を寄こしてきた。あれから数回ハリソンを訪問したけれど、ますます神経質になってきて、本当におろおろしてるのが分かったってさ。それでベイリーは、これは相続人のミリケン親子についての悩みなのはほぼ確実だって思ったんだ」

「ハリソンはかなり弱い性格の持ち主なんじゃないのかい？――ひょっとして、人格がちょっと壊れてるっていうか？」

「いや、そんなこと、とんでもないよ！　とても強い人格の持ち主だよ。俺自身もこの人のことは分かってる――個人的に知ってるんだ」

バンカーは素っ気なく、「それで決まりだな」

アレンは喜んで、「そんな風に思ってくれてとても有難いよ」

真夜中になって、アレンはいい気分になりほろ酔いで帰って行った。バンカーは自分の椅子にまた腰をおろして、自分自身と会話をした。

「悪い話じゃ全然ないな――もしミリケンの〈相続人たち〉がまだ生きているとすればだが。もし生きていたら、あいつらを誘い出す広告をどうつくればいいかは分かっている。それに、ルーシー・ウォレスが俺と財産を山分けするよう仕向けるにはどうすればいいのかも。それも財産のほんの一部じゃない、すっかり全部だ――ハリソンには気の毒だが！……このビジネスに第三者は必要だろうか？たとえば、この若い無邪気な男は？　あるいは、あのユニークな男は？　耳が聴こえない村の仲間が〈低能哲学者〉っていう風変わりな綽名をつけてるっていう話だが――あの回転木馬、あの風向計、あの精神の売春婦、あの宗教や主義を遠慮なしに投機売買する男！……まあ、答えはイエスだ――そうだ、少なくとも今のところは必要だ。そうだ、必要だ――なぜってあいつらは金を出してくれるから。そうだ、それに俺はあの若い奴を役立てることもできる――方法はいくつか分かってる」

彼は次のような広告を書いた。それを今のところはアレンにも、他のどの関係者にも見せるつもりはなかった。それから彼は、満足していい気分になってベッドに入った。

〈莫大なる財産〉がただで手に入ります。火災によって刑宣告は無効。裁判記録はすべて焼失。〈追加の合衆国郵便〉様、どうぞ〈沼地の天使〉にご連絡を。手紙を後者の本名にあててお送りください。

ベッドのなかで彼はしばらく独り言を続けた。「記録が焼失したなんていうたわ言では、あの女は騙されないし、そんなことは期待していない。だが彼女は勘がいいから、何か隠れた事情があるんだと分かるだろうし、偽の住所から手紙を書いて問い合わせてくるだろう。手紙を書く？　いや、書くなんてことはしないだろう――まずは、俺が説明するまでは。子供みたいに大文字活字で手紙をつくって出してくるだろう。あるいは電報を使って。何かのうまい口実をつくって至急の報せを交換手に口述したりとか。とにかく、もし彼女が生きていたら、俺は便りを受けることになるだろう。その後は迅速かつ単純……。事は進展する！　もしもあの弱虫のハリソンが本当に怖がっているのが分かったなら、そいつの財産は確実に頂戴することができる。あの問題になっている『相続人』とやらが生きているかどうかに関係なく……。広告は安くつくだろう――それにあらゆる所で目に留まるだろう。一回載せる――一つの新聞に――合衆国のどこでもいい――そうすればやるべきことはおしまい！他の新聞はみんなそれを転載して、社説なんかでコメントして、面白おかしく紹介するから、あか抜けないど田舎でも愉快にその話題をだしに騒ぎ立てて、象がやるみたいにどしんどしんと跳ねまわる――すべて無料、ただで、金は要らない――そうすりゃ、この話は燎原《りょうげん》の火のようにあっという間に大陸中に広がるだろう！　これであの女は見つかるか――生きていたら？　まあ、たぶんな！……もう遅くなった。おやすみ、ハリソン。ぐっすり眠りなよ、もし眠れたらな」

今度はベイリーの家での私的な交霊会に出席してみよう。

ガニング親子は九時きっかりにやって来た。そして旧友を遇するのにふさわしい――実際に旧友だったから――陽気で親しみのこもった歓迎を受けた。二人は明るい気持ちになっており、テンプルトンはまた陽気で冗談好きな、いつもの自分をほとんど取り戻していた。というのも、事前予約が必要な交霊会の方は百人近い出席者のリストができあがったので、とてもうまくいき、実入りがよかったのだ。インディアンタウンに来た最初の頃から、ガニング夫人は人前に姿を見せる機会を賢明にも控えめにしていた。人前に出る間隔が十分に長かったので、人々の興味がかえってかきたてられたのだ。

ご健康はいかがですか、とガニング夫人に大声で親しげに呼びかける挨拶が終わり、そのような機会のために用意してきた儀礼的な挨拶のうち最良のものをテンプルトンがすらすらと口にすると、交霊のテーブルがしつらえられ、皆は席に着いた。霊媒たちは隣り合って座った。テーブルの下で手を握り合い、聾唖者《ろうあしゃ》の言葉で誰にも感づかれないように会話するためだ。ソルとアンは霊媒たちの向かい側に座った。ご静粛にという依頼がなされた。沈黙が訪れ、深まった。厳粛で、荘厳で、超自然的で、不気味な沈黙となった。それが長く続いた後、ガニング夫人はゆっくりと震わすように両手を動かして、自分の頭や顔のあたりにまじないをかけた。まじないの区切りごとに、指で空気をちょきんと切る仕草をした。まるでそこから出ている目に見えない流体を操っているように。それから彼女は、息子の頭と顔のあたりにも術を施した。数分が経つと、二人の演技者はうなだれて体をゆらゆらさせ始めた。やがて母親の頭が胸まで下がり、しばらくの間そこに留まっていた。息子の頭もそれと同じ動きをした。ほどなくして二人の頭が持ち上がり、目が開いた。その表情は夢のなかで遠くを見るかのようだった。母親が虚ろな声で言った――

「〈賢人〉様がお出ましです。話しかけなさい」

テンプルトンはそれに応えた。低くうやうやしい口調で、ゆっくりと厳粛にお辞儀をしながら――

「ほんてぃんうー――しわっしー！　偉大なる先生、ご挨拶申し上げます！」

母親は重々しい威厳を込めてこう答えた――

「うーんとんほんしんほあんごー」

テンプルトンは同じように重々しく厳粛な態度で翻訳した。「了解した。そして感謝する」

アンは、いつもの口調で興奮して言った――

「ソル、見れば見るほど、わたし不思議でならなくなるの――トランスするとこの人は、どんなに些細なひと言でも漏らさず聴き取れちゃうのね」

「アン、何度も言ったじゃないか、彼女には聴こえていない、聴いてるのはあの中国人だって」

「そうね、どうやらそれに違いないわね。それに違いないのは分かってる。だってそれが、たった一つの理にかなった説明の仕方だから。でももし本当にそうなら、かえってますます不思議になっちゃう――」

「もしそうなら！　どうしてもし、なんて言うんだい？　どこにもし、なんてあるんだい？　本当にそうなんだって私たちは分かってるだろうに」

「どうして分かってるの？」

「前に言っただろ」

「いえ、言ってくれなかったわ」

「絶対に言ったよ——でももう一度言ってあげよう。彼女はこっそりとでも英語を聞いていない。中国語だけだ。だから分かってるんだよ」

その言葉はアンに衝撃を与えた。

「これは驚きね！　ソル——ふざけてるの？　わたしを騙そうとしてるの？」

彼は自信たっぷりに答えた——

「ふん！　私の言葉を鵜呑《うの》みにする必要はないよ。彼女にちょっとした英語を渡してやって、何をするのか見てみろよ」

「ええ、そうするわ。ええっと——シャーロット、一つ二つ質問してもいい？」

反応はなかった。ソルは勝ち誇って有頂天になり、からかうように言った——

「ああ、もちろん彼女には聴こえるよな！　もっと大きな声で言ってごらん、アン」

アンは大きな声で話しかけ、それからさらにもう少し大きくして繰り返した。シャーロットは座ったまま身じろぎせず、何の反応も見せなかった。アンは魅了され、驚き、そして諦めた。それから、このテストを完璧で見事なものにするために、席を立って向こう側にまわり、やさしい中国語の言葉を一つ二つ耳打ちしてくれとテンプルトンに頼んだ。彼はそうした。彼女は元の席に戻り、その言葉をそっと口にした。

「つんりやーめん！」

孔子がたちどころに返事をした——

「しんそんたいぴんやんつぇきゃん！」

「なんてことでしょ、ソル、これって最高にすごいことじゃない！　奇跡の話はいろいろあるけど——聖者の顎の骨でつんと突いて死んだ人を目覚めさせるなんて、これと比べたら取るに足りないわよ！ねえ、テンプルトン、わたしが彼に言った言葉ってどんな意味？」

「あなたはこう言ったんです、光るもの必ずしも金ならずって」

「そしたら彼、何て言ったの？」

「憶えておくことにしようと言われました」

　自分が鼻であしらわれたのではないかと、彼女は猜疑心《さいぎしん》を起こした。彼女はこう言った——

「憶えておくですって。何よ、この諺《ことわざ》って彼よりずっと昔のものなのに。それが分かってるくせに。ソル、わたしそんな死骸同然の老人とは知り合いじゃないし、馴れ馴れしくされたくないの。彼にはもう二度と口をきかないから。憶えておくだなんて！　もし捕まえて懲らしめてやることができたら、わたしこそ彼を憶えておくことになるでしょうね。干からびて、年とって時代遅れになった、異教徒の釜《かま》たき人夫《にんぷ》のくせに！　わたし、今ここでこう言ってやるわよ——」

「しゃんとぅんわいへいうぇいふーぷろん！」——厳かに〈聖人〉の霊が言った。

　翻訳がただちになされた。

「貴きご婦人は大いなる富と長い寿命を授かる定め。そして、ふさわしき幸福と栄誉も」

　テンプルトンは、顔を両手で覆い低く身を屈めることで今にも笑い出しそうになるのを隠した。そうしてうまくこの状況を乗り切ることができた。

「わたしのことを言っているの、テンプルトン？」とアンが尋ねた。機嫌を直し、目に見えて喜んでいた。

「そう、あなたのことです」

アンは少し頬を赤らめた。こんなに優雅で天分豊かなお言葉に対してどのように返せばいいのか戸惑った。それから、おずおずとこう言った――

「あんなに彼の人柄を誤解しちゃって、わたし自分が恥ずかしくなるわ、テンプルトン。お願いだから、わたしのことを彼に紹介して。わたしの代わりにお礼を言って。それからこう言ってほしいの。あなた様のご都合よい折にはいつでも訪ねていただき、くつろいでいただけましたら、わたくしども、とても嬉しく存じますって」

テンプルトンはそれを中国語に翻訳した。それからアンは席を立ち、正しいと判断した所まで行き、目に見えない新しい知り合いであり彼女の家庭にやって来たお客様でもある人物に向かって、若い頃に習った儀礼的で旧式な膝を曲げてするお辞儀を真剣な態度でしてみせた。

ベイリーはこの時点で、仕事の話を切り出したくてうずうずしていた。そう口に出した。それで話題が変わった。霊媒たちは二人とも喜んだ。なぜなら彼らの職業では真面目くさった顔をすることが必要とされるのだが、そうし続けることが難しかったから。アンがこう言った――

「テンプルトン、実はこんな感じの状況なのよ。わたしたちの友だちの一人が手紙を寄こしてきて、あるとても急を要する件についてアドバイスを求めてきたの。そこにはとてつもない額のお金が絡んでる。ずっと昔に行方不明になった未亡人とその子供を探し出さなきゃならない――秘密の結婚とか、まあそのようなもの。すべて秘密よ――どこにも漏らさないでね。この友だちはこんな相続人を見つけ出したいと思っている――息子の方は、今じゃもう成年に達していて――」

「そして両方とも行方をくらませた――」とソルが割って入った。

「待って、ソル。わたしが話をしてるのよ。ちゃんとできるから。その友だちは相続人たちを見つけ出して、彼らの一件を処理してあげるひきかえとして、受け取る財産のおすそわけにあずかりたいと思っている。彼はもう、探偵を一人雇って相続人たちの跡を追わせている。そして、その探偵を助けてあげる、抜け目なくて賢くて信頼できる人物を求めている――その探偵をこっそりスパイするという目的もある、だって見張る必要のある類の人間だから。それでわたしたちの考えは、孔子様にそんな人物を探してもらうってことなの」

テンプルトンは、テーブルの下で母親の手に指文字を書いて皮肉めいたことを伝えようとした。

「孔子にダグ・ハプグッドを指名してもらいなよ、母さん」

彼女も指文字で返した。

「冗談言わないで、我慢できないから。わたし笑っちゃって、すべてを台無しにしてしまうじゃないの。もうずっとそうなりかけてるわ。ここにいるのはとても愉快だけど、家に帰って二人きりになった時のために取っておかないと――そうしたらわたしたち、このことを話しながらとても楽しく過ごせるわよ」

アンは話を続けた。

「わたしたちはこの友だちと一緒になって、この件に一枚噛んでるの。でももちろん、それは秘密にしておいて。わたしたちの友だちは、財産のおすそわけをもらい次第、そのまたおすそわけを選ばれた人物にあげるつもりで――」

テンプルトンがまた指文字を書いた――

「もらい次第だってさ、母さん――もらえればの話だよね、だってもし――」

母親が指文字で返した――

「静かにして！　これはまた、とびきり風変わりで、世間知らずで、まぬけな善人たちね――」

アンは続けて――

「それで友だちは、この見張り役の人物と話をつけたいと思ってる――どんな条件を出すか見極めようとしている、分かるでしょ――その秘密を彼に明かす前に。もちろんわたしたちは、あなたがたが知る必要のあることは、どんなに細かくてもきちんと教えてあげる心積もりはしている。なんといっても孔子様が理解できるようにやり取りする役柄だから。でもわたしたち、必要以上のことは孔子様に伝えてほしくないの。だって、そうでしょ、もしもアメリカとか天国とか、その他のいろんな所にこの話を撒き散らしてやろうって気を孔子様が起こされたら、黙らせておくための方法ってないわけだから」

テンプルトンは指文字を書いた――

「母さん、もしこのとても大事な件について知らせるべきじゃないことを孔子様が勝手に見つけるのを許しておいたら――」

彼女は指文字で遮った――

「そんなにちょっかい出さないで！　この女《ひと》の退屈でたわいない話が終わるのを待ちましょう」

アンは落ち着いてだらだら喋り続けた――

「分かるでしょ、彼が出す条件をまず聞いて、それでがんじがらめにしておくのが、いちばん賢いやり方なの。さてと――ちょっと打ち明けておくわね、あなたがたにも分かってもらえると思う――姿を消した未亡人の名前は、かつてはミリケンだった――あらっ、いったいどうしたの！」

「何でもありません」とテンプルトンが消え入りそうな声で言った。「神経作用です。母はよくこんな具合に跳びあがるんです」

「あなたも跳びあがったよ」とソルが無邪気に言った。

「そうです。僕たちがトランス状態に入ると、一方に作用することはもう一方にも作用するんです」

「まあ、なんて面白いことなんでしょう！——面白いわね、ソル！」と感心してアンが叫んだ。「この人たちのことなら何だって面白いけれど——本当に奇跡みたいで他の誰にも真似できない」。彼女はまたテンプルトンの方を向いて、平然とした様子で自分の話を先に進めた。「ええっと、さっきも言ってたけれど、彼女はメンフィスにいるジョージ・ハリソンの年とった伯父さんとこっそり結婚して、子供ももうけた。そして何か悪いことをした。もし夫が彼女を捕まえたら殺してしまったかもしれない。でも彼女は逃れて、名前をルーシー・ウォレスに変えて、とびきり利口な詐欺のお膳立てをした。そして人々からとてつもない額のお金を奪って、持ち逃げした。それからずっと彼女の行方については何ひとつ知る手掛かりがない。懲役十年の刑が彼女の頭上にかかっている。だから見つかったら、彼女はもらうはずの遺産を安く手放すことになるでしょう——ここにいるソルが、絶対確実、彼女を見つけてくれるはず。彼女がこの部屋にいるとして、それと同じくらい確実に見つけられるわ！」

霊媒たちは今やおとなしくなった。おとなしく、真剣になり、陰鬱にさえなった。愉快さがこの企てから消え失せた。そして二人は悩み、苦しみ、漠然とした悪い予感と恐怖を抱え込んだ。しばらくの間、親の霊媒の心の中は、さまざまな考えが飛び交い混じり合いぶつかり合いして、混沌《こんとん》たる有様だった。この危険に立ち向かい、その裏をかくには、どのようにすればいいのだろう？　もしそのままにしていたら、この低能たちは追跡の叫びをあげ始めて、とどのつまり自分は刑務所に入ることになるかもしれない。テンプルトンの心は完全に機能を止めていた。それは麻痺《まひ》していた。

　母親はやがて狼狽《ろうばい》から立ち直り、頭の切れる有能ないつもの自分に戻った。彼女はこの難局に立ち向かい、何をするべきかを思いついた——少なくとも最初の一手を。彼女は指文字でこんな指示を出した——

「どんな種類のスパイが必要とされているのか、孔子様に説明しなさい。あなたを指名することになるでしょう。さあ、やりなさい」

　テンプルトンは心の中で熱狂して叫んだ。「苦境に立ったら母さんはいつだって素晴らしいんだ」——それから素早く指で讃嘆の気持ちを伝えた——

「母さんってほんとに頼りになるんだね！」それから彼は中国語を勢いよく喋った。「しゃんはいてぃえんしんほんごわらわらーちんちょう！」そして言ったことの主旨を翻訳した。「僕は賢人にこう伝えました。僕たちの良き友であるお二人が、秘密で取り扱いの難しいサービスのために、賢くてよく気がついて完全に信頼のおける人物を探していらっしゃいます。場所を問わずお知り合いのなかで最良の人を選び出してくださいませんかって」

　母親は背筋を伸ばして深く考え込むような表情をつくってみせた——彼女の中にいる孔子がこの問題を解決しようと苦労している様を表わそうとしたのだ。

「彼女を見てよ！」とアンが囁いた。「ソル、あの人の中で彼が考えているのがあなたにも見えるわよね。それにテンプルトンをご覧なさいよ——普通の状態ならあの異教の言葉をひと言も知らないのに、べらべらと喋ってしまうなんてすごいことじゃないの」

「うん、そうだね、アン。それと同じくらいびっくりさせられるのは、〈あっち行け《スキャット》〉って言うくらいの時間しかかからない言葉数に、この一件の経緯《いきさつ》すべてを詰め込むことができたってことだよ。静かにして——孔子様がお話しされるぞ」

母親がぶつぶつと言った——

「ちょんひちょぷちょぷてんぷるむぐにうっぷ！」

テンプルトンは感情を表に出さずに翻訳した。

「若く才あり完璧なるなかで最も完璧なる、選ばれし者がそなたと共に座っておる。その栄《は》えある名前はテンプルトン・ガニング」

ベイリーはこの選択に有頂天になってしまい、じっとしていることができなくなった。両手をさっとテーブル越しに差し出して、テンプルトンの手を熱情込めて握りしめ、こう叫んだ——

「やってくれる？　やってくれるかい？　これはまあ、素晴らしすぎる話だよ。やってくれるだろ、ね？言ってくれ、テンプルトン——そう答えてくれ、取引をまとめてくれ！」

反応はなかった。霊媒たちは夢を見ているように静かに座っていた。寺院でお勤めをしている二人の仏陀《ぶっだ》よろしく、世間とその関心事にはまったく無頓着であるように見えた。アンは怖くなった。そして低い声で言った——

「ソル、この二人、死んじゃったわ！」

「いや、そうじゃないよ。どうなったのかは分かってる。二人は発射準備完了なんだよ——精神的な意味合いで言ってるんだけど、分かるだろ——トランスしている間、二人は自分に戻っていない。でも孔子様が出て行ったらちゃんと目を覚ます。さあ、よく見てみろよ。どうすればいいのか忘れちゃいない。テンプルトン、〈賢人〉にはお引き取りを！」

テンプルトンは流れるような中国語の言葉を吐き出した。すると彼と母親はただちに我を取り戻した。そして興味津々な様子で、孔子様にお目にかかったか、満足のいく結果だったかと尋ねた。

「ええ、そりゃもう」とソルは言った。「それから、あなたがたのためにお知らせしておこう。会見の結果に個人的に関与されているよ――あなたがたお二人とも」

「二人とも?」と母親と息子が同時に言った。とても驚いているように見えた。

平均的な人間がとっておきのニュースを携えてまっ先に駆けつけてきた時に感じるような子供じみた歓びを抱いて、ベイリーは揉み手をした。そしてこう言った――

「お聴きなさい！　こんな話なんだよ」

それから彼とアンは熱情を込めて、絶えずお互いの話を遮って修正しながら、この会見の詳細をあますところなく明らかにした。その間ずっと、自分たちの話が引き起こす驚きの叫び声に魅了されていた。結末に辿りつき、テンプルトンが指名されたことを告げると、どうか〈賢人〉様の選択が受諾されますようにという切なる祈りでソルは話を締めくくった。

霊媒たちは今や陽気さを失い、厳粛な面持ちになった。ベイリーはこれを見てがっかりした。彼はシャーロットの耳に口を当てた――

「ああ、そうされないんじゃないかと恐れていましたよ」と彼は嘆き悲しみながら叫んだ。

「何をしないんですって?」

「指名を受諾されないって」

シャーロットはやれやれといった様子で、〈事情をご存じないのは本当に明らかね〉と言わんばかりの微笑みを浮かべた。そしてさらりと言った――

「だって、あなた、わたしたちやらなくちゃならないんです。霊界でいちばん有能な千里眼でいらっしゃる孔子様と仲良くやろうと思ったら、彼の望みに反するようなことをしてそれが達成できるはずないでしょ？　ここの仕事はわたしだけでやっていけるから、大丈夫。テンプルトンには行ってもらいます」

ベイリーの幸福感を十二分に描き出すために必要な言葉をすべて手に入れるためには、辞書の中身を腸《はらわた》を抜くがごとくすっかり空けてしまわなければならない。それについてはご想像にお任せした方が安上がりというものだ。アンはここで、ある点について少し不安があるのだが、と告白した。不適切な人たちに話して企てをふいにしてしまうような何かを孔子様は握られたかしら？　そして、彼は秘密を洩《も》らしやすい方かしら？　シャーロットは説明した。

「心配することないわ。わたし、もう四年間も彼を雇い入れてるけれど、ひと言でも洩らしたりするようなことはなかった。どっちみち彼は、そうしたくてもできないの。なぜって彼はフォックス姉妹のもので、わたしは姉妹から担当区域を買って使用料も払っている。それって特許法で言うと特許と同じことなの。だからもし姉妹がわたしの縄張りで彼を働かせたら、わたしは最高裁で告訴して、高い損害賠償金を手にすることができる。ねえ、わたしはテキサス以外の南部の州すべてで彼を使うことができるの。それにフォックス姉妹は、北部の州とイギリスを縄張りにしている限り、このあたりまでやってこないだろう、そう考えて大丈夫よ」

「そのとおり！」とテンプルトンが言った。

アンはほぼ満足した。彼女は少しだけためらい、それから思い切って尋ねた——

「あなたはあると思うかしら、彼が——彼が——ストライキするなんて？」

「まあ、アン・ベイリー、あの人はあれだけの人格と評判があるんだから、そんなこと考えも及ばないでしょう。想像できる限りいちばん不名誉なことをやっているのを、あなたが想像できないのと同じことよ」

アンはこれで満足して、平和な気持ちになった。

それから取引条件が話し合われた。この件ではガニング親子がとても物わかりがよく欲深でないことをベイリーは知って驚き、有難く思った。シャーロットが契約条件として要求したのは一週間につき二十五ドル、テンプルトンのための経費、それにベイリーの怪しげな〈お友だち〉がもらい受ける分の財産の一部だった——その財産を手に入れたらの話で——くだんのお友だちが彼にあげてさしつかえないと考えるくらいの額で結構。

もう十時半になったので、客と主《あるじ》たちは心からの握手をして別れた。

しばらくの間、ベイリーの気分の水銀柱は日陰で九十二度のままだったが、それからいつもの反動が起きて低下し始めた。それはどんどん降りていって下限に達した。その間、アンは席を立って台所に行き、パン生地をふくらませる段取りをしたり、その他の細々《こまごま》とした用事を片づけたりしていた。ソルのそばを離れたとき、彼は喜び興奮しながら床を歩きまわり、二、三百フィートくらいの高さの空中楼閣を築いていた。彼女が席を離れていたのは十五分間だったが、戻ってみると、彼は椅子にぐったりと寄りかかり、顎が胸につき、喜びは完全に消え失せていた。彼女は戸口で立ちつくし、長い間じっと彼を見つめた。感情が昂ぶり、顔に暗雲が広がった。それから彼女は突然叫んだ——

「ソル・ベイリー！」

彼はうめき声をあげ、げっそりとした顔を上げた。

「もう、この世の弱虫で臆病で頭の鈍いとんまたちのなかで、あんたに勝てるのはいないわ！　いったいぜんたい、あなた、どうしちゃったのよ！」

深く悲しみつつ力ない口調で彼は説明した。

「ああ、アン、いつものことだよ――〈今日は義務を果たして、明日は後悔せよ〉。私はいつも軽はずみですべてを台無しにしてしまうんだ」

「今度は何を台無しにしたの？」

「私たちは遺産を手にすることになる――そのことは完全に明らかだ――それでたぶんその半分をもらい受けることができただろう。それなのに馬鹿な私はもちろん、あの致命的な手紙をわざわざ書いて私たちの取り分を五分の一に切り詰めずにはいられなかった。しかも単なる五分の一じゃない。全体の五分の一の代わりに、残りの五分の一だ。こいつはとびきり酷い馬鹿さ加減だ――ああ、もう死んでしまいたい！」

「それもいいわよね！　残りの五分の一も悪くないし、キリスト教徒にとっては大金だけど――何か目新しいことが起きていなければ、あなたも時々はキリスト教徒になってくれるし――でももっと大事なのは、アレンとその相棒の取り分がたっぷりと切り詰められちゃうから、おいしいいい機会を見つけたら、あの二人、あなたを裏切っちゃうかもしれないってこと。それに――」

「ああ、やめろ、アン。やめてくれ。そのことは考えたことがなかった。私はなんて涙もろくて娘じみたことをやらかす馬鹿だったんだろう、そう考えると死にたくなる」

「まあ、わたしは考えたわよ」。彼女はこう付け加えるのを忘れていた、「あなたがそれをしでかすのを手伝った後で。もうすっかり手遅れだった」と。「わたしは考えたわよ。でももちろん、あなたはいつもやるように手紙を大慌てで出してしまった。誰かにこのことについてよく考えてしっかりと検討してもらうチャンスをあげずにね」

「ああ、分かってる、分かってる――分かりすぎるくらい分かっている。だから私はせめて今――ねえ、君、君、私たちにできることは何かないんだろうか？　何か考えてくれよ、アン――ああ、私は本当に惨めだ！」

彼は彼女の慈悲心に触れた。それで彼女はもう彼を叱ることができなくなった。彼女は態度を和らげ、昔から身についている仕事に取りかかった――打ちひしがれて悲嘆に沈んでいる老いた赤ん坊を慰めることだ。長椅子に腰かけ、彼をそこに横たえ、自分の膝を枕にしてあげた。そして彼の髪の毛と額を撫でてあげながら、熱心に我慢強く論理立てて言いきかせたため、遺産の残りの五分の一が正当で立派な数字であるということを、彼はまた確信するようになった。それからやはり彼女の説得のおかげで、アレンとサイモンが仕掛けようとしている企みが何であれ、テンプルトンはそれをくじくことができる、だから例の五分の一は無傷で保たれるだろう、そうソルは希望し信じることができるようになった――「それだけで大金よ、ソル。わたしたちが今後必要になる額よりずっと多いって請け合ってもいい」

ソルはまた幸せな気分になり、満足した。そして彼女のことを、いつも自分のために尽くしてくれる有能で素敵な天使と呼んだ――本当に彼女はそんな存在だったのだ。それではこれからハリソンのところに行って、事の進捗《しんちょく》を報告して気持ちを明るくしてやろう、と彼は言った。この楽しい用事を果たすため、意気揚々と彼は出かけて行った。

アンは彼を見送ってからドアを閉め、沈思しながら独り言を言った。「それはやらなきゃね——ダグが言ってわ、可哀そうなハリソンはこのところ夜になると繰り返して、あのいかれた死体顔の訪問を受けてるんだって。それでまたとても憂鬱な気分になってるんだって……。あそこに着く前に、また何か別の気まぐれが蛆虫《うじむし》みたいにソルの頭の中に入り込まないといいんだけど……。でもどうだか分からない！」

彼女はため息をついた。それは自信のなさを表わしているようだった。

霊媒たちは、家に帰る途中の真っ暗な細道や小道を手探りして歩きながら、小声で熱心に話し合った。その結果、こんな決断が出た——下したのはシャーロットだった。

「だから、分かるでしょうけど、事態は見かけほど危険じゃないわ。サイモン・バンカーはたぶんわたしに対する恨みに衝き動かされてる。だってもちろん彼はあの裁判では第一級の証人だったのに違いないから。ということは、弁護士たちが彼を死ぬほど厳しく問い詰めて、からかって、世間のさらしものにしたのでしょう。サンスクリット語とかヘブライ語（！）とかを勉強したいと考えてる人たちから女が毎日山のようにたくさん手紙を受け取っているのをあなたは黙って見ておられたのですか、そんな馬鹿げてありえないようなことを信じて疑わなかったとは、あなたも相当なぼんくらですねえって。ただこの一件を調べてみて、結婚なんてなかったんだって分かったら、彼なら投げ出すでしょう。だけどアレンは本当の馬鹿だから、彼は投げ出さない。ねえ、テンプルトン、わたしを探し出すための広告を出そうとするかもしれない！　過去四回、それでわたしはもう少しで捕まりそうになったの。あんな惨めさや怖さをまた経験するのにはもう耐えられない。アレンにうまく取り入って、広告するのを阻んでほしいの。そうしたらわたし、刑務所に入らなくて済む。彼をうまく言いきかせたから広告はなしになったよってあなたから便りがあるまで、わたしは苦しんで苦しんで苦しみぬくでしょう。今夜のうちにあなたの荷物をまとめておいてあげる。明日出発するのよ」

「いいよ——僕は準備できてる。でもね、母さん、もし僕が最後の指示を受けるための訪問をせずにメンフィスに出かけてしまったら、ベイリーの夫婦はおかしいぞって思わないかな？」

「時間の余裕があったら顔出ししなさいよ。わたしがあなたの支度《したく》を終えた後でね——この件についてはひと晩寝て考える。というよりひと晩寝ずに考えるって言った方がいいかな。だって眠くなるような性質の問題じゃないから」

「それでもし僕に時間の余裕がなかったら？」

「構わないんじゃない？　もしあの夫婦が指示すべきことを持ち合わせていたら、わたしはいつだってその指示を受け取ることができるんじゃないの？　十五分であなたの手元に届くようにしますってあの夫婦には言っておくから。それで満足しない？」

「うん、まあ——でも電報は高くつくよ」

「ふん——孔子様はどうしたのよ？」

「おっと、そのことは考えてなかった！　ああ、母さんってほんとに頼りになるんだね！」


一方、ソルの兄であるスウィントン・ベイリー牧師は、ハリソンを枕元で見守りつつ慰めの言葉をかけていた。ソルの家で私的な交霊会が開かれている最中、もっとまともな目的で雇われたこの牧師は、巧みな言葉でハリソンの精神を少しずつ高みに引き上げていき、現世的で浅ましい心配ごとや関心事に、へとへとになるくらい、そして品格を下げるくらいにのめり込んでいる状態から救出してあげた。そして、雪をかぶった山頂からのさわやかな息吹のように、ハリソンの精神に高邁な話題を吹き込んであげていた。彼はハリソンの精神を上手に導いて、美しく高尚な抽象概念へと思いを致すように仕向けた。たとえば、〈人間同士の普遍的な友愛〉、〈無私の精神〉、〈自己犠牲〉、〈人間が神より与えられた、命はかない獣たちに対する絶対的優位性〉、〈驚異的で神秘的な人間の仕組み〉、〈人格の高貴さ〉。そして、究極的な至上の資質である〈徳義心〉――それは〈創造された存在〉のなかで人だけに授けられたものである。自分が取り上げるこうした話題の壮大さと、彼が相手にしている人物の愛想よく礼儀正しい人柄が影響して、度を越えて気持ちを昂ぶらせた牧師は、霊感を与えられたかのように語った。そして、流麗《りゅうれい》で熱のこもった名文が彼の口から滔々と発せられるうちに、ハリソンの顔を陰らせていた精神の暗雲が徐々に融《と》け去っていき、より幸せな心の光が代わりに差し込んでくることが見て取れた。ハリソンは魅入られた人のように耳を傾けた。自分は人間というものを今まで分かっていなかった。今初めて、神様がお創りになられたこの偉大なる宇宙のなかで、人間が威風堂々と最上の地位に就いているのが分かる、そう彼には思われた。今このように説明されてみると、なんと貴い数々の資質を人は与えられていることか。優しさ。敵への愛。同情。傷つけられても許す心。無私という黄金色《こがねいろ》に輝く優美さに包まれると、人はなんと荘厳で豊饒《ほうじょう》な存在になることか！

恩人にさよならを言いつつ、ハリソンは相手の手をつかみ、繰り返して強く握りしめ撫でさすった。そして、そうしながら言った――

「来てくださって、どうも有難うございました。あなたは私の魂を陽光に満ちあふれさせてくださいました。魂が浅ましい世事《せじ》から飛び立ち、さながら鷲のように空高く飛翔《ひしょう》することに手を貸してくださいました。おかげで今まで以上によく我が種族について知ることができました――神様から祝福されますように、ベイリーさん、あなたは私をまっさらな人間にしたんです！」

さてその間に、ソルは階下に到着していた。自分が携えてきた親切な用件のことを思い、見事なまでに気持ちを昂ぶらせていた。だが応接間のテーブルに、兄が入手したばかりの新しい本があった。ハリソンの私室から出たらまた持ち帰るつもりで置いたのだった。ソルはその本を取り上げて、何が書いてあるのか確かめようとした。彼はやがて本の頁を切り、その中身を貪り読んだ。ほどなくして自分の用向きを思い出して、彼は本をポケットに突っ込み、階上へと向かった。途中で彼は兄に会った。そしてこう言った――

「兄さんの本を借りたよ。明日には返すから。ハリソンはどうだい？」

十分に赦《ゆる》されるくらいの自画自賛的な満悦を話しぶりに漂わせつつ、兄はこう答えた――

「彼は真っ暗な憂鬱の底の底にいたよ。今はどんな様子なのか確かめてみるがいい、ソル」

ソルは聞いていなかった。他のことで心がいっぱいになっていたのだ。一瞬の後、彼はハリソンの前にいきなり姿を現わし、椅子に腰を落ち着ける暇もなく闊達《かったつ》に喋っていた。

「なんてお元気そうな様子をしてるんだろう！」と、心からの握手をしながら彼は言った。「ねえ、ジョージ、あなたに読ませたいものがあるんだ。新刊だよ――届いたばかり――スウィントンのものだけど。なんともはや、でも面白いんだ。聴いてくれ。

ソルは本を脇に置き、こう述べた――

「これぞ〈人間〉、最初から最後までね！　こんなに典型的な出来事は他にはお目にかかったことがないよ、あれ以来――」。彼は顔を上げた。そして心の中で言った。「あれ、彼はまた落ち込んでるぞ。いったいい何があったんだ？」

ハリソンはうめき声をあげて、こう言った——

「ベイリー、こいつは嘆かわしいことだ——あまりにも嘆かわしい！　それにとても不自然だし、人間らしさがない。正しくて本来の状態にある人間を見てみろ。なんて高貴な才能を持ち合わせていることだろう、知性もそうだ、それになんて情け深い特質を与えられていることか——」

といった言葉が延々と続いた。この手のことはソルのお得意の領域だった。ものものしくも曖昧模糊とした抽象概念についての議論は、彼にとっては肉と飲み物も同然だった。そして彼の食欲は、どんな種類の食べ物でも自分の方に差し出されてきたら、いつでもかぶりつく用意があるくらい旺盛だった。彼は今や、陽気に、嬉々として、「正しくて本来の状態にある〈人間〉」という話題にすっと参入していった。そして彼とハリソンは、やがてそれに夢中になり、それぞれが持てる限りの知力を尽くして熱い議論をたたかわせた。彼らは、山と積んだ麦の穂をてっぺんからいちばん下まで脱穀《だっこく》しつくすように、人間の知的能力をひとつ残らず点検した。そして二人とも、その件に関しては人間に

❖ソルが読みあげる文章の原稿は存在しない。『それはどっちだったか』が収録されている原著『「どっちが夢だったか」その他、晩年のシンボリックな作品群』（一九六六年）において、編者のジョン・S・タッキーは、次のような説明文を挿入している。「マーク・トウェインは、「『カウンポール』からの抜粋」をここに入れたいという自らの意図を記した覚書を残している。これはインドのカウンポール反乱の最中に反逆者たちが女性たちを虐殺したことへの報復として（イギリスの）兵士たちが実行した残虐行為に関するものである。トウェインはおそらく、ジョージ・O・トレヴェリアン著『カウンポール』（ロンドン、マクミラン、一八六五年）三五五—五六頁に書かれているこの行動の叙述の一部かすべてを載せるつもりだったのだろう。彼は以前にも、『赤道に沿って』第二部の二三八—三九頁においてこのくだりを引用したことがあった」（原著三七六頁）。

絶対的優位があるということを認め合った。だがソルは、他の動物たちが知的に考える能力を完全に欠いているという見方を否定した。そして、蟻《あり》とそれに類する生き物たちには推論する能力が少しでもあるわけで、その限りにおいてその知的プロセスは人間のそれと変わらないのだ、と主張した。とうとうハリソンは言った——

「相当に議論したね、ベイリー。結論だが——私が君の言い分を理解したところでは——人間と死すべき獣との間を隔《へだ》てる柵などまったくない、という見解を認めざるを得ないようだな」

「そう、そのとおり。そんな柵などない——その事実を都合よく動かすことなどできないんだ。人間は他の動物たちよりも優れて性能のいい機械を自分の中に持っている。だが機械であることに変わりはないし、同じ働き方をするんだ」

ハリソンは苛立ちながら言った——

「となると、精神という機械について言うならば、人も他の動物たちもまったく同じということだ。そして両者の間には途方もないスケールの違いなどない、ということになる。もちろん種類ではなく質については違いがあるだろうけれど」

「そう、まあそんなところだ——知性の点でね。両方に明白な限界がある。動物たちの言葉の大半を私たちは理解することができない。だが犬や象などは私たちの言葉をかなりの程度学習して理解できるようになる。その限りにおいては動物たちは私たちよりも優れているんだ。いいかい、単に私たちと同等だと言うんじゃなく、より優れているのさ。さあ、その大事な事実を認めようじゃないか。これが完全に本当のことだとあなただって分かるだろう、ハリソン」。ハリソンは返事をしなかった。「その一方で、動物たちは読んだり書いたりっていうことはできないし、私たちがしているような精妙で高度なことをまったくすることができない。その点で私たちは、動物たちよりはるかに優位に立っているんだよ」

ハリソンがむきになって口を出した――

「それならまあ結構。動物たちには勝手にできることをやらせておけばいい。でもまだ彼らと私たちとを隔てる壁がある。それも高い壁だ。つまり、動物たちは〈徳義心〉を持ち合わせていない。私たちにはある。その点で、私たちは動物たちより計り知れないくらい高いところに位置しているんだよ」

「どうしてそう考えるんだい?」

ハリソンの頬が紅潮した。怒りの光が目に輝いた。明らかに新しい慰め役は、先ほどの慰め役の仕事に打撃を与えてぼろぼろにしている。だがこいつは、あっぱれなくらいそのことに無頓着だし、何の悪意もなくそのことに目を向けない。ハリソンは激してこう言った――

「どうしてそう考えるんだって! 他にどんな考えようがあるっていうんだ? ねえ、いいかい――立ち止まって考えてみようじゃないか。他の破廉恥でいかれた言葉はもうたくさん我慢してきた、それで十分だ。道徳という点で、人間と獣を同列に扱うわけにはいかないよ」

「そんなことをするつもりはないよ、ハリソン」

この返事がとても穏やかだったので、ハリソンは自分が激昂したことが少し恥ずかしくなった。そして、後悔する気持ちを口調に滲ませながらこう言った――

「そうか、それならいい。続けてくれ」

はっきりと口に出されなかった謝罪を優しく受けとめたベイリーの目が輝いた。そして彼は言葉を続けた。

「いや、道徳の点で人と動物とを同じレベルに置くのは正しくないだろう。〈徳義心〉を持っていない獣たちには何が正しくて何が間違ったことなのかが分からない。だから、彼らには間違ったことをするのが無理なんだ。私たちにはできる。となるとね、もちろん、間違ったことのできない動物は、できる動物よりもはるかに優れて立派で高貴な存在だよ。天使がポーニー・インディアンより優れて立派で高貴なのと同じことさ。天使たちは堕落しなかったよね、だからまだ〈徳義心〉は持っていない。そういうことで、さっきも言ったように、道徳的な点で獣たちと人間たちを同じレベルに置くのは正しいことじゃないだろう。となると——」

　ハリソンが怒りを爆発させ、ベイリーは着ている服から体がぽんと飛び出しそうになるほど驚いた。

「もう喋るのはおしまいにしろ！　何もできずに横たわって、こんな正気の沙汰でない馬鹿げたことを聞かされたら、正常な心を持っている者は気が狂ってしまう」

「だって、ハリソン」と傷ついたソルは言った。「悪いことをするつもりはなかったんだ。何の他意もなかったんだよ、あなただって分かってるだろう、それに——」

「ああ、分かってる、分かってるとも、ベイリー。そのことを思い出して気を静めなけりゃならないな」。そして彼は手を伸ばして悔いるように〈哲学者〉の腕を軽く叩いた。それと同時に——何の勝算もないことだったが——自分の中にまたこみあげてくる怒りの気持ちを抑えつけようと男らしく奮闘した。

「でも——でも——何を言おうとしているのか、どこを目指しているのか、自分でもほとんどいつも分からないままに、君はとても忌まわしい、腹の立つようなことを言ってくるんだから！——君だって分かるだろう、ベイリー」

　ソルは真面目に、そして低姿勢で答えた——

「わざとじゃないんだ、ハリソン、君もそのことは認めてくれると思う。私がしようとしているのは君を慰めて気持ちを落ち着かせることだ。かき乱して怒らせることじゃない。だから〈徳義心〉のことや、それが私たちをどれほど引きずりおろしたかを話した時には、私は議論をしていたんじゃない――それについてはよく気をつけていた、だって病人に議論をふっかけるなんて剣呑《けんのん》だよ――私は単に事実を述べていただけだ、そして――」

「事実だって！　ああ、なんともはや、もう話題を変えて、休ませてくれ！」

癒しを与える平和や平穏を友人の悩める魂にもたらそうとする、自分の善意から出た努力が、かくも痛ましく不首尾に終わったことを見て、哀れなベイリーは心底から動揺した。そして、あまり刺激的でない話題を考え出すことができればいいのだが、と考えた。彼は苦痛を和らげ落ち着かせる話題を求めて自分の心の中に探りを入れた。そして、ほどなくしてこれだと考えるものを捕まえた時、素直に喜んだ――〈人間だけが持っている唯一無二の衝動、すなわち利己心〉という話題だった。彼は数日前、ハリソンのいるところで自分の信条について相当長く話した。そしてハリソンがそのことに興味を示していたのを憶えていた。また、彼の記憶によれば、ハリソンは暴力的なやり方でそれに反論してはいなかった。だから彼は、大いなる希望を抱いて、その話題を取り上げてみようと試みた。こんな風に問いかけた――

「ハリソン、私たちがあの話し合いをしてから、あなたは〈自己の福音〉について考えてみることがあったかな？」

「ああ、君が出した説について考えてみた。いかなる行動もそのおおもとは利己心から発している――一義的には、っていう説だったな。そしてその間、私はそれを論駁《ろんばく》するような例があるかと少し探しまわってみたよ」

「それで？」

「まあ、見つかることになるだろう、見つかるよ。そのうちに、たっぷりとね」

「ハリソン、白状しているのも同然じゃないか、つまり――」

「ああ、好きなように言っていいよ――気にしないから。最初のうちは運がなくって、正しい所に探りを入れることができなかった――でもそんなことはどうでもいいし、何かを証明したことにはならない。私はロマンスや伝記に書かれている、素晴らしくて、見たところは私心のない行為を調べてみた。だが――」

「そのとおり！　じっくりと分析してみると、私心のなさを装っていたものが消えてしまったというんだろう？　どんな場合でもそうなんだよ、ハリソン、どんな場合でも。例外なんて一つもないよ」

　ハリソンは動じなかった。

「すまないが――どんな場合でもというわけじゃない」と彼は言った。「その点を粉砕《ふんさい》してくれる例を一つ、この本の中に見つけたんだ」

「そうはならないよ。あらかじめ分かってるんだから。説明してくれ」

「いいだろう。こんな具合だ。アディロンダック❖の森に賃金労働者がいる。製材集落に暮らしていて、アマチュアながら自ら買って出て説教師としての勤めもしている。彼は立派な人格の持ち主で、宗教心も篤《あつ》い。やがて彼の住んでいる地域に、ニューヨークのスラムに暮らしている熱心で実際的な労働者が休暇を取ってやって来る。彼は成功した商人であり、巨大な〈労働組合連合〉の部門長でもある。木こりのホウムは、自分の明るい世俗的な見通しを投げ捨て、イーストサイド❖の人々の魂を救いに行きたいという強い気持ちを持つようになる。神の栄光とキリストのためにこのような犠牲を払うのは幸せなことだ、そう彼は考える。彼は職を辞し、嬉々として犠牲を払ってイーストサイドに赴いて、磔刑《たっけい》に処せられた神の子キリストについて、文明化されきっていない外国から来た乞食たちの一団に昼夜を問わず説教をする。そいつらは彼のことを嘲笑う。だけれど彼はそんな嘲笑いを喜んで受け入れる。キリストのために苦しんでいるわけだから。ベイリー、君は私の心を疑念でいっぱいにしたよ。こんなことすべての背後に、隠れた利己的な動機があるのを絶えず見つけることになるんじゃないだろうかって。だが有難いことに、そうはならなかった。この男は自分の義務を見出した。彼はただ義務のためだけに自分を犠牲にして、それが差し出した重荷を抱え込んだんだ。さあ、どうだ！　どんな風に言うかい？」

「ハリソン、あなたが読んだ限りでは、そんな経緯《いきさつ》なんだね？」

「そうだ」

「まあ、そのうち、もう少し先まで読み込まなきゃならなくなるよ。ところで、彼が自分を犠牲にしたとして——それは彼が想像するように神の栄光のためという理由が真っ先にあるんじゃなくて、一義的には、自分の中にいる〈自己〉という専制的な主人を満足させるためにしたのだけれど——彼は他の誰かを犠牲にしたかい？」

❖ニューヨーク州北東部アパラチア山脈の一部。
❖ニューヨーク市マンハッタンの東部地区であるロウアーイーストサイドは、移民などの低所得者層が多く居住し、多くのスラムがあることで知られていた。

「どういう意味だ?」

「彼はとても実入りのいい職を投げ捨てて、その代わりにお粗末な食べ物と住まいを得たのだろう?」

「まさしくそういうことだ」とハリソンは敬虔な讃嘆の気持ちを込めて言った。

「彼には扶養《ふよう》する家族はいたかい?」

「それは——いたよ」

「ふむ。どんな点で、そしてどの程度まで、彼の自己犠牲なるものは家族たちに影響を与えたんだろう?」

「ええっと、彼は年とって退職したお父さんを扶養していたな、そして——」

「それが一つ目だ。続けて」

「——素晴らしい声をした妹がいた——彼はその妹に音楽の教育を受けさせてやっていた。それで自活したいという彼女の望みをかなえてあげるために——」

「それが二つ目だ。続けて」

「彼は弟にも金銭的な援助をしていたよ。工業専門学校を出て、土木技師になりたいという希望を満たしてあげようとしていたんだ。これですべて挙げたことになる」

「彼の実入りのいい収入に三人が頼っていたわけだ。無力で年とった父親、無力な妹、無力な弟。年とったお父さんの安楽さは切り詰められたかな?」

ハリソン——少し苛立たしげに、

「ああ確かに、確かに——もちろんだよ。当然ながらそういうことになる」

「妹は音楽のレッスンを打ち切りにしなければならなくなったかな?」

さらに苛立って、

「ちくしょう、そうなったって自分でも分かっているくせに!」

ハリソンの忍耐力が少しずつ漏れ出し始めていた。

「弟の教育は――そうだな、すべてを台無しにしてしまう災厄があの幸せな夢に降りかかった。それで弟は木をのこぎりでひいたり、砂利《じゃり》をふるいにかけたり、雪かきをしたり、豚にえさをやったりして、年とったお父さんと妹を養っていかなければならなくなったかな?」

「ああ、続けろよ。でもそんなにだらだら喋るんじゃない!」

「さてハリソン、彼はなんて素晴らしい自己犠牲の仕事をしたことだろう! 自分以外のすべての人を犠牲にしたみたいに思えるよ。自分を犠牲にする人なんていいたためしがないって、あなたに言わなかったかな? そんな例はどこの記録を調べてみても見つけることはできないって。それからこんなことも言ったね、〈自己〉という主人が一時的にせよ永続的にせよ満足を得るために、奴隷にしている者にある物を要求したならば、その物は絶対に差し出さなければならないし、命令には従わなければならないって? どうしたってそうなるんだよ。その成り行きで誰かが巻き込まれて災難を被るとしてもお構いなしさ。その男は自分の家族を犠牲にした。〈自己〉を喜ばせ満足させるために――」

「キリストの大義を広めるためだ」

「そう――それは二番目だ。一番目の理由じゃない。彼自身はそれが一番目だと考えたんだがね」

「ああ、分かったよ、お望みならそういうことにしておこう。だが、彼はこんな具合に主張したかもしれないぞ。つまりもし自分がニューヨークにいる百人分の魂を救うことができたら――」

「家族を犠牲にしたことが、その行動から得られる大きな利益によって正当化できると言うんだね――

その行動か——それにどんな名前をつけたものかな？」

「投資？」

「はずれだね。投機ではどうだい？　ギャンブルはどうだい？　誰か一人でも魂をつかまえて改心させられる確かな見込みなんてなかったんだから。彼は三千三百パーセントの利益を得る可能性に賭けたんだよ。それはギャンブルだった——自分の家族を〈チップ〉にしてのね。だが、私たちが大いなる関心を抱いて追いかけているものは、彼を行動に駆り立てた出発点となった隠れた衝動だ。その衝動のせいで彼は自分を犠牲にしていると思い込み、〈救世主〉の大義のために家族を犠牲にするなんてご立派なことをやらかしたわけだ。それは何だと思う、ハリソン？」

「私がどう思うかなんて気にしなくていい。男の行動は、この状況では間違いだったかもしれない。だがもし先を読み進めて、その背後にあるそもそもの動機を見つけ出したら——だって君は、すでに説明した動機が本当の動機だということに満足できないんだから——たぶん君はそれが立派で美しい動機だったんだと認めざるを得ないだろうよ」

「たぶんか、そう思うかい？　いいや、そうはならないよ、ハリソン。分かっているんだよ、あらかじめ……。私は見つけたんだ——遅かれ早かれ、おのずと明らかになるはずのものだったんだ」

「それなら、話を続けてみろ。何だったんだ？」

「事実はこうだ、それで事情がはっきりする。彼はある季節のあいだじゅうイーストサイドの下層民たちに説教をした。それから北部の森林の退屈で凡庸《ぼんよう》な生活に戻っていった。心から傷つき、誇りを失ってね。どうしてか？　〈救世主〉のためだけにひたすら努力を重ねてきた（ひとまずそうしておこう）のに、自分のその努力を〈そのお方〉が受け入れなかったからか？　ハリソン、誓って言うけれど、その見方については目が向けられていない。触れられてさえいないんだ——いちばん初めに動機とされていた事実が完全に忘れられているんだよ！」

「そうか、じゃあ、何が問題だったんだ？」

勝利を目前にした雄弁家が抱くような歓喜と高揚の感情がベイリーの胸に湧きあがった。彼は規則正しい足取りで床を歩きまわり、議論の釘を一本一本と打ち込み、しっかりと固定し、人生の努力のご褒美にしようと心に決めた山頂に向かって一歩ずつ踏みしめながら登っていった。

「何が問題だったのかって訊くんだね」と彼は話し始めた。「すぐに分かってくるよ——だってこの本を書いた女性はまったく何の企みもなく、自分で気づかないうちに、事情をすっかり明かしてしまっているんだから。問題はこういうことだ。ホウムはただ単に貧しい者たちにお説教をしただけ。それは〈労働組合連合〉のやり方ではなかった。組合は〈貧民に対しては〉そんなことよりもっと直接的で差し迫ったものを扱うんだ。だから、そんな荒削りで口数の多い街頭演説を熱烈に歓迎しなかった。組合はホウムには丁重に接した——けれど冷淡だった。彼をかわいがらなかったし、胸にかき抱いたりもしなかった。それではね、本の中のこの嘆きにしっかりと注意を向けてみよう。そしてそれがあの男のそもそもの——そして身勝手な——動機を指し示していないかどうか確かめてみるがいい。『名声を求める彼の夢はすべて潰えた。称賛され、感謝と共に是認される夢もまた——』。誰から褒められ認められるのか？〈救世主〉からか？ ちがう、〈救世主〉のことは書かれていない。それでは誰からか？ ねえ、ハリソン、『仲間の労働者たちから』なんだよ！ つまり〈労働組合連合〉のことだ。どうして彼はそれを欲しがったのか？ 彼の中にいる〈自己〉が欲しがって、それなしでは満足しなかったからさ。その強調された文章が、私たちが探し求めてきた秘密を明かしてくれる。地味で気にも留められないアディロンダックの木こりが自分の家族を犠牲にして、イーストサイドへのあの遠征へと赴くように仕向けたそもそもの動機を明かしてくれる——要するに、そもそもの動機というのはこんな風に説明できる。意識はしなかったけれど、彼が出かけて行ったのは、自分の中にある大きな雄弁の才能を無頓着な世間に対して示したかったから。そして有名になりたかったから、ということさ」。自分の話題に夢中になった彼は、ますます力と熱情を込めて喋り続けた。

「以前あなたに申し上げたように、利己的な動機から発しない行動などない。利己的でない行動や、自己犠牲的な行動や、義務のためになされる義務などが読める時には、いつもそれをばらばらに分解して利己的な動機を探してみるといい。すぐにそうしないではいられなくなるよ。恐ろしいくらい興味深いから——魅惑的と言った方がいいかな。本の中で立派な行為に出くわしたらただちに、あなたは立ち止まって、それを取り上げて検討してみなければならなくなる。するとその話の有難さはすっかり、たちどころに消え失せる。そしてあなたは生体解剖の道具を興奮して取り出して、それから——」

長く尾を引く、安らぎに満ちた鼾《いびき》が耳に聞こえてきた。彼は顔を上げた——ハリソンが眠り込んでいた。その一瞬、彼は面目を失い、傷ついた。頬にかすかな血の気が差した。それから憤慨《ふんがい》が過ぎ去り、勝利を目指して出発してそれを遂に獲得した人のように、嬉しそうな様子で呟いた。

「とにかく、これで彼をやっつけたな！」

敗北したのにそのことを知らない人間を打ち負かすのは難しい。ベイリーは腰かけ、愉快で単純素朴な満足を感じながら、打ち負かされた者をじっと眺めた。そして、友人を慰めてその気持ちを静めるための将来の活動を上機嫌で構想した。彼はこんな風に信じていた。もし毎日ハリソンのところに赴いて、〈ベイリー流人生哲学〉と自分が名づけ、ダグ・ハプグッドが〈黒い福音〉と綽名をつけた書物からの数章を読みあげてやったら、ハリソンをこれまでの人生で経験しなかったくらい陽気で幸せにすることができるだろうと。彼は心の中でこれらの章のタイトルをいくつか作ってみた。そして、それを悩める患者に投与しようと心に決めた。

1：単なる機械としての〈人間の精神〉。ただ自動的に働くのみ。外部からその材料を取り込み、内部からは決して取り込まない。いかなる種類のオリジナルな考えも作り出すことはできない。いつも外部からの示唆より混血《あいのこ》のようなオリジナルを紡ぎだすのみ。外的な影響のみによって制御され指揮される。当人の権能に左右されることはなく、当人からの意見を受け入れること、微塵《みじん》もなし。

2：〈個人的な優秀さ〉。それは存在しないし存在不可能。人の特質は生まれつきのもので、人はその特質を作り出すことはできない。もし低能として生まれてきたら、それは致し方ないことなので、軽蔑するのは的外れ。もし詩人として生まれてきたら、それも致し方ないことなので、称賛するのは的外れ。もし兎《うさぎ》の心臓を持って生まれてきたら、その臆病さは、ライオンの心臓を持って生まれてきた男の勇猛さと同じくらい尊敬に値する。もし前者を軽蔑するのが正しいならば、後者を軽蔑するのも正しきこと。

3：〈考えることを決してしない動物としての人間〉。理性ある意志によって造られたためしはなく、状況と外的影響のみによって造られた存在。長老派であるのは、単に長老派の人々のなかで暮らしているから。カトリックであるのは、単にカトリックの人々のなかで暮らしているから。モルモン教徒であるのは、モルモン教徒たちのなかで暮らしているから。イスラム教徒であるのは、イスラム教徒のなかで暮らしているから。君主制主義者であるのは、君主制主義者たちのなかで暮らしているから。民主党員ないしは共和党員であるのは、自分のパパがそうだったから。

4：〈真実は全能であり必ず勝利する、などのたわ言を考える動物としての人間。すでに述べた事例によってそれを証明する〉。
5：〈徳義心、そして同種の資質の唯一の所有者としての人間〉。
6：〈至上の存在である人間――などのたわ言〉。
ベイリーは、ふさぎがちな友人のハリソンが自分の〈哲学〉を学ぶことを通して生気を与えられ、最後には快癒し明朗闊達《めいろうかったつ》になるという魅力的な見通しによって心地よい眠りに誘われた。そして、しばらくしてぐっすりと眠ってしまった。半時間後、彼は目を覚ました。そして、自分を迎え入れた主人に対して自分が成し遂げた思いやりのある癒しの仕事を損ないたくなかったので、ベイリーは彼を起こすのは思いとどまった。その代わりにメモを書いて、メンフィスでの事業の進捗状況とそれに伴ってかさむはずの出費について簡潔に報告した。そしてそのメモを、ハリソンが見つけられる場所に置いた。それから彼は、心穏やかに満足して家路に向かった。悩み苦しむ人を幸いにも眠りにつかせたし、このような善行をしたという思いによって、大きな安らぎが自分の魂を包み込んだから。

第十八章

ソル・ベイリーの手紙はメンフィスにいるアレンに届いた。その間に彼はサイモン・バンカーと一緒に、夜ごとに熱いポンチを飲みながら語り合っていた。バンカーが虐げられた女性に心の底から同情していること、そして、彼女を見つけ出して正当な権利をしっかりと与えてあげたいという望みが今や神聖な熱情にも等しいものになっていることを、司令塔であるベイリーに報告できて彼は喜んでいた（アレンはまだ若かった。そして感傷的なことになると、若者の目はプリズムを通して対象を見る）。経費をたっぷりと、そしてすみやかに送ってほしい、そうすれば成功は確実だ――それがアレンの意見だった。

この時点で届いたベイリーの手紙は、楽しみに水を差すものだった。冷静に熟考し、実際的な見地からプリズムなしで観察してみるなら、この手紙はあの神聖な熱情にどれほどの影響を与えることか？　バンカーは報せをどのように受け取るだろうか？　遺産の大きな取り分を手数料とする、そんな最初の取り決めが忠実に守られなかったことに嫌気がさすだろうか？　残った遺産がどれくらいになるか定まらず、そのうちの取るに足りないわずかばかりの金額へと収入が卑劣にも削られてしまったことに腹を立て、憤慨しつつこの件から足を洗ってしまうだろうか？

だがこの難局にあたらなければならない、と彼は自分に言い聞かせた。バンカーのところに行って、新しい条件を明かし、結果がどれほど嘆かわしく屈辱的なものになろうとも、それを我慢して受け入れよう。気乗りがまったくせず、恥じ入りながらも、彼は用を果たしに出かけた。

バンカーはひと言も口を挟まず、彼の悲しみに満ちた話に耳を傾けた。哀れなアレンは、その表情から何も読み取れなかった。アレンの希望は次第に、そして着実に薄れていき、話し終えると完全に消えた。財産と恋人のアスフィクシアもそれと共に消えた。

バンカーは座って考え込んでいた――じっと。アレンは座って苦しんでいた。自分のこれまでの人生でこれほど深い沈黙を経験したことはなかったし、これほど陰鬱で長い沈黙を経験したこともない、そう彼には思えた。

ようやくバンカーがポンチをつくって二人の分を配り、自分の椅子にまた腰かけた。怒りと軽蔑が相手の心にむくむくと湧きあがっているだろうとアレンは先ほどまで想像していたのだが、嵐のように激しい感情をぶつける代わりに、バンカーはしごくあっさりした口調でありきたりな質問をして彼を驚かせた。

「新しく提案された取り決めというのは、君と私がもらうのは、具体性もないしはっきりと定まらない五分の一の、そのまた八分の一——それから私たちが経費として必要とするだけの金——そういうことだな?」

アレンは目を伏せて答えた。

「そう」

「彼に手紙を書いて、条件を呑むと伝えてくれ」

暗雲がすべて吹き払われ、アレンは〈喜び〉の彫像そこのけのポーズをしそうになった。彼は自分の耳がほとんど信じられなかった。相手の言葉があまりにも素晴らしく、とても意外だったのだ。目に涙が滲んできて、彼は感謝と讃嘆の念を抱きながら言った——

「あんたは素晴らしい、そして立派だ。でも俺には理解できないな。あんたは騙されて侮辱された気持ちになって、これ以上この企みに関わる気を失くすんじゃないかって思ってたけど」

「いや、そんなことはない。それに別に立派なことなど言っていない——」

「利己的でもないのかい?」

「そうだ」

「自分を犠牲にしてもいないのかい？」

「そうだ。そうしたことはこれっぽっちも考えていない。その正反対だよ。ビジネス上の措置《そち》なんだ。相手の男を信頼してきたのに、その相手が私をもてあそぶなんてことは許せない。彼がそんなことをしてきたら、そしてそうすることで不注意にも、愚かにも、このゲームが私に優位をもたらすものを手放してしまうなら、私は仕返しをする。この場合、何の良心の呵責もなく平然とやってみせるよ」

アレンには理解できなかった。

「優位だって？」と彼は言った。「どうもよく分からないな。俺たちの収入が――こう言っちゃなんだが――取るに足りないもののごく些細な一部分に切り詰められちまうのに、それが優位なんだって？」

バンカーは言葉を続けて説明した。

「そうだよ。そういうことなんだって君もやがて分かるだろう。だがまずは、この状況での道徳というものをじっくり検討してみよう。ビジネスのことであれ、その他のどんなことであれ、悔いを残さないような進路をとろうと思ったら、健全な道徳的基盤から始めるのがいちばんだよ――そうじゃないかい？」

バンカーは正しく賢明なやり方で事を進めていた。というのも、アレンが実際の行動の上ではどれほどいい加減だったとしても、幼い頃からの訓練のおかげで理屈の上では道徳を重んじる人間であることを、彼は見抜いていたのだ。理屈の上での道徳的な側面から、彼を説得することはできる。そしてバンカーは彼を説得するつもりだった。まず手始めに道徳をきちんと整理して検討しようということの提案に、アレンはたちどころに賛成した。そしてそんな提案をしたこと自体が、彼のバンカーに対する評価を上げることになった。

「それは結構」とバンカーは言った。「前の晩、あらゆる衝動は利己的だってベイリーさんが教えたと、君は話してくれたな。それからこんなことも。高尚で優れた衝動があり、低劣な衝動もある。一方が優れていてもう一方が低劣な場合、二つの衝動のうち私たちは優れた方を注意深く選び取らなければならない。そうすることで、さらに高い理想へと上昇していけるように絶えず自分を訓練していかなければならないって。まともな考えだと思うよ。それを受け入れて、私たちの行動の指針にしようじゃないか」

「喜んで！　それこそがいちばん正しいやり方だって俺は思うよ、バンカーさん」

「よかろう。ベイリー氏はこのミリケン親子の一件について自分の衝動を検分し、二つの衝動があることを発見した――高尚な利己的衝動と低劣な利己的衝動だ。高尚な方は、この虐げられた女の財産を救い出し、成し遂げたサービスへの返礼としてその半分をもらい受けたい、というもの。そして低劣な方は、その財産を横領しようとする者に仕えて、その略奪行為を隠したいというもの。その略奪者が自分の友人であるという理由があるからだ。そして友情の基盤となっている利己心が彼をそそのかして、そうすることが犯罪になると分かっていながら友人の味方をさせようと仕向けた。だが彼は立派なことに、高尚な衝動の方を選んで、虐げられた女のために戦うことを選択した。彼は正しかったよ。正しくないかい？」

「本当にそう思うよ、バンカーさん。あの人がそんなことをするなんて、俺は感心しちゃうよ」

「彼が正しかったことは簡単に分かる。彼の立場に非の打ちどころはないよ」

言葉が途切れた。アレンは問いかけるように顔を上げた。バンカーは確かめるように手をアレンの膝に置いて、こう付け加えた。「何が起きたか、気づいているな?」

「えっ——何が?」

「彼は敵方に寝返って、友だちのいないあの女を見捨てたんだ。自分で犯罪だと分かっていることをしたのさ」

「ありゃ——彼が、なんとまあ! 絶対そうだ、それこそ彼がしでかしたことだよ。考えつかなかったけど、今なら分かるよ」

「奴がやろうとしていることは、女をうまく丸め込んで遺産のほとんどすべてを手に入れること。それから好きなだけをハリソンに渡してあげて、その残りから君と私に申しわけ程度の額を与えようとしている——汗を流しているのは私たちなのに。いいか——私たちはあの可哀そうな女も見捨てていいのだろうか、自分たちの収入が少ないという理由で——」

「いや、駄目だよ——絶対に!」

「——それとも、正しい道徳的基盤に則《のっと》って、彼女の面倒を最後まで見てやり——」

「そうだ!」

「——そして結末を見届けて、私たち自身で条件の交渉をして、それから彼女が自分の権利をすべて手に入れるように直接取り計らってあげるか?」

「俺たち、彼女のそばに最後までついててあげようよ、バンカーさん。あんたに賛成!」

彼らはグラスをかちりと合わせて、正しい道徳的基盤のために乾杯した。それからバンカーがこう言った——

「さあ、それでは、私たちは注意して事を進めなければ。あのベイリーという男は抜け目がないし用心深い。私たちは外交手段を使わねば――分かるか？」

「どういうことだい？」

「仮に私たちが自分たちの取る措置を逐一《ちくいち》正直に彼に報告したとしたら？　そうしたらどうなる？」

「えっ？」

「私たちはその女を見つけて、報告することになる」

「そうだけど？」

「彼は待ってましたとばかりにやって来るだろう。そして彼女と話をまとめる権限があるのだと主張するだろう――こっそりと、私たちの助けなしに。そうすることで彼女の公平な権利は損なわれることになる――私たちは単に自分が金を出して雇って仕事をさせているだけの手下にすぎないとか、そんな理由をつけて、先方の代表兼代理人として名乗り出ることだろう」

アレンはぎょっとした。そして言った――

「そいつは駄目だ、絶対に駄目だよ。あんたの考えが分かった。俺たちはどこか別のところで金を見つけなくちゃならないと――」

「建前上は彼のために働きながらか――奴が書いたこの手紙のような条件で？　彼の金を断るのか？おい、彼はすぐに猜疑心を起こして、この件を誰か別の人間に担当させるぞ。私たちは援助なしで仕事を続けることはできるが、そのような件で競争するのは好ましいことじゃない。いや、私たちは彼の金を受け取らなきゃならない。完全に公平になるように、後でそれを返済するべきだって主張するとしてもな」

アレンはそれに飛びついた。彼の疑り深い良心が立ち上がって賛成した。

「そうだ、金は受け取ろう、そして後で払い戻そう。それがいい。そうだ、それに正しいだけじゃない。素晴らしいよ」

「私もそう思う」と内心でほくそ笑みながらバンカーが同意した。「さて、さっきも言ったように、私たちは外交手段を使ってあのベイリーという男に接しなければならない。洞察が深いかどうかはともかく、彼は鋭くて抜け目がないからだ。我々の跡を追ってもらいたくはないし、我々の動きがどのようなものか知ってもらいたくもない。私たちはミリケンの女の足取りを追う。だが彼にはそう言わないつもりだ。彼には間違った手掛かりを追わせよう」

この提案がアレンを困らせるだろうと彼は予期していた。実際にそうなった。アレンは一瞬、居心地悪そうに身じろぎし、それから言った——

「あの——そんなことが必要かい？」

バンカーは物柔らかに、言い聞かせるように答えた——

「強くは言わないよ。だがもしこの件をよく考えてみるなら、それが賢明なやり方じゃないとおそらく分かることだろうよ。私たちの主要な、大きな、他を圧倒する目的——ほとんど唯一の目的——それは、あの虐げられた女に正しいことをしてあげることだ。そうじゃないかい？」

その問いかけはアレンをはっとさせ、恥じ入らせた。自分は知らないうちにこの計画の大きな部分を見逃して、そこから得られる利益という小さな部分ばかりをいじいじと考え続けてきたのだ。だがこの問いかけで彼は反省した。だからこう言った——

「ああ、そのとおりだよ」

「よかろう。自分の出した手紙のことをよく振り返ってみたら、ベイリーは不安になるだろう。こんな具合に呟くことだろう。自分は失敗してしまった。獲物が確実になるまであの新しいお粗末な条件について黙っているべきだった。君や私は騙されて侮辱されたと感じるだろう。私たち二人も所詮人間だから、とどのつまりは利己的だ。二人は浅ましい利益を得るためにこの企てに参加している。だから怒って、自分がした裏切りに対して、自分を裏切ることでお返しするだろう。そして、自分のために働いているというふりをしながら、私たち自身の利益のためにこの企てに参加し続けるだろう、といった具合だ。彼が心の中で思い巡らせることは、だいたいこんなものだと思わないかい？」

「細かいところまで説明してくれたから、そんなことが起きそうだってはっきり分かったよ。ああ、確かにそうだ。自分でもそう考えたかもしれないな」

「そうか、それなら、彼がいちばんやりそうなことは何だと思う？」

はっきりした次の一手は、アレンには思い浮かばなかった。少しこの問題について頭を悩ませた後、彼はそう白状して、そしてこう尋ねた――

「あんたは彼が何をすると思う？」

「まあ、彼にできる理にかなったことと言えば、たった一つだけだ。ここにスパイを送り込むことさ」

――私たちを助けるために！」

「そして――俺たちを監視すると？」

「そのとおり。そして私たちの一挙一動《いっきょいちどう》を彼に報告するために」

「なるほど――そして俺たちが例の女を見つけたらベイリーがすぐさま駆けつけるようにするんだな」

「まさしくそのとおり」

「もちろんそんなことは——」

「致命的だ。当然ながらね」

心配しつつ、アレンがこう言った——

「なんとかしなきゃならないよ！　何ができるんだろう？」

「スパイに目潰《めつぶ》しを食らわせる。それから彼にもな」

アレンはその気になった。その気になって、とてつもなく安堵した。バンカーはそれを相手の顔に認めて、満足した。アレンは今や真剣になって、適切な防御策が講じられるべきだと考え、それを口にした。

「そして策を講じる手助けをすると？」とバンカーが尋ねた。

「ああ、そうだ、手助けするよ」

「それなら私たちは最初の下ごしらえをしよう。あそこに机がある。座ってベイリーの手紙に返事を書いてくれ。私が口述する」

「用意できたよ。言ってくれ」

「それなら始めよう——こんな具合だ」


親愛なるベイリーさん。五十ドルは受け取った。どうも有難う。一週間につき同額で当面は間に合う。俺たちは新しい条件にちょっとがっかりした。だが、概《おおむ》ねこれは正当で公平な条件だとバンカーさんが言うから、それを受け入れることにする。でもお願いだから、その条件がずっと続くよう正式に取り計らって、もう減額しないでほしい。

報告するべき興味津々のニュースがある。巡り合わせよく、俺たちはこの件に関する新しい進展を見た。それで計画がすっかり変わってしまった。確かに、出て行った奥さんと息子はいたんだ。だが俺たちが探していた親子じゃなかった。ミリケンの親子はまったく関係がない。俺は——

「ちょっと、バンカーさん、これ本当かい、それとも単なる——」

「気にしなくていい。書き続けるんだ。さあ」

親子を確保したらすぐ、事の次第を詳しく説明するよ。すまないが俺たちを助けてくれる有能で信頼のおける誰かを送ってくれないかな？ そいつなしでもなんとかなるが、いた方がいいと思っている。

「でも、バンカーさん、これってスパイにいらっしゃいって言ってるようなもんじゃないか、ねえ」

「もちろん。これは健全なビジネスさ。これで彼の疑いがすっかり解消することになるから。もしベイリーがスパイを送り込むことを考えているなら、これで私たちへの信頼を取り戻して、そのことをもう考えなくなるだろう。どちらにしても、スパイを勝手に差し向けられるより、お誘いした方がずっと手際がいいよ。手紙にサインして送ってくれ」

アレンは感心して言った——

「そんなこと、思いも及ばなかったよ。ほんとの話、俺では絶対に考えつけないな。あんたは俺よりずっと読みが深いんだな、バンカーさん」

「お世辞《せじ》を言ってくれて有難う」と穏やかにバンカーは言った。そして心の中でこう言った。「お粗末なお世辞だがな」

しばらくどちらも喋らなかった。男たちは二人とも待ち受けていたのだ。アレンは刺すような好奇心を抱いて、バンカーが手紙の中で触れた新たな進展について詳しく説明するのを待ち受けていた。彼が新しい相続人の名前を述べ、そのロマンチックな経歴を詳しく語り、それが事実なのかそれとも単にわくわくしてもてなしの良いだけのフィクションなのかどうかをはっきりさせ、新しい活動のプランを披露するのを待ち受けていた。バンカーはアレンが帰るのを待ち受けていた。

とうとうアレンはこんな具合に言わざるを得なくなった。もう遅くなったから――本当は遅くはなかったけれど――たぶんもう家に帰らなければならないと思う――本当はそう思っていなかったけれど。そして悲しくもがっかりしたことに、バンカーは彼の期待をはぐらかす形でその言葉を受け取って、立ち上がり、押しとどめる素振り一つ見せずにおやすみの握手をした。

アレンが辞去しようとしている最中に、スパイが到着しようとしていた。そして小さな安宿に辿りついた時、アレンは彼がそこにいるのを見出した。そしてほどなく、彼自身の口から用向きを聞かされた――すなわち、ベイリーが「援助するために」彼を差し向けたということを。

アレンはバンカーにたっぷりと敬意を捧げながら、こう独りごちた。

「スティーヴン・ジラード❖の大金よりも、あの男の頭を手に入れたいよ！」

一方、バンカーは部屋を歩きまわって、深く悩みながら考えごとをしていた。自分の問題にトンネルを掘って潜り込み、一、二時間経ってから、向こう側の日の差すところに辿りついた。それから満

❖スティーヴン・ジラード（一七五〇―一八三一）はフランス生まれの米国の銀行家で慈善事業家。

足して指をぱちりと鳴らして、こう言った——

「それがいい。サリー・アーチャーがうってつけだ！」

第十九章

次の日、スパイが来たという報せをアレンはバンカーに送った。そして夕方になるとテンプルトンを連れて行って紹介した。バンカーは、君がやって来てとても驚いたよ、来てくれて嬉しいよ、といった様子をすることができた。そして、新たに事が進展していて、有能で信頼のおける助けがほとんど確実に必要になってくるだろう、と言った。

「実際のところ」と彼は言った。「そのことが絶対確実だと私たちは思ったから、すでにベイリーさんに手紙を書いて、助けを依頼していたんだよ」

この嬉しい偶然を耳にして、テンプルトンはほとんど喜びを隠しきれなくなった。彼は心の中でこう呟いた。「このことがなかったら、自分はほとんど確実に疑われていただろう。まったく、孔子様ご自身が取り計らったとしても、こんなにうまく段取りをつけてくれなかっただろうな。トラ、ラ、ラ——楽勝だ！」寝る前に母親に手紙を書いて、この出来事について一緒に笑い合おうと彼は心に決めた。

放棄された行動、そして新しい行動の見込みについて、三人は一、二時間ばかり一緒に楽しく語り合った。それからバンカーが言った——

「もう十分に説明したと思うが、ガニングさん、ミリケン親子の一件は最初は有望だと見えていたけれど、まったくあり得ないことだったんだ」

「そう」とテンプルトンは答えた。「それは間違った手掛かりだった――今になってそのことが分かる」

「そんな風に見てくれて嬉しいよ。主犯としては、あの女山師はこの企みとは関係ない――そのことは決まりだ。だがもしかすると、彼女は証人としてはちょっとした値打ちがあるかもしれない」

「証人として？――法廷で？――あんな犯歴なのに？」

「まさか！」バンカーはほとんど吹き出しそうになった。「十年の刑期が頭の上にかかっているんだから、あの女は、いいえ、結構ですなんて言って断るだろう――当然のことだ。私が言っているのは、私的な証人としてだよ――私たちのための。いいかい、サリー・アーチャーがハリソン家から立ち去るのとほぼ同時にミリケンの女がやって来た。あいつらはまだあそこでサリーのことを噂してるだろう――家の召使いたちが、ということだよ。さて、ミリケンも召使いだった――どんなアイディアか分かるか？」

「うん――サリーについてたくさん情報を集められるってことだね」

「そのとおり。私たちがサリーの足取りを追ううえで大いに助けになることを、彼女はいろいろ教えてくれるだろう。もし彼女にしっかり報酬を支払うようにするならね。ミリケンなら一ドル半で自分の魂まで売り渡そうとするだろうから」と彼は当然のことのように付け加えたので、テンプルトンはかなり動揺した。「私の相棒のフロイド・パーカーは、当時のあの農園で働いていた若い男だった。今存命している白人で、そこにいたサリーとその経歴についてたくさん知っているのは、自分とミリケンだけだ、そう彼は考えている」。彼は言葉を切った。そしてテンプルトンを目当てにして釣り針に餌《えさ》をつけ始めた。おあつらえ向きの形に餌をつけると、それでアレンを釣り上げるふりをして嫌疑をかわそうと決めた。彼はいざ釣り糸を投じた。「私たちは強力なチームになったから、力を分散させてはどうだろう。私たちのうち一人は、ミリケン親子を追跡することだけに専念する――」（テンプルトンの希望は数フィート跳ね上がった）――「残る二人は彼女にかかずらう必要はまったくない。すべての活動をサリーに集中することができる――サリーこそ重要、サリーこそ肝心かなめ！　オズグッド、お前を指名しよう」（テンプルトンの希望は地に堕ちた）――「ミリケン親子を探してくれるかい？」

オズグッドは失望を露わにした。仮に彼が老練な嘘つきで、その才能を存分に発揮したとしても、バンカーが望んでいたことをこれほど巧みにやってのけられなかっただろう。もちろん彼は経験が浅く、はかりごとには熟達しておらず、嘘偽りなく自分の気持ちを素直に表わしただけだった。テンプルトンは彼の失望を見て取り、（後で母への手紙の中で書いたように）この状況をきわめて巧みに利用した。彼は口を挟んでこう言った。

「ミリケンの女のことは僕に任せてください、バンカーさん」

その夜、母親への手紙の中で彼はこう言った。「母さんも居合わせるべきだったよ！　バンカーはその穴から抜け出ることができなくなった。抜け出る方法なんかなかった。彼は僕の提案に応じなければならなかっただけじゃなく、それが気に入ったふりもした。もちろん彼の希望は、追跡のなかで〈重要な〉部分に僕を就かせることだった。だってアレンは賢くないし、あまり彼の役に立ってくれそうにないから。バンカーの考えというのは、アレンを邪魔にならないところに追いやって、ずっと仲間外れにして、害のない程度に遊ばせておくこと。その間、バンカーと僕は、〈肝心かなめ〉の部分と彼が思い込んでいる追跡の方を推進していくというわけさ――でも僕は絶好の機会を見つけて、あのすごいカードを切った。それで彼は失望を堪《こら》えなければならなかった。自分は初心者だし新顔だから、公平に考えると、やっぱり地味な仕事を受け持つべきだ、そう僕は言った。それに対して彼に何が言えただろう？　何も言えないよ。彼を身動きできないところに追い込んだんだ。でももちろん彼は、僕が落ち着いて気どらずに切ったカードの途方もない大きさに、まったく思い至らなかった。彼は自分のゲームが少しばかり厄介になると思うくらいだったけれど、母さんと僕に関する限り、ゲームはすっかり台無しになったんだから。もうずっと安全だよ、母さん！　独りだけで僕は母さんを追いかけることになる――本当に独りぼっちで。気をつけて――だって僕はいざ取りかかったらとても上手な狩人になるんだからね」

バンカーはテンプルトンに言った。

「あんたは仕事のなかでいちばんやりやすいところを受け持つことになるよ、ガニング君。十日以内にミリケンの女を見つけることができるだろう」

テンプルトンは自分が青ざめるのを感じた。だができる限り無関心を装って言った――

「そうなの？」

「そうだ。つまり、もし彼女が生きていたら、ということだが」

テンプルトンは安堵した。先ほどの言葉を聞いて、バンカーは母の居場所について何か感づいているのではないか、母が生きているのを知っているのではないか、と思って不安になったのだ。彼はほっとして、心の中で言った。「あんたの前には、母さんが生きて姿を現わすことはないさ」。するとバンカーは、自分では気づかずに、テンプルトンにまた別の小さな動揺を与えた。

「あの女の跡を追わせてやろう。もし彼女が生きているなら、確実に十日以内で見つけられる」

彼は自分の机の引き出しを開けて、〈沼地の天使〉と連絡を取るよう〈追加の合衆国郵便〉に呼びかける広告を取り出した。そして、それをスパイに手渡した。

「それを新聞の一紙だけに載せるんだ」と彼は言った。「たとえば、ヴィックスバーグの新聞とか。そうすれば、十日のうちにミリケンの女から連絡が来るはずだ。もし生きているならな」

スパイは広告を読んだ。そしてまた安堵した。彼は心の中で呟いた。「これは母さんが前に言ってた綽名だ、たぶん。害はない。母さん以外の人間にとっては訳が分からないから」。それから声に出して――

「ねえ、バンカーさん、ミリケンの女については何も書いてないよ。こんなのでどうやって――」

「そのことは気にするな。印刷して待つんだ――今に分かる」

「言われたとおりにするよ。引き受けた」

その間アレンには、首をかしげさせておいた。テンプルトンは広告をポケットに入れて、これから手紙を書きに行く、広告はヴィックスバーグの新聞社に送るから、と言った。仕事が早くてやる気があるな、とバンカーは彼にお世辞を言った。テンプルトンは今晩することと、運が自分の方に向いてきたことにわくわくしながら立ち去った。彼は広告を送った。それから母に手紙を書き、広告を一部だけ同封した。このように書いていた――

「僕たちはまた得点を稼いだよ！　何でもかんでも面白すぎる。いろんな話が僕のところに飛び込んでくる。誰にも疑われることなしに。こんな風に秘密を知る立場になって、事情を全部つかんでしまうっていうのは、素敵なことだ。ここにいるのが何と言っても最高だ。十日間！　母さんが返事を寄こすのは、それよりずっと長くかかるだろうね。そうしたら奴は、女は死んでいるって考えるだろう――女もその可哀そうな子供も。気の毒だな、だって奴らは、母さんが提供してくれるサリー・アーチャーについての私的な情報をとても欲しがっているから」

彼は母親に、サリー・アーチャーをめぐる企みと、バンカーがそれに対してとても自信を持っていることについて語った。彼はこのように書いて手紙を締めくくった――

「ねえ、僕は楽勝だよ――ただのんびり座って、報酬を引き出して、ゲームの行方を見守って、〈追加の合衆国郵便〉が返事を寄こすのを待っているだけでいいんだ。もしもその人物が死んでなければ、だけどね」

バンカーとアレンは、しばらくの間、見通しについてお喋りしていた。すると相棒のフロイド・パーカーが約束どおり訪ねてきた。そしてバンカーが言った――

「私の希望は、サリー・アーチャーと彼女の跡を追うのにいちばん良い方法について、オズグッド氏とここで話し合ってもらうということだ。すでに内密に打ち明けたように、彼と私は――いや、君は彼を別の部屋に連れて行って、この件についてすべて相談して、捜索の計画を練ればいい。何か考えてみたかい？」

「ああ、もう取りかかってるよ。もしお前も俺たちと一緒に行きたいなら――」

「しばらくしたらそうする。いや――話がすべてついたら、君の方から私のところに来てくれ。あの時期の手紙は見つけてくれたか？」

「ああ、ここに八通ある。もしもっと欲しいなら、取って来てやる」

「いや、これで十分だよ、間違いなく」

パーカーとアレンは廊下を通って別室に入った。バンカーは立って耳をそばだてていた。ドアが閉まるのが聞こえた。それから彼は自室のドアを閉め、そそくさと手紙を取り上げ、目を通し始めた。「これだけで用は足りる」と彼は言った。「そうだ。これだけで用は足りる。上手で、しっかりとして、実務的な筆跡だ。ハリソンは当時がいちばん有能だったんだろう」

彼は腰をかけてペンを取り上げ、手紙の一通を注意深く写し始めた。その仕事を終え、それを元の手紙と比べてみた。よしよしと頷《うなず》いて、こう言った。「難しいことじゃない。初心者でもこんな筆跡はまねられる」

それらの手紙は、頁の左側に赤い罫線の引かれた筆記用紙《フールスキャップ》に書かれていた。バンカーは次に数通を偽造した。十六、七年前の日付をつけ、死んだハリソンの名前でサインをした。それらは「親愛なる弟へ」という言葉で始まり、大方は無味乾燥な文章ばかりが書き連ねてあった。〈儀礼的〉な手紙の雰囲気があった。その類の手紙にはみずみずしい潤《うるお》いが欠けているものだ。これらの手紙も同様だったが、それぞれに一滴《ひとしずく》は興味をそそる要素があった。こんな具合に――ある手紙の場合。

「あの女と結婚した俺が馬鹿だった。そんなことをしたのは、大体がお前のせいなのだ。一日でこりごりした。あの結婚を認めたことは絶対にないし、これからもそうだ。子が生まれたが、それでも俺の気持ちは変わらなかった。お前がいくら説得しても無駄だ。俺は絶対に変わらない。あの女はミリケン夫人だし、これからもミリケン夫人であり続ける。だからお願いだからその名前を使って書くようにして、俺の妻という呼び方はやめてほしい」

こんな具合に――別の手紙の場合。
「〈有名人〉の女とその〈甥っ子〉は、俺の妻と子供だ。あの二人は数か月前にここから逃げていった。あいつらは俺に我慢できなかったし、俺もあいつらが我慢できなかった。あの女は俺の我慢の限度を一歩踏み越えて癇癪を起こさせた。それで俺はあることをした――うむ、おれは逃亡したトムに焼きを入れた。そうしたらあの女が邪魔したので女に焼きを入れたんだ。叱りたいなら叱れ――責められるべきなのは俺自身より状況と機会の方だ。これであの二人を厄介払いしたから、満足だ。二、三回、あの女は法律に訴えて自分を認知させてやる、と言って脅した。もうそんなことをされる気遣いはない――今後ずっと。あいつは二度とこの辺りに顔を見せるようなことはしないだろう」

「入れ!」

フロイド・パーカーだった。

「座ってくれ。さあ、話してくれ」

「ああ、俺は奴のために詳しく説明した。話をわざとややこしくしたから、奴はこれからずっと忙しくして、楽しんで――それから、邪魔になるようなことはしないだろう」

「よかろう」

「出て行ってからサリーが滞在した場所を奴はいくつか知っている。それから滞在しなかった場所はその倍くらい知っている――」

「まさしく名案だな! だが、ニューヨークと、伝染病患者用の隔離《かくり》施設は省いてくれただろうな?」

「もちろんさ。奴は彼女の足取りを三年分は追えるが、四年目はだめだ。そんな具合に取り計らったよ」

「申し分ないな。二人は死んで——もう何年になる?」

「十一年くらいだ。なあ、サイモン、あの若い男は善良だぜ——恐ろしいくらい単純だが、他の人間たちが植えつけたもの以外に悪いものは持ち合わせていない」

「なあ、おい、フロイド、私たちは皆たいていそんな説明にあてはまるんだぞ——知らないのか? 二人ともチビだった頃、お前にしても私にしても悪いところがあったか? 自分自身の意志で性格をねじ曲げようとしたか? 悪いことをされて、そのことで怒りを抱えて考え込んで、そんな手ひどい訓練を受けたせいじゃないのか?」

冷ややかな笑みがパーカーの顔をよぎった。だが彼は何も言わなかった。

「死んじまったこの老いぼれの悪漢がいなかったら、お前はどういうことになっていた?」バンカーは立ち上がり、部屋を歩きまわって身振り手振りをし始めた。「そう、お前はどういうことになっていたか? まあ、お前の父親と同じ境遇に身を置いていただろうな——金があって、親が残してくれた銀行の頭取になっていただろう」

パーカーは何の反応も示さなかった。

「そして私はどういうことになっていただろう? 奴の毒牙《どくが》にかかるまで、私は順調にやってきたのじゃないのか? 奴が私の財産をすべて剥ぎ取ったのじゃないのか? ああ、奴には何の使い道もない、私の哀れな沼地のパラダイスまで! それから、五年間お前が飲んだくれて、妻になるはずだった娘が傷心のあまり死んでしまったのも、奴が理由じゃないのか?」

彼は言葉を切った。だがパーカーは何も言わなかった。バンカーはまた先を続けた。まだ歩きまわり、まだ手振りで言葉に区切りをつけたり強調したりしながら。

「それから、皆が私を少しばかり昇進させようとしたら、昔に郵便局でやらかした恥ずかしい失態のことが蒸し返されて、笑いものにされて、チャンスはいつも台無しになってしまった。それも奴が理由じゃないのか？　奴がいなかったら、私の人生はこんな半端な成功に終わっていなかったのに——ずっと高い地位に就いていたはずなんだ！　そうじゃないのか？」

再び沈黙、そして再び反応なし。バンカー——声を荒げて。

「フロイド！　私もいろんなことをやってきたし、お前もいろんなことをやってきた。もし私とお前以外の誰かが、何をやってきたのかを知ったなら——いや、もし私たちが奴に奪い取られた金を手にしたら——フロイド、あの遺産から一セントも無駄にせずに搾《しぼ》り取らなきゃならない、手段や方法がどんなものであろうとな——何か言ったらどうなんだよ！」

パーカーのこわばった顔がいくつかの方向にひび割れ、皮肉な笑いを発した。うるわしい感情に冷気を吹きつけるような笑いだった。それからその笑いと調和するような言葉が、からかうようにこぼれた。

「座れよ、サイモン、気持ちを落ち着けなよ」

バンカーは顔を赤らめた。そして何か激しいことを言おうとする素振りを見せた。それから、自分の椅子を乱暴につかんで引き寄せ、どさっと座り、うんざりした口調で言った——

「ああ、いいよ、私は馬鹿だ、もちろんな。続けろ、お前が言おうとすることは分かっている」

パーカーはわざと上品さを装ってからかいながら応じた——

「いや、そんな風に強い言い方はしないな。『もちろん』なんて言ったりしない——いや、そんなにはっきりとはな。言うとしたらたぶん――おい、いいか、バンカー、お互いに真剣になろうぜ。なあ――そんな条件で話をする気持ちはあるか?」

「私の方は喜んで! そうじゃなかったことがあるかい?」

「いいだろう。理屈の上での話にすぎないが、仮にお前が真剣でなかったとしよう。それでも俺の方は真剣になってあげようか?」

「ああ、続けてくれ」

「よし、分かった。つまらん感傷は捨てて、ビジネス本位でいこう。さてと、お前は俺のことを知ってるし、俺もお前のことを知ってる。お前があの遺産を奪い取るための言い訳をたくさんこしらえるのは別に構わん――それがお前の性質ってもんだから。言い訳なしに奪い取るのが俺の性質。無思慮なことをやらかそうとするときに、自分をペテンにかけたいと思うのがお前の性質。それはお前の生まれつきで、どうにもできないのさ。すぐさま行動を起こして無思慮なことをしでかすけれど、そうする理由について思い悩まないのが俺の性質。生まれつきそうなんだ。いいか、お前、もし俺たちが見下げ果てたことをしでかす性質を生まれながらに持ち合わせていなかったら、ちっぽけな詐欺とか騙しとか虐待とかがいくら寄ってたかったって俺たちは見下げ果てた人間にはならねえ。そうさ! お前が望んでいるのはただチャンスだけ! あらかじめ定められてる自分になっていくためのチャンスだ。同じことが俺にも言える。俺たち二人ともだ。その結果が目の前にある。さあ、だから、今回だけはお互いに正直になろうぜ、親愛なる幼馴染《おさななじみ》の相棒さん。味もそっけもない、この偽らざる事実を認めるんだよ。俺たちはあの遺産を奪い取りたいと思っている。あの遺産を奪い取るつもりでいる。どんな手段を取るかとか、それで誰を傷つけるかなんてことは知ったこっちゃない。

ハリソンの爺さんが俺たちをいたぶったことが、事を起こすきっかけじゃない。つまらん感傷はこれとは一切無関係。たとえ遺産を孤児院が所有していたとしても、俺たちは巻き上げてやるんだ、絶対に。そのことはお前もよく分かっているはずだ。さあ、思い切ってそう言ってみろよ、男らしく！」

バンカーは笑い出した。パーカーもそれに倣《なら》った。それからバンカーが言った――

「まあ、本当のところはお前の言うとおりだ。だがどうも私は、弁明をして自分自身を支えないことには、見苦しいことができないようなんだな」

「構わんよ、それがお前の性質なんだから。だがもうお前は白状した。つまらん感傷はもう十分にいい目を見た。この場の空気からはもう、まやかしは消えた。戦闘準備完了だ。俺たちの意気は上がってる。ビジネスに取りかかる用意はできてる。満足か？」

「満足だよ」

「了解――プレイボール！」

バンカーは自分のグラスを飲み干し、舌鼓を打ち、そしてこう言った――

「これでよし。さあ、それでは、企みについて話すから聞いてくれ――昨晩は半分も説明していなかった――要点すら話していなかった、と言えばいいかな。サリーが虐げられた妻で私たちが本当に追いかけている人物だと、オズグッドやスパイには信じ込ませたんだが――」

「ああ、それはオズグッドから聞いたよ」

「――ところが、もちろん――」

「そう、分かってる。俺たちの本当の狙いはミリケン親子だ。あいつらを引きずり出すはずのあの謎めいた広告のことは、アレンが話してくれた。お前が説明してくれなかったんで、可哀そうに、とても残念がってたぞ」

「ああ、そうだろうとも。さてこれで、私たちは十日のうちにミリケンから連絡を受け取ることになるだろう――」

「もし――」

「ああ、そう、分かっているよ。忌々しい〈もし〉っていうのは、とても厄介な代物だな、まったく。だがともかく――」

「続けなよ――〈もし〉っていうのは抜きにして」

「その場合、私は彼女と話し合いをすることになるだろう。そして結婚が事実としてあったことをはっきりさせる。そうすれば確実に遺産は彼女のものになる――しかも私たちは、それに対する権利を先取りしている。分かるか?」

パーカーはしばらく、考え込んで額にしわを寄せていた。それから言った――

「うむ、いや。分からないところがある。十年の刑期がかかっているのに、あの女は法廷に姿を現わそうとするだろうか、それに――」

「あ、いや、いや、そんなことは起きやしないよ。これは法廷とは何の関係もないんだ」

「じゃあ、いったい何なんだ?」

「これはあのインディアンタウンの相続人、ジョージ・ハリソンのためだけのものなんだ」

「どういう意味だ?」

「例の結婚のことを彼だけにこっそり証明する」

「それはよし。だが誰の証拠で?」

「それもよし。だが彼はもちろん、それを法廷に持ち込むだろう」

「彼女の証拠でだ」

「彼が私の考えているような男だったら、そうはしないよ。アレンに根掘り葉掘り聞き出したんだ。それで得た結論は、ハリソンは奇妙なくらい、説明がつかないくらい怖がりな男だということだ――いい年をした大人のくせにな。影のような実体のないものにすぐ怯える――だが高貴で非の打ちどころのない評判を持った男だ。あらゆる道徳や美徳を体現した偶像であり模範であるような人物、そう周囲のみんなは見ている。そして、そんなお高くとまった所から少しでも格を下げるくらいなら、足の一本でも折った方がましだと考えるだろう。あの結婚のことを証明したら、あの手の男はひと言も言わずに引き下がって退場するだろう」

パーカーはさらにもう少し考えてみた。それからこう言った――

「その男には、守ってくれる者が誰もいないのか？」

「若い息子、それに法律の仕事上での息子のパートナーはいる。だがどうやら、ビジネス関係のことで心を開くことができるのは、少しいかれていて得体のしれない人物以外にいない。ちょっと意味深な綽名を持っているな――〈低能哲学者〉という」

「ああ、変てこな奴だ。オズグッドがそいつについてひと言ふた言話してくれたよ。企みについて先を続けてくれ。教えてくれ――どうやってハリソンに結婚のことを証明するつもりだ？　それができたとして、この女で間違いなくて代役ではないと、彼がすっかり満足できるようにどうやって証明するつもりだ？」

「まあ、もし女が死んでいたら、私たちは代役を本当に探さなければならないがな。だがどちらにしても、身元の確認は簡単、確実にできる。これを読んでくれ」

彼は新しく書いた手紙をパーカーに見せた。この部屋に入ったとき以来初めて、パーカーは穏やかに、無邪気に顔をほころばせた。

「偽造だ！」

「そのとおり」

「それに上手くできてる。だが紙とインクが――だがこれで大丈夫だ。それを古く見せるやり方は知ってるだろうから」

「知っているよ」

「まあ、ハリソンと女をこっそりと丸め込むにはこれで足りるだろうと思う――そんな程度の目的なら完璧でなくてもいい」

「十分用は足りるよ。そしてもし――」

パーカーは讃嘆の声をあげて相手を遮った。

「なあ、おい、こいつはすごいぞ！　こいつは名人芸だな！」

「何だい――焼き印か？」

「そうだ」

「有無を言わせない身元確認の目印だろう？」

「ああ、そう――いう――ことだ！　お見事だ！　彼女に印があるってどうやって見つけたんだ？」

「見つけていないよ」

パーカーは訝《いぶか》しげに、そして感心するように相手を見上げて――

「ということは――」

「簡単なことさ。自分でそのアイディアをつくりあげたのさ」

「なんてこった！」パーカーは帽子に手を伸ばし、それをかぶってから、挨拶するように外してみせた。「脱帽だよ。お前がもし聖職にありついたら、残念に思っただろうよ。なぜって――」

「有難う。そういうお世辞は――」

「ああ、たっぷり才能を持ってるな！　ああ、無類の悪漢だ！　ああ、バンカー、天才だよ。そういうこと、天才なんだよ。狙い定めた女なら誰にでも印をつけることができる。それで女はいちころ！――ハリソンの爺さんの未亡人だ。免れる方法はないよ」

「そういうアイディアなんだ」ととても嬉しそうにバンカーが言った。

「これは――これは――これは――抜群にすごいぞ――だがいいか、どこに印がつけられたかは言ってないな」

「女と言っても好みがいろいろだから――焼き印のな。身体のどこにつけてほしいか好きなように選んでもらうのが一番いい」

「そいつもまた天才的なやり口だな！　誓って言うが、バンカー、そんなにきめ細かく考えられるのは百万人に二人といないよ。ああ、まったく、こいつは素晴らしい！」

「気に入ってくれて嬉しいよ、フロイド。まずは上出来《ニート》だなと自分でも思ったよ」

「上出来《ニート》だって！　そいつを言い表わすには十四音節の詩行にしないと足りないぜ。いちばん調子のいい時のシェイクスピア様でも、それより短くできなかっただろう。さあ――陰謀の成功を祝って乾杯だ。ぐいっと飲め。最後にもう一つ訊きたい。それでもう帰るよ。俺が果たすべき役割は何だ？」

「こっそりインディアンタウンに行くことだ」

「現地を視察して、今の状況とハリソンを研究するためか？」

「そのとおり。あそこに行ったことはあるかい？」

「いや」

「それでよし。そこに誰か知り合いはいるかい？」

「いや」

「それもよし。変装して行かないと。もしかするとスパイとアレンが故郷への手紙の中で、私たちのことを簡単にでも説明しているかもしれないからな。どこから来たことにする？　それから誰になりすますつもりだ？」

「うむ――どうだろう。特にハリソンのことを知る必要があるな」

「そうだ」

「まあ、目的にかなうものを考えてみよう。単純で派手でないものがいい。たぶん、占い師が最上の切り札だな――そいつには慣れているし。どう思う？」

「それがいいと思う。なぜってお前はガニングやオズグッドから、村の主だった面々の過去を聞き出すことができるからな」

「よかろう。一日か二日、あいつらを質問攻めにして、それから消えるとするか」

第二十章

一週間後。アン・ベイリーはスラム街に通いつめ、極貧の人々の世話にあけくれていた。以前には彼女にできることと言えば、同情と愛情と励ましを与えたり、看護をしたり、台所や洗濯桶を手伝ったり——それくらいしか貢献できなかった。だがこの数日というもの、彼女はより誇り高く幸せな時間を過ごしていた。なぜなら今や、こうした人々にささやかながらお金を使うことができるようになり、このことから大いなる満足を得たからだ。彼女の服装は地味で安物だったが、新品だった。その新しさが有難く思われ、幸せだった。心が歌っていた。彼女は裏口から自宅の台所に入り、それから応接間へと続くドアのところで立ち止まった。立ち止まり、目を凝らし始めた。夫がストーブのそばに座っていた。開いた手紙を手に持って、惨めな表情をしていた。周囲のことには注意を払わず、アンがいることに気がついていなかった。彼女はなおも凝視し続け、その間に怒りの水位が上がっていった。やがてダムは決壊した。

「ソル・ベイリー！」

それで彼は無理やり正気に引き戻された。

「あれっ、アン、どうして君が——」

「どうしてだなんてこと、気にしないで。わたしが知りたいのはね、そんな顔をしているなんて、いったいどんなに珍しい幸運が舞い込んだの?」

「どうしてそんな風に考えるのか、よく分からないな。幸運のためにこんな──」

「だっていつもそうじゃない。世界中を探したってこんな頓珍漢《とんちんかん》は他にいないんだから。もしあなたが上機嫌で陽気だったら、まともな人なら泣き言をいうような理由がきっとあるのよ。それからもしあなたが──とにかく、ねえ、白状してよ、ソル・ベイリー、何が起こったの?」

彼女は持ち物を放り出して、彼のところに駆けつけ、隣に座った。

「さあ、それじゃ」と彼女は言った。「どうぞ。わたしに話してみて」

「この手紙のことなんだよ、アン」とベイリーは、やるせないため息をついて言った。「私たちがいろいろと描いてきた夢は台無しになった──手紙はアレンからだ」

アンは厳しい顔つきになった。

「ああ」と彼女は言った。そして間を置いて、また「ああ」と言った。それから神経質そうに両の手のひらを開いたり握ったりし始めた。彼女が悩んでいるという徴《しるし》だった。ほどなくして、あまり諦めた様子を見せずにこう言った──

「まあ、ね、予想できたことだけど」

「何がだい、アン?」

「何がって、例の五分の一の八分の一のことよ。しかもその五分の一というのが、はっきりと定まらない残り物の五分の一なんだから、それがすべての計画をこっぱみじんにして、提案が受け入れられなかったってことよ。ああ、まったく、わたしには分かってたんだ、そう感じていたんだ! いったいどうしてわたしたち、あんな馬鹿なことをしでかしてしまったんだろう!」彼女は今にも泣きそうだった。

「そうだね、でも、アン、あいつらは受け入れたんだよ」

「まさか！——嘘でしょ！」そして彼女はソルに飛びついて両腕をまわし、情熱的な抱擁をした。次の瞬間、彼女は突然大声で言った。「それならいったいぜんたい何のことで苦しんでるのよ、このお馬鹿さん？」

ソルはとがめるように言った——

「アン、君はいつもそんな風にして怒るんだな、人にチャンスを与えてくれない。もし君が辛抱して最後まで話を聞いたら、私の言ったとおりだと分かってくれるだろう」

「台無しになったの？」

「そうだ」

「じゃあ、まあ、話を続けなさいよ。お金がたくさん入ってくるのは珍しいこと。まだ習慣にはなっていない——やめても結構」。それから彼女は悲しげに言った。「話を続けて。災難には慣れっこになってるから。耐えられると思う」

「可哀そうなお前、私も申し訳なく思っているんだ。心から愛しているよ」。そして彼は妻の頭を撫でた。

「もう一度言ってよ、ソル。それで痛みがすっかり消えてなくなるから——こんな音楽があるなら、人生ってあんまり辛いものにはならないわ」。ソルは同じ言葉を繰り返しながら、また彼女の頭を愛しげに撫でた。それからアンは言った——

「わたし、これで悪い報せを聞いてもいいわ。へっちゃらよ。わたしの手を取って。さあ、話して、ソル」

「うん、こんな話なのさ、アン。手紙を二通受け取ったんだ。これがもう一つの手紙。一方の手紙は提案を受け入れて、助けを求めている。こいつは幸運だよ、だってどっちみち助けを送り込むつもりだったんだから。手紙によると、彼らは間違った二人組を追いかけていたんだが、今では正しい二人組を追いかけているそうだ――そのことは申し分ない。だがもう一通の手紙が後から来た。例の新しい二人組は姿を消してしまってもう十一年になると、そこには書いてある。アレンによると、二人の行方を突き止めるのには二、三年かかるかもしれない。もしかすると、発見できなかったということになるかもしれないし、発見したとしてももう死んでると分かるかもしれない。そういうことでね、見込みのない捜索なんだよ、アン――私たちには見つけられないだろう。すべては失敗に終わるだろう。ああ、君、ただの夢だったんだ。美しい夢にすぎなかった。それはもう、めちゃくちゃになってしまったんだ」

「有難いこと！」とアンが真剣な口調で言った。

「有難いんだって、アン？」と驚いてソルが言った。「何がなんだい？」

明らかにアンの悩みはすっかり消えてしまっていた。

「飲み物を取りに行くわ。もう、喉がからからに渇いちゃった！」彼女は飲み物を手にして戻ってきた。

「さてと」と彼女は言った。「まず第一に、わたしは正しかった。あなたが落ち込んでいるとね、ソル、それは幸運に巡り合ったという意味なの。メンフィスでかかる経費はいくら？」

「一年につき四、五千ドル」

「あなたのお給料はその半分くらいね？」

「そう」

「ジョージ・ハリソンが遺産から受け取るお金はいくらくらいになるかしら?」

「十パーセントが妥当なところだから、一年で四万だな」

「それじゃ、ソル・ベイリー、よく聞いて、しっかり考えてね。これからかかる経費でジョージ・ハリソンは破産するかしら?」

「いや! もちろん、そんなことはないよ」

「仮にわたしたちが相続人たちを来週見つけたとする。そして彼女らが十分の九の取り分を強く主張して、わたしたちがどんなことをしたとしても手に入れようとする、仮にそうだとすると? 妨げるものはあるかしら?」

「うむ――いや、ないだろうね」

「じゃあ、それなら、残りものの五分の一の八分の一を取り分にするわたしたちは、どうなるわけ? はした金《がね》の八分の一が何になるのよ、ソル・ベイリー?」

「うむ、実際には――」

「はした金の五分の一の八分の一なんか何にもならないわよ。それに、わたしたちはそのはした金をそのまま受け取るんじゃなくて、分割して、それからまた分割して、また細かく分けていって、それから――それから――ソル・ベイリー、分からないの?」

ベイリーは、理解と当惑が半分ずつの渦の中に巻き込まれていた。

「分かるって――何を分かるんだい、アン?」

「もう、こういうことよ。もし彼らがあの相続人たちを見つけるのに何年もかかるなら、ジョージ・ハリソンにとってはうってつけだってこと――あの人の収入は続いていく――それにあなたのお給料も続いていくから、わたしたちにとっても、うってつけなのよ。相続人が見つからないことを望んでいるわ、あの善《い》い人のためにも！」

「私もそう思う！　私もそう思うよ、アン、やっと分かった――君はなんていい頭をしてるんだろう！」

「生まれつきいい頭なの」とアンは言いながら、うんうんと頷《うなず》いてみせた。「それじゃ、これからすぐにあの人を元気づけに行きなさいよ。あの人に伝えてね、捜索がもう始まって、続けていかなければならないことや、他の者たちが関わってきて取引をしたことなんかを。でも、あの相続人たちが見つかる可能性は万に一つもないってことも――とにかく五年以内にはね、もしかすると十年くらい」

「伝えに行くよ！　彼は世界でいちばん幸せな男になるだろうな。アン、君はとびきり素晴らしい女性だよ。黒い雲をかき分けかき分けして、向こう側に差してる日の光を見つけ出すんだから――キスしてくれ」


憂鬱で、心沈んで、惨めな気持ちになっているハリソンに彼は会った。十五分の間、彼はハリソンの元気を回復させるニュースを、にわか雨のように浴びせかけた。するとハリソンは感謝感激して、彼の両手を握りしめながらこう言った――

「私は死んだも同然だった。君が私を生き返らせてくれた――君はなんて良い友だちなんだろう、ベイリー！　どうお礼をしていいのか分からないよ」

「いやいや、気にしないで――」

「ベイリー！　あの二人が見つかっても見つからなくても、君の給料はまったく変わらず出していくよ。それを支払う金が私にある限りはね。いや、いや、いや、何も言わないでくれ、聞きたくない。そのように取り計らうことにするよ、これは契約だ。そのように私が言っていたと、奥さんには伝えておいてくれ――彼女こそ、善き女性と言うにふさわしいよ。もう行くのか？　行かないでくれ。夕食を食べていってほしいんだ――ぜひとも。他の者も来るから」

　ベイリーは簡単に説得された。彼は人と仲良く話をするのが好きだったし、ハリソン家はご馳走《ちそう》を出したから。晩のひと時が楽しく過ぎていった。会話は楽しい話題で盛り上がり、今回ばかりは、ハリソンの背筋を凍らせるような殺人や殺人者といった言葉が偶然に口にされることはなかった。十時半頃に彼がまた独りになったときには、とても安らかで平穏な様子をしていたので、マーサ婆やはそれに気づいて、そんなご様子を見ると嬉しくなりますと言った。それから彼女は、片づけをしながら話し続けた。

「午後に村に行ってきました。そこでトム様とヘレンお嬢様に会いましたよ。お二人は今日はお見えになれなかったですね。でもジョージ様、お二人はあなたのことをいつも思っておられます。あなたのことを褒めそやしておられます。あのお二人より情愛深い子供を持っている人は、誰もいませんよ。ジョージ様、幸せな気持ちになられるべきです」

「分かっているよ、マーサ、分かっている。今晩は幸せな気分だよ」

「そう、そんなご様子ですね――そんなお姿を見ると胸がすっとしますよ。しょっちゅうこうだと良いんですが。でもお気にされることはありません、必ずそうなりますよ。くよくよ思い悩まれませんように。まったくあのお二人は幸せ者ですよ！　あの人たちを見るのが楽しみなんです。それにヘレン様――もうほんとに、あの人はあんな風にトム様の目を覗き込んで崇拝されるものだから――そう、崇拝なんです――その言葉がぴったり。それからトム様も、ヘレン様に同じような態度を見せられます――もう首ったけなんです。ええ、そうです、本当に、もし世界のなかで、あらゆる点で幸せになる権利を持ってる人がいるとすれば、それはあなたですよ、ジョージ様――そして有難いことに、今はお幸せでいらっしゃる。お顔がぱっと明るくなっておられる！」

彼女は立ち働きながら、上機嫌で噂話をした。村人たちを誰彼問わず取り上げて、それぞれの身辺に起きたちょっとした出来事について大袈裟《おおげさ》に言いたてた。そうしたのも、ジョージがもっと元気になって陽気な気分を取り戻すようにと思ってのことだった。やっと仕事が終了して彼女がその場を立ち去ろうとしたとき、彼の意気が、先代の当主が死んでこのかた示していたよりも数段も上がったのが認められた。そのような結果をもたらす力になれたことを彼女は誇らしく思った。

「あれは善《い》い奴だ」とハリソンは独りごちた。「こんな気分をずっと感じられたらいいのに！　だがどうして感じてはならないんだ？　問題は心の中の悩みだけだ。悩みの元は心が作っている。心は忘れることができるし、追い出して、始末することもできる。自分の心もそのようにすればよい。必要なのは、覚悟、気持ちの強さ、決断力、そういったものだけだ。それを働かせることにしよう。それがただ一つの賢いやり方だ。こんな子鬼たち、こんな現実には存在しないようなものたちは、すっかり背後に押しやってしまおう。俺はもう十分に長くそうしたものの奴隷になってきた。もし俺が間違ったことをしたとしても、その償いはした。代価以上の犠牲を払った。血の汗を流した。それで俺は自由を買い戻した。平穏で満足した気分を買い戻した。そうやってどこが悪いのだ？　これからは胸を張ろう、それが俺の権利だ。俺は皆から尊敬され、重んじられている。そう、皆からだ。本心からそう言える。この近辺では俺を仰ぎ見ない奴なんか一人もいないさ、それに――」

正面のドアを誰かがノックした。ハリソンは歩み寄ってそれを開いた。するると、身分の低い者に特有のへりくだった物腰でジャスパーが立っていた。古ぼけたつばの広いソフト帽を手に持っていた。

「ちょっとお話できませんか？」と彼は尋ねた。

ハリソンは威厳を傷つけられて、こう言った――

「その態度は何だ、この犬め？ 後ろのドアにまわれ」

彼は正面のドアをジャスパーの鼻先でぴしゃりと閉めた。そして自分の席に戻った。ほどなくジャスパーが後ろのドアからノックもせずに入ってきた。前に進み出て、こう言いかけた。

「あなたにお願いしたかったのです――」

「帽子を脱げ！」

「申し訳ありません――忘れていました、本当ですよ。私はとても難しい立場に置かれていて、困っているもので」

「それなら話せ。手短にしろ。どんな用なんだ？ 待て――あの丸太を暖炉にくべろ」

ジャスパーは帽子を床に置いて、従った。だが丸太は彼の両手から滑り落ちて、あらゆる方角に炭が撒き散らされた。それを払ってきれいにしている間、ジョージが彼の不器用さを叱りつけ、その仕事を監督した。間違いを正したり、大騒ぎをしたり、あげつらったり、この混血の男が古い命令に従って作業を終える前から、新しい命令を出したりした。やっと仕事がひと段落したとき、ジョージはこう言った――

「こんな無様《ぶざま》なけだものは見たことがないな」

ジャスパーは釈明した。

「私はいつもは、こんなのではありませんよ、ハリソン様。もう何日も床に臥せっていたもので、身体がこわばってうまい具合に動かせないのです」

「どうして臥せっていたのだ?」

「あの治安官がやったのです。私を三十九回打ち据えました」

「お前はそうされる必要があったのだろう。向こうに行って、腕いっぱい薪を抱えて戻ってこい。それからここで、お前の用事は何か話してみろ――早くするんだ、いいか。もう夜も遅いのだから」

このような言葉は、ハリソンのような優しい心根の人間から発せられると、とても無慈悲であるように感じられる。だがそれは単に当時の、有色の人間を扱う際の慣習や習慣にすぎず、この地域《カントリー》を初めて訪れる者なら考えただろうほどの深みも感情も込めていないなかった。黒人は気にしないだろう、そう白人は想像していたのだ。彼らは黒人の見た目だけで判断を下し、その内面について問うことを忘れていたのだ。ジャスパーは薪を運んできて、それを山と積んだ。するとハリソンが言った――

「お前は許可証なしで外出した――そうだな?」

「はい、そうです」

「どうしてだ?」

「それはですね、私は〈旦那〉様の庭師なもんで。だからもう、私に許可証を与える人は誰もいないんです」

「それではお前は許可証なしにここにいるのか! はっきり言え――そうなんだな?」

ジャスパー――慎み深い口調で。

「はい、そうです。私には友だちが一人もいません、だから――」

「お前を明日、監獄に放り込んでやる！　まったくもって、自由の身になった黒い奴ほどずうずうしいものはない――おい、こら、お前、ここに来た用件は何だ？　さあ、はっきり言え――はっきり言うんだ」

　ジャスパーは両膝をつき、両腕を上げて懇願し始めた。

「ああ、ハリソン様、もし助けてくれる誰かを見つけられなかったら、私はどうなるのかもう分からないのです。温室で働いてきましたと言っても、許可証を持っていなければ何の役にも立ちません。私はこの州から追い出される。そしてもし留まろうとしたら、捕まって売り飛ばされることになる。それにもし抵抗したら、リンチされてしまう。友だちが誰もいなくて、味方をしてくれる者もいないからです。あなたではいかがでしょうか、ハリソン様？――私の味方になっていただけませんか？」

「何だって！」

「あなたは今や、この近辺ではいちばん力のある紳士なんです。あなたにだけは、誰も強い反対をすることができません。あなただけが『こいつに手を出すな』と言えます。そんな風に言っても、誰からも文句を言われることなどないのです。お分かりになりませんか――」

「いや――駄目だ。自由の身の黒人を売ったり追い出したりする法律は好きではない。だがもし他の人々がその法律を執行したいと思ったら、それは彼らの権利だ。そしてキリスト教徒の一市民として彼らの意志に服従して、法が行使されるのを妨げないようにするのが私の義務だ」

　ジャスパーはゆっくりと身を起こし、仁王《におう》立ちになった。ハリソンは目をそらした。そして居心地悪そうに顎を手でそわそわと撫でた。自分を誇らしく思えなかった。しばしの沈黙が流れ、それから黒人が言った――

「キリスト教徒だということより、もっとましなことはないのですかね?」

「この罰当たりの悪漢め! お前は――」

「つまり、あの手のキリスト教徒ということですが」

ハリソンは怒気を帯びた目を相手に向け、手でドアの方を指して語気鋭く言った――

「もうこれで十分だ――もうたくさんだ。お前のものの言い方が気に食わない。あそこがドアだ。出て行け!」

ジャスパーは帽子を拾い上げ、それをいじくりながらうつむいて突っ立っていた。ハリソンはますます苛立ちながら相手を見ていた。少しばかりして、うつむいていた頭がむくっと上がった――すると帽子をかぶっていた! ハリソンは口がきけなかった。彼はただまじまじと相手を見つめ、この奇跡のように無礼な出来事が本当に起きたのか、それとも現実離れした錯覚にすぎないのか、不思議がるばかりだった。ジャスパーはゆっくりと立ち去り始めた。ぼんやりとこう呟きながら――

「可哀そうなジェイク・ブリーカー。もし法律が黒人にも法廷で証言するのを許してくれたら――」

ハリソンの人生を破壊したあの悲劇について、ほんの少し触れるだけで十分だった――それだけで男らしさが彼から奪われてしまった。彼の頭は、はっきりした形のないものたちや、身の毛のよだつ恐怖でいっぱいになった。彼は病んだように震えながら立ち上がり、片手を椅子の背に置いて身を支えた。そして、軽い好奇心をかろうじて装いながら言った――

「ちょっと待て。今の言葉はどういうことだ?」

ジャスパーはこう言いながら一歩退いた――

「たいしたことではありません」。さらに退きながら、「なぜって法律は――」

「待てと言ってるんだ」とハリソンは言った。「これは公共心を持ったあらゆる市民にとって重要な件だぞ。この件に関することで――それがどんなに取るに足りないことに見えたとしても――どうでもいいことなどない。何をほのめかそうとしたのだ？　もし黒人が証言できるとすれば――それならどうだと言うのだ？」

ジャスパーはまだ帽子をかぶっていた。ハリソンはそれを無視した。ジャスパーは彼に向き直り、そしてこう言った――

「ハリソン様、〈旦那〉様があれをしたことに疑いはないとお考えですか？」

ハリソンは、できる限り自信たっぷりな様子をしてみせて答えた――

「ああ、そうだ、疑いないようだ。そう、まったく疑い得ないな、残念ながら」

混血の男がこんな風に自分をじっと見つめなければいいのに、と彼は思った。そのせいで居心地の悪い思いがしたから。

「皆の話では、〈旦那〉様はヘレン様に、自分は絶対にやっていないと言われたそうです。それから、それをしでかしたのは、この近辺では見ず知らずの男なのだと彼女に言われたとか。そんなことはありうるとお思いですか？」

「まあ、そうだな。まあ、確かに、そうだったかもしれないな」

ジャスパーはしばらく黙っていた。それからこう言った――

「ある人がこう言うのを聞きましたよ。犯人は見ず知らずの男だったかもしれない、自分はきっとそうだと信じている、その男を見つけることができればいいのだが、と」

ハリソンは何も言えなかった。相手の言葉が彼を震えさせた。その後に続いた沈黙が彼を圧迫した。

それは重石《おもし》のように彼にのしかかってくるようだった。やがてジャスパーが何気ない口調でこう言った――

「トム様も見つけたいと思っていらっしゃると思います。あの一族の方と結婚するご予定なんですから」

ハリソン――安堵して。

「ああ、そう、そうだ、確かにそう願っていることだろう！」

「もちろんです――当然のことですね。そしてあなたもその男を見つけたいと思っておられる」

「そう――だな」

そのとたん、ジャスパーは彼の両肩を乱暴につかんで、くるりと鏡の前に向かわせた。

「そいつはそこにいるぞ！」

ハリソンは恐怖のあまり一瞬、声が出せなかった。それから恐れと怒りの入り混じった激情から、大声が出た。彼は喘ぎながら身を振りほどき、きっと身構え、混血の男を威嚇《いかく》し、罵り、侮辱する言葉を怒濤《どとう》のように吐き出し始めた。相手は心地よい音楽を聴いている者のような顔つきで、耳を傾けていた。興味深げに、平然と、満足して耳を傾けていた。それから、罵倒されている最中に、彼はのんびりした様子でコートのポケットを探りまわし、白いハンカチを取り出した。そこには二つの穴が開き、血痕がついていた。そして彼はその両端をつまんで広げてみせた！

旋風がやんだ。ハリソンは椅子に沈み込んだ。蒼白で、息も絶え絶えで、言葉もなく見つめるばかりだった。ジャスパーは注意深く、ゆっくりと、入念にハンカチをたたみ直し、ポケットに戻した。それからハリソンの方に向かって頷《うなず》いて、こう言った――

「お前は俺の意のままだ」

ハリソンは惨めにうめき声をあげた。だが言葉は出てこなかった。とんでもない災難が自分の身に降りかかったのを彼は知った。どれくらいとんでもないのかを正確に知ることはできなかった。それはまだ推測の域を出るものではなかった。だが彼はあまりにも衝撃を受けたので、手元にある材料について頭を十分に働かせることがもはやできなかった。もちろん頭では推測しようとするのだが、その努力は恐怖にすっかり支配されていたので、気持ちを静めるのとはまったく反対の効果をもたらした。ほどなくして、こうした思考プロセスにある邪魔が入った。それによって思考の流れが変わり、ハリソンの血の温度は数度上がった。黒人が彼の目の前で平然と腰かけたのだ！　これはあんまりだった。一瞬、この恐るべき侮辱によって生じた怒りで、ハリソンは他のことをすっかり忘れてしまった。彼は居ずまいを正してこう言った――

「なんてことをするんだ。立て！」

返事の代わりに、黒人は赤い染みのついたマスクをまた取り出して、それを両膝の上に広げてみせた。たちどころにハリソンは、それをひっつかみ、それを持って暖炉めがけて突進した。だが次の瞬間、彼の両手首は、色黒の屈強な男のがっしりとした万力《まんりき》のような手によって囚われの身になった。彼はもがき、怒り、泣いた――息と体力の無駄な消耗だった。兎と狼《おおかみ》の闘いのようなものだった。ジャスパーは彼をしっかりとつかまえ、待ち受け、何も言わなかった。獲物が力尽きたと見るや、彼は相手を椅子に突き飛ばして、解放してやった。それから、落ちたマスクを拾い上げ、ポケットに入れながらこう言った――

「俺が話している間、腰かけて喘いでいなよ、ハリソン」

この新たな侮辱的な言葉にハリソンは反応しなかった。目下の状況では話してみたところで何の益も得ようがないから。

「さてと、そもそもだ、馬鹿な黒人もいるにはいる。たいていの奴はそうだ。だがな、俺は馬鹿じゃない。お前を料理する前に、そのことを分からせてやる。いくつかお前に質問するぞ。逃げずにはっきりと答えろ——ふざけるのは許さない。ハンカチがなくなっていることにお前は気づいていたか?」

「そうだ」

「検死審問のときにそれが持ち出されなかったのは変だと考えなかったか?」

「考えた」

「もちろんのことだな! その理由は何だと思った?」

「敵が持っていると思った」

「白人の敵か?」

「そうだ」

黒人はくすりと笑った。

「白人の敵なんて、お前にはいないよ。そうじゃないかい?」

「うむ——ああ。そうだと思う」

「じゃあ、まったく馬鹿げた理由だったな。そんな奴がいたら、復讐するためにそれを検死審問に持ち込んだろうから。だが俺は検死審問に持ち込まなかった。その理由が分かるか?」

「いや」

「俺の用意ができていなかったからだ。どうして今になって、それを持ち出しているのだと思う?」

「いや」

「俺の用意ができたからだ」

「どうして十一月四日のときより、今の方が用意ができているのか、私には分からない。その理由が理解できないよ」

「それなら俺が教えてやろう。黒人が持ち出す証拠は法廷では何の役にも立たないかい？」

「そ、そうだ」。ハリソンは胃の腑《ふ》が沈み込むような感じを覚えた。

「俺は白人の証人を探しまわらなければならなかった。そしてうまく見つかったんだ！」

ハリソンは息を詰まらせて、椅子の背にもたれかかった。押し殺したような声で「ああ、神様！」と言った。彼の具合があまりに悪そうだったので、ジャスパーは急いで水を取りに行き、彼の顔に振りかけた。すぐに助けを出さなければ死んでしまうと考えたのだ。彼は強い関心と憂慮を抱きつつ患者を見守った。やがて相手がまた息を吹き返すのを見て取ると、彼は話と拷問を再開した。

「分かっているかい、ハリソン、もしその白人が例の晩に何を見て何を聞いたかを話すよう、俺が無理強いしなかったら、そいつは法廷に出向こうとはしないだろう。なぜなら――そう、俺はなぜだか分かっている。お前は有力者で、ご立派で、皆から尊敬されている。ハリソン、お前はこの町ではとても評判が高いんだよ」

迫害者はまたくすりと笑った。

「だが、俺が何時《いっ》でもひと言口をきくだけで、白人たちが差し向けられて、自分は南部の監獄に放り込まれることになるのだとそいつは承知している。そういうわけで、俺がそいつに、法廷に出かけて行ってお前に不利な証言をしろと言ったら、そいつはそうしなければならないんだ」

ハリソンは、相手をちょっと真似してやろうという気を起こして、このおそらくは想像ででっちあ

げた証人に対する軽蔑の言葉を投げかけようとした。するとジャスパーが、無関心な口調でこう付け加えた──

「だが俺は、そいつを法廷に送り込むことはしない」

なんと嬉しい言葉だ！　ハリソンはとても喜んだので、わずかの間、聞き間違いをしたのかと心配した。だが彼が自信を取り戻して満足の意を表明する前に、ジャスパーがまた話し出した。彼の言うことが、移り気な陽光をかき消し、暗雲を再びもたらした。

「その男は法廷に行くことはない──俺が万事心得ていたらな。お前はもう俺のものだ。お前は俺の財産で、黒人奴隷と同じことだ。だからお前を無駄遣いしないようにするよ。誓って言うが、俺はいつでも好きな時にお前を絞首刑にできるんだ！　立ち上がってお前のご主人様にひと口もってこい！」

ハリソンの半ば麻痺した頭を、こんな屈辱的な考えがよぎった。「元奴隷の奴隷！　究極の堕落だ。これより下に堕ちようがない」。勝つか負けるか、今がその時だ──この時はもう再びめぐってこない。男としての務めを今こそ果たすのだ──抗え、自分を解き放て、それに命をかけろ、さもなければ、ずっと奴隷のままだぞ！　彼は心の中で、やるぞと言った。そして勇ましく目をあげた。すると視線が主人の険しい凝視にぶつかった。視線はしばらくそこにゆらゆらと留まり、それから下に落ちた。彼は征服された。そのことをよく分かっていた。彼は立ち上がり、おぼつかない足取りで調教者のそばを通り過ぎ、部屋の反対側で召使いとしての仕事をし始めた。

「きつくしてくれ──いいな？　それから砂糖を入れてくれ」

ハリソンの眼差しは銃へと落ちた──二連発式の銃だった──強盗に備えて装塡《そうてん》していた。彼はこっそりと周囲を窺い、希望を持ち、興奮し、頭の先から踵《かかと》までぶるぶる震えた。ジャスパーはこちらに背中を向けていた！　彼は片手でトディを音立ててかき回し、もう一方の手を伸ばして銃をつかもうとした。それを手にして、撃鉄を起こしながらくるりと振り向いた。ジャスパーはカチッという音を聞いて振り返り、それから銃身を眺めた。ハリソンは引き金を引いた。ジャスパーは気味の悪い笑い声をあげた。

「こんなに馬鹿な奴は見たことがない」と彼は言った。「考えていなかったのかい、銃がそこにあることを俺が心得ていると――誰でも見られる所に置いてあるのに？　その銃に細工をしておいたんだ、あの治安官が俺をたたきのめす前にな。お前の親父だったら気がついたことだろう。だがお前の場合は大丈夫。お前なら絶対に気がつかない。銃の点火口にピンを突っ込んで、削り落としておいた。そして部屋の隅に立てかけておいた。お前を料理してから、もしその気になったら他の銃を手に入れてもいい――銃のことを俺が気にする必要はもうなくなるから。お前自身が俺をかばうことになるだろう――いまに分かる。そう、それからお前は俺をとても大切に扱うようにもなる、本当にそうなるんだよ。ひと口もってこい！」

彼は味見をした。「もう少し砂糖を入れろ」。また味見をした。「もう少し入れろ――そうだ、それで十分だ」。彼はハリソンの椅子に身を収めた。「紙とペンはどこにある？　取ってこい。椅子も持ってこい。さあ、それじゃあ、俺の言うことを書きとめろ。それからもう悪さを仕掛けるな。さもなきゃ後悔させてやるぞ」

ジャスパーが口述する言葉をジョージは書きとめた。書きながら英語に手直しを加えた。

「この者は私の従者のジャスパーです。昼でも夜でもどんな時でも彼を通してください。彼の行動には私が責任を持ちます。

ジョージ・L・P・ハリソン」


ジャスパーは通行証を折りたたんで、ポケットに入れた。

「さあ、それでは」と彼は言った。「もう一度書きとめろ」。彼は口述した。ハリソンの指が麻痺したようになって、ペンがぽたりと落ちた。

「そんなことを書くのか？　ああ、神様」と彼は叫んだ。「できないよ——できない！」

「できないだと？」とジャスパーが感情を交えずに言った。

「私にそんなことができるはずないだろう！　情けをかけてくれ！　それをどうするつもりなんだ？」

「こうすることでお前は守られる——そんなアイディアだ。これをあの目撃者に渡すことにする——俺が持っているこのハンカチと一緒に。もし俺の身に何かが起きれば、そいつにはそれをどうするべきか分かるはずだ。もし俺の身に何も起こらなければ、そいつはそれを隠し持っているだけで、口をつぐみ続ける。まあ、俺の身には何も起こらない。お前はそのことを十分に気にかけることになるよ、絶対にそうだ！」

「ああ、そうするよ、胸に手を当ててそうすると約束する、だから——」

「お前の約束など俺には何も必要ない」とジャスパーは軽蔑して言った。「そんなもの、何とも思っちゃいない」

「君の言うことなら何でもするよ——言われたことは何でも、すべて——」

「ふん！　お前がそれを言う筋合いじゃないだろう。俺自身の裁量でお前にやらせてるんだから」

「――だが、これだけは勘弁してくれ――私にはできない、ああ、私にはそれを書くことなどできないんだ！」

ジャスパーは立ち上がって、のんびりと立ち去ろうとし始めた。さり気ない口調でこう言いながら――

「それなら構わない――それなら構わない」

「待て！」とハリソンが慌てふためいて叫んだ。「ああ、行かないでくれ！　どこに行くつもりだ？」

「どこに行くだと？　俺がどこに行くのか、お前はよく承知してるはずだ、ジョージ・ハリソン」

「止まれ、お願いだから、行かないでくれ！　書くことにするよ――そうするから、そうするから！」

「ほう、そうか、それならやれ。それから念のために言っておこう。もしもう一度、俺がドアに足を向けたら――」

「はいどうぞ！　書けました。だからどうかご寛容を。自分の命、名声、自由、あらゆる精神的な豊かさを、署名して譲り渡してしまった――」

「そういうことでお前は奴隷になった！――それが今のお前だ。だからお前に奴隷らしい歩き方を教えてやろう！　俺は奴隷だったから、どんな歩き方になるか心得ている。この世でいちばん卑劣な白人の奴隷だった――そしてそいつが俺の父親だったんだ。俺は親父から自分の自由を買って代価を払った。そしたら奴は俺の足元を見て、それを奪い返した。奴は俺の母さんを川下に売り飛ばしてしまった。可哀そうに、母さんはほんの少しだけでも俺を抱かせてくださいと泣いて頼んだのに、奴は許してあげなかった。母さんが『残酷よ、残酷よ』と言ったら、奴は口をぶん殴った。あいつの魂は呪われるがいい！――だが今度は俺の番だ。下劣で卑しい白人種への勘定書きは長いぞ。それをお前は清算することになるんだ」

彼は運命の鍵を握る書面を手に掲げて、長い間じっと見つめた。鼻の穴がわずかに大きくなっていた。そしてやっと見つめることをやめた時、彼は目に見えて変貌していた。奴隷特有の従順な前かがみの姿勢はなくなり、彼はすっくと立っていた。勝利の喜びが目に燃えていた。ぼろ同然の粗末な服装ですら、彼の体躯からある一定の地位と威厳を奪うことはできなかった。その威厳は、彼の心の中で高まってきた支配し命令することへの誇りから、まさにこの瞬間、彼の体躯に宿ったものだった。彼は主人であるように見えた。だが消えてしまったものが失われたわけではない。なぜなら、捨て去られた前かがみの姿勢と慎ましい態度は、白人の奴隷へと譲り渡されていたから。早くもそうした物腰は、場違いなものではなく、ぴったりと調和し、哀れなくらい適切で馴染んでいるように見えた。

彼は自分の椅子にまた腰かけた。座ったまま夢想し、沈思した。そして、自分をとても高い地位に引き上げ、もう一方の男をとても低い地位に引きずり下ろしたあの強力な紙片を、思わず知らずもてあそび、撫でさすった。ハリソンもまた考えに浸っていた。やがて彼は身動きし、うめき声のようなものを漏らした。それがジャスパーを刺激した。彼は言った――

「ハリソン？」

ハリソン――疲れ切って、悲しげに。

「はい？」

「はい？」（と相手の真似をした。）「それがお前のとる態度なのか？」

ハリソンは問い返すように相手を見上げた。

「私は――私には分からない」

「分からないだと？　うむ、それなら、教えてやろう。召使いは主人に〈はい〉と言って、そこで終わるか？」

その言葉はハリソンの喉につっかえた。出てこなかった。

「ハリソン！」

この手助けによって、彼はそれを口にすることができた。

「はい……ご主人様？」

「さあ、これでもう忘れるんじゃない。もし忘れたら、きっと後悔させてやる。お前は召使いだ——分かったか？——お前が自分の立場をわきまえて、そこにずっと留まるように、俺は仕向けるつもりだ。もう一度言え！」

「はい、ご主人様」

「それで結構。練習しろ！　聞こえたか？」

「はい、ご主人様」

しばしの間、混血の男の目から火が発して、ハリソンの魂は名づけようのない恐怖と不快感でいっぱいになった。この厳格な主人が何を要求してくるかを前もって知ることができれば、と彼は願った。そうすれば命令が飛んでくる前にその要求に対処することで、悲哀を軽くすることができるかもしれない。今や彼は、侮辱的なことを言われて生じる苦痛や恥から自分の身を守るためならば、ほとんど何でもやってみようと、哀れなほど必死になって警戒した。

「ハリソン？」

ハリソン——物分かりの良さをおどおどと示して。

「はい、ご主人様？」

「俺は今、お前に話しかけていないかい？」

「はい、ご主人様」

しばしの沈黙――問いかけと不興を示す、刺すような眼つき。そして――

「それなら何だ、その態度は！」

「私は――どうも理解できないのです、ご主人様。私は――」

「主人が話しかけているときに、召使いは座っているのか？」

ハリソンは立ち上がって直立した。辱められたことを示す赤い徴《しるし》が、彼の灰色の疲れ切った顔に広がっていった。ジャスパーは自分の奴隷の惨めさを、深く癒されたような満悦ぶりで眺めた。それをじっと観察し、いわば目方を計り、測定した。彼の心はつらかった歳月へと立ち戻った。そして、自分自身が何千回となく何の咎《とが》もないのに犠牲者となり、そんな惨めな姿となり、そんな苦しみを受けた経験と、目下の状況とを比較してみた。それから彼は話し始めた。

「ハリソンよ、お前がこんな有り様でいるのを見ると胸がすく。俺の親父も幾度となく、俺をこんな風に扱った。俺は何の悪いこともしていないのに。お前が悪いことをしていないのと同じようにな。奴は白人として、俺の可哀そうな母さんを手荒に扱った。そして泥棒のように俺の大切なものを奪った――あいつなど、地獄で火あぶりになるといいんだ！ハリソン？」

「はい、ご主人様」

「お前は白人だ。だから俺はお前からその力を奪ってやる。お前でも他の奴らでも。その機会がめぐってきたらいつでもな。さてと、俺は自分の計画を立てた。そいつをお前に教えてやることにしよう。

俺はこれまで二つの州から追い出された。さもなきゃ俺は奴隷商人に売り飛ばされるか、リンチされただろう。この州から俺が追い出されることになるだろうと触れまわっている奴らもいる。やるならやってみろ！――お前は手痛いとばっちりを受けるだろう。もし立ち去らなかったら、俺はせり売り台に立たされて売り飛ばされるだろう、そうほのめかす奴らもいる。やるならやってみろ！――お前は手痛いとばっちりを受けるだろう。もし抵抗したら、俺はリンチされるだろう、そうほのめかす奴らもいる。やるならやってみろ！　どれか一つでもやってみるがいい――そうしたらただちにこの紙切れはヘレン様のところに届く！」

「ああ、お願いですからどうか！　ああ――」

「黙れ！　床から起き上がれ！――ひきつけを起こした猫みたいに爪で床をばりばりひっかいて、のたうちまわりやがって。自分を恥ずかしく思わないのか、いい年をした大人のくせに。おい、こら、立ち上がれないんだったら床に座れ――情けないことだな、兎くらいの肝っ玉しかないのか。お前は正真正銘の臆病者だと俺は思うぜ、ハリソン。実際、お前が臆病者なのは分かっている。お前のことはよく知っているからな――ギャンブラーがカードを知り尽くしているように、俺はお前のことを知り尽くしている。めそめそと泣き言を並べるんじゃない、ハリソン。やめろ！　聞こえるか？」

　ジャスパーは腰かけて、計り知れないくらいの軽蔑の念を抱いて相手を見下ろした。やがて彼はまた説教を始めた。

「ハリソン、そんな性格なら、お前が危険に陥ることはないだろう――ほんのわずかでも」

「ああ、心から感謝申し上げます――」

「自分にありがとうと言え！　感謝を向けるべきなのはそちらの方だ。お前なら自分を危険に陥れることはない——ああ、俺はお前という人間をよく知っているんだ。誰かが俺に危害を加えるのを黙って見過ごすような分別のない行動は、お前ならしないだろう。お前もそのことは重々承知しているはずだ！　さてと、よく聞け。ハリソン、今夜はお前と一緒に過ごすわけにはいかない。これからあの白人の証人にハンカチと文書を渡しに行くから。そして、もし万一この地域にいる間に俺の身に何かが起きたら、どういうことをしなけりゃならないか、そいつに説明する。だが朝には戻ってくる。それからは死ぬまでお前のそばにいてやるよ。誰かが周りにいるときは、俺はお前の召使いだ。とても丁重に、お前に仕えてやる。テーブルの給仕をして、いい服を着て、使い走りもする。お前の馬小屋で寝て、一週間に十ドルの給金をいただく。だが周りに誰もいなくて、俺とお前と二人きりなら、お前は俺の召使いだ。もしお前をこき使わなかったら！——いや、そのことは気にするな、俺が教えてやる！　ハリソン？」

「はい、ご主人様」

「お前の態度はなってないな」

「分かっております、ですがいずれ——」

「身につけると？　身につけられますと、もっとはっきり断言できるようになるだろう——もしお前が自分のためになることを知るならな。ハリソン？」

「はい、ご主人様」

「俺が上流の皆さん方に給仕している間、お前は俺をよく観察していろ。俺の身のこなし方や口のき方や頭の下げ方、といったことを心に留めろ。それから自分でそれを研究して、練習しろ。お前は今のままではものの役にも立たない。そんな訓練を受けてこなかったからな。だが俺がお前を片づける前に、一週間につき二ドルの値打ちのある召使いにしてやるよ。計画のあらましは、もう理解できたか？」

「はい、ご主人様」

「最初の週の給金をくれ。十ドルだ。服のことを忘れるな、それから馬小屋のことも――聞こえたか？立ち上がって、俺のためにドアを開けろ」

彼が立ち去ったとき、ハリソンは両手に顔を埋めてすすり泣いた。うめき声をあげ、ぶつぶつと呟き、こう言いながら。「ああ、神様、もう耐えられない。背負い込んだ荷物が重すぎる。どうして俺は男の姿と兎の心臓を持って生まれてきたのだろう？　どうして俺は自殺する勇気を持つことができないのだろう？　俺以外の誰が、激しい苦しみに成り果てた人生を続けていこうとするだろう？」

第二十一章

夜明け近くになって、ジャスパーはハリソン家の台所に姿を現わした。バンジョー、ジューズハープ、ハーモニカ、そしてその他の荷物を持って来ていた。彼はストーブのふたを開け、火をおこし、どっ

❖金属製の枠を上下の歯でくわえ、中央の薄い金属の舌を指先ではじいて鳴らす簡単な楽器。びやぼん、口琴《こうきん》とも言う。

さりと薪を入れ、井戸からバケツ一杯の水を汲んできて、やかんを満たし、それを鉤《かぎ》に掛け、朝食用のコーヒー豆が碾臼《ひきうす》に入っているのを見つけ、それをすり潰し始めた。そうしていると、誰が騒々しくしているのだろうと思ったマーサ婆やが自分の部屋から入ってきた。彼女はびっくりして両手を高く上げ、こう言った――

「こりゃまあ、びっくり、あんたかい！ 何であんた、ここに来てるんだい、ジャスパー？」

「何で来たって？ 驚くなよ、ネエちゃん。俺、ここの召使いになったんだ」

「いや！――嘘でしょ？」

「ホントのホントさ、カワイコちゃん。ハリソン様が昨日の夜、俺を雇ったんだ」

「ありゃ――ありゃ――ありゃ――そうだったの？ それって、あんた、すっごく運が良くないかい？」

「確かに運がいいよ。それからあんたもな。だって、あんたには彼氏がいないから、だから俺が求婚してやるよ――そうとも、カワイコちゃん。あんたは俺のオンナだぜ！」

「生意気な口をきくんじゃないよ。さもなきゃ、あんたの頭をぶん殴ってやるよ、この足長のスズメバチ！ あたしはあんたの母さんくらい年くってるんだからね」

二人はどっと吹き出して、お互いに当意即妙のやり取りができる実力があることを心から褒めたたえながら、からからと陽気な笑い声をあげた。それからジャスパーが、キスしたくて〈もうたまらん〉と言いながらマーサに跳びかかった。それから三分間、揉み合いと、取っ組み合いと、笑いが続いた。最後にはジャスパーがキスをもらい、おまけに音高く平手打ちももらった。それからマーサがエプロンで目を拭って、こう言った――

「いつもいつもいつも、怪しげなことして大騒ぎして。こんな黒人見たことないわ。あんた、真面目になったことあるのかい？」

「何に真面目になればいいって言うんだ？　俺はまだ三十五だぜ。そんな俺が何に真面目になればいいわけさ？」

「気にしない、気にしない、ジャスパー。五十になるまで待ってなって、あたしみたいに――」

「そうしたら、あんたみたいに真面目になるよ、年寄り猫ちゃん！」

「ジャスパー、あんたに必要なのは苦労だよ。きっぱり言うけど、苦労する時が来たらあんたも軽い態度をあっさりと捨てることになるでしょうよ――そのうちに分かる」

「何言ってんだ！　苦労だって！　あの治安官は俺をぶちのめさなかったたって言うのかい？」

マーサは両手をお尻に当てて、何にも知らなくて本当に可哀そうと言いたげな顔つきで彼を見た。

「あんたをぶちのめしたって！　それがどうしたの！　何てことないじゃないの。そんな小さなこと、誰が気にするわけ？　あんたは本当の苦労について何も知らない。本当の苦労に出会うまでお待ちなさいな、そうしたらあんたにも分かる！」

「じゃあ、それなら、何を本当の苦労って言うんだい？」

「心が張り裂けることさ！　それが本当の苦労さ。もしあんたが父さんを亡くしたり、母さんを亡くしたり……。ジョージ様を見てごらん。あれこそ苦労だよ！　ジャスパー、ほとんどしょっちゅう、あの人は安らぐことができないでいる。亡くなった先代のご主人のことを考えて」

ジャスパーは感に打たれたようだった。彼は言った――

「うむ、それはとても辛かっただろうな。でもマーサ、先代の主人はとても高齢だったんだ。ハリソン様には本当に気の毒に思うけれど、もしそれ以外の苦労がなかったら――」

「あんた、分からないのかい、それだけでもう十分だって？ もし本当の苦労を抱えてしまったら、あの人はもう耐えられなかったはずだよ、この黄色いお馬鹿さん！」

「いや、あの人が耐えられるって俺は言っちゃいないぜ。ただこう言いたかったんだ、つまりあの人は――」

「お黙りなさい、あんたは自分でも何を話してるのか分かっちゃいない。苦労にぶつかるまで待つがいいよ。それまであんたは、苦労について馬鹿げたことしか言えないんだから」

「マーサ、どうしてそんなことが言えるんだよ？ 俺だって、苦労を抱えた人たちを見てきてるだろ？ ブリジットを見なよ、〈旦那〉様を見なよ――ああ、あれこそ苦労だ、正真正銘の苦労だよ。いいかい、もしハリソン様があんな風な苦労を抱えられたら――」

その言葉に、マーサの思いやりのある老いた心はぐっときた。それで彼女は言った――

「ええ、そうね、ああした人たちと同じような苦労をあの人が抱えないかどうか、まったく分からないわよね。きっとジョージ様は死んでしまう。あの人はとってもお優しい心をお持ちで、繊細でいらっしゃるから。ねえ、ジャスパー、〈旦那〉様のしたことを耳にしただけで、あの人は死にかけたんだよ。やれやれ、こんな話をしてると気が滅入っちゃう。バンジョーを起こしてみて」

「〈草競馬❖〉かい？」

「それよそれ。いってみよう！」

ポロロン、ポロンポロン、ポロンポロン。ジャスパーは格好よく、陽気な歌を声高らかにうたった。そしてコーラスの部分にさしかかると、マーサが勢い込んで、彼女の属する人種が生まれながらに持つ特権であるあの豊かな声で参加した。

「ひと晩中でも走ってやるさ、
　一日中でも走ってやるさ、
おいらは切り尾の馬に賭けてやる、
　誰かが鹿毛の奴に賭けたなら」

　他の歌もそれに続いた。それから活発なダンスの曲と心晴れやかな笑い声。ハリソンにも笑い声が聞こえ、そのうちの一人の声が心に恐れと惨めさをもたらした。一時間が過ぎた。するとマーサが、これから髭剃《そ》り用の水を持って上がって、テーブルも用意しなくちゃ、と言った。だがジャスパーは言った——

「何言ってるんだよ？　何のために俺がいるんだい？」

「あら、そうだったわよね、ジャスパー。あんたが雇われたってこと、すっかり忘れていたわ。素晴らしいことよね！　もうこれで、この台所は寂しくて陰気な場所じゃなくなるわけだし。とっても嬉しいわ、ジャスパー。それじゃこれ——お湯を持って行って。あんたはこれで、良い主人を持つことになる——それに優しい人だし。怒ったときには、あんたを少しばかりこづきまわすこともあるかもしれない。でも気にしない。たいしたことないんだし、あの人も悪気でやるんじゃないんだから」

　ジャスパーは胸を張って答えた——

❖スティーヴン・フォスターが一八五〇年に作詞作曲した歌。

「こづきまわされたって、何も気にしないさ。あの人が差し出してくるものには何だって我慢してみせるって」

彼は水を持って出かけて行った。マーサは彼のそんな返事が気に入った。彼の言葉は正しい精神、つまり奴隷の精神を示していたから。そして、自由を得た黒人は腹黒いと一般に言われるけれど、それほどのものかどうか彼女には疑わしく思えてきた——なぜなら確かにここに、まともで立派な人格を備えた黒人がいるのだから。彼女はまた、ジャスパーの陽気な気立てが主人に良い影響をもたらすだろうと確信した。そして、この陽気さを暗い影の落ちた家屋敷に持ち込むことは、結局のところ、主人の側にとっても好都合なアイディアであったと分かるだろうと思った。そしてまた彼女は、このような計らいは自分自身の益になることも承知していた——仕事の重荷は減るし、寂しく独りぼっちでいる代わりに、陽気な仲間をそばにつけることになるのだから。ジャスパーがいなくなって十分が経っていた。

「どうしてそんなに長くかかったのよ?」彼が戻ってきた時、彼女はそう尋ねた。

ジャスパーはにっと笑って、輝く白い歯を見せた。彼はこう答えた——

「いやいや、あの人は今朝はいやに上機嫌だったな。堰《せき》を切ったようにお喋りし出して、止まらなかった。それくらい陽気だったんだ」

「ああ、やっぱり!」とマーサが叫んだ。「さっきあたしが言ってたとおり。昨晩もあの人はそんな気分だった。そこにあたしが部屋に入っていって、いっぱい励ましてあげたの。だからあたしはこんな独り言を言ってたわけ。髭剃りのための水を持って上がるだけでこんなに時間がかかるはずがない。きっとジャスパーは、ご主人の気分がもっと良くなるように励ましているんだろうって——図星でしょ、ねえ、そうでしょ?」

「そのとおり、どんぴしゃりだよ。あの人は今じゃとっても上機嫌、ホントに!」

それは本当のことではなかった。だがマーサは無邪気に、相手の言葉を額面どおりに受け取り、大笑いしてとても有難いと言う気持ちを表わし、そしてこう言った――

「どんなことになるか、あたしにはよく分かってた。ジャスパー、あんたがジョージ様と近づきになったら、あの人は前とは違う人間になってしまうだろうって信じてたのよ」

彼は慎み深い自信を表わしてこう応じた――

「そのとおりになったな!」

彼女は焼きあがったばかりのビスケットにバターをつけて、彼にご褒美として差し出した。彼は朝食の料理に目を留めた。そして失望を感じた。彼はこう言った――

「マーサ、たったこれだけかい?」

彼女はくすくす笑い、こう答えた――

「まったく幸せ者だね、坊や。哀しみってものを知らないこと、丸わかりだよ。あの人は何も食べられないのさ。ああ、食べられるように誰かがしてあげられるといいんだけど!」

ジャスパー――こんこんと説き聞かせるように――そして口の中によだれを溜めながら。

「マーサ、いいかい、今日は話が違うんだよ。あの人は鳥のように軽やかな気分になってる。だから食欲も湧いてくるだろうってこと、分からないのかい?」

「ありゃ、ありゃ、ありゃ、あたしっていったいどうしちゃったんだろうね! まったく考えてもみなかったよ。もちろんそうなるさ! ジャスパー、あんたがうまくあの人を説得できたら、どれくらいたくさん食べてくれると思う?」それから彼女は大はしゃぎで、鍋やオーブンでどっさりと食べ物をこしらえる用意をし始めた。ジャスパーは誘われもしないのに手伝った。

「てんこ盛りにしろ、てんこ盛りにしろ」と彼は言ってせっついた。「心配するなよ、マーサ、一つ残らずなくなってしまうんだから」

「そうだねえ、そんな風に聞かされたら、いちばんいいんだけどねえ――ありゃまっ、ジャスパー、これって馬に食べさせるくらいの分量じゃないの!」

「それこそあの人が言ってた言葉だ! マーサ、馬を一頭食ってやるって、あの人は言ってたよ!」

「有難い言葉だよ、ジャスパー、有難い――これより他に有難い言葉は聞きたくないよ。神様、もしこんなに山ほど平らげられたら、あの人はもう大丈夫」

ジャスパー――静かな確信を込めて。

「今がご馳走の見納め時だよ、ネエちゃん――見納め時」

しばらくすると、ジャスパーは台所に独りで座っていた――主人であるハリソンが座るべきテーブルの席に。雪のように白いテーブルクロスは、巨大な積み荷のように載せられたあつあつのご馳走でほとんど隠れてしまっていた。コーヒーポットから湯気が上がっていた。暖炉にはヒッコリーがたっぷりとくべられ、めらめらと炎が上がり煙突へと昇っていた。ジャスパーは耳を澄ませていた――よこしまな満足を抱いて、階段を下りてくる足音に耳を澄ませていた。それはゆっくりした生気のない足取りで、疲れ切ってよたよたした足取りだった。そしてやっとハリソンが姿を現わした。血の気がなく、老いて、やつれ果て、打ちひしがれ、卑しい物腰になり――彼は人間というよりむしろ、幽霊のように見えた。ジャスパーの心は長い歳月を滑るように遡った。すると彼は、この幽霊と生き写しの自分自身を見た。その時の彼は、父親に会いに行ったのだった。小屋と共に燃えてなくなってしまった売渡証の代わりに新しい証書をつくってほしいと頼みに行ったのだ。すると父親は彼を嘲り笑った。面と向かって笑い声をあげて、こう言った——「立ち去れ、この私生児め、そして口をつぐんでいろ。さもなきゃお前を〈南〉に売り飛ばしてやる。めそめそ泣いていた母親を売り飛ばしたようにな!」

混血の男は腰かけたまま従順な幽霊をじっと眺め、沈思し、ますます心をこわばらせていった。これはハリソン、あれもハリソン——憎むべき血が自分自身の血管を流れているのだ! その考えが彼に刺すような痛み、ひりつくような痛みを与えた。彼はきつい口調で話し始めた——

「ハリソン!」

ハリソン——おどおどと。

「はい、ご主人様」

「お粗末な出だしだな。俺を待たせたじゃないか。許さんぞ!」

「私は——」

「黙れ、俺が話してるんだ。動物程度にしか行儀というものを知らないな。お前も話に加わってくれと誰かが頼むまで待っていろ」。彼は言葉を切って、ハリソンがまた彼に逆らうような判断を示すかどうか見守った。だがそうはならなかった。「それではと、仕事にかかれ。それから俺が命令を下すのを待っていてはならない。お前に言う前に、俺が何をしてほしがっているのか、しっかり目を凝らして見つけ出せ」

ハリソンはコーヒーを注いだ。それからビーフステーキ、スペアリブ、自家製ソーセージ、トウモロコシパン、ビスケット、冬の間に貯蔵していた野菜類といったものを差し出した——次から次へと、繰り返しての要望に応えて、しかもたっぷりと——そして、命じられたとおりに、油断なく目を凝らし続けた。ひと言も口にせず、絶えずできうる限りせわしなく動きまわった。この貪り食らう主人は普通の人間ではなかったから。彼は碾臼さながらだった。料理が半分ほど平らげられた時、ドアを軽くノックする音が聞こえた。いつもの習慣から、ハリソンは何も考えずに思わずこう呼びかけた——

「入りなさい！」

ジャスパーは暗い顔で彼をにらみつけ、こう言った——

「そんな無作法なことをしてもいいと誰が言った？」

「あっ、申し訳ありません、ご主人様」

「ドアには閂《かんぬき》がかけてある。俺がやったんだ」。彼はゆっくりと立ち上がりながら言った。「マーサだ。バターケーキを持って入ってくる」。彼は椅子から離れた。それを指さして、こう付け加えた。「ここに座れ。これからは俺が召使い——お前は主人だ、分かったか？　後で後悔したくなければ、自分が誰かを忘れるな。うきうきした様子をしろ！　いいか？」

ハリソンは腰かけた。そしてジャスパーはドアへと向かった。入ってきたマーサが、とがめるようにこう言った——

「どうしてドアに閂をかけたのさ？」

きまり悪そうに冗談めかして取り繕う様子を見せながら、ジャスパーはくすくす笑い、説明した。

「ドアのことは気にするなって、ネエちゃん。ハリソン様は今朝は最高の気分さ。お若かった頃のことを話してくださってたところ。ドアを閉めろ、ご婦人方が聞くにはふさわしくないからなって言われたんだ。有難い話だ、この方はとても陽気な気分でいらっしゃる——お笑いになるのを見てみなよ！」

脅すような目つきをこっそり向けられて、ハリソンは身の毛のよだつほど下手くそにつくった笑い声をあげた。マーサの全身に戦慄が走った。ケーキを盛った大皿を抱えていたが、それがすでにジャスパーの手に渡っていなかったら、取り落としてしまったことだろう。マーサは思わず声に出して独りごちた――

「まあ、神様！」そして呆然と、だが感嘆して目を瞠《みは》りつつ立ちつくした。その間にジャスパーは、満面の笑みを浮かべてへつらいながら、とても丁寧にケーキを一個、主人の前に差し出した。そしてわざと別のケーキを主人の膝の上に落とした。同時にこう囁いた。「大騒ぎをしろ！　聞こえたか？」

「お前のこの情けない無様さ加減、嫌いまいましい、もうなんということをしてくれるのだ！」と従順な主人は応えた。

ジャスパーはこの場にふさわしくびっくり仰天した様子を装った。そわそわと不器用なしぐさで失態の償いをした。だがその間にも、こう囁いていた。「悪口を言え、俺の悪口を言え、ハリソン――続けろ！」ハリソンはそれに従って、自分に考えられる限りの悪口雑言を吐き散らした。こんな言葉を吐いて、後でどんな代償を払うことになるかと心配して、骨の髄《ずい》まで震えあがった。マーサが口を出した――

「うんと叱ってやってください、ジョージ様。そんな風に興奮された方がきっとご自身のご健康にいいでしょうよ。叱りつけても、この男の害にはなりません。どっちみち、叱られて当然のことをしたんですからね」

内心で、彼女はハリソンのげっそりと憔悴《しょうすい》した様子に戸惑っていた。今そんなに陽気なら、どうしてこんな風に見えるのか理解できなかった――気晴らしのために、ご婦人が聞くにはふさわしくないような話を披露してしまうほどの陽気さであるのも不自然だ。こんな羽目を外すほどの上機嫌に彼がなったことは、これまで一度もなかったのだから。彼女はこの奇妙な事態を口にして、陽気さがはっきり本当のものであるのかどうか尋ねてみようという気になった。だが、テーブルに目をやると、黙っていようと思い直した。心の中で彼女は自分にこう言い聞かせた。

「この人は大丈夫だと思う。料理屋を破産させてしまうくらい、たくさん食べてるんだから」

彼女は立ち去った。すると主人と召使いは再び立場を入れ替えた。

「よこせ、こっちによこせ！」とジャスパーが山積みにした熱いバターケーキを指さしながら叫んだ。「それから糖蜜もだ。俺はまだ、ひどく腹が減ってるんだ。もう長い間、これほどの朝飯を食ったことがないからな」

だが今度は、玄関をばたばたと歩いてくる足音が聞こえてきた。ジャスパーは跳ねるようにして椅子から離れ、何とか間に合うようにハリソンをその椅子に無理やり座らせた。ダグ・ハプグッドが熱烈な叫び声をあげて部屋に飛び込んできた。

「ねえ、ジョージ、宿屋に見ず知らずの男がいるよ。分かるかい？　見ず知らずの男って言ったんだよ。ここに来てもう数日になるんだ。おいらが知ることなしにどうしてやってのけたのか、ちっとも分からないよ」。彼はせわしげに外衣を脱いだ。ジャスパーがぺこぺことへつらいながらそれを受け取り、ハンガーに掛けているのにも気がつかなかった。だがやっと、彼は混血の男に気がついた。そして仰天して叫んだ。「ありゃ、いったいぜんたいお前はここで何をしてるんだい？」お褒めくださって有難うございますと言わんばかりにジャスパーは、にやりと笑った。そしてこう答えた――

「ハリソン様が雇ってくださったのです、ダグさん」

「そうなのかい、まったくあんたらしいよ、ジョージ・ハリソン！　どんなに下等な人間でも困っていたら、あんたは急場に駆けつけて助けてあげずにはいられない。自由の身の黒人であっても助けてあげるんだから！　あんたを尊敬するよ、ジョージ・ハリソン。尊敬するよ、ホントの話」。共感の涙を目からぱちぱち弾き飛ばしながら、彼は前に進み出た。そして心を込めてハリソンの手をぐいと握りしめた。「ジョージ、おいらは思うんだけど、あんたは天使になる資格がある、それくらいの勇気を持った人だよ。それがおいらの考え――立派で心の広い天使のオタマジャクシって言ったらいいかな、いつ何時でも手足が生えてきて羽も伸びてきて、うたってる天使の群れのなかに入っていってもおかしくない。もう一度握手して！」彼はジャスパーに向き直った。「いいかい、この臆病者、お前はすんでのところで命拾いしたって知ってるかい？　ホントのことだぞ！　あのね、ジョージ、こいつを今晩この州から追い出そうって話が、昨日持ち上がっていたんだよ――あれっ！　おいら、何を話してるんだ。あんたはそのことはもう知ってるはずだね、だからこいつがここにいるわけさ。でも、ずっと家に閉じこもっていたのに、いったいどうやって分かったんだい？」

　ジャスパーが割って入って、返事をする必要に迫られたハリソンを救った。

「この私が知ったんですよ、ダグさん。この方のところに行って打ち明けました。そうするとこの方は、こう言ってくださったんです、『お前はこれから私の黒人だ――お前を連れて行こうとする奴らがいたら、そうしてみるがいい！』って」

「ねえ、ジョージ、もう一回言わせてもらうよ。あんたはそうと決めたら、とびきり勇気のある悪魔にもなれるんだって。あんたはこの辺りの地域では、この野郎を助けることのできるただ一人の人間だよ。それに、十分に優しい心を持ったただ一人の人間だよ。ジャスパー！」

「はい、はい」

「とても感謝してるかい？」

「それならいい。感謝しております よ、ダグさん」

よだれが湧きあがった。「うまそうだね。これだけのものを無駄にするのは残念だよ。ジョージ、もしあんたが構わなければ、おいらができる限りのことをしてあげるよ」。それから彼は腰かけて、朝食の残った半分に猛攻をかけ、打ち負かし、殲滅《せんめつ》しようとした。ジャスパーはいそいそと彼を手伝った。見かけは嬉々としていたが、胸中では悪態の集中砲火をダグに浴びせていた。「ねえ、ジョージ、あの男は占いにかけては、とびきり有能な専門家なんだ。もう、孔子様もぶっとばしちゃうくらいの力を持ってるって、ボウルズが言ってた。この男、ボウルズのことを言い当てたそうだよ、彼の人生のなかであんまり遠い昔に起きたことだから、ほとんど忘れてしまって長い間考えもしなかったようなことを。おいらの運命も占ってもらった。とっても素晴らしいやり方で占うんだよ。新方式だ。相手の手をよく見るだけ。そこにあらゆることが書いてあって、文字が印刷されてるみたいに読んでしまう――相手がやってきたこと、これからするはずのことをすっかり。ねえ、ジョージ、この男はフランシス・オズグッドの運命も占ったんだ。途中で彼はとても悲しげな顔になって、こう言った、『あなたは過去に恐ろしい災厄に見舞われましたね、可哀そうなご婦人』って。それから彼女の手を放して、もう続けたくありませんと言った。でも彼女はぜひとお願いした。それで彼はまた占いを始めて、彼女が双子を失ってあんたは屋敷と家族を失ったあの火事のことをすっかり話した。あの男自身があの場に居合わせて、その目で一部始終を目撃したみたいに正確だった――びっくりする話じゃないか！」

フォークに串刺しにされたじゃがいもが、彼の口に近づこうとしていた。いらっしゃいませ、お待ちしておりましたと言わんばかりに、口はあんぐりと開いていた。だがその時、フォークの動きがぴたりと止まって、口が閉じ始めた。大いなるアイディアをダグが思いついた証拠だった。彼はじゃがいもを皿に戻して、力を込めてこう言った――

「ジョージ!」

「えっ?」

「彼こそ最適の人物だ!」

「どんなことに最適なんだい?」とハリソンが弱り切って言った。

「ジェイク・ブリーカー殺しの真相を探り出すのにさ」

ハリソンは息を詰まらせた。いきなりガツンと食らわされたから。

「真相って?」できる限り無関心を装って彼は言った。「どんな真相?」

「じゃあ、教えてやるよ。いいかい、あの男なら細かい経緯《いきさつ》まで探り出すことができる。こいつなら、すべての事情をあんたの手のひらみたいにすっかり隠し立てなく明らかにすることができる。ホント、こいつは素晴らしいアイディアだ!」彼は食い散らかされたテーブルからぴょんと跳びあがり、外衣をそそくさと身につけ始めた。ハリソンは叫んだ――

「やめろ! 何をするつもりだ?」

「あの男に明日の午後、ここに来てもらって、それから――」

「ああ、やめろ、やめろって言ってるのに!」

だがダグは行ってしまった。ハリソンはドアに突進した。だがジャスパーが彼の行く手をふさいで言った——

「お前はここにいろ。まともな知恵ってものがないのか？　お前があの耳の聴こえない馬鹿を止めることができたとしよう——どうやって説明するつもりだ？　たっぷり疑いをかけられたいのか？　例の男にはここに来てもらえばいい。俺はあそこの戸棚《クロゼット》のなかに隠れて、そいつの言うことを聞くことにしよう。もし俺が話を知っていたら、そいつがお前を牢屋に放り込んだり、お前の名声や力を台無しにしたりすることはない——そうはさせない。もし奴が事の真相を探り当てるようなら、俺は金を出して奴の口をふさぐつもりだ。支払いはお前がするんだ。テーブルを片づけろ——さっさとやれ！　皿を積み上げろ。俺はそれを持って台所に行く。そこでもう少し食いものを手に入れる。まったくやけに腹が減るもんだな！」

ジャスパーの身柄が引き取られたという報せを、ダグはまき散らした。ここしばらくの間は噂をし合って盛り上がる話題のなかった村は、大騒ぎになった。侃々諤々《かんかんがくがく》の議論が起きた。ハリソンの判断は少々は疑いの目で見られ、その行為はある程度は非難された。だが彼の勇気は率直に褒め讃えられ、激賞された。彼の性格の気高さと、決して揺らぐことのない優れた心には、ただただ熱烈な讃辞が寄せられるばかりだった。彼がしたのと同じことを他の住民たちがしたならば、大いに評判を損ねたことだろう。だがハリソンの場合は、人々が向ける畏敬や愛情の度合いがかえって少し上がる結果になった。そして、彼ならばこのようなことをするのも当然だし、ふさわしいと見なされることになった。誰かが何か事をなすと、よからぬ動機があるのだろうと詮索《せんさく》されるのが常である。そして通常、その怪しげな動機を見つけたと信じ込む。だがハリソンの場合には、立派な動機があるはずだという前提がいつもあった。そしてもちろん、人々はその動機を見つけ出したのである。見つけられるはずだし見つけられたらいいなと人が思うようなものは、概して簡単に見つかるものだ。評判というものは、この世間において恐るべき力を持っている。

　人々は終日、こぞってハリソンの家に詰めかけた。彼の豪胆《ごうたん》さを認め称賛するという目的もあったが、庭師だったジャスパーが屋敷の召使いとして立ち働いている姿を見たいという好奇心もあった。人々の称賛は、ハリソンにとっては傷口に酢を注ぎかけるようなものだった。ジャスパーがその場に立ち会い、他の人間たちには気がつかず理解することのできない自分の災難を眺めて楽しんでいるので、なおさら苦痛は大きくなった。新しい職務をこなしているジャスパーがあまり場違いに見えないことを知って、誰もが驚き、少々失望した。そして多くの人々は包み隠さずそのことを口にして、彼に対する褒め言葉も投げかけた。トムとヘレンも、そのなかにいた。トムは心からこう言った――

「君は本当にいい働きをしているよ、ジャスパー、本気で言ってるんだよ。君はただ行儀よくしているだけでいい。そして父さんが君のためにしてあげたことに報《むく》いている姿勢を見せればいい。そうすれば父さんは君の保護者として、町中を敵にまわしても恐れず君の味方をしてくれるだろうから」

　このような寛大なお言葉に対してジャスパーは感激し、とても有難がったので、トムも胸を衝かれて、彼に十セント硬貨をあげた。ジャスパーはその晩、ハリソンにその金を与えた。そして同時に、息子の態度を模倣して、彼が話した言葉も自分流に繰り返してみせた。

「お前は本当にいいハタラキをしてるな、ハリソン、本気で言ってるんだぞ。お前はただ行儀よくしていればいい。そして俺がお前にやってあげていることに報いている姿を見せればいい。そうすれば俺はお前の保護者として――へっ、へっ、へっ！　お前が俺を保護してるだなんてあの未熟な青二才が話すのを聞いて、もう少しで笑い出しそうだったぜ！」

フランシス・オズグッドが午後にやって来た。そしてジョージの手を握って、こう言った――

「ジョージ、あなたは他の人たちとは全然違うのね！　幸福とか、財産とか、自分を褒めてくれる良心なんかを持ってると、人に対してよそよそしくなったり無関心になったりするもの。でもあなたはかえってそうしたもののおかげで、こんな殊勝《しゅしょう》な気を起こすようになって――」

「いや、フランシス、違うんだ、君は――」

「それじゃ、もう言わないでおくわ。でも口にせずにはいられなかったの、だってそう感じるんだもの。もしアリソンと子供たちが生き返ってお墓から出てきたとしたら、どれほどあなたのことを誇りに思うでしょう。そしてどれほどの愛情と畏敬の念をご家族が――」

ジャスパーはこうした話をすっかり聞いていた。そして後で嫌みを言うために、しっかり憶えておいた。彼は都合のつく時はいつもハリソンの身辺をうろついていた。ひとつには聞き耳を立てるためだったが、いちばんの理由は、聞いていることが奴隷の惨めさを募らせるからだった。

アン・ベイリーはフランシス・オズグッドの言ったことに本心から太鼓判を捺《お》した。ソルやその兄の牧師も同様だった。ウィルキンソン未亡人と肺病もちのアクステルも仲間に加わって讃辞を付け加えた。そしてランドリー将軍とアスフィクシア・ペリーも同様のことをした。その間、トムとヘレンは満足と誇りでうっとりとなって讃辞に耳を傾けていた。自分たちにとっては天国となるはずのこうした褒め言葉がハリソンにとっては地獄となることに、誰も気づかなかった。そしてまた、彼がこうした言葉を後でまた聞かなければならなくなることも、誰も知らなかった。真夜中近くになってジャスパーは、手を入れて磨きをかけた改訂版でそうした言葉を何度も繰り返したのだ。

インディアンタウン

“Indiantown”

第一章

およそ七十年前のことだった。場所は、ミシシッピ川の西岸にある綿花地帯。舞台は、インディアンタウンとそのすぐ周辺の地域。インディアンタウンはとても重要な地であり、そんな自らに満足していた。というのも、人口は千五百人もいたからだ。もちろんこれは白人だけの人口で、奴隷《どれい》たちは勘定《かんじょう》に入れない。これほど大きな町を他に見つけるためには、川を上るにしろ下るにしろ、遠い旅をしなければならない。

その町はまっ平らで細長い形をした、豊かな黒い土壌の土地につくられていた。その一方の側は川に面しており、土手は――水位が低ければ――壁のように垂直に切り立ち、高さは四十フィート〔約十二メートル〕にもなった。ちょうど北端あたりでインディアン川が、北からカーブを描きながら下りてきて、それから東に屈曲しながらミシシッピ川へと流れ込んでいた。村の北西端あたりに、一本橋が渡してあった。土地の人々はそれを川と呼んでいたが、そう呼べるものではほとんどなかった。小川と言った方がよりふさわしかった。ロンドン橋のかかったテームズ川の半分ほどの幅しかなかったのだから。緩《ゆる》やかなカーブを描いて流れる小川に沿って西方に、そして北方に、何マイルにもわたって、綿花の大農園が広がっていた――所有者は多くはなく、その地域の裕福な二、三人だけだった。彼らのお屋敷は、川の西岸に一マイル隔《へだ》たる形で、そして道から少し離れて建っていた。それぞれの主人の屋敷の裏の、半マイルばかり離れたところにある農園には、白く塗った奴隷小屋がかたまって建つ集落があった。

幅が広くて美しい谷間をインディアン川は流れていた。森林や岩だらけの丘がその両側をぐるりと取り囲み、守っていた。夏ともなれば、そうした周辺の土地は、この辺りの緯度の土地柄にふさわしく野生の草木によって優美に飾られ、美しくなった。谷間の水面は底部から上部へとゆっくり上がっていった。だから洪水によって悩まされることはなかった。

だが町が位置している場所では、事情は違った。六月になって、北方と西方に数千マイルにわたって延びている巨大なミズーリ川の水源にあたる山々で雪が融《と》け、その結果つくられた水がミシシッピ川に流れ込むと、インディアンタウンにとってはきまって憂慮《ゆうりょ》すべき時期となった。人々は毎日、土手に寄り集まって、荒れ狂い轟々《ごうごう》と流れる一マイル幅の黄色い川の面《おもて》をじっと眺めた。川には大きな丸太や小さな流木が黒い積み荷のように浮かんでいた。人々はその光景を眺め、考え込み、特別で切実な関心を抱きつつ、いくつかの細かい点を心に留めた——増水の速さや遅さ、流れがどうなるかの見通しといったものである。川の流れが意を決して、町の上方と横に並行して流れている屈曲部を急襲しようとしていることが分かったなら、彼らはとても憂慮した。川の水位がどんどん上昇している——たとえば二十四時間で六フィート〔約一八三センチ〕ぐらい——ことが分かったなら、彼らの関心は倍加した。彼らはただちに大農園に使いを出し、馬を繋《つな》いだ荷馬車を出動させた。というのも、六フィートの増水というのは、一週間で川が土手から溢《あふ》れてしまうことを意味しており、そうなったら、町を移動させるには手遅れになってしまうから。

人々は普通の増水を気にかけてはいなかった——慣れっこになっていたのだ。一年に一回、時には二回、そんなことは起こった。だがもし流れが、川の反対側にある上手《かみて》の屈曲部から斜めに下りてきて、町の上方と横を流れている屈曲部を急襲しようとしていると分かったなら、それはとても由々《ゆゆ》しき事態だった。流れが土手を噛《か》みちぎり、一つ二つの通りに並んだ家々を一気に平らげ、ひょっとすると次の日には村全体を呑み込んでしまうかもしれないのだから。

これはそうしょっちゅう起こる災害ではなかった。それでも一度ならず起きたことがある。そのたびに町は、家ごと退却することによって救われた。そのたびに川は、かつては人の居住地であった土地をことごとく呑み込んでしまった。インディアンタウンがいちばん最後に退却してからは、新しい所在地といちばん古い所在地との間に川が半マイルばかり割って入っていた。

私たちが書こうとしているその時期は、六月だった。増水が始まっており、勢いがどんどん増していた。だが恐れは何もなかった。急流が襲っていたのは町の下手《しもて》だったから。そこには立派な木の生えた鬱蒼《うっそう》たる森林があった。仕事のないのらくら者たちや、仕事をやめて休日がとれる働き手たちにとって、格好の楽しみごとができた。煮えくり返った川が数エーカーの土地をかっさらうのを見るのはわくわくした。どっしりした木々の集まりがゆっくりと重々しく前に傾《かし》ぎ、まるで悲しみ嘆き、恐れてでもいるかのように一瞬動きを止め、それから雷鳴《らいめい》のような轟音とともに黄色い洪水の中に突っ込んでいき、大爆発したように空中高く飛沫《しぶき》が上がり、木々が消えた後の水面には凄《すさ》まじい大きな渦が巻いている。そうしたものを見るのはわくわくした。

木でつくられた町だった。通りは広くてまっすぐで、舗装《ほそう》されてはいないが、赤レンガの歩道が――修理はされていない――大通りにはついていた。お天気次第では、道路わきの溝《みぞ》に土や泥がたっぷりとたまった。その町の中心部の住居は〈木造《フレーム》〉で、白く塗られ、緑のシャッターがつけられ、草で覆われた庭が周囲を取り囲んでいた。庭は白塗りの柵で囲われていた。裁判所庁舎、監獄、そしていくつかの教会は赤レンガでできていた。町の中心から端へと離れるにしたがって、飾り気のない丸太でできた家々が増えた。

住民は長老派、メソジスト、洗礼派《バプテスト》だった。罪人たちも聖人たちも等しく教会員であり、宗教的な儀式に熱心に参加した。ひとつには、そうすることが慣習だったということがある。別の理由として、地獄の業火《ごうか》の燃え上がる湖❖がまだあらゆる説教の呼び物だったので、人々はそのような湖を航行しないようにと慎重になり、用心深くしていたということもある。これは一種の偏見だったが、偏狭なものではなかった。彼らは求められれば他人を推挙して、その手の旅行を代わりにしてもらうように計らっただろうから。

地元の新聞はなかった。くたびれた(週刊の)『ナショナル・インテリジェンサー』❖が二、三部、ワシントンから送られてきて、三週間遅れの政治ニュースを伝えてきた。その内容が古代の歴史になってしまうまで、新聞は手渡しされて議論された。より新鮮なニュースを伝える雑誌が数部、北は遠くにある小都市セント・ルイスから、そして南は同じくらい離れた都市ニューオーリンズから送られてきた。

スティーヴンス医師、そして昔の教育を受けた他の老紳士たちはまだ、黒いリボンで結んだおさげ髪をして、つばの広い帽子をかぶり、ものものしく〈襟飾り《ストック》〉を首に巻きつけ、たっぷりとしたテールのついた広幅生地のコートを羽織り、ひだ飾りを手首や胸につけ、黒いゲートルを膝《ひざ》まで上げ、銀のバックル付きの平べったい靴を履《は》いていた。彼らは金の握りのついた杖《つえ》を持って歩きまわり、嗅ぎ煙草《たばこ》で一服した。そして驚いた時には、「こりゃまた驚きですなあ、あなた!」と言った。現在のロンドンでこのような人々を後方から目にしたら、イギリスの主教と取り違えただろう。

町のはずれに行くと、インディアン川にかかった橋に辿り着く――そこから先には進めない。橋の向こう側からやや北に行ったところにある川岸に、水車小屋が建っていた。その南側にくっつく形で、水車小屋を監督する者の家族が住む大きめの丸太小屋があった。水車小屋の北側にくっつく形で、もっと大きな丸太づくりの家屋が建っていた。水車小屋の持ち主の所有物だった。

これらの建物から四分の一マイル北に川沿いの道を歩くと、バート・ヒギンズが営《いとな》んでいる田舎じみた鍛冶屋《かじ》があった。枝ぶりのよい立派な樫《かし》の木の傍《かたわ》らに建つその鍛冶屋は、その近辺、そして何マイルも離れた所に住む小農家の男たちの集会所であり、噂を取り交わす場所でもあった。

鍛冶屋から北の方角に一マイル離れて、綿花農園主のアンドリュー・ハリソンの大きな屋敷があった。それから一マイル北のところに、農園主であるフェアファクス〈旦那《スクワイア》〉の豪壮《ごうそう》な屋敷があった――あのお屋敷と呼ばれていた。さらに一マイル北に行ったところに、農園主であるオリン・ロイド・ゴッドキンの広々とした屋敷があった。これら裕福な紳士たちの農園は川の両側に遠く広がり、山の背まで続いていた。

❖ヨハネの黙示録二十一章八節での表現。
❖一八〇〇年から七〇年まで首都ワシントンで発行された新聞。

第二章

もちろん、ほとんどの住人は凡庸《ぼんよう》な人間だった。またもちろん、ひと握りの人間は、はっきりと下々の者たちとは異なることを示すトレードマークのような特徴と社会的地位を持っていた。すべての白人は自由である――そう生まれついている。独立宣言はそのようにうたっており、それは本当のことだった。そしてまた、すべての白人は平等だった。独立宣言はそのようにうたい、それは本当のことだった。つまり、法律の前に平等であるということで、それ以外の点ではない。立派なヨーロッパの知識人たちが、「すべての人間は平等に生まれついている」というあの無邪気な文句と、陽気に、自信満々で格闘し、最後には意気揚々《ようよう》と試合場から行進しながら引き上げていく――打ち負かされているのに、そのことに気がついていない。そんな姿を見るのは当時も滑稽《こっけい》だったし、私たちが生きる現在でも滑稽なことだ。マハフィ教授の場合もご同様。彼はシャトーカ❖でアメリカ人の聴衆に向けて一、二時間を費やしてこんなことを証明しようとした。すなわち、富や頭脳や身長や体力や社会的地位といった点で、すべての人間は平等に生まれついてはいないということ、そして、そのような点での平等をつくりだし自明のものにしようとする独立宣言は、どのようなものであれ不可能なことを試みているのだ、といったことを彼は証明しようとした。独立宣言がそのような類《たぐい》のことを試みたことはまったくないのだから、教授は無駄な時間を費やしたことになる。礼儀のうえでは、彼が善意からしたお説教を厳粛《げんしゅく》な態度で読まなければならないのだろうが、誰もがそんなことをできるわけがない。

人間がいる所ならどこでも、程度の差はあってもグループが自然につくられ、はっきりした社会の階層や等級ができる。インディアンタウンにも独自の階層や等級があった。それらは単に慣習上の、共通の合意だった――それについての法律などない。そして人は等級を一つ上がったり一つ下がったりすることがあるが、どうしてそれが起きたのかを（時として）あまり知ることがない。大通りなどの公共の場では、実質的に等級は消滅した――少なくとも通常、あまりはっきりとした区別が与えられることはなかった――だが私的な場には〈集まり《セット》〉というものがある。それぞれの集まりは自らの境界をわきまえており、自らに敬意を払うかのようにその境界の内側に留まることに満足する。しかし、そうした境界は、集まりと集まりの間で親密で打ち解けた日々の交流がなされるのを阻《はば》むためだけにしつらえられたものだと言えるかもしれない。大規模で私的な舞踏会やパーティではそのような境界は壊れ、階層は混じり合うことになる。

社会的階層の頂点に〈上流《クオリティ》〉の人々がいた。この言葉は南部や南西部の平民たちによって使われたもので、〈貴族〉とほぼ同じ意味だった。〈上流〉には二つの等級があった。いちばん高い等級にいたのはフェアファクス家――この一族だけだった。もう一つの等級にいたのはハリソン家、ウィルキンソン家、そしてオリン・ロイド・ゴッドキン氏だった。この二番目の等級の次点として、ごくかすかな境界によって隔てられているところに次のような人々がいた。グリドリー家。郡裁判所のベイツ

❖ニューヨーク州南西端に位置するシャトーカ湖に臨《のぞ》む村で、一八七四年から始まった夏期文化教育集会。公開講義、音楽会、演劇などを野外施設で行なう。

判事。長老派教会の牧師であるベイリー氏、そしてその他の聖職者たち。首席弁護士のギルバート氏。（まもなく地方検事になる）ランダル。スティーヴンス医師。ブラッドショー医師。そして注目に値する商人たちが数人。それより一つ位《くらい》の低いところには、守銭奴《しゅせんど》のマーシュや、その他の白人の住人たちがいた。これらの下には奴隷たちがいた。

チャールズ・フェアファクスは〈旦那《スクワイア》〉と呼ばれていた。それは公式の称号ではなく、人々の呼び慣《なら》わしによって与えられた尊称である。それは彼がいちばん優れた資質を持っていること、そして社会のピラミッドの頂点に立っていることを認知する称号だった。彼はこの辺りの綿花地帯ではいちばん富裕な農園主だった。千二百人の奴隷を所有しており、彼の〈黒人居住区〉はかなりの規模の集落となっていた――小ぎれいできちんと整えられた白塗りの小屋が建ち並んでおり、そこに住む者たちは手厚く世話され、安楽に暮らしていた。〈旦那〉は三十五歳くらいだった。体格がよく筋骨《きんこつ》たくましかった。四角い顔の髭《ひげ》はきれいに剃《そ》り、顎《あご》は頑固そうだった。だが親しげな青い目をしていて、その魅力が顎の宣伝するいかつさに手を入れ、和《やわ》らげた。ごくひと握りの取り巻き連中を例外として、すべての人々に彼は厳粛でよそよそしい態度や素振りを見せた。取り巻き連中は彼を高く尊重し、温かく見守った。その他の連中は彼に対して畏怖《いふ》の念を抱きはしたが、彼の評判は良くなかった。彼の服がヨーロッパから取り寄せたものだということを彼らは知っていた。彼らはそのような〈格好〉のつけすぎを気に入らなかった。人々は彼の父親の服装についても同じようなことを考えた。この老人はそのような不評を買いながら死んだのだった。取り巻き連中にとっては、〈旦那〉は平均的な人間と変わりなかった――気安くて、人好きがして、今起きていることに興味津々で、自分の感情の自然な動きを表にあらわすことについて何の遠慮もしなかった。だが部外者がやってくると、彼はいつもおとなしくなり、自分の殻《から》に閉じこもる傾向があった。不人気であることを彼は楽しまなかった。そうならないことをむしろ好んだだろう。だが彼の気質と、親から譲り受けた好みによって、彼は今のような人間になっていた。密《ひそ》かに心の底では、彼は恥ずかしがり屋だった。だから、人の気に入られるようなやり方を身につけることは、彼の持つ可能性の範囲外だった。そのことを自分でも心得ており、それを受け入れ、折り合いをつけた。

　彼はヴァージニアの大学で学業を修めた。後になってヴァージニアにいったん舞い戻り、そこから魅力的な若い妻を連れて帰ってきた。私たちがそれについて書こうとしている時分には、彼は結婚しておよそ十年以上経っていて、一人娘のヘレンはもう九歳だった。

　彼はメリーランドのフェアファクス家の一員だった――アメリカの家系のなかで、貴族の徴《しるし》をひけらかし、貴族の威厳《いげん》や威光を身にまとう権利を持った唯一の存在という風変わりな栄誉を主張できる一族だった。彼の兄は地元に君臨《くんりん》する領主で、メリーランドの家屋敷に住まっていた。

　結婚する前の〈旦那〉は相当に粗暴だったし、酒を飲むのも相当に好きだった。飲酒は彼の癇癪《かんしゃく》には良くなかった。突然に癇癪を起こすのだ。一、二杯飲んだら、もう彼の機嫌を損ねるのは賢明ではなかった。たちどころに怒りがたぎって、彼はたちどころに、自分の不利も顧《かえり》みずに行動を起こした。完全にしらふのときには、彼は自分の癇癪をうまく手なずけて、十分に避けることのできる面倒ごとに首を突っ込むことはしなかった。だがどんな場合であっても、なかなか喧嘩《けんか》好きな男だった。誰もがそのことを認めた。そしてまた、彼が喧嘩をする時は自分自身のためであるのと同じくらい他の人々のためであることが多い、そう誰もが認めて褒めたたえた。もし喧嘩が起きて助けを必要としている負け犬がいたならば、誘いも受けていないのに誘いに応じ、助太刀《すけだち》するのが彼の生まれついての性分《しょうぶん》だった。こんな性分を持っているために、彼は隣町から訪問してきた悪漢のジム・タイラーと衝突した。タイラーはある男の子を蹴《け》りつけ、殴りつけていた。大勢の人々が、ちょっかいを出すのを恐れて遠巻きに見ていた。フェアファクスが通りかかった。立ち止まって、人々に声をかけた——

「お前たちは腑抜《ふぬ》けか？　どうして奴にそんなことをさせているんだ？」

タイラーはフェアファクスの方を向いて、傲然《ごうぜん》とこう言った——その間に男の子は感謝しながら逃げ去っていた——

「もしかして、お前がちょっかいを出したいのか？」

「そうだ」とフェアファクスは言って、拳《こぶし》で彼の顎を打ち砕《くだ》いた。彼は踵《くびす》を返し、一敗地《いっぱいち》にまみれた男を残して歩み去ろうとした。その時、誰かが叫んだ。「気をつけろ、あいつが襲ってくるぞ！」それと同時に、弾丸がフェアファクスの耳を掠《かす》めて過ぎた。だが、またぶっ放される前に彼はタイラーを捕まえた。ピストルを取り上げて撃鉄を引いた。するとタイラーは両膝を折って命乞いをし始めた。

フェアファクスは激情で蒼白《そうはく》になっていたが、自分を律してこう言った——

「お前を殺すべきだろう。それに、殺してやりたい。だがお前にも妻や子供たちがいることを俺は知っている。そいつらは俺に何の悪さもしていない。そいつらに免じて——」。彼は空中にピストルを発射した。そしてそれを投げ捨て、こう言った。「町から立ち去れ——今すぐにだ。そしてもう二度と足を踏み入れるんじゃない」。彼は群衆に向かって言った。「奴には一時間の猶予《ゆうよ》をやる。その後は、三十年の間、誰でも奴が町にいることを教えてくれたら、俺から百ドル出すし礼も言おう」

このようにして、頻繁《ひんぱん》にやって来て恐れられていた男を永遠に厄介《やっかい》払いすることができた。それからは何年も、住民たちが集まってフェアファクスを厳しく批判している時にはいつも、彼が役に立ってくれた時のことをきまって誰かが思い出し、それを口にした。情状を酌量《しゃくりょう》する事情としては、かなりの効果があった。

フェアファクスの家は〈あのお屋敷〉と呼ばれていた——そのことは先ほど述べた——広々とした建物で、旧式の植民地スタイルの玄関には、立派な柱を使った柱廊《ちゅうろう》がついていた。フェアファクス夫人は慢性《まんせい》の病気にかかり、家から一歩も出なかった。だが彼女は夫に対して、有益で、絶えることなく、効果的な影響を及ぼした。結婚してから、彼は飲酒や喧嘩を完全にやめてしまった。

ハリソン家とウィルキンソン家は、縁続きの一族だった。一家の長《おさ》であるアンドリュー・ハリソンは六十五歳の男やもめだった。実際的な人物で、感傷に染まるといったことはほとんどない。彼は徹底的に正直で、名誉を重んじ、本当のことをいつも言った。彼の人格はまったく非の打ちどころがなかった。彼は誰からも尊敬された。誰からも崇《あが》められたとさえ言ってもいいかもしれない。彼はある程度の教育を受けてきたが、大学は出ていなかった。彼の財産は〈旦那〉の半分ほどだったが、その地域の他のどの人間よりも裕福だった。彼の農園は〈旦那〉の農園のすぐ南にあった。彼の家は〈あのお屋敷〉に似ていて、同じくらいの大きさだった。

私たちが書こうとしている昔の時代には、ハリソンの屋敷に住んでいるのは——召使いを除いては——アンドリュー、息子のジョージ、ジョージの息子である十一歳のトムだけだった。

アンドリューは名義のうえでも実体のうえでも、事業を自分で取り仕切っていた——そこには十分なビジネス上の理由がさまざまにあった——そしてジョージはそれに手を貸すだけだった。制限をつけられて。

ジョージはおよそ三十五歳だった。背が高く痩《や》せ型で、びっしりと生えた黒い髪が分けられずに直立していた。知的で鋭い面立ち。熱意に満ちているが、落ち着きなく視線を彷徨《さまよ》わせる黒い目。親しい者たちと一緒にいるときの素早い身のこなしには、ある種の優雅さと威厳が備わっていないことはない。だが、(ごくまれにしか起こらなかったことだが)おとなしい人々や見ず知らずの人物と同席したりする場合、どぎまぎしてしまって、むやみに相手を喜ばせようとした。彼は愛想がよすぎた。人をやたらと嬉しがらせようとしたことは大きな欠点であり、そのために彼を軽蔑《けいべつ》し、彼の値打ちに目を向けることをしない者もいた。だが少なくとも一点は、彼にも値打ちと言えるものがあった。それは彼が大いに、明らかに、正直で名誉を尊ぶ人間だったということである。いい年をした大人にしては、偉ぶらないようあまりに心を砕きすぎるきらいが彼にはあった。また、落ち着きのなさと人を喜ばせようとする性向があるために、ほんのささいな口論をした後でも、彼自身の信念をあっさりと捨て去って敵方の信念を立ててあげる、ということがしばしばあった。偉ぶらないことに心を砕く人間は、自分で気づかずにその腰の低さを鼻にかけようとする——これこそ虚栄の最たるものだ。ジョージはあらゆるものを読んだが、消化したものは何もなかった。彼は誤った情報と精神的混乱の宝庫だった。その他にも欠点がある。四六時中善人ぶるということもあった。そしてまた、自分の道徳心が非の打ちどころがないことを密かに自慢にした。誰もが彼の完璧な道徳的人格を崇敬したが、内心では、どうしてそんなことをしなければならないのかと怒りを覚えた。彼の人格は、父親ではなく母親が注意深く見守るようにして育て上げた結果だった。彼女は死ぬまでずっと、道徳という点でのセンチメンタリストだった。そして息子はその記念碑的な結果だった。

ジョージには優れて高邁《こうまい》な理想があった。そしていつも、それをもっと高邁な理想と取り換えようとしていた。彼は禁酒論者だった。しかし、宗教と政治において彼が今日そんな立場をとっていたからといって、明日もそうだという保証など何もなかった。それでも彼は頑として正直と名誉を貫いた。というのも、彼が意見を変えるのは、正直な確信を持ったうえでのことだから。彼は通常、自分の属する党派を選挙の前日に見捨てて、もう一方の党派と共に行進をし、その党派のモットーを提供し、晩には演説をぶった――その後で皆は、彼をしっかりと見張って、次の日に投票所まで連れて行った。もし第三党が候補を立てていたならば、それに投票させないようにするためだった。

彼はこれまで長老派《プレスビテリアン》であり、洗礼派《バプテスト》であり、メソジストであり、米国聖公会会員《エピスコパリアン》であり、不信心者であり、イスラム教徒だった。三回このコースを行きつ戻りつして、今はまた長老派教会員になっていたが、十三か月目にはまた洗礼派になる予定だった。

彼は世界でいちばんお世辞に弱い男だった。彼はお世辞を噛まずに呑み込んでしまうのだった。恥ずかしくなるほどそれを有難がって、もっと褒めてもらおうとしておべっか使いの靴にひれ伏さんばかりだった。

彼は七回婚約を繰り返して、二十三歳のときに結婚した。まったく物惜しみせずにお世辞を使った最初の女性が、彼をすっかりのぼせあがらせた。このような女性であっても、機をとらえるのが下手くそだったら、彼を仕留めることはできなかっただろう。だが彼女は上手に機をとらえた。その場で彼にプロポーズし、まっすぐベイリー氏のところに連れて行き、強引に結婚した。彼女は男勝りだった。彼が厳格でとても退屈な生活を過ごすように導き、私たちが書こうとしている時期より六か月前に死んだ。

ジョージは発作的な行動を起こす男だった。これまでの人生で二、三回、彼は勇ましく自分の身を守ろうと激しく闘った――と人々は考えたし、彼自身もそう思い込んでいた――だがそれは勇猛さではなく、激しい恐怖によって引き起こされた狂気じみて盲目的な振る舞いだった。それが起こった後、彼はどうして起こったのかが分からなかった。だが彼は、あたかも勇敢な行動をしたかのように、それを自慢した。

私たちの大半がそうであるように、彼の本当の自己は誰からも分からなかった――とりわけ彼自身からは。

ウィルキンソン未亡人はジョージの妹で、彼とまったく同じような性格をしていた。彼女の夫は彼女にかなりの財産を遺《のこ》して、快くこの世を去った。二つの葬儀が同じ週に執り行なわれた。子供は二人、男の子と女の子がいた。

ジョージとウィルキンソン未亡人は、目新しい種類の信条《ドクトリン》だか診療《ドクターリング》だか特許医薬品だか知らないが、とにかく何か素敵で高尚な気晴らしがやって来たら、それに飛びつく用意ができていた。だがその忌《い》まわしい欠点にもかかわらず、二人は愛すべき心の広い人物だった。いつも善行を行なう用意があった。だから人々は二人を好きになり尊敬せざるを得なかった――実際そうしたのだった。二人は道徳的な結社が発足《ほっそく》したら、それがどのようなものであっても参加した。ジョージはある時期には〈禁酒の騎士〉だった――別の時期には引きこもって飲酒していた――スプーンに二、三杯くらいで、たくさん飲むことはまったくと言っていいほどなかったが。

私たちが書こうとしている過去の時代には、彼は〈騎士〉ではなかったが、九か月半の後にはそうなる予定だった。

人を喜ばせようとうずうずして、未亡人は一瞬でもじっとしていることがなかった。「これを少し試してみたらどう?　あれを取ってみたらどう?――ねえ、ぜひこの椅子におかけなさい、あちらの椅子はとても気持ちよく座れるわよ――もっと暖炉《だんろ》に近いところにいらっしゃい」。物静かな人間は誰一人として彼女には耐えられなかった。彼女は小柄で痩せていて、執念深いと言ってもいいくらいいつも垢抜《あかぬ》けない服装をしていた。危険な薬をこれまでたっぷりと服用してきたので、赤面するのに十分な血液がもう彼女にはなかった。彼女は何ひとつ病気などしたことがないのに、この世に存在するありとあらゆる病気にかかっていると自己診断していたのだった。彼女は時々、新しい致死的な薬剤に熱烈な興味を示し、友だちをうまく騙《だま》してそれを試してみるように仕向けた。

彼女は高潔で清廉潔白《せいれんけっぱく》な人物だった。それでも、彼女はもう用済みにして銃殺するべきだった。

彼女の親友がピルグリム未亡人だった。ピルグリム夫人は優しい心根の人物だった。何ものを知らない人間だったが、何も知らないということを知らなかった。このため、彼女はきまりの悪い思いをすることがなかった。階層で言うと、彼女はどこにも分類できなかった。良い素質を持っており、お馬鹿さんだった。だから彼女はどこでも歓迎された。

オリン・ロイド・ゴッドキン氏を紹介すれば、〈上流〉の二番目の等級のリストが出来上がることになる。彼は教養のある四十歳の独身者であり、アンドリュー・ハリソンの次に裕福な農園主だった。屋敷が町に一邸、そしてフェアファクス農園の北側に隣接する農園にもう一邸ある。初めて彼に出会って、見かけだけで年齢を言い当てることのできた者は一人もいなかった。曇りの日には、実際よりも数年老けて見えた。そして晴れた日には、光の強さの程度によって、実際よりも五歳、七歳、十歳と若く見えた。だがどんな天気であっても、初めて彼を目にする者は、実に魅力的な相手であると思うだろう。なぜなら彼は尋常ならざる異様な姿をしており、とても不気味だったから。それは彼の顔色のせいだった。幽霊のようで、妖怪のようで、死人のようだった。顔にはまったく血の気がなかった。

そしてそれだけではなかった。それが驚きの源ではなかった——まったくそうではない。蒼白さの種類——それが奇跡的だったのだ。というのも、生きている間でも死んだ後でも、人間の顔をこれほどまでに漂白したことはかつてないような蒼白さだったのだ。それは、死に新しい恐怖を付け加えたことだろう。蝋《ろう》人形の手のように、冷たく、硬く、磨《みが》かれ、光沢《こうたく》がなく、無色で、恐ろしいほどに白かった。髭はなく、眉毛もなかった。この恐るべきマスクから、橉木《りんぼく》の実のように黒い両目が覗《のぞ》いていた。注意深く、聡明《そうめい》そうで、探るようで、物言いたげで、とても人間らしい目。人間のありとあらゆる気分を表現することができ、そうすることに慣れている目。皮肉やそれに類することを、とても上手にやってのけられる目。その目は微笑《ほほえ》むことすらできた——もちろん顔の手助けなしで、つまり笑うという行為をしていますと顔にはっきり表わすことはなしで——だがその微笑みは不人気だった。あの死の顔が微笑《ほほえ》んだりすると、ぎょっとするほど場違いに見えた。それは見る者の神経を逆撫《さかな》でさせ、「お願いだからそれをしないでくれ」と言いたい気にさせる。私たちが語っているのは、近くで見た場合の目の様子だ。そんな時には、くすぶるような火が目に灯っていることが分かるし、火花や閃光《せんこう》を発するのも見て取れる。だが、大きな部屋の幅くらいの距離を取れば、その目は経帷子《きょうかたびら》に丸い焼き穴をあけたように見えた。

ゴッドキンは、顔が与える印象を着こなしで和らげようとするのではなく、着こなしを利用して不気味さを拡大し、よりはなはだしいものにしようとした。冬でも夏でも、彼は黒い服を着た。顎の先からつま先まで、彼は細い黒い柱のように見えた。他の色はまったくそこには表われない。なぜなら、シャツの胸の部分は胴着で隠れ、手首の部分は袖で隠れ、大きく折り返されたカラーをつけているために首元はすっぽりと覆い隠され、白い線などほとんど一本も見えなかったのだ。そして彼は光沢のあるものは何も身につけようとはしなかった。服は輝きがなく、陰鬱《いんうつ》なものでなければならなかったし、そうでなければ着ようとしなかった。彼はとてもひょろ長い手をしていた。蝋細工のように生気がなく、黒い袖が手の死体のような白さを恐ろしいくらいに際立たせていた。明らかに彼は、手には何もつけたくないようだった。指を動かすことで人をぞっと身震いさせることができるからだったかもしれない。手袋をつけなければならない場合には、陰気で真っ暗な黒色に染め上げて肉面を毛羽立《けばだ》てた子山羊《こやぎ》の革を使った。彼の髪の毛は多く、黒く、つやがなかった。とても短く刈り込んでいるので、少し離れてみると、頭蓋骨《ずがいこつ》を黒く塗っているように見えた。薄ぼんやりした光のもとでじっと立っている彼を目にしたら、チョークのように白く塗りたくった道化師の顔をてっぺんに置いた黒い柱と見間違えたことだろう。

彼は紳士だった。礼儀作法は上品で、行動の流儀は感じが良く、身のこなしは軽やかで優美だった。もし彼が人らしい顔の色をしていたならば、端正で、ハンサムであるとさえ言えただろう。恋愛結婚はしたことがなかった。そんなことが起こってほしいと思っていなかったし、これからも起こりそうにないと分かっていた。彼はこのことを残念がるふりをした。それは独りでいるのが気になるからじゃなくて、私が死ねばこの顔の色も一緒に死んでしまうからだよ、と彼は言った。もし彼がその気になれば、どんな種類のナンセンスを言っても額面どおりに受け取らせることができた。なぜなら、目を隠してしまったら、顔のどの部分を見ても彼の本心は明らかにならないから。

彼のあらゆる動きは柔らかでつるつると滑るようだった。もしあなたが友人だったら、彼は猫のように音もなく、あなたの部屋に入り込み、それからあなたが顔を上げるのを辛抱強く待ち受ける。なぜなら、あなたが視線をぼんやりと彷徨わせて、ふと自分の幽霊のような顔を目に留めた時にぎくっとするのを、彼は楽しみにしているから。お店のようなところでは、彼は好んで見ず知らずの人――とりわけ女性――の傍らにすいと滑り寄って、そのままで結果を待ち受けた。経験を積んでもっと思慮深くなる前には、相手が顔を上げた時にぎゅっと抱きしめて、カウンターの向こう側にはね飛んで首を折るのから救ってやろうと身構えていたものだった。だがこのような親切心を起こすのは間違いだと分かった。というのも、女性は身を振りほどこうと狂人のように必死にもがいたから。彼女らのうち一人二人は、もう少しで彼の腕の中で絶命するところだった。

こんなことを知らされると、彼は不真面目な人間だとお考えになるかもしれない。だがそれは誤りだ。彼はきわめて真面目な人間であり、本心からそうだったのだ。だが彼にも私たち皆と同じように、性格に軽薄《けいはく》な一面があったのだ。

彼には他のどの住民よりも多くの呼び名があった。彼がぶつ持論のために、〈人類を中傷する者〉とか〈人類の敵〉などと呼ぶ者がいた。〈阿呆《あほう》哲学者〉と呼ぶ者もいたし、〈幽霊〉、〈死の頭〉、〈死体〉などと呼ぶ者もいた。だがおそらく、いちばん広く流通していた名前は最後のものだった――〈死体〉。

彼は生活を楽しんでいた。蔵書はたくさんあったし、本を読むのが好きだったのだ。仕事は嫌いで、何もせず、すべてを監督とその代理人に任せきりにしていた。彼は人なつっこく、人付き合いのよい死体だった。人を楽しませ、自分も楽しむ用意がいつもあった。そして何かが起こっているときにはいつでもその場に居合わせて、興味津々でいた。

彼はいつも明るい軽やかな口ぶりで人類を見下すような言葉を吐いた。そして、人類が自分と個人的な関わりを持たない種《しゅ》であるかのように語るのだった。実際、彼は含みのある言葉を使って、自分自身のことを人類とは異なるものとして扱った。そして、人類に属する者たちを十把一絡《じっぱひとから》げに「あの異人たち」と呼んで悦《えっ》に入《い》った。こんな態度をどうしてとるのか説明するように求められると、自分は通常の人間とは異なった血筋の持ち主なのであり、自分の家系はいかなる王侯といえども権利を主張することができないほど高貴な出自なのだと彼は言った。彼は聖書の中にこんなくだりがあると指摘した。そこには、神の息子たちが人間の娘たちの器量のよさに惹《ひ》きつけられて、地上に降り立ち、彼女らのなかから花嫁を選んだとある。彼の家系、すなわちゴッドキン——これは彼の言葉によると、小さな神を意味する単語で、キャットキンが小さな猫、ラムキンが小さな羊を意味するのと同じことだそうだ——は、このような婚姻《こんいん》の一つの結果としてこの世に現われた。それは地球で最も古い家系で、飛び抜けて崇高な存在なのだ。そんなに高貴ならばどうしてわざわざ身を落として人類と付き合うことができるのかと尋ねられると、とても単純なことだよ、と彼は言った。私にとっては、人間は他の動物と変わりがない——私の立っているはるかな高みから眺めてみれば、両者の間に目立った違いなど認めることはできないのさ——そしてもし人間が優秀な犬や馬を、自らを損なうことなくある一定の限界のなかで友だちや仲間にすることができるのなら、私だって自分の身を少しばかり落として人間と付き合っても、自分の威厳はきちんと守れると思うよ。無知で自ら考えようとしない人々の多くは、人類に対してこんな態度をとっている彼を嫌った。自分の神々《こうごう》しい血統をとても重んじ、とても鼻にかけていたという理由もあった。だが判断力があり考え深い人々は、もし血筋に関する彼の主張が正しいのなら、彼の立場は正当なものだという意見を述べた。

彼は署名する時には「O・ロイド・ゴッドキン」と書いた。そしてこのような形で示された名前は、罰当たりな言葉を吐きたいけれどもその勇気がない人々にとって、誠に好都合なものだった。彼らはその名前を驚きの叫びに変えた。暗闇で何かにつまずいた時に、猛烈な勢いをつけてその名を叫ぶのだった。

三番目の等級には、グリドリー家と並んでベイツ家が入っていた。ベイツ判事はハンサムで彫像を思わせる姿をした人物だった。ほっそりとした知的な顔。きれいな黒い目、黒い髪。そして、柔らかで光沢のある黒い髭が顔を覆っている。顔じゅうに生えた髭は栄誉の徴《しるし》だ。たいていの人は髭を生やさないのだから。彼は愛想がよく、ご機嫌取りで、人を嬉しがらせるようなことを言いたがる人間だった。彼は自分の優雅な態度と優雅な言葉遣いを無邪気にも自慢していた。彼はとことん作り物めいた存在であり、お上品で優美な気取りに満ち満ちていた。彼は自分自身にとってさえ、現実的な存在ではなかった。彼は精巧につくられた人工物だった。そしてその妻も彼と同様だった。ただしこんな違いはあった。判事の場合は、悪意や不親切は何も抱いていない。ただ相手を喜ばせるためにお世辞を言うだけだ。だがその妻のとびきり甘美な褒め言葉は、毒を少々含んでいるのが常だった。そうした褒め言葉は、それを呑み込んだ人の口の中に悪い後味を残した。

長老派教会牧師のベイリー氏は、その顔が紹介状にもパスポートにもなる、という人物だった。初めて会った人でも質問をすることなく彼と友だちになった。彼は明々白々に善良で、素晴らしく、信頼が置けて、偽りがなかった。妻も彼と同じような人だった。

第三章

デイヴィッド・グリドリーのことを説明するのは簡単ではない。二人のデイヴィッドがいるからだ

——神様がつくった方と、もう一方。神様がつくった方はごくごく平凡な作品だったが、少なくともまがいものではなかった。嘘偽りはなかったから。だがもう一方はすべてがまがいものだった——どの部分をとっても嘘偽りはなかったから。それはグリドリー夫人の作品だった。彼女はもともとあったグリドリーを作り直したのだと考えてはならない。なぜなら、人は神様がつくったような形であり続けるのだから。そんなことは馬鹿でなければ誰にでも分かる。教育や訓練が人の外側をつくり変えるということはある。だが内側は違う。内側はそのままであり続けるのだ。内側とは性質のことであり、性質は変わらない。それを抑えつけ、押し殺し、隠すことはできる。だが捨て去ることはできない。比喩的に言うと、それはグラスに入った透明な塩水のようなものだ。教育や訓練は、それを施《ほどこ》す者の好みに応じて水に色をつけて、赤や青や緑や黒に変えることができる。だがこうした見せかけの色のどれをとろうとも、あるいはそうした色をすべて混ぜ合わせたとしても、塩辛さを取り除くことはできない。それは壊すことができないし、ずっとそのままであり続けるのだ。グリドリー夫人は全力を尽くしてデイヴィッド・グリドリーを作り直そうとした。そして自分はうまくやれている、最後には成功するだろう、といつも信じていた——悲しむべき誤りだった。グリドリー夫人のような人は何百万人といる。誠実で素晴らしく、皆から思いやりをもって見られ、もしかすると褒めてもらいさえする資格を持った人々だ。とにかく善意から行動するのだから。グリドリー夫人はデイヴィッドにまったく新しい外側を与えた——きらきらと輝いて、そのことを考えただけでうきうきしてしまうほどの新しい外側。そしてこの外観上のグリドリーが世間の知っている唯一のグリドリーだった。そして彼女はたゆまず仕事に打ち込み、苦労をいとわず目を凝《こ》らし続けることによって、この外観をとてもきれいに修復した状態に保っていたので、世間一般の人々は少しも気づくことがなかった――もう一つのグリドリー、より実質的なグリドリーがいることに――そちらの方が本当のグリドリーであることに。だがそれはちゃんと存在していたのだ。彼はまるで質素な台所用品が応接間に持ち込まれ、きらびやかな金色の布をかけられ、人目をごまかすよう飾り立てられているようなものだった。

彼はこの偽物のグリドリーの存在を自分でも十二分に意識していた。そしてその高徳ぶったお仲間のことを唾棄《だき》していた。だが彼は、のんきで、自堕落《じだらく》で、心弱い性格の持ち主であり、一方、彼の妻はそうではなかった。それでこのような結果になったのだ。

スーザン・グリドリーの性質や性格には、一点の傷もなかった。彼女は教養があり、とても洗練され、徹底的なまでに高潔で、骨の髄《ずい》まで嘘偽りがなく、とても篤《あつ》い信仰心を持っていた。彼女にはただ気高い理想だけがあった。彼女のような性質の人間には、低劣な理想を抱く可能性などこれっぽっちもなかった。太陽や大気や不動の星たちのように、彼女は堅忍不抜《けんにんふばつ》で、しっかりと定まった目的を持ち、献身的で、信頼に値する人だった。彼女は几帳面《きちょうめん》なくらい嘘をつかないように心がけていた。約束をするときには用心深く慎重にしていた。だが、いったん約束を交わしたら、その約束の表面に少しでもひびが入るくらいなら火刑台《かけいだい》で火あぶりになることを選んだだろう。彼女は繊細《せんさい》な神経を持ち、慎《つつし》み深く引っ込み思案なところがあった。だが何らかの信条を支えるために勇気が必要となるならば、彼女はその勇気を持ち合わせていた。彼女は健全で、実際的で、実務的な頭脳を持っていた。そして、頭蓋骨のなかの隣の区画には、自然や芸術や文学などにおける美を生き生きと味わい、それを変わらず愛し続けることのできる脳細胞の塊《かたまり》が、でんと陣取っていた。彼女の判断力は公平かつ公正であり――あえて公平でないとすると――いつも大らかな目で物事を判断する方に傾くきらいがあった。彼女は情愛が深く、人からも好かれた。誰にでも心を開くようなタイプではなかったし、実際、心を開く相手はそれほど多くはなかった。だが、いったん彼女の心のなかに入った者は、ずっとお客としてもてなされ、満足して留まり続けることになった。一度誰かと友だちになったら、その友情は損なわれずにずっと続いた。それに彼女が友だちを必要とする場合、その友だちは決して裏切らなかった。彼女はその地域のなかでは、並はずれて優れた女性だったし、皆からもそのように見られていた。

デイヴィッド・グリドリーがのんきで、自堕落で、心弱い性格の持ち主であり、そして妻に対する誇りや妻に対する愛情に限りがなかったとなると、彼がこの熱心で有能な陶芸家の手によってこねられた粘土のような存在であったのは至極当然のことである。本当は自分がどのようなことをしようとしているのかに無邪気にもまったく気づかないまま、この混じり気なしに本物の女性は、自分の夫を完全で完璧できれいに釣り合いのとれたインチキにつくり変える作業にいそしんでいた。そして、彼の外側に関する限り、彼女は選《え》り抜きの人たちの目も欺《あざむ》くような傑作を仕立て上げたのだった。

二人のデイヴィッドの対照は奇妙で、興味深かった――デイヴィッド（本物のデイヴィッド）にとっては。毎日、そして一日中、彼はこの二人をこっそりと観察していた。そしていつもじっくりと検分して、ほーっと嘆声《たんせい》を上げていた。だがそれは喜びの声ではなく、やるせない抗議と不満の声だった。なぜなら偽物であることには何の喜びもなかったから。本物のデイヴィッド、内側のデイヴィッド、隠されたデイヴィッドは、度し難いほどの低級好みで、低劣な理想にしがみついていた。外側のデイヴィッド、スーザン・グリドリーのデイヴィッド、偽物のデイヴィッドは、高級好みで、天上にいる天使たちもうらやむような理想を抱いていた。本物のデイヴィッドはありとあらゆる下品なものに対して、生まれつきの愛着を覚えていた。そして自分本来の話しぶりが寛《くつろ》いでご機嫌になるのは、その話が下劣さで悪臭ふんぷんたるものになるときだけだった。偽物のデイヴィッドはただ素敵で繊細なものだけを取り扱っていた。そして、口から品のある芳香《ほうこう》を漂わせながらそれらについて話をした。本物のデイヴィッドはいくつもの装身具やひだ飾りや刺繍細工《ししゅうざいく》で真実を大層に飾り立てたので、真実の母親も我が子をそれと認めることができないくらいだった。偽物のデイヴィッドは真実を裸のまま世界に解き放った。本物のデイヴィッドは約束を守ることができなかったが、偽物の方は約束を破ることができなかった。本物のデイヴィッドは具合の悪い負債が支払われるかどうか、ほとんど気にかけなかった。だが偽物の方は、全財産を投げ出してでも返済しようとした。本物のデイヴィッドはまれにしか真面目にならなかったが、偽物の方ときたらまるで墓石のようだった。本物のデイヴィッドは封じ込められた悪態が噴火口まで溢れ出かけているヴェスヴィウス火山のようだった。偽物の方は、見たところ、活動を停止した穏やかで平和なクレーターのようだった。本物のデイヴィッドは安息日《あんそくび》のきまりを躍起《やっき》になって破ろうとした。偽物の方は、教会の信者席に座り続け、いつもそこで聖者めいた顔をして讃美歌を唱和し、献金皿をまわした。本物のデイヴィッドは高踏的な美術や文学について、牛程度の鑑賞力しか持ち合わせていなかった。偽物の方は、〈巨匠〉の前で敬礼し、シェイクスピアやその他の芸術家たちのことを、信奉者特有の打ち込みようで熱く語った。本物のデイヴィッドは、旅館の馬丁《ばてい》のような歩きぶりと態度を生まれついて持っていた。偽物の方は、チェスターフィールド❖の再来のようだった。本物のデイヴィッドは自堕落で、そうであるのを好んだ。ありとあらゆる種類の衣服を嫌い、衣服を発明した者も嫌った。偽物のデイヴィッドは手袋をはめ、紳士のような衣服を身にまとい、そこに汚れ一つつけなかった。本物のデイヴィッドは悪魔さながらの発作的な癇癪を抱えていた。偽物の方は、月光のように静謐《せいひつ》そのものだった。本物のデイヴィッドは社交界を嫌悪し、そのうっとうしいお上品さと慎みを嫌悪した。だが偽物の方は社交界の鑑《かがみ》であり、観察力と判断力のある者たちが喜んで真似《まね》ようとした人物だった。

強くてがっしりした手だけが、この荒れ狂う反逆者を矯正《きょうせい》することができた――そしてスーザン・グリドリーはそのような手を持っていた。それではどのような技巧を使ったのか？　彼女の成功の秘密は何だったのか？　それは単純なことだった。反逆者のボイラーに安全弁を取り付けることによってだ。彼女は家庭ではデイヴィッドが蒸気を噴出させるのを許した。そうしなければ公共の場で爆発が起こっただろう。蒸気が発生するのを止めることはできなかった。それが蓄積するのは自然の成り行きであったから。時が経つにつれて、グリドリー夫人はその事実を認識せざるを得なくなった――それで彼女は失望し、とても残念に思った――だがその後、彼女は次善の策、講じることの可能な一つの策を実行に移した。つまり、家庭では蒸気が噴出するのを許可したのだ。状況が許すならば、そのことが起こっているのを知らないふりをしようとした。そして、そろそろ安全弁が持ち上がって歌をうたい出しそうな兆候が現われたら、すぐに子供たちを退避させた。

それほど多大な労苦を積み上げてつくった精巧《せいこう》な偽物が、彼女自身を欺いたのだろうか？　おそらくそうだ。私たちはもし心から望むならば、ほとんどどんな盲信であっても魅力的ならそれで自らを騙すことができるのだ。

女性がする思い違いの原因をしっかりと説明することはできない。どんな女性であっても、自分の

❖チェスターフィールドはイギリスの政治家・外交官で、本名はフィリップ・ドーマー・スタンホープ。息子に処世訓を説いた書簡（一七七四年）で知られる。

全般的な性格ないしは自分の全般的な精神・道徳上の性質に真っ向から逆らうような思い違いを一つや二つは持っている。スーザン・グリドリーは自分がつくりだしたインチキを心の底から愛していた。彼女は彼を崇拝してさえいたし、そのことを口にもした。崇拝というまさにその言葉を使って、一日に何度も繰り返したのだ。彼女は毎日欠かさず、崇敬する道徳的な混血児《ハーフ・ブリード》を見守り擁護することに自分の安寧《あんねい》や命を賭《か》ける時間を祝福した。どうして彼女が自分を崇敬するのか、彼には分からなかった。どうして自分が彼女を崇敬するのかは分かっていた。自分なりに理由を数え上げて、それらがまともで正しいことを証明できた。だが彼女が自分を崇敬するというのは、判断の間違いではないかと彼には思えた——彼女の判断力は、それ以外の点ではすべて、とても明晰《めいせき》で健全なのに。彼女には理由などあるのだろうか、と彼は思った。やがて理由があるのだと分かった。あなたお聞きになりたいの？　感情の昂《たか》ぶりで目をきらきら輝かせ、言葉の一つ一つに心を込めながら、彼女は夢中になって喋《しゃべ》って彼の肖像を描き出した。自分が大天使であることを彼が発見したのはその時だった。それまでは思ってもみなかったのだ。

　彼女は東部か南部かそのあたりの出身だった。彼はひと目惚《ぼ》れをして、ただちに彼女を口説き始めたのだった。求愛は若い男を、凡庸で世俗的な自己から遠く離れた高みに引き上げる。そして、そのような空高い領域にふさわしい衝動に駆りたてられて、彼は後光を頭につけ、気高い正装をまとい、まるで生まれついてそうであったかのように大天使として振る舞うのだ。彼は詐欺《さぎ》をはたらいているのだが、そのことには気づかない。彼の恋人は大天使と結婚する。時が経つうち、彼は翼も後光もなくなってしまっていることに気がつく。そしてもうそれを演じる気がないことにも。だが妻の方はたいてい、賢明であろうがそうでなかろうが、終生にわたって美しい思い違いを持ち続けようとする。

そして、あの輝かしい服装一式がまだそこにあるのだと、いつも信じようとする。時たま、その思い違いに綻《ほころ》びが出てきていることに彼女は気づくだろう。でも大丈夫。そんなことで困ったりはしない。彼女はそれに対して絶えず讃嘆の目を向け続ける。それを取り上げ、修繕を施し、色を塗り直し、メッキをかけ直す。そして彼女は死ぬまでずっと、自らの修復作業によって得られる驚くべき効果に大喜びし、満足を覚えるのだ。

デイヴィッド・グリドリーは、自分の素質のなかにはいくつかの要素があって、それらが結婚相手であるこの愛《いと》しい世俗離れした若い女性の目に留まったら、彼女を悩ませるかもしれないと分かっていた。だから彼は、用心深く歩み、自分自身への警戒を怠《おこた》らなかった。そういうわけで、三年間は重要でない破損以外には何も明るみには出なかった——小さな破損はもしかすると七十五箇所はあったかもしれないが、とにかく、九十は超えなかった——だがとうとう、ある偶然の出来事が起きて、とても重大な破損が発見された。スーザン・グリドリーは大天使が悪態をついているのを耳にしてしまったのだ——悪魔のように悪態をついているのを。ショックで彼女の息が止まった。また呼吸できるようになった時、彼女は確かめるために耳を澄ませた。自分の耳で聞いたことは本当だったのだろうかと疑ったから。それはあまりにも恐ろしく、ぞっとするものだったので、本当のことだと思えなかったのだ。彼女は気絶しなかったし、倒れもしなかった——実際のところ、それは不可能だった、なぜならベッドに入っていたのだから。彼女は安らかな眠りから目覚めていた。それから、大天使が自分の傍らにいないことに気がついた。次に、熱を帯びた言葉が聞こえ、それを彼女は説教壇での専門用語だと考えた。それで彼女は感嘆してこう言った。「なんて愛しい、優れた心を持った人でしょう。あの人は祈ってるんだわ」。だがそれから、彼女は考えを変えた。

化粧室に入って身ごしらえをするため、大天使は眠っている彼女の枕元から離れたのだった。そして不注意から、また他のことを考えていたため、ドアを少し半開きにしていた——今までしたことのない間違いだった。というのも、身ごしらえをするのはいつも彼にとっては厄介な時間であり、注意のうえにも注意をしてプライバシーを守らなければならなかったから。

お風呂に入り髭を剃っている間ずっと、彼は用心深く低い呟《つぶや》き声で、いつもの必要なことを言った。それからシャツを身につけ、ボタンが一つなくなっているのを見つけた。それを脱いで窓から投げ捨てた——下品な言葉を吐いて。別のシャツを身につけ、ボタンがとれているのを見つけ、そしてより激しく下品な言葉と共にそれを投げ捨てた。三番目のシャツを身につけ、ボタンがとれているのを見つけた。それを投げ捨て、それからブーツや帽子や石鹸《せっけん》や歯ブラシなどを——近くにあるものなら何にでも怒り狂って手をつけて——投げ捨てた。その度《たび》ごとに下品な言葉はますます雄弁になり、より甲高く発せられるようになった——それからやっと、ドアが細めに開いていることにふと気づいた。力が身体から抜けた。自分のもたらした災いの規模の大きさを感じて、青ざめ気分が悪くなってうずくまった。

俺はどうすればいいんだ？　何を言えばいいんだ？　彼には分からなかった。ただ引用していただけなんだ——本のなかで興味を持った一節を覚えようとしていただけなんだ——そう説明すれば切り抜けられるだろうか？　もっともらしい逃げ口上《こうじょう》に思えるけれど……。いや駄目だ——それでは役に立たない。彼女は聡明だ。それにこの文句にはオリジナルだっていう味わいがあるから、それを彼女は……。そう、それではうまくいかない……。たぶん彼女には聞こえていなかったんだ——たぶん目を覚ましていなかったんだ……。いや——ああ、駄目だ、彼女は眠りが浅いし、俺は囁《ささや》き声じゃなかったし。だが、ちょっとした慰《なぐさ》めは一つだけあった――お粗末《そまつ》なものだったが。彼はぽつりと言った。「あの下品な言葉のなかには、ドアの隙間《すきま》を通ることができなかったものもあるはずだ」。彼は大いにふさぎ込んだ。大天使としての自分が台無しになったことを彼は悟った。それから有望なアイディアを思いついた。寝室にはドアが二つある――向こう側のドアから出て行けば、彼女と目を合わせる必要はない。素早く出て行こう――まるで用事があるかのように――差し迫った用事――さっきまで忘れていて、すぐに対応しなければならない用事が。

彼はそろそろと服を身につけ、そろそろと寝室に入り、それからこう考えた。いちばんのやり方は、わざと考えごとに耽《ふけ》っているようなふりをして進むこと、そしてとりたてて何もしなかった者のような顔をしていることだろう、と。部屋の半分まで行ったところまでは、このやり方はとてもうまくいった。それから、部屋がしんと静まりかえっていることを有難く思い、嬉しくなった。彼女は眠っているのだろうか？　不思議な磁力《じりょく》を感じて彼は振り返り、そっと視線を投げかけた。すると彼の心は沈み、囚人が感じるような惨《みじ》めさを味わった。彼女はそこに横たわったまま、怒りに燃える眼差しで彼をじっと見つめていた。その非難するような眼差しを受けて、彼は目を落とした。頭を垂れ、当然受けるはずの叱責《しっせき》を待ち構えた。叱責は親しげでおっとりとたおやかな言葉であっても、胸が張り裂けるような悲嘆に満ちていることだろう。どうしたら俺はそれに耐えることができるだろうか？　しばらく沈黙があった。荒涼《こうりょう》たる静けさがあった。それからあの清らかな唇《くちびる》から、こんな言葉が力を込めて発音されて出てきた――

「こん――ちくしょう！」

グリドリーはショックを受けた。言葉で表わせないほどびっくり仰天《ぎょうてん》した。それから自然な反応が生じた。彼は事の滑稽な一面――相手の意図の生真面目さによってかえって高められ豊かになった一面――を見たのだった。そして笑わないでいられなくなった。彼は相手に背中を向けた。そうすることで、押し殺した発作的な笑いがすすり泣きだと受け取られることを願った。というのも、自分にとって事態はすでに悪くなっており、もうそれ以上に悪くなってほしくなかったのだ。だが妻は憤慨《ふんがい》して言った――

「デイヴィッド、あなたには騙されないわよ。あなたは笑ってる。笑うことなんか何もないのに」

だが抑えられない笑いは伝染するものだ。遅かれ早かれ、笑いは私たちの防御を押し流し、私たちの威厳を根底から崩してしまう。そして私たちはその笑いに加わることになる――自分たちの弱さに恥じ入り、笑いに無防備だった原因を苦々しく思いながら。だが仕方がない。私たちは笑いに加わらざるを得ない。どうしようもないのだ。それが若い妻に起きたことだった。無邪気で馬鹿げていて心の底から発せられた笑いは、有難いものであり、礼儀正しく慈悲《じひ》深い調停者である。議論や叱責といった外科手術でも直せないような、多くの痛みを伴う傷をそれは癒《いや》してくれる。グリドリーが思いに悩む眼差しをそっと投げかけ、妻が言葉もなく身を震わせているのを見た時、彼は救われたことを知った。そして、彼女にキスをして、笑っているときの君はとてもきれいだねと言ってあげた時、彼は自分が今やこのゲームで優勢に転じているのに気がついた。彼は枕元に腰かけて軽口でお喋りしたり、質問をしたりし始めた。そして、壊滅的な結果になるはずだった事態から逃れたことを楽しんだ。

「どうしてそんなことをしたんだい、スージー――どんな考えだったんだい?」

彼女は、優しいけれど生真面目に叱責するような表情を見せた。そしてこう言った――

「あなたのためだったのよ、デイヴィッド。どんな風に聞こえるか、分かってほしかったの」

「そうだろうと思ったよ。でも僕がそれを言ったら、あんな風に聞こえるかい？」

彼女は彼の顔をちらりと見た。だが何の情報も読み取れなかった。

「そう聞こえないの？」

「そう聞こえないことを望むよ、スージー」

彼女はまた彼の顔を見つめた――今度は、はっきりとした疑いを抱いて。

「デイヴィッド、きっとわたしをからかっているのね。どうしてあんな風に聞こえないことを望むのよ？」

彼は彼女の手を取り、そして説明を始めた――声と態度に優しい敬意と切々とした気持ちを滲《にじ》ませながら。それらは自分の言葉が与える衝撃をさらに強めるよう、十分に計算されていた――

「それはね、自分が悪態をつくときそんな風に聞こえるんだって考えると、がっかりするからさ。それに――」

「がっかりするの、デイヴィッド？」彼女は不安そうに口を挟んだ。「どうして？」

「だっていいかい、君、悪態をつくことは他のあらゆる音楽の場合と同じで、だから――」

「音楽ですって？」

「そうさ。もし上手に悪態がつけなければ、もし繊細で感覚の鋭い技巧を使ってやらなければ、もし優雅で心の底から生じた感情で生き生きとしたものにしないならば、悪態には美しさが欠けてしまう。魅力も欠けるし、表現も欠けるし、高貴さも欠けるし、荘厳さも欠けるし、それから――」

「そんなのおぞましいって、わたしは思うわ！　デイヴィッド、あなた、わたしをからかってるのね」

「落ち着いて――よく聞くんだよ。僕は何を感じればいいんだい？　君には人間らしさってものがないのかい？　僕はこの偉大な芸術に何年も辛抱強く打ち込んで、勉強して、練習して、たゆまず努力してきたというのに……。スージー、君は何も知らないんだね。でも君のせいじゃない。君を非難なんかしないよ。でも考えてほしいんだ——あの溶岩が噴き出るような言葉、あの嵐のような凄《すご》い言葉を取り上げて、おどおどした活気のないキーキー声でおっかなびっくりさえずってみるなんて——平板《へいばん》で、お粗末で、表現力がなくて、灰みたいで、がりがりで、ぶよぶよで、病的で、恥ずかしくて、火がすっかり消えたようで、抑揚もでたらめで……。スージー、君には僕を傷つける気持ちはなかったんだろう。でも、ああ、僕の言ったことがあんな風に聞こえたなんてほのめかすのを聞いて、僕がどんな気持ちになったのか君には想像もつかないよ。それに僕は——」

「さあ、デイヴィッド、もう行ってもいいわよ——わたし、もうこのことでは何も聞きたくないから」

「ねえ、君を責めてなんかいないよ。君はこの手のことで十分な教育を受けてなくて、練習もしていなかったけれど、できる限りのことをしたわけだから。でも自分でもどういうことか分かってるよね——君が知っているのは言葉だけで、節《ふし》まわしを知らないってことさ。そもそも素敵で繊細で高尚で高貴な音楽だったらどんなものでも、言葉だけではもちろん——」

彼は喋りながら部屋から出て行った。話の残りは聞こえなかった。

歳月が経ったがその間ずっと、スーザン・グリドリーは大天使をせっせと飼いならし、そのことに幸福感や興味や誇りを抱き続けてきた。そして幼い女の子たちが大きくなっていろいろな事が分かるようになってくると、子供たちは彼女の仕事にも興味を持つようになった——時には彼女が大目に見ることができないくらいの興味を持った。なぜなら彼女は、彼が完璧な人だと子供たちに思ってほしかったのだが、この仕事を得心《とくしん》のいくようにうまくやり遂げるのは、とてもデリケートで難しいことだとしばしば気づいたから。というのも、彼の完璧さというのはとても独特で尋常《じんじょう》ならざる種類のものだったので、子供たちにそれを理解してもらうためには、たくさん説明をする必要があったのだ。それでもしばしば、さんざん説明した後で、子供たちが疑いを持っていることに気がついて彼女は頭を抱えた。疑いを持たなかったとしても、子供たちが父親の完璧さを好む度合いは、説明を受ける前の方がその後よりもむしろましだった。子供たちは父親をとても慕《した》っていた。彼女はそのことを嬉しく思った。だがじっくり検分してみると、彼女自身が躍起になって削除しようとしている彼の一面を子供たちが賞賛していることがしばしば分かった。それはまったくうんざりすることだった。それにそれは奇妙で厄介な影響をもたらした。賞賛は模倣《もほう》を生むのだから。そういうわけで、時が経つにつれて子供たちは二重の人格を身につけるようになっていった。ある時には彼女らは、母親の訓練を受けた欠点のない素晴らしい子供たちだった。別の時には――まあ、別の時にはそうではなかった。

グリドリー夫人が手紙を書くと、手紙はとても美しく、汚点など何も認められなかった。汚れも、消し跡も、行間への書き込みもなかった。もし間違いを一つでも見つけたら、彼女は手紙を最初から書き直した。そして彼女はデイヴィッドの手紙も書いてあげた。だが頼まれてではない。彼の手紙が彼女の手に渡るとき、それは通常、火と硫黄《いおう》と雷鳴と閃光に満ちていた。だが彼女がうまく飼いならせば、手紙は控えめで丁重で、月光のように安らかになった。時々彼は東部の出版物のために文学作品を書いた――獰猛《どうもう》で血に飢えたインディアンの物語だ――するとまた彼女はそれに手を入れた。俺のインディアンたちを出陣させると、彼女は待ち伏せしてそいつらを日曜学校に送り込んでしまう、そう彼は不平を言った。彼が即興のスピーチをすることを、彼女は許さなかった。彼はスピーチの原稿を書かなければならなかった。すると彼女はそのスピーチに手を入れたうえで、彼に記憶させた。

それから彼女は演説の場には必ず居合わせるようにしたし、彼の上着の後ろ裾《すそ》に手が届く所にいることを心がけた。彼が我を忘れて新しい題材を引っ張り出そうとした時に、その裾をきゅっとひねることができるようにするためだ。彼は彼女のすることを嫌がらせと呼び、いらいらして憤《いきどお》ったが、彼女の手はがっしりとして揺るぎなかったので、根負けした。そして、長い目で見ればこれにも益があると考えるようになった。

もし見張られていなかったら、彼は服にブラシをかけず、必要でない物をたくさんポケットに詰め込んだままで、家から逃げ出そうとした。だが彼女は普通、逃げ出そうとする寸前で彼をつかまえた。彼にブラシをかけ、糸くずや何やかやを服からつまみ取り、ポケットを空《から》にして、彼をしゃくに障《さわ》るほど端正で品のよい状態にして送り出すのだった。

夕食会の席では、彼は長い間にわたって扱いに困る問題児だった。時には、とても陽気になり、皆を押しのけるようにして独りで滔々《とうとう》と話をした。時には、自分の左側にいるご婦人だけに話しかけた。時には、右側のご婦人だけに話しかけた——馬鹿な女、凡庸な女、我慢ならない女はいつも無視していた。時には、元気がなくなってふさぎ込み、まったく話をしなかった。妻は途方にくれた。自分の出すサインを一つも見てくれないのだから。彼女はじっと座って苦しまなければならなかった。お客たちが帰ってしまうと、彼はあることを知らせようとする光を彼女の目に認めた。すると目が覚めたように自分の立場を悟って、ため息をつきながら言った——

「分かってるよ。話してくれ——僕を大掃除してくれ」

すると彼女は、彼がしでかした非行の数々を逐一《ちくいち》述べ立てた。子供たちはこのお掃除にとても興味を持った。そして仕方のない場合を除いて、必ずその場に居合わせた。彼が一つも犯罪を犯しておらず、掃除が称賛の形をとる場合には、子供たちは大いにがっかりした。一度、最悪の失敗をしてしまった後で、彼はこんなことを言った――

「でもスージー、事が終わってしまった後で僕を掃除しても、何の役にも立たないよ。だって次の時までにすっかり忘れてしまうんだから。もし事前に僕を掃除してくれたら――」

それは理にかなっていた。というわけでそのアイディアが採用された。実行してみると功を奏した。他の用事にかまけて妻がそのことを忘れてしまうと、デイヴィッドは元の状態に逆戻りした。だが、夕食会の席についたまま客たちに感づかれないで掃除ができる上手なやり方が、とうとう考案された。これは見事なくらい成功した。それから後は、デイヴィッドは模範的な男性だった。食事をしている最中に、妻はこんな風に言った――

「デイヴィッド、今日、あなたのための日付が分かったわよ――十日だったわ」

この言葉の意味は、「左にいるご婦人と少しお話しなさい」ということだった。

しばらくして――

「いやだ、わたし間違えちゃった、デイヴィッド、十一日だったわ」

するとデイヴィッドは右側にいるご婦人に話しかけた。その後、また別の修正が入るかもしれない――その場合、日付は十二日だった。この意味は、「もう一切、お話はしないで！」だった。デイヴィッドは静かになった。あまりにもしゅんとなったとしたら、ほどなくして最後の日付が持ち出された――十三日。すると彼はふさぎ込むのをやめて、また会話を始めるのだった。もし客たちがこうした捉えどころのない日付について好奇心を示したりすると、デイヴィッドは本当の意味を知らせないで説明した。それでこの件に関する秘密はずっと損なわれなかった。

『それはどっちだったか』とマーク・トウェインの文学
――読み終えた人のための解説

里内 克巳

1 知られざる晩年の長編

アメリカを代表する文学者であるマーク・トウェイン（本名サミュエル・ラングホーン・クレメンズ。一八三五年生―一九一〇年没）は日本でも人気が高く、『トム・ソーヤーの冒険』（一八七六年）や『ハックルベリー・フィンの冒険』（一八八五年）などの代表作のみならず、数多くの作品が翻訳され、長年親しまれてきた。とりわけ二十世紀の終わりには、彩流社より全二十冊から成る〈マーク・トウェイン・コレクション〉が出版されたことによって、ほぼ半世紀の長きにわたって執筆活動を続けてきたこの作家の主要作品の紹介が相当に進んだ。さらに今世紀に入ってからは、作家の没後百年にあたる二〇一〇年に、同じく彩流社から日本のトウェイン研究者たちの編集・執筆による『マーク・トウェイン文学／文化事典』が出版された。こうした国内外での研究の進展もあって、一般読者にとって文学者トウェインの全体像を展望することは格段に容易になったと言える。

これほどまでに英語圏世界でも日本でも親しまれてきたトウェインだが、その彼が『それはどっちだったか』（"Which Was It?"）という不思議なタイトルの小説を晩年に書いていたことを、現在どれだけの人が知っていることだろうか。一般に知られてこなかったというだけではない。トウェインを専門にしている文学研究者でも、その存在を知らないのではないか。そう思えるほどにこの作品の認知度の低さは際立っている。それが証拠に、先ほど紹介した『マーク・トウェイン文学／文化事典』や、それに先立って本場アメリカで刊行されている幾種類かのトウェイン事典をひもといてみても、この作品を扱う項目は皆無であり、それに触れた記述すら見当たらないのである。

これは相当に奇妙なことだ。とにかく作品の分量から言っても、トウェインが執筆にかけた時間の長さから言っても、無視しうる作品ではないはずだから。『それはどっちだったか』はトウェインが晩年に書いた数多い未発表作品の一つであり、一八九九年から一九〇六年にかけて長く断続的に書き継がれたものである（トウェインにはこのような未発表の遺稿《いこう》が多く、そのなかでは最晩年の『不思議な少年、第四十四号』が最もよく知られる）。この作品は、トウェインの遺稿を研究するカリフォルニア大学のプロジェクト〈マーク・トウェイン・ペーパーズ〉の出版物として、ジョン・S・タッキーが編《へん》纂《さん》した『「どっちが夢だったか」その他、晩年のシンボリックな作品群』（*Mark Twain's "Which Was the Dream?" and Other Symbolic Writings of the Later Years*）（一九六六年）に収録されることで初めて日の目を見た。六〇〇頁近いこの大部の作品集のなかで、『それはどっちだったか』は、その三分の一を超える二五〇頁程度というかなりの分量を占めているのである。

だが、長編小説という区分に入れても十分に通用する長さを持ちながらも、『それはどっちだったか』は正当な評価に恵まれず、あたかも現実には存在しない亡霊であるかのような処遇《しょぐう》を長く受けてきたのだった。公表から半世紀近くにわたってこの作品が等閑視《とうかんし》されてきた背景には、複数の理由が介在していると私は推測するのだが、そのことはひとまず措《お》き、ここではトウェインの作品群の中で『それはどっちだったか』がどのような位置にある作品であるかを明らかにすることを主眼に置いた解説を行ないたい。なお筋立てを紹介し結末も明かすので、物語を読む楽しみを味わいたい読者は以下の説明をあとまわしにして、まずは異様な印象を与えるに違いない『それはどっちだったか』を先に読むようお勧めしておく。

2 裏表のある男

『それはどっちだったか』の中核をなす物語が展開される舞台は、南北戦争前（おそらくは一八五〇年代初め）の南部の田舎町インディアンタウンである。その町の名士で高潔な人格の誉《ほま》れ高い主人公ジョージ・ハリソンは、耄碌《もうろく》した父親アンドリューが背負い込んだ莫大な負債のために破産の危機に直面し、一族の名誉を守るため、金の貸し手であり友人でもあるウォルター・フェアファクス――彼は〈旦那《スクワイア》〉という通称を持つ――の屋敷に忍び込み、金をこっそりと盗もうとする。ところがそこで偶然、同じように盗みに入った自分の使用人ジェイク・ブリーカーと暗闇の中で鉢合わせして、手近にあった杖でジェイクを殴り倒して逃げ帰ってしまう。運悪くジェイクは死亡し、殺人の濡《ぬ》れ衣《ぎぬ》が〈旦那〉にかけられるのだが、自分が手を下したことをどうしてもハリソンは告白できず、ひた隠しにする。そのうえ皮肉なことに、そもそもの盗みをしようとした決断が不要のものであったことが判明し、ハリソンは愕然《がくぜん》とする。そんな窮境《きゅうきょう》へと主人公を追い込むために、トウェインは周到に伏線《ふくせん》を張り巡らせ、偶然の出来事を現実にはありえないくらい数多く積み上げている。

ともあれハリソンは、保身の本能に駆り立てられて男らしさに欠ける自らの真の姿をここに初めて見出す。そして、良心に苛《さいな》まれながら罪の発覚のわずかな影にも怯《おび》える日々を過ごすことになる。一方、周囲の人々は、錯乱《さくらん》し憔悴《しょうすい》していくハリソンの挙動を誤解し、彼が立派な人格を持っている証《あかし》として受け取って褒《ほ》めそやす。その称賛は、さらにハリソンを苦悶《くもん》させるという皮肉な悪循環《あくじゅんかん》を生む。そんな見かけと実態との途方もない落差を抱え込んだハリソンの姿を、トウェインは実に力強い筆致《ひっち》で描き出していく。トウェインはある場合には、ハリソンという人物に肩入れするようにその内面に潜《もぐ》り込み、彼の視点から見た出来事を描いていこうとする。だがそのスタンスは一定せず、時には彼を突き放すように距離を置いて描こうとする。自在な書き方によって、トウェインは戦慄《せんりつ》と爆笑の入り混じる独特の作品世界を作り出している。主人公と彼をとりまく人々とのやり取りも魅力的だ。大声を張り上げてゴシップをまき散らすダグ・ハプグッドは、ハリソンの心をかき乱すインディアンタウンの住人たちのなかでも、とりわけ印象に残る愛すべきコミック・キャラクターとなっている。

トウェインはこうした田舎町で起きる殺人事件という趣向の着想を、一八九四年に発表した自作『まぬけのウィルソン』から得たと思われる。この小説は、『それはどっちだったか』と同様に南北戦争前の南部の田舎町（ドーソンズ・ランディング）を舞台にし、白人主人の赤ん坊と奴隷《どれい》の赤ん坊の取り換えに端《たん》を発する物語である。その山場では、窮地に追い込まれたトム・ドリスコル（実は奴隷のチェンバース）が、伯父であるドリスコル判事の部屋に深夜に忍び込んで金を盗もうとするが、取り押さえられそうになり、判事を刺殺して逃走する。判事の叫び声を聞いて殺害現場に駆けつけたイタリア人の双子ルイジとアンジェロに嫌疑がかかったのを幸いに、トムは殺人を犯した自らの秘密をひた隠しにする。こうした『まぬけのウィルソン』での判事殺害の状況は、『それはどっちだったか』でハリソンが犯す殺人の状況にきわめてよく似ている。
殺人という罪を犯した者の内面と外面の分裂を描く点に関しても、『まぬけのウィルソン』は『それはどっちだったか』に発展する萌芽《ほうが》を宿している。たとえば前者の物語では、町の有力者であったドリスコル判事が殺されると、故人に実の息子のように大切に育てられてきたトムに対して、ドーソンズ・ランディングの人々は疑いの目を一切向けることなく同情ばかり寄せる。そればかりか、トムが他人にはからずも示してしまう罪悪感の表出すら、町の人たちは自分たちにとって（そしてトム本人にとっても幸いに）都合の良い方向にねじ曲げて解釈してしまう。たとえばトムの判事殺しが描かれる第十九章を、トウェインは次のような皮肉な文章で締めくくっている。

誰もがトムを可哀そうに思った。彼はとてもしおらしく悲しんでいるように見えたし、深い喪失感を抱いているようだったから。彼は演技をしていたのだが、すべてが演技であったわけではない。伯父になってくれていた男の最後の姿が、目を覚ましている時にはしょっちゅう眼前に現われた。眠っているときには夢の中でまた現われた。あの悲劇が起こった部屋には足を踏み入れることができなかった。トムを溺愛《できあい》していたプラット夫人はこれに魅了された。「今まではよく分からなかったけれど、やっとしっかり理解できたわ」と彼女は言った。お気に入りのトムが何と感じやすく繊細《せんさい》な性質を持っているのか、そして彼がどれくらい可哀そうな伯父さんを敬愛していたのか、ということを。

うしろ暗いことをした人間の抱える内面の闇。そしてそれとは正反対の世間の好意的な捉え方。その落差に目を向けた皮肉の利いたユーモアが、ここに挙げた文章をはじめとして『まぬけのウィルソン』

には点在している。だが結局のところ、それはこの小説ではまだ萌芽的な形でしか存在していない。〈表と裏〉が極端に乖離《かいり》した人間の在りよう、そしてその落差から生じる毒のある笑いが徹底的に追求されていくのは、後年の『それはどっちだったか』においてである。

殺人事件が発生する状況のつくり方や、犯罪者の造形の仕方という点で、『それはどっちだったか』は『まぬけのウィルソン』から多くを引き出し、発展させている。トウェイン作品のなかでも南北戦争前の南部社会を正面から見据えた点で高い評価が与えられている『まぬけのウィルソン』だが、この作品は実のところ、生前は発表されなかった『それはどっちだったか』を書くための準備作業だったという見方もできる。そして、『それはどっちだったか』は人間の二面性という主題だけではなく、南部における人種問題も『まぬけのウィルソン』から引き継ぎ、大胆に扱っているのだが、それに関しては後で触れることにしたい。

3　逆説の道徳論

『それはどっちだったか』は、トウェインの別の作品「ハドリーバーグを堕落《だらく》させた男」（一八九九年）からもテーマを譲り受けている。構成力に優れることでよく知られるこの中編では、正直さと高潔を誇る架空の町ハドリーバーグの住人たちの自己欺瞞《ぎまん》が、見知らぬ男の企《たくら》みによって徹底的に粉砕《ふんさい》される。この見知らぬ男は、大金（実は贋金《にせがね》）の入った袋を餌《えさ》にして町の主要人物たち十九人を巧《たく》みに誘惑し、偽りの告白を引き出す。そして大勢の人々が注視するなかで、彼らの不正直さを暴《あば》き出して大恥をかかせるのである。主要人物たちの中でリチャーズ夫妻だけが、虚偽をはたらきながらもある事情からさらしものの難を幸いに免《まぬが》れる。だが、嘘をついた罪を告白する勇気を持てない夫妻は、人々から清廉《せいれん》の誉れを受けることでさらに煩悶《はんもん》する（リチャーズ夫妻が追い込まれるそんな心理的状況は、『それはどっちだったか』におけるジョージ・ハリソンの窮境へと引き継がれていく）。そして物語の最後には、この夫妻も見知らぬ男のさらなる企みに屈することになる。

生まれた時から人を誘惑から遠ざけ守ることで、道徳的に立派な人間を形成することを旨《むね》としてきたハドリーバーグの人々は、主たる住民たち全員の堕落を契機としてその伝統的な方針を改め、〈我らを誘惑へと導きたまえ〉という新しいモットーを採用することになる。そんな筋立てを持った「ハドリーバーグを堕落させた男」は、晩年のトウェインが関心を寄せるようになっていた人間の〈道徳心《モラル》〉をめぐる寓話《ぐうわ》として読める。トウェインは、この中編を完成させたのとほぼ同時期に『それはどっちだったか』の執筆を開始したのだが、同様の苦みに満ちた道徳をめぐる議論を、彼はこの長い作品にも盛り込んでいるのである。

中編で示された道徳をめぐる考えを『それはどっちだったか』において主張する人物は、ジョージ・ハリソンの父親で認知症の傾向があるアンドリューである。この老人の言葉は、物語の出だしで息子ジョージの回想として軽く触れられているが、話が進展してからも、ベイリー牧師が披露《ひろう》する思い出話のなかでより立ち入った形で反復される。アンドリューの語るところによれば、誘惑から身を守る方法はただ一つしかない。それは誘惑を避けるのではなく、それに我が身をさらすことだ。それで誘惑に屈しないならそれに越したことはないが、屈してしまうのも結構。なぜなら一度そのような体験を経たならば、もう同じような誘惑が近づいてきても十分に安全な立場にいるわけだから。自らも若い頃に誘惑に屈した経験を持つというアンドリュー老人のこの主張をもっと簡略に言うと、誘惑から身を守るためには誘惑に屈するに限るということになるから、そこには明らかに矛盾《むじゅん》がある。これはほとんどジョークに近い。だがアンドリューのこの一見ナンセンスな主張は、『それはどっちだったか』では奇妙な真実味を帯びることになる。父親の考えに初めは懐疑的であった息子のジョージ自身が、いとも簡単に誘惑に屈し、犯罪者に落ちぶれ苦悶することで、父の言葉の正当性を身をもって知る運びになるのだから。したがってアンドリューがぶつ奇矯《ききょう》な道徳論は、この小説ではふざけた冗談としての一面を保ちながらも、人間に関する真理を鋭く突いた逆説として示されている。この逆説が、『それはどっちだったか』の核心を構成している重要な考えの一つである。

4　低能哲学者の主張

ジョージの苦悩はやがて、テネシー州メンフィスで農園を経営していた冷酷《れいこく》な伯父が死に、その莫大な遺産が彼のもとに転がり込むことで解消の方向に向かう。そして中盤からは物語の焦点がジョージからいったん離れ、彼が受け取ることになった大金を横取りするべく、さまざまな人物が入り乱れて浅ましく画策する次第が語られていく。結局のところ、誘惑に屈してしまう弱さを持つのはジョージだけではない。金の誘惑を前にしてあっけなく堕落してしまう人間一般の性向が、この物語では暴露され、皮肉られていると言える。ただし、「ハドリーバーグ」にも通じる人間の弱さに関するこの認識は、『それはどっちだったか』では結論というよりむしろ出発点として置かれている。というのも、それを土台にしてトウェインはさらに考えを練り上げ、より先鋭的な——と言うより身もふたもない——人間観・倫理観を提示しようとしているのだから。

ここで重要な役柄を果たすのが、中盤から導入されるソル・ベイリーという人物である。「低能哲学者」「ハムファット」という異名《いみょう》を持つ彼は、先にも触れたベイリー牧師の弟だが、常識人の兄とは正反対に、宗教的・政治的な信条をその場その場の状況次第で都合よく切り替えていく、節操に欠ける人間として描かれている。ジョージ・ハリソンが莫大な遺産をメンフィスの伯父からもらい受けることをソルは知り、次のような仮定を勝手にでっちあげる。生前を独身で通したこの伯父には実は隠し妻がいた。死んだ伯父の遺産の本来の受け取り手は、甥《おい》であるジョージではなくこの女であるはずなのに、彼女はその権利を与えられることなく虐《しいた》げられている。女の居所を見つけ出して、彼女が遺産を手にすることができるように援助の手を差し伸べよう。その手数料として自分はその遺産のいくばくかを頂戴《ちょうだい》することにしよう、と。そんな計画を彼は自堕落な若者アレン・オズグッドに持ちかけ、遺産の分け前を餌にして説得し、捜索員としてメンフィスに送り込む。これを手始めにこの企ては、金に目のくらんだ人間たちを芋づる式に次々と巻き込んでいき、遺産の分け前は際限なく分割されていくことになる。

この〈慈愛あふれる陰謀《いんぼう》〉の片棒を担《かつ》ぐことを持ちかけられたアレンは、最初のうちは躊躇《ちゅうちょ》する。隠し妻のためを思っての無私の行動という体裁《ていさい》をとりながら、結局は金目当ての利己的な行為であることは一目瞭然《りょうぜん》であるからだ。だがソル・ベイリーは、およそ人間のとる行為で利己的な動機を持たないものなどなく、人にできることといえば、さまざまな利己的行為の軽重を比べながらよりましなものを選択していくことしかないのだ、と言い募《つの》ってアレンを丸め込む。ソルのアレンとの対話は、後に彼とジョージ・ハリソンがたたかわせる議論へと引き継がれ、さらに深められていくことになるのだが、実はこうした部分は、トウェインが一九〇六年に私的な形で出版した対話体の作品『人間とは何か』と内容的に重なっている。具体的に例を挙げると、降りしきる雪の中、なけなしの金を貧しい老婆に渡して歩み去る男の話（第十三章）や、田舎での満ち足りた生活をなげうってニューヨークのスラムで布教活動にいそしむ男の話（第十七章）といった、一見して純粋に自己犠牲的な行為の裏に横たわる利己的な動機を指摘するために持ち出される事例は、『人間とは何か』のなかにほぼそのままの形で見出すことができるのである。

『それはどっちだったか』を通読した方の多くは、ハリソン伯父の遺産争奪戦が繰り広げられる中盤あたりから物語が本筋からそれ、あらぬ脇道に入ってしまうように感じられたことだろう。その受け取り方はまったくの間違いではない。だが、『それはどっちだったか』が『人間とは何か』の小説版としての一面を持つ――両者のタイトルが似通っているのはおそらく偶然ではない――ことがはっきりと見えてくるのは、この物語中盤に他ならないのであって、その意味でこの部分は脱線であるどころか、『それはどっちだったか』という作品の核心部であるという捉え方もできるのである。

『人間とは何か』での老人と同じような役割を振り当てられたソル・ベイリーが展開する、利己心をめぐる議論に注目すれば、中盤で展開する物語が、清廉で無私な人格者という見かけと、我が身かわいさから犯罪者へと堕落した実態とが大きく乖離した主人公ジョージ・ハリソンの窮境とも密接に絡《から》んでいることが了解される。その意味では、この中盤は話の本筋から大きく逸脱するものではない。さらに言えば、謎めいた作品タイトルの意味も、この中盤に至ってようやく見えてくる。ある人間がなしたある行為が、利己的なものなのか、それとも利他的・自己犠牲的なものであるのか。そのような問いがこの作品ではほとんど絶え間なく発せられている。『それはどっちだったか』という意味不明瞭なタイトルは、ひとつにはそうした問いかけを指しているはずだ。そう考えれば、これは多分に皮肉を含んだタイトルである。なぜなら、利己か利他かという二者択一的な切り分けを迫るその問いかけ自体が、無意味なものとして解体していく方向に、物語は着実に進行していくのだから。

人間の行動はすべからく利己的なものだ。このベイリーの主張のヴァリエーションとして、人間の思考に純粋にオリジナルなものはなく、すべてが他人から借り受けた〈偽物〉にすぎないという考えも披露されている。これもやはり『人間とは何か』に見出すことのできる主張である。本物と偽物との切り分けを解体するそんな主張も、〈偽物の人格者〉であるジョージ・ハリソンの人間としての在りようにあてはめて考えることができる。そこから振り返ってみると、ジェイクを打ち据《す》えたジョージが〈旦那〉の屋敷からかろうじて奪い取ってきたものが、本物の紙幣ではなく実は贋金だったという顛末《てんまつ》は、大きな意味を持っている。なぜならこの小道具は、ジョージ自身が、立派な人格の持ち主という〈額面〉とは裏腹に、実質的には何の価値も持たない〈贋金〉のような人間であることを、皮肉に暴露しているのだから。このように人間の自己欺瞞のメタファーとして贋金という小道具が導入されるのは、先述の中編「ハドリーバークを堕落させた男」の場合も同様である。

5　ボール紙の男

こうして複数のレベルで、人間という存在から見せかけの高尚な要素を徹底的に剥《は》ぎ取ろうとするソル・ベイリーが最終的に辿《たど》り着くのは、『人間とは何か』で私たちがよく知る例の人間機械論である。人間は主体的な行為を自ら行なうことはできず、ただざまざまな外的な影響によって自動的に衝《つ》き動かされるだけの存在にすぎない。そんな主張を持つ人間機械論の骨子《こっし》は、ソルとジョージ・ハリソンとの議論を描いた第十七章の末尾で箇条書きの形で示される。この箇条書きが、『それはどっちだったか』という小説の主題を示す一種の〈まとめ〉となっている。だが、作品を注意深く読めば、人間機械論のヴィジョンはもっと早い第十三章の段階で、さり気なく示されていることが分かる。それは、ソルがアレンを説得する場所であるアイスクリーム・パーラーに、宣伝用に置かれているボール紙で作られた動く人形である。

「こいつがぐるぐる回るのを見てみろ」と彼は言った。「こいつは考えていると考えている。皆そうなんだ。あんな風に回転するのは自分のアイディアだと考えている。自分の意志で回転してるんだと考えている。ところが奴は、外からの影響で動かされている人形にすぎない——外からの影響というのは、あのストーブの熱だ。つまり、自分の周囲をぐるりと取り巻いて思考を押しつぶすような世論のことだ。奴は世論の奴隷になっていて、自分ではそのことに気づかない。奴はだんだんすり減っていく。すると別の奴にすげかえられる。そして同じことが次々と——百回くらい繰り返されていく。どいつも皆、自分は考えていると考えている。この店には絶対不可欠な知恵を自分は紡《つむ》ぎ出しているんだと考えている。だがやがて春がやって来る。最後の奴がぐるぐる回っているうちにストーブの火が消える。すると真実の冷たい風が吹きつけてきて、そいつは悟るのさ、自分の仕事はまったくの——」

外的な力によってめまぐるしく回転するこの〈ボール紙の男〉は、人間機械論を視覚的に体現するオブジェとして、『それはどっちだったか』におけるソル・ベイリー（ひいてはトウェイン）の人間観をコンパクトな形で表現している。もっと絞って言うなら、ボール紙の人形はこの小説に登場する二人の主要人物の共通した在りようを指し示してもいる。その一人は雄弁をふるう当の本人であるソルである。彼は人間風見鶏《かざみどり》とも言うべき人物で、確固とした政治的・宗教的信条を持たず、手近にある、自分に都合の良い信条に次々に宗旨替えをする。金銭欲をはじめとする誘惑にも彼は弱く、それを正当化するための都合のよい理由をひねり出して自分を納得させるのも得意なのだ。

そして作品におけるもう一人の〈ボール紙の男〉とは、主人公であるジョージ・ハリソンに他ならない。ソル・ベイリーが人間機械論を唱道し、その思想を血肉化したような人格を持っているのに対して、ジョージはそのような虚無的な考えにむしろ否定的である。そのことは第十七章でのソルとの議論でも明らかだ。だが、犯罪をしでかす前後のジョージを衝き動かす最大の要素は、煎《せん》じ詰めれば、彼を人格者として尊敬する周囲の人々から手のひらを返すように指弾され、嫌悪《けんお》されることへの恐怖心であると言えるから、否応《いやおう》なしに外的影響に翻弄《ほんろう》され続ける〈ボール紙の男〉に確かにジョージもなっているのである。実際、ここに引き合いに出したソルの言葉の中には「世論の奴隷」という表現が出てくるが、そんな言葉が似合うのはソルよりもむしろジョージの方だろう。そしてこの表現は、ジョージの身に最終的に降りかかる忌《い》まわしい運命をさり気なく示す手掛かりでもある。

6 断ち切られた結末

このあたりまで筋立てを辿っていくならば、南北戦争前のアメリカ南部を舞台にした小説でありながら、『ハックルベリー・フィンの冒険』や『まぬけのウィルソン』といった作品とは異なり、『それはどっちだったか』ではそうした歴史的背景はさほど生かされていないと見える。金の誘惑を前にあっけなく堕落する、普遍的な人間の弱さを暴露する小説――そうこの作品を単純に規定してしまえば、物語に初めて接する読者には、アメリカ旧南部の奴隷制社会が背景に選ばれている必然性をさほど感じ取れないかもしれない。「ハドリーバーグを堕落させた男」の舞台となる町が、異人種混淆《こんこう》への嫌悪や、横木に犠牲者を載せて練り歩くリンチといった、旧南部に典型的な偏狭《へんきょう》さの徴《しるし》を申し訳ばかりに点在させながらも、全体的な印象としては、場所も時代も判然としないアメリカの一共同体社会として描かれていたことを思い返していただきたい。それと似たような、舞台となる町が寓話化・普遍化される傾向が、『それはどっちだったか』のインディアンタウンについてもある程度は見出せるのである。

しかし最後まで読み進めれば、その印象はずっと弱められるだろう。メンフィスのハリソン伯父の遺産をめぐる争奪戦がいよいよ混迷の度を深めてきた結末近くに至って、黒人と白人の混血であるジャスパーという男がジョージの前に姿を現わすことで、奴隷制の主題が前面に躍《おど》り出ることになるからだ。実はこのジャスパーは、かつてジョージの伯父に奴隷として所有され、冷酷な仕打ちを受けた過去を持っている。白人種全体に対する復讐心を募らせるようになった彼は、ジェイク殺害の証拠である白いマスクを手に入れてジョージを恐喝《きょうかつ》し、逆に奴隷同然にしてしまうのである。インディアンタウンの住民であり、黒ずくめの衣服に白塗りした顔という不気味な人物デスヘッド・フィリップスが予言していた〈死よりも悪い運命〉が、かくしてジョージに襲いかかる。主人公にとっては誠に救いようのない、生き地獄とも言うべき運命が降りかかってきたところで、トウェインはこの小説の筆を擱《お》いたのだった。

物語としては中途半端な、断ち切ったような終わらせ方となったわけだが、ストーリーを収束させる能力をトウェインが欠いたというよりも、このジャスパーとジョージとの絡みを描いたことによって、もう書くべきことは書き尽くしてしまったと作者は感じたのではないか。ここから先のジョージには、もう発狂という逃げ道しか残されていないと私には思える——それが逃げ道と言えるならば。実際のところ、些細《ささい》な過ちから恋人を精神病院送りにし、その罪の意識に耐えかねて自らも廃人となってしまったデスヘッド・フィリップスと同じような運命にジョージも見舞われるかもしれない、という暗示をトウェインは読者に与えている。デスヘッドの白塗りした異様な顔。ジョージが盗みをしたときに身につけていた白いマスク。その間には、明らかな相関が認められるのだから。いずれにしてもトウェインには、ジョージを最終的に救済するような予定調和的な締めくくりをこの物語に与えるつもりは最初からなかったはずだ。主人公の末路を最後まで見届けず、宙吊りのままで放置するような終わらせ方にすることで、結果的に物語としての凄《すご》みはかえって増したと言える。

7　ジムからジャスパーへ

ジャスパーの悪鬼《あっき》のような所業《しょぎょう》が描かれる作品終盤は、いくつかのレベルで戸惑いと疑問を私たちにもたらすだろう。一つはトウェインという作家の〈他者〉表象の系譜に関わる。つまり、ここに見られる黒人（ないしは混血）としてのジャスパーの描き方は、『ハックルベリー・フィンの冒険』の奴隷ジムに代表される、素朴《そぼく》で人が好い黒人登場人物の描写からは相当に隔《へだ》たっているという印象を、多くの読み手は抱き、当惑するはずだ。そしてまた、作品としての統一性に関する疑問も湧く。トウェインはこの最終部に至って、それまで後景に押しやってきた奴隷制や人種問題など、アメリカ合衆国の歴史の負の側面に深く切り込むような素材を大胆にも前面に出した。だがこれは、普遍的な人間の在り方をめぐる思考を盛り込んできた物語のそれまでの流れと切り離された、きわめて唐突な展開であるとも見える。その点をどのように考えればいいのか。

これらの疑問は、お互いに関係しあっているのだが、さしあたってはトウェインの黒人登場人物の描き方という点から入ってみよう。ここには、その人物造形が差別的なステレオタイプに依拠《いきょ》したものであるのかという問題や、白人と黒人という二人種間の関係性をトウェインがどう描いてきたのかという問題も含まれる。『ハックルベリー・フィンの冒険』の逃亡奴隷ジムが、十九世紀アメリカのメディアに蔓延《まんえん》していた差別的で紋切り型の黒人像に則《のっと》って描かれているという指摘は、現在でもしばしばなされている。この小説が書かれた時代背景を考慮すれば、その批判を全否定することは難しい。そうではあっても、無知で素朴でお人よしな黒人という、当時の白人読者にとって口当たりの良いステレオタイプを裏切るようなジムの姿がしばしば浮かび上がってくることも、また確かなのだ。

よく知られるこのトウェインの代表作は、白人少年であるハックの視点から語られるので、読み手はジムの内面に深く立ち入ることはできない。だが慎重に読むならば、ハックが自分を裏切ったり、自分のもとから立ち去ったりしないよう、絶えず気を配りつつ対処策を講じるジムの姿が、ここかしこに浮かび上がってくるのである。一例を挙げると、この小説の結末部で、ジムはハックの暴力的な父親（パップ）の死を相当前から知っていたことをようやく明かす。ジムが沈黙を守っていた理由は奇妙にも語られない。だが、父親の暴力から自分の身が安全になったことをハックが知ったなら、セント・ピーターズバーグに舞い戻って自分のもとから離れてしまうのをジムが恐れたから、と推測する研究者は多いし、それが考えうる一番妥当《だとう》な線だろう。ジムにすれば、自分がうまく逃亡して自由の身になるためには、独り身で危険な旅をするのは不可能なのであって、白人のハックを〈主人〉として傍《そば》につけている方が圧倒的に有利なのだから。そうした点に留意して読み直すならば、ジムはハックの〈冒険〉の単なる従者ではありえない。むしろジムこそ、ハックの気持ちを巧みに伺い、時に操《あやつ》りながら、逃亡の旅を主体的に生き延びようとする一枚上手《うわて》の人物なのだ。トウェインは、ジムという人物を描く際に、執筆当時のステレオタイプ的な黒人像を単純に踏襲《とうしゅう》していると装いながら、はるかに人間的な陰影を持った、知恵ある人物として読める余地を意図的に残しているのである。

そうした『ハックルベリー・フィンの冒険』でのハックとジムの二人組の延長線上に、『それはどっちだったか』最終部でのジョージ・ハリソンとジャスパーの関係は位置している。ただしこの晩年の作品での二人組の関係ははるかに激烈で、かつより込み入っている。ジャスパーは恐喝によってジョージとの主従関係を力ずくで逆転させ、相手を意のままに動かす存在となる。とはいえその関係は、周囲の者が見ている場面では維持《いじ》することができない性質のものであって、表向きは従来の関係を保つことをジャスパーは余儀なくされている。それに加えてジャスパーには、恐喝している当の相手であるジョージの庇護《ひご》下に置かれることによって初めて、自由黒人としての不安定な身の上が安全に保たれるという事情もある。結局のところ、ジャスパーとジョージは二人とも、自分の弱みを相手に握られることを担保《たんぽ》にして自らの身の安全を確保する、という抜き差しならない関係を結んでいる。

十九世紀のアメリカ文学でこのような異人種間の絡み合った関係性を描く試みの例として、『白鯨』（一八五一年）で有名なハーマン・メルヴィル（一八一九年生―九一年没）の中編「ベニト・セレノ」（一八五五年）を真っ先に思い浮かべる読者は多いだろう。後発の文学者トウェインもまた、特に『ハックルベリー・フィンの冒険』や『まぬけのウィルソン』においてこの種の問題への関心を表明してきたのである。『それはどっちだったか』結末部での異人種間関係の描き方も、トウェイン文学の流れのなかでは異常な例外という見方をするより、アメリカの人種問題への作家の長い関心を熟成させたうえでの自然な帰結と捉えた方がよい。

物語結末部でジョージに降りかかる災難は、物語中盤でジャスパーが白人女性シャーロット・ガニング（偽名）との間に取り結ぶ関係によってある程度先取りされているので、そちらにも目を向けておこう。この女性は冷酷なハリソン伯父に仕える召使いとして働いた過去があり、ジャスパーとは馴《な》染《じ》みの仲だった。貧乏と、主人に酷使されることに耐えかねた彼女は、メンフィスで詐欺《さぎ》行為をはたらく。そして、そこで得た大金を持ち逃げし、息子のテンプルトンを連れて身を潜《ひそ》める。だが、詐欺行為に加担したジャスパーは、シャーロットから金を返してもらえなかったために、自由を得ることを阻《はば》まれた。人格を激変させたジャスパーはやがてガニング親子を見つけ出し、恐喝によって金をせびりながら二人を意のままに動かすようになる。

インディアンタウンでは霊媒《れいばい》といういんちき商売をしながら糊口《ここう》をしのいでいるシャーロットは、『それはどっちだったか』に登場する女性のなかでもとりわけ機転が利き、魅力ある人間として描かれている。ジャスパーに苛まれてしびれを切らせた息子テンプルトンに対して母シャーロットは、相手を許し我慢するよう懇願《こんがん》する。そんな彼女の態度の背後には、ジャスパーを裏切ったことに対する罪悪感や、自分の犯罪者としての前歴が露見《ろけん》することへの恐怖心が当然ながらある。だがそれと同時に、彼女がジャスパーに対して抱いている一種の仲間意識を考慮に入れることも必要である。かつてシャーロットは、白人でありながら極貧の生活を送り、奴隷さながらの過酷な下働きをハリソン伯父によって強《し》いられた。社会階層の最底辺で辛酸《しんさん》をなめたという共通体験が、この白人女性と元奴隷の混血男性を結び合わせている。境遇が変わり、寄生し寄生される関係になっても、この二人の間にはなお精神的な絆《きずな》が残っている。だからこそシャーロットは、ジャスパーにもてあそばれる犠牲者でありながら、彼のことを寛容な目で見ることができるのである。

シャーロットはジャスパーのみならず、社会の底辺にいる貧者たちや有色の人々に同情を寄せる。大声で歌をうたい始める若い黒人女性の召使いの振る舞いに業を煮やした息子テンプルトンに対して彼女は、その娘が置かれてきた過酷な境遇に思いを至らせるようにと教え諭《さと》し、息子の目を開かせる（第十五章）。そんなシャーロットの息子に対する教えを、延々と続く長い身の上話の中途に挟み込むことで、トウェインはアフリカ系の人々への自らの見方をさりげなく表明している。これは、きわめつきの悪漢として描かれているとも見えるジャスパーの捉え方に関する、作者から読み手へのヒントでもある。白人に恨みを抱く〈悪い黒人〉としてのジャスパーの造形は、好意のかたまりのようなジムとはまた別の意味で、人種的なステレオタイプに堕す危険を孕《はら》んでいる。だが、ジャスパーがそのような所業をはたらくに至った経緯もまた、作中で一定の理解と共感を込めて書き込まれていることにも、私たちは目を向けておくべきである。尋常ならざる不気味さを漂わせながらも、ジャスパーは決して怪物ではない。混血の人間を否定的に描くという同時代の人種的ステレオタイプに相当に近づきながらも、そこからはみ出す部分も多く持った、人間味を有した人物として彼は描かれているのである。

8　〈遺産〉の受け取り手

『それはどっちだったか』における人種間関係に注目すれば、この小説を一種の政治性を帯びた文学作品として捉える読み方ができるだろう。主従の関係をめまぐるしく交代させるジョージ・ハリソンとジャスパーの姿を通して、トウェインはアメリカ合衆国における白人と黒人との間の抜き差しならない関係を集約的に表現しようとした。そう考えると、次のような解釈もあながち不可能ではない。つまり、主人公のファースト・ネームを〈ジョージ〉とし、彼が撲殺《ぼくさつ》の罪を正直に告白できずに嘘をつき続けるという展開を作ることで、トウェインは『それはどっちだったか』という物語全体を、桜の木を切り倒したことを正直に告白して褒められたという建国の父ジョージ・ワシントンをめぐる有名な逸話《いつわ》（ただしそれは史実ではない）のグロテスクなパロディとして構想したのだ、と。

興味深いことに、この長編では冒頭で、主人公ジョージとその父親アンドリューのミドルネームが、それぞれ「ルイジアナ・パーチェス」と「インディペンデンス」であることが明かされている（ジョージの妻アリソンによる注記を参照）。「ルイジアナ割譲《パーチェス》」とは、一八〇三年に合衆国がフランスからミシシッピ川以西の広大な土地を買い入れ、その領土を大幅に拡張した歴史的出来事である。また「インディペンデンス」とはもちろん、植民地であったアメリカのイギリスからの独立のことを指す。だから、二代にわたって汚辱《おじょく》にまみれるハリソン親子を通してトウェインは明らかに、アメリカ合衆国をその歴史的な起源まで遡《さかのぼ》りつつ、一種の修正主義的な立場から眺め直そうとしている。自由と民主主義の理想を掲《かか》げながらも、同時にそれに背を向けるような奴隷制度を容認するという矛盾を抱えていた自国の歴史を問題化しようとする意志が、この小説には見え隠れしているのである。

そうした捉え方をするならば、物語の中盤で展開するハリソン伯父の遺産をめぐる騒動も、荒唐《こうとう》無《む》稽《けい》でナンセンスな展開であるとはあながち言えなくなる。興味深いことにジャスパーは、ある女奴隷とハリソン伯父との間に生まれた子だということが、結末近くで明かされている。となると、遺産の正当な受け取り手としてソル・ベイリーが見つけ出すべき「隠し妻」は実在していたということになる。それはこの無名の女奴隷であり、その子供であるジャスパーこそ、遺産の正当な継承者なのだ。奴隷制の暗部との繋《つな》がりを持たせることによってトウェインは、ハリソン伯父の遺産が誰の手に渡るべきかという問題を、アメリカという国家が生み出してきた〈豊かさ〉を誰が継承するべきかという問題へとずらしている。アメリカ建国の歴史の出発点から苦難の歴史を背負わされていたアフリカ系の人々に対して、白人作家トウェインが抱いていた罪悪感や贖罪《しょくざい》意識がここには表われている。しかしもちろん、そのようなことを公《おおやけ》に口にすることは、この作品が書かれた時代においては容易にできず、トウェインは生前にこの作品を発表しなかった。私の考えるところでは、構成が破綻《はたん》しているとか、未完成だからという理由で発表しなかったのではないのだ。カネまみれの犯罪小説でありながら強烈な政治的寓話でもある『それはどっちだったか』は、いつの日か読まれるであろうことを想定して綿密に構想されながらも、当面は一般読者の目に触れさせるという目的をあらかじめ放棄した〈アメリカ覚書〉として執筆されたのである。

9　良心は苛む

しかし一方、この小説における奴隷制の扱いについては、社会正義に基づく自国の批判という政治的な枠組みからはみ出す部分があることにも、注意が向けられるべきだろう。そのことを考えるためには、影のようにジョージに寄り添い責め立てるジャスパーが、アメリカ白人にとっての〈他者〉である黒人の表象であると同時に、ジョージの心の中にいる〈もう一人の自分〉として立ち現われている点に留意することが必要だ。言い換えると、物語の早い段階から、嘘や盗みといった過ちを犯したジョージを延々と不必要なくらい激しく責め立ててきた〈良心〉を擬人化した存在として、トウェインは最後にジャスパーを登場させたという見方もできるのである。

ある人物が自らの内に抱えた〈良心〉を、その人とは切り離された外的な存在として描こうとする傾向が、早くからトウェインにはあった。一八七六年、すなわち『トム・ソーヤーの冒険』と同年に書かれたユーモラスな短編「コネティカットにおける最近の犯罪カーニヴァルに関する諸事実」はその一例である。この短編では語り手である「私」の目の前に、自分の良心が緑色の醜い小人の姿をとって現われる。他の人間には見えない存在であるその小人は、「私」のこれまでの恥ずべき行ないを次々に指摘してからかい、さんざん愚弄《ぐろう》する。だが、口うるさい道徳家のメアリーおばさんがやって来たことによって、形成は逆転。小人がたちまちその力を失い、「私」に息の根を止められるところで作品は終わる。

この短編でのトウェインは、既成の道徳的な立場に反発する語り手「私」を置き、わずらわしく邪魔な抑圧者としての良心を描き出している。そこでは良心が、異質な〈他者〉として外在化・擬人化された形で「私」と対峙《たいじ》する。そして、「私」の一部であるはずのそれが、「私」を無理やりに従属させ、主人や君主よろしく我が物顔の振る舞いをする不条理さを、ユーモラスに描き出している。比較的初期に書かれたこの作品ではまだ、人種の主題がほとんど表に現われていないことには注意を要する。

このような良心をめぐる主客逆転の図式は、もっと後年の作品の中では、人種間の関係と重ね合わせる形で反復されることになる。その究極の形が『それはどっちだったか』には見られる。結末部でのハリソンとジャスパーとのもつれた関係が一八七六年の短編での「私」と小人との関係に相当することは、明確に見て取れるだろう。だが遡ってみると、類似の図式は、『ハックルベリー・フィンの冒険』のなかにもひねりをきかせた形で見出すことができる。『それはどっちだったか』でジョージを拷問《ごうもん》さながらに苛む〈良心〉は、ハックが経験する理不尽な心の痛みをグロテスクに書き直したものである。そう考えれば、このトウェインの代表長編は、後の『それはどっちだったか』を用意する布石《ふせき》だったと言える。

ジムが自由に近づくたび、奴隷制が善だと疑わないハックは何度も良心の痛みに苦しめられる――そのような苦しみは不要のものであるにもかかわらず。だがハックの心には、そうした既成の制度によって形づくられた道徳概念としての〈良心〉とは別に、ジムとの人間的な交流によって形成された友愛の心情も根を下ろしており、たとえ短い期間ではあっても、そちらの方が既成の道徳である〈良心〉に打ち勝つ。この長編においても、不必要なものとして自分を苦しめる〈良心〉の存在がクローズアップされる。そして、既成道徳という意味での〈良心〉を体現するものではないにせよ、白人少年ハックが抱えたある罪悪感を投影した存在として、ジムという黒人の登場人物が起用されている節がある。とすれば『それはどっちだったか』のジャスパーは、ジムとは性格的に対照的な黒人でありながら、物語での役割という点ではジムとほぼ同じ線上にある人物であると言える。

個人が経験する心の中での葛藤。そして、社会のなかでの異人種間の葛藤。その二つのレベルの葛藤へと関心が同時に向けられ、両者を密着させた形で物語が進行するのが、一読した限りではまったく異なる読後感を与える『ハックルベリー・フィンの冒険』と『それはどっちだったか』の二作品に共通する特徴である。そこにトウェイン文学を理解するうえでの鍵が潜んでいると私には思える。作家としてのトウェインは、しばしば異人種間の問題を扱ったが、同時代のエスニック作家のようにあからさまに社会抗議的な方向へと向かわなかった。それは、彼が主流の白人作家であったからという理由だけでは説明がつかない。彼が何度も南北戦争前のアメリカ南部に立ち返るようにして作品を書いたのは、アメリカ社会における人種の問題に並々ならない関心を持っていたからであるのは疑い得ない。だが同時に、自己や精神の在りようの不可思議さという、より普遍的なレベルでの人間への関心もトウェインは持っていた。そうした〈自己〉に対する関心は、アメリカ社会での人種の問題をより深く理解し、作品のなかで扱ううえでの一助となっただろう。だが逆に、〈自己〉をめぐる独自の考えを文学作品として具体的に表現する際の格好の素材として、白人・黒人の主従関係という歴史的な素材が選ばれたという一面もあるのではないか。書き手にとってより強い関心があったのは、〈自己〉

の問題か、それとも〈人種〉の問題か――『それはどっちだったか』という謎めいたタイトルを、この小説が発するそうした問いかけとして捉え直すこともあるいは可能かもしれない。

アメリカにおける人種間の葛藤を素材にした作品としては、『それはどっちだったか』は明らかに、『ハックルベリー・フィンの冒険』や『まぬけのウィルソン』の世界をより深化させたトウェインの到達点であると言える。それと同時にこの小説は、トウェインの〈人種〉に向ける関心が薄れ、〈自己〉に対する興味の比重がより高まっていく最晩年の作風を予告する、過渡的な作品でもある。

この小説の姉妹篇である『人間とは何か』を再び参照してみよう。人間の行動はすべからく自分にとって都合の良い、利己的な性質を帯びたものだと老人は主張する。そして彼は、そのような行動をとらせるべく、人間自身に内在しながらその人間を抗《あらが》いようもなく支配する存在を、「内なる君主(Interior Monarch)」と呼ぶ。言い換えれば、個としての人は、自らの内に奴隷制や君主制にも似た支配・被支配の相克《そうこく》を抱え込んでいることになる。その考えに照らせば、『それはどっちだったか』でジョージを奴隷にしてしまうジャスパーは、人間一般の精神に宿る「内なる君主」の具現としても読める。そうした発想を起点にして、自分の一部でありながら自分から独立した意志を持つ自律的・超越的な存在への関心に、最晩年のトウェインはますますのめり込んでいく。たとえば『不思議な少年、第四十四号』では、〈目覚めた自己〉と〈夢の自己〉へと分裂した個人や、人間の倫理や知的理解の遠く及ばない超越的存在といった特異なヴィジョンが描かれる。〈自己〉への関心をかつてないほどに露《あら》わにしたこれら最晩年の作品群には、かつてそうした関心に強力に付随していた〈人種〉の主題は、もはや痕跡《こんせき》程度にしか残っていない（なお、トウェイン最晩年における「精神の神秘」への尋常ならざる傾倒についてより深く知りたい方には、有馬容子氏の『マーク・トウェイン新研究――夢と晩年のファンタジー』（彩流社、二〇〇二年）を一読することをお勧めする）。

10　人生という悪夢

『それはどっちだったか』の執筆に取りかかる直前に、複数の短い試行的作品をトウェインは書いている。そうした習作は、『それはどっちだったか』を理解するうえできわめて重要な意義を持つ。この長編作品の主筋をひと通り眺め終えたところで、それら短い作品にも目を向けておこう。

まず、一八九七年に書かれた「どっちが夢だったか（"Which Was the Dream?"）」という未完の作品がある。これは、首都ワシントンで妻子と幸せに暮らすトマス・X《エックス》氏の身に降りかかった一連の災難を描いた物語である。大統領になることが期待されるほど将来を嘱望《しょくぼう》されていた元軍人のトマスは実務に疎《うと》く、財産の管理をジェフ・セジウィックという男に任せきりにしていた。セジウィックの卑劣な性格をよく知る妻のアリソンは、それは危険だと夫のトマスに警告するが、彼は軽く受け流すだけだった。だが、幸せな家族の生活は突如暗転する。火事が発生して一家は自宅を失ってしまう。それと同時に、トマスの署名を偽装して密かに詐欺を重ねてきたセジウィックは、巨額の負債をトマスに押しつけて失踪する。騙された銀行家たちが押しかけてきて、手のひらを返したような態度で彼に詰め寄る。彼らの侮蔑《ぶべつ》に逆上したトマスは気を失ってしまう。目覚めた時にはすでに一年半が経過しており、その間、妻や子供たちは人事不省《じんじふせい》の彼とともにスラムで極貧《ごくひん》生活を送っていた。そのことを彼が知るところで、物語は断ち切られる。

「どっちが夢だったか」は、火事が起こった日に妻アリソンが書いた日記を冒頭に置き、それが夫であるトマスの手記へとバトンタッチされるという構成をとる。妻から夫へと書き手が交代するこの滑り出しは、一八九八年に書かれたと推定されている幻想的な未完の作品「大いなる闇」にも見られるが、より直接的にこの冒頭部の設定を借り受けているのは、タイトルの似通った『それはどっちだったか』の方である（なおトウェインはこの長編のことを、執筆当初は『どっちがどっちだったか（"Which Was Which?"）』と呼んでいた）。

『それはどっちだったか』の冒頭部（第一部）は、主筋となる物語の十五年前に設定され、子供たちのためのパーティが開かれている最中に、妻アリソンの懇願にようやく従った若きジョージ・ハリソンが、自分についての文章を書こうと決心するところから始まる。ジョージはその手記を執筆中に居眠りしてしまい、その間に火事が起きる。このために彼は、愛する家族も、パーティに参加していた友人たちも、一挙に失ってしまう。そうしたトラウマ的な出来事が起こって十五年の後、父アンドリューと二人だけの生活を長く送ってきた自分に新たな災厄《さいやく》が襲いかかったことがきっかけとなり、ジョージは長く放置してきた手記を再開する決心をする。ただし、汚辱にまみれた出来事を一人称で語ることに彼は耐えられない。それゆえに以降の部分、すなわち物語の本体にあたる第二部は、他ならないジョージが書き手でありながら、「私は……」ではなく「ジョージ・ハリソンは……」という書き方が採用されるという前提がここで立てられる。三人称による私語りという物語本体の特異な形式は、ジョージの心情にぴたりと寄り添うかと思うと、次の瞬間には彼を突き放して皮肉に眺めたりするような、大きな振り幅を持った自在な語りを成立させるための巧みな布石である。トウェインは、「どっちが夢だったか」で試みた主人公による手記という趣向を、独自のひねりを加えつつ『それはどっちだったか』で生かしていると言える。

二つの作品が共有するのは、書き出しの設定だけではない。「どっちが夢だったか」は、タイトルの示すように悪夢の感触をよく伝える物語である。それまで享受《きょうじゅ》していた家庭の幸せと豊かな資産が、あっという間に消えてしまうこと。皆から尊敬され羨望《せんぼう》の的であった自分が、軽蔑と嫌悪の対象となってしまうこと。そうした、人生が明から暗へと何の前触れもなく反転する際に人がしばしば感じる非現実感を、トウェインは物語としてうまく表現している。そのような人生の急変に対する強烈な不安もまた、この短編には満ちている。同様のことは、『それはどっちだったか』の小説世界についても言える。そこで起きる出来事も、そこに住まう人物たちも、現実にはありえないほどねじ曲げられている。それでいて、この物語には、人の生の真実を鋭く突く生々しさがある。グロテスクで残酷な笑いの入り混じる悪夢を延々と体験しているような印象を、この長編を読む人は抱くことだろう。

夢か現実か見分けがつかない状況の中で順風満帆《じゅんぷうまんぱん》だった人生が突然暗転するという筋立ては、トウェインの晩年期の作品の多くに見られる特徴である。それは彼をめぐる伝記的事実を濃厚に反映している。一八九〇年代中頃から、トウェインの人生には濃いかげりが出てくる。経営責任を負っていた会社の破産や投機の失敗などで、莫大な負債を抱えた彼は、その返済のために世界をめぐる講演旅行を行なわなければならなかった（その講演旅行の記録が、旅行記としては最後の作品となった一八九七年の『赤道に沿って』である）。さらにトウェインは、ちょうど六十歳を迎えた一八九六年八月に、愛する娘スージーの病死を旅先で知る。このあたりから、現実と夢の区別が取り払われ、幸せな生活が突然の不幸へと暗転していく類の未完の物語を、彼は量産するようになる。そのなかでも「どっちが夢だったか」は、作家自身が陥《おちい》った窮境を下敷きにして書かれていることがよく見て取れる作品である。この短編の語り手兼主人公トマスは、作者であるマーク・トウェイン自身に重なる。『それはどっちだったか』でのっぴきならない窮境に陥るジョージ・ハリソンもまた同様だ。しかも、火事で妻子を失って寡夫《かふ》になるというジョージの境遇は、一九〇五年に妻オリヴィアに先立たれ、五年後にはもう一人の娘ジーンを突然喪《うしな》ったショックでこの世を去ることになる作者トウェイン自身の運命に奇《く》しくも重なる。そうした長編小説の持つ自伝的な性格は、もう一つの試行的短編「インディアンタウン」と併《あわ》せ読むことで、よりはっきりと理解されてくることになる。

11　もう一つの〈ミシシッピもの〉

一八九九年に執筆された「インディアンタウン」を本書に収録したのは、この短い未発表の作品が長編『それはどっちだったか』の直前に書かれた習作であり、長編の作品世界を直接的に用意する下地のような作品であるからだ。この短編は、インディアンタウンと呼ばれる南部の田舎町をまず紹介し、その後でその町の住人たちをひとりひとり紹介していくという体裁をとっている。ストーリー性がきわめて希薄であり、通常私たちが考える小説としての体裁をなしていないために、この作品も単独で評価されることはほとんどない。しかし、後続する『それはどっちだったか』と重ね合わせて読むならば、この顧《かえり》みられることの少ない「インディアンタウン」は、『それはどっちだったか』を理解するうえで有益な洞察《どうさつ》を少なからず提供してくれるのである。そこでここからは、この作品と後続する長編との関係についてやや立ち入った説明を試みてみることにしたい。

短編「インディアンタウン」の重要性の一つは、両作品の舞台となる町がどのあたりに位置しているのか、話の設定はいつの頃か、といった詳細が説明される点に求められる。長編『それはどっちだったか』でもメンフィスというテネシー州の都市の名前が言及されるので、インディアンタウンがアメリカ南部にあるどこかの田舎町だということまでは分かる。だが、この町をいわばロングショットで俯瞰《ふかん》するような記述は、短編の方にしか現われてこないのだ。「インディアンタウン」第一章の出だしは次のようなものである。

およそ七十年前のことだった。場所は、ミシシッピ川の西岸にある綿花地帯。舞台は、インディアンタウンとそのすぐ周辺の地域。インディアンタウンはとても重要な地であり、そんな自らに満足していた。というのも、人口は千五百人もいたからだ。もちろんこれは白人だけの人口で、奴隷《どれい》たちは勘定《かんじょう》に入れない。これほど大きな町を他に見つけるためには、川を上るにしろ下るにしろ、遠い旅をしなければならない。

この冒頭部は、南部を舞台にした長編『まぬけのウィルソン』のそれと非常によく似ている。「およそ七十年前」という「インディアンタウン」の時代設定は、原稿が執筆された一八九九年という時期から逆算すると、トウェインが生まれる少し前の一八三〇年頃になる。『それはどっちだったか』では本筋の時代背景は一八五〇年代あたりであることがほのめかされているが、当初の構想ではそれより二十年ばかり早い時期に設定されていたことがこれで推定できる。一八三〇年は、『まぬけのウィルソン』で語られる一連の出来事の起点となる年でもある。この他にも、黒人奴隷の存在が早々と示される点、自閉し自己満足した町の雰囲気、そしてその背景となるミシシッピ川の存在といった共通点を数え上げていくと、このインディアンタウンという町は、それに先立つ『まぬけのウィルソン』でトウェインが描いた南部の町ドーソンズ・ランティングを作り直したものであることが分かってくる。

通例、トウェインの〈ミシシッピもの〉と言うと、『トム・ソーヤーの冒険』から始まって、『ミシシッピ川の生活』（一八八三年）、『ハックルベリー・フィンの冒険』を経て、九四年の『まぬけのウィルソン』で終わると考えられている。そして、『まぬけのウィルソン』がアメリカ南部を描くトウェインの本格的な試みのピークであり、この長編以降、ミシシッピ川はトウェインの視界から消えるとされている。しかし、『それはどっちだったか』がその物語展開や主題を『まぬけのウィルソン』から引き継いでいる部分があることはすでに指摘したとおりであるし、『それはどっちだったか』では書き込まれていないミシシッピ川も、「インディアンタウン」では冒頭部で顔を見せている。ミシシッピ川の支流であるインディアン川が、絶え間なくコースを変えることによって住民たちに脅威を与えていることも、そのすぐ後に書き込まれている。

したがって、「インディアンタウン」と『それはどっちだったか』を一つのセットとして捉えてみると、『まぬけのウィルソン』ではなくこれら晩年の作品こそ、トウェインの〈ミシシッピもの〉の最終作であると位置付けることができる。実際、トウェインは作品の南部性を『まぬけのウィルソン』以上に濃厚にしようとした節がある。それは、短編に書き込まれたインディアンタウンの具体的な位置に端的に表われている。

地元の新聞はなかった。くたびれた（週刊の）『ナショナル・インテリジェンサー』が二、三部、ワシントンから送られてきて、三週間遅れの政治ニュースを伝えてきた。その内容が古代の歴史になってしまうまで、新聞は手渡しされて議論された。より新鮮なニュースを伝える雑誌が数部、北は遠くにある小都市セント・ルイスから、そして南は同じくらい離れた都市ニューオーリンズから送られてきた。

『トム・ソーヤーの冒険』や『ハックルベリー・フィンの冒険』の舞台であるセント・ピーターズバーグが、ミズーリ州セント・ルイスの北に位置していたのに対し、『まぬけのウィルソン』の舞台ドーソンズ・ランディングはセント・ルイスより南に置かれている。そのことはしばしば指摘される点である。ところで、引き合いに出した文章から分かるように、インディアンタウンは、セント・ルイスとニューオーリンズとの中間に位置する町として設定されている。州で言うと、アーカンソー州あたりにインディアンタウンはあることになるから、この町はドーソンズ・ランディングよりずっと南に位置している。ミシシッピ川沿いの田舎町をトウェインは作品の舞台として好んで取り上げるのだが、彼の文学的想像力のなかで、その町は晩年に近づくにつれて、しだいに南へ南へと移動していくのである。その点から見ても、トウェインがアメリカ南部を描こうとする試みを、『まぬけのウィルソン』からさらにいっそう深化させようとした作品として、『それはどっちだったか』を捉えることができる。

12 「インディアンタウン」の住民たち

三つの章に分かれた短編「インディアンタウン」の最初の章は、先に述べたように物語の舞台となる町を俯瞰しつつ紹介することに充てられている。そして続く二つの章でトウェインは、インディアンタウンで生活する主要な住人たちの特異な行動や性格を順番に描き出していく。通常の物語の流れはここには見られず、人物スケッチ集としての性格がこれらの章では強く出ている。ジョージ・ハリソンとその父親、癇癪《かんしゃく》持ちで飲酒癖があるフェアファクス〈旦那〉、そしてデスヘッド・フィリップスといった、長編『それはどっちだったか』の主要人物の原型が、時に名前を変えて短編「インディアンタウン」の第二章で姿を現わしていることに読み手は気づくだろう。

したがって私たちは、両作品を読み比べてみることによって、登場人物の造形が変化していった道筋を推《お》し量ることができる。一例を挙げるならば、ジョージ・ハリソンの人物造形は二つの作品の間でかなりの違いを示している。『それはどっちだったか』では裏表のある偽物の人格者として描かれているジョージだが、それに先立つ「インディアンタウン」でのこの人物の描写では、その極端に移り気な性格がより強調されている。おそらくトウェインは『それはどっちだったか』を書く際に、「インディアンタウン」でのジョージ・ハリソン像のある一面を分離させて、〈低能哲学者〉ソル・ベイリーという人物を新たに作り出したのだろうと推測できる。長編でのジョージとソルが共に〈ボール紙の男〉として一対《いっつい》になった人物であることは、先にも述べたが、そのことは両作品でのジョージの人物像の変化を手掛かりにして傍証《ぼうしょう》することができるのである。

また、不気味なくらい蒼白《そうはく》な肌を持ったオリン・ロイド・ゴッドキンが、『それはどっちだったか』に登場するデスヘッド・フィリップスの前身であることは歴然としているだろう。漆黒《しっこく》の衣服に顔だけが白く浮き出るという同じ装いの二人であるが、比較してみると両者の間には違いも認められる。黙して語らないデスヘッドと異なり、人間世界とその倫理をはるかな高みから眺めるような見方をゴッドキンは開陳《かいちん》している。他の動物と比べて人間に特権的な位置を与えないような考えの持ち主であるゴッドキンの一面は、『それはどっちだったか』ではソル・ベイリーの人物像へと譲り渡されているようだ。また、晩年のトウェイン作品群全体を視野に収めるならば、人間の倫理や思考をほとんど無意味なものとして考えるような超越的な立場を取るゴッドキンは、最晩年に書かれることになるあの不思議な少年〈第四十四号〉へと連なっていく人物であると言える。

このように「インディアンタウン」第二章で紹介される人物たちの多くは、『それはどっちだったか』

の登場人物たちと明らかな対応関係を持つ。では、最後の第三章で光が当てられるデイヴィッド・グリドリーはどうか。この人物は長編で再登場することはなく、名前も見当たらない。第二章で紹介された人々よりも一等身分が低いこのグリドリーは、もともと西部出身の豪放磊落《ごうほうらいらく》な男だったのだが、マナーにうるさい東部出身の女性スーザンと結婚してからは、一種の二重生活を余儀なくされている。というのも、グリドリーの内面はまったく変わらないのだが、話し方や生活態度や服装といったさまざまな点にスーザンが口を出し、彼の逸脱にいつも目を光らせている。そのため、品行方正なグリドリーという見かけのうえでの自己が作りあげられている、というわけだ。グリドリーを紹介する第三章は、次のような書き出しとなっている——「デイヴィッド・グリドリーのことを説明するのは簡単ではない。二人のデイヴィッドがいるからだ——神様がつくった方と、もう一方。神様がつくった方はごくごく平凡な作品だったが、少なくともまがいものではなかった——どの部分をとっても嘘偽りはなかったから。だがもう一方はすべてがまがいものだった。嘘偽りのないところはまったくなかったのだ。それはグリドリー夫人の作品だった」。グリドリーは二人いるという言い方を語り手はするが、要するに、この男は内面と外面が極端に分裂しているということなのである。

このような二面性を持ったグリドリーの人物造形が、『それはどっちだったか』での〈裏表のある男〉ジョージ・ハリソンの人物像と繋がっていることは明らかだろう。その関係に目をつけると、長編の主人公であるジョージが作者であるマーク・トウェインの一種の自画像であることも推察できる。なぜなら、ジョージの前身であるデイヴィッド・グリドリーの行状は、あからさまに書き手であるトウェインの私生活を反映したものであるのだから。荒削りな南西部ユーモアの書き手として活躍していたマーク・トウェインことサミュエル・クレメンズが、東部出身のお嬢さんオリヴィア・ラングドンにひと目惚《ぼ》れして一八七〇年に結婚した後、酒・煙草《たばこ》・悪態といった生活態度から書く原稿に至るまで彼女に指導され矯正《きょうせい》されていく、という経緯は、この作家について少しでもかじった者なら周知の事実だろう。

グリドリーが化粧室でこっそり悪態をついているのを、隣の寝室にいる妻に聞かれてしまったのではないかと周章狼狽《しゅうしょうろうばい》するエピソードが作中にあるが、これがトウェイン自身の過去の体験をほぼ忠実に再現したものであることは、一九〇六年一月九日よりニューヨークで本格的な口述筆記が始められた『自伝』の同年二月九日付の文章で確認することができる。また、グリドリーがお客と食事をするときに、妻が出す秘密のサインによって言動をコントロールされるエピソードで「インディアンタウン」は唐突に終わるが、これも『自伝』をひもとけば、夫トウェインのマナーの悪さに業《ごう》を煮やしたオリヴィアによって、色つきカードを使った秘密の合図が考案されるという類似した記述が見つかる（一九〇六年三月五日付の文章）。結局のところ、インディアンタウンという架空の町の住民たちのなかに、書き手であるトウェイン自身も堂々と混じり込んでいることになる。こうした短編の第三章が示す特異性に目を向けると、インディアンタウンを舞台にした長短二つの作品は、フィクションであると同時により私的な自伝としての性格を帯びていることが分かる。

13 〈インディアン〉はそこにいる

トウェインの晩年の作品に詳しい研究者ウィリアム・R・マクノートンは、純然たるフィクションとして書き始められた「インディアンタウン」が、第三章に入って自伝へと変質していったことは、作者であるトウェインが作品を統御できなくなったことの表われであると断じている。そのような否定的な見解に基づいて、「インディアンタウン」は作品として熟成する前に萎《な》え衰え、中途で頓挫《とんざ》してしまった、読むに値しない失敗作であるという評価が現在のところ大勢を占めている。長編『それはどっちだったか』が断ち切ったようなエンディングを迎えることによって読み手を戸惑わせるのと同様に、その前身作品である短編「インディアンタウン」も、妻に操り人形よろしく言動をコントロールされるグリドリーの情けない姿を最後に書き込んでおしまいにするという破格の終わり方をする。まだ話はこれから展開するはずだったのに、トウェインはこれ以上話を進めていくことができなくなり、やむなく打ち切りにした。そして、新たに仕切り直しをして『それはどっちだったか』に取り組んだ。そんな見方が有力であるのも致しかたないことなのかもしれない。

しかし、自伝的な要素が濃厚になって劣化していくとマクノートンが言う第三章は、脱線であるどころか、逆に「インディアンタウン」という作品の核心に入っていく章であり、その意味でこの作品は未完の断片であるどころか、それなりに完結しているとすら考えることもできるのだ。その手掛かりは、グリドリーへの妻スーザンの干渉《かんしょう》を描いた、次のような文章にある。

グリドリー夫人が手紙を書くと、手紙はとても美しく、汚点など何も認められなかった。汚れも、消し跡も、行間への書き込みもなかった。もし間違いを一つでも見つけたら、彼女は手紙を最初から書き直した。そして彼女はデイヴィッドの手紙も書いてあげた。だが頼まれてではない。彼の手紙が彼女の手に渡るとき、それは通常、火と硫黄《いおう》と雷鳴と閃光に満ちていた。だが彼女がうまく飼いならせば、手紙は控えめで丁重で、月光のように安らかになった。時々彼は東部の出版物のために文学作品を書いた——獰猛《どうもう》で血に飢えたインディアンの物語だ——するとまた彼女はそれに手を入れた。俺のインディアンたちを出陣させると、彼女は待ち伏せしてそいつらを日曜学校に送り込んでしまう、そう彼は不平を言った。

最後の文章はレトリカルで、「インディアン」はグリドリーの書いた物語のなかの人物というより、グリドリー自身の分身であるかのように位置づけられている。グリドリーと妻スーザンとの関係は、インディアンと、それを捕まえ文明化させるアメリカ白人との関係にずらされているのである。そうした点に留意してあらためてこの恐妻家デイヴィッド・グリドリーの肖像を見直してみると、その背後に控えているのは、トウェイン自身の〈個人史〉であると同時に、十九世紀アメリカの先住民が白人によって駆逐《くちく》され、本来の言葉を奪われ、飼い馴《な》らされていくという〈国家史〉でもある、という可能性が浮かび上がってくる。うがった見方をするならば、グリドリー家の〈家庭内《ドメスティック》〉の事情を描いたこの章は、アメリカの〈国内《ドメスティック》〉の事情もひそかに映し出していることになる。

このような見方と関連してもう一つ見逃せないのは、このように飼い馴らされて、本来の〈インディアン〉としての自己と〈文明化〉されて洗練された外向きの自己に分裂したグリドリーを、語り手は「道徳的な混血児《ハーフ・ブリード》」と表現している箇所があることだ。「ハーフ・ブリード」とは、もともと白人の血が混じったインディアンを指す言葉だった。そしてこの言葉からまっさきに私たちが思い浮かべるのは、『トム・ソーヤーの冒険』に登場するインジャン・ジョーだろう。おそらくアメリカ文学史上で最も有名なこの〈インディアン〉について忘れてはならないことは、混血であるからそれだけ純血の先住民よりも〈インディアン性〉が薄まっているように描かれてはいない、ということだ。その反対にインジャン・ジョーは、混血であるからこそ、より忌むべき〈インディアン〉として描かれている。そのように否定的な形で混血性を捉える見方が、当時のアメリカの大衆的想像力においては強力であったのである。そのことを下敷きにして考えると、グリドリーが自己を二重に分裂させた〈混血児＝ハーフ・ブリード〉であるとするならば、まったく同時に、彼は〈インディアン〉と呼ぶべき存在であると言える。

このように見るならば、これまで脱線として扱われてきたグリドリーの人物スケッチこそ、「インディアンタウン」という作品の、そしてそれに続く『それはどっちだったか』の、かなめであることが理解されてくる。これがなければ、先住民の登場人物など一人たりとも出てこない南部の田舎町がどうしてインディアンタウンと呼ばれるのか、という根本的な疑問が解けないままになってしまうからだ。

「インディアンタウン」をめぐるこのような解釈を踏まえると、私たちは長編『それはどっちだったか』に再び立ち返らなければならなくなる。それはこの小説が持つ政治的な側面へとまた目を向け直すことにも繋がる。杖で殺人を犯したジョージ・ハリソンが、桜の木を切り倒したことを正直に告白したという神話を持つアメリカ建国の父ジョージ・ワシントンと重なり合うという指摘はすでに行なった。だが、ジョージ・ハリソンは同時に〈インディアン〉の典型でもある。なぜなら、短編でのグリドリーと同じように、長編でのジョージも、正直者という世間体と不正直な実態とに分かれた二重人間、すなわち〈ハーフ・ブリード〉であるからだ。『それはどっちだったか』では彼の〈ハーフ・ブリード〉性は極端に強められ、二つの自己の間の途方もない落差がもたらす笑いと恐怖が、この作品を動かす原動力になっている。その意味でインディアンタウンを舞台とする長短の作品の背後から見えてくるのは、ジョージ・ワシントンをはじめとする建国の立役者たちと、その陰で消えていく運命にあった先住民とが、不正直・偽り・嘘といった主題を媒介《ばいかい》にして、コインの両面のようにひとつに重なり合うという構図なのである。

歴史的な文脈に置いて見るならば、先住民が一人も登場しない『それはどっちだったか』は、長らく激しい抵抗を試みてきた先住民がアメリカ合衆国の脅威《きょうい》とはもはやならなくなった十九―二十世紀転換期という時代を反映する究極の〈インディアン物語〉であると言える。インディアンタウンにはインディアンはいない。しかしまったく同時に、裏表のある自己を持った白人の住人の姿を借りてそこに確かにいる。この〈在〉と〈非在〉の逆説が、『それはどっちだったか』という作品の内奥《ないおう》には潜《ひそ》んでいる。ただし詰めて考えると、この長編では、白人の登場人物だけに〈インディアン＝ハーフ・ブリード〉の役柄が振り当てられているわけでは必ずしもない。ジョージ・ハリソンにとって〈もう一人の自分〉としての位置を最後に占めるようになるジャスパーもまた、黒人と白人の混血であることを忘れてはならない。ジャスパーの人物像が、黒人奴隷ジムよりもむしろインジャン・ジョーをより髣髴《ほうふつ》させるのは偶然ではない。なぜなら、黒人でありながら同時に、黒人の姿を借りた〈インディアン〉として、トウェインはジャスパーを造形したはずだから。

こうして短編「インディアンタウン」と寄り添わせて読んだ時、『それはどっちだったか』という長編は、マーク・トウェインという作家の私的な歴史と、白人・黒人・先住民が複雑な葛藤を繰り返してきたアメリカ合衆国の歴史とが切り結ぶ地点から生み出された、特異な作品としての姿を現わすことになる。盛期から晩年に至る作家の歩みを凝縮したかのような多面性を見せる『それはどっちだったか』は、無視して差し支えない作品であるどころか、マーク・トウェインの隠れた代表作と呼んでも過言ではない。そして同時にこの長編は、彼が生きた時代のアメリカの多人種・多民族的な様相を、より深く理解するうえでも欠かすことのできない重要性を持った作品であると言える。

訳者あとがき

『それはどっちだったか』も「インディアンタウン」も、本書が初の日本語訳となる。両作品とも、ジョン・S・タッキー編『「どっちが夢だったか」その他、晩年のシンボリックな作品群』(*Mark Twain's "Which Was the Dream?" and Other Symbolic Writings of the Later Years*)から訳出した。文芸翻訳としては異例の長い解説を付したのは、これまで国内外において長らく評価の外に追いやられてきたこの異色のトウェイン作品の真価を知っていただくためには、このくらいの周到な説明を添えるのが必要だと考えたからである。だからといって、解説がなければ価値を持たない作品だと言うつもりはなく、子供向きの物語を書いたあのユーモア作家の作品か、などといった先入観を抜きにして『それはどっちだったか』を読んでいただければ、この途方もない物語は十二分に面白いはずだ。本書によって、これまでのマーク・トウェインに対する読み手の理解が深まったり変わったりしたとすれば、訳者・解説者としては、とても嬉しく思う。なお、生前に発表されなかった作品であるという事情もあって、辻褄《つじつま》の合わない部分(たとえば金額を示す数字など)も散見されるが、そのまま訳出することにした。『それはどっちだったか』の第二部には第一章だけ章数がなく、(一)、(二)という数字で分けられた二つのテクストから構成されている。これも本文のとおりに訳出した。翻訳の誤りではないので、申し添えておく。

本作品を翻訳するうえで難題が二つあった。原著では黒人や移民の登場人物が話をする際に、その訛《なま》りを際立たせるような書き方がされている。社会的に低い階層に属する人物の非標準的な話しぶりをリアルに（ないしは誇張して）再現するスタイルは、『それはどっちだったか』に限らず、トウェインの他の作品にも見られるものだし、さらに言えば、これは同じ時代に書かれたアメリカ文学作品ならば、多かれ少なかれ共通して持っている志向でもある。そのような書き方が原作に独特の魅力を添えていることは確かなのだが、それを日本語として忠実に再現するのは非常に難しいし、それに凝《こ》りすぎると、ひっかかりが多くて読みにくい訳文になってしまう。このような場合にしばしば使われるやり方は、首都から遠く離れた地域で話されている方言や田舎言葉を利用することだろう。だが、そんな形で変換された話し言葉に、私などはどこかつくりものめいた、しっくりしない感じを受けてしまう。そのため、『それはどっちだったか』の翻訳作業では無理をせず、明快に意味が捉えられ、分かりやすい日本語にひとまず直すことを優先させ、そのうえで、原作を読んで私が感じる会話のくだけた感じを伝えるべく出来うる限りの手を加える方針を採った。

それとも少し関連するが、この作品では『ハックルベリー・フィンの冒険』と同様に、アフリカ系の人々を指す差別的な蔑称《べっしょう》がかなり出てきており、その日本語での呼び名をどのように表わすかという難題もあった。『ハックルベリー・フィン』の翻訳は多数出ているが、たいていは「黒んぼ」といった言葉を使ったうえで、作品が書かれた当時の歴史的文脈を勘案《かんあん》して読まれたし、といった断り書きを添えている。その手もあるのだろうが、私はこの言葉を使うこと自体に強い抵抗があった。良い悪いといった理屈を超えた、生理的と言ってもいい嫌悪を感じた。それでこの翻訳では、シンプルに「黒人」という訳語を使う基本方針を採った。そして、場面に応じて「黒人ども」「黒い奴」といったヴァリエーションも使うことにした。現在、日本語での「黒人」には、文脈によって蔑称としてのニュアンスをまとう場合がある。そこで、原語の与える激烈さを表現するものではないが、この言葉を主として使いつつ文章全体を通して、登場人物が抱く人種的な偏見が伝わるように心がけた。

現在、アメリカ合衆国ではアフリカ系の若い読み手に対する配慮から、作中の黒人に対する差別的呼称をすべて「奴隷」と言い換えた『ハックルベリー・フィン』のヴァージョンが存在している。『それはどっちだったか』での私の翻訳方針はそこまで思い切ったものではないが、結果的にはそうした海外でのトウェイン作品の受容のされ方を少し踏まえたところがある。登場人物の訛りや差別的な蔑称に関してのみ、原作に限りなく忠実であれという翻訳のルールから少しばかり逸脱したことを私は自覚している。ただ、これまで以上に人種や民族性に敏感になりつつある二十一世紀の日本の社会に生きる読み手に、『それはどっちだったか』という百年以上前に書かれた特異な文学作品を受け入れてもらうやり方として、こうした処理はそれなりに妥当な試みだと考えている。

この作品を翻訳するに至った経緯も記しておこう。私が「インディアンタウン」『それはどっちだったか』を初めて読んだのは比較的最近のことで、二〇〇六年十二月に日本アメリカ文学会関西支部が開いたシンポジウム「起源の感覚とアメリカ文学」で講師として報告するための準備の過程においてだった。その時の発表原稿に手を加えたものが、二〇〇九年に出版された入子文子・林以知郎両先生の編著『独立の時代――アメリカ古典文学は語る』（世界思想社）に収められた拙論「アメリカの始まりに目を凝らして――マーク・トウェインの〈インディアンタウン連作〉」である。この短い論考が、本書の解説を書くうえでの種子となってくれた。現関西大学名誉教授の入子文子先生が二〇〇六年のシンポジウムに私をお誘いくださらなければ、私とこのトウェイン作品との出会いはなかったか、ずっと遅れるかしていただろう。このシンポジウムに限らず、学問的な師弟関係も利害関係も何もないのに、機会あるごとに浅学の私の背中を押してくださった入子先生に、感謝の気持ちとともにこの翻訳書を捧げたい。

それにしても、『それはどっちだったか』を初めて読んだ時の衝撃は忘れることができない。数多くの伏線《ふくせん》を張り巡らせ、どんな方向に話が進むのか先の読めないこの物語の破天荒《はてんこう》な展開にぐいぐい引き込まれ、慄然《りつぜん》として読み終えた。トウェイン作品に対する一般の理解を裏切る、底の知れない暗さをたたえた作品でありながら、彼が書いた物語の中で最も力強く、かつサミュエル・クレメンズという複雑な人間の核心に触れる作品だという思いを抱いた。そして、二〇〇九年に暫定《ざんてい》的な論文を発表してから後も、本格的に腰を据えてこの作品の研究に取り組みたいという気持ちが高まっていった。残念ながら、年々忙しくなる校務や学会事務に追われ、一歩を踏み出すことが遅れてしまった。だから私は、二〇一〇年に刊行された『マーク・トウェイン文学／文化事典』（彩流社）の編者の一人に選ばれながら、トウェイン研究の本場である米英でまだ一顧《いっこ》だにされていない『それはどっちだったか』を、項目として取り上げようと提案する勇気が持てなかったのだった。

幸いにその後、日本学術振興会の科研費の申請に通り、二〇一一年から四年間の期限で基盤研究（C）「未発表長編を基盤とする一九―二十世紀転換期マーク・トウェイン像の再構築」（課題番号 23520302）に従事することができた。おかげで、気になるこの作品の訳出と検討にじっくりと取り組むことができたし、その結果として、『それはどっちだったか』の重要性について確信を持つことができた。本訳書は、この基盤研究の最終年度の成果の一つである。出版に際しては、これまでトウェイン関係の出版を数多く手掛けられ、過去に私の持ち込んだやや思い切った企画を快く受け入れてくださったことのある彩流社に、今回もお引き受けいただくことができた。切り詰められた期間のなかで本書の編集の仕事を一手に引き受けてくださった彩流社の真鍋知子さんには、感謝の言葉もない。

二〇一五年二月

訳者しるす

◉著者紹介◉

マーク・トウェイン (Mark Twain, 1835-1910)

本名サミュエル・ラングホーン・クレメンズ (Samuel Langhorne Clemens)。1839年に家族と共に移り住んだ町ミズーリ州ハンニバルで幼少期の大半を過ごし、その後、印刷工、蒸気船パイロット、新聞記者などの職業を転々としながら文筆家への道を歩み始める。1869年出版の旅行記『地中海遊覧記』で文名を確立し、南北戦争後のアメリカ文学を代表する書き手としての活躍が本格的に始まる。以後の主要作品としては、ミシシッピ川とその周辺の地域を舞台とする『トム・ソーヤーの冒険』『ハックルベリー・フィンの冒険』、子供のための歴史物語『王子と乞食』、風刺に富んだSF的社会改革譚『アーサー王宮廷のコネティカット・ヤンキー』などがある。生前には発表されなかった作品も多く、晩年のライフワークである自伝の完全版は、没後百年にあたる2010年に刊行が開始された。

◉訳者紹介◉

里内 克巳(さとうち・かつみ)

京都大学大学院修士課程修了。現在、大阪大学言語文化研究科准教授。

南北戦争後から20世紀初頭までのアメリカ文学を主たる専門とする。

著書:『マーク・トウェイン文学/文化事典』(共編著、彩流社、2010年)、『バラク・オバマの言葉と文学——自伝が語る人種とアメリカ』(編著、彩流社、2011年)

訳書:ジョージ・ワシントン・ケイブル『グランディシム一族——クレオールたちのアメリカ南部』(共訳、彩流社、1999年)

それはどっちだったか

2015年3月31日 発行　　　定価はカバーに表示してあります

著　者　マーク・トウェイン

訳　者　里 内 克 巳

発行者　竹 内 淳 夫

発行所　株式会社　彩 流 社

〒102-0071　東京都千代田区富士見2-2-2

電話　03-3234-5931　FAX　03-3234-5932

http://www.sairyusha.co.jp

sairyusha@sairyusha.co.jp

印刷　明和印刷㈱

製本　㈱難波製本

装幀　桐沢 裕美

落丁本·乱丁本はお取り替えいたします

ISBN978-4-7791-2094-7 C0097

マーク・トウェイン コレクション

978-4-88202-544-3 C0397(02.04)

①〜⑳まで、全20巻26冊　◉各巻分売可

『まぬけのウィルソンとかの異形の双生児』『ミシシッピの生活』『人間とは何か？』『トム・ソーヤーの冒険』『ハックルベリィ・フィンの冒険』から本邦初訳の『細菌ハックの冒険』『アメリカの爵位権主張者』『赤道に沿って』『地球紀行』など全20巻。　四六判上製セット　69780円＋税

マーク・トウェイン文学／文化事典

978-4-7791-1575-2 C0598(10.10)

亀井俊介監修／朝日由紀子・有馬容子・井川眞砂・石原剛・後藤和彦・里内克巳・武田貴子・中垣恒太郎 編集委員

トウェインの「人生と文学」を、【著作】【文学世界】【アメリカ】【世界】【日本】の5つのセクションから明快に解説。アメリカの文化的背景を積極的に盛り込み、「巨大な文学者」の理解を深める「読む事典」。没後百年記念出版。　A５判上製　4900円＋税

マーク・トウェイン新研究

978-4-88202-543-6 C0397(02.04)

夢と晩年のファンタジー　有馬容子著

『ハック・フィン』の「脱出のエピソード」から、後期に多数書かれた未完の作品や、『ミステリアス・ストレンジャー44号』までの作品を通して、トウェインの「ファンタジーの世界」を初めて明かす新研究。トウェインの翻訳一覧付。　四六判上製　2500円＋税

マーク・トウェインと日本

978-4-7791-1334-5 C0090(08.03)

変貌するアメリカの象徴　石原 剛著

日本人はどのようにトウェインの作品を作り変えたのか――翻訳作品、教科書、SF小説、テレビアニメ、コマーシャル、ミュージカル、演劇など、明治から平成までを克明に辿った労作。アメリカ学会清水博賞・第32回日本児童文学学会奨励賞受賞。　A５判上製　3500円＋税

評伝 マーク・トウェイン I

978-4-7791-2048-0 C0098(14.10)

アメリカ建国と作家の誕生　飯塚英一著

アメリカを代表する国民的作家の本邦初の本格的評伝。『トム・ソーヤーの冒険』『ハックルベリー・フィンの冒険』の著者が時代と並走するその生涯をアメリカ史の中に位置づけ、複眼的な視点から論じる。全3巻（II巻15年、III巻16年刊行予定）。　四六判上製　4500円＋税

バラク・オバマの言葉と文学

978-4-7791-1661-2 C0098(11.09)

自伝が語る人種とアメリカ　里内克巳編著

オバマは政治家になる前の若き日々を、無名時代に自らの手で書いている。その文学性豊かな回想録を手がかりに、出自に関わる「人種問題」をキーワードとして、文学・文化・歴史という大きな枠組みのなかで現代アメリカの問題をとらえようとする試み。　四六判上製　2500円＋税